MATTERHORN

KARL MARLANTES

MATTERHORN

Una novela sobre la Guerra de Vietnam

WITHDRAWN

OCEANO HOTEL
DE LAS
LETRAS

Esta publicación fue realizada con el estímulo del Programa de Apoyo a la Traducción (PROTRAD), dependiente de instituciones culturales mexicanas.

Los personajes, unidades y acontecimientos de esta novela son ficticios. El Vigesimocuarto Regimiento de Marines estuvo en reserva y no sirvió en Vietnam. Matterhorn, el Cerro del Helicóptero, Sky Cap y Eiger son lugares ficticios, mientras que la Cordillera de Mutter no se prolonga tan lejos hacia el poniente. La obra, sin embargo, se desarrolla en la provincia de Quang Tri, Vietnam, y en otros lugares reales. Las novelas necesitan héroes y villanos, y aquellos que conforman esta novela son inventados. Estuve bajo las órdenes de dos buenos comandantes de batallón, uno de los cuales murió en combate, y el oficial encargado de operaciones de ambos fue un extraordinario oficial auxiliar de infantería.

Estoy orgulloso de haber combatido con oficiales y reclutas que eran ejemplo de todo el carácter, talento y valor que lo hacen a uno sentirse orgulloso de ser un marine. Estos marines lucharon contra la fatiga y contra los fracasos de la valentía, del buen juicio y de la fuerza de voluntad, que hacen que me sienta orgulloso de pertenecer al género humano.

Editor de la colección: Martín Solares
Diseño de portada: Éramos tantos

MATTERHORN
Una novela sobre la Guerra de Vietnam

Título original: MATTERHORN. A NOVEL OF THE VIETNAM WAR

Traducción: Enrique G de la G

© 2010, Karl Marlantes

El fragmento de la canción «Four Rode By», de Ian Tyson, se reproduce con permiso del artista.

D. R. © 2015, Editorial Océano de México, S.A. de C.V.
Blvd. Manuel Ávila Camacho 76, piso 10
Col. Lomas de Chapultepec
Miguel Hidalgo, C.P. 11000, México, D.F.
Tel. (55) 9178 5100 • info@oceano.com.mx

Primera edición: 2015

ISBN: 978-607-735-620-2
Depósito legal: B-11802-2015

Hecho en México / Impreso en España
Made in Mexico / Printed in Spain

9004022010615

Esta novela está dedicada a mis hijos,
quienes crecieron con lo bueno y lo malo
que implica tener a un marine veterano como padre.

Es repugnante y hermoso el espíritu de un hombre resuelto, que contrasta como el plumaje variopinto de una urraca. Un hombre así puede, con todo, ser salvado, pues en él habitan por igual el cielo y el infierno.

WOLFRAM VON ESCHENBACH, *Parzival*

Al final del volumen se incluye un glosario que explica el argot, la jerga militar y los términos técnicos.

NOTA DEL TRADUCTOR

Una parte importante del realismo de esta novela proviene del lenguaje preciso de los marines que combatieron en Vietnam a finales de los años sesenta. He procurado verterlo, en la medida de lo posible, a un español que pueda entenderse en toda Latinoamérica, por lo que me he alejado de localismos. He tenido que acudir a neologismos y a expresiones desconocidas para el lector. En notas a pie de página expliqué otros conceptos o personajes históricos que pueden ayudar a la comprensión del texto; las mantuve al mínimo, para no entrometerme en la prosa del autor.

Cadena de comando y personajes principales
(Sobrenombres de uso por radio: en cursivas)

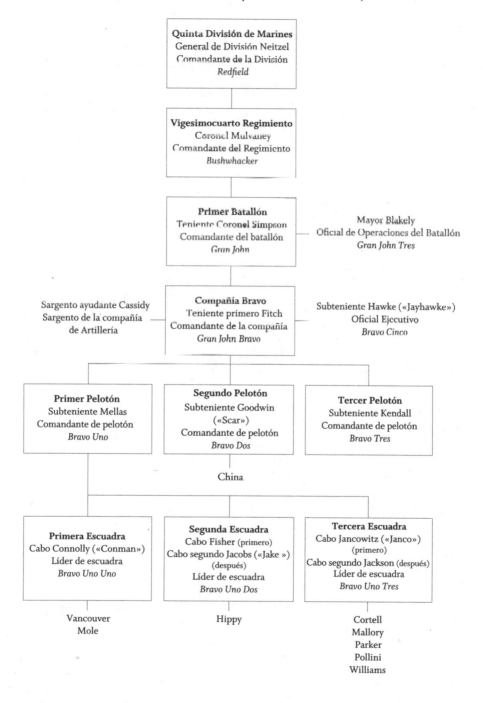

Quinta División de Marines
General de División Neitzel
Comandante de la División
Redfield

Vigesimocuarto Regimiento
Coronel Mulvaney
Comandante del Regimiento
Bushwhacker

Primer Batallón
Teniente Coronel Simpson
Comandante del batallón
Gran John

Mayor Blakely
Oficial de Operaciones del Batallón
Gran John Tres

Sargento ayudante Cassidy
Sargento de la compañía
de Artillería

Compañía Bravo
Teniente primero Fitch
Comandante de la compañía
Gran John Bravo

Subteniente Hawke («Jayhawke»)
Oficial Ejecutivo
Bravo Cinco

Primer Pelotón
Subteniente Mellas
Comandante de pelotón
Bravo Uno

Segundo Pelotón
Subteniente Goodwin
(«Scar»)
Comandante de pelotón
Bravo Dos

Tercer Pelotón
Subteniente Kendall
Comandante de pelotón
Bravo Tres

China

Primera Escuadra
Cabo Connolly («Conman»)
Líder de escuadra
Bravo Uno Uno

Segunda Escuadra
Cabo Fisher (primero)
Cabo segundo Jacobs («Jake »)
(después)
Líder de escuadra
Bravo Uno Dos

Tercera Escuadra
Cabo Jancowitz («Janco»)
(primero)
Cabo segundo Jackson (después)
Líder de escuadra
Bravo Uno Tres

Vancouver
Mole

Hippy

Cortell
Mallory
Parker
Pollini
Williams

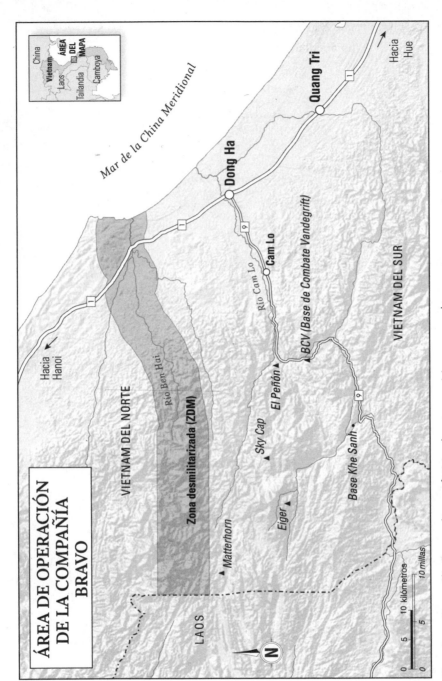

ÁREA DE OPERACIÓN DE LA COMPAÑÍA BRAVO

Matterhorn, Eiger y Sky Cap son lugares ficticios; las otras posiciones son reales.

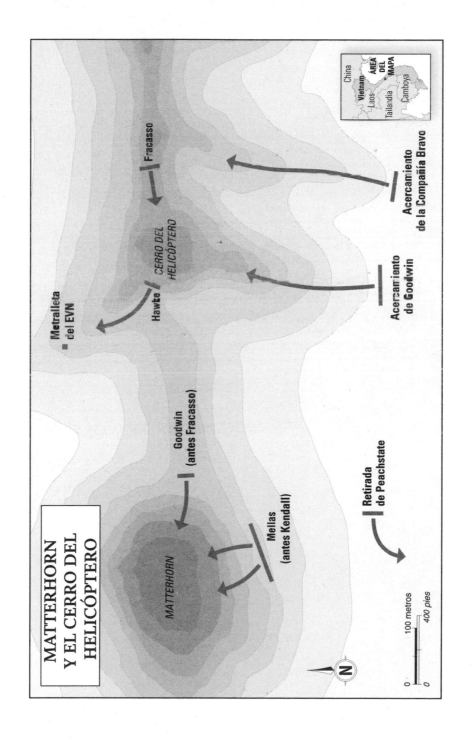

MATTERHORN
Y EL CERRO DEL
HELICÓPTERO

MATTERHORN

Mellas
(antes Kendall)

Goodwin
(antes Fracasso)

Metralleta
del EVN

Hawke

CERRO DEL
HELICÓPTERO

Fracasso

Retirada
de Peachstate

Acercamiento
de Goodwin

Acercamiento
de la Compañía Bravo

100 metros
400 pies

N

China
Vietnam
Laos
Tailandia
Camboya
ÁREA
DEL
MAPA

Capítulo I

Bajo las nubes grises del monzón, Mellas estaba de pie en la delgada franja de terreno despejado entre el borde de la selva y la relativa seguridad del alambrado que delimitaba el perímetro. Trató de concentrarse para contar a los otros trece infantes de la patrulla de marines conforme surgían en una columna desde la selva, pero la fatiga le dificultó la concentración. Trató de soslayar también, sin mayor éxito, el hedor de la mierda que chapoteaba en el agua que medio llenaba las letrinas abiertas por encima de él, al otro lado del alambrado. La lluvia goteaba desde el filete del casco, le caía por enfrente de los ojos y se estrellaba contra el tejido satinado color olivo que mantenía fijo el blindaje de su nuevo y engorroso chaleco antibalas. La camiseta verde oscuro y los bóxers que su madre le había teñido tres semanas atrás se le adherían a la piel, pesados y pegajosos, bajo el camuflaje de la chamarra y el pantalón de utilidades. Sabía que, por debajo de las ropas húmedas, las sanguijuelas se le incrustaban en las piernas y brazos, en la espalda y en el pecho, incluso aunque no las sintiera en ese preciso momento. «Así son las sanguijuelas», pensó. «Antes de que comenzaran a chuparte la sangre eran tan pequeñitas y delgadas que rara vez las sentías, a menos que te cayeran encima, desde un árbol, y nunca las percibías punzarte la piel. Tenían una especie de anestésico natural en la saliva. Las descubrías más tarde, hinchadas ya por la sangre, saliéndose de la piel como vientrecitos embarazados.»

Cuando el último marine entró al laberinto de zigzags y de rejas del alambrado, Mellas asintió a Fisher, el líder de la escuadra, uno de los tres que le reportaban.

—Once más nosotros tres —dijo. Fisher asintió a su vez, levantó el pulgar y entró al alambrado. Mellas lo siguió, y también su operador de radio, Hamilton.

La patrulla salió del alambrado, y los jóvenes marines treparon con lentitud la cuesta de la nueva base de apoyo de la artillería, la BAA Matterhorn,* doblados por la fatiga, decidiendo el camino entre tocones dispersos y troncos muertos que ya no ofrecían sombra. Habían pelado la maleza verde con los cuchillos K-bar para despejar el campo de tiro de las líneas defensivas, y el suelo selvoso, anteriormente nervado con riachuelos, no era ahora sino barro que los succionaba.

Las correas delgadas y húmedas de las dos cananas de algodón se le enterraban a Mellas por detrás del cuello, cada una con el peso de veinte cargadores para M-16 a tope. Le escocían. Ahora, lo único que deseaba era volver a su carpa y quitárselas, junto con las botas y los calcetines empapados. También deseaba perder la conciencia. Pero eso no era posible. Sabía que tendría que lidiar, finalmente, con el problema irritante que Bass, su sargento de pelotón, le había dejado aquella mañana y que él había evitado, con la excusa de que debía retirarse a patrullar. Un chico negro –no podía recordar su nombre, un metralleta de la Tercera Escuadra– estaba molesto con el sargento de la compañía de artillería, cuyo nombre tampoco podía recordar. Tan sólo en el pelotón de Mellas había cuarenta nombres y rostros nuevos, y casi doscientos en la compañía, y, blancos o negros, se veían todos igual. Eso lo agobiaba. Del capitán para abajo usaban todos el mismo camuflaje sucio y andrajoso, sin insignias de rango; no había manera de distinguirlos. Estaban todos demasiado delgados, demasiado jóvenes y demasiado acabados. También hablaban todos igual. Decían «joder» o algún adjetivo, sustantivo o adverbio que incluyera «joder» cada cuatro palabras. La mayor parte de las otras tres palabras intercaladas en sus conversaciones tenían que ver con la tristeza que ocasionaban la comida, el correo, los días en la selva y las chicas que habían dejado en el bachillerato. Mellas juró que no sucumbiría a ninguna de ellas.

Un chico negro quería irse de entre los arbustos para que le revisaran unas jaquecas recurrentes, y algunos de los hermanos negros agitaban cosas en el aire en señal de apoyo. El sargento de artillería pensó que estaba fingiendo e hizo que le patearan el trasero. En protesta, otro chico negro se opuso al corte de pelo y todos se levantaron en armas por *eso*. Se suponía que Mellas tendría que estar peleando una guerra. Nadie en la Escuela

---

* Base Aérea de Apoyo; FSB, por sus siglas en inglés. El término se refiere a un formato de campamento militar temporal bastante recurrente durante la Guerra de Vietnam para que la artillería prestara apoyo a la infantería al operar en áreas fuera del alcance de sus bases regulares. Para más señas, Matterhorn es el nombre alemán del Monte Cervino.

Básica de Quantico le había dicho que iba a batallar con Malcom X pequeñitos y con blanquitos palurdos de Georgia. ¿Por qué los enfermeros de la marina no podían distinguir necedades, como saber si estos dolores de cabeza eran reales o no? Se suponía que eran los expertos en cuestiones de salud. ¿Acaso los comandantes del pelotón en Iwo Jima habían tenido que bregar con estupideces como ésta?

Mientras Mellas ascendía la montaña lentamente, con Fisher a un lado y con Hamilton, quien automáticamente lo seguía con el radio, le dio vergüenza el sonido que hacían sus botas cuando salían limpias del lodo, y temió que pudiera llamar la atención el hecho de que estuvieran aún negras y relucientes. Con rapidez lo disimuló quejándose con Fisher de Hippy, el metralleta de la escuadra, quien había hecho demasiado ruido cuando Fisher pidió la ametralladora a la cabeza de la columnita porque el hombre en punta pensó que había escuchado movimientos. Con tan sólo hablar de los encuentros casi efectuados con el enemigo que Mellas aún no experimentaba, le volvieron el zumbido de vísceras y la vibración por el miedo, que era como una intensa corriente eléctrica sin lugar donde descargar. Una parte suya se sentía aliviada porque se trató de un desencuentro cercano, pero otra parte estaba fastidiada porque el ruido bien pudo haberles costado una oportunidad para actuar. A Fisher, por su parte, le irritaba este mal humor.

Cuando alcanzaron la posición habitual de la escuadra entre las líneas de la compañía, Mellas notó, por la manera como –casi– arrojó al suelo las tres varas que había cortado para sí y para dos amigos mientras patrullaban, que Fisher apenas podía contener su molestia. Estas varas eran material en bruto para confeccionar los bastones de los cortos de tiempo, cayados para caminar, con un diámetro aproximado de unos cuatro centímetros y de noventa a ciento veinte centímetros de largo, que tallaban minuciosamente. Algunos eran simples calendarios, otros auténticas obras de arte folclórico. Cada vara estaba marcada de manera que mostrara los días que el dueño había sobrevivido en su ciclo de trece meses de servicio, y los días que le restaban aún. Mellas se había puesto nervioso también por el sonido que Fisher ocasionó al cortar las tres ramas a machetazos, pero no había dicho nada. Continuaba en una posición delicada: nominalmente estaba a cargo de la patrulla, por ser el comandante del pelotón, pero hasta que no estuviera del todo instruido, estaba sujeto a la orden del teniente primero Fitch, el comandante de la compañía, de ejecutar todo lo que Fisher dijera. Mellas había aceptado la condición por dos razones, ambas de corte político. Fitch había dicho básicamente que Fisher estaba al frente, así que ¿para qué oponerse? Fitch era el tipo que podría promoverlo como oficial ejecutivo, el segundo al mando, una vez que el subteniente Hawke se hubiera ido de entre la maleza. Eso lo pondría en la línea de sucesión para la comandancia de la compañía, a menos que Hawke la ambicionara. Una segunda razón era que Mellas no había estado seguro acerca de la peligrosidad del ruido, y le preocupaba más hacer preguntas estúpidas que aclararlo. En esta etapa, demasiados comentarios estúpidos y preguntas tontas podrían dificultar ganarse el respeto del pelotón, y era mucho más complicado salir adelante si los marines jovencitos –los *snuffs*– no te apreciaban o te consideraban incompetente. El hecho de que Hawke, su predecesor, fuera prácticamente adorado por el pelotón tampoco ayudaba en nada.

Mellas y Hamilton dejaron a Fisher en la línea de pozos de la Segunda Escuadra y escalaron con lentitud un promontorio tan pronunciado que, cuando Mellas se resbaló hacia atrás en el lodo, apenas tuvo necesidad de doblar la rodilla para detenerse. Hamilton, arqueado casi al doble por el peso del radio, no dejó de incrustar la antena en la cuesta frente a sí. La neblina que se arremolinaba alrededor de ellos oscurecía su destino: un parapeto improvisado y hundido que habían hecho con los ponchos de tela recubierta con caucho colgándolos, juntos, sobre un trozo de cable de comunicación suspendido a tan sólo un metro veinte del suelo, entre dos arbustos que habían volado. Esta carpa, junto con otras dos situadas a pocos pasos de ahí, formaban lo que llamaban, no sin ironía, el puesto de mando del pelotón.

Mellas quería hundirse en el interior de su carpa y que desapareciera el mundo, pero sabía que eso habría sido estúpido y que cualquier descanso sería más bien breve. Oscurecería en un par de horas, y el pelotón tenía que colocar trampas luminosas que alertaran en caso de que se aproximaran los soldados del Ejército de Vietnam del Norte, el EVN. Después de eso, el pelotón tenía que instalar las minas antipersonales claymore, que quedaban emplazadas frente a las trincheras y que detonaban mediante un cable eléctrico; expelían setecientos balines de acero en forma de abanico a la altura de la ingle. Adicionalmente, las secciones incompletas de la alambrada de púas debían contar con trampas cazabobos. Si Mellas quería calentar sus raciones C de comida, debía hacerlo mientras fuera aún de día, de lo contrario, la flama sería un blanco perfecto. Debía inspeccionar después a los cuarenta marines de su pelotón para descartar la típica enfermedad llamada pies de inmersión y asegurarse de que todos hubieran tomado la dosis diaria de dapsona para las úlceras tropicales y la dosis semanal de cloroquina para la malaria.

Él y Hamilton se detuvieron justo frente a Bass, el sargento del pelotón, que, en cuclillas y bajo la lluvia, frente a las carpas, hacía café en un juego de latas enorme sobre un trozo de explosivo plástico c-4 que ardía. El c-4 siseaba y dejaba un olor acre en el aire, pero, con todo, era preferible al hedor quemaojos de las tabletas de trioxano de uso estándar. Bass tenía veintiún años y éste era ya su segundo periodo de servicio. Vació en el agua hirviendo varios sobrecitos de café en polvo provenientes de la ración c y miró dentro de la lata. Tenía las mangas de la chamarra de utilidad cuidadosamente recogidas justo por debajo de los codos, con lo que revelaba antebrazos largos y musculosos. Mientras observaba a Bass batir, Mellas dejó el rifle m-16, que le había prestado Bass, recargado contra un leño. A Bass le había costado muy poco convencer a Mellas de lo estúpido que sería depender de las típicas pistolas .45, que los marines consideraban suficientes para los oficiales subalternos. Se quitó las bandoleras de algodón humedecidas y las dejó caer al suelo: veinte cargadores, cada uno lleno con dos ristras entrelazadas de balas. Después encogió los hombros para zafarse de las trinchas y las arrojó al lodo junto con todo el equipo enganchado: las pistolas semiautomáticas .45, tres cantimploras de plástico de 946 mililitros cada una, la munición, el cuchillo k-bar, las compresas para detener hemorragias en el campo de batalla, dos granadas manuales de fragmentación m-26, tres granadas de humo y la brújula. Respiró con alivio y profundamente mientras miraba el café; el olor le recordaba la eterna cacerola sobre la estufa de su madre. No le apetecía revisar las armas del pelotón ni limpiar la suya propia. Deseaba algo caliente, ansiaba acostarse y dormir. Pero, con la noche que se echaba encima, ya no había tiempo.

Se desabrochó los resortes de acero que mantenían fijos los extremos del pantalón contra las botas como protección contra las sanguijuelas. Con todo, tres habían logrado colarse a la pierna izquierda. Dos estaban adheridas y había una mancha de sangre ahí donde una tercera se había engolosinado y, luego, desprendido. La encontró en la calceta, la sacudió hasta que cayó al piso, la aplastó con el otro pie, y observó cómo salía su propia sangre de aquel cuerpo. Sacó repelente de insectos y disparó una ráfaga sobre las otras dos sanguijuelas aún adheridas a la piel. Se retorcieron de dolor, sucumbieron y dejaron un aturdido goteo de sangre.

Bass le alcanzó un poco de café en una lata vacía para coctel de fruta de la ración c, y luego vertió otra taza para Hamilton, quien, tras aventar el radio frente a la carpa que compartía con Mellas, se había sentado ya sobre el aparato. Hamilton tomó el café, levantó la lata hacia Bass para brindar y extendió los dedos alrededor de la hojalata para calentárselos.

—Gracias, sargento Bass –dijo Mellas, cuidando de usar el título que se había ganado, a sabiendas de que era crucial gozar de su buena voluntad. Se sentó en un tronco húmedo y podrido. Bass describió lo que había acontecido mientras Mellas patrullaba. Un CAA alistado, el controlador adelantado de los ataques aéreos de la compañía, había sido nuevamente incapaz de hacer descender, a través de las nubes, un helicóptero de reabastecimiento, así que éste era ya el cuarto día consecutivo sin suministros. Aún no había nada definitivo acerca del enfrentamiento del día anterior entre la Compañía Alfa y una unidad de tamaño desconocido del EVN en el valle que se extendía debajo suyo, pero se había confirmado ya el rumor de que habían muerto cuatro marines.

Mellas apretó los labios y prensó los dientes para mantener el miedo a raya. No podía dejar de mirar, abajo, las crestas montañosas cubiertas de nubes que se dilataban frente a ellos hacia el interior de Vietnam del Norte, a tan sólo cuatro kilómetros de distancia. Allá abajo estaban los cuatro chicos muertos en combate, los MEC. En algún recoveco de esa oscuridad gris verdosa, la Compañía Alfa se había topado con mierda. Le llegaba el turno a Bravo.

Eso significaba que se acercaba también el turno de Mellas, algo que había sido sólo una mera posibilidad cuando se unió a los marines justo al terminar el bachillerato. Había entrado a un programa especial de candidatos de oficiales que le permitía asistir a la universidad mientras se instruía los veranos y recibía una paga que, sin duda, necesitaba bastante; para el futuro tenía previsto decirles a sus admiradores, y quizás algún día también a sus electores, que era un exmarine. No había pronosticado, en realidad, que combatiría en una guerra que ninguno de sus amigos pensaba que valiera la pena pelear. Cuando los marines aterrizaron en Da Nang durante su primer año en la universidad, debió buscar un mapa para enterarse de dónde estaba aquello. Deseaba que lo admitieran en el Ala Aérea de los marines y convertirse en controlador de tráfico aéreo, pero cada vericueto administrativo, sus notas en la universidad, sus calificaciones en la Escuela Básica de Quantico y la falta de oficiales de infantería lo habían empujado implacablemente hasta donde estaba ahora: un auténtico oficial de marines que liderara un pelotón de marines tiradores real y absolutamente acojonado. Se le ocurrió pensar que, a causa de su deseo de verse bien al volver a casa después de una guerra, quizá ya no volvería jamás a ningún lado.

Aplacó el miedo que surgía de su interior cada vez que se daba cuenta de que podría morir. Pero, en esta ocasión, el temor había comenzado ya a agitarle la mente. Si pudiera tomar el cargo de oficial ejecutivo de Hawke estaría a salvo dentro del perímetro. Ya no tendría patrullajes, a cambio de hacer trabajo administrativo, y sería el siguiente en turno para ocupar el puesto de comandante de la compañía. Para que pudiera ocupar el puesto de Hawke era necesario que el comandante actual de la compañía –el teniente primero Fitch– rotara a casa, y que Hawke tomara esa vacante. Este movimiento se adivinaba bastante probable. Todos querían a Hawke, tanto en los puestos altos de la cadena de mando como en los bajos. Sin embargo, Fitch era nuevo en el grado. Esto significaba una larga espera, a menos que, por supuesto, saliera muerto o herido. Mellas se sintió terriblemente mal en cuanto le pasó esta idea por la cabeza. No quería que le sucediera nada malo a nadie. Intentó dejar de pensar en ello pero fracasó. Ahora se le ocurría que tendría que esperar a que Hawke se fuera a casa, a menos que le pasara algo. Mellas estaba fascinado pero se avergonzaba de sí mismo. Se dio cuenta de que una parte de él querría cualquier cosa, y que incluso haría cualquier cosa en caso de que necesitara salir adelante o salvar su propio pellejo. Procuró desactivar esa parte.

—¿Qué tal va el alambrado? –preguntó Mellas. En realidad no le importaba el trabajo de tender las púas frente a la trinchera, pero sabía que le convenía parecer interesado.

—Nada mal, señor –respondió Bass–. La Tercera Escuadra lleva todo el día trabajando en ello, ya casi terminamos.

Mellas titubeó. Se zambulló entonces en el problema que había esquivado aquella mañana al irse a patrullar.

—¿Vino a verte aquel chico de la Tercera Escuadra que quería irse a retaguardia? –seguía abrumado por el esfuerzo de recordar los nombres de cada uno.

—Se llama Mallory, señor –gruñó Bass–. Maldito hipocondriaco y cobarde de mierda.

—Dice que le dan dolores de cabeza.

—Y, para mí, él es un dolor de cabeza. En esta montaña hay doscientos marines excelentes, mucho mejores que ese pedazo de mierda, que desean irse a la retaguardia. Ha sido un dolor de cabeza desde que llegó. Y no salga con esa mierda de «Cuidado porque es un hermano», porque hay bastantes *splibs* por ahí a los que no les duele nada. Es un maricón –Bass dio un largo trago y exhaló luego vapor hacia el aire frío y húmedo–. Y, este... –añadió con una sonrisita en los labios– el Doc Fredrickson lo tiene recluido en su carpa. Lo ha estado esperando.

Mellas sintió el fluir del café dulce y tibio por la garganta y cómo se asentaba en el estómago. Agitó los dedos de los pies, arrugados ya por el agua, para que no se le durmieran. El calor del café a través de la lata metálica le venía bien a sus manos, de las que ya corría pus, el primer síntoma de la úlcera tropical.

—Mierda –dijo al aire sin dirigirse a nadie en concreto. Se puso la taza en la nuca, donde la correa de la bandolera le había abierto la piel.

—Tómeselo, subteniente –dijo Bass–. Pero sin cogérsela –Bass sacó su cuchillo y comenzó a tallar un nudo laborioso en su bastón de corto de tiempo. Mellas lo miró con envidia. Aún le faltaban trescientos noventa días para cumplir con su plazo.

—¿Debo meterme en ese asunto ahora? –preguntó Mellas. E inmediatamente se arrepintió de haberlo preguntado. Sabía que estaba quejándose.

—Usted es el subteniente, señor. ERTSP –el rango tiene sus privilegios.

Mientras Mellas buscaba una respuesta ingeniosa, se escuchó un grito proveniente del área donde estaba reunida la Segunda Escuadra.

—¡Dios! ¡Que venga el calamar! ¡Que venga el Doc Fredrickson!

Bass arrojó su bastón y salió disparado inmediatamente hacia donde provenía la voz. Mellas se quedó sentado, tan estupidizado por el cansancio que ni siquiera pudo mover un dedo. Miró a Hamilton, quien se encogió de hombros, y terminó por sorber su café. Vio a Jacobs, el líder tartamudo del equipo de tiro de la Segunda Escuadra, correr montaña arriba y desaparecer dentro de la carpa de Fredrickson. Mellas lanzó un suspiro y comenzó a ponerse las calcetas ensangrentadas y las botas empapadas, pero Jacobs y Fredrickson, el enfermero de combate de la marina, bajaban ya la montaña a punta de resbalones y derrapes. Muchos minutos más tarde regresó Bass: caminaba hacia arriba fríamente impasible.

—¿Qué pasa, sargento Bass? –preguntó Mellas.

—Más vale que vaya a verlo usted mismo, subteniente. Es la cosa más estúpida que haya visto jamás. A Fisher se le metió una sanguijuela por el pito.

—¡Dios! –repuso Hamilton. Levantó la vista hacia las nubes y luego la bajó hasta el café humeante entre sus manos. Alzó la taza–. Por las putas sanguijuelas.

Mellas sintió repulsión y alivio al mismo tiempo. Nadie podía responsabilizarlo por algo así. Fue montaña abajo hacia la posición de la Segunda

Escuadra sin abrocharse las botas, resbalándose en el lodo, preocupado por saber cómo reemplazaría a Fischer, un atemperado líder de escuadra, si apenas conocía a nadie en el pelotón.

Una hora antes, Ted Hawke había estado intranquilo, por su parte, por el reemplazo de un cabecilla experimentado. Pero su preocupación era Mellas, quien lo había sustituido a él como comandante del Primer Pelotón cuando fue promovido a la posición dos de la compañía, al puesto de oficial ejecutivo. Hawke había estado suficiente tiempo en Vietnam como para haberse acostumbrado ya a los sustos que aparecían con cada operación, pero lo suyo no era agobiarse, y justo eso le preocupaba ahora.

Levantó un palo resquebrajado y garabateó en el lodo. Trazaba sin cesar la misma figura, una estrella de cinco picos, hábito que provenía de sus días de colegial, y en el que incurría cada vez que intentaba pensar. El palo era uno de miles, lo único que había quedado de los arbolones que habían poblado la enselvada cima de la montaña, a escasos tres kilómetros de Laos y a dos de la zona desmilitarizada. Eran numerosos y carecían de nombre los promontorios que, como esta montaña, colmaban el área, todos con una altura de un kilómetro y medio, y cubiertos por las heladas lluvias del monzón y por nubes; ésta en particular cargaba con el infortunio de ser apenas un poco más alta que las demás. Por esta razón, un oficial de personal sentado a 75 kilómetros al oriente, en las oficinas centrales de la Quinta División de Marines en Dong Ha, la había seleccionado para allanarla y pelarla de todo tipo de vegetación con el fin de emplazar ahí una batería de artillería de obuses de 105 milímetros. El mismo oficial la había llamado «Matterhorn» para mantener la moda corriente de nombrar, según montañas suizas, las nuevas bases de apoyo de ataque. Las órdenes permearon pronto a través del regimiento hasta el Primer Batallón, cuyo oficial al mando comisionó a los ciento ochenta marines de la Compañía Bravo para llevarlas a cabo. Esta decisión empujó a la compañía y a su fatigado segundo oficial al mando, el subteniente Theodore J. Hawke, al aislamiento de un valle ubicado al sur de Matterhorn. Desde ahí era necesario esforzarse tres días a través de la selva para alcanzar la cumbre de la montaña. A lo largo de la siguiente semana la convirtieron, con ayuda de casi ciento ochenta kilos de plástico explosivo c-4, en un erial seco, abundante en árboles destrozados, troncos tajados, palés para las raciones de comida rotos, latas vacías, envases de cartón empapados, paquetes de Kool-Aid desmenuzados, envolturas de barritas de golosinas rasgadas y lodo. Ahora les tocaba esperar, y Hawke estaba preocupado.

Había preocupaciones menos graves que la competencia del subteniente Mellas. Una era que la montaña estaba a ras del límite de la batería de obuses de 105 milímetros emplazada en la Base de Apoyo a la Artillería Eiger, a más de diez kilómetros al oriente. Este problema estaba emparentado con la espera, pues antes de que pudieran arrojarlos al valle por el lado norte de Matterhorn, debían esperar el arribo de la Batería Golfo, la unidad de artillería que supuestamente ocuparía la cima –ahora arrasada– de la montaña, con la misión de cubrir las patrullas de infantería que operaban más allá del alcance de los obuses emplazados en Eiger. En la comodidad del cuartel general resultaba todo bastante sencillo. Las compañías Alfa y Charlie entran primero al valle. Cuando abandonan el área de protección brindada por la artillería de Eiger, la Batería Golfo ocupa Matterhorn. Las compañías Bravo y Delta reemplazan a Charlie y Alfa en la parte baja del valle, y quedan ya bajo la protección de la artillería dispuesta en lo alto de Matterhorn. Todo esto le permite al Primer Batallón moverse más hacia el norte y el oeste para continuar su misión de atacar la intrincada red de caminos, ferrovías, vertederos de abastecimiento y hospitales de campo dispuestos a apoyar a las divisiones de acero 320ª y 312ª del Ejército de Vietnam del Norte.

Lo que no estaba dentro de los planes era aquella unidad norvietnamita que, con el disparo preciso de una ametralladora calibre .51, abatió el primer helicóptero de abastecimiento CH-46 que había intentado acercarse a Matterhorn. La nave se estrelló y explotó en llamas contra un monte anejo, que los marines de la Compañía Bravo se apresuraron en llamar «Cerro del Helicóptero». Pereció toda la tripulación.

Desde entonces, las nubes se habían disipado sólo ocasionalmente, cuatro días antes, cuando otro helicóptero del 39º Grupo Aéreo de Marines consiguió alcanzar –proveniente desde el valle con dirección al sur y con muchos apuros debido a lo delgado del aire montañoso– la zona de aterrizaje de Matterhorn. Arribó con algo de comida y pertrechos, y se retiró con algunos hoyos calibre .51 y con el jefe de tripulación herido. Poco después llegó la orden por parte del GAM-39, el referido Grupo Aéreo de Marines, de que se eliminara al metralleta *guco** antes de que arribara la Batería Golfo, especialmente porque la operación implicaría obuses muy pesados suspendidos con cables desde los helicópteros que vacilarían a causa de la altitud y que, por lo mismo, difícilmente podrían esquivar los balazos. Este problema, además de otro que formaba parte de las preocupaciones de

---

* Término despectivo para referirse a cualquier asiático, pero principalmente a los vietnamitas.

Hawke –la lluvia y las nubes del monzón que habían vuelto casi imposible el apoyo aéreo y el reabastecimiento–, habían retrasado tres días el programa de operaciones y habían incendiado la ira del teniente coronel Simpson, el oficial comandante del Primer Batallón, *Gran John Seis*, según la clave con que se le refería por radio.

Hawke dejó los garabatos y fijó la mirada en la parte baja de la empinada montaña. Hilillos de neblina oscurecían el muro gris de selva detrás de los rollos torcidos del alambrado con púas al borde del terreno despejado. Estaba de pie justo detrás de la línea de trincheras del Primer Pelotón, y acababa de entregárselas al motivo principal de su preocupación, el subteniente Waino Mellas, de la Reserva del Cuerpo de Marines de Estados Unidos. Uno de los puestos de avanzada de la compañía había informado por radio que la patrulla de Mellas acababa de sortear el puerto entre Matterhorn y el Cerro del Helicóptero, y que volvería en breve. Hawke estaba aquí para hacerse una idea de Mellas mientras se encontrara exhausto después de la tensión desbordante de adrenalina causada por una patrulla que no había encontrado nada. Hacía mucho tiempo, Hawke había aprendido que lo que de verdad importaba durante el combate era cómo son las personas cuando están exhaustas.

Hawke tenía veintidós años, pecas y un grueso pelo negro con un trasfondo rojizo que hacía juego con su bigotazo encarnado. Usaba una sudadera verde al revés, de suerte que la pelusa interior estaba ya apelmazada y mugrienta, como fustán viejo; estaba sucia de sudor y tenía manchas causadas por el chaleco antibalas. Tenía los pantalones embarrados de fango, con un agujero en una rodilla. Usaba una gorra oficial, pues los sombreros de tela flexible y camuflada le parecían *gunjy* y los evitaba. Se mantuvo atento a la línea de árboles con los ojos como saetas de un lado a otro, según el patrón de vigilancia propio de los expertos en el combate. La ladera de la montaña era lo suficientemente inclinada como para permitirle ver, por encima de las copas de los árboles, el lado superior de una franja de nubes oscuras que ocultaban, por debajo, un valle lejano. Aquel valle estaba confinado por otra cadena de montañas hacia el lado norte, igual que la cordillera al sur de Matterhorn. En algún lugar de aquel valle, hacia el norte, la Compañía Alfa acababa de perder a cuatro hombres y de sumar ocho heridos. Estaban fuera del alcance del apoyo de la artillería apostada en Eiger.

Hawke suspiró con pesadez. Tácticamente, la compañía estaba en una situación vulnerable. La ayuda estaba lejos y a punto de entrar en combate con los tres pelotones dirigidos por novatos venidos del Medio Oeste estadunidense. En voz muy baja susurró «Jódete», dio media vuelta, y lanzó el palo a la masa de árboles y troncos apilados que separaban la zona de aterrizaje de la línea de hoyos que la protegían. En eso se hizo presente la melodía estilo *bluegrass* que había invadido su mente a lo largo de todo el día. Había estado escuchando a The Country Gentlemen –armonías altas, las muñecas de Charlie Waller que rasgaban la guitarra con un plectro en *flatpickings* veloces–, que cantaban acerca de toda una expedición que murió durante un intento prematuro de ascenso al Monte Cervino, el Matterhorn, en Suiza. Cuando Hawke se tapó los oídos con las manos para atajar la cadencia, la pus que emanaba de una úlcera tropical abierta en su mano se chorreó sobre la oreja derecha. Se frotó la mano contra la pierna del pantalón sucio, y mezcló la pus nueva con la seca, con sangre de sanguijuelas machacadas, con grasa de una lata de espagueti y albóndigas que le había salpicado y con el barro húmedo y el tejido vegetal que revestían el algodón ya podrido de sus utilidades camufladas.

Encorvados, los marines de la patrulla salieron uno a uno, empapados por el sudor y la lluvia. Hawke dio un gruñido sordo de aprobación cuando vio que Mellas estaba justo detrás del cabo Fisher, precisamente el sitio que debía ocupar hasta que Fitch, el oficial al mando, dijera que Mellas estaba listo para ir a la cabeza. Hawke no sabía cómo reaccionar frente a él. Siempre esperaba que estuviera en el sitio equivocado, pero ahí estaba, en su lugar. Top Seavers, el sargento primero de la compañía, había dicho a través de la red radiofónica de Quang Tri que Mellas había estudiado en una universidad privada de lujo y que se había recibido de la Escuela Básica de Quantico con las segundas mejores notas de su generación. La universidad sofisticada cuadraba con las buenas notas de la Escuela Básica, pero condujo a Hawke hacia la preocupante idea de que les había llegado alguien convencido de que los listos de colegio son preferibles a la experiencia y el buen corazón. Aún más angustiante era el comentario de Top Seavers, según el cual, cuando Mellas se presentó en la división de personal el día de año nuevo, apenas hacía seis días, había preguntado por el pelotón de armas, en lugar del pelotón de tiradores. Seavers había concluido que Mellas intentaba evitar las patrullas, pero Hawke no estaba del todo seguro. No le pareció que fuera cobarde, sino más bien, posiblemente, un político. El comandante del pelotón de armas, que tradicionalmente poseía los tres morteros de 60 milímetros y las nueve metralletas de la compañía, vivía con el grupo de mandos de la compañía. Así mantenía contacto constante con el comandante de la compañía, a diferencia de los comandantes del pelotón de tiradores, quienes permanecían aislados en las líneas. Sin embargo, no había suficientes subtenientes para cubrir siquiera los pelotones de tiradores ahora y, dado que la acción involucraba sólo a un pelotón o a una unidad aún más pequeña, las metralletas estaban permanentemente asignadas a los pelotones de tiradores, una por escuadra, con lo que sólo quedaban libres los morteros, que un cabo podía operar. Pero Mellas no encajaba en el estereotipo del oficial ambicioso. Para empezar, no parecía siquiera mayor que los chicos que supuestamente iba a comandar. Además, no se veía especialmente acicalado, con todo en su sitio y las velas aparejadas en ángulos perfectamente rectos en contra de la dirección del viento, cultivando lo que un oficial ambicioso llamaría «presencia de mando». Por otro lado, la impresión de despreocupado podría ser propia de una actitud privilegiada estilo «Me importa un bledo», típica de la Ivy League,* como quien usa mocasines y jeans con parches de cinta aislante para cubrir las roturas, a sabiendas de que el destino final es Wall Street o Washington y los trajes de tres piezas. Mellas era también apuesto hasta el punto de ostentar lo que Art –el tío irlandés de Hawke– llamaba «las señas artesanales de Dios», lo cual podría constituir una ventaja en la vida civil, pero se revelaba casi como una complicación en el Cuerpo de Marines. Aún más, contrastaba notoriamente con el otro subteniente nuevo, Goodwin, alguien a quien resultaba más fácil de leer. Las notas de Goodwin en la Escuela Básica eran irrelevantes, pero Hawke sabía bien que tenía a un cazador nato en sus manos. Había necesitado diez segundos, al ver a los dos subtenientes, para elaborar este juicio. El helicóptero que los había depositado en la montaña atrajo disparos de ametralladora a lo largo de toda la ruta hasta entrar a la zona. Ambos subtenientes habían salido rapidísimo por la parte posterior y se lanzaron al cobijo más próximo, pero Goodwin había sacado la cabeza para buscar la posición desde la que disparaba la ametralladora de los norvietnamitas. Con todo, el problema de Hawke con Goodwin era que, por necesarios que resultaran los buenos instintos, en la guerra moderna no bastaban. La guerra se había vuelto demasiado técnica y compleja, y ésta, en particular, se había politizado demasiado.

El Doc Fredrickson tenía a Fisher tendido de espaldas sobre el fango, con los pantalones abajo, frente a su carpa. Los marines de la Segunda Escuadra que no estaban apostados en guardia formaban, de pie, un semicírculo detrás de Fredrickson. Fisher intentaba bromear pero su sonrisa era

* Red de universidades de elite en Estados Unidos.

bastante tensa. El Doc Fredrickson se volvió a Jacobs, el líder del equipo de tiro de Fisher.

—Dile a Hamilton que localice por radio al calamar mayor. Díganle que probablemente necesitemos una medevac de urgencia.

—Ur-urgencia –repitió Jacobs, con su tartamudeo más pronunciado que de costumbre. Y de inmediato arrancó montaña arriba. Fredrickson se volvió hacia Mellas con ojos serios y resolución en su rostro estrecho.

—A Fisher se le metió una sanguijuela en el pene. Durante el patrullaje subió por la uretra y no creo poderla sacar.

Fisher estaba acostado boca arriba con las manos dobladas detrás de la cabeza. Como la mayoría de los marines apostados en la selva, no usaba ropa interior con la intención de prevenir la tiña inguinal. Hacía ya varias horas que había meado por última vez.

Mellas levantó la mirada hacia la neblina arremolinada, y luego la bajó hacia la cara sonriente y húmeda de Fisher. Forzó una carcajada.

—Tendrás que buscar a la sanguijuela pervertida –apuntó. Revisó la hora. Menos de dos horas antes de que oscureciera. Una medevac nocturna, desde estas alturas y con este clima, sería imposible.

—Puedes ponerte los pantalones de nuevo, Fisher –indicó Fredrickson–. No bebas nada de agua. Sería muy mal sitio para tener que amputar.

Jacobs regresó a trompicones montaña abajo con la respiración agitada. Se detuvo junto a Bass, justo afuera del círculo inmediato que formaban alrededor de Fisher los amigos curiosos.

—Ya pa-pasé el mensaje, sargento Bass.

—Ok –respondió Bass–. A juntar el equipo de Fisher. Dividan las municiones y las raciones de comida. Entréguenle el fusil al subteniente para evitar que siga pidiéndomelo prestado. ¿Tenía algún puesto de escucha esta noche o algo?

—N-no, hoy pa-patrullamos –repuso Jacobs. Su rostro largo y su expresión, por lo general tranquila, mostraban ahora preocupación, y sus anchos hombros estaban desplomados hacia enfrente. Hacía pocos segundos que era el líder de un equipo de tiro; ahora la escuadra era suya.

Mellas abrió la boca para decir que la decisión acerca de quién se haría responsable de la escuadra recaía sobre él, pero advirtió que Bass se le había adelantado y lo había resuelto ya. Cerró el pico. Sabía que si argüía con base en rangos perdería la poca autoridad que parecía tener.

Fredrickson se volvió hacia Mellas.

—Creo que debemos trasladarlo a la zona de aterrizaje. En cualquier momento comenzará a sentirla. No podemos decir todavía cuándo llegará el helicóptero –alzó la mirada hacia la bruma oscura y bailarina–. No sé lo que pueda suceder si no llega rápidamente. Temo que algo deba ceder dentro y, si se jode el riñón o si explota dentro de él… –meneó la cabeza y bajó la mirada hacia sus manos–. No es que sepa mucho acerca del interior de las personas. Nunca lo vimos en Med de Campo.

—¿Qué pasó con el calamar mayor? –preguntó Mellas, refiriéndose al enfermero de segundo grado Sheller, el enfermero de combate para toda la compañía y jefe de Fredrickson.

—No sé. Es un enfermero de segundo grado, HM-2, pero creo que ha trabajado todo el tiempo en un laboratorio. Sólo vino acá porque fastidió a alguien en la Quinta Unidad de Medicina. Apenas llegó una semana antes que usted.

—No sirve de nada –espetó Bass.

—¿Por qué afirmas eso? –inquirió Mellas.

—Es un cerdo cabrón.

Mellas no respondió, pues se preguntaba cuánto costaría colocarse en la lista buena de Bass. Desde el día que Mellas llegó, desesperado por caerle bien a todos, Bass se lo había complicado. Llevaba un mes al frente del pelotón, sin subteniente alguno, y estaba presto para señalar que, mientras Mellas empezaba los estudios universitarios, él ya cumplía con su primer periodo de servicio en Vietnam.

—Es ése de ahí –apuntó Fredrickson.

Sheller, quien compartía con todos los enfermeros de compañía el mote de «calamar mayor», bajó, jadeante, la montaña con las botas nuevas todavía negras, como las de Mellas, con las utilidades todavía sin desteñirse a fuerza de la lluvia y la exposición constante a los elementos. Su rostro era redondo, usaba las gafas de marco negro de uso oficial en la marina y un sombrero camuflado nuevo. Estaba notablemente fuera de lugar en comparación con los marines delgados y larguiruchos.

—¿Cuál es el problema? –preguntó jovial.

—Fisher –respondió Fredrickson–. Tiene una sanguijuela metida en la uretra.

Sheller frunció los labios.

—Eso no suena nada bien. No hay manera de sacarla, supongo. ¿Puede orinar?

—No –respondió Fredrickson–. Precisamente por eso nos dimos cuenta.

—Si pudiera mear no te necesitaríamos –gruñó Bass.

Sheller lo miró brevemente y luego depositó su mirada en el suelo.

—¿En dónde está? –le preguntó a Fredrickson.

—Allá abajo, empacando su equipo.

Sheller se dirigió hacia donde le habían señalado. Fredrickson se volvió hacia Bass y Mellas, y se encogió de hombros como diciendo «Díganme qué más», y se marchó para seguirlo. Bass resopló disgustado:

—Cerdo cabrón.

Sheller le pidió a Fisher que se bajara los pantalones de nuevo. Le preguntó cuándo había orinado por última vez, miró hacia el cielo y luego su reloj. Se giró hacia Mellas:

—Habrá que evacuarlo. Es una urgencia. Voy a buscar al capitán.

—Muévete, Fisher —ordenó Bass—. Te vas de la maleza. Sube tu culo a la zona de aterrizaje.

Fisher sonrió y se dirigió hacia su carpa mientras se levantaba los pantalones. Bass se volvió hacia los fosos y gritó a través de un altavoz que formó con las manos.

—Quien tenga correo por enviar, déselo a Fisher. Lo vamos a medevaquear.

Un alboroto general se suscitó de inmediato. Los hombres desaparecían dentro de las carpas y de los pozos de tirador, se ponían a escarbar en paquetes y bolsas de plástico que utilizaban para mantener secas las cartas.

—Jacobs —gritó Bass—, dile al imbécil de Shortround, a Pollini, que intercambie sus camisas con Fisher. Ese vagabundo parece un Juan de la Mierda cualquiera. Y dile también a Kerwin, de la Tercera Escuadra, que cambie sus pantalones.

Jacobs, agradecido por tener algo que resolver, se largó y comenzó a recolectar las peores ropas de la escuadra para reemplazarlas con las menos gastadas de Fisher.

Sheller regresó a donde estaban Bass y Mellas, y bajó la voz.

—Sufrirá mucho dolor. Puedo meterle drogas, pero no puedo prever cómo reaccionarán la vejiga o los riñones.

—Pues nosotros tampoco —respondió Bass—, pero no estuvimos en ninguna escuela de lujo para médicos de la marina.

Sheller miró a Bass y comenzó a decir algo, pero se contuvo. Sus refunfuños perpetuos, aunados a su espaldón y gruesos brazos no invitaban a réplicas de ningún tipo.

—Ayúdale como puedas —agregó Mellas con rapidez, en un esfuerzo por aliviar la tensión entre los dos. Mellas se dirigió a Bass—: ¿ahora sí pondrás tu novela en el buzón?

Bass se carcajeó. Por una fotografía del anuario escolar se había enamorado de la prima de Fredrickson, una chica de último año de bachillerato.

Hacía días que le escribía una carta que, mientras tanto, sumaba ya quince páginas. Los dos hombres se encaminaron hacia la carpa de Mellas.

—No puedo creerlo –espetó Mellas–. El cabrón de Bass, el casi sargento de segunda clase, se enamora por vía postal.

—Tan sólo porque usted no tiene nadie a quien escribirle excepto a su madre –le alegó él.

Esa saeta lo hirió. Mellas recordó a Anne y aquella última noche cuando le dio la espalda en la cama. Recordó el viaje que habían hecho a México, cuando ella se puso a llorar en la plaza de un pueblo, harta ya, sobrepasadas sus capacidades, mientras él insistía en explorar más lugares. Se resignó, amorosamente, a mirarla confundida, sin saber qué hacer.

Mellas gateó dentro de la carpa y hurgó en busca de papel y un bolígrafo. Resolvió que intentaría escribirle. La carta resultó en algo tan alegre como «Acá estamos en un lugar llamado Matterhorn. Estoy bien, etcétera». Pegó las partes engomadas del sobre especial. Era tanta la humedad de la selva que los sobres normales se fijaban antes de que nadie pudiera usarlos, y en verano escaseaba tanto el agua que todo el mundo se resistía tajantemente a lamer nada.

—Hola, señor Mellas –ocasionalmente, Bass echaba mano del saludo formal y tradicional de la marina para subrayar que Mellas era todavía un subteniente bota.*

Mellas no podía objetar nada. Bass estaba en lo estrictamente correcto.

—Sí, sargento Bass.

—Si el ave no llega a tiempo y Fisher no consigue mear, ¿qué pasará? ¿Se llenará hasta averiarse?

—Lo ignoro, sargento Bass. Supongo que sí, algo así.

—Qué meadero** –murmuró Bass–. Debo ir a ver si Skosh sigue despierto.

Mellas no sonrió pues sabía que se trataba de un juego de palabras inconsciente. Reptó detrás de Bass hasta el oscuro interior de la carpa donde Skosh, el operador de radio de Bass, de dieciocho años, montaba la guardia radiofónica. Era tan frágil que Mellas se preguntaba cómo se las arreglaba con el radio, tan pesado, durante las rondas de patrullaje. Skosh tenía una toalla verde olivo envuelta alrededor del cuello y leía un libro pornográfico que daba la impresión de haber pasado por las manos de cada uno de los operadores de radio del batallón.

---

* «Bota» (sustantivo y adjetivo) significa «recluta»; aquí se refiere al campo de adiestramiento.
** Juego de palabras intraducible: *pisser* significa «pesado» y «meón» al mismo tiempo.

—Averigua qué pasa con la urgencia médica –le ordenó Bass, y se posicionó en el fondo de la carpa. Mellas lo siguió, a gatas sobre poncho liners de náilon apestosos, mientras sus rodillas golpeaban con pesadez el suelo firme cada vez que se hundían en el colchón inflable de Bass.

Skosh no respondió pero levantó el aparato y comenzó a hablar.

—Bravo, Bravo, Bravo. Bravo Uno.

—Aquí está la B Grande –siseó el radio–. Habla.

—¿Qué pasa con la medevac? Cambio.

—Espera un momento –hubo una breve pausa. Mellas observó a Skosh, quien retomó el libro y escuchaba el débil silbido del receptor. Hubo un estallido por la estática, como si alguien en el otro extremo hubiera activado el auricular. Se escuchó una nueva voz–. Bravo Uno, aquí Bravo Seis Actual. Pon en línea a tu actual –Mellas sabía que se trataba del capitán, del teniente primero Fitch, y que solicitaba hablar personalmente con él, con Mellas, con el comandante del Primer Pelotón, no simplemente con quien estuviera a cargo del radio.

Tomó el auricular y con ligero nerviosismo presionó la tecla para activarlo.

—Aquí Bravo Uno Actual. Cambio.

—Se ve todo negro para el ave. El valle está anubarrado desde la base de apoyo de la artillería Sherpa hasta el otro extremo. Intentaron sacar un ave pero no nos encontró. Puesto que aún quedan unas dos horas antes de que tu personaje Foxtrot se ponga realmente mal, van a esperar en Sherpa para ver si se despeja. Cambio.

—Pensé que se trataba de una emergencia médica –objetó Mellas–. Cambio.

—Lo despachamos como prioritario. Se elevará a emergencia sólo si la única manera de impedir su muerte es sacarlo de ahí. Cambio.

Mellas sabía que no querían arriesgar al helicóptero y la tripulación si era posible esperar dos horas más, en espera de que mejorara el clima.

—Enterado, Bravo Seis. Entiendo. Espera un momento –Bass le había estado haciendo señas a Mellas, y él soltó la tecla de transmisión del auricular.

—Pregúntele si hay órdenes para alguna clase seis –le pidió Bass.

—¿Qué es una clase seis?

—Usted pregúntele eso y ya.

Mellas reactivó el aparato.

—Bravo Seis, Uno Ayuda desea saber si hay alguna clase seis para nosotros. Cambio.

Cuando Fitch reinsertó su auricular, Mellas alcanzó a escuchar carcajadas que se desvanecían.

—Dile a Uno Ayuda que está ordenada.

—Entendido. Gracias por la info. Fuera.

Mellas se volvió a Bass.

—¿Qué es eso de la clase seis?

—Cerveza, señor –su rostro era de una inocencia pétrea.

Mellas se sintió bobo y poco profesional. Los músculos de su mandíbula se tensaron por el enfurecimiento. Había quedado mal de cara a todo el grupo de comandantes.

Bass simplemente lo miró y sonrió.

—Debe refrescarles la memoria, subteniente, o de lo contrario se olvidarán de usted.

Hawke observó al cabo Connolly, el líder de la Primera Escuadra de Mellas, esforzarse con sus piernas cortas y vigorosas montaña arriba a través del lodo y los tocones volados. Adivinó que Connolly sólo pondría tanto esfuerzo por una única cosa: cerveza.

Se detuvo para retomar la respiración y gritó:

—Oye, Jayhawk. ¿Ya no haces nada ahora que te nombraron oficial ejecutivo, OE?

Hawke sonrió al escuchar su propio acento bostoniano. Dejó escapar un gruñido gutural y levantó la mano derecha, con los dedos doblados como garras, la señal que todos en la compañía reconocían como el signo del poder del halcón, una parodia ya fuera del puño del poder negro, ya fuera de los carteles de paz de los manifestantes antiguerra, según el movimiento político que Hawke quisiera satirizar en cada ocasión. Rugió:

—Conman, puedo hacer lo que desee. Soy subteniente –comenzó a boxear contra su propia sombra y luego levantó los dos puños, como si hubiera ganado algún premio de boxeo, y gritó–: soy Willie Pep.* Estoy en el round trece de mi famosa pelea de regreso –y comenzó a bailar con los brazos por encima de la cabeza, con los dedos pulgar e índice hechos todavía una garra.

Unos pocos marines apostados en las líneas abajo de él giraron las cabezas. En cuanto vieron que se trataba de Jayhawk, que hacía la danza del halcón, volvieron a mirar por encima de los cañones de sus armas hacia el muro de la selva, acostumbrados como estaban ya a él.

* Boxeador famoso durante los años cuarenta y los cincuenta del siglo xx. Después de retirarse, volvió a mediados de los sesenta.

Hawke dejó sus payasadas. Puso los ojos en blanco. Volvió a él la melodía del *bluegrass*: «Hombres que intentaron y hombres que cayeron en el ascenso de Matterhorn». El banjo de cinco cuerdas se alzaba por detrás del violín que gemía, y las voces atipladas de los Apalaches se levantaban en un lamento propio del oriente de Tennessee: «Matterhorn. Matterhorn». Hawke quería largarse de entre aquellos arbustos, anhelaba una chica de agradable olor y suave al tacto. Quería volver a casa con mamá y papá. Sabía, sin embargo, que no dejaría a Fitch y al resto de la Compañía Bravo con tres *barras de mantequilla* –subtenientes botas– hasta que se hubieran aclimatado o hubieran muerto, las únicas dos posibilidades para los subtenientes que se estrenaban en combate.

Finalmente, Connolly alcanzó a Hawke y, jadeante, le preguntó:

—Oye, ¿cuándo nos llega ese algo de la clase seis?

—Conman, lo sabía. ¿Acaso te parezco un adivino?

—¿Podrá venir el heli?

—De verdad te parezco un nigromante, ¿no? –respondió Hawke–. Y si tu escuadra fuera capaz de hacer algo mejor que dejar paquetes de Kool-Aid y envolturas de barras Trop ensuciando la selva, entonces quizás encontraríamos a ese metralleta guco para que los *zoomies** nos traigan un poco, Hotel Papa.**

—No quiero no encontrar al metralleta guco.

—No me lo hubiera imaginado.

—Oye, Jayhawk.

—¿Qué? –nunca le había importado a Hawke que lo llamaran por su sobrenombre, siempre y cuando estuvieran entre los arbustos.

—Seguro que las tropas tienen correo.

—Gracias. Eres esa jodida Querida Abby,*** ¿o qué?

—Me *encantaría* ser la Querida Abby.

—Es demasiado vieja para ti. Regresa a tu manada, Connolly.

—Tú consigues que te asciendan el culo a oficial ejecutivo y de pronto ya somos ganado.

—Jódete.

—¿Cómo es posible que no te hayan nombrado capitán? Llevas más tiempo en la selva que Fitch.

---

* Pilotos de la Fuerza Aérea.

** Según el lenguaje codificado para el radio, «hijo de puta», de acuerdo con la primera letra de cada palabra.

*** Se refiere a la muy exitosa columna de consejos personales escrita por Pauline Phillips, bajo el pseudónimo de Abigail van Buren, y titulada *Querida Abby*.

—Porque soy subteniente y Fitch es teniente primero.

—Pues eso no me hace cambiar de opinión.

—Bueno, como no eres Gran John Seis, a nadie le importa lo que consideres. Y no llegarás a ser Gran John Bravo Uno-Uno Actual si no dejas de fastidiarme.

—Pues licénciame de mi comando y despáchame a casa con deshonor –Connolly se dio la vuelta y se enfiló montaña arriba mientras se subía los pantalones que le quedaban demasiado flojos de cintura. Los puños del pantalón colgaban y, de tan pisados, estaban ya raídos y sucios.

Hawke sonrió afectuosamente a espaldas de Connolly. Pero luego hundió las manos en los bolsillos y la sonrisa se tornó en una mueca de dolor cuando las aristas de la tela le rasgaron las úlceras. Observó cómo Connolly regresaba a las líneas y que pasó a Mellas, quien venía hacia donde estaba él. Suspiró y, metódica pero muy firmemente, comenzó a azotar la vara contra un tronco hasta que la rompió. Lo que de verdad quería hacer era salir de esas ropas empapadas e inmundas y acurrucarse para perder un poco el conocimiento, hecho un ovillo. Entonces volvió de nuevo la canción.

Mellas sabía que Hawke lo había visto venir para hablar, pero Hawke se dio la vuelta para subir, sin él, la breve distancia hasta la zona de aterrizaje, la ZA. Sintió una punzada de enfado ante la injusticia con que algunos lo trataban, como Hawke o Bass, sólo por haber llegado antes que él. Todos tenían que ser nuevos en algún momento. Se sentía como un niño que debe ponerse a la altura de su hermano mayor; continuó el ascenso. Vio a Hawke unirse a un grupito de marines que se habían reunido en torno a Fisher y de alguien más que le pareció ser el artillerito de la compañía: el sargento de segunda clase… fulano. Por Dios, los nombres. Debería escribirlos en un cuaderno para memorizarlos.

Cuando llegó a la zona de aterrizaje, jadeante, Mellas advirtió que Fisher sufría dolores terribles. Se sentaba sobre la mochila, se acostaba al lado, se ponía de pie, y volvía a repetir la secuencia. Hawke contaba una historia y tenía a todos riendo, excepto a Fisher, aunque sonreía juguetonamente. Mellas envidiaba la buena entrada de que gozaba Hawke con la gente. Titubeó, sin saber cómo anunciar su presencia. Hawke le resolvió el problema cuando lo saludó primero.

—Oye, Mellas, tenías que ver cómo se las arreglaba Fisher para la medevac sin sufrir un solo rasguño, ¿no? –Fisher forzó una sonrisa–. Sé que ya conoces al artillerito, el sargento de segunda clase Cassidy –e indicó a un hombre que debía estar, según le pareció a Mellas, al final de los veinte, a decir por su gesto duro y por el rango. Cassidy se había cortado, y de la herida infectada emanaba una pus acuosa. A juzgar por el tono de piel rojizo canela, el nombre y el acento rústico, Mellas lo etiquetó como un palurdo escocés-irlandés.

Cassidy simplemente le asintió a Mellas y lo miró con sus delgados ojos azules, en un gesto evaluativo obvio.

Hawke se dirigió a los demás.

—Para quienes no están en la Primera Manada, éste es el subteniente Mellas. Es un cero tres.

Cuando se rechazó la solicitud de Mellas en la sección de aviación para ser controlador de tráfico aéreo, se le asignó su Especialidad Ocupacional Militar –o EOM– 0301, oficial de infantería sin experiencia. Si dentro de seis meses continuaba vivo, se le ungía como 0302, oficial de infantería con experiencia. Todas las especialidades de la infantería de los marines se registraban con un «cero tres», seguido de diferentes pares de números: 0311 eran los tiradores, 0331 los metralletas. El cero tres, que se pronunciaba «oh-tres», era temido por muchos marines porque significaba combate seguro. A algunos EOM se les ordenaba apoyar a los cero tres. Se trataba del alma y el corazón del Cuerpo de Marines. Sólo muy pocos, que no lo encarnaban, conseguían los altos mandos

Había susurros educados –como «Señor» y «Hola, señor»–, y un alivio evidente ante el hecho de que Mellas era un oficial de infantería y no uno más de los oficiales de servicio o de transporte motorizado. El general de división Neitzel, al mando, había decidido que, puesto que cada marine estaba entrenado como tirador, se seguía por lógica que cada oficial debía sumar experiencia como comandante del pelotón de tiradores al menos por noventa días. El fallo en el argumento del general era que, una vez que un oficial ajeno a la infantería había cometido errores inevitables propios de un oficial nuevo en combate –y las tropas a su cargo eran quienes pagaban los platos rotos–, se le transfería de regreso a su ocupación militar primaria en la retaguardia, con lo que las tropas quedaban expuestas al arribo de otro oficial distinto, quien, a causa de sus errores, las arrastraba otra vez a la muerte.

Mellas sabía que Hawke le había hecho un favor diciéndole al grupo que era un gruñón,* al igual que ellos. Se disipó parte de su molestia contra él. Empezaba a aprender que era una reacción típica hacia su persona: era imposible estar enojado con él demasiado tiempo.

* Perteneciente a la infantería.

Como Hawke y Cassidy, también Mellas miró a Fisher en su postración. Hawke habló por lo bajo, pero se dirigió sólo a Mellas y a Cassidy, a pesar de que todos, Fisher incluido, podían escucharlo.

—Acabo de enviar a Fredrickson para que solicite un traslado médico de emergencia. Si no lo sacamos en un par de horas, no sé qué pasará.

Fisher los observaba con atención.

Mellas se volvió a Fisher.

—Aguanta ahí, Tigre —intentaba sonar alegre, pero no pudo reprimir un sentimiento de fastidio ante la evidencia de que estaba perdiendo a un experimentado líder de escuadra.

—Estoy resistiendo, subteniente. Por supuesto que querría mear. Al menos podré sacar a Lindsey de aquí y llevarlo a Hong Kong —Fisher se refería a un desolado marine del Tercer Pelotón que también estaba vestido con harapos podridos.

Lindsey le sonrió a Fisher. Llevaba tres días sentado en la zona de aterrizaje en espera del helicóptero que lo transportaría a sus vacaciones llamadas Descanso y Recreación, su D&R.

—Tendrías que tener las vísceras de fuera y testar en favor de algún piloto antes de que alguno llegue a esta montaña lamepitos.

—Ahí tienes —le contestó Fisher. La frase estaba ya bastante trillada entre los gruñones estoicos de todos lados. Un espasmo le había comido la última palabra y comenzaba ya a gemir. Mellas se alejó. Lindsey observó al enfermo. Sin duda tenía experiencia propia con el dolor.

Hawke se acuclilló junto a Fisher.

—Te vas a poner bien, hombre. Te duele, ¿no? Ya te registramos en calidad de emergencia. Están por enviarnos un ave. No se te ocurre pensar que alguno de esos *zoomies* querrá perderse su peli en el campo de aviación de Quang Tri, ¿o sí?

Fisher alcanzó a sonreír antes de que un espasmo incontrolable le hiciera arquear la espalda para liberar presión.

—¿Por qué carajos tardan tanto en solicitar la emergencia? —preguntó Mellas.

Hawke lo miró con una ligera sonrisa dibujada en su rostro.

—Ah… Alguien está molesto esta tarde —luego se suavizó—. Si pides demasiadas emergencias te ganas una reputación de lobo chillón. El despachador rebaja tus emergencias a prioridades, y las prioridades se vuelven rutinas. De suerte que cuando realmente tienes una emergencia, no te envían aves. Si crees que estoy bromeando, mantente por aquí y pon atención durante algún cierto tiempo.

—¿Tengo otra opción?

—Hijo mío, estás verde todavía pero aprendes rápidamente –lo dijo como un remedo de W. C. Fields,* que irritaba a Mellas, aunque era claro que los chicos lo adoraban.

—Siempre fui rápido.

Hawke se volvió al marine que esperaba su D&R.

—Oye, Lindsey, ve abajo y busca al calamar mayor.

Lindsey se incorporó con pesadez y miró a Fisher.

—¿Y qué le digo? –le preguntó a Hawke.

—Que Fisher está poniéndose mal –no parecía que le importara tener que explicar lo que Mellas consideraba hechos absolutamente evidentes.

Lindsey trotó montaña abajo hacia el puesto de mando.

—¿Y cómo sacan a Lindsey y no a Mallory? –el marine que lanzó la pregunta tenía un rostro redondo, era negro, le colgaba un bigote al estilo Ho Chi Minh y ostentaba manchitas claras en la cara por un problema cutáneo. Se hizo el silencio. Mellas extendió del todo su antena política.

Cassidy atajó:

—Se dice «señor» cuando te diriges a un oficial –su voz resonaba con la autoridad propia del instructor militar de marines combinada con una mera aversión.

El marine tragó saliva, dubitativo. Hawke intervino con rapidez, lo miró fijamente.

—China, éste no es ni el momento ni el lugar.

—Exactamente. Con éstos nunca hay tiempo ni espacio para los negros.

—Señor –agregó Hawke por lo bajo antes de que Cassidy pudiera decir nada. Mellas advirtió que Cassidy estaba enfadado pero que mantenía la boca cerrada debido a que Hawke había tomado ya el control de la situación.

Hubo un momento de lucha interna por parte de China.

—Señor –respondió al fin.

Hawke se mantenía en silencio. Simplemente miró a China, quien se mantuvo firme; era obvio que esperaba una respuesta. Dos amigos negros de Fisher que estaban cerca de ahí se acercaron como por instinto.

—*Señor* –dijo China–. Con todo respeto, *señor*, el marine pregunta por qué al cabo segundo Mallory, que tiene estos dolores de cabeza y posiblemente daño cerebral, no lo volarán de aquí junto con el cabo segundo Lindsey, que sufre por falta de compañía femenina.

La pregunta flotó en el aire gris y oscuro. Cassidy se llevó los puños a

---

* Comediante estadunidense cuyo personaje principal era un egoísta misántropo.

las caderas, se inclinó hacia el frente y estaba a punto de explotar cuando Hawke rompió con una risa ahogada mientras agitaba la cabeza. Alguien más se reía nerviosamente.

—China, carajo, por qué vienes a molestarnos acá, en medio de esta jodida lluvia, cuando bien sabes que –Hawke levantó un dedo– primero, ninguno de nosotros, incluido tú, sabe si Mallory padece dolores de cabeza reales, a menos de que acabes de recibir un grado médico y yo no me hubiera enterado; y segundo –levantó entonces otro dedo–, incluso si ése fuera el caso, se desempeña perfectamente en combate, o al menos tan bien como Mallory ha sido capaz de desempeñarse siempre en combate; y tres –agregó entonces el pulgar–, lo que ya dije a propósito de solicitar traslados médicos que no se requieren estrictamente; y en cuarto lugar –replegó el pulgar y extendió cuatro dedos–, a esta altitud, añadir setenta kilos más el equipo sin saber qué carga lleva ya el ave puede significar que nadie logre salir vivo de aquí.

—Lindsey pesa setenta kilos.

—Señor –añadió Hawke. Su insistencia en el «señor» tenía el mismo resentimiento personal como el que encierra la insistencia de la madre que le pide al niño que agregue un «por favor» al final de sus frases.

—Señor –dijo China.

—Creo que ya entendió –opinó Mellas. No hacía daño hacerles ver a los negros que él no cargaba con prejuicios.

Hawke volteó para mirar a Mellas con la boca del todo abierta. China también lo miró pero, aunque evidenció su sorpresa, la disimuló mejor. Mellas supo que se había anotado un tanto. Pudo ver también que había perdido uno con Cassidy, el artillerito, cuyo rostro había empalidecido y sus ojos parecían pequeñas rocas azules.

Hawke no trató de ocultar su exasperación. Se dirigió tanto a Mellas como a China.

—Lindsey lleva once meses en la maleza, Mallory tres. Lindsey lleva tres días esperando en la zona de aterrizaje y, si no lo sacamos antes de que iniciemos la operación, perderá definitivamente su D&R. Lindsey nunca ha expresado ninguna queja por mierdera que fuera y, de Mallory, por el contrario, lo único que escuchamos son quejas. Si lo dejamos ir, entonces cualquiera estará en posición de irse a la retaguardia en el momento en que *nos diga* que le duele lo que sea. Por Dios, a todos nos duele algo. Ustedes saben tan bien como yo que *esso numca sucedelá* –Hawke pronunció las últimas tres palabras, en una parodia del acento vietnamita, con mucha lentitud y se las dirigió directamente a China.

Mellas sintió que se sonrojaba y hubiera querido evitarlo, con lo cual empeoró su rubor. Vio cómo China echaba una breve mirada a los dos hermanos, pero ellos permanecieron neutrales. Entonces China lo miró. Mellas mantuvo un gesto inexpresivo, con los labios fuertemente cerrados.

Después de un momento de duda, China dijo:

—Tan sólo señalaba una inconsistencia, subteniente Hawke –dijo.

—Sí, la escuché.

Fisher comenzó a gemir, y tanto Hawke como China lo miraron, contentos de que los quejidos los sacaran de la confrontación. Cassidy les dio la espalda y abandonó la zona de aterrizaje.

—Carajo, debo mear de verdad, subteniente Hawke. Ay... mierda. ¿Por qué no han llegado? –Fisher estaba a punto de llorar–. Que se jodan esos hijos de puta, que se jodan, carajo –trató de incorporarse para aliviar la presión, echó un chillido feroz que quedó amordazado por los dientes. Hawke lo sostuvo antes de que se derrumbara. Fisher soltó una sonrisa y dijo–: mierda, no puedo estar ni de pie ni tendido.

—Aguanta, Fisher, te sacarán de aquí en una nada –dijo Hawke. Se sentó en la mochila de Fisher, mientras lo sostenía por las axilas, mitad de pie, mitad acostado, cargando la mayor parte del peso de Fisher.

Mellas se sintió otra vez desplazado... y estúpido. Sabía demasiado bien que había hablado de más, pero no había previsto que, con sus dos centavos de equidad racial, invitaba a Hawke a una fuerte reprimenda frente a tanta gente. De cualquier manera pensó que su comentario encontraría tierra fértil en la compañía. No se arrepentía de haber mostrado sus cartas políticas, sólo lamentó haberlo hecho con tanta torpeza. Se preguntó entonces si daría mejor impresión si se quedaba arriba, en la zona de aterrizaje, junto con Fisher, o abajo, en las líneas con su pelotón, u ocupado con el comandante de la compañía, el teniente primero Fitch, para ayudar al traslado del paciente. Decidió que lo óptimo sería mantenerse callado y no preguntar demasiado.

Hawke miró las nubes bajas con ansiedad y luego las líneas, montaña abajo.

—¿Ya está listo todo el correo? –le preguntó a Mellas sin mirarlo.

Mellas tardó un momento en darse cuenta de que se dirigía a él.

—Sí –repuso–. Estás sentado sobre él. Está todo listo en la mochila de Fisher.

Unos minutos más tarde, el calamar mayor, Sheller, y el teniente primero Fitch llegaron a la zona de aterrizaje venidos directamente desde el puesto de mando. Fitch se veía pequeño, casi felino, junto a Sheller. Al llegar, Fitch miró brevemente a Fisher, y luego se volvió a Mellas y a Hawke. Traía su mirada, mitad feliz, mitad traviesa, que quedaba acentuada por el elegante bigote que cultivaba.

—Parece que Fisher se fue y se jodió bastante bien, ¿no? –dijo. Se volvió a él–. ¿Cómo te las arreglas para hacer esto después de haber vuelto de Taipei con eso en el pito? Había escuchado que eras mensajero, pero esto es algo distinto –se giró y esperó con los demás, mientras Sheller tomaba el pulso del enfermo.

Cuando Sheller se les unió, tenía el rostro descompuesto.

—Capitán, si no lo sacamos en el transcurso de una hora, oscurecerá y lo perderemos. Su corazón está ya desbocado, a pesar de la morfina. No tengo nada más que darle excepto más morfina, y demasiada morfina... usted ya sabe. Así que estoy posponiendo la segunda jeringa, por si acaso.

—¿Por si acaso qué? –preguntó Fitch.

—En caso de que deba hacer algo aquí.

Nadie dijo nada hasta que Fitch rompió el silencio.

—¿Qué harías en caso de que no llegue el heli? –preguntó.

—Lo único en lo que puedo pensar es en intentar perforar un hoyo para aliviar la presión. Pero no va a gustarle nada.

—No creo que dentro de una hora pueda importarle mucho –asestó Hawke.

—¿Qué pasa con el ave? –preguntó Mellas.

—Todo igual, todo igual –replicó Fitch–. La única manera que tienen para llegar es volar a ras de suelo para evitar las nubes justo por el lado de la montaña. Esperemos que tengan suficiente espacio –hizo una pausa–. Y luz –añadió con suavidad.

—Voy a necesitar un lugar más limpio que la zona de aterrizaje para atenderlo, capitán –dijo Sheller–. Imposible hacerlo en el lodo –se veía pálido y su respiración eran bocanadas cortas–. También, por cierto, requeriré bastante luz, así que necesitamos un lugar cerrado a prueba de luz.

—Usen mi tienda. Snik y yo nos las arreglaremos si necesita pasar la noche ahí –ofreció Fitch, refiriéndose a Relsnik, el operador de radio del batallón.

—¡Oh, no, Dios! ¡Capitán! –era Fisher, quien los había escuchado todo el tiempo–. Deben sacarme de aquí.

—No te preocupes –dijo Fitch–. Si es necesario operar, haremos una fotografía antes de empezar para que tus historias tengan respaldo.

Fisher alcanzó a sonreír. Mellas estaba inquieto, se balanceaba primero en una pierna y luego en la otra.

Fitch se dirigió a Mellas:

—Oscurecerá bastante pronto. Más vale que tengamos la reunión de actuales en cero cinco para que, al menos, podamos ver lo que escribamos.

—Claro, capitán –respondió Mellas, inseguro acerca de si debía quedarse con Fisher o acompañar a Fitch. Lo miró de nuevo–. Tú tranquilo, Fisher –le dijo. Él asintió. Mellas se fue con Fitch.

* * *

Se deslizaban de lado con las botas, esquiaban en el lodo por el escarpado talud, y llegaron frente al puesto de mando, PM, de la compañía. El PM era una tienda como las demás: dos ponchos colgados sobre un cable de comunicación. Ésta se distinguía de las demás, sin embargo, por los montones de tierra apilados contra sus extremos más bajos para que resistiera el viento y para evitar que se colara la luz, y también por una larga antena radiofónica RC-292, que se bamboleaba ligeramente en el aire del monzón.

Fitch se peinó frente a un espejo de acero insertado en la ranura del tronco de un árbol que habían volado. Empezó a llover con mayor intensidad. Puso el peine en la bolsa trasera y gateó hasta la entrada de la tienda, seguido inmediatamente por Hawke. Mellas titubeó, sin saber si era bienvenido.

—¡Por Dios, Mellas! –gritó Hawke–. ¿Acaso no tienes suficiente sentido común como para guarecerte de la maldita lluvia?

Mellas se apretó en el interior del pequeño refugio. Dos operadores de radio estaban dentro también, uno de ellos ocupado con la red del radio del batallón, el otro con la red de la compañía. Una única vela arrojaba sombras contra los ponchos fofos del techo. Sobre el suelo, uno junto al otro, había tres colchones inflables de hule cubiertos por poncho liners camuflados. Las orillas de la tienda estaban llenas de rifles, de cantimploras, de municiones y mochilas. Un ejemplar de la revista *Seventeen*, una *Time* del mes anterior y un wéstern de Louis L'Amour estaban dispersos cerca de los radios. Mellas no sabía dónde dejar sus botas enlodadas. Terminó por colocarlas contra una mochila; sus pies salían de la tienda a través de la abertura.

Fitch le presentó a Mellas a los dos hombres del radio, pero olvidó de inmediato sus nombres, y le pidió a uno de ellos que llamara a los comandantes del pelotón para la reunión de actuales. En menos de veinte segundos se llevó a cabo, a petición de Fitch, el intercambio entre el cuartel de la compañía y los tres pelotones. Mellas, quien había tenido la impresión de que a los operadores de radio les faltaba mayor disciplina, quedó impresionado.

Hawke se volvió a Fitch.

—Conman me acaba de confesar que China está agitando a los hermanos negros otra vez, y justo tuve un pequeño uno-a-uno con él allá arriba en la za –miró a Mellas–. Con un poco de ayuda –Mellas miró hacia el lodo.

—Ah, su puta madre –dijo Fitch–. ¿Y ahora qué?

—En este momento, las cuotas del D&R. Puras sandeces –Hawke se volvió hacia Mellas–. Oye, Mellas, ¿acaso te dijo Top Seavers algo acerca de Top Angell, de la Compañía Charlie, que le intercambiaba a Parker dos Taipeis por un Bangkok?

A Mellas se le agitó el estómago. Recordaba vagamente que Seavers le había pedido que le dijera a Hawke algo relativo a las cuotas del D&R, pero en aquel momento no había tenido ningún sentido, y no había querido parecer bobo al pedirle que se lo aclarara.

—No, no recuerdo que hubiera dicho nada al respecto –mintió con frialdad. Tampoco quería volver a quedar como un tonto frente a Hawke.

—Ah, bueno... Quizá podamos aclararlo esta noche.

—¿Tuvieron problemas raciales aquí en la compañía? –preguntó Mellas, cambiando el tema.

—Na, en realidad no –respondió Hawke–. Ah, un par de idiotas fastidian demasiado y mantienen todo alterado. Acá, los *splibs* no pueden molestar más que los blancos, *chucks*. Todos somos negros jodidos, por lo que veo.

—¿Quién es ese tal China?

—Es nuestro H. Rap Brown local, el radical más negro entre nosotros –dijo Fitch con una sonrisa–, también conocido como cabo segundo Roland Speed. Pero no le agrada que nadie lo llame así. Cassidy lo odia, pero es un buen metralleta y no ha causado ningún problema hasta ahora. Tenemos también nuestros fanáticos blancos –Fitch observaba a sus dos operadores de radio.

El operador que habló al batallón, Relsnik, miró a Fitch.

—No puedo evitarlo, señor. Usted no creció junto a ellos, a diferencia de Pallack y de mí, allá en Chicago. Si hubiera sido el caso, usted también los odiaría. Sí, la mayor parte de los negros que están aquí son decentes. Algunos hasta me caen bien, pero como individuos. En tanto raza, los odio.

Fitch se encogió de hombros y miró a Mellas.

—No hay lógica que lo supere.

Los dos operadores de radio regresaron a sus revistas.

Más abajo, en las líneas, el soldado de primera clase Tyrell Broyer, quien había llegado en el mismo helicóptero que Mellas y Goodwin, arrojó su pequeña pala plegable y le pintó un dedo. Sus manos y falanges, aún no del todo acostumbradas a la selva, estaban heridas por el alambrado con púas, cubiertas de ampollas a causa del machete, y tasajeadas con rajadas infectadas que le ocasionaban los pastos filosos de la selva. Había vuelto después de haber tensado cable abajo de la línea de trincheras y, al volver, encontró la suya parcialmente llena por un pequeño derrubio de lodo.

Miró al cielo que pardeaba y se reajustó las pesadas gafas de plástico sobre el puente de la nariz. Temeroso de que pudiera ser sorprendido sin protección en medio de la oscuridad, volvió rápidamente al foso. De inmediato se sintió avergonzado por su miedo. Podría estar tendido allá arriba, en la zona de aterrizaje, como aquel pobre tipo de la Segunda Escuadra. Volvió a palear; trataba de obviar el dolor de una uña arrancada, hasta que sintió a alguien acuclillarse en el suelo encima de su zanja. Al volverse, vio un par de botas para selva desgastadas. Sus ojos se movieron hacia arriba hasta detectar una rodilla morena que se asomaba a través de un agujero en el uniforme desgastado. Detuvo la mirada en el rostro de un marine negro, bajo y fornido, que portaba un bigote largo a la Ho Chi Minh. El visitante apretó el puño derecho y lo saludó, y procedieron al cimbrado de manos típico con el que se saludaban los marines negros, un rítmico y complejo toqueteo de puños –nudillos, reversos y anversos– que duraba varios segundos.

—¿De dónde eres, hermano? –preguntó el visitante al terminar.

—Baltimore –Broyer miró abajo hacia su trinchera diminuta; se sentía presionado a excavarla antes de que menguara la luz para no quedar desguarecido. Se le resbalaron las gafas de plástico y rápidamente las irguió de nuevo en la nariz.

—No te preocupes por ese maldito hoyo, hombre. Bajo las órdenes de estos hijos de puta cavarás los próximos trece meses lo suficiente como para llenarte el resto de la vida. ¿Tienes un cigarrillo?

—Seguro –Broyer buscó en su bolsa y sacó un paquetito de cigarros proveniente de la ración c. Se lo ofreció al extraño, quien le sonreía como si disfrutara algún tipo de broma. Advirtió que padecía vitiligo, que le había sembrado manchas blancuzcas y carentes de pigmento en el rostro y los brazos.

—Me llamo China –dijo el extraño–. Sólo quería ver a algunos hermanos nuevos –China encendió un cigarrillo y le dio una bocanada lenta–. ¿Cómo te llamas, hermano?

—Broyer.

—Al carajo, man. Tu nombre verdadero, no tu nombre de esclavo.

—Tyrell –respondió Broyer, inseguro acerca de si ese nombre no sería de esclavo también. Se relajó cuando China no replicó–. ¿Estás en el Primer Pelotón?

—Na. Manada Segunda. Escuadra de artillería. Pero me muevo bastante. Algo así como el Welcome Wagon,* ¿sabes? –China jadeó una risita nerviosa. ¿Qué piensas de esos dos subtenientes *chucks* que te acompañaban el otro día?

—No los conozco. Aterrizaron en helicóptero en Vandegrift después de que nosotros llegamos ahí en convoy.

—Figuras –dijo China a la ligera. Esperó a Broyer para continuar.

—No parecen tan malos. Uno tiene pinta de paisano, habla acerca de la caza y esas cosas. El otro parece decente. Aunque da la impresión de tener una vara en el trasero. La típica alma de las fiestas.

—Ajá –China miró hacia la selva, apenas a diez metros montaña abajo de donde hablaban. Broyer siguió la mirada de China hasta el muro de follaje. Otros miembros del pelotón de Broyer lo habían hecho retroceder laboriosamente hacia atrás con los cuchillos K-bar y las palas para cavar trincheras. Unos pocos estaban atentos en sus hoyos, con los rifles y los cargadores cuidadosamente listos y apostados frente a ellos, y auscultaban la oscura línea de árboles.

—¿Crees que nos darán acá? –preguntó Broyer.

—Mierda, hermano. ¿Tú crees que los orientales están tan locos como para querer este jodido lugar? Tienen mejores cosas que hacer con su tiempo. A la mierda, hermano –China le sonrió.

Boyer rio suavemente, y bajó la mirada hacia la pala.

—Mira, hermano –dijo China–. No comas ansias. Aún debo ver a otro hermano nuevo antes de que termine la reunión de los actuales y debo volver a mi pos, pero nos vemos más tarde, ¿okas? Pronto te adaptarás. Todos estamos asustados, pero te acostumbras a estarlo. Si necesitas hablar con un hermano, date una vuelta –repitieron la danza de las manos. Broyer quedó contento de haberle pedido a un amigo en el campo de botas que se la enseñara durante una noche en que los dos estaban apostados como vigías y el resto de los compañeros dormía.

* Negocio que se basa en visitar de puerta en puerta a quienes se mudan a una casa nueva.

* * *

Los actuales se reunieron durante el crepúsculo afuera de la tienda del teniente primero Fitch. Una ligera neblina desdibujaba sus siluetas imprecisas, lo que intensificaba el malestar de Mellas por no recordar sus nombres.

Mellas apenas había cruzado palabra con el comandante del Tercer Pelotón, el subteniente Kendall, recién llegado desde el Quinto Batallón de Transporte Motorizado. No se trataba de una elección propia: no había habido tiempo para hablar. Kendall tenía pelo rizado color arena y usaba gafas envolventes amarillas que no dejaba de tocar mientras hablaba. Mellas advirtió un sencillo anillo de bodas hecho de oro.

El subteniente Goodwin, quien había estado con Mellas en la Escuela Básica de Quantico y quien había llegado en el mismo helicóptero que él, daba empujones a su sargento de pelotón, el sargento de segunda clase Ridlow, mientras disimulaba sus risotadas. Goodwin portaba un sombrero para combate en la selva. A Mellas lo electrificó un pinchazo de envidia. El primer día, cuando los dos recibieron su equipo en Quang Tri, Goodwin intercambió el gorro que se le había entregado por el blando sombrero camuflado, y pareciera que lo había portado toda la vida. También Mellas se probó uno, se miró al espejo y, al sentir que se veía bobo, lo arrebujó en un saco para llevarlo a casa como recuerdo en caso de que lograra sobrevivir. Algunos días más tarde, justo después de que llegaron a Matterhorn, Mellas volvió a experimentar la envidia que le causaba Goodwin. Fue cuando el capitán, el teniente primero Fitch, anunció secamente que Mellas iría con el sargento Bass, y añadió que Bass había hecho un estupendo trabajo al frente del pelotón en el ínterin transcurrido entre el momento en que Hawke ascendió a oficial ejecutivo y el arribo de Mellas. Entonces, Fitch le asignó a Goodwin –junto con el sargento de segunda clase Ridlow, a quien describió como competente pero un poco descuidado– el Segundo Pelotón. Mellas supo de inmediato que Fitch consideraba a Goodwin el mejor oficial, puesto que le había dado el encargo más duro. Fitch ni siquiera les había preguntado nada acerca de sus notas en la Escuela Básica ni a qué universidad habían ido, ni nada más. Qué injusto.

Mellas se despabiló cuando descubrió un pálido pastor alemán color ceniza con orejas rojizas y extrañas que jadeaba tumbado en el barro, con la cabeza erguida, y lo veía fijamente. Su adiestrador, un marine esbelto de bigote caído como de un antiguo guerrero celta, dormía a su lado, con el sombrero camuflado encima de la frente para que le tapara los ojos. Otros en el grupo del puesto de mando –el controlador aéreo adelantado alistado, llamado siempre hombre-CAA; el calamar mayor, Sheller, y el observador artillero de avanzada, Daniels–, sentados en un pequeño grupo, comían sus raciones C, tan cerca, que podían escuchar las voces de los comandantes en reunión, pero lo suficientemente lejos como para no participar en ella.

—Muy bien, comencemos –dijo Hawke–. El pronóstico del clima parece ser la misma mierda –hizo una pausa–. De nuevo –la gente rio–. Aún no sabemos qué coños hacen las compañías Alfa y Charlie entre los arbustos, ni cuándo debamos sustituirlos Delta y nosotros. Seguramente les llegó la noticia ya de que Alfa tuvo cuatro Coors –«Coors» era el código radiofónico para referirse a los muertos–. Aún no se dan a conocer los nombres. Se ha dicho que les dieron en un río –Hawke se apresuró y comenzó a hojear un cuaderno de bolsillo con pasta dura–. Nada sobre las cuotas del D&R todavía. ¿Quién tiene guardia de palacio mañana? Casi me ahogo en la basura cuando arreció el viento esta tarde.

Kendall levantó la mano.

—Ok, Kendall. A limpiarlo o tendremos ratas –Hawke miró el cielo, entornando los ojos a causa de la llovizna–. Corrección: más ratas. Esto ya es el Callejón de las Ratas –miró su cuaderno, que protegía contra la sudadera húmeda–. Escuché que el batallón desea instalarse aquí una vez que vengan los cañoneros, así que tengan rasurados y presentables a todos antes de que lleguen y se pongan a gritonear.

Ridlow, el sargento del pelotón de Goodwin, explotó.

—Si nos hubieran provisionado con agua sería más fácil que limpiáramos –su voz grave se disipó en un murmullo acerca de qué jodida situación era que el agua escaseara durante un puto monzón, y la putada de estar tan jodido en un país jodido. Escupió en el suelo y se acarició con el reverso de la manota la barba que le crecía desde hacía una semana. La otra mano descansaba sobre la cadera junto al revólver Magnum .44 de la marca Smith & Wesson. Lo primero que Goodwin le había dicho en el momento en que los presentaron fue que le permitiera verlo; se entendieron de inmediato.

Hawke miraba el cielo, en espera de que Ridlow se calmara.

—Bueno –dijo–, si no hay comentarios *pertinentes*, creo que eso es todo. Ah, sí: denle al artillerito Cassidy sus listas con lo que necesiten para que las aves que traerán la batería de arti nos acarreen provisiones. ¿Artillerito Cassidy?

—Nada, señor –respondió–. Sólo cuenten sus cabezas e infórmenme antes de partir.

—¿Calamar mayor? –preguntó Hawke.

—Este... nada, señor. Tan sólo asegúrense de que los enfermeros del pelotón tengan anotadas las provisiones médicas en las listas para que yo pueda pedirle a la estación de socorro del batallón que las monten en el heli.

Bass refunfuñó.

—Eso lo hacen automáticamente.

Sheller lo miró y apretó rigurosamente los labios. En el momento de incertidumbre, Hawke intervino.

—Ok, ¿alguna puta queja, necesidad o requerimiento que haga falta antes de que se vaya el capitán?

—Mallory quiere solicitar mástil de nuevo –apuntó Bass–. Dice que no se le quita el dolor de cabeza y que los calamares lo joden en cuanto prolongan su presencia en la maleza.

—Si el maricón no tocara esa desgraciada música de la selva tan fuerte, no le dolería la cabeza –murmuró Cassidy.

—El de la música es Jackson –contestó Bass–. De mi rebaño. Es buen marine.

Cassidy miró fijamente a Bass, y él lo observó de igual manera. Cassidy no dijo nada más pero asintió de manera casi imperceptible como diciendo «Si usted lo dice, sargento Bass, entonces así ha de ser». Mellas, con las antenas bien extendidas, supo al instante que aquellos dos hombres estaban hechos de la misma tela verde.

—Quizá debamos simplemente hacerle un favor a Mallory haciéndole añicos la cabeza –musitó Ridlow. Miró un instante a Goodwin, el comandante de su pelotón, y rompió a carcajadas. Los demás sargentos y el propio Goodwin también. Mellas sonrió a pesar de que no le gustaban las insinuaciones.

Fitch suspiró cuando se dio cuenta de que tendría que lidiar con aquello.

—Hablaré con Mallory –dijo–. Pero, Mellas, adviértele que más le vale inventarse un buen cuento.

—Mallory ya está nominado para el Premio Pulitzer de ficción por su última historia –atajó Hawke, y miró a su alrededor–. ¿Algo más? –nadie dijo nada. Se volvió a Goodwin–. Mantén ocupado a tu metralleta, a China, ¿sí? Cuanto menos tiempo tenga para visitas, tanto mejor.

Cassidy bufó.

—¿Quieren ver poder negro? Díganles que miren hasta el fondo del cañón de mi puta Smith & Wesson modelo 29 –Ridlow se carcajeó de nuevo.

Hawke miró con cansancio a Cassidy y a Ridlow.

—Es posible que China sea tonto, pero yo sí lo tomaría en serio –Ridlow miró por el rabillo del ojo a Goodwin y luego a Cassidy. Nadie dijo nada–. Es tu turno, capitán –agregó Hawke.

—Bien –Fitch asomó la cabeza. Estaba sentado sobre un tronco y columpiaba los pies. Su pequeño y hermoso rostro lucía cansado–. Gran John Seis dijo locuras en el radio acerca del metralleta guco.

Gran John Seis era el teniente coronel Simpson, el comandante del batallón y jefe de Fitch. Le había prometido a su propio jefe, el coronel Mulvaney, comandante del regimiento, que podría mover una batería de obuses a una zona segura. No sólo era suficientemente embarazoso haber perdido el helicóptero de reabastecimiento tras haber afirmado que la zona era segura, sino que después aseveró que resolvería el problema «pronto»; habían transcurrido ya dos días desde que venciera el plazo prometido y la zona aún no estaba segura.

¿Qué va a hacer? –estalló Ridlow–. ¿Pelarte el pelo y enviarte a Vietnam?

Fitch festejó educadamente la réplica ya estandarizada mientras veía los pies que balanceaba.

—Supongo que podrá desterrarme a Okinawa.

La ciudad era universalmente conocida como el peor lugar posible que pudieran asignarles para ir al D&R. Las relaciones con los japoneses estaban tan tensas que el jefe había prohibido casi cualquier actividad por las cuales la gente se iba de D&R. Cuando menguó la risa, Fitch señaló la neblina que se arremolinaba sobre los árboles hacia el suroeste y dijo, refiriéndose al enemigo:

—Creo que los nagolios se dirigirán mañana a aquella cadena montañosa. Estuvieron por ahí el primer día y nunca han estado en el del noroeste, así que probablemente se imaginen que estaremos buscándolos en el del noroeste. Bass, tú ya estuviste por allá. ¿Cómo es aquel brazo de montaña al suroeste?

—Es exactamente igual que el resto de todo este jodido lugar. Nos tomó tres horas para cubrir ochocientos metros. Necesitamos machetes para abrirnos paso. Es demasiado duro como para sorprender a alguien.

—Justo por eso estarán ahí. Mellas, envía a un equipo de beisbol a la parte alta del lomo de la montaña y echa un vistazo por ahí. Si no los encuentras, al menos se desviarán de la ruta principal.

—Sí, capitán, sí –Mellas garabateaba notas en su cuaderno verde y revisaba mentalmente el código radiofónico en régimen para la compañía, que por lo general se usaba para conversaciones directas: un equipo de beisbol era una escuadra de doce hombres; uno de basquetbol era un equipo de tiro de cuatro hombres; uno de futbol americano era un pelotón de 43 hombres–. ¿Se me pueden proporcionar mapas para los líderes de mi escuadra?

Todos tronaron a carcajadas y Mellas enrojeció.

—Mellas –dijo Hawke–, sería más fácil para ti salir con Brigitte Bardot que conseguir más mapas de los que ya tenemos. No quieres saber la negociación en que incurrí para hacerme del que tienes, y no querría decirlo frente al capitán.

—Es verdad –añadió Fitch–. Escasean los mapas. Lo siento. Súmale una pulgada más al dildo verde –con rapidez prosiguió–: ¿Goodwin?

—Sí, Jack –Mellas se avergonzó ante la informalidad de Goodwin al llamar al comandante de la compañía Jack, especialmente porque no se llamaba así. Si Fitch lo notó, no lo dejó ver.

—Quiero a uno de tus equipos de beisbol en el brazo de montaña al sur, y luego sube por la cañada que se forma ahí entre el brazo y el lomo oriental. Quiero que, al volver, revises el ave que se estrelló en el Cerro del Helicóptero. Mira si hay nagolios que hayan estado husmeando alrededor. Y ustedes, los otros dos comandantes de pelotón, envíen a sus perros rojos a donde prefieran –dijo para referirse, con el código de brevedad para radio, a cualquier patrulla del tamaño de una escuadra.

Fredrickson irrumpió en el círculo. Jadeaba.

—Ya está gritando. Lindsey le metió una camiseta en la boca. Dentro de pocos minutos hará demasiado ruido como para seguir guarecidos. Tenemos que cortar.

Mellas miró a Fitch y luego, por encima suyo, a Sheller, cuya garganta se agitaba por debajo de la barbilla partida. Sheller se frotaba las manos como si quisiera calentárselas. Fitch lo observaba con dureza y con el labio inferior encima del superior.

—Hay que acabar con esto, Jim –dijo Hawke por lo bajo.

Fitch asintió, sin quitar la mirada de encima del calamar mayor.

—¿Cómo te sientes, Sheller? –Mellas se sorprendió de que lo llamara por su nombre.

—No tengo catéter, capitán, y si intento meter algo hasta la uretra para eliminar a la sanguijuela causaré un desastre. Lo único que se me ocurre es cortar el pene desde la parte de abajo. Dos incisiones. Eso permitirá ver dónde está inflamada la uretra hasta llegar a la sanguijuela. La primera incisión será ahí, por el lado de la vejiga, para aliviar la presión. Intentaré que sea pequeña. Habrá que insertar un pedazo de cánula de infusión intravenosa para mantener la incisión abierta y drenarlo mientras no logremos sacarlo de aquí –Sheller rebuscó en sus bolsillos y sacó un pedazo de cánula que acababa de cortar–. Necesito esterilizarlo y suficiente espacio en el suelo para trabajar, señor. Puedo lubricarlo con bacitracina para que entre mejor.

—Ésa es sólo una incisión –dijo Fitch.

—Sí. Ok –Sheller tragó saliva–. Segundo tajo: cortaría donde está la sanguijuela para hacerla sangrar y matarla. No queremos que prosiga río arriba –miró al grupo que se mantenía en silencio, y cobró conciencia de que todo recaía sobre él–. Necesito a Fredrickson. Fischer se sentirá mejor si lo hace un calamar al que ya está acostumbrado.

Hawke parecía gravemente satisfecho. Bass no dejaba de observar a Sheller y al capitán con el rostro carente de emoción.

—De acuerdo, Calamar. Adelante –Fitch habló con nitidez sin dejar asomo de duda. Se volvió a Hawke–. Ted, sube y diles a aquellos muchachos que bajen a Fisher hasta acá.

Sheller se retiró y entró a gatas en la tienda del puesto de mando sin decir nada. Empezó a hacer espacio. Los otros –excepto Mellas, Hawke, Fitch y Cassidy– regresaron a sus puestos.

Sobre toda la montaña reinaba el silencio, con la alerta al máximo, como sucedía en cada amanecer y atardecer. Mellas vio a Fredrickson y a Lindsey hablar con Fisher mientras lo sacaban de la zona de aterrizaje en una camilla hecha con un poncho amarrado a dos pértigas de árbol. De pronto, Fisher gritó y Lindsey maldijo en silencio. Hawke, quien caminaba a un lado de la camilla, sofocó el chillido tapándole la boca con la mano. Mellas caminaba junto a él y pensaba que lo mejor sería no decir nada.

Al alcanzar el puesto de mando introdujeron a Fisher en la pequeña tienda. Sheller disponía su instrumental y encendía velas. Fredrickson le retiró a Fisher los pantalones sucios y los dobló con cuidado. Afuera de la tienda, los dos operadores de radio se acuclillaron junto a su equipo, mientras Fitch trataba de sellar la entrada para que no se colara la luz hacia fuera. Hawke y Cassidy se sentaron en el suelo y hablaban quedamente.

Adentro, el Doc Fredrickson miró a Sheller, cuya barbilla temblaba ligeramente bajo la grasa. Fisher se retorcía de dolor; intentaba no gritar. Fredrickson se arrastró por detrás de Fisher y puso las rodillas a cada lado de su cabeza. Entonces se inclinó hacia delante para recargar las manos y todo su peso sobre los hombros de Fisher. Las velas titilaban y arrojaban sombras en los ponchos improvisados.

—Todo saldrá bien, Fisher –susurró Fredrickson mientras se doblaba sobre su rostro–. Todo saldrá bien.

—La puta que lo parió, doc, ayúdame, ayúdame a que deje de doler.

—Todo saldrá bien.

Fredrickson miraba con intensidad a Sheller, con deseos de que fuera él quien lo hiciera. El calamar mayor terminó de lubricar la cánula, la tomó con la mano izquierda y miró a Fredrickson al otro extremo del cuerpo del enfermo. Levantó un cuchillito con la mano derecha y, con ayuda de los codos, separó las piernas de Fisher, y gateó en medio de ellas. De nuevo levantó la mirada hacia Fredrickson. Con la angustia presente en el rostro articuló en silencio:

—No sé si estoy en lo correcto.

Fredrickson asintió con la cabeza para darle valor.

—Hazlo –pronunció en silencio–. Vamos.

Fisher comenzó a gemir de nuevo y arqueó la espalda para separar la vejiga y los riñones del suelo. El calamar mayor acercó el cuchillo a la llama de la vela y lo bañó después en alcohol. Hubo un ligero siseo y el olor del alcohol se apoderó de la atmósfera dentro de la tienda. Levantó el pene, lo hizo hacia atrás y lo apretó contra el estómago. Tan sólo esa presión hizo que Fisher gritara.

Fredrickson recostó todo su cuerpo sobre la cara de Fisher para amordazarlo, y presionaba sus hombros y brazos.

Sheller colocó el filo contra el pene. Fisher gritó y Fredrickson echó todo su peso sobre él para impedir que se diera la vuelta. Sangre y orina escurrieron por la hoja del cuchillo; el primer chorro mojó las manos y el pecho de Sheller. Luego empujó el catéter improvisado con la parte roma del cuchillo hacia el interior de la incisión, y sacó la hoja rápidamente. La orina salió por el catéter, fluyó sobre las caderas y la entrepierna de Fisher, llenó la tienda con su olor cálido, se confundió con el lodo, mojó los poncho liners de náilon bajo el cuerpo tendido.

—Carajo. Carajo. Ay, carajo –gritaba Fisher, pero cada «carajo» perdía intensidad a medida que manaba la orina, hasta que ya sólo se escuchaban los jirones del jadeo de Fisher y la respiración de los enfermeros.

Fisher rompió el silencio.

—¿Qué diría si esto fuera una película?

Fredrickson agitó su cabeza de atrás a adelante y soltó una carcajada.

—Fisher, a la mierda.

Sheller, que todavía respiraba pesadamente, tan sólo asintió.

A Fisher le dio vergüenza y tomó una bocanada trémula. La contuvo, luego expelió todo el aire y movió su cabeza a un lado para mirar el suelo de la carpa.

—Qué desastre.

—Sí, un verdadero desastre –afirmó Sheller. Estaba bañado en sangre y orina. Echó un vistazo a Fredrickson, quien asintió con gran disimulo, y se echó con todo su peso sobre el enfermo. El calamar lo tomó por sorpresa y con un movimiento veloz le pinchó el pene de nuevo para lancear a la sanguijuela y matarla.

Fisher levantó las caderas en un grito.

—¡Por Dios, Calamar! ¿Qué putada es eso?

Fredrickson se mantuvo sobre él e intentaba calmarlo.

—Lo siento –se disculpó Sheller. La sangre proveniente de la sanguijuela corría a lo largo del cuchillo. Lo sacó y respiró hondo. Manaba sangre oscura de la segunda incisión y se mezclaba con la sangre roja y la orina de la anterior.

Sheller se sentó sobre los talones, con las rodillas dobladas por debajo.

—¿Has terminado de una puta vez? –preguntó Fisher.

Sheller asintió.

En la pequeña carpa, llena con aquellos tres hombres, la luz de las velas y el tibio olor de la orina, reinaba el silencio.

Desde afuera podían escuchar al hombre-CAA, al controlador aéreo adelantado, que gritaba:

—Tráiganlo a la zona de aterrizaje, ya viene el ave.

—¿Ahora qué? –preguntó Fisher.

—No sé –respondió Sheller–. Te llevarán a Charlie Med. La típica labor de reparación. El riesgo principal es una infección. Imposible saber qué pudo haber traído consigo la sanguijuela o, para el caso, el cuchillo.

—No… Quiero decir… –titubeó Fisher–, luego, en casa… Tú sabes…

El hombre-CAA asomó la cabeza a través de los ponchos.

—Ya tengo listo el puñetero heli. Súbanlo a la zona de aterrizaje. ¿Qué carajos esperan? –corrió hacia la oscuridad con el radio en la espalda mientras se comunicaba con el piloto.

Sheller rodó a un lado mientras Fitch y Hawke, que se precipitaron por la abertura de la carpa, tomaban la camilla. No le contestó nada a Fisher, sino que aprovechó la interrupción como una excusa. ¿Qué efectos tendría la cicatrización? ¿Sufriría infección? ¿Cortó acaso conductos de cuya existencia ni siquiera estaría enterado? Honestamente no sabía qué pasaría y estaba del todo consciente de que bien podía haber dejado a Fisher no sólo sin hijos, sino incluso impotente.

Mellas vio las sombras replegarse hacia la montaña. El ruido sordo de las hélices, ya familiar, podía escucharse hasta el valle mientras el helicóptero se erguía por encima de las copas de los árboles pero debajo de las nubes bajas. Entonces abrió fuego la ametralladora calibre .51 norvietnamita. De inmediato respondieron las dos ametralladoras .50 del helicóptero que, a ciegas, disparaban hacia la espesura negra de la selva para abatir el fuego. El heli emergió de la oscuridad y azotó en la zona; el jefe de tripulación saltó fuera de inmediato y les gritó a los marines que subieran la camilla.

Cassidy, Hawke, Fitch y el hombre-CAA cruzaron a grandes zancadas el terreno con la camilla y subieron corriendo la rampa del helicóptero, mientras las balas .51 de los vietnamitas crujían a través del aire. Mellas se echó al suelo, agradecido de estar al borde de la zona de aterrizaje, que lo desenfilaba del fuego. El helicóptero comenzó a moverse antes de que los cuatro portadores de la camilla hubieran salido. Ya se había elevado, cuando la última silueta oscura saltó al suelo y corrió hacia el borde de la zona de aterrizaje.

La masa oscura del helicóptero se perdió en la oscuridad y con ella se esfumó en la noche también su iluminado panel de instrumentos. Se detuvo el fuego. Mellas se incorporó un poco y echó un vistazo hacia atrás, hacia el interior de la carpa de los comandantes. El calamar mayor estaba aún de rodillas sobre el espacio que se había liberado con el frente de la camisa de utilidades empapado en orines y sangre y con el cuchillo en la mano. Lloraba y, al mismo tiempo, rezaba.

Capítulo II

MURIÓ EL DÍA. LAS VOCES TAMBIÉN SE EXTINGUIERON. LA oscuridad y el miedo reemplazaron a la luz y la razón. El susurro de una hoja al rasguñar la corteza de su árbol hacía que las cabezas se volvieran involuntariamente y los corazones se desbocaran. La negrura envolvente y el muro invisible que crecía con cada gota cancelaban cualquier posibilidad de escape. En aquella nada nigérrima y húmeda, el perímetro se volvió un simple recuerdo. Sólo la imaginación podía devolverle su forma.

Mellas sufrió un escalofrío mientras escuchaba los murmullos de la red de comunicaciones de la compañía desde el interior de su carpa. Aunque no pudiera verlo, a través del lodo sentía temblar a Hamilton, acurrucado en un poncho liner de náilon grasiento. Por la humedad se le pegaba la camiseta interior. En casa le había hablado con brusquedad a su madre por haberla teñido con un color tan pálido. «Me verán a un kilómetro de distancia.» Ella se había mordido el labio para contener las lágrimas. Había querido abrazarla pero no lo hizo.

Había tenido revisión de trinchera a las 2300 y a las 0300 horas para asegurarse de que estuvieran despiertos quienes montaban guardia. Mientras tanto estaba sentado como quien debe levantarse a orinar pero no puede abandonar la cama calentita. Una rata se movió entre la maleza; podía escucharla olisqueando entre los paquetes desechados de las raciones C. La imaginó arrastrando sobre el suelo el vientre empapado. Miró cómo la manecilla larga del reloj se apresuraba, con su halo luminoso, hacia las once. A las once exactas, desde un punto muy remoto hacia el oriente, escuchó lo que supuso una operación Arc Light con aviones B-52 venidos desde Guam, que volaban tan lejos hacia el este y a tanta altura que resultaba imposible verlos, pero que arrojaban cientos de bombas de 226 y de 452 kilos.

El bombardeo podía convertir una pequeña área, donde se sospechara una concentración de tropas enemigas, en un horno de dolor y muerte. Pero, desde aquí, a Mellas le parecía sólo un trueno estéril y sin lluvia. Miró la manecilla rebasar la marca de las once. Le ganó la voz interior del deber. Se caló pistola y casco, y gateó afuera.

La lluvia invisible le golpeó las mejillas. El efecto cálido del poncho liner se desvaneció como se diluye un llanto ligero en una tormenta. Dando trompicones en el barro se dirigió montaña abajo. Sin embargo, tras buscar a tientas el camino durante un lapso que le pareció demasiado largo, lo invadió el temor de haber rebasado las líneas y que sus propios hombres pudieran matarlo. Se tropezó con una raíz, refunfuñó y se lastimó la muñeca al tratar de sostenerse. El agua helada del lodo se colaba a través de la ropa. Enceguecido, continuó a gatas sobre manos y rodillas, pues esperaba encontrar la posición de la ametralladora justo en línea recta desde su carpa. Imaginaba a su ocupante, Hippy, con su corte de pelo dudosamente militar y, del cuello, un medallón plateado de la paz que, era curioso, parecía un avión de pasajeros.

Una voz, apenas audible, flotó en la oscuridad:

—¿Quién vive?

—Soy yo –susurró Mellas–. El personaje Mike –tenía miedo de que si decía «subteniente», un soldado norvietnamita que estuviera espiando justo al otro lado de las líneas pudiera dispararle.

—¿Quién coños es el personaje «Mike»? –respondió la voz.

—El nuevo subteniente –dijo con frustración, mientras se daba cuenta de que había hecho suficiente ruido como para que, fuera como fuera, le dispararan. Gateó hacia el punto desde donde provenía la voz. De pronto, palpó barro revuelto. Debía de estar cerca de una trinchera. Sintió, más que vio, una sombra dentro de su pequeño cuenco de atención, apenas a unos treinta centímetros enfrente de sus ojos.

—¿Cómo va todo? –preguntó con un susurro.

—No dejo de escuchar algo por el brazo de la montaña.

—¿A qué distancia?

—Imposible saberlo.

—Si se acerca más y quieres arrojarle un Mike-26, asegúrate de darme parte a mí o a Jake –Jacobs había reemplazado ya a Fisher como líder de la Segunda Escuadra de Mellas.

—Estoy en la Tercera Escuadra.

Mellas se sintió desorientado. Miró con atención hacia el rostro del hombre pero no pudo saber quién era.

—¿Quién eres? –preguntó finalmente.

—Parker, señor.

Mellas estaba horrorizado. Se había arrastrado en una dirección completamente diferente de la planeada. Intentó visualizar a Parker y recordó entonces que se trataba de aquel muchacho que sentía que habían pasado por encima de él respecto de su D&R en Bangkok. Deprimente.

Los dos callaban e intentaban ver en la oscuridad. La lluvia constante derogaba toda esperanza de escuchar a alguien moverse entre la maleza. Mellas sintió la camiseta emplastada en la espalda y comenzó a tiritar. El ruido de su temblor dificultaba aún más escuchar cualquier cosa. Parker cambió el peso a otra pierna, impaciente.

Mellas intentó pensar en algo que decir para conectar con él.

—¿De dónde eres, Parker?

No le respondió.

Mellas titubeó. Ignoraba si Parker quería desafiarlo o si simplemente tenía miedo de hacer más ruido. Con todo, decidió insistir.

—Parker, acabo de hacerte una pregunta.

Él dejó correr tres largos segundos antes de contestar:

—De Compton.

Mellas desconocía dónde estaba situado.

—Ah –dijo–. ¿Es un lugar agradable?

—No, yo no lo diría.

—Señor –agregó Mellas.

—No, señor, yo no lo diría.

Mellas ya no supo qué decir. Sintió que se desvanecía la oportunidad para establecer un lazo con él. Hizo un último intento.

—Yo soy de Oregon, de un pueblito forestal pero en la costa, dedicado a la tala de árboles llamado Neawanna.

—¿Neawanna? –siguió cierta incertidumbre–. Señor.

—Sí. Es un nombre gracioso, ¿no? Es un nombre indio.

Silencio.

—Debo continuar –murmuró Mellas al palpar la incomodidad de Parker–. ¿Quién está en la siguiente trinchera hacia tu derecha?

Parker tardó en contestar, por lo que Mellas imaginó que también él tendría problemas con todos esos nombres. Pero finalmente murmuró:

—Chadwick.

—Gracias, Parker –gateó afuera, hacia el siguiente zanja. «Esto no estuvo nada bien», pensó. Se sintió ridículo e incompetente.

La lluvia, impulsada por una ráfaga repentina de viento, se le echó en la cara por un momento, y luego se convirtió en un golpeteo constante sobre el casco. Se arrastraba a cuatro patas sobre el lodazal, a través de una oscuridad absoluta, a sabiendas de que había perdido del todo a las escuadras primera y segunda, y que tendría que volver para encontrarlas. Sintió otro cuerpo.

—¿Chadwick? –dijo con un susurro, esperando que Parker le hubiera dicho el nombre correcto. Nada–. Chadwick, soy yo, el subteniente Mellas –el susurro flotó sobre el vacío del silencio.

Hasta que una exhalación evidente de alivio respondió.

—Por Dios, carajo, señor, pensé que moriría. Estaba a punto de volarle el culo.

Le tomó dos horas cubrir los ciento cuarenta metros del perímetro de su pelotón. Regresó exhausto, con la ropa empapada y tiesa por el barro, con sanguijuelas pegadas a brazos y piernas. Debía hacerlo dos veces cada noche; faltaban aún 389 noches.

Muchas horas más tarde, el cabo Jancowitz, el líder de la Tercera Escuadra de Mellas, vio algo gris infiltrarse en la negra oscuridad. No le alegraba el amanecer, pues sabía que significaba salir a patrullar. Pero tampoco estaba descontento, pues implicaba restarle un día a la espera para su D&R en Bangkok, donde vería de nuevo a Susi. Quería decir también que la alerta previa al amanecer había terminado del todo y que podría prepararse el desayuno. Hizo que la escuadra se colocara junto a sus pozos y emplazó al tercer equipo de tiro en guardia.

Jancowitz sacó una lata de huevos en trocitos, agregó chocolate de una barra Hershey Trop –un chocolate que se derretía a temperaturas bastante altas especialmente diseñado para la selva–, lo mezcló con salsas Tabasco y A1, de las que se había abastecido con esmero en su D&R más reciente. Después de verter jugo de albaricoque, tiró la lata con las frutas hacia la maleza. Arrancó un pequeño trozo de explosivo plástico, lo colocó sobre el suelo, puso la lata encima y lo encendió. Una flama blanca y siseante envolvió la lata. Treinta segundos más tarde, Jancowitz cuchareaba el interior, se lo metía a la boca, y pensaba en Susi, la chica tailandesa del bar y la razón por la cual había alargado su servicio seis meses más. La extensión le había procurado treinta días de licencia en Bangkok. Los mejores treinta días de su vida. Había estado ya suficiente tiempo en Nam* como para

---

* Vietnam.

merecer otra semana de D&R con Susi; ya sólo faltaban pocos días. Al volver, pediría por segunda vez la extensión de seis meses. Tendría así treinta días más con ella. A los seis meses estaría listo, habría terminado ahora sí, se saldría de la Entrepierna –el Cuerpo de Marines– y se casaría, y para entonces tendría ya más de dos años de ahorros para arrancar la vida marital.

A sus diecinueve años, Jancowitz era ya cabo y líder de escuadra. Estaba por recibir un ascenso meritorio a sargento gracias a la operación en Wind River. Jayhawk decía que intentaría que lo enviaran a la retaguardia para cubrir su segunda extensión y eso resultaba mucho mejor que irse a casa, donde multitudes de imbéciles lo hubieran recibido con abucheos y pancartas. Además, no habría nadie esperándolo. Tres meses en Estados Unidos para darse de baja, luego de regreso a Bangkok con una paga de casi tres años. Las cosas podrían estar peor. Bass incluso decía que esperaba que Jancowitz lo ayudara a ambientar al nuevo subteniente ahora que Fisher ya no estaba.

Para estrenar su nueva pistola .45, el nuevo subteniente corría el mecanismo hacia delante y hacia atrás. Hamilton, su operador de radio, desayunaba jamón y habas de Lima con mermelada de uva. Mellas no estaba hambriento.

—No se preocupe, señor, funcionará –dijo Hamilton con la boca llena.

Mellas miró el arma y la guardó en la funda.

—Además –continuó Hamilton, apuntando a ella con una cuchara de plástico blanco–, no sirve más que un pedo en una pelea de cagadas. Preferiría tener una escopeta recortada calibre doce, si pudiera.

Mellas no supo qué decir. La tabla estándar de equipo, el documento que autorizaba las armas que podían utilizar las fuerzas armadas según su rango, otorgaba sólo pistolas para los oficiales, bajo la teoría de que su encargo era pensar, no disparar. Mellas bajó la mirada hacia la pistola y luego la subió hacia el rifle M-16 de Fisher, que estaba cuidadosamente aceitado, y hacia las bandoleras con los cargadores, cada uno con dieciocho balas. Se suponía que estaban diseñados para veinte, pero tras la muerte de varios chicos había quedado claro que los muelles venían demasiado débiles desde la fábrica como para almacenar las veinte balas especificadas. La tabla estándar de equipo comenzaba a resultar impráctica. Mellas tomó el rifle de Fisher e inspeccionó el mecanismo.

—No se preocupe, señor, que también va a funcionar –le dijo Hamilton.

Mellas le levantó el dedo.

Él lo ignoró. Masticó contemplativamente por un momento y buscó en su mochila hasta encontrar la salsa Pickapeppa que tanto atesoraba y que le habían enviado por correo desde casa. Con mucho cuidado puso dos gotas sobre el jamón frío, la mermelada de uva, las habas de Lima, revolvió todo y lo volvió a probar. Al nuevo subteniente aún no le llegaba el hambre.

Cuando Jancowitz llegó a la carpa tras subir fatigosamente la montaña, Mellas tenía el equipo aún encima: tres cantimploras, dos llenas con una bebida instantánea sabor frambuesa, Rootin' Tootin', y otra sabor limón, Lefty Lemon; cinco granadas de mano, dos granadas de humo, una brújula, un mapa cubierto con plástico que había traído desde casa; vendas y apósitos para la batalla y tabletas de halazono para desinfectar agua; la pistola, dos cananas con cartuchos M-16 y latas de comida retacadas en calcetines de repuesto que, a su vez, estaban embutidos en las bolsas más grandes a los costados de los pantalones de utilidades. Otros tan sólo amarraban los calcetines repletos de latas a las mochilas.

Con los resortes metálicos fijó cuidadosamente los pantalones a las botas para mantener fuera las sanguijuelas, y sujetó un bote de plástico de repelente para insectos en la ancha banda de caucho alrededor de la nueva cubierta del casco con camuflaje verde. Miró el reloj en el momento en que la cola de la patrulla de Goodwin desaparecía en la selva, allá abajo. Nunca convencería a Fitch de que él sería de alguna utilidad si la patrulla no se marchaba puntualmente.

Jancowitz le sonrió.

—Señor, yo, este... –titubeó y se tocó el sombrero camuflado.

Mellas miró a Hamilton.

—El repelente para insectos –le señaló Hamilton–. Lo blanco sobresale entre la maleza, sería un blanco perfecto, valga la redundancia.

—¿Entonces para qué sirve esta liga? –preguntó Mellas mientras introducía la botella en un bolsillo.

—Me sobrepasa, señor –le respondió–. Supongo que mantiene fijas las partes del casco.

—Sirve para poner cosas ahí, como ramas de camuflaje –dijo Jancowitz con prudencia.

Hamilton arriesgó una risita nerviosa, Mellas sonrió con desgana. No era justo. Había visto marines en la televisión que portaban botes de repelente sujetos a los cascos. Se había preocupado por observar los detalles. De pronto se le iluminó: todas las imágenes de la televisión eran de soldados en poblados, donde los camarógrafos sí podían estar sin la muralla vegetal y oscura de la selva que los rodeaba por todos lados.

—Estamos todos listos –informó Jancowitz–, sólo esperamos a Daniels.

El cabo segundo Daniels era el OA alistado, el observador de avanzada de la batería artillera. Fitch lo había asignado a las patrullas que creía que necesitarían el pequeño apoyo que podría darles Andrew Golf, la batería que estaba, lejos, en la base de apoyo de la artillería Eiger.

Mientras Jancowitz lideraba la columna camino abajo hacia el sector de la Tercera Escuadra, la canción «I Heard It Through the Grapevine», en la voz de Marvin Gaye, quebró la tranquilidad de la mañana. Mellas podía ver a los marines de la Tercera Escuadra de pie, algunos jugueteaban nerviosamente con su equipo, aparentemente estaban ya todos listos antes de que Jancowitz hubiera ido a buscarlo. Un grupo de marines negros estaban reunidos en cuclillas fumando cigarrillos. En el centro se encontraba un hombre joven, bastante bien constituido y de aspecto serio, encorvado sobre un tocadiscos de 45 revoluciones por minuto.

—Venga, Jackson, venga la música –dijo Jancowitz con brusquedad.

Sin levantar la mirada, Jackson alzó la mano, con la palma dirigida hacia Jancowitz.

—Hey, man, tranquilízate, aún no termina el show de la mañana.

Muchos en el grupo rieron suavemente, Jancowitz incluido, quien echó una mirada furtiva a Mellas para ver si ponía algún pero.

Mellas no supo si objetar o no. Miró a Jancowitz y a Hamilton en busca de algún indicio.

Bass rompió el impasse momentáneo al caminar detrás de ellos.

—¿Por qué no tocan música de verdad, como Tammy Wynette, en lugar de esa jodida música de la selva?

—Esto le gana a los lavaderos y las escobas –dijo Jackson, y esperó las carcajadas que, efectivamente, siguieron. Con torpeza se sumó Mellas al grupo. Jackson miró hacia arriba en cuanto escuchó una voz poco familiar. En cuanto lo reconoció, apagó de inmediato el tocadiscos y se levantó. Todos en el grupo se pusieron graves y atentos, eran todo oídos y aplastaron los cigarrillos en el fangal.

—Lo lamento, señor –dijo Jackson–. No lo sabía a usted por aquí.

Lo que a Mellas le chocó de Jackson era que, evidentemente, no lo lamentara. Tan sólo se mostraba educado. Lo había mirado con una franqueza que, sin ser defensiva, quería decir que era capaz de defenderse él solo. Mellas le sonrió.

—Está bien, detesto interrumpir el show.

Bass, satisfecho porque Mellas se encontraba en buenas manos con Jancowitz, refunfuñó y se alejó para unirse a la Segunda Escuadra y estar al tanto de Jacobs, en su primer día al frente de una patrulla.

—¿En dónde está Shortround? –preguntó Jancowitz echando un vistazo alrededor.

Jackson suspiró y apuntó hacia un par de ponchos que cubrían un pozo cavado por un lado de la montaña.

—Anoche tuvo turno de escucha. Supongo que sigue comiendo.

—¡Shortround! –le gritó Jancowitz–. Maldita sea. Acerca tu culo acá.

Se escuchó un gruñido. Una cabeza, que no podían ver, levantó con torpeza, desde abajo, el poncho que colgaba bastante bajo. Dos piernas cortas, cubiertas por pantalones grandes y sucios, salieron de la carpa hacia atrás. Un chico bajito y de pelo rizado y marrón, con un narizón de tamaño sin igual, le sonrió a Jancowitz. Tenía el rostro sucio con salsa del espagueti. Se limpió con sus manotas manchadas con costras de tierra oscura.

—Hola, Janco –dijo Shortround brillantemente y con una sonrisa.

Jancowitz se volvió hacia Mellas.

—Señor, éste es Pollini, pero lo llamamos Shortround, pero no porque sea pequeño y gordo –un *shortround* o «tiro corto» era un disparo de la artillería que, por error, caía en las propias líneas y no pocas veces mataba a los propios hombres.

Pollini se metió con rapidez varias barras Trop en los bolsillos, tomó el rifle y se unió al grupo en el instante preciso en que Daniels llegaba desde el puesto de mando; cargaba montaña abajo el radio en la espalda. Jancowitz se lo presentó a Mellas, luego tomó el auricular del radio y llamó al PC:

—Bravo, aquí Bravo Uno Tres. Nos estamos desplazando.

La escuadra se encaminó hacia el interior de la selva formando una larga serpiente; Jancowitz se colocó a tres puestos de la cabeza, Mellas iba atrás de él, y observaba cada uno de sus movimientos, y Daniels detrás suyo. Nadie hablaba. Mellas pensaba que Jancowitz llevaba entre los arbustos casi diecinueve meses. Probablemente sabía mejor que nadie más en la compañía cómo mantenerse vivo.

Una vez que los chicos llegaron a los árboles, las sanguijuelas comenzaron a lanzarse sobre ellos. Intentaban sacudírselas, una a una, antes de que se les hundieran y les sacaran la sangre, pero fracasaban por concentrar su atención en el entorno, pues intentaban escuchar, ver u oler cualquier detalle que les regalaría a ellos, y no al enemigo norvietnamita, el primer disparo.

Las sanguijuelas abusaban de sus víctimas. Mellas las veía caer sobre los cuellos de los chicos y colarse bajo las camisetas como gotas de lluvia. Otras se retorcían en el suelo húmedo, adheridas a una bota, para subir luego por la pernera del pantalón y metamorfosearse: de ser objetos parecidos a lombrices pequeñitas pasaban a ser bolsas hinchadas de sangre. Ocasionalmente, alguien fustigaba a alguna con repelente de insectos, hasta que caía al suelo, retorciéndose, y dejaba manchas de sangre en el brazo, la pierna o el cuello del chico. Durante el patrullaje, Mellas comenzó a descubrir el inmenso placer de matar a esas pequeñas bastardas y de mirar su propia sangre chorrear fuera de sus cuerpos.

La serpiente de catorce hombros se movía a base de espasmos. El hombre a la cabeza se agazapaba de inmediato, con los ojos y los oídos aguzados, y detrás de él todos se trompicaban, se agachaban también y esperaban la señal para ponerse en camino de nuevo. Con el cansancio bajaban también la guardia. Luego, asustados por un ruido extraño, se ponían alertas de nuevo. Movían los ojos de un lado a otro con avidez, en un esfuerzo por mirar en todas las direcciones simultáneamente. Cargaban con paquetes de Kool-Aid y de Tang; cualquier cosa servía para amortiguar el sabor a plástico del agua en las cantimploras. De pronto, las manchas anaranjadas y violetas de Kool-Aid sobre sus labios, aunadas al miedo que surcaba sus ojos, los hacían parecer niños que regresaban de una fiesta de cumpleaños en la que la anfitriona les había hecho ver películas de terror.

Se detuvieron a comer y establecieron un pequeño perímetro defensivo. Jancowitz, Mellas y Hamilton se tumbaron junto al radio a comer las raciones C. Tiraron las latas vacías en la selva. Por generación espontánea surgían moscas y mosquitos del aire espeso. Mellas se roció de nuevo con repelente. Hacía arder ferozmente las heridas y los piquetazos. Encontró dos sanguijuelas en la pierna derecha y las quemó vivas con fósforos de papel mientras se comía los albaricoques enlatados.

Cansado de antemano por la falta de sueño, Mellas luchaba ahora contra la fatiga física causada por abrirse paso a través de la selva impenetrable, por subir cuestas lodosas para conquistar alguna cordillera en busca de pistas o de huellas. Estaba empapado por el sudor y la lluvia. Esfuerzo. Peso. Moscas. Heridas. Vegetación.

Ya no le importaba en dónde se encontraban o por qué razón. Estaba contento por ser nuevo y porque Jancowitz se hacía todavía más o menos cargo de la situación, a pesar de que se avergonzaba por sentirse así. Faltaban 389 días y un despertar.

En algún momento chocaron contra una pared de bambús que era imposible evadir. Se alzaba entre ellos y un punto de control, una cordillera donde posiblemente estaba emplazada la ametralladora del EVN. Tenían que abrirse paso a machetazos. Perdieron toda seguridad en el momento en que el chico al frente sacó un machete y perforó un hoyo. Pronto se encontraron en un túnel de bambú. El suelo se alzaba en un talud. Se hacía más pronunciado. Comenzaron a resbalarse. El que operaba el machete se cansó y alguien lo reemplazó. Necesitaban una hora por cada doscientos metros.

De pronto, Williams, el hombre al frente, se puso rígido, se hincó lentamente en una rodilla, con el rifle sobre el hombro. Su espalda emanaba vapor. Todos se congelaron en sus posiciones, con los oídos en alerta máxima, e intentaban detener incluso el ruido de su propia respiración. Jancowitz se movió quedamente hacia el frente para averiguar qué pasaba. Hamilton, que era un operador de radio ducho, también se adelantó, como si fuera parte del cuerpo de Jancowitz. Mellas los siguió.

—¿Oyes eso, Janco? –murmuró Williams. Temblaba y tenía el ceño fruncido por la tensión. Se habían detenido a un lado de un lomo de montaña. Un riachuelo goteaba a través de matorrales y plantas de hojas gruesas. Mellas se concentró para escuchar algo por encima de su respiración y del golpeteo de su corazón. Pronto pudo distinguir bufidos suaves, sonidos apagados que parecían tosidos y el crujido y la ruptura de las ramas.

—¿De qué se trata? –cuchicheó Mellas.

—Camiones gucos, señor –dijo Daniels con suavidad. Se le había pegado a Mellas con tanta discreción, que su murmullo lo asustó. Vio que sonreía y que tenía la boca manchada con Choo Choo de cereza, lo que enfatizaba el rubor de sus mejillas.

—¿Camiones gucos? –preguntó–. ¿De qué hablas? –se volvió a Jancowitz, que lo miraba un poco divertido.

—Elefantes, señor –le explicó Jancowitz.

—Los gucos los usan para transportar mierda –agregó Daniels.

A estas alturas ya todos se habían relajado y la escuadra se había establecido de inmediato en una posición defensiva interna-externa, de manera que la dirección de la mirada se alternaba cada dos hombres. Jancowitz señaló hacia Pollini y Delgado, un chicano de mirada dulce a quien todos llamaban Amarillo, por ser ésa su ciudad. Estos dos se arrojaron, sin ganas, a sus pies y habían reptado hacia fuera, cada uno a un lado de la escuadra, para posicionarse como puesto de avanzada.

—¿Y ahora? –preguntó Mellas. Le incomodaba darse cuenta del problema que se dirigía hacia ellos.

—¿No cree que debamos solicitar una operación, señor? –preguntó Daniels.

—¿Una operación de ataque? ¿Para los elefantes?

—Son transporte guco, señor.

Mellas miró a Jancowitz. Recordó a un mayor en la Escuela Básica de Quantico que le había dicho que confiara en los sargentos y en los líderes de escuadra. Ya habían pasado por ahí. Lo que no había mencionado aquel mayor era que los sargentos eran cabos lanceros de diecinueve años.

—Está en lo correcto, señor –dijo Jancowitz–. Los utilizan para acarrear mierda.

—Pero si son salvajes –contradijo Mellas.

—¿Cómo lo sabe, señor?

Entonces intervino Daniels.

—Les disparamos siempre, señor, para joderles sus medios de transporte a estos asiáticos.

—Pero estamos en un rango extremo.

—Es un blanco en área, señor un blanco en área cubría una posición general, como tropas en el campo, de suerte que la exactitud no importaba como en el caso de un blanco puntual, como un casamatas.

Mellas miró a Hamilton y Tilghman, quien cargaba la escopeta lanzagranadas m-79. Ellos simplemente se le quedaron viendo. No quería parecerle a la escuadra ni sentimental ni bobo. Estaban en guerra, después de todo. Tampoco quería oponerse a una operación estándar si no estaba del todo seguro de dónde pisaba. Le habían pedido que confiara en los líderes de su escuadra.

—Bueno –dijo con lentitud–, si realmente les disparan…

Daniels sonrió. Tenía ya el mapa listo y se estiró para alcanzar el auricular del radio.

—Andrew Golf, aquí Gran John Bravo. Operación de ataque. Cambio.

En su imaginación, Mellas vio la batería lanzarse al ataque en el momento en que la llamada alcanzó, chisporroteando, el centro de control.

Poco después de que Daniels diera las coordenadas del mapa y la orientación de la brújula, el primer proyectil atravesó la selva; silbaba como un tren que cruza un túnel. Hubo un golpe seco que se propagó por el suelo, seguido de una colisión demoledora que surcó los aires. Luego se escuchó el ruido de algo que se truena y el movimiento de cuerpos pesados y atemorizados. Daniels hizo un ajuste veloz y rugió un segundo proyectil. La tierra tembló de nuevo, el aire quedó rasgado. Después dejaron de escucharse los sonidos amortiguados de antes.

Daniels pidió que cesara la misión.

—En este momento deben estar muy lejos y muy jodidos –dijo con una sonrisa de satisfacción.

Jancowitz no quería ni siquiera molestarse en revisar los resultados, puesto que significaría tener que bajar hasta el fondo del desfiladero. Harían falta horas para volver a trepar. Mellas estuvo de acuerdo.

Cuando por fin retornaron trabajosamente al interior del perímetro de la compañía, la escuadra comenzó a limpiar armas de inmediato y a preparar la cena, y se alistaron para la alerta de la tarde y la larga guardia nocturna. Jackson encendió su tocadiscos y la voz de Wilson Pickett flotó a través del claro que habían abierto en medio de la selva: «Hey, Jude, don't make it bad...».

Mellas apenas podía arrastrarse hacia el PC para reportarle a Fitch. Tan sólo deseaba colapsarse y dormir. Bass estaba ya dentro sin tener nada que reportar, al igual que Goodwin, excepto por unas huellas de tigre. Ridlow, el sargento del pelotón de Goodwin, sin embargo, había descubierto huellas junto a un arroyo. Era imposible saber cuántas personas habían estado ahí. Calculó que, a lo mucho, tendrían dos días; de lo contrario, la lluvia las habría deslavado.

Mellas escuchó mientras Fitch le soltaba los reportes negativos al batallón. Todo un día de patrullajes y sólo habían logrado probar que alguien se ocultaba en la selva, como si un helicóptero derribado y un montón de compañeros muertos no fueran ya prueba suficiente. También escuchó cómo transmitía las coordenadas de las huellas a la batería de artillería para sus operaciones de Tormento y Prohibición, T&P.*

Cuando Fitch dejó el auricular, Mellas le preguntó:

—¿Qué pasa si es un *montagnard*? –refiriéndose a los habitantes nativos que desde hacía siglos se habían visto empujados a las montañas por los vietnamitas invasores.

Fitch torció los labios.

—Si lo fuera –dijo cuidadosamente–, seguro que debe trabajar para el EVN. De otra manera hubiera salido o venido acá.

—No sé. Puede ser.

Hawke escuchaba mientras echaba café en polvo y azúcar en una taza magullada que había improvisado a partir de una lata de peras: había dejado la tapa y la había doblado hacia atrás para convertirla en asa. Echó agua de la cantimplora y depositó la lata en un montoncito de explosivo plástico C-4. La mitad inferior de la taza se tiñó de azul acero a causa del calor.

---

* Sin ser política oficial, las operaciones denominadas Tormento y Prohibición (*Harrasment & Interdiction*) tenían como misión vaciar poblados.

—Hay folletos por todo el maldito lugar diciéndole a la gente que ésta es una zona de fuego libre* –dijo Fitch.

—Bien sabes que no saben leer –dijo Mellas con petulancia.

—A la mierda, Mellas –interrumpió Hawke–. Claro que lo sabe. ¿Vas a cancelar la T&P porque puede joderse a algún montañés perdido?

—No lo sé. Yo soy el nuevo por acá –atajó Mellas. Estaba tan cansado que ya se arrepentía de haber sacado el tema.

Hawke encendió el C-4; una llama blanca y resplandeciente se apoderó de la lata, la convirtió en rojo cereza y calentó el agua hasta el punto de ebullición casi al instante. La acción detuvo la conversación hasta que la flama se extinguió. Hawke tocó la taza con cuidado, llena ahora de café hirviendo.

—Bueno, entonces te lo digo yo –dijo Hawke–. De ninguna manera. Jim está jodido pase lo que pase. Si no pidió la T&P y nos atacan, entonces está despedido. Si los llama y muere un *montagnard*, lo despiden también. Las cosas han cambiado desde que se fue Truman. Aquí habrá problemas.

Fitch sonrió agradecido por el apoyo de Hawke.

Mellas miró hacia el suelo, lamentando haber perdido el talante.

—Nunca explicaste por qué –dijo.

—Para que no te vuelen el culo, es por eso –contestó Hawke, y suavizó sus palabras cuando Mellas bajó la mirada hacia el suelo. Dio un toquecito a la taza y, al sentir que no corría peligro, la levantó con los dedos pulgar e índice.

—Si cancelas la T&P –aseveró Fitch– los gucos tendrán acceso a la montaña como si fuera una rampa para incorporarse a una autopista. Mis putas tropas están por encima de cualquier montañés extraviado, y eso no cambiará. Ya lo decidí hace mucho tiempo –Fitch miró rápidamente al cielo que se oscurecía, bastante apenado por su discurso espontáneo.

Hawke levantó el café humeante y se lo ofreció a Mellas.

—Mira, tómalo.

—No, es tuyo –respondió.

—Preparo la taza de café más rápida del Primer Cuerpo. Esta tacita ha estado aquí conmigo desde que llegué. Es la fuente eterna de todo lo bueno y la cura de toda dolencia –sonrió y se la ofreció de nuevo a Mellas–. Incluso sana el carácter iracundo.

A Mellas sólo le quedó sonreír. La tomó. El café era dulce y bueno.

---

* *Free-fire*: término técnico para designar un «área específica en la que cualquier sistema de armas puede dispararse sin coordinación adicional con los puestos de mandos establecidos»; es decir, se trataba de un área sin límites para un uso ilimitado de las armas.

Más tarde, esa misma noche, en la negrura que sitiaba el perímetro, el soldado de primera clase Tyrell Broyer, de Baltimore, Maryland, en su primer turno de escucha, temblaba, echado sobre su vientre, con la lluvia que se colaba a través del poncho. Jancowitz lo había puesto en pareja junto con Williams, del equipo de tiro de Cortell, un chico inalterable que había crecido en un rancho en Idaho. Las botas lodosas de Williams estaban junto al rostro de Broyer y viceversa, de suerte que se cuidaban mutuamente las espaldas.

—¿Qué fue ese ruido? –susurró Broyer.

—El viento. Silencio.

Broyer se sintió tentado a presionar frenéticamente la tecla del radio, al menos para escuchar la voz de alguien que le hablara. No le importó si hacía enojar a alguno de los subtenientes por estar asustado. Otro escalofrío lo electrificó. Se escuchó un zumbido. Al instante los dos se petrificaron y sacaron lentamente los rifles.

—¿Qué *es* ese ruido? –susurró Broyer–. En el aire.

—No sé. ¿Murciélagos? Silencio, carajo.

Williams se dio la vuelta y golpeó a Broyer en la cara con la bota. Él espetó una maldición y se caló de nuevo las gafas en la nariz, consciente de la ironía de que no podía ver nada de cualquier manera. Con mucha lentitud alejó de sí la bota. Apoyó la frente en los puños para mantener los anteojos alejados del suelo, y olió la tierra húmeda, con el filete del casco que le helaba la nuca. Tomó un puñado de barro y lo apretó con toda la fuerza que pudo reunir. Deseaba transmitirle todos sus miedos al légamo para sacárselo de encima. Una ráfaga de viento golpeó la camiseta de utilidad mojada y le causó un escalofrío que le trepó por la espalda. Se puso a rezar, le pidió a Dios que detuviera la lluvia y el viento para escuchar algo. En ese momento, Williams estiró la mano hacia la oscuridad y le dio una palmada suave en la espalda.

Dios no detuvo ni la lluvia ni el viento aquella noche. Al día siguiente, sin embargo, la lluvia amainó dos horas. Gracias a las patrullas de seguridad, seis helis pudieron acercarse sin abrir fuego, y dejaron marines que regresaban de alguna licencia por enfermedad o de los D&R, además de refuerzos, agua, comida y municiones. Además trajeron una cantidad importante de explosivo C-4, que serviría para aparejar la cumbre de la montaña, a donde llegaría la Batería Golfo, la razón principal por la cual estaba apostada la Compañía Bravo en Matterhorn.

Mellas se había acostumbrado ya a la tensa monotonía del patrullaje. Los días se sucedían unos a otros, misericordiosamente sin contacto con el enemigo. En algún momento llegó la batería de artillería, abrieron pozos de disparo en el barro y cavaron fortificaciones para su centro de control de ataque. Matterhorn era un yermo esquilado de árboles. Nada verde había quedado en aquel terreno que, poco a poco, se convertía en un tiradero de cajas de cartón de las raciones C, de letrinas de todo tipo, de basura enterrada o quemada, de revistas traídas desde casa y ahora desechadas, palés de municiones destrozados y costales de plástico para arena hechos jirones. Trozos enteros de lo que antes había sido selva espesa quedaban ahora expuestos con miembros destruidos y tocones marchitos que parecían huesos cenizos de animales muertos bajo el cielo nublado. Un pequeño bulldozer aplanó escrupulosamente la cima de la montaña. Luego llegaron los obuses, colgando de helicópteros como si fueran plomos de pesca. A las pocas horas de haber llegado, los cañones disparaban ya; sus explosiones severas dañaban los oídos, su ruido sordo atravesaba cuerpos y, por las noches, devastaba el sueño escaso y precioso.

Un bombardeo unánime de toda la batería que atacaba con obuses sincronizados sacudió a Mellas y lo arrancó de su sueño. Apenas hacía una hora que se había metido a la carpa después de pasar revista a la última trinchera por la noche. La adrenalina se expandió por su cuerpo. Trató de calmarse; respiró pausada y profundamente. Oleadas pesadas de lluvia caían en la oscuridad, y los cables de las tiendas chasqueaban con cada ráfaga de viento. Mellas se arrebujó en el empapado poncho liner de náilon, rodó hacia un lado, y pegó las rodillas al pecho para ver si lograba conservar lo poco que le quedaba de la tibia humedad antes de que desapareciera en la oscura noche.

Hoy no tenía patrulla. Era un alivio.

El arribo de la batería había aumentado considerablemente las posibilidades de un ataque por parte del EVN, de suerte que Fitch dilató el radio de patrullaje para cubrir más territorio. Esto obligó a las patrullas a salir al amanecer y cuando volvían ya casi no les quedaba luz del día. La suma de la tensión debida a la posibilidad de hacer contacto con el enemigo y la fatiga atrofiante los dejaba a todos, al caer la noche, agotados e irritables. Los chicos se quedaban dormidos al montar guardia. Para combatir el aburrimiento, Mellas se descubrió a sí mismo trazando rutas de patrullaje sólo para ver algunas características del terreno. Cada vez ponía menos atención para descubrir el escondite de un posible francotirador o de un equipo de observación. En realidad estaba indeciso: no sabía si planear los patrullajes para evitar cualquier encuentro o si debía encontrar al metralleta enemigo y atraer hacia sí la atención del coronel. Se dio vuelta al otro lado; por nada quería dejar el poncho liner. Se visualizó a sí mismo tomando por sorpresa una ametralladora del EVN en el preciso momento en que comían su arroz; los rodeaba en silencio y capturaba al grupo entero. Luego los hacía caminar, les sacaba información de capital importancia y finalmente lo elogiaban frente al coronel y su equipo. Quizás habría incluso una nota en la prensa acerca de la hazaña –era importante la mención de su nombre– y tampoco faltaría la medalla. La quería tanto como deseaba el mando de la compañía.

Otra salva tronó a través del suelo y el aire, y le fracturó los sueños de duermevela. Miró en la oscuridad, ya del todo consciente, con la mente concentrada en el problema que implicaba reemplazar a Jancowitz, quien estaba a punto de irse a su D&R. Tenía que impartir clases sobre mapas, limpiar la selva, tender más alambres con púas, pero no tenía patrulla. Hoy no había patrulla.

Echó a un lado la sábana y se sentó; tocaba con la cabeza los ponchos colgados por encima a manera de tienda. El liner camuflado y grasiento apestaba a orines. Él también. Mellas sonrió. Desató las agujetas empapadas de las botas y se sacó la primera. Salió sin dificultad y dejó ver un calcetín empapado, parcialmente endurecido por sangre seca proveniente de pasadas heridas de sanguijuelas. Se la quitó poniendo cuidado especial en los lugares donde la lana, la piel y la sangre se habían apelmazado sobre los piquetes y las úlceras. Sentía el pie de tal manera que lo imaginó como la parte interior de un hongo. Una ráfaga repentina de viento arrojó más lluvia sobre la tienda. Comenzó a frotarse los pies para prevenir el pie de inmersión. Ya había visto fotos en los adiestramientos. Cuando el pie permanecía mucho tiempo en agua fría, la sangre lo abandonaba. Luego, aún enganchado a la pierna, se moría y se podría hasta que había que amputarlo o la gangrena devoraba el resto del cuerpo. De pronto se sintió culpable por no haber revisado los pies del pelotón. Daría mala impresión si, en el reporte, aparecían muchos casos de pies de inmersión.

Dos horas más tarde, Mellas dirigía una clase sobre lectura de mapas para la Tercera Escuadra; se sentía contento de estar en lo suyo.

—Muy bien –dijo–, ¿quién conoce el intervalo de las isolíneas? –dos manos se levantaron. Mellas estaba satisfecho. Le parecía que los chicos disfrutaban la clase–. Veamos, Jackson.

Él miró alrededor tímidamente hacia sus compañeros.

—Eh… son veinte metros, señor.

—Correcto. Si atravesaras tres isolíneas de contorno, ¿qué distancia habrías recorrido?

Parker, para que Jackson no lo opacara, levantó entonces la mano.

—Serían sesenta metros –sonrió, orgulloso de sí mismo.

Jackson rio con disimulo.

—No tienes ni una pizca de materia gris. Sesenta metros… a la mierda. Man, eres en verdad estúpido.

—¿Entonces cuánto es, sabelotodo? replicó Parker.

—Es imposible saberlo. Los contornos suben y bajan. Pudiste haber subido sesenta metros o bajado sesenta metros, pero quizá para entonces hayas llegado ya al puto Hanoi –el resto de la escuadra rio, y luego se sumó también Parker.

Mellas envidiaba la habilidad natural de Jackson para limar la aspereza de sus propias palabras mediante el sencillo recurso de cómo las decía. ¿Cómo podías enfadarte con alguien que no tenía necesidad alguna de atacar y que tampoco se preocupaba lo más mínimo por defenderse? Era como enfurecerse con Suiza. Mellas lo observó durante el resto de la clase y notó que los negros gravitaban en torno suyo, y no simplemente por su tocadiscos portátil.

Después, por la tarde, Mellas se arrastró al interior de la carpa de Bass. Skosh, vestido con una sudadera del Increíble Hulk, leía a la luz de una vela la revista *Seventeen*. Bass estaba acostado sobre el colchón inflable, que por lo general llamaban «dama de hule», y le escribía otra de aquellas largas cartas a la prima de Fredrickson.

—Está pesado eso, Skosh –dijo Mellas.

—Hola, subteniente. Mírela –le respondió mientras le mostraba una muchacha adolescente que modelaba ropa de invierno, con el rostro iluminado y enmarcado por un precioso pelo sedoso amarrado por detrás–. ¿Cree que si escribo a la revista me dirán quién es?

—No jodas, Skosh. Cualquier hijo de puta caliente en Estados Unidos estaría escribiéndoles a estas chicas si las revistas hicieran eso.

Alejó la revista pero sin dejar de contemplar a la muchacha.

—Tal vez si supieran que estamos acá en Vietnam y que no les podemos hacer daño ni nada…

—Skosh, no les importa un carajo en dónde estés –dijo Mellas suavemente. Pensó en Anne.

—Supongo que no. Antes de que terminara mi bachillerato el año pasado había ahí una chica idéntica a ésta. Claro que estaba en su último año y yo era menor, así que ni siquiera pude… ya sabe –su voz se apagaba–, ni conocerla ni nada.

—Aguanta, Skosh, que regresarás a casa…

—Dentro de 183 putos días y un despertar –agregó Skosh sordamente.

Mellas se posicionó con las piernas cruzadas en un extremo de la dama de hule de Bass. El lujo de poseer uno de los pocos colchones inflables estaba reservado para los de rango mayor o quienes llevaban más tiempo en el-país. Todos los demás dormían sobre el piso.

—La clase estuvo bastante bien hoy –comenzó a decir Mellas–. Parecía que estaban interesados.

—Incluso los jodidos de la infantería se hartan de cavar trincheras.

Mellas sonrió con un asenso.

—Oye, estoy pensando en que Jackson sea el líder de la escuadra cuando Janco se vaya a D&R –sintió que sería mejor llegar al punto sin más rodeos.

—No me gusta, subteniente. No quiero que él y sus jodidos amiguitos estén de parranda con esa música boba todo el tiempo. Es demasiado amiguito, señor.

—Te refieres a que es un hermano –Mellas lo miró de cerca para ver bien cómo reaccionaba. Pero Bass ni siquiera parpadeó.

—Sí, señor, pero no en los términos en que usted piensa. No hay ningún color en el Cuerpo de Marines excepto el verde, y yo lo creo firmemente. No pienso que Jackson lo considere así. Es decir, pienso que favorecería a los *splibs*.

—De acuerdo, pero es inteligente. La gente lo aprecia, tanto los *splibs* como los *chucks*.

—Pero no le interesará tener un líder de escuadra que les guste a todos –dijo Bass tajante.

—Pamplinas, sargento Bass. Si pones a un líder que no le gusta a nadie, pronto tu escuadra es una mierda.

—Yo no le caía muy bien a la gente cuando me hicieron sargento de pelotón.

—Tú eres diferente.

—Es un jodido militar de por vida –observó Skosh.

Mellas se rio.

—O te quedas pegado a tu jodido radio o enlistaré tu culo como voluntario para el GAC –estalló Bass–. El día que los jodidos gucos te abandonen agradecerás tener algunos de esos putos militares de por vida.

Skosh sacudió los hombros y volvió a su revista.

—Ojalá tenga tanta suerte –murmuró. Para los operadores de radio era más fácil estar en las posiciones fijas, principalmente porque podían pasar sus turnos de noche en el refugio que lograran construir. Cuanto más tiempo tuvieran que estar en alguna posición fija, tanto mejores eran sus parapetos. Durante los patrullajes y las operaciones, sin embargo, debían compensar con creces esa comodidad. No sólo debían cargar los pesados radios, además del equipo y las municiones que todos acarreaban, sino que eran los objetivos primarios por ser los enlaces de comunicación y porque caminaban junto a los líderes, los otros objetivos forzosos.

—¿Qué es un CAC? –preguntó Mellas.

—Un grupo alocado y jodido que se le ocurrió a un civil hijo de puta desde su oficina con aire acondicionado en Washington.

Mellas esperó, pero Skosh no prestaba atención.

—Significa Grupo de Acción Combinado, señor –continuó Bass–. Se supone que los buenos marines deben pelear junto con la milicia guca del sur y defender los poblados. Pero lo único que sucede es que los buenos marines terminan peleando por cuenta propia cuando los gucos se didían.

—Escuché que estaba funcionando etiquetar a los marines junto con los aldeanos. O que había funcionado, como sea –dijo Mellas. De pronto se sintió muy distante de su propio gobierno. Lo carcomía la sospecha de que también él podría estar en la selva, tan abandonado como aquellos marines.

Suprimió la aprensión y asumió un tono de voz del tipo «Pongámonos mejor a trabajar».

—Como sea, sargento Bass, ¿qué opinas de Jackson? –se apuró a contestar antes de que Bass pudiera hacerlo–. No creo que sea tan amiguito. Se puede hablar con él acerca de eso. Además, ¿a quién más tenemos? Ahora que no está Fisher, debo echar mano de Jake para emplazarlo en la Segunda Escuadra. Vancouver no hará nada excepto punta, como bien sabes.

Bass asintió. Todos sabían que Vancouver, un chico grandote que había abandonado Canadá para sumarse a los marines como voluntario, era, muy probablemente, el mejor guerrero de la compañía. Siempre había rechazado puestos de liderazgo, pues prefería ser el primer hombre en la columna, el trabajo más peligroso en cualquier compañía de tiradores. Los demás ocupaban con reticencia la posición de punta sólo cuando les llegaba el turno. Mellas hizo un último esfuerzo.

—Jackson conoce ya a todos –hizo una pausa. Notó que Bass no lo escuchaba, sino que esperaba, educadamente, a que terminara de hablar.

—Subteniente, muchos creerán que usted lo colocó ahí por ser un hermano.

—Pero ¿qué piensas tú? –le preguntó Mellas.

—Creo que ya se obsesionó –Bass lo miró en espera de que Mellas reaccionara.

—De acuerdo, sí. No me apetece que China tenga ningún apoyo –dijo, y pronunció casi en un susurro las últimas palabras.

Bass lo miró un momento.

—No me gusta eso de estar fastidiando gente por el color de su piel. Podemos meternos en mucha mierda hablando sobre eso –miró su carta a medio terminar y suspiró, como si deseara estar en casa–. Pero quizá tenga razón. Ya no es como antes, eso es seguro, maldita sea. Cuando me enrolé en el 64 se trataba de proteger a los estadounidenses y sus propiedades. Pero esta mierda de ahora... –de pronto advirtió la presencia de Skosh y se interrumpió–. Skosh, llama y pregunta si viene alguno de los Clase Seis en camino.

—Ya les pregunté esta mañana, sargento Bass.

—Pregúntales. Otra. Vez –dijo Bass, pronunciando cada palabra con absoluta claridad.

Skosh comenzó a comunicarse con el PC y Mellas miró a Bass.

—Así que estás de acuerdo con lo de Jackson, ¿no?

—Estoy de acuerdo, sí, pero nada de amiguitos jodidos.

Mellas rio, más por alivio que por humor.

—Ok. Nada de amiguitos.

Mellas se escurrió de nuevo hacia la llovizna. Desde las líneas llegaba el sonido débil de James Brown que cantaba «Say It Loud». Vio a Hawke aproximarse montaña abajo con un puro en la boca. Su bigote rojizo parecía una incongruencia con su pelo negro humedecido. Mellas lo esperó.

—Sea lo que sea que estabas a punto de hacer, no lo hagas –dijo Hawke.

—¿Por qué no?

—Ahora que está aquí la batería de arti, el batallón del PC no estará lejos. Fitch quiere limpias tus líneas.

Mellas explotó.

—Mis líneas están más limpias que las de nadie más. ¿Qué se supone que debo hacer: tender una alfombra roja para que el hijo de puta del coronel pueda pasearse sobre ella?

—Oye, tranquilo –Hawke lo miró de reojo–. De verdad tienes mal carácter, ¿no?

—Normalmente no, pero estoy cansado.

—Querrás decir que normalmente no lo muestras. Lo único que pide Fitch es que recojan los jodidos paquetes de Kool-Aid y las envolturas de los chicles y los amontonen en un sitio para que aquello no parezca un basurero. Y nadie ha dicho nada acerca de si eres mejor o peor que cualquier otro –Hawke le dio una larga calada al puro–. En realidad, si te importa saber, tus trincheras están probablemente más limpias que las de los otros pelotones –Mellas sonrió–. Pero sólo porque tienes al sargento Bass.

Mellas se rio.

—Vete, Hawke. ¿Viniste a decirme esto?

—Pues, no sólo eso –cerró un ojo para mirar a su interlocutor por el rabillo del otro ojo mientras saboreaba el tabaco sobre sus labios–. Pensé que te interesaría escuchar cómo salió Fisher. ¿O has estado demasiado ocupado?

—¿Cómo está? –preguntó Mellas con entusiasmo, a pesar de que un rubor subió a su rostro. No había pensado en absoluto en Fisher excepto como una laguna que debía cubrir.

—Lo enviaron a Japón para someterlo a otra cirugía.

—¿Cuál es el pronóstico?

—Lo ignoro. El peor escenario, supongo, es que no se le volverá a parar.

—Qué mierda –exclamó Mellas. Alejó su mirada hacia las trincheras bajas de la Segunda Escuadra–. De cualquier manera debo reemplazarlo –se lo dijo tanto a sí mismo como a Hawke.

Hawke lo vio con cierta frialdad.

—Si no te relajas, Mellas, no aprenderás nunca a amar todo esto.

La broma rompió su mal humor y no pudo más que reír.

—¿A quién tienes en mente? –le preguntó Hawke, mientras contorneaba una cuidadosa nube de humo.

—A Jackson –Mellas lo observó para cazar una reacción. Pero nada–. Tiene algo de cerebro.

—Puede ser la decisión correcta, pero puede ser también un error.

—¿Por qué?

—Es un hermano. Es un puto *negro*, Mellas.

—¿Y entonces?

—Todos los hermanos de la Tercera Escuadra lo admiran, ¿cierto? –continuó Hawke.

—Sí. Justo por eso lo elegí.

—Entonces se vende a ti, blanco, y, ¿qué pensarán todos los hermanos de él?

—Mierda –dijo Mellas inexpresivamente–. Mierda –se sintió succionado por una fuerza similar a un campo magnético. No podía verla pero se sentía aprisionado.

Una voz gritó desde el PC.

—Oye, Cinco, tenemos una ave que viene por el valle.

Hawke corrió montaña arriba y abandonó a Mellas.

Cuando Vancouver escuchó al heli subir por el valle, hundió el machete en tierra y lo dejó bamboleándose mientras corría montaña arriba.

—¿A dónde coños vas, Vancouver? –le gritó Conman. Jalaba el extremo de un rollo de alambre con púas.

—Está llegando mi puta espada para gucos –gritó Vancouver sin detenerse–. Estoy seguro.

—¿De qué coños te sirve ser líder de escuadra con alguien como éste? –murmuró Conman por lo bajo. No podía seguirlo porque le ayudaba a Topo, un metralleta negro de su propia escuadra, a tensar el alambrado para instalarlo–. Mueve el culo, maldita sea, Topo. Tengo mejores cosas que hacer que permitir que esta mierda me esté cortando –ciertamente, el alambre le había arrancado las costras de las úlceras en las manos, y tanto la sangre como la pus empapaban ahora el alambre, lo cual dificultaba aún más el sostenerlo.

Topo le pintó un dedo y continuó clavando estacas tan metódicamente como acostumbraba limpiar su arma.

—No pienso joder este alambrado porque tienes prisa por leer tu puto correo –Topo levantó la vista hacia el heli que comenzaba a asentarse sobre la zona de aterrizaje, mientras el rugido de las turbinas sofocaba, casi, sus últimas palabras. Al tocar tierra se balanceó ligeramente sobre las enormes ruedas. Unos cuantos chicos nuevos corrieron fuera con sacos postales color rojo.

Vancouver llegó a la zona de aterrizaje justo en el momento en que el helicóptero comenzaba a agitarse y a chirriar para despegar. Se plantó frente a uno de los chicos nuevos y le quitó la bolsa que cargaba.

—¿La correspondencia del Primer Pelotón? –gritó. El decolaje del helicóptero, con su frenética rotación, lo ahogó. El chico se aferró al saco. Se le había explicado en términos inequívocos su valor y qué le pasaría si no lo entregaba a su destinatario.

—Dame esa puta bolsa –le gritó Vancouver. Se la arrebató y comenzó a desatar los cordones.

—¿Qué coños estás haciendo, Vancouver?

Miró por encima del hombro y encontró el rostro colorado del sargento de segunda clase Cassidy. Se incorporó y lo miró.

—Ay, hola, artillerito. Estoy buscando mi espada para gucos. Hace dos putos meses que pedí esa mierda –el chico nuevo recuperó sigilosamente el saco postal; su mirada titubeaba entre Vancouver y Cassidy.

—Vancouver –dijo Cassidy con cansancio y sorna–, regresa a las líneas y permíteme que me ocupe de la correspondencia, ¿te parece? Porque si no lo haces, y llegara a ver esa jodida espada que refieres, te la romperé sobre la puta cabeza. ¿Quedó claro?

—No lo harías, ¿verdad, artillerito? –le preguntó Vancouver.

—Haz la prueba.

Vancouver dio media vuelta y emprendió la marcha montaña abajo.

Cassidy lo vio alejarse con evidente afecto. Había interceptado la espada con su funda adornada y sofisticadas correas tres semanas atrás y la había escondido en la tienda de suministros de la Compañía Bravo para impedir que Vancouver se matara mientras intentaba usarla. Se volvió para mirar a los cinco chicos nuevos que había descendido del heli.

—¿Qué diablos están viendo? –les preguntó Cassidy; su sonrisa había desaparecido súbitamente . ¿Les parezco guapo?

* * *

Mientras la mayor parte del pelotón releía el correo por tercera ocasión, Mellas preparaba la cena. Se había prometido que dejaría pasar tiempo antes de ocuparse del correo. Mientras vertía salsa Tabasco, mermelada de uva y té de limón en polvo en la lata de espagueti con albóndigas advirtió que el Doc Fredrickson lo observaba.

—¿Tiene un minuto, subteniente? –le preguntó.

—Por supuesto. Mejor eso que comer.

—Es sobre Mallory, señor.

—Ah, coño. Pensé que tú y Bass se habían ocupado de él.

—Continúa con quejas de dolor de cabeza –dijo Fredrickson–. Ya le di todo el Darvon que puede aguantar, pero sigue pidiendo más.

—¿Esa mierda causa adicción? –preguntó Mellas.

—Lo ignoro, señor. Es lo que nos dan. Yo creo que no sirve para un carajo –Fredrickson se encorvó para mirar el interior de la lata de espagueti–. Quizá deba poner un poco de esa supuesta crema para café. Lo suavizaría.

—Tú concéntrate en la medicina.

—Como sea. Ni siquiera estoy seguro de que Mallory tenga siquiera jaquecas. Pero lo he estado observando de cerca, y ayer, durante el patrullaje, parecía lastimado.

—Él y todos los demás. Yo también padezco dolores de cabeza.

—Quizá deba hablar usted con él. Ya lo comenté con el calamar mayor, y dice que en ocasiones hay reacciones psicosomáticas y que les duele de verdad aunque todo sea un rollo que se hayan inventado. También existe la posibilidad de que realmente le pase algo.

—¿Qué quieres? ¿Que yo lo decida?

—Usted es el comandante del pelotón. Si usted considera que está diciendo la verdad, quizá debamos enviarlo a Vandegrift para que lo revise un médico. Sólo en caso de que tenga algo realmente grave.

—Ok.

—Está en mi carpa en este momento.

Mellas miró a Fredrickson con el rabillo del ojo.

—Muy bien.

Se fue Fredrickson y regresó luego con Mallory, un chico de constitución pequeña, con caderas angostas, cuello delgado y grácil, y una cabeza más bien grande.

—Hola, Mallory –lo saludó Mellas; intentaba ser cordial–. Me dice el Doc que aún tienes problemas con los dolores de cabeza.

—Me duele la puta cabeza –respondió él–. Ya me tragué todo ese Darvon y no me hace mierda alguna.

—¿Desde cuándo tienes estos dolores?

—Desde que nos hicieron jorobar sin agua durante la operación en la zona desmilitarizada. Creo que me dio un ataque de calor o algo así –Mallory vio rápidamente a Fredrickson para ver cómo reaccionaba el enfermero, pero su rostro era una máscara impávida.

Mellas sacó una cucharada de espagueti y lo masticó mientras pensaba.

—Bueno, Mallory, a la mierda. No sé qué tengas. El Doc está perplejo. ¿Te duele todo el tiempo?

—Yo le digo que me duele la puta cabeza de verdad –chilló Mallory.

—Te creo, Mallory. Sólo que no hay mucho que podamos hacer por ti. Supongo que podríamos enviarte a Vandegrift a un chequeo –lo observó para estudiar su reacción, pero Mallory tan sólo puso la cabeza entre las rodillas y se la sostuvo con las manos.

—Me duele la puta cabeza.

Mellas miró a Fredrickson, quien se encogió de hombros.

—Te diré algo, Mallory –le dijo–. Veré si puedo enviarte a Vandegrift por un par de días para que te revise el médico. Pero por ahora tendrás que aguantarte un poco, ¿estamos?

—No puedo aguantarlo. Me duele cabrón todo el tiempo –se quejó.

Mellas titubeó primero, luego suspiró.

—Iré arriba para hablar con el calamar mayor.

—Ya lo vi. No hizo nada.

—Bueno. Quizá podamos sacarte de aquí. Sólo aguanta un poco.

—De acuerdo, señor –Mallory se levantó y se dirigió hacia las líneas montaña abajo.

Fredrickson le preguntó:

—¿Qué opinión le merece, señor?

—No lo sé. Probablemente le duela la cabeza. La pregunta es qué tanto –Mellas removió los restos del espagueti . Odiaría que tuviera algún problema en el cerebro y que no lo revisen. Podríamos meternos en mierda hasta el cogote.

Arriba, en la carpa de Sheller, Mellas se topó con cierta oposición, no suya, sino de Hawke y de Cassidy, quienes jugaban cartas con él.

—Es un maldito farsante –gruñó Cassidy.

—¿Cómo lo sabes? –lo increpó Mellas.

—Puedo olerlos. La mitad de los marines apostados en esta montaña sufren dolores de cabeza y de barriga y todo tipo de puñeteros dolores, pero nadie se la pasa pidiendo ir a Vandegrift.

—Supongamos que tiene un tumor o algo así. ¿Querrías arriesgar eso?

—Sólo necesita una patada bien asestada en el culo.

—Creo que Cassidy tiene razón –intervino Hawke–. Mallory intentó ya escabullirse de la operación en la zona desmilitarizada pero se lo impedimos. Después de eso estuvo bien. Nada de quejas hasta ahora. Todos sabemos que nos asignarán bajar al valle en cuanto las compañías Alfa y Charlie lleguen. Así que de repente, ay, volvieron los dolores de cabeza.

—Quizá sea psicosomático –agregó Mellas–. Es decir, quizá sea verdad que está cagado de miedo. Quizá sea justo eso lo que le causa el dolor de cabeza.

Cassidy plegó los naipes con las manos.

—¿Qué coños es «psicosomático» sino otra palabra de moda para alguien a quien no le apetece acometer algo duro y acojonante? Los nervios no se rompen… se rinden. Yo tengo un dolor psicosomático en el culo a causa de todos estos maricas. Acérquese a ver la zona de enfermos el día anterior a que lancemos una operación. Todos los negros del batallón están en línea, esperando. Mallory no es diferente.

La quijada de Mellas reaccionó pero no soltó ninguna palabra.

—No todos van, artillerito –agregó Hawke–. A decir verdad, difícilmente alguno de ellos. Pero te concedo que Mallory probablemente iría.

Cassidy respiró hondo.

—Es su puto pelotón, subteniente –le dijo a Mellas.

—Y yo lo enviaré a Vandegrift.

—Entendido, señor. Le informaré acerca de cuándo vendrá la próxima ave. Hay que llevar su culo a la zona de aterrizaje. No se sorprenda demasiado si regresa después de que nosotros nos metamos al valle.

Un helicóptero que traía agua para la batería artillera apareció la mañana siguiente, y Mallory se fue a la base de combate Vandegrift, BCV. Volvió a los tres días; portaba una nota de parte del cirujano naval del batallón, del alférez Selby, dirigida al calamar mayor. «No veo nada en este marine que pueda obstaculizar el simple desempeño de sus obligaciones cotidianas.» Sheller se la llevó a Mellas y a Fredrickson; Mellas lo llamó y le mostró la nota.

—Miér...coles –exclamó Mallory después de leerla–. Miér...coles. Ya les dije que me duele esta cabeza del carajo –evitaba la mirada de Mellas.

A él le interesaba preguntar por qué había tardado tres días una sencilla visita a la estación de socorro del batallón. Pero lo dejó pasar, puesto que Jancowitz lo había alistado ya al frente de toda la escuadra y lo había emplazado en el puesto de escucha dos noches seguidas para compensar el par de días que el cabrón seguramente se había reventado en retaguardia fumando yerba.

—Sólo te queda vivir con esto, Mallory –le explicó Mellas–. Probablemente sea psicosomático. A todos nos dan miedo algunas cosas y, en ocasiones, el cuerpo intenta mantenernos alejados de aquello. Sólo tendrás que superarlo.

—¿Usted quiere decirme que el dolor lo tengo en mi puta cabeza? –chilló Mallory. Su voz era más una acusación que metía a Mellas en el mismo saco de todos aquellos que no estaban dispuestos a ayudarlo–. Le digo que es real, man. Me duele tanto que ni siquiera puedo pensar.

—Mallory, es psicosomático. Sólo debes acostumbrarte. No podemos hacer todo por ti, pero se hizo el intento.

—Miér...coles –Mallory se alejó, todavía con la nota del médico en su manita delgada.

Capítulo III

—EL BATALLÓN LLEGA EN UN PAR DE DÍAS —DIJO FITCH CON sequedad—. Vamos a limpiarlos —un fuerte disparo de la arti lesonó detrás de ellos e hizo que todos se encogieran por el susto—. Eso significa cortes de pelo, afeitadas, lo que sea. Nada de bigotes a menos que sean, por lo menos, sargentos. Órdenes de Gran John Seis.

Mellas volvió con pasos pesados al pelotón. Hamilton lo vio venir y pegó un grito a los líderes de la escuadra que estaban abajo, en las trincheras. Otro disparo conmocionó la montaña y ahogó todos los demás ruidos. Fue a su tienda y se sentó con la mirada perdida en la niebla. Luego llegaron los tres líderes de la escuadra. Jancowitz, sucio, portaba aún el equipo de su reciente patrullaje. En su rostro, el sudor se fundía con perlas delicadas de llovizna. Connolly se acuclilló con las manos sobre las rodillas, como hacen los vietnamitas. Jacobs, nervioso todavía por el cargo temporal de ser líder de la escuadra, tenía listos ya el cuaderno verde y el bolígrafo de tinta roja. El siguiente en llegar fue Bass, jadeante por haber trotado montaña arriba. También se acuclilló, con la mirada puesta sobre la carpa de Fredrickson, irritado porque el Doc no había llegado a tiempo a la reunión.

—Está en la zona de aterrizaje con el calamar mayor —dijo Mellas—. Están contando píldoras para emitir una nueva orden cuando llegue el batallón.

—¿El batallón? —preguntó Bass con un guiño de ojo.

—Ya despacharon las aves. Eso significa que debemos tenerlos listos a todos.

Jancowitz y Connolly asintieron, pues ya habían pasado por situaciones similares. Jacobs rasgaba algo en su libreta.

—¿Cor-cortes de pelo, subteniente? —preguntó.

—Claro, Jake —contestó Mellas con una pizca de sarcasmo.

—¿Con qué? –preguntó Bass–. ¿Con los puñeteros k-bars?

A Jancowitz le ganó la risa.

—Pensaba que a ustedes, por ser unos jodidos militares de por vida, sólo les salía pelo corto.

—Eres un respondón –se quejó Bass–. Voy a cortártelos con una maldita herramienta-a y metértelos por el culo hasta que te salgan por la boca.

—No veo por qué diablos no –contestó Jancowitz, sin acojonarse–. Somos capaces de hacer cualquier otra cosa con las herramientas-a.

—Hay rumores –intervino Mellas– de que Cassidy consiguió entre la gente de la arti algunas maquinillas para cortar el pelo; se las pasaré. También tienen bastante agua. Así que todos a afeitarse. Y a propósito, nada de bigotes, a menos que sean, por lo menos, sargentos e-5.

—¡A la mierda, señor! –Jancowitz parecía traicionado–. Soy un puto líder de escuadra y se nos permite el bigote. Así ha sido siempre –ya le había escrito a Susi al respecto.

—Janco, la orden es de e-5 para arriba.

—El tuyo ni siquiera se ve –intervino Bass–. ¿Qué más te da?

—Te prometí que no me acercaría a la zona de aterrizaje. Nadie me verá –miró a Bass y a Mellas. Nadie podía ayudarlo.

—Fuera los bigotes y que se peluqueen todos los que lo necesiten –concluyó Mellas sin dar oportunidad a ningún tipo de réplica–. Eso es todo. ¿Quién patrulla mañana? –Connolly y Jacobs levantaron, cada uno, un dedo–. Ok. Yo me iré con Conman, Bass se va con Jacobs –Mellas trazó las rutas de las patrullas y juntos determinaron los objetivos de los ataques preparatorios de la artillería y de los morteros. Mellas era bueno con los mapas, lo sabía, y no pasó desapercibido en el pelotón: de ello dependían sus vidas. Fredrickson apareció, distribuyó la dosis diaria de pastillas para la malaria, y se dividieron.

Mellas comía una porción de carne con papas, con compota pegajosa de manzana y con otro poco de salsa Worcestershire que Bass había reservado escrupulosamente, cuando vieron a Jancowitz que subía la fatigosa montaña seguido de Parker. Bass, que calentaba agua para el café, miró a Mellas.

—Te apuesto una lata de melocotones a que Parker se opone al corte de pelo.

—Mierda –dijo.

—ertsp –agregó Bass con una sonrisa, con los ojos entornados.

Los dos recién llegados se acercaron a la pequeña elevación donde estaba reunido el pc del pelotón. Mellas dio otra cucharada antes de reaccionar frente a su presencia.

—Venga, Janco, ¿cuál es el problema?

—Parker desea solicitar mástil, señor.

—¿Por qué, Parker? –preguntó Mellas mirándolo a él.

—Es que a mí no me van a cortar los pelos.

—¿Qué coños acabas de decir? –Bass se levantó con la quijada trabada y la taza de hojalata con agua caliente en la mano–. Estás hablándole al subteniente, Parker –a Mellas no le pareció el momento adecuado para dar lecciones sobre etiqueta militar, pero lo dejó hacer.

—Señor, mi cabello no necesita nada y solicito ver al capitán para pedir mástil, *señor* –repitió Parker.

Bass se sentó. Requerir mástil al capitán era prerrogativa de cada marine. Mellas le miró el pelo. Era rizado, casi como de afro. Había bastante poca duda de que al PC del batallón le parecería largo, no sólo por la preferencia del Cuerpo de Marines de tenerlo extremadamente corto, sino también por las implicaciones políticas.

—De acuerdo, Janco –dijo–, yo me encargo. Gracias.

Jancowitz asintió y se dirigió montaña abajo, donde Hippy, con las maquinillas para cortar el pelo en la mano, sometía ya, según la medida reglamentaria, a otro de sus clientes, quien estaba sentado en su pozo de tirador con una toalla alrededor del cuello. Mellas le señaló un palé de municiones ya roto.

—Siéntate, Parker. Permíteme terminar de cenar –Parker se sentó, algo dubitativo y con la mirada puesta en Bass. Casi todos le temían a causa de su temperamento impredecible. Bass se acabó el café y se alejó hacia su tienda sin decir palabra.

—Parker, bien sabes que el capitán tendrá que pedirte que te cortes el pelo.

—¿Y eso por qué? –preguntó con la mirada fija en las costras de barro en sus botas.

—Porque está demasiado *largo*, Parker. Está por venir el batallón y así es como debe ser.

—Solicité mástil, y tengo derecho de ver al capitán, y ni usted ni nadie pueden impedírmelo.

—Dios mío. Parker, no pretendo impedirte que lo veas, sólo me gustaría evitarte una caminata hasta montaña arriba.

—Solicito mástil.

—Vayamos, pues –Mellas arrojó el resto de la comida viscosa en una caja de cartón que se colapsaba por los lados debido a la exposición constante a la lluvia. Se volvió a Parker para hacer un último intento–. Parker, el capitán se somete a las mismas reglas que el resto de todos nosotros. Habrá que cortar ese pelo.

Parker se retiró el sombrero y se tomó unos pocos mechones de pelo.

—No lo tengo más largo que Bass. Pero usa cera para aplacarlo. Él podría tener metro y medio de largo el jodido pelambre de paisano y nadie le diría nada.

Mellas sintió la corazonada de que si fuera un buen oficial no permitiría que Parker se dirigiera a él de esa manera. Con todo, era válido su argumento, aunque no resultara decisivo.

—Vamos a ver al capitán —dijo Mellas con la voz tensa. Se giró y continuó el ascenso de la montaña, a resbalones en el fangal, consciente de que Parker observaba su avanzar torpe.

Fitch, Hawke y los dos operadores de radio, Pallack y Relsnik, estaban apiñados bajo los ponchos del techo y jugaban «bridge de la selva». Era su juego 45 de una serie de trescientos que sostenían los oficiales contra los reclutas. El sargento Cassidy estaba cerca, sentado sobre una caja de municiones, justo a la entrada de la carpa; grababa el bastón que Fisher le había traído, indiferente a la lluvia.

—¿Cuál es el problema, subteniente? –preguntó Cassidy.

Fitch miró a través de la apertura y comenzó a incorporarse.

—Ay, no, usted no, capitán —tajó Pallack, y se volvió a Parker–: oye, Parker, tendrás que esperar. Los reclutas están por vencer a los oficiales —se reincorporó al juego azotando, con bastante fuerza, un naipe–. Jodidos principiantes, jiji... Aquí tienen a su reina —debajo de las mejillas ensombrecidas, Parker tenía las quijadas frenéticas. Fitch sonrió y tiró una carta.

Parker habló por lo alto:

—Señor, tengo derecho a mástil.

—Tienes el *privilegio*, Parker —refunfuñó Cassidy–. Nadie se le acerca al comandante de la compañía y le dice a quemarropa que solicita mástil.

Parker se mantuvo en sus cuatro.

—Tengo ese derecho del mástil.

Cassidy se levantó. Hawke lanzó una carta, Pallack desbarató el mazo, azotó otro naipe y se carcajeó. Hawke miró a Fitch y se encogió de hombros. Fitch bajó el resto de su juego, Pallack y Relsnik se dieron la mano, sacaron los bolígrafos y cuadernos para registrar con precisión el puntaje y que no hubiera posibilidad de error, profiriendo burlas acerca de quién podía ser tan idiota para jugar así y, sin embargo, llegara a convertirse en oficial. El juego de cartas había distendido la tensión entre Cassidy y Parker; el primero había tomado la oportunidad de desentenderse.

Fitch gateó fuera de la carpa y se puso de pie.

—Bien, Parker, vayamos a la carpa de Hawke y aclaremos todo –su estilo era sencillo y directo, lo cual pareció relajar a Parker. Entraron a rastras en la carpa convenida.

Mellas caminó de vuelta hacia su propio tendido. Había gente cerca del alambrado disponiendo trampas luminosas para la noche. En la escuadra de Conman brillaba todavía una última fogata de la cena y Mellas la hizo apagar a gritos. Desapareció. Las líneas se sumieron en el silencio.

Mellas comenzó a escribir una carta en la luz del crepúsculo pero Skosh, que cargaba con el radio encima, lo interrumpió.

—Es el Seis –dijo. Se acuclilló y, muy fresco, se puso a fisgonear la carta de Mellas, hasta que él se la arrebató de los ojos.

La voz de Fitch crujió sobre la red.

—Tu personaje Papa, que acaba de estar acá arriba, cuenta con tan sólo veinte minutos para cortarse el puto pelo. Luego quiero verlo. ¿Quedó claro?

—Enterado –Mellas suspiró y le devolvió el auricular a Skosh–. ¿Por qué debo estar metido en pedos en medio de la selva con putos cortes de pelo sólo porque vendrá un coronel?

Skosh se encogió de hombros.

—Otra pulgada más para el dildo verde, señor.

Mellas bajó hasta el área de Jancowitz. Encontró a Parker hablando con Topo, quien, como muchos otros hermanos, también usaba alrededor del cuello una cuerda de náilon kaki atada con un nudo corredizo a manera de horca. Mellas supuso que tendría que ver con los linchamientos pero temió preguntar. Los demás negros de la Tercera Escuadra estaban de pie alrededor suyo. Callaron abruptamente en cuanto vieron a Mellas acercarse.

Todos se habían cortado el pelo excepto Parker. Jackson levantó la voz; tenía relajado el rostro ancho y, con calma, hizo contacto visual con Mellas.

—Señor, pienso que están jodiendo a los hermanos con esto de los cortes de pelo –lo constató sin enfado aparente.

Mellas hizo un gran esfuerzo por utilizar su mismo tono.

—Jackson, nadie tiene posibilidad de decidir al respecto. El pelo rizado no parece reglamentario, Gran Seis está por llegar y el teniente Fitch está ya sobre esto. De verdad que no quiero volver a escuchar nada más al respecto.

—Sí, señor –contestó Jackson y se dio la vuelta.

Mellas miró a Parker.

—Sabes que te quedan alrededor de quince minutos, ¿cierto?

—Sí, señor –murmuró él.

—De acuerdo. Hazlo de una vez y subes con el capitán y olvidaremos toda esta estupidez.

Ya casi oscurecía cuando el soldado de primera clase Tyrell Broyer vio al artillerito Cassidy y al sargento Ridlow, del pelotón del subteniente Goodwin, bajar por el talud de la montaña. Cassidy llevaba una maquinilla para cortar el pelo. Broyer se ajustó nerviosamente las gafas aunque no tuviera necesidad de ello. Le echó una mirada a Parker, con quien compartía el pozo de tirador para dos. Cassidy y Ridlow desaparecieron en el interior de la carpa de Bass; Broyer los escuchaba reír.

Parker, con el pelo sin cortar, se recargó contra la pared posterior del pozo, con la mirada fija en la selva. Había dejado el rifle sobre un saco de plástico para arena y tenía los brazos cruzados sobre el pecho.

—Óyeme, hermano –le dijo Broyer en voz queda–, creo que el peligro para tu pelo se aproxima montaña abajo.

Parker gruñó con un escupitajo.

—Dios y la nación son unos racistas hijos de puta.

Broyer miró hacia la carpa, situada atrás y por encima de él. El sargento Bass salía a rastras en ese momento, con la camisa cuidadosamente arremangada, lo que hacía lucir sus brazotes fornidos. Cassidy, con el semblante endurecido, salió detrás suyo, y luego Ridlow. Parker echó una breve mirada de reojo por encima del hombro, y de inmediato se volvió, con la faz petrificada. Broyer quiso correr en busca de ayuda pero no supo a dónde ir. Disculpó su embotamiento al recordarse que no podía dejar su posición durante la alerta máxima vespertina. Balanceó el peso sobre la otra pierna nerviosamente.

El grupo de sargentos se les acercó en silencio, los rodeó.

—Es hora, Parker –dijo Cassidy–. Veo que decidiste que lo mejor es que se encargue un profesional.

Parker apretó los dientes.

—Más te vale que respondas cuando se te habla, imbécil –intervino Bass.

Se había posicionado frente al foso y lo miraba con intensidad en la cara. Ridlow estaba a su derecha, con las botas próximas al rostro de Parker. Cassidy estaba a la izquierda de Bass, quien le indicó a Broyer con un gesto que saliera del foso. Él trepó fuera sin saber dónde quedarse. Vio al resto de la escuadra, todos en silencio y atentos.

—¿Me escuchaste, asqueroso? –gritó Cassidy.

—Sí, señor –murmuró Parker.

—No te escuché, Parker –dijo Bass con una sonrisa.

—Sí, *señor* –soltó Parker.

—¿Cómo te gusta, Parker? –preguntó Cassidy–. ¿Partido por el lado izquierdo? Sargento Bass, ¿usted qué opina? ¿Qué haría Sassoon?*

Quizá por el lado izquierdo –asentó Bass–. No, mejor por el centro. Un Mohawk invertido.

—Creo que deberíamos arrancarle la jodida cabeza –refunfuñó Ridlow.

Cassidy se acuclilló y se inclinó para susurrarle algo a Parker en el oído.

—Parker, imbécil de los cojones, juro por Dios que, si haces un movimiento en falso, te arrancaré la cabeza y voy a cagarme en ella. No sé qué coños está mal con los oficiales del carajo en esta compañía para que tengan que lidiar con la basura que mierdas como tú traen a cuento todo el tiempo; si yo pudiera, te colgaría del culo en el árbol más cercano. Nadie pide mástil por un corte de pelo. Se solicita mástil cuando hay algo realmente mal. Y nadie desobedece órdenes. Ahora: vas a sentarte quietecito en la orilla de este hoyo y vas a dejar que te corten el pelo como un hombre. Si no, juro por Dios que voy a apalearte con mis propias manos hasta sacarte toda la mierda y dejarte listo para que te devoren los gusanos, que es donde deberías estar. ¿Me has entendido?

Bass se había acuclillado también para mirarlo directamente. Parker oteaba a su alrededor. Los demás en la escuadra lo observaban desde sus posiciones. Ya a todos se les había cortado el pelo. Broyer escuchó el ruido de la maquinilla de Cassidy. Vio los antebrazos sólidos de Bass. Sintió que las rodillas le temblaban y que algo se aceleraba en su interior.

—Sólo quiero decir que mi pelo no está más largo que el de cierto *chuck* que se lo aplaca con cera. Nada más eso es lo único que me interesa decir.

—Bien. Ya lo dijiste –atajó Cassidy–. Y lo único que me interesa decirte es que no me gusta tener un imbécil como tú en mi Cuerpo de Marines. Sólo eso. No eres digno del nombre. Ahora voy a contar hasta tres para que pongas tu culo en la orilla de esta zanja. Uno…

Parker se movió.

Broyer, aún de pie junto al foso, respiró hondo. Miró alrededor. Vio al subteniente parado junto a la carpa de Bass. Como todo el mundo, también él observaba cómo Cassidy pelaba a Parker.

* Se refiere al famoso peluquero inglés Vidal Sassoon.

En cuanto cesó la alerta vespertina, Broyer se encaminó al Segundo Pelotón para buscar a China. Era la primera vez que iba al área de otro pelotón, y estaba algo sorprendido de ver basura alrededor de las trincheras. Al pasar junto a una carpa escuchó primero una fuerte carcajada y después una risa afable. De la carpa se asomó la cabeza rubia de Goodwin. Broyer se apresuró; se sentía fuera de lugar y albergaba la esperanza de evitar una confrontación. Se dirigió a un hermano que no conocía, se caló los anteojos, se acercó al hombre e incurrió en el saludo de manos ya familiar. Preguntó por dónde se movía China. Él le señaló una pequeña carpa, parcialmente escondida por un inmenso árbol caído, a escaso medio metro del sitio de la ametralladora. Se acercó y vio a China junto con dos hermanos recostados contra el tronco, del lado opuesto al de la carpa. Cenaban los tres. Las voces le recordaron las noches de verano en Baltimore.

China lo saludó con el mismo malabar de manos.

—Óyeme, hermano, qué alegría verte acá. Te presento a mis amigos.

Uno de ellos le ofreció una lata de la ración c con café. La tomó y se sentó. Tomó con cuidado la tapa torcida hacia abajo para que el calor no le quemara los dedos. Cuando comenzó a decirles acerca del corte de pelo, le sorprendió el enfado que despedían.

—Y luego los putos maricones lo afeitaron hasta dejarlo pelado. ¡*Pelado*, carajo! Y nosotros ahí, sólo podíamos ver a esos hijos de puta.

Cuando Broyer terminó de hablar, China brincó a sus pies.

—Dile a Parker que traiga su culo hasta acá en cuanto pueda. Y no te preocupes, no estaremos parados mucho más tiempo. Tenemos poder —golpeaba el tronco con el puño—. Tenemos poder. Muy pronto haremos algo realmente acojonante.

Broyer se apresuró, sintiéndose comprendido y percibiendo la voluntad y la fuerza de China.

Él se sentó de nuevo contra el tronco y suspiró. Se estiró para calentar otra taza de café. Los otros dos, a sabiendas de que China hablaría cuando tuviera algo que decir, comenzaron a conversar. Extinguieron el fuego cuando, más tarde, se desplomó la oscuridad.

Broyer le pasó a Parker el mensaje de China. Al terminar el turno de guardia aquella noche, Parker se acercó al área del Segundo Pelotón. Se vio obligado a andar —mitad a gatas, mitad agachado—, primero, hasta la parte superior de la zona de aterrizaje y, luego, hasta el Segundo Pelotón, para evitar que por accidente le dispararan. Por la oscuridad le tomó casi una hora.

Al llegar a la carpa de China, el hermano con quien la compartía dormía ya, pero solo. Con irritación le indicó a Parker que bajara al foso que estaba debajo. Allá fue y, tras identificarse, se deslizó al interior de la pequeña trinchera para duplas de China.

—Shhh –lo calló China, quien, para pensar, pretendió haber escuchado algo. El viento corría montaña arriba, hacia ellos y traía consigo el olor a tierra mojada y a musgo. La maleza, que no veían, cuchicheaba a tan sólo diez metros enfrente de ellos bajo los árboles que chirriaban.

—Dijiste que querías verme –murmuró Parker finalmente.

—Así es –China seguía pensando.

—Me jodieron esta tarde. Me jodieron realmente, man.

—Pedazo de mierda, guarda silencio, cabrón –reviró China con fiereza.

—Oye, ¿qué coños te pasa, man?

—¿Qué me pasa a mí? –susurró China–. ¿Qué te pasa a ti, haciendo ese escándalo de maricas por un jodido corte de pelo?

—Oye, tú me dijiste, man…

—Te dije que tendríamos que esperar a establecernos y que después tendríamos una *causa*. Ahora tengo a todos los hermanos en la compañía preguntándose qué jodidos haré por un puto corte de pelo. Debería cortarte la cabeza, carajo. En cuanto consigo que los hermanos me envíen partes, llegas tú a cagarlo todo.

—Me castraron enfrente de mis hermanos, ¿y ahora vienes a decirme que *yo* la cagué? –Parker torció los labios hacia atrás, apenas podía controlar su exasperación. China lo sintió pero sabía que podía manejarlo.

—Óiganme, hermanos, tranquilos, ¿de acuerdo? –el compañero de China les habló por lo bajo desde la apertura de la carpa–. Ridlow pasará revista a las líneas en cualquier momento y nos meterá un cuetón en el culo si no se tranquilizan.

Parker se aquietó un poco y China cambió el peso sobre sus pies.

—Mira –dijo China–, les vamos a dar una lección a estos racistas hijos de puta, pero hay que prepararla bien. ¿Me escuchaste? Hay que prepararla bien. El poder sólo sirve si mantenemos los cerebros, ¿me escuchaste? Y los hermanos que se quedaron en casa necesitan armas, armas *de verdad*.

—Te escucho –dijo Parker con hosquedad–. A éste voy a despedazarlo yo mismo con mis propias manos.

—No vas a matar a nadie sin mi visto bueno.

—Yo voy a matar a cualquier cerdo que se me antoje.

—Tú me vas a escuchar, Parker. Te necesitamos y lo sabes, ¿no es cierto? Sí, lo sabes, y también te necesitan tus hermanos. Pero no necesitamos que andes matando a nadie a menos que sea en el momento preciso. Antes no. Eso lo decidimos Henry y yo. Ya lo veremos la próxima vez en Vandegrift.

—A la mierda. No hemos visto Vandegrift en dos meses. ¿Qué te hace pensar que lo veremos pronto? Henry rotará a casa antes de que lo veas. Miér...coles.

—Hablaremos con él, Parker. Sólo aprende a ser paciente. Tenemos tiempo. Ahora déjame pensar cómo arreglar esta situación, ¿de acuerdo? Y no estés jodiendo, eh. Lo pienso esta noche y mañana mismo empezaré a hablar con los hermanos, ¿de acuerdo?

—Ok.

—Estuviste bien, hermano. Hacía falta tener muchos cojones para estar de pie así como estuviste. Lamento esta reprimenda. Sólo que acá hay cosas bastante serias y graves en juego, ¿me escuchas?, cosas grandes. No hay lugar para *er*-rores –China se carcajeó, y le anuló a Parker la posibilidad de reaccionar.

Parker se arrastró sobre cuatro patas para tantear el camino de regreso a su propia trinchera. Dejó a China en oscuridad total. China pasó el resto de la guardia, e incluso tomó la guardia de su compañero de carpa, pensando en cómo debería proceder con esta situación. Debería restarle énfasis a cosas triviales como cortes de pelo. Cassidy parecía el blanco apropiado. Cassidy, y no el jodido corte de pelo, era la clave de la situación. A primera hora de la mañana, antes del patrullaje, iría a ver a los hermanos.

A primera hora de la mañana, China fue, en efecto, a verlos. Preocupado, Mellas lo observaba mientras hablaba con ellos. Cuando Mellas bajó para unirse a la Primera Escuadra para salir a patrullar, Topo había llegado sospechosamente tarde. A pesar de tener a la vista a la escuadra dispuesta, limpiaba aún su ametralladora, espulgando pelusas minúsculas. De su cuello musco colgaba la cuerda con la horca pesada.

Topo, que medía 1.88 y gozaba de una muy sólida constitución, no parecía ningún topo. Le habían puesto el apodo durante la operación de la zona desmilitarizada. Habían arrinconado a la escuadra de Connolly. Topo se desplazó con el cuerpo en tierra tan bajo, por detrás de rocas y arbustos para flanquear al enemigo, que el resto de la escuadra podía jurar que había cavado un túnel. Atacó al enemigo, mató a dos y dispersó al resto. El capitán lo postuló para una Estrella de Bronce.

—¿También vas a purgarla, Topo? –le preguntó Mellas, con una voz pretendidamente clara.

Topo continuó limpiando el arma.

—Hay que mimar al arma, señor —murmuró—, especialmente si no te envían las putas partes que ordenaste.

Mellas se acuclilló a su lado.

—¿Estás cagado por algo, Topo?

—No, señor, yo sólo hago mi trabajo —revisaba con escrúpulo el pesado recibidor del rifle.

Para evitar el asunto del pelo, Mellas vio el reloj.

—Mira, Topo, vamos cinco minutos tarde. Intenta apresurarte, ¿sí?

Mole refunfuñó y calzó la bandeja para la ristra de balas.

Mellas se unió a Connolly, a Vancouver, a Daniels, el observador adelantado de la artillería, a Pat, el pastor alemán, y al cabo Arran, su instructor. Estaban todos ocupados con sus armas —las revisaban, ajustaban las correas— o guardando raciones de comida en bolsas, bebiendo el último trago de agua antes de dejar rebosantes las cantimploras... todos esos rituales propios del nerviosismo en los que se incurre para mantener activo el ego cuando la muerte parece inminente.

A Mellas lo invadió un súbito arrebato de orgullo por tener a Vancouver en su pelotón. Aunque aún no sabía quién era, recordaba con claridad el primer encuentro que había tenido con él en Vandegrift, mientras esperaba al helicóptero que lo transportaría a Matterhorn, junto con Goodwin. Era una época de lloviznas heladas, de aburrimiento y de energía intranquila, mientras estaban entre cajas de cartón de las raciones c empapadas, el olor del combustible JP-4 y las tuberías hendidas en el barro para orinar. Con todo, Mellas habría podido pasar el resto de sus días tumbado ahí, en el lodazal. Esa macilenta zona de aterrizaje en Vandegrift era un sitio donde podría mantenerse con vida, donde la temida selva, al otro lado de la rampa del helicóptero, era tan sólo un futurible. En la BAA Vandegrift podías ver a los helicópteros irse sin ti. Ahí no había manera de que tuvieras que atravesar sus puertas de aluminio hacia el terror incógnito de la selva.

A media tarde, sin embargo, hasta Goodwin estaba harto ya de la lluvia y la aburrición. Todos dormitaban en la luz gris, bajo la llovizna, estupefactos por la espera y por el deseo de olvidar lo que tanto esperaban. Entonces se quebró la monotonía.

Un marine brincó, solo, desde la parte posterior de un helicóptero que se aproximaba y atravesó lentamente la zona de aterrizaje en dirección al camino escabroso que conducía a la retaguardia del regimiento. Medía por lo menos 1.90, pero su altura no resultaba tan llamativa como la ametralladora m-60 de cañón recortado que colgaba de los hombros mediante dos ceñidores. Por lo general, una m-60 requería dos hombres que la operaran. El manual le asignaba un equipo de tres. Tenía una agarradera soldada para que el marine pudiera controlar la patada sin tenerla que fijar a un bípode. De los hombros pendían, sobre el pecho, también dos latas de munición para ametralladora. Además de todo este peso, Mellas supuso que traería el equipo completo propio de un marine en la selva: equipo para dormir, comida, ropa de repuesto, granadas de mano, libros, cartas, revistas, ponchos impermeables para la lluvia, zapa, minas antipersonales claymore, barras de plástico explosivo c-4, trampas luminosas, la estufa hecha a mano, fotos de novias, artículos para el aseo personal, repelente de insectos, cigarrillos, lo necesario para limpiar el arma, el aerosol anticorrosivo wd-40, frascos con café liofilizado y, quizás, uno o dos paquetes de raciones grandes: comida también preservada y diseñada para patrullajes de largo alcance, pero que los gruñones utilizaban, por lo regular, para celebrar ocasiones especiales. Portaba sobre la cabeza un sombrero australiano con el ala izquierda doblada hacia arriba, que dejaba ver su cabello rubio enmarañado, descolorido ya por la suciedad. El uniforme era una constelación de hoyos, jirones y suciedad. Una de las piernas terminaba justo debajo de la rodilla, y revelaba carnes pálidas cubiertas por picaduras de sanguijuelas ya infectadas y úlceras de la selva. Las manos, el rostro y los brazos estaban cubiertas por úlceras y llagas purulentas. Con tan sólo pasar podías olerlo. Pero se movía como si le perteneciera la zona de aterrizaje, como si no se diera cuenta de los 45 kilos, o más, que cargaba. Era un marine de verdad, y Mellas ansió fervientemente ser como él.

Lo que Mellas no sabía entonces, pero sí ahora, era que Vancouver había intercambiado, como era uso habitual en el pelotón, las ropas más harapientas para que le entregaran ropa nueva en la retaguardia, pues el teniente primero Fitch, actuando bajo recomendación de Fredrickson, lo había destinado a Vandegrift para que le curaran cierta uretritis no específica. Había contraído esta enfermedad semanas atrás, cuando la compañía había estado emplazada en Vandegrift, esperando a que se les destinara para una nueva operación. En lugar de quedarse donde le correspondía, se había escapado de noche, atravesó siete kilómetros de territorio peligroso hasta llegar a un poblado buru cerca de Ca Lu. Había rumores de que se había casado ahí secretamente con una muchacha.

Con el recuerdo de haber visto a Vancouver en Vandegrift le invadió a Mellas el deseo de volver a aquella –si se le comparaba– seguridad. Desde allá, Matterhorn parecía la selva misma. Ahora, estar en Matterhorn era estar en las mismas condiciones que en Vandegrift. En el valle distante debajo de Mellas había caminos invisibles que conectaban campamentos base y vertederos de provisiones, que entrecruzaban la frontera entre Vietnam del Norte y Laos, una telaraña que servía para transportar los suplementos y los repuestos para las operaciones del EVN contra los poblados del sur y a lo largo de la costa. La misión del batallón era impedirlo. Sabía que pronto iría allá abajo: sin perímetro, sin batería de artillería ni zonas de aterrizaje ni Matterhorn. La selva pura y dura.

* * *

La mente de Mellas volvió a su tarea primaria. Se iban a otro patrullaje de rutina para proteger la batería de artillería.

Cuando Topo terminó de limpiar la ametralladora fue hasta donde Connolly y asintió. Él se ajetreó y convocó el orden de inicio de los equipos de tiro de la patrulla. Vancouver se movió silenciosamente hacia la maraña que era la única manera de traspasar el alambrado de púas. Skosh, que por lo general era el operador de radio de Bass, había estado sentado, recargado contra un tueco, con los ojos cerrados todo el tiempo. Se incorporó y se unió a Mellas detrás del primer equipo. Él y Hamilton habían intercambiado labores para combatir el tedio. El perro explorador, Pat, olfateaba a cada marine que pasaba para memorizar su olor. Una vez en la jungla, Pat estaría alerta a cualquier aroma que desentonara. Arran aseguró que Pat era capaz de memorizar bien más de cien aromas diferentes.

En cinco minutos bajaban ya la empinada ladera hasta el boscaje, se alejaban de la basura, del alambrado y del yermo fangal. Trinó un pájaro. Escucharon cómo su aleteo se apartaba del camino de la escuadra. Las copas de los árboles se levantaban, entre treinta y 45 metros por encima de ellos, y cancelaban toda posibilidad de luz solar, dejando a los hombres en una continua sombra. Bajaban como buzos que se sumergen en un mar gris verdoso.

Pat estuvo alerta casi inmediatamente, pero Mellas y el cabo Arran esperaban encontrarse a una de las tres duplas de los puestos de avanzada que montaban guardia durante el día fuera del perímetro de la compañía. Al llegar al puesto de Meaker y Merrit, del Segundo Pelotón, la escuadra giró en silencio. Los saludaron con una muda sonrisa. El puesto de avanzada, o PA, era un deber sencillo, excepto porque se corría el riesgo de ser sacrificado, lo que alertaría de un ataque a la compañía.

La escuadra continuó por la vereda. Detrás desapareció el PA. Unos diez minutos más tarde, Arran se dobló sobre una rodilla, con una mano sobre el lomo trémulo de Pat. Intentaba descifrarlo. La escuadra se detuvo, se tensaron todos y miraron hacia los lados del sendero. Arran apuntó hacia la derecha primero, fuera del camino, y luego hacia abajo. Mellas le hizo una señal a Conman con la ceja, y él asintió. Mellas levantó un pulgar –ok– y Conman tocó el hombro del chico que tenía delante y le indicó el lado derecho. La escuadra se deslizó por el camino que seguía la cresta de ese brazo de montaña y se alistaron para bajar hasta el valle por una cañada pronunciada. De pronto quedaron rodeados por bambú. La parte alta sobrepasaba acaso un metro sus cabezas. Debían abrirse camino con cautela, haciendo a un lado las cañas para abrir un túnel a través de la sólida masa verde.

Vancouver, en punta, se adelantó bastante hacia el fondo de la cañada. Mellas le arrojó una piedrita a Conman; él se volvió para ver cómo Mellas le hacía una señal negativa y apuntaba hacia arriba. El aviso llegó a Vancouver. La escuadra interrumpió el descenso a medio camino de la pendiente que bajaba hasta la cañada. Bajar por ahí era invitar al enemigo a tenderles una emboscada.

Llegó la señal de los machetes. Pasaron uno desde atrás de Mellas y pronto todos percibían los golpazos sordos de la cuchilla que rajaba el nudo impasible para que la escuadra pudiera marchar de nuevo. Con cada chasquido se tensaban las manos que sostenían los rifles, y los ojos y los oídos se esforzaban un poco más. Hasta que, finalmente, cesó el ruido. La escuadra comenzó a moverse, cada uno estaba listo para abrir fuego al menor ruido o movimiento en la selva.

Se arrastraron, se deslizaron, sudaron y se abrieron paso a través de la oscuridad selvosa. Otra vez pasaron los machetes hasta el frente y otra vez el eco de sus golpazos sordos se extendía a lo largo de la columna. Los chicos se mordían los labios, deslizaban los dedos por los seguros de los rifles: activado, desactivado. Con todo, era imposible moverse sin los machetazos, y sin poderse mover no podrían regresar a la seguridad del perímetro.

Conman rotaba los equipos de avanzada según la fatiga debida a la tensión de ir en punta y por los dolores que implicaba blandir los machetes. A todos, Mellas incluido, les tocó manejar el machete. Mellas sabía que era una tontería, pues le dificultaba el control táctico, pero quería mostrar que podía compartir la carga. Estaba particularmente consciente de que el paso de la escuadra se oía a cientos de metros de distancia. Pero la patrulla debía ir a ciertos puntos de control para asegurarse de que el ejército enemigo mantuviera despejadas ciertas rutas de acceso a Matterhorn. Este auténtico abrirse paso a través de la maleza le permitió a la patrulla completar su misión sin necesidad de recorrer senderos establecidos, donde se multiplicaban bastante las posibilidades de una emboscada. Mellas se iba dando cuenta de que no había estrategia definitiva. Todas eran, de alguna manera, insuficientes.

En pocos minutos, Mellas tenía las manos rajadas y con ampollas, y sentía el brazo como un peso muerto. Todo el tiempo que estuvo apaleando bambú se sintió desnudo por sostener el rifle con la mano izquierda y tener el dedo lejos del gatillo. Si le disparaban, tendría que depender del chico detrás suyo para responder al enemigo. Después de toda una eternidad, alguien le tocó el hombro, y él se reposicionó detrás de Conman, donde Skosh manejaba el radio. Sudaba profusamente, tanto por el trabajo como por el miedo. Una voz dentro de su cabeza se burlaba de él y le preguntaba por qué coños habría algún norvietnamita en algún punto cercano al corazón del bosque de bambú en el que habían desembocado.

Transcurrieron dos horas más antes de que lograran escapar del bambú y retomaran una caminata relativamente fácil a través de la selva. Sudaban, peleaban contra los insectos, a tientas, tan ciegos como las mismas sanguijuelas contra las que conducían la guerra que de verdad les ocupaba. El teniente primero Fitch pedía «repos de pos» —reportes de posición— cada veinte o treinta minutos. Mellas los enviaba responsablemente por radio, pero se sentía frustrado e inútil porque apenas cambiaban. En dos horas la patrulla había ganado, quizás, unos trescientos metros.

De pronto, en un instante, la torpeza y la fatiga se esfumaron para dar paso a un límpido y paralizante terror.

Conman se tiró al suelo frente a Mellas. Antes de que él pudiera doblar las rodillas, Skosh estaba también abajo. Toda la escuadra tenía el cuerpo en tierra con los rifles apuntando alternativamente a un lado y al otro, según se les había asignado. Conman fijaba su atención al frente, hasta que, jorobado, retrocedió hacia Mellas serpeando sobre el vientre y los antebrazos. Dio vuelta, levantó tres dedos y extendió la palma de la mano con una mirada interrogante en el rostro. Eran por lo menos tres, quizá más. A Mellas se le desbocaba el corazón por la garganta hasta causarle dolor. Intentaba recordar las instrucciones de lo que debía hacerse, según lo explicado en la base de entrenamiento de Quantico. Tenía la mente en blanco. Conman retrocedió todavía más atrás. Mellas ya no veía a nadie. Estaba solo. Absolutamente solo y, quizás, a punto de morir.

—Alarma de Pat —susurró Conman—. Arran dice que, de acuerdo al comportamiento del perro, deben ser tres gucos, probablemente más.

—Quizá sea el equipo de metralletas –susurró Mellas, mientras pensaba «¿Por qué a mí?».

Conman se encogió de hombros.

—¿Cómo procederemos, subteniente?

Mellas no tenía ni la menor idea.

Se le antojaba llamar a Bass y Jayhawk por radio y preguntarles. Al mismo tiempo sabía que eso era una ridiculez. Su mente barajó tantas posibilidades que se mareó. Mientras tanto, Conman, con la boca abierta, esperaba a que le indicara el plan de acción. Si se trataba tan sólo de tres, podía enviar a la escuadra situada en línea, y barrerlos. Si se trataba de un puesto de avanzada de tres hombres, significaba que atrás vendrían más hombres, ya fuera sólo un pelotón o toda una compañía. Si se abalanzaba con la escuadra, se hundiría directo en mierda y, con mucha suerte, saldría con alguno vivo. Pero si, otra vez, se trataba sólo de tres hombres, no había excusa para no ir por ellos. Aunque era posible que hubiera bajas. Podía ser él mismo, Mellas, a menos que enviara dos equipos de tiro excluyéndose él. ¿Pero qué pensarían los demás sobre él? Tendría que sumarse. Pero podrían matarlo a *él*. Eran tan sólo tres. ¿Cómo era posible que tuviera miedo? La suerte parecía estar, más bien, de su lado. De pronto, Mellas se visualizó a sí mismo y a los otros catorce miembros de la escuadra alineados contra un paredón de cara a una escuadra de quince hombres, de los cuales sólo uno tenía una única bala en el rifle. También en ese caso, la buena fortuna estaría en su favor. Pero suponiendo que esa bala fuera para él... En un instante entendió que, cuando todo está en juego, la suerte no pinta para nada.

Mellas decidió asumir que se trataba de un equipo de avanzada de un grupo de mayor tamaño, mientras no se le proveyera con más información. Eso significaba que debía averiguarlo. Se hizo presente su entrenamiento. La mente comenzó a inventariar todas sus posibles armas.

—Rifles arriba –le ordenó con un susurro a Skosh. La voz corrió hacia atrás, a todos los chicos, invisibles, tirados sobre el suelo de la jungla–. Colócala aquí –le ordenó a Conman–. Sitúa a Vancouver con su ametralladora a ciento ochenta de la tuya.

—No va a gustarle.

—Al diablo con él. Envía un equipo de tiro al otro lado, por la izquierda. Lo cubriremos con Topo si se enmierdan. ¿A quién quieres enviar?

Era el turno de Conman para hacerla de Dios a la edad de diecinueve años. Cerró los ojos.

—A Rider.

Así son elegidos algunos para morir jóvenes.

Mellas se volvió a Skosh.

—Rider, arriba.

Skosh se arrastró hacia atrás hasta alcanzar al siguiente hombre.

—Rider, arriba –pasaron la voz.

—¿Tendrá todavía cartuchos de perdigones tu hombre del lanzagranadas? –le preguntó Mellas a Conman.

Él levantó tres dedos.

Mellas maldijo por lo bajo. Los cartuchos, tan útiles en la selva donde no se veía nada, escaseaban siempre. Los hombres con los M-79 los acaparaban como auténticos tacaños.

—Él también se va con el equipo.

Conman asintió.

—Emplaza al lanzagranadas dentro para que Rider pueda volver en caso de que meta el culo en problemas. Yo iré por él.

—¿Y la artillería? –preguntó Conman.

Mellas sintió un hueco en el estómago. Se le había olvidado del todo.

—Veré a Daniels en un momento –improvisó para salvar el pellejo.

Conman asintió con el pulgar y comenzó a arrastrarse hacia la persona más próxima para establecer el perímetro.

Mellas pasó junto a Skosh.

—Pégatele a Conman. Estaré con Daniels y en la frecuencia de la arti en caso de que me busque el Seis.

Continuó pecho en tierra a lo largo de la columna de rostros que lo interrogaban con vehemencia. No dejó de susurrar «Tres gucos, quizá más. Conman dará la señal» a todo lo largo mientras les hacía señas para que se desplazaran al frente. Llegó hasta Topo y Young, su metralleta asistente, quienes también se movían al frente. Los dos sudaban sin cesar. Topo estaba adusto. Young dibujó una sonrisa desganada; arrastraba por un lado la pesada munición de la ametralladora, haciendo lo posible por evitar a toda costa cualquier ruido.

—Tú cubres a Rider –le musitó Mellas a Topo–. Preséntate con Conman.

Él asintió sin dejar de arrastrarse hacia el frente con la ametralladora arropada entre los brazos. Rider apareció detrás de Topo y Young, con la faz reluciente y los ojos ligeramente salvajes. Los dos chicos de su equipo de tiro gateaban, asustados, detrás de él. Con todo, ninguno dudaba que haría lo que se les había indicado.

—Tres gucos –susurró Mellas de nuevo–. Debemos averiguar si eso es todo. Podría ser un PA. Díganle a Connolly que les ordené traer a Gambaccini y su M-79 con ustedes.

Rider se chupó los labios y vio furtivamente a sus dos amigos. Uno asintió. El otro avistaba sin pausa la selva, como si la intensidad de la mirada fuera a revelarle su secreto. Pero nada se le mostró. La única manera de descubrir su misterio era serpear adentro y encararlo.

Asintió Rider y, mirando a su equipo, apuntó montaña arriba. Los tres se deslizaron hacia la cabeza de la columna y desaparecieron casi al instante. Mellas continuó hacia la parte trasera de la columna; enviaba chicos al frente para conformar el perímetro.

Daniels se desplazó arriba con el radio, que se bamboleaba curiosamente encima de la espalda.

—El ángulo es una reverenda mierda para la Batería Golfo –aseguró Daniels–. El lomo está entre ellos y los jodidos amarillos. Los obuses uno-oh-cinco tendrían que disparar casi hacia arriba para caerles encima trazando un largo arco, pero no pueden alzar tanto sus cañones. Si disparan directo sobre el blanco darán sobre la parte frontal de la cresta o el disparo pasará de largo por encima del objetivo. Creo que deberemos usar los morteros de sesenta de la compañía. Los proyectiles pesan sólo una décima parte pero darán en el blanco. Los tengo en este momento en la red.

Mellas asintió con la cabeza; estaba agradecido por la previsión de Daniels.

—Bien –concluyó.

Daniels se fue de nuevo al frente mientras rotaba la perilla de la frecuencia para informar a la batería que estuvieran atentos y que echaría mano de los morteros. Cambió entonces de frecuencia para hablar con la escuadra de morteros de la compañía. Mellas y Daniels se toparon a Vancouver tumbado frente a ellos con su ametralladora montada sobre una rama suelta. Skosh iba hacia Mellas con el auricular listo. Él lo tomó y esperó a que Daniels terminara de hablar con los morteros. Notó que ya se habían ido tanto el equipo de tiro de Rider como Gambaccini con su lanzagranadas M-79.

—Es el capitán –le susurró Skosh.

—Necesito un repo de pos –dijo Fitch–. Cambio.

—La escuadra no se ha movido desde el anterior –respondió Mellas–. Cambio.

—Bravo Uno, solicito un repo de pos. ¿Quedó claro?

—Un momento –a Mellas le temblaron las manos al sacar el mapa. La selva hacía imposible reconocer cualquier hito. Intentó recordar el terreno por el que habían transitado para estimar las distancias. Era como navegar bajo el agua. Clavó un dedo en el sitio que le pareció más probable con la impresión todavía de que se trataba del mismo punto sobre el que había informado anteriormente. Miró a Daniels y levantó las cejas. Daniels le mostró su mapa con sus anotaciones a lápiz, personales y peculiares, y con las esquinas dobladas; no confiaba en ningún otro. Miró la localización donde apuntaba la yema del dedo de Mellas. Levantó el pulgar. Mellas envió por radio la posición. Si erraba, los proyectiles podrían alcanzar al equipo de Rider, o a ellos mismos, en lugar del enemigo.

Fitch desactivó el auricular y permitió que el cabo Devon, líder de la escuadra de los morteros de 60 milímetros, volviera a la red radiofónica.

Daniels comenzó a hablar.

—Bravo Uno Uno, misión de ataque. Cambio.

Mellas no tenía nada que hacer.

Se sentó mientras Daniels solicitaba la misión. Vio hormigas en el suelo, justo donde estaban situados. Casi no podía ver las espaldas de los chicos por quedar cubiertos por el follaje. Gorjeó un pájaro. No sabía si todo no era más que un tonto ejercicio.

Lo sacudió el estruendo de los proyectiles despedidos de los tubos de los morteros. Considerando todas las horas que habían estado en marcha, le parecía que los tubos sonaban bastante cerca. Hubo un ajetreo repentino y un fuerte estallido cuando los proyectiles de 60 milímetros se estrellaron cerca, un poco más abajo en línea recta. Los sonidos eran amortiguados y se antojaban lejanos. Mellas se preguntaba si habían leído el mapa con tanto error.

—Cincuenta a la derecha. Bájate cien –susurró Daniels, quien corrigió sólo por oído. El segundo ataque cayó justo sobre el lomo, encima de su posición. El ruido tronó diez veces más fuerte, pues la tierra ya no los amortiguaba. Daniels solicitó cuatro bombardeos. Hizo otro ajuste hacia la derecha y pidió cuatro más. Mellas estaba sorprendido: mecanicidad pura, y, con todo, era probable que hubiera gente muriendo.

Pat estaba echado, en silencio, junto a Arran, quien, a su vez, estaba sentado con la espalda contra un tronco. El perro jadeaba, lo que lo hacía parecer sonriente. Tenía erectas las orejas rojizas.

Chilló el radio. Skosh le alcanzó el auricular a Mellas.

—Quiero un informe sobre el equipo de basquetbol –era Fitch echando mano del código del radio para referirse a un equipo de tiro–. Gran John Seis quiere saber. También Golf Seis quiere saber por qué está atento sin atacar. Cambio.

—Dile que el personaje Delta piensa que el ángulo es malo. Estamos cubiertos por un lomo y los morteros tienen mejor disparo. Y en este momento no puedo salir y preguntarle al maldito equipo de basquetbol cómo va el marcador, pues no tengo su posición exacta. Ésa es la otra razón por la cual no nos interesa la artillería en este momento. Cambio.

La voz de Fitch retornó riendo.

—De acuerdo. Avísame a la brevedad. Seis fuera.

Una hormiga le picó a Mellas, pero él suprimió un bramido. Vio a Pat con las garras sobre el suelo y la cabeza echada hacia atrás, como si quisiera contener a las hormigas. Varios chicos rociaban repelente de insectos sobre rostros y piernas. Miró el reloj de pulsera. Habían pasado apenas cinco minutos. Irrumpieron más proyectiles de morteros en la selva. Aunque las explosiones agitaban la tierra bajo ellos, parecían, de alguna manera, lejanas. Mellas quiso aplastar una mosca pero falló. Dio vueltas en círculo y aterrizó sobre Skosh, quien repitió exactamente la misma operación. Pasaron dos minutos más. Daniels pidió a los morteros que cesaran por un minuto. Uno de los chicos flexionaba una pierna hacia el frente y hacia atrás para ayudar al flujo sanguíneo, pues seguramente se le había dormido. La mosca volvió sobre Mellas. Entonces se desgarró la selva.

Fue como si alguien hubiera arrancado una hoja de puro ruido. Los M-16, en automático, rugieron y obligaron a Mellas a contraerse y cerrar los ojos. A pocos metros, enfrente de él, escuchaba el martilleo más lento pero más sólido, por ser un calibre mayor, de los fusiles AK-47 norvietnamitas. Mellas, que había enterrado la cara en la tierra, levantó los ojos. Intentaba ver a través de la selva el sitio donde se originaba ese ruido. Se sumaron las breves explosiones, más ligeras y a mayor velocidad, de los M-16 del equipo de disparo de Rider, y alternaban como si un tirador cubriera a otro que cargaba un nuevo cartucho. Los gritos desdibujados de los M-16 en automático respondieron a los golpes más lentos y más pesados de los vietnamitas. Las balas de los AK-47 crujían por encima de la cabeza y partían ramas en dos. Hojas, corteza y astillas llovían por encima de cascos y espaldas. Hubo un breve estallido al que siguió el golpe seco de una explosión mucho más fuerte cuando Gambaccini disparó una granada. Arriba de ellos, desde la montaña, alguien gritaba. La selva estaba infestada de estallidos. La radio rugía.

—¿Qué coños está pasando? ¿Les han dado? Cambio.

Mellas apenas podía hablar debido a la sangre que palpitaba en la garganta. El aire había enloquecido con el martilleo de las armas automáticas.

—Negativo –no se dio cuenta de que estaba gritando–. Es el equipo de basquetbol. Cambio.

—¿En dónde están posicionados? Quiero un repo de pos. Cambio –la voz de Fitch tranquilizó a Mellas, quien debía cubrirse una oreja para escucharlo.

—A unos veinticinco metros en dirección a cero-cuatro-cinco. Quizá menos. No sé. No veo un carajo —sus palabras eran sofocos.

—Activa la arti. ¿Quieres que caigan los morteros más cerca? Cambio.

—Negativo —Mellas luchó por hacerse de más aire—. No sé en dónde está el equipo —se ahogaba—. El personaje Delta está por entrar a la red de la arti. Cambio.

Estaba desorientado por la rapidez con que se sucedía todo. Había procedido metódicamente, con tanta sencillez. Ahora ni siquiera podía decir de dónde provenía el fuego. ¿Debía ir por Rider o esperar a que volviera? Las preguntas se abalanzaban sobre su cabeza, pero no le llegaba ninguna respuesta. Decidió no moverse.

La bala de un AK-47, aún con suficiente energía después de haber perforado el grueso tronco de un arbusto, pasó volando por encima de su cabeza con un chirrido agudo y se perdió en la densidad selvosa detrás suyo.

Luego se hizo el silencio. Parecía que el último estallido hubiera suprimido los demás ruidos. Todos respiraban con rapidez. Topo enterraba los dedos de los pies en el suelo detrás de la ametralladora con la culata firme contra el hombro y la mirada fija más allá del cañón, como si quisiera atravesar la selva con los ojos.

De la maleza no provenía ningún ruido.

Mellas se arrastró hasta Connolly y le dijo:

—Debemos establecer contacto con Rider.

Connolly asintió. Hizo un altavoz con las manos y lo llamó con un susurro ahogado:

—¿Rider? —su voz se transportó por el silencio como un haz luminoso rasga la oscuridad de una cueva. Nada. Un insecto comenzó a zumbar de nuevo—. Rider, trae tu culo acá. Menciona mi nombre cuando estés cerca para saber que eres tú —Connolly se volvió a Mellas—. Difícilmente devolverá el grito, señor.

La radio siseó por la estática. Mellas sabía lo que estaba por llegar.

—Aquí Bravo Seis. Necesitamos un repo de sit —reporte de situación—. Gran John está cagándose en los pantalones. Cambio.

—Seis, aquí Uno Actual. Sin modificaciones todavía. Cambio.

Hubo una pausa larga. Fitch sabía mejor que nadie que, en aquel momento sería una locura salir en busca de Rider. Le dispararía a cualquier cosa que se moviera. Lo mismo harían todos los vietnamitas. La radio siseó de nuevo.

—Enterado. Pero me darás el repo de sit a la brevedad. Cambio.

—Enterado. Estamos en ello. Cambio.

—Enterado. Bravo Seis, fuera.

Pasaron tres largos minutos. Hasta que escucharon algo entre la maleza. Los fusiles se movieron al unísono, concentrados en ese único sonido. Connolly tenía la mano en alto conteniendo el fuego. Un susurro salió desde los arbustos.

—¿Conman?

Las armas se distendieron.

—Aquí –respondió él.

Siguió una breve conmoción. Luego apareció Rider tambaleándose dentro del perímetro, encorvado, seguido de los dos miembros de su equipo y de Gambaccini con el lanzagranadas m-79, cuyo cañón aún humeaba. Se dejaron caer sobre el suelo.

Rider se arrastró hasta Mellas. Respiraba con dificultad. Tenía el rostro empanizado por el sudor y el polvo. Su camisa de utilidad hedía.

—Dos gucos –dijo–. Quizá más. Nos descubrimos al mismo tiempo –inflaba el pecho en busca de más aire–. Los dos abrimos fuego. Nos tiramos pecho tierra. Le disparamos todo el mierdero a lo que haya sido. Quizá le di a uno. Se didiaron.

—¿Hacia dónde?

Rider agitó la cabeza en señal negativa.

—Al carajo, como si yo supiera. Colina abajo.

—Eso significa que huyeron hacia el sur –concluyó Mellas mientras desplegaba el mapa. Convocó a la escuadra mientras Daniels peinaba el área al sur y al poniente de su posición con ayuda de la artillería y de los morteros; controlaba el fuego de los obuses de 105 milímetros desde su propio radio y el de los morteros de 60 milímetros desde el radio de Skosh. Pasados quince minutos, la escuadra se introdujo en el área barrida, todos en alerta. Pat temblaba por la tensión, pero se mantenía bajo el perfecto control de Arran.

Pat encontró un rastro y comenzó a seguirlo. La escuadra lo siguió hacia el valle. La maleza se iba espesando; a veces aparecía un arbusto deshecho, la rama rota de un árbol, tierra fresca removida por la artillería. Además de estas pequeñas señales y del olor de los explosivos, la media hora de ataque y de combate no causaron ninguna otra impresión a la selva. Los marines estaban ya exhaustos.

La radio crepitó.

—Bravo Uno, aquí Bravo Seis. Gran John requiere el reporte posterior al ataque. No puede seguir esperando. Debe ver a Bushwacker Seis. Yo también tengo a Golf Seis pisándome los talones, quiere saber cómo se comportó su artillería. Cambio.

—Momento –pidió Mellas. Exhaló con el auricular frente a su boca. Cavilaba. Quería pensar que había ocurrido algo bueno que reportar. Habían disparado durante quince minutos. Rider había hecho un magnífico trabajo haciéndose cargo de la alerta. Ningún herido. Había sido un buen trabajo. Mellas quería creer que todo había marchado bien. Lo deseó y así lo informó.

—Bravo Seis, aquí Bravo Uno. Nuestro personaje Romeo piensa que le dio a uno al abrir fuego. Sólo vio a dos gucos, pero por los ruidos debían ser más. Lo seguro es un probable. Cambio.

Hubo una pausa.

—¿Y el estimado del daño causado por la artillería? Cambio.

Mellas miró a Skosh, quien agitó la cabeza y escupió, encorvado hacia el frente.

Yo no sé, tan sólo soy un puñetero operador de radio.

Conman intervino.

—Deles un puto probable y quítele al capitán la arti de encima. De lo contrario nunca nos dejarán en paz, señor.

—No puedo inventarles un puto probable así sin más –farfulló Mellas–. ¿Con qué evidencia?

—No necesitan ninguna evidencia. Necesitan un estimado del daño de la artillería. Dígales que por acá hay bastante sangre regada. Les encanta escuchar eso.

Mellas miró a Daniels. Levantó las dos manos con las palmas hacia arriba y se encogió de hombros. No le importaba un carajo.

Mellas activó el radio.

—Bravo Seis, aquí Bravo Uno Actual. Tenemos a un probable. Eso es todo. Cambio –no iba a mentir para que estuviera satisfecho alguno de los oficiales de artillería.

Así, el probable se convirtió en un hecho. Fitch lo comunicó por radio al batallón. El mayor Blakely, el oficial de operaciones del batallón, lo anunció como confirmado para el batallón porque Rider aseguró haber visto caer al tipo al que le disparó. El comandante de la batería de artillería, sin embargo, lo reclamó como de su unidad. Era imperioso reportar dos bajas vietnamitas. Así lo hicieron. Pero al regimiento le pareció raro: dos bajas sin probables. Así que agregaron a un probable. Era un estimado conservador. Sólo hacía sentido que, si tenías dos muertos, con la cantidad de gente que movilizaba el EVN, tuvieras algunos probables. Al comandante de la artillería del batallón le pareció lo mismo: cuatro confirmados, dos probables, tal como se le reportaría, durante la reunión del regimiento, al coronel

Mulvaney, el oficial al mando del Vigesimocuarto Regimiento de Marines. Para cuando la cifra llegó a Saigón, los probables se volvieron confirmados; pero no hacía sentido tener seis confirmados sin probables, así que se le sumaron cuatro. Ahora sí pintaba bien. Diez vietnamitas muertos y ningún herido por nuestra parte. Un día de trabajo bastante bueno.

Capítulo IV

E L CORONEL MULVANEY, EL COMANDANTE DEL REGIMIENTO, avanzó pesadamente a lo largo del pasillo que formaban los capitanes, mayores y tenientes coroneles, quienes esperaban, atentos, a que llegara a su lugar al frente de las filas de sillas plegables. El aire húmedo en el interior de la tienda olía a neftalina. Al alcanzar su puesto, Mulvaney le gruñó al mayor Adams, quien les indicó a los hombres, con aspereza, que tomaran asiento.

Mulvaney tomó los folios informativos colocados en su silla y los repasó. Tenía la mente todavía en la reciente discusión con el jefe divisional del personal acerca del inminente acordonamiento conjunto y de la operación de búsqueda en Cam Lo. La operación «debía echar mano de tropas de las fuerzas armadas de la República de Vietnam y a la milicia local» y sería «altamente destacada y profundamente política» y –en su opinión– terriblemente impráctica. Le solicitaron dos batallones. Tras su vehemente oposición, que incluyó un análisis variopinto de la eficacia de las FARV, se le ordenó entregarlos.

El mayor Adams se aclaró la garganta. Mulvaney suspiró, descansó el cuerpo sobre el respaldo de la silla y le hizo un gesto a Adams, quien de inmediato se volvió hacia un mapa de gran tamaño y señaló con el apuntador.

—El contacto tuvo lugar hoy a las once cuarenta y siete horas en las coordenadas de cuadriculado 689558, entre una unidad del tamaño de una escuadra perteneciente a la Compañía Bravo, Primero del Vigesimocuarto, que efectuaba un patrullaje de rutina, y un estimado de diez a quince norvietnamitas. Hay dos confirmados y un probable. No hay heridos reportados por parte de la Compañía Bravo. Se solicitó fuego de artillería, con un resultado de dos confirmados y un probable. El clima impidió ataques aéreos –el mayor se giró hacia Mulvaney.

Él sabía que debía hacer alguna pregunta. Le desquiciaba que Adams dijera siempre «Primero del Vigesimocuarto», como si después de veintiséis años en el Cuerpo de Marines no supiera que la compañía, perteneciente a su propio regimiento, se localizaba en el primer batallón. Mantuvo empero la calma, pensando en su esposa Maizy, quien le había advertido, incluso todavía en el aeropuerto, que no perdiera los estribos, no sólo a causa de sus hombres, sino también de su propia carrera. Una puñetera operación conjunta con los gucos del sur. Mientras él permanecía sentado en una aldea dejada de la mano de Dios, los idiotas de sus escuadras habían entrado y agitaron a los civiles de la oposición política. Recordó de nuevo que el público esperaba una pregunta suya.

—¿Se compiló inteligencia? –preguntó–. ¿Se recuperaron armas?

El mayor Adams no había dicho nada al respecto. Miró rápidamente hacia la segunda fila de asientos, donde el teniente coronel Simpson y el mayor Blakely, el oficial al mando y el oficial de operaciones del Primer Batallón, respectivamente, estaban en sus sillas reclinados hacia delante, justo detrás de Mulvaney. Blakely reconoció de inmediato que Adams no contaba con la información requerida para responder, así que apretó los labios y negó rápidamente con la cabeza. Adams, sin hacer apenas pausa alguna, le respondió al coronel.

—Negativo, señor. En cuanto se hizo contacto, nuestra unidad amiga se recogió para que entrara el ataque de artillería.

Mulvaney refunfuñó de nuevo. A pesar de que había pasado ya la cuarta parte de un siglo, le parecía que apenas el fin de semana anterior había liderado patrullas por la selva. Si él hubiera estado al frente de esa jodida patrulla y si él se hubiera topado con una unidad de tamaño incalculable, sabía bien que habría sacado su culo de ahí sin preocuparse por recolectar información.

Dos bajas en favor de la Compañía Bravo y dos más para la Batería Golfo, y cero bajas propias; bien para un día de acción. Le pasó por la cabeza que, con cuatro cuerpos contados, el resultado era más que simplemente bueno, pero decidió no hacer más preguntas para no poner a Simpson en una situación molesta ni, por dar la impresión de que desconfiaba en sus oficiales, a sí mismo. Lo miró escribir en un cuaderno con el rostro aún más enrojecido que de costumbre, y se preguntó si seguiría bebiendo. Cuando había estado en la Primera División en el Campo Pendleton,* después de

---

* La base principal del Cuerpo de Marines en la Costa Occidental, ubicado en San Diego, California.

Corea, Simpson bebía con abundancia, pero ¿quién no lo había hecho después de tan jodida guerra? Habían vuelto a casa como si hubieran estado en algún entrenamiento del demonio. A Blakely no lo conocía. Era apuesto, del tipo que suelen verse en las embajadas. Demasiado joven para Corea, así que sin experiencia de combate. No era su culpa. Con todo, deseaba que poseyera cierta veteranía. Su expediente daba buena impresión. Buenos reportes acerca de su estado físico. Probablemente estaría peleando por un batallón. Habría que mantenerlo vigilado. Vio que Blakely le susurraba algo a Simpson, y, de nuevo, él escribió algo en el cuaderno.

Se alargó el informe acerca de la inteligencia. Se habían levantado lecturas de sensores en las coordenadas 723621. Un observador aéreo, OA, detectó dos soldados enemigos a campo abierto en las coordenadas 781632. Algunos elementos de la Compañía Hotel, Segundo del Vigesimocuarto, habían descubierto dos provisiones de arroz de cincuenta kilos cada uno en las coordenadas 973560. Los pensamientos de Mulvaney divagaron. ¿Por qué coños se habla siempre de «elementos» y no de hombres? ¿A quién debería elegir para la operación en conjunto? Cayó en cuenta del silencio que reinaba y supo que debería lanzar una o dos preguntas más.

Después de la inteligencia vinieron otros temas: las operaciones del Tres del regimiento, luego el oficial médico, el abastecimiento, el ayudante de oficiales, la artillería, el aire, el enlace de la Cruz Roja en Quang Tri, las indagaciones del Congreso y, finalmente, los comandantes de los batallones.

Mulvaney observó cuidadosamente cómo Simpson caminaba con presteza hasta el frente de la tienda. Era un hombre pequeñito, con uniforme camuflado limpio y almidonado; lo colorado de su rostro y manos contrastaba de forma chocante con la tela verde. Sabía Mulvaney que Simpson había sido un joven teniente en Corea en el mismo periodo en que él había estado ahí, aunque en aquella época no se conocían aún. Simpson había hecho un buen trabajo –ganó una Estrella de Plata y un Corazón Púrpura– y todos sus reportes de condición física eran excelentes. Pero corría el rumor de que había tenido un divorcio doloroso, además del problema del alcohol. Pero al diablo: ni los divorcios ni el alcohol eran contrariedades improbables en el Cuerpo de Marines. Mulvaney lo vio tomar el apuntador de Adams y volverse hacia él, en espera de un asenso. Podía notar que estaba, como siempre, de lo más nervioso. Era fácil descubrir cuándo Simpson no tenía ni puñetera idea acerca de lo que estaba a punto de decir.

Simpson se giró hacia el mapa y comenzó a exponer. Después de haber mostrado la posición de las compañías, hizo una pausa para agregar dramatismo.

—Como puede notar, señor, tenía a las compañías dispuestas aquí, aquí y aquí, formando un arco —el apuntador golpeó con solidez el mapa con cada «aquí», con cada uno quedaban emplazados unos 175 o doscientos marines—, y a la Compañía Bravo aquí en Matterhorn, que cubría a la Batería Golfo —plas—, por lo que decidí mover mi cuartel de operaciones tácticas de inmediato hacia Matterhorn para dirigir personalmente las operaciones. Si Bravo hizo contacto aquí —plas— y la Compañía Alfa acá —plas— estoy convencido de que tenemos una unidad enemiga de tamaño considerable operando en esta área. Los suministros y el parque que la Compañía Charlie encontró hace tres días aquí —plas—, así como el complejo de fortificaciones que Alfa detectó la semana pasada —plas— indican que esta zona será pronto bastante productiva. Mi intención es estar correctamente posicionado cuando empiece el mierdero. Por eso le ordené a mi equipo que planee ya la mudanza del cuartel a Matterhorn.

Mulvaney echó una mirada vacía a Simpson. Justo cuando pensaba en echar mano de él para la operación conjunta en los llanos, el hijo de puta decide ponerse *gunjy* y meterse a la jodida selva. Como si estar entre los malditos matorrales, incapaz de ver a sus propios hombres, fuera mejor que estar en Vandegrift, sin ver a sus hombres. Con todo, Mulvaney no podía decir aún nada acerca de la operación. Mantendría en ascuas a sus comandantes, se preguntarían quién tendría que recoger sus cacharros y dirigirse a los valles, mientras los gucos del sur tan sólo se pedorreaban por ahí con sus aldeítas jodidas, y su viejo amigo, ahora comandante de la división, el general Neitzel, podría decirle al teniente general de las tres estrellas del ejército que estaba a cargo del Primer Cuerpo, quien a su vez le reportaría a Abrams en Saigón, que los marines habían «cooperado absolutamente» con el gobierno de la República de Vietnam.

Tosieron algunas gargantas. Simpson parecía inseguro acerca de qué debía hacer y miró a Blakely en busca de una señal. Él juntó las cejas y asintió un poco, haciéndole ver que lo correcto era esperar un poco más.

—Muy bien, Simpson, muy bien —dijo Mulvaney. La Compañía Bravo. Buscó en su memoria… La Compañía Bravo. ¿No la comandaba un joven teniente? ¿No era un tal Fitch? Aquel que había encontrado un vertedero de municiones y misiles de 122 milímetros cerca de Co Roc, en la frontera con Laos. Ya se acordaba. Él, Neitzel y algún otro oficial importante del ejército habían incluso volado hasta allá para hacer algunas fotografías, y Simpson había estado pululando alrededor del grupo, sin que le prestaran la menor atención, mientras que el oficial del ejército tan sólo le daba palmadas de aprobación a Fitch en la espalda. Quizá sucedía que Simpson no toleraba no estar bajo los reflectores. Mulvaney podría reubicarlo fácilmente si hiciera falta. Aquel muchacho, Fitch, tenía suerte. Era precisamente Napoleón quien consideraba que la buena suerte era uno de los atributos indispensables de un buen oficial. Napoleón sabía de lo que hablaba. Aquélla fue la segunda ocasión en que apareció la foto de Fitch en *Stars And Stripes.** La primera vez había sido justo al recibir el mando de la compañía, cuando Black, el líder anterior, perdió la pierna. Aquel chico la había sacado de un auténtico sándwich de mierda en la zona desmilitarizada. Carajo, había sido terrible, y Black terminó sin pierna. Un buen oficial de carrera. Fitch era reservista, si Mulvaney recordaba correctamente. Por Dios, ya casi todos eran reservistas a estas alturas. A los regulares se los había tragado esta... *situación*. Como haya sido, el chico *tenía* suerte. Hasta el momento. Y a propósito de los ímpetus repentinos de Simpson por irse a la maleza, nunca había estado mal compensar la iniciativa, incluso si se presentaba en un momento inoportuno. Y Simpson hasta podría tener razón. Aquel arco de tiroteos recientes... Quizá podría ceder y retirarle a Simpson sólo dos compañías. ¿Quién sabía, o a quién le importaba, si Simpson buscaba meterse en ese embrollo para tener un mejor control sobre sus hombres o sólo por estar en el candelero? En la guerra importan las acciones, no los motivos.

—Sólo evita que te metan un balazo en el culo esos metralletas gucos cuando vayas para allá, Simpson.

Mellas encontró a Hawke con su taza magullada, preparando café en una estufa improvisada a partir de una lata número diez. Se ayudaba de tabletas de calor, que, incluso desde lejos, hacían arder la nariz de Mellas.

—Me gustaría postular a Rider y a su equipo para algún tipo de medalla —propuso—. Hicieron un trabajo estupendo hoy.

Hawke no contestó de inmediato. Estudiaba las burbujitas que se formaban al fondo de la taza y se limpiaba las lágrimas pequeñitas que le provocaban las pastillas de calor.

—No estamos en la fuerza aérea, Mellas.

—Coño, por supuesto que no. Todos hicimos un trabajo estupendo el día de hoy —en cuanto lo pronunció, Mellas supo que se había equivocado. Su rostro comenzó a ruborizarse—. No quise decir que...

* El periódico oficial de las fuerzas armadas de Estados Unidos.

—Al carajo con lo que no quisiste decir –Hawke levantó brevemente la mirada hacia Mellas, y sus ojos relampaguearon por un instante. Luego volvió su mirada a la lata. Mellas sabía que Hawke le daba oportunidad para que se retorciera en su propia desazón. Y, sin siquiera levantar el rostro, le dijo–: mira, Mellas, en la marina o en la fuerza aérea te condecoran por acciones que los marines consideran simplemente su trabajo. Entre los marines, sólo recibes una medalla si haces algo aún más valiente que cumplir con tu trabajo –entonces sí lo miró–. Te metes en líos de medallas tan sólo porque te tocó resolver broncas fuertes, ya sea porque tuviste mala suerte o por estúpido. Ten cuidado con lo que deseas.

—No quiero darte mala impresión –le contestó Mellas–. Lo que yo…

—Detente, ¿sí? –dijo Hawke volviéndose a su interlocutor. Con una voz muy plana agregó–: Mellas, me importa un puto coño qué impresión me causes. Sólo quiero saber si vas a matar a alguno de mis amigos o no, y ahora mismo no sé qué carajos pensar.

Parecía incrementarse el silbido de la tablilla de calor en la estufa.

Mellas fue el primero en intervenir.

—De acuerdo, yo quería una medalla. Pero eso no significa que Rider y Conman no la merezcan.

Hawke se calmó un poco en respuesta a su honestidad.

—Bueno, constancia no te falta –suspiró–. Mira, todos quieren una medalla. No es pecado. Al llegar aquí, yo también quería una. Pero conforme pasa el tiempo y adviertes lo que cuesta ganártela, ya no te parece tan relumbrante esa putada –levantó la mirada un instante para comprobar que Mellas hubiera entendido el punto. Vertió entonces dos sobres de café instantáneo y dos de azúcar en el agua hirviendo, y revolvió con una vara.

—Lo siento –se disculpó Mellas.

Hawke se ablandó visiblemente. Le alcanzó la taza humeante y sonrió.

—A la mierda, Mellas, bébete esto. Cura todos los males, incluidas la vanagloria y la ambición. Lo único doloroso de una reprimenda es la verdad.

Tomó el café y sonrió.

—Benjamin Franklin.

—Al diablo. Claro que no. Lo dijo mi tío Art, el poeta.

—Es de Franklin. Tu tío se lució con sombrero ajeno.

—¿Ah, sí? Típico. Con el tío Arturo nunca se sabe. Ni siquiera estamos seguros de que la abuela lo haya procreado con el abuelo.

Los dos guardaron silencio. Mellas dio un sorbo.

—Quizá podamos obtener para Rider una promoción meritoria para cabo lancero –sugirió Hawke–. Al menos tendría un poco más de dinero.

Claro que tendrías que contarlo como si hubiera sido la batalla de Chapultepec* combinada con Belleau Wood,** y decir que Rider tiene el potencial de Chesty Puller.***

—¿Qué tan extenso debe ser?

—¿Acaso te parezco un puto maestro de inglés?

—¿Me permites hacerte una pregunta seria?

—¿Por qué eres tan jodidamente serio? –le preguntó Hawke.

—No siempre lo soy.

—Yo tampoco.

Los dos estaban de pie ahí, mirándose mutuamente, viendo de pronto más allá de la relación formal que los unía.

—Dijo Goodwin que estabas en Harvard –dijo Hawke.

—No, en Princeton.

—Es la misma mierda. Los mismos tipos con borlas en los putos mocasines, los mismos cursos de mierda sobre comunismo –le devolvió el café a Mellas.

Él sorbió dos veces intentando no quemarse los labios con el metal caliente. Le dio de nuevo la taza a Hawke.

—¿Tú a qué universidad fuiste? –le preguntó, inseguro de cómo proceder.

Hawke dio un sorbo cuidadoso y se lamió el labio superior.

—c a la cuarta potencia.

—¿Eh…?

—Cape Cod Community College. Hice mis últimos dos años en la Universidad de Massachusetts.

Mellas asintió mientras se sentaba sobre los talones, imitando inconscientemente a todos los marines apostados en la selva que se sentaban así para no mojarse las sentaderas del pantalón.

—¿Qué coños haces en la Entrepierna, por cierto? –le preguntó Hawke–. Todos los estudiantes de la Ivy League tienen suficiente dinero como para largarse. Doctores, psiquiatras, posgrados, tendencias homosexuales… Dios –lo miró con sospecha–. ¿Acaso Goodwin y tú me están jodiendo con ese rollo acerca de tu universidad?

Mellas hizo una pausa para calibrar, como hacía usualmente, la respuesta.

* Batalla decisiva para Estados Unidos en la guerra en que derrotó a México en 1847.
** Batalla que se desarrolló cerca del río Marne, en la que los marines combatieron a los alemanes hacia el final de la primera guerra mundial.
*** Famoso marine, uno de los más condecorados.

—Me alisté a los diecisiete, antes de entrar a la universidad. Crecí en un pueblito de leñadores en Oregon y cualquier muchacho que valga algo pasa una temporada de servicio. Así es como todos lo llaman, «el servicio». En aquella época no había guerra, y me fui becado a la universidad y me pagaban en verano. Me hicieron cabo lancero en las reservas y quedé exento del programa CEOR, el Cuerpo de Entrenamiento de los Oficiales en Reserva, de la marina.

—De cualquier manera tuviste oportunidad de irte cuando comenzó la guerra. Ustedes tienen todo tipo de intereses jodidos con los servicios de selección y con los congresistas.

—No es verdad.

—Patrañas.

Mellas titubeó. La mayor parte de sus amigos en Princeton tenían, ciertamente, el tipo de intereses que Hawke refería. Él y sus amigos del bachillerato en Neawanna, en cambio, no. Quería explicarle que ir a Princeton era distinto a tener un padre que hubiera estudiado en Princeton, pero no lo hizo.

—No sé. Me pareció que todo el mundo estaba yéndose.

—Y el presidente no miente. Él debe saber algo que nosotros ignoramos.

—Es cierto.

—Pero incluso en ese caso pudiste haberte ido a la marina. Todos tus otros camaradas sabelotodos se fueron a la marina, ¿o no? Al menos aquellos que no estaban cogiendo sin parar y fumando mariguana en algún mitin por la paz.

—Sí, la mayoría. Aquellos que se alistaban en lo que fuera. Hubo dos que se fueron a la CIA –agregó, mientras sentía que, de alguna manera, defendía a sus amigos. Hawke le alcanzó la lata de peras, que humeaba. Él, sonriente por la broma, la malabareó de una mano a otra–. Quizá sea un bobo por desear ser diferente. Hay tanta gente que anhela entrar a la Escuela de Candidatos a Oficiales de la marina…* bastante pronto van a tener sus putos alféreces pintando buques.

—Sí. Alféreces realmente felices.

Mellas se rio, sorbió de nuevo, y le devolvió la taza a Hawke.

Él bebió, a su vez, otro poco, y miró con perspicacia a Mellas por encima del borde de la taza.

—¿Sabes qué? Te apuesto a que estás pensando en postularte para el puto Congreso como exmarine.

* OCS, por sus siglas en inglés.

* * *

Aquella noche, en la reunión de actuales, Fitch les contó a todos el plan de mover el centro de operaciones del batallón a Matterhorn a la brevedad posible. Parte del plan de la Compañía Bravo era apoderarse de la ametralladora del ejército de Vietnam del Norte.

Goodwin habló por primera vez voluntariamente.

—Oye, Jack. Tengo una corazonada que quiero intentar mañana.

—Cuenta –dijo Fitch y le entregó su mapa.

—Ese puñetero equipo de metralletas gucos –dijo Goodwin–. Las dos veces nos dispararon desde el este, ¿cierto? Y cuando Mellas se les acercó, se didiaron hacia el sur. Pero el sur está montaña abajo y ahí no hay nada excepto bambú y pasto de elefante. Hacia el norte hay acantilados y mierda. Eso quiere decir que rodearon por el lado sur de la montaña y que subieron luego, y que ahí deben estar –Goodwin apuntó hacia el poniente–. Entre nosotros y Laos, pero no tan lejos, porque perderían demasiada altitud. No son más tontos que nosotros y estoy seguro hasta los cojones de que no querrán jorobar la metralleta todos los putos días para contar con la oportunidad de dispararle al heli. Pero yo tampoco me establecería en un punto tan alto como para tener que jorobar también agua.

Mellas envidió la lógica práctica de Goodwin.

—De acuerdo, Goodwin –convino Fitch–. Propón la ruta y te la prepararemos justo antes de que salgas.

—Sin preliminares, Jack.

—¿Estás seguro?

—No quiero avisos. Iré hasta donde están, Jack –Goodwin se acercó un poco el mapa. Entornó los ojos sobre él y apuntó con un dedo largo una pequeña ramificación de un lomo mayor–. Justo aquí.

Todos miraron el punto. Mellas echó una mirada interrogante a Hawke, quien se encogió de hombros.

Goodwin se marchó en dirección poniente, hacia Laos, antes del amanecer con uno de sus tres escuadras. Mellas fue hacia el sur, a lo largo de un extenso promontorio que desembocaba en el valle debajo de ellos, con Jacobs y con la Segunda Escuadra de su pelotón.

Se movían con lentitud en la espesura de la selva a lo largo de la cresta del brazo de la montaña cuando escucharon el inicio de la refriega.

Aunque estaban a unos dos kilómetros al sur de Goodwin, el ruido de los fusiles M-16 era tan fuerte que todos se tiraron al suelo.

Mellas le arrebató el auricular a Hamilton y escuchó.

—…Putas, no sé cuántos sean, Jack. Estoy ocupado.

—Bravo Dos, Bravo Dos, aquí Bravo Seis. Gran John requiere tu reporte de posición. Cambio.

Nadie contestó. De inmediato se hizo el silencio absoluto.

—Bravo Dos, regresa a esta puta red. Cambio.

Recomenzaron los disparos y el sonido que los alcanzaba se entremezclaba con los martillazos sordos de las granadas de mano.

Mellas sacó la brújula y calculó la procedencia del ruido. Era una explosión interminable que tronaba los oídos y aceleraba el corazón. Mellas apretó la tecla del auricular.

—Bravo Seis, aquí Uno Actual. Tengo una dirección del ruido. Es tres cero cuatro. Mi pos es seis siete uno cinco uno nueve. Cambio –tanto él como Fitch sabían que, al revelar su posición a través del radio para darle a Fitch la segunda coordenada que le permitiría localizar a Goodwin, se arriesgaba a exponer a su propia unidad a los morteros o la artillería enemiga.

Volvió la voz de Fitch.

—Te copio tres cuatro cero –hubo una breve pausa–. Está en el lugar preciso donde dijo que estaría. ¿Conoces el punto? Cambio.

—Voy hacia allá –Mellas se sintió, súbitamente, útil, importante, al ponerse en camino para auxiliar a su amigo.

La prisa se tornaba frustración a medida que los marines maldecían y se atascaban en la indiferencia de la selva. Mellas los azuzaba y blandió el machete cuando le llegó el turno. El tiroteo fue muriendo hasta que se extinguió del todo.

Tardaron una hora más en llegar. Las dos escuadras estaban exhaustas, pero la de Goodwin transportaba una carabina SKS, un AK-47, una ametralladora rusa de cañón largo modelo DSHKM y calibre .51, además de diversas cajas de acero con cartuchos y un pesado trípode con patas de araña. Cargaban, además, las típicas hebillas de los cinturones, pipas de agua, cascos, insignias militares y botones, objetos siempre útiles para el trueque. A uno de los chicos lo habían herido y tenía que cojear apoyándose en dos hombres, pero estaba fuera de peligro. Al mismo Goodwin le había arañado la oreja derecha una bala. Le había arrancado un trocito de carne y de cartílago y tenía un delgado hilo de sangre a lo largo del cuello.

—Oye, Jack –le gritó a Mellas mientras se jalaba la oreja. La voz era, debido a la pérdida temporal de la audición, bastante alta. Se estiraba el lóbulo, que sangraba–. Mira esto. Significa un puto Corazón Púrpura –se rio con deleite y adrenalina–. Dos más y me largo de este jodido hoyo.

Mellas forzó una sonrisa. Estaba bien sabido que, después de tres heridas, el Cuerpo de Marines te consideraba muy nervioso, o que tenías muy mal hado, o que eras bastante estúpido, y te daba de baja. Todos se rieron. Los chicos del Segundo Pelotón no dejaban de hablar acerca de cómo Goodwin había tomado por sorpresa al pequeño equipo de metralletas: había gateado hasta donde estaban apostados, les disparó y aventó granadas por encima de los troncos de la trinchera. Mató a tres. Los demás huyeron.

Para cuando llegaron al perímetro, todos le llamaban ya «Scar».*

Mellas estaba consciente de cuán plano y ordinario, quizás incluso dubitativo, debió haber lucido junto a Goodwin. No podía usar la palabra «timorato», pero allá abajo, en lo más profundo, lo habitaba un miedo anónimo.

Al día siguiente, el personal del batallón voló hacia Matterhorn.

El subteniente Hawke estaba afuera de la tienda de Fitch con las manos en las bolsas de la chamarra de combate. Se sentía invadido. Bravo había llegado hasta Matterhorn a pie a través de la selva virgen y había abierto la selva de tal manera que, en la cresta de la montaña, había una corona de campo abierto, todo esto bajo el constante tormento del equipo de metralletas. Ahora, el grupo de comandantes del batallón llegaba en helicópteros, arrojaban más y más bolsas con pertrechos, bienes enlatados, radios, alcohol y revistas. Hawke quería pensar que era casualidad que hubieran llegado el día después de que Goodwin había logrado apoderarse de la ametralladora de los gucos.

Los hombres alistados, en su mayoría operadores de radio y empleados de servicios, cavaban inmensas trincheras y llenaban sacos de arena. Hawke sabía que tan sólo seguían órdenes, pero se sintió agraviado. Más aún, se sintió ofendido por la manera como Fitch se había peinado y afeitado por segunda ocasión en el día para entrevistarse con el coronel y el Tres, Blakely.

—Mierda –se quejó fuerte, y volvió al interior de la tienda para buscar un puro. Relsnik y Pallack estaban ahí dentro, jugaban naipes –gin rummy– mientras monitoreaban los radios.

* «Cicatriz», en inglés.

—¿Hay alguna novedad acerca de nuestros perros rojos? –preguntó Hawke, refiriéndose automáticamente al mapa que tenía en su mente, en el que mantenía actualizadas las posiciones de las patrullas de seguridad de la compañía.

—Nada –contestó Pallack–. Excepto que el puto subteniente Kendall envió un repo de pos; decía que estaba a un clic* del punto que Daniels acababa de enviarnos, así que los posicioné donde Daniels había dicho –regresó a su juego.

No era la primera vez que Kendall se equivocaba en la lectura de un mapa, y Hawke sabía, tan bien como Pallack, que Daniels estaría probablemente en lo correcto. Sabía también que Daniels habría enviado su posición para evidenciar el error de Kendall. Prefirió no indagar más por radio acerca de la discrepancia. Mejor hablaría con ellos por separado. Gateó de nuevo hacia el atardecer gris y encendió su penúltimo cigarrillo. Le dio una calada larga y pausada para saborear cada sensación, en especial la cálida sequedad del humo.

—Mierda –volvió a quejarse al pensar en la lluvia persistente. Entonces pensó que, con la entrada del batallón, seguramente habría alguien por venir que pudiera comprarle cigarros. Sonrió mientras sus ojos recorrían el paisaje más allá del frente; absorbía el terreno y pensaba al mismo tiempo en las posiciones de las patrullas.

Fitch pensaba en patrullajes pasados, no en los de ese momento. A medida que caminaba la cuesta de la montaña, despacio, repasaba sus argumentos acerca de por qué habían tardado tanto en hacerse de la ametralladora enemiga. Se levantó el sombrero camuflado, se alisó el pelo y volvió a cubrirse la cabeza. Cuando vio a Simpson y a Blakely, discutiendo encima de un mapa y echando vistazos intermitentes al valle, exhaló un breve suspiro y cruzó la zona de aterrizaje para unírseles.

—¿Pidió verme, señor? –preguntó y saludó a ambos.

—Nada de saludos, teniente primero –atajó Simpson con desenfado–. No queremos que otra ametralladora china le dé la bienvenida a Blakely, ¿o sí? –Fitch bajó la mano y Blakely se rio–. Es bueno esto de andar entre los arbustos –agregó Simpson casi ausentemente. Se puso los binoculares para examinar el valle.

* Kilómetro.

—¿Estás bien, Tigre? –preguntó Blakely.

—Sí, señor –contestó Fitch.

Finalmente se retiró Simpson los prismáticos y se volvió hacia él.

—¿Sabe qué hacer cuando matamos gucos, teniente primero?

Fitch no supo qué responder.

—¿Señor?

Pronunciando cada palabra como si le hablara a un niño, Simpson repitió:

—¿Qué se hace cuando matamos gucos, teniente primero?

—Yo... este... ¿señor?

—Usted no sabe, ¿o sí?

—Este... no, señor. Quiero decir, no estoy seguro de entender la pregunta de mi coronel.

—Pregunto por la jodida inteligencia, teniente primero. *Jo-di-da in-te-li-gen-cia.* ¿Sabe lo que significa?

—Sí, señor. Sí sé, señor.

—Pues no lo parece –Simpson se volvió hacia Blakely como si fuera a compartirle un secreto. Blakely asintió, y Simpson prosiguió–: permítame ayudarle. Usted sabe que no siempre puede haber fotógrafos del Cuerpo de Marines acompañándolo para documentar los reportes posteriores a la acción –sonrió pero sin ningún atisbo de buen humor. Blakely hizo lo propio. Fitch también sonrió con incertidumbre–. La inteligencia, teniente primero –continuó Simpson–, se construye gracias a la recolección fastidiosa de minucias. Sí entiende esa parte, ¿no es cierto? No se trata de hallazgos espectaculares, sino de trabajo duro, de atención constante al detalle, a las minucias. *Mi-nu-cias.*

—Sí, señor.

—Si hay gucos muertos, se recoge todo. Carteras, insignias, cartas, todo. Vacíeles los bolsillos. Vuelva con sus armas y con sus mochilas. Huélales el puto aliento para saber qué comieron. ¿Me sigue, teniente primero?

—Sí, señor.

—Bien. No quiero más yerros en la inteligencia.

—Sí, señor.

—Me alegra ver que finalmente se hizo de ese jodido equipo de metralletas. ¿Cuántos patrullajes tiene al día?

—Tres, señor.

—Y no fue suficiente, ¿o sí? Dos putas semanas.

—Señor, estábamos tratando de establecer una base de ataque y de hacer las líneas al mismo tiempo.

—Todos tenemos problemas, capitán.

—Señor, nos *hicimos* de la ametralladora. Y no perdimos a nadie en la operación. Trajimos también un AK y una SKS.

—¿Y a qué unidad pertenecían?

Fitch se humedeció el labio.

—No lo sé, señor –respondió al fin. Sabía que, tras haber pasado el probable de Mellas como confirmado, no tenía sentido decirle a Simpson que no había cuerpo donde buscar. Por otro lado, Goodwin había matado definitivamente a tres, y aunque había vuelto con armas y artículos para intercambiar, cacareando como gallo de pelea y con los chicos celebrándolo con el mote de Scar, no había recolectado información. Fitch casi se rio al recordarlo, a pesar de que ahora mismo lo estaban increpando por eso. «Carajo», pensó, «todos pertenecen a la puta división de acero 312, lo sabemos todos, incluido tú, Simpson».

—¿Ve, teniente primero? A usted no sólo le falló la agresividad al patrullar, sino que también abandonó sus defensas.

—¿Señor?

—Sus líneas, teniente primero, sus líneas. Quedaron completamente expuestas a un ataque de la artillería.

—Señor, eh… La artillería guca más cercana está en Co Roc, por lo que sabemos. Está incluso más alejada que cuando la nuestra estaba en Eiger.

—Usted fue quien encontró todos esos malditos ciento veintidós.

—Lo sé, señor. Pero estos gucos no los desperdician en posiciones de infantería insignificantes. Son para destruir cosas mayores.

—¿Ahora puede leerle la mente al general Giáp?*

—De ninguna manera. Lo que quiero decir es que… Es decir, ya sé que no hay certezas, pero…

—Exactamente. No hay certezas de ningún tipo. Le toma una puta eternidad encontrar esa ametralladora por la cual tengo a Bushwacker Seis jodiéndome el trasero, y vengo y me encuentro con todas las malditas líneas hechas un desastre y del todo expuestas a un ataque de la artillería.

—Señor, ¿usted quiere decir que debemos cubrir las trincheras?

—Mire, Blakely –dijo Simpson volviéndose a su Tres y sonriendo–, parece que en la Escuela Básica aún se enseñan las tácticas estándar de defensa de la infantería.

—Sí, señor –le respondió él.

Simpson se giró hacia Fitch.

* Võ Nguyên Giáp era el comandante militar más importante del ejército de Vietnam del Norte.

—Así es, teniente primero Fitch. Quiero esas líneas preparadas para un ataque de artillería. De *artillería*, teniente primero. Y de misiles, no sólo de morteros. Tiene tres días.

—Señor, las tropas están al límite. No tenemos ni sierras eléctricas ni zapas grandes, ni esteras de acero. Por Dios, incluso es difícil conseguir sacos de arena. Quiero decir, si ustedes y la arti los usan…

—Así es. Prepárese para un ataque de la artillería —Simpson miró de nuevo el valle a través de los gemelos—. En Corea, los gucos siempre nos pegaban con la artillería antes de atacarnos. No se preocupe por los sacos de arena, teniente primero. Los necesitamos en otro asunto. Estoy seguro de que ya se le ocurrirá alguna manera para instalar los techos.

Fitch sabía que se le insinuaba que se retirara, pero hizo un último intento.

—Señor, si me permite decir algo. Bueno, creo que usted está en lo correcto respecto de la arti. Estaríamos mucho más seguros si estuviéramos cubiertos, pero… Señor, los hombres en la compañía se sienten un poco desconcertados si no pueden ver ni oír, así que sentimos que… Es decir, incluso el capitán Black, quien tuvo la compañía antes de mí, prefirió privilegiar la escucha y la vista, tomando el riesgo menor de que nos diera la arti. Es una suerte de PEO, señor.

—Acabo de cambiar los Procedimientos Estándar de Operaciones, teniente primero. De ninguna manera le entregaré a la artillería un puñado de cojonudos marines a causa de la pereza.

—¿Señor?

—¿Qué?

—Señor, no son perezosos. Están cansados.

—No me refería a los *snuffys*, teniente primero.

—Sí, señor.

—Quiero ver esas putas trincheras cubiertas. Tiene tres días, capitán.

—Sí, señor.

* * *

A la mitad de su penúltimo cigarrillo, Hawke vio a Fitch deslizarse montaña abajo.

—¿Qué tal te fue? —le preguntó.

Le contó.

—¿Discutiste con él?

Fitch titubeó con la mirada fija en el suelo.

—Claro.

—Ah, mierda, Jim. Pero no lo suficiente. ¿Por qué no construimos la puta Línea Sigfrido?* No, mejor: la pirámide de Keops. Nos han cargado con toda las labores forzadas.

Hawke se largó y se apresuró a buscar a Cassidy. Dejó a Fitch acuclillado en la neblina.

La carpa de Cassidy estaba limpia y ordenada. El rifle y la munición colgaban de clavijas cuidadosamente talladas que salían de los cajones de madera donde se almacenaba munición y que formaban una pared. Cassidy contemplaba una foto de su esposa y de su hijo de tres años cuando Hawke asomó la cabeza en el interior. Lo hizo pasar con un ademán y él le contó detalladamente el problema de las fortificaciones.

Cassidy tardó en hablar. Le mostró la foto.

—¿Te parece que será marine algún día?

—Seguro, artillerito –Hawke sabía que podría decir algo más pero no se le ocurrió nada. Los cubrió un silencio incómodo. Hawke lo rompió–. Así que me preguntaba si no podrías ir a ver al sargento mayor. Escuché que está en combate. Quizás él pueda hablar con el coronel sobre el asunto.

Cassidy refunfuñó.

—No me gusta la idea de ir a lloriquear como un putito, subteniente, de ninguna manera puedo lloriquearle al sargento mayor.

—Pero justamente para eso está, ¿o no? ¿No representa el punto de vista de los reclutas? Cassidy, estos chicos están acojonadamente *exhaustos*.

—Sí, pero… –Cassidy se echó rodando sobre su dama de hule y fijó los ojos en el poncho, que ondeaba con la brisa húmeda–. En el momento en que te ganas la reputación de lloricón estás acabado –miró a Hawke, casi rogándole–. Si llego a sargento de artillería E-7 podremos tener otro niño, quizá también un piano.

Cassidy defraudó a Hawke.

—De acuerdo, artillerito, veo tu punto. Sólo quería ver qué te parecía la propuesta –y salió de la carpa.

Cassidy se quedó mucho tiempo acostado, escuchaba el golpeteo de la lluvia contra el poncho. Aunque fuera sólo sargento de segunda clase, era artillero de una compañía en activo en uniforme de combate. Eso significaba bastante para ser promovido al rango superior, sargento de artillería E-7. Su esposa estaría orgullosa de él. El hijo. Pero si se quejaba con el sargento

---

* Línea defensiva que construyeron los alemanes en el norte de Francia durante la primera guerra mundial. Medía unos seiscientos treinta kilómetros.

mayor... Un sargento de segunda clase que le causa mala impresión al sargento mayor del batallón se queda bastante tiempo en el rango de sargento de segunda clase.

—¡Al carajo! —gritó, y salió a rastras de la carpa.

Cassidy encontró al sargento mayor Knapp supervisando la construcción de la fortificación para el mando. Sus utes estaban limpias, las botas relucientes y negras. Parecía un ejecutivo de negocios que hacía que se había ido a pasar el fin de semana a cumplir su plazo de reservista. Pero Cassidy sabía que el sargento mayor había estado, de adolescente, en Tarawa.[*]

Pasada la conversación mínima de rigor, Cassidy anunció que tenía un problema.

—Se trata de la orden de cubrir las trincheras con techos.

—No he escuchado nada al respecto.

—El coronel le dio al capitán tres días para cubrir las trincheras con techos. Las quiere con sacos de arena y con troneras para los rifles y las ametralladoras M-60. Ya sabe, como en *Los cañones de Navarone*[**] —se sentó el sargento mayor, observándolo. Cassidy se mostraba inquieto—. Al carajo, sargento mayor, se trata de una orden jodidamente imbécil. Hay que escuchar y ver, pero no se puede hacer eso en una puta cueva, y menos si la lluvia está azotándote el techo. Si no podemos oírlos, los putos amarillos pueden llegar reptando alrededor nuestro y tomarnos desprevenidos desde atrás. Nuestros hombres están encabronadamente cansados. Ya patrullamos este sitio hasta el cansancio, construimos la zona de aterrizaje, tendimos el puto alambrado, deshierbamos campos de tiro, y todo esto sólo con ayuda de los malditos K-bars y las herramientas-a. Tenemos las manos deshechas y purulentas.

—Respeto, que está hablando sobre su oficial al mando, sargento de segunda clase Cassidy —dijo con tranquilidad Knapp.

Cassidy tragó saliva.

—Sí, sargento mayor —sintió que la cara le quemaba—. Si nos dan, es gracias a los zapadores que puedan vigilarnos de noche. Los gucos no van a meternos artillería. No van a desperdiciar municiones en una puta colinita como ésta después de que debieron acarrearlas seiscientos cincuenta kilómetros, de noche y esquivando ataques aéreos.

---

[*] En el atolón de Tarawa, en el Pacífico, se desarrolló una intensa batalla entre los norteamericanos y los japoneses en 1943.
[**] Película de 1961 sobre un ataque aliado contra nazis en el Mar Egeo.

El sargento mayor lo escuchó impávido. Era parte de su trabajo escuchar a los ONC, los oficiales no comisionados o suboficiales. Cassidy aumentó la voz al notar la indiferencia de Knapp.

—Ellos espían, maldita sea. Hay que estar atentos para escucharlos. No entiendo la necesidad de pedirles a estos hombres que fabriquen sus propios ataúdes.

—¿Entonces qué sugiere que haga al respecto?

—No soy ningún putito llorón, sargento mayor, y tenemos una acojonante compañía de marines. Somos capaces de hacer lo que se nos indique, y, no es por quejarme, pero me parece que el coronel no entiende la situación. Eso es todo. Aquí no estamos en la puta Corea. Quizás usted pueda hablar con él.

—¿Por qué no habla con él el teniente primero Fitch?

—Creo que ya lo intentó.

—En ese caso, ¿qué puedo aportar yo?

A Cassidy le quedó claro que el sargento mayor no echaría mano de mensajitos escritos para asistir a un sargento de segunda clase que se sentía sobreexplotado y mal pagado.

Knapp le dio palmadas a Cassidy en el hombro.

—Le diré algo, sargento de segunda clase Cassidy. Veré si puedo enviarle a algunos hombres para que ayuden después de que terminemos de montar el área del puesto de comando. Quizá pueda incluso conseguir una sierra eléctrica o dos. Por Dios, haremos todo lo posible por ayudar. Tan sólo pida.

Cassidy bajó la montaña con pesadez. Sabía que había maculado su imagen frente al sargento mayor y que también les había fallado a los chicos en la compañía. Maldijo su mal carácter.

A la mañana siguiente, una dura tormenta se arrojó sobre la montaña. El pelotón se movió en cámara lenta durante todo el día, golpeados por el viento, entorpecidos por las manos heladas que hacían aún más difícil de lo normal el trabajo con las herramientas-a y los cuchillos. A Mellas le pareció innecesariamente cruel que tuvieran que regresar a la labor rompeespaldas de cavar y de tirar árboles justo en el momento en que habían llegado al punto en que podrían empezar a trabajar en sus propios cuarteles para alojarse. Y, sin embargo, cavaron y derribaron árboles. Encontraban en tareas pequeñitas y prosaicas el sentido de sus acciones, y alejaban de sus mentes las preguntas más profundas que tan sólo los conduciría a la desesperación.

Vancouver y Conman se alternaban en llenar los costales; uno sostenía un saco abierto, mientras el otro lo llenaba con paladas de barro pegajoso. Para Vancouver, cada costal era precisamente eso, y nada más: un saco lleno que antecedía al siguiente. La pequeña herramienta-a le escocía las ampollas y llagas. Se miró la sangre y la pus en los dedos a causa de las úlceras tropicales, y las muñecas embarradas de fango y lluvia. De vez en cuando hacía una pausa para limpiarse las manos en los pantalones, sin pensar siquiera que tendría que dormir con ellos puestos. Pronto, todas las cosas adquirían, como fuera, la misma consistencia grasosa, que se mezclaba con la orina que no podía terminar del todo porque tenía bastante frío, con el semen de su último sueño húmedo, la cocoa que se le había derramado el día anterior, los mocos que se había embarrado, la pus de las úlceras en la piel, la sangre de las sanguijuelas que había tronado y las lágrimas que se había sacudido para que nadie pudiera darse cuenta de que extrañaba su casa. A no ser por su tamaño y el papel que había asumido, o en el que había caído, Vancouver no se distinguía en nada de los otros adolescentes en el pelotón. Sabía que su rol les ablandaba el corazón a los demás, y tenía que admitir que le gustaba jugarlo a raíz de que le había ganado a sus amigos y a él mismo. Le gustaba el respeto; carajo, era casi famoso. Pero no ignoraba su precio. Estar en la punta de ataque lo espantaba siempre; con todo, algo en su interior lo empujaba a colocarse en esa posición cada vez.

A Broyer le pareció que necesitaba dieciséis troncos pequeños para completar su techo. Se arrodilló para recoger el primero, lo vio a través de las gafas, pero ni siquiera deseaba empezar. Tenía las manos inflamadas. Se había cortado con el pasto de navajuelas dos días antes y se le habían infectado las heridas. Habló al respecto con el calamar Fredrickson, pero lo único que había podido hacer fue pintárselas de rojo con alguna mierda y darle un poco de analgésico Darvon para el dolor. Al tocar el mango de su κ-bar, retiró instintivamente la mano a causa del dolor y tuvo que sostenerlo bajo la axila, mimándolo con el calor de su cuerpo.

Atacó el tronco con el cuchillo. El dolor era intenso. El κ-bar rebotó en la dureza de la madera y dejó tan sólo una hendidura pequeñita. La contempló. Lo intentó de nuevo con la mano izquierda. Como zurdo era del todo inepto; el cuchillo sólo retrocedió sin dejar siquiera un rasguño.

—Debes enfurecerte con él —le dijo Jancowitz, quien apareció de improviso por detrás suyo—. Así —le arrebató el κ-bar y lo atacó profiriendo una imprecación. Golpeaba con violencia el tronco una y otra vez mientras decía palabrotas. Comenzaron a salpicar astillas. De pronto, Janco se detuvo y sonrió. Arrojó el cuchillo contra la madera, con la punta por delante, y lo dejó ahí clavado, bamboleándose–. Ocho puñeteros días para ver a Susi en Bangkok –anunció. Se alejó siguiendo el contorno de la zanja.

Cuando la Segunda Escuadra regresó de patrullar, Jacobs notó inmediatamente cuánto les faltaba todavía para construir el techo, a pesar de que tanto el subteniente Mellas como el sargento Bass le habían prometido que las escuadras que no patrullaran trabajarían igual de duro en todo el sector del pelotón. La posición de la ametralladora de Hippy tenía ya el inicio de un muro alrededor y también algunos troncos curvos, que a Jake le parecieron desechos de otras escuadras. Se dejó caer de sentón sobre el fango, las piernas le quedaron bailando dentro del pozo.

Hippy se retiró las gafas de armazón de alambre y las limpió con la camiseta. Los levantó contra la lluvia para ver a través. Se las caló nuevamente y se quitó muy lentamente las botas. Gesticulaba. Con cuidado se retiró los calcetines mojados; tenía los pies descoloridos e inflamados.

—Se ven bastante mal –le dijo Jake.

Él refunfuñó y se dispuso a masajearse los pies.

—Ahí tienes –se los frotó unos minutos más, luego se calzó las botas de nuevo, sonriendo, y desmontó las piezas de la ametralladora para limpiarla de la tierra y la vegetación.

Jack ansiaba con desesperación que volviera Fisher, pero no estaba. Así tal cual, se había esfumado. Y ahora estaba ahí, con los pies colgándole dentro de la posición de la ametralladora de Hippy. Todos estaban cansados. La lluvia no dejaba de tronar al chocar contra el suelo. La escuadra no tenía aún fortificaciones y restaban tan sólo dos días para el plazo.

—Nadie nos ayudó un carajo hoy –dijo Jake. Dio una patada y un poco de lodo cayó en el agua dentro de la trinchera de Hippy. Vio al subteniente Mellas aproximarse desde la sección de Conman.

Mellas se agachó junto al pozo.

—Pensé que, viniendo, te evitaría la fatiga de subir a la montaña para entregarme un reporte posterior a la acción.

Jake advirtió que Mellas estaba cansado y sucio; le hizo sentir bien pensar que también el subteniente había estado trabajando en las líneas.

—Nada, señor. No hay nada excepto lluvia y la puta selva.

—¿No hay huellas? ¿No hay nada?

—Usted mismo ha estado ahí. Nada de nada.

Súbitamente se desplomó una lluvia en capas pesadas. El agua se deslizaba desde el casco hasta la nariz y el cuello de Jake en hilos delgados. Miró las líneas.

—Veo que hoy han avanzado bastante en nuestras fortificaciones, señor.

Mellas retiró la mirada por un momento.

Hicieron su mejor esfuerzo. Mientras ellos trabajaban, ustedes perdían el tiempo dando un paseo por el parque.

Hippy echó el cerrojo de la ametralladora hacia delante, alarmando a Jake y Mellas.

—Dígame algo, subteniente —pidió Hippy—. Sólo dígame dónde se encuentra el oro.

—¿Qué oro? —respondió Mellas sorprendido. Jake adivinó que Hippy tenía un profundo combate interior. Veía los músculos de su quijada contraídos, intentando controlar la frustración y la fatiga.

—Sí, el oro, el puto oro, o el petróleo o el uranio. Lo que sea. Por Dios, aquí debe haber algo para nosotros. Cualquier cosa. Entonces sí podré entender. Algo de oro le daría sentido a todo.

Mellas no contestó. Se quedó viendo hacia la selva un tiempo largo. Finalmente dijo:

—No sé. Me gustaría saber.

—Ahí tiene —dijo Jake. Echó la culata del rifle al suelo, a un lado, y se apoyó en él para incorporarse.

Mellas se levantó también.

—Mira, Jake, sé que es duro, pero aún nos queda algo de luz. Come algo e intenta llenar algunos costales para los cimientos de los techos antes de que anochezca.

Jake miró a Mellas de un modo torpe, como intentando comprender todo aquello. Se volvió sin decir una palabra para pasar la orden a los líderes de los equipos de tiro.

La luz comenzó a apagarse y las líneas se fueron apaciguando a medida que los militares se colocaban-junto a sus pozos. Williams y Cortell, quienes habían trabajado junto con Johnson en su propia fortificación, limpiaban sus m-16 a la luz de la poca luz restante. Ellos dos habían estado juntos desde que llegaron a el-país. Cortell, el líder del segundo equipo de tiro de Jancowitz, era pequeño y, si comiera mejor, sería redondo. Debido al ligero retroceso de la línea de su pelo se veía mayor a los diecinueve años con que contaba. Williams, alto y delgaducho, con sus manotas de ranchero, era, en términos físicos, casi lo opuesto a Cortell. Tenían en común, además de ser marines y de llevar ocho meses de combate, el trabajo en granjas, aunque uno se había curtido en los algodonales próximos al delta del Mississippi y el otro con la paja propia del ganado bovino de la raza Hereford.

A Cortell le simpatizaba este chico de Idaho. Hasta antes de unirse a los marines, nunca había hablado con ningún chico blanco, excepto para disculparse o resolver algún asunto mercantil. Incluso en el campo de botas, los blancos y los negros se mantenían para sí durante los breves momentos de tiempo libre que el Cuerpo de Marines les permitía. Pero ahora estaban aquí. Jamás se acostumbraría, esperaba que algún día Williams se negaría a sentarse junto a él o que, sin razón alguna, lo atacaría. Pero nunca sucedió tal cosa. Hoy, sin embargo, Cortell sentía algo diferente a propósito de Williams. No se trataba de algo peligroso o malintencionado, pero sí algo consciente y dubitativo. Se arriesgó.

—¿En qué piensas, Will?

Williams levantó el ensamblaje del gatillo para inspeccionarlo.

—Sí, pero…

—¿Pero qué?

—No sé.

Cortell esperó. Sabía que, a menudo, esperar era lo mejor que podía hacerse.

—O sea, ya sé que Cassidy, Ridlow y Bass están siempre fastidiándote por eso. Pero… o sea, creo que tú también caes en eso. Me refiero a congregarse. Ustedes siempre se apartaban y se reunían cuando estábamos en Vandegrift. Incluso allá, tú estabas todo el tiempo con Jackson y los otros negratas.

—Nosotros ya no somos negratas –lo atajó Cortell sin ser grosero.

—Da igual, lo que sean. O sea… esa mierda no los conducirá a ningún lado.

Cortell emplazó con cuidado el cañón del m-16.

—Te apuesto a que piensas que nos vamos a hacer vudú o algo así. A incubar planes típicos del poder negro.

—No sé –contestó Williams–. No participo de ello.

—Bueno, odio defraudarte, vaquerito imbécil, porque ni siquiera se nos ocurre pensar en blancos cuando nos congregamos –Cortell se rio por lo bajo, como hacía siempre–. ¿Has escuchado el cuento del patito feo?

—Puede ser que venga de Idaho, pero nuestras mamis sí nos cuentan cuentos –apuntó el cañón del rifle hacia la luz pálida y se asomó desde el lado posterior para buscar tierra. Una vez satisfecho, comenzó a reensamblarlo.

—Bien. Sabes de Jesús –dijo Cortell–. Hablaba en parábolas. Pero ¿sabes por qué? Porque cuando hablas así, es el que escucha el que se arma su propia respuesta correcta, que puede diferir de las ideas que considera el que habla. ¿Me sigues?

Williams asintió.

—Apuesto a que conoces la historia de ese pequeñito al que nadie lo quería porque era espantoso, y luego creció y dejó de ser *feo* porque en realidad no era un pato. Era un *cisne*. Buah… Y por supuesto que todos los cisnes son blancos y los patos pardos, pero no voy a darte ahora un sermón.

Williams sonrió. Todos aguijaban a Cortell diciéndole que, al emocionarse, se ponía a predicar. Él dejaba que se burlaran, no sin un poco de orgullo.

—Bien. Permíteme decirte qué pienso *yo* acerca de esa historia. Es sobre un patito que no podía crecer. No podía convertirse en pato porque no era pato. Pero tampoco sabía en *qué* debía convertirse –Cortell examinó con atención a su interlocutor para asegurarse de que no lo estaba perdiendo–. Es decir, si no sabes en *qué* convertirte, está difícil que puedas convertirte en eso –aguardó un momento–. Así que no estamos *congregándonos*, sino pasando el rato con gente, lo mejor que podemos, para averiguar de *qué* se trata. ¿Me sigues? No es un *qué* que implique a los blancos porque nosotros somos negros, y si nos entrometemos con ustedes, los *chucks*, no vamos a aclararnos ningún *qué*, sería un callejón sin salida. Cuando paso tiempo con ustedes, con los *chucks*, soy en primer lugar un negro, y quien realmente soy es secundario. Cuando estoy con los *splibs*, soy *yo* en primer lugar, y no aparece el ser negro por ningún lado. No tengo nada que ver con gente blanca. Así de fácil son la cosas. Tampoco hay ninguna conspiración vudú. Sólo nos frecuentamos e intentamos progresar lo mejor posible.

Williams, que había estado conteniendo la respiración, por fin exhaló.

—Sí. Ahí tienes.

—Ahí tienes –repitió Cortell.

—Creo que la gente se asusta –confió Williams.

—¿Tú te asustas?

—Sí… Bueno, nooo… –ajustó el cerrojo del rifle-. No sé.

—Nosotros también nos asustamos –confesó Cortell. Echó una mirada a la selva y se trasladó a su casa en Four Corners, Mississippi–. Parece que la única manera que conozco para hablar con un hombre blanco es con miedo –regresó a Matterhorn y miró a Williams–. Hasta que te conocí, hermano.

Williams echó el cerrojo y se levantó.

–Ay… –agitó la cabeza hacia los lados. Bajó la barbilla hasta el pecho y sonrió.

Cortell se rio.

—Siéntate aquí, hombre. No te he dado siquiera la parte dos de mi sermón todavía.

Williams se sentó.

—Hable, reverendo.

—Dejamos de ser negretas.

—Lo eran cuando yo iba al bachillerato, y eso apenas fue en primavera.

—Negretas ya no. Somos negros.

Williams suprimió a medias una sonrisa, consciente de que Cortell se daría cuenta de que estaba divirtiéndose.

—A ver. Entonces si nosotros éramos blancos en primavera, ¿se supone que ahora nos llamarán albos o caucásicos o qué?

—Vamos para atrás.

—No, en serio. O sea, ¿cómo se llamaban antes?

—Negro de mierda –contestó Cortell con sus ojos bien abiertos.

—No me refiero a eso. Jódete. Eso sí es un insulto. Me refiero a cómo se llamaban a *ustedes mismos*, la gente.

—Tampoco te refieras a «la gente». Aquí estás hablando con un hombre solo.

—Bien, de acuerdo. ¿Cómo acostumbraban a llamarse entre ustedes?

Cortell pensó por un momento.

—Pues, en realidad, «negro»,[*] bastante. El reverendo King nos llamaba así. Pero está muerto. Ahora nos suena bastante a «nigra» o a «níguer» –su mente se aceleró y repasó una imagen de la aristocracia sureña, primero, y después buscó una posible raíz que conectara las palabras «galante» y «gentil», pero rechazó de inmediato la idea. Su mente siempre le hacía este tipo de jugarretas–. El término «negro» no tiene esos aires, como sabes, de orgullo –levantó el cerrojo del rifle para hacerse del último haz de luz y corroborar que no hubiera mota alguna–. A veces nos llamamos a nosotros mismos «personas de color».

—«Personas de color.» Nunca había escuchado eso.

—Sí, claro, pero tú eres de Idaho.

Williams le mostró un dedo y procedió a sacudir el cañón del rifle con un pañito aceitado.

—Como sea –retomó Cortell el tema–, ahora somos negros. Todos tenemos algún color. Incluso *blanco* es un color –ahora era el turno de Cortell para dejarle ver a Williams que estaba suprimiendo una sonrisa–.

---

[*] Así en el original, en contraste con *black*.

Pero es un color de lo más insípido: no te lleva a ningún lado, no te aporta nada.

—Ah… Cortell, ¿in-sí-pi-do?

—¿Qué te crees? ¿Piensas que soy un algodonero idiota falto de vocabulario sólo porque hablo como si viviera en Mississippi?

Williams le sonrió.

—Personas de color dijo . Pe-ce –hizo una pausa y luego agregó–: pec –esperó un momento más–. Pec, pec –sonaba como una cafetera eléctrica a punto de comenzar a hervir.

Cortell sacudió la cabeza, contento por la bobada.

De pronto se incorporó Williams de nuevo.

—Pec, pec, pec –había echado la cabeza hacia atrás y el ruido era como de un pollo que piaba en un granero–. Pec, pec, pecpecpec –caminaba bastante flexionado, con el cuello apuntando hacia delante, las manos bajo las axilas y los codos por fuera–. Pec, pec, pec, pec, pec –cacareaba pavoneándose. Algunas cabezas se asomaron desde las dos direcciones de la línea y volvieron luego a sus ocupaciones.

Cortell abatió la cabeza, hacía un esfuerzo mayúsculo por no reírse.

—Si haces esa mierda con otros de los hermanos cerca, llegan y te retuercen el pescuezo de pollo.

—Pec –Williams se sentó–. Pec, pec.

—Sé bien que eres un pobre blanquito bobo de Idaho, así que no te mataré –dijo Cortell–, pero acabas de burlarte de algo serio, y si haces esa idiotez de «pec pec» enfrente de los hermanos equivocados, te metes en mierda de verdad.

—¿Mierda de verdad? –dijo Williams–. ¿Mierda de verdad? –levantó sus brazos señalando todo a su alrededor–. *Ésta* sí es mierda de verdad. Todo lo demás son caquitas de caballo.

Continuaron ensamblando sus armas. Nunca se le había ocurrido pensar a Cortell, hasta ahora, que la amistad –y no simplemente pasar el tiempo con alguien– era posible. Nunca antes había pensado que la amistad fuera imposible, tampoco. Simplemente nunca se le había presentado como un pensamiento. Williams había sido un mero hecho, como la jungla o la lluvia. Empezó a discurrir sobre esto. ¿Cómo podía ocurrirle algo que no había pasado antes por su mente? Debería haber estado ahí antes –de lo contrario no hubiera surgido–, pero debía haber estado escondido en algún rincón. ¿En dónde quedaba ese resquicio mental donde se le ocultaban todas esas cosas? ¿Era a eso a lo que se refería la gente cuando hablaban de «la mente de Dios»? En ese caso, la mente de Dios estaría dentro de él, en algún lugar.

Y entonces Cortell se asustó al caer en cuenta de por dónde lo estaban llevando los pensamientos de su propia mente. Mejor le valdría apartarse a un lugar silencioso, como siempre había hecho cuando cuestiones de esta calaña lo atemorizaban, para hablar sobre ello con Jesús. Quizá podría visitar al capellán del batallón algún día que dejaran la maleza. Se preguntó si el nuevo subteniente sabría la respuesta. Alguien había mencionado que había estudiado en la universidad, seguramente ellos le habrían enseñado ahí algo acerca de Dios, ¿o no? Entonces se preguntó quiénes eran esos *ellos*.

—O quizá caquitas de pollo –le contestó Cortell a Williams. Como era habitual, el lapso de tiempo entre las últimas palabras del otro y su respuesta había estado lleno por todos esos pensamientos, pero se sucedían a tan alta velocidad, que el interlocutor no notaba ni siquiera una pausa. Cortell asumía que eso le pasaba a todo el mundo.

Después de un poco, dijo Williams:

—O sea, sobre evolucionar *hacia* algún lado. O hacia alguien. No sé. Es decir, ¿tienes a alguien en mente? ¿A Martin Luther King, a Cassius Clay o a alguien?

Cortell levantó la mirada en dirección a las nubes que se oscurecían.

—No, no. Tengo a Jesús. Él es mi *hacia*.

—Claro, pero Jesús es blanco.

—Na. Es un judío moreno. Dios lo planeó bien.

Mientras trabajaba en las fortificaciones, Mellas pudo ver a Simpson y a Blakely, pero ninguno de los dos bajaba nunca a las líneas, así que era imposible encontrarse con ellos sin que resultara demasiado obvio. Al promediar el día siguiente, la tormenta había amainado hasta convertirse en la llovizna habitual. A la hora de la comida, Mellas tanteó otra aproximación.

Al alcanzar la cumbre de la montaña, algunos artilleros emplazaban uno de los pesados obuses de 105 milímetros en el centro de un nuevo asentamiento para el cañón. Ya no quedaban árboles. La cima estaba abarrotada de cañones, embalajes y máquinas. Matterhorn parecía un portaaviones en un mar selvático.

Mellas atisbó el conjunto de antenas radiofónicas por encima del nuevo cuartel de operaciones de combate del batallón, y se escurrió al interior a través de una pequeña abertura. Dos linternas Coleman siseaban y arrojaban una triste luz en el interior; el aire estaba tibio y olía al combustible que utilizaban. Un teniente reubicaba posiciones en un mapa. Frunció el ceño pero Mellas se identificó con rapidez como oficial.

—Hola –le dijo–. Subteniente Mellas, Bravo Uno –procuró su sonrisa más amable.

El oficial en guardia se animó.

—Bif Stevens, enlace con la arti, Vigesimosegundo Regimiento de Marines –extendió la mano y Mellas se la tomó, advirtiendo cuán suave y limpia estaba. Hablaron un poco; Mellas planteó preguntas inteligentes y Stevens las respondió, aparentemente contento de que al menos uno de los gruñones se interesara por lo que él había hecho en favor suyo. Mellas pensó en preguntarle a Stevens, como una broma personal, si tenía algún trago, sólo para hacerle creer que ésa era la verdadera razón de su interés, pero al final desistió. De alguna manera, le había caído bien.

—¿Hay más tipos como Fitch? –preguntó Mellas en cierto momento–. Es decir, ¿tenientes al frente de compañías?

—No abundan –contestó Stevens–. Quizás uno por batallón entre las compañías situadas en las líneas. Algunos pocos mustangs más para los cuarteles y las compañías de abastecimiento. Es cuestión de suerte.

¿Cómo así?

—Ya sabes. Se trata de estar en el lugar correcto en el momento adecuado. Ser el oficial ejecutivo de la compañía cuando matan o transfieren al oficial comandante. Ese tipo de cosas.

—¿Consideras que Hawke se hará Bravo cuando se vaya Fitch?

—Como dije, depende del momento. Y si está lo suficientemente loco, querrá quedarse en la selva. Ya debió haber rotado hacia la retaguardia. La política es exponer al combate a la mayor cantidad posible de tenientes. En cuanto lleguen nuevos, rotarán a Hawke. Lo mismo rige para los capitanes. Claro, nos faltan capitanes.

—Por supuesto, los matan a todos cuando son tenientes –bromeó Mellas.

En la parte del cerebro donde organizaba las cuestiones relativas al poder archivó Mellas la información acerca de los procedimientos de transferencia y de políticas de comando que le confió Stevens. Lo hacía automáticamente, como lo hacen los granjeros con el reporte del clima y el olor del aire por las mañanas, y que los compele a cosechar una semana antes de lo previsto para evitar las lluvias fuera de temporada.

Dos hombres aparecieron por la manta que cubría la entrada, vertiendo luz y aire helado en el interior. Uno, limpio y apuesto, incluso guapo, portaba las hojas doradas propias de un mayor. El otro era pequeño, agostado y duro, con un semblante ambiguamente joven y envejecido, surcado por líneas y por el esfuerzo de un cuerpo utilizado hasta el extremo y que quizás ha absorbido demasiado alcohol. Hojas de plata relucían en el cuello límpidamente almidonado de su camisa. Mellas se emocionó. Era el teniente coronel Simpson, Gran John Seis.

Simpson lo miró intrigado. El mayor Blakely, por su parte, le devolvió la sonrisa.

—¿A quién tenemos aquí, Stevens? —preguntó.

—Al subteniente Mellas, de la Compañía Bravo, señor —respondió Stevens.

—Ah... Uno de nuestros tigres nuevos. Soy el mayor Blakely, el Tres del batallón. Le presento al teniente coronel Simpson, nuestro oficial al mando —Blakely le estrechó la mano. Mellas sintió suciedad y aspereza.

Simpson alargó su mano pequeñita. Tenía un apretón sorprendentemente fuerte. Masculló:

—Bienvenido a bordo, Mellas. ¿Es usted un oh-tres? —le preguntó refiriéndose a su especialidad ocupacional militar, su EOM, en la infantería.

—Sí, señor —le respondió riendo—. Parece que usted tendrá que soportarme mucho más de noventa días.

—Bien —refunfuñó Simpson con satisfacción—. ¿Es usted un soldado regular?

—No, señor, aún no —Mellas hizo una pausa y puso un semblante de «hombre joven en la encrucijada de la vida»—. Estoy pensando si hacerlo o si estudiar derecho.

—Son unos puñeteros empleados muy bien pagados —le contestó—. Y maricas también —se aproximó al mapa y comenzó a interrogar a Stevens acerca de las posiciones de las compañías Alfa y Charlie hacia el lado norte del valle.

—También el Cuerpo de Marines necesita abogados —agregó Blakely.

—Lo sé, señor. Pero para mí existe una única razón para permanecer en el Cuerpo de Marines: estar al frente de mis hombres. Justo por eso soy un oh-tres —Mellas notó que Blakely portaba un anillo de la Academia Naval, mientras que Simpson no tenía ningún anillo—. Por supuesto, la mayor parte de mis amigos de Princeton estudian derecho —añadió, consciente de que Blakely mordería el anzuelo.

—Por Dios —resopló Simpson—, ¿cómo diantres se nos coló alguien con una puta formación comunista en el Cuerpo de Marines? —Blakely y Mellas cumplieron con la risa que se esperaba de ellos, y Stevens se les unió.

—Verá, señor —le respondió Mellas—, usted sabe cuánto se ha disuelto el rigor desde su ingreso.

—Dios, no, no sé —le contestó Simpson.

Mellas supo que ya había conseguido establecer conexión con él. Supo también que ése era el momento ideal para retirarse, pero no había terminado. Se volvió a Blakely.

—No sé cómo pueda compararse la facultad de derecho con estar al frente de un pelotón. Estar al mando de uno tendrá que ser la máxima experiencia de mi vida. Me imagino que dirigir una compañía sería lo único que la superaría –Blakely asintió. Mellas notaba que lo corroía la ansiedad por estar junto al coronel–. Fui muy afortunado al recibir el pelotón que dirigía antes el subteniente Hawke. Es uno de los mejores. Cuánto lo extrañaremos el día que se vaya de la maleza.

Blakely levantó las cejas.

—¿Le queda poco tiempo?

Ya venció su plazo y está *listo* –Mellas se rio–. Lleva alrededor de diez meses en la maleza. Pero es un cabrón, transmite toda su experiencia para que los subtenientes nuevos como yo podamos ponernos al corriente. Es duro con sus hombres –hizo una pausa, entonces se animó–. Deberían adquirir muchos tipos como Hawke a la brevedad posible.

Blakely rio engreído.

—Conseguimos mantener a los buenos.

Él y Mellas bailaban, pero, hasta donde ellos mismos se daban cuenta, tan sólo conversaban. Como la mayor parte de los buenos bailarines, hacían que pareciera algo fácil.

Cuando llegó el límite impuesto de los tres días, las fortificaciones estaban todavía a medio terminar. Puesto que la batería representaba ahora un objetivo mucho más tentador para el ejército de Vietnam del Norte, las patrullas de seguridad debieron cubrir una área mayor, alejándose de la montaña, lo cual implicaba mucho más tiempo y esfuerzo. Los marines, que volvían exhaustos, debían todavía cortar árboles con explosivos para convertirlos en leños y luego trabajarlos con sus cuchillos. El trabajo físico implacable, combinado con las lluvias del monzón, el cieno y el bombardeo incesante de la artillería, los arrojó prácticamente en un estado de estupor.

Pero no cejaron, cavaban sus zanjas en el fango repleto de raíces. Los techos de las fortificaciones debían tener la altura suficiente para que un hombre pudiera estar de pie sobre un saliente y disparar por encima del parapeto; debían instalarse en paredes construidas con sacos llenos de barro. Estas paredes y las nuevas salidas y entradas tenían cierta altura por el lado bajo de la montaña, pero por el lado alto arrancaban apenas a nivel de suelo.

Las líneas defensivas eran cada vez más notorias. Ya no se trataba de meras zanjas que se fundían con la tierra y la maleza y con pedacería de tocones y arbustos destruidos. Los fosos se habían convertido en estructuras desnudas y angulares, fuertemente posicionadas contra la ladera despojada de la montaña, y parecían cajitas robustas que se asomaban desde la cuesta.

Mellas trabajaba tan duro como el resto de los demás, y de Jancowitz aprendía las sutilezas de la construcción de fortificaciones. No uses rocas porque, al romperse, sus esquirlas son mortales. Cava hoyos y plataformas para que los pies y el trasero queden por encima del agua encharcada. Mezcla material duro con suave para absorber la energía de las explosiones. Pronto, Mellas ya no sólo ayudaba con cortar y acarrear, sino también con la intrincada planeación de la defensa total. Caminó con cuidado desde la selva hacia arriba y descubrió que la disposición del suelo creaba avenidas naturales de aproximación que encauzaban a los atacantes. Estableció entonces las fortificaciones de tal manera que los caminos de acercamiento estuvieran a reventar de balas de ametralladoras. Clavaron, cuidadosamente, estacas en el suelo como topes para que el movimiento del cañón de la ametralladora fuera limitado y el fuego pudiera concentrarse en la avenida natural, incluso en condiciones de total oscuridad. Un heli llevó más alambre con púas, y con ello continuó la fatigante labor, que hacía sangrar las manos, de tensarlo por la parte baja.

Hawke y Fitch descubrieron en Mellas a un ingeniero defensivo por naturaleza, y entonces lo hacían llamar para que los acompañara cada vez que revisaban el perímetro. Para Mellas era un cálculo de geometría iterativo e instintivo el resolver las complejidades de construir fortificaciones, de manera que cada una estuviera defendida por lo menos por otras dos. Si mueves una, es imperioso reubicar a todas las demás. El truco consiste en planearlas adecuadamente antes de construirlas, pues si un equipo de tiro terminaba una sin considerar las de alrededor, podría surgir una debilidad seria en el sistema de interconectividad. Principalmente gracias al sentido natural de Hawke para ver los patrones probables de asalto y a la habilidad de Mellas para calcular las posiciones, sólo tres de las fortificaciones a medio terminar resultaron estar mal ubicadas; se destruyeron y reconstruyeron a pocos pasos de sus posiciones previas, para exasperación de sus constructores.

Cada mano en la compañía destilaba pus por las úlceras. Las bacterias invadieron heridas y ampollas abiertas. Se pagaba más dinero por guantes viejos, incluso agujerados, que su precio original. En algún momento, sin embargo, estas transacciones menguaron. Cualquier guante, tuviera o no orificios, se volvió un objeto tan preciado como el correo, y ningún precio en el mercado podía ser rebatido. Salir a patrullar, que hasta entonces había sido un deber aterrorizante, se volvió una vacación deseada.

Les tomó seis deprimentes días terminar las fortificaciones. Nadie celebró. Al séptimo día, los chicos descansaron redoblando los patrullajes. Esa tarde, Fitch empezó la reunión de actuales con un anuncio tenso:

—Nos vamos al valle al despuntar la mañana. La batería y el grupo de puesto de comando del batallón se desplazarán al mismo tiempo. La Compañía Charlie estará en el punto en donde nos dejarán, y ellos tomarán los mismos helis para venir hacia acá. Cubrirán al personal del batallón y a la artillería durante la permuta. Y luego se irán todos hacia las tierras bajas. Se trata de alguna operación cabronamente grande alrededor de Cam Lo.

—¿Apenas terminamos las fortificaciones y nos van a sacar a todos? —Mellas tomó la única hierba que había sobrevivido y la desenraizó con violencia, y después la lanzó ladera abajo—. Por Dios —siseó con los dientes apretados—. Así como lo oyes. Nos vamos —estaba tan orgulloso del trabajo que habían realizado, de sí mismo, de su pelotón, de todos ellos, a pesar del hecho de que se habían vuelto más vulnerables por las noches. Pensaba que, con suficiente munición, podrían resistir a todo un regimiento.

—Nosotros y Delta vamos a intercambiar misiones con Alfa y Charlie —continuó Fitch lentamente—. Relsnik supo por un operador de radio que el regimiento le concedió a Gran John Seis una última oportunidad para probar que todavía hay muchos gucos merodeando por ahí. Tenemos también la responsabilidad de volar el alijo de municiones que encontró la Compañía Charlie. Ellos se quedaron sin explosivo plástico.

—¿Quieres decir que nos metemos a la selva para dar la vuelta? —preguntó Mellas—. ¿Toda una maldita compañía?

—Dos malditas compañías —lo corrigió Hawke.

—Pues yo no voy a decirles a aquellos chicos allá en las líneas que nos vamos justo después de todo por lo que han pasado. Trae acá al coronel o a ese maldito Tres para que les explique por qué nos partimos el culo aquí y por qué nos vamos justo en el instante en que terminamos de construir el puto Peñón de Gibraltar en medio de esta puñetera nada.

—Mira, Mellas —dijo Fitch con severidad—, tranquiliza a tu puta madre. Nos vamos con el primer rayo de sol. Sólo asegúrate de que tu pelotón esté listo para moverse.

El resto de los actuales guardaba silencio. Kendall comenzó a tintinear su anillo de bodas contra las gafas amarillas de sol. Goodwin, demacrado y ojeroso, se sentó sobre los talones y jugueteaba con un palo. Sus constantes bufonadas habían sido una fuente de esparcimiento durante la construcción. Pero durante toda la reunión no había dicho ni pío.

Al concluir la reunión, mientras Mellas bajaba con lentitud la pendiente de la montaña, se preguntaba cómo daría la noticia de que habían construido las fortificaciones sin mayor propósito. Le sorprendió también, después de tantos días de observar el valle y de imaginarse lo que sería estar ahí y de tanto preocuparse por tenerse que ir, que el momento de irse había llegado de pronto, así de fácil. Todo su mundo se transformó instantáneamente por la orden de un hombre al que apenas conocía. El pelotón podría estar listo para marcharse en media hora. Sólo debían empacar el rancho y las municiones. Pero pensaba que debía procurar más tiempo y tener algún ritual para alistarse antes de hundirse en la negrura del valle.

Cuando Mellas llegó a su carpa, ya todos estaban ahí. Era evidente que estaban enterados. Jackson, que lideraba ahora la Tercera Escuadra, tenía preparado el cuaderno y el bolígrafo; se mostraba bastante adusto. Bass le había transmitido a Jackson la decisión de convertirlo en líder de la escuadra de ataque, dada la ausencia de Janco; sin más alternativas, se limitó a, tan sólo, informarle el nombramiento. Ésta era la mejor manera que encontraron para aligerar las problemáticas preocupaciones de Jackson acerca de los hermanos. Connolly, el líder de la Primera Escuadra, con las piernas abiertas y las manos en las caderas, miraba la caja de la ración c de Mellas. No dejaba de escupir en el interior la caja, parecía no tener conciencia de lo que hacía. Por momentos echaba una mirada al valle y maldecía; su acento bostoniano era lo suficientemente alto como para que todos lo escucharan.

—La puta que lo parió, carajo, la jodida Entrepierna. Ahí tienes —y volvió a escupir en la caja; Mellas se acojonó porque tendría muy probablemente que abrir uno de los paquetes sobre los que había escupido. Pero no dijo nada, calculando que no era el momento oportuno.

Jacobs, quien había recibido la Segunda Escuadra de parte de Fisher, no dejaba de mirar hacia la neblina debajo de ellos. Se volvió para observar a Mellas con los ojos encendidos.

—Jo-jodidas fortificaciones. Pa-para nada —contempló de nuevo la neblina sin decir nada más. Mellas conocía tan bien la historia de la compañía como cada uno de ellos. La Compañía Bravo jamás había tenido una operación sin sufrir, por lo menos, tres muertos.

—Ahí tienen, infelices hijos de puta —se jactó Jancowitz—. Una pulgada más para su dildo verde. Yo me largo a Bangkok y voy a coger con Susi hasta descerebrarme. Ji, ji.

—A ti ya te habían cogido hasta descerebrarte antes de que extendieras tu servicio —reviró Connolly.

Mellas abrió su cuaderno.

—Ya basta, Conman —comenzó a circular toda la información con que se le había provisto en la reunión de actuales.

—¿Quién se va primero a la zona? —preguntó Bass. Tallaba otra muesca en su cayado de corto de tiempo.

—Scar —contestó Mellas, contento porque Fitch había preferido a Goodwin, y no a él, para la importante labor de asegurar la zona de aterrizaje en el valle. Hubiera querido ofrecerse como voluntario primero, a pesar de que lo habitaba el miedo, sólo para que Fitch tomara nota de que era un tipo decente.

—Bien —refunfuñó Bass—. Nos había correspondido la vez anterior.

Mellas continuó con la impartición de las coordenadas, las contraseñas, los cambios en los códigos abreviados del radio, todos los detalles que implican el día a día en la operación de la unidad de infantería.

Bass organizó inmediatamente equipos de trabajo en la oscura cima de la zona de aterrizaje, donde estaba instalada la escuadra con los morteros de 60 milímetros de la compañía. Ahí distribuyó los proyectiles de los morteros; cada pieza pesaba un poco más de 1.3 kilos. Cada uno de los marines ató un par a sus mochilas. Incluso los operadores de radio colgaron uno debajo de los radios. Esto le dio a la compañía más de cuatrocientos disparos de mortero, con lo que se convertía en una fuerza de artillería pequeña pero formidable.

Mellas depositó dos proyectiles, dentro todavía de sus limpios tubos de cartón, en la parte baja de su mochila, y los fijó con alambre. Cuando terminó de retacarla con toda la comida que pudo, pesaba ya casi 45 kilos. Además tenía las granadas, dos cananas con munición y cuatro cantimploras con agua. Sin embargo, el peso de Mellas era todavía inferior que el de la mayoría de los chicos. No tenía que cargar con munición para la ametralladora, ni explosivo c-4 de repuesto, ni trampas luminosas, ni minas antipersonales, ni sogas. Los metralletas y los operadores de radio transportaban pesos mucho mayores, y la escuadra de los morteros incluso más, pues cada uno cargaba su propio rifle y equipo personal, además de siete u ocho proyectiles, y también alguna parte de los morteros desensamblados, que incluían, por ejemplo, bípodes de siete kilos y discos de acero —las baldosas de apoyo— con un peso de casi seis kilos, y los propios cañones, largos y pesados, de los morteros.

Esa noche, el resplandor vago de las linternas rojas titiló bajo los poncho liners, pues los soldados escribían sus últimas cartas a casa. Mellas también escribió y procuró sonar alegre. Pero al abandonar Matterhorn lo invadió una fría corazonada.

Capítulo V

En la zona de aterrizaje, el puesto de comando del batallón gozaba de un humor muy diferente. El teniente coronel Simpson abrió una segunda botella de Wild Turkey y pasaba, generosamente, tragos al disminuido personal que había ascendido la montaña junto con él.

—Los huelo, maldita sea —dijo Simpson sirviéndoles a Blakely y a Stevens otro trago—. Los huelo.

La luz de las siseantes linternas Coleman golpeaba las paredes de la fortificación y proyectaba las sombras de los cinco oficiales apiñados alrededor de las cajas de las raciones c que servían como mesa baja para los mapas. Blakely tomó el bourbon puro, pero a Stevens no le gustaba mucho esa cosa, así que lo mezcló con bastante 7-Up para matar el sabor. Cuando el coronel comenzaba a beber, no había ningún punto final claro para nadie hasta que él no dejara de beber. Por protocolo, a los oficiales subalternos no se les permitía detenerse antes que él. El capitán Bainford, oficial de enlace aéreo, y el capitán Higgins, oficial de inteligencia, estaban sentados pesadamente sobre el suelo con las espaldas contra la pared de la fortificación, sin formar parte del grupo alrededor del mapa. Intentaban no caer dormidos. Los operadores de radio del batallón tenían también tragos de whisky —sin duda, Simpson se mostraba justo para con los reclutas—, pero mantuvieron su distancia y permanecieron callados mientras monitoreaban, intermitentemente, el tráfico nocturno del radio.

—Bueno, señor —pensó Blakely en voz alta—, llegamos a un acuerdo. No podemos quejarnos.

—Por Dios, claro que no, ¿o sí? —respondió Simpson—. Es mejor tener dos compañías en la maleza que ninguna —hizo una pausa, dio otro trago rápido, y tronó los labios—. Carajo, qué buen whisky.

—Sí, señor –convino Blakely, y bebió de su vaso un sorbo más pequeño. Sabía que, si encontraban algo en el valle los próximos días, sería bastante improbable que el general Neitzel pudiera resistir el impulso de no hacer nada con las tropas enemigas que operaban apenas al norte de donde se encontraban ellos. Matterhorn delimitaba el extremo occidental de la Cordillera de Mutter, una avenida de ataque hacia las tierras bajas, que estaban pobladas. Sin importar cuán intensa fuera la presión política que desviaba a todo el regimiento hacia la operación en Cam Lo, él debía responder. La mente de Blakely se desvió hacia una escena imaginaria en el cuartel general de la división, del cual era jefe de personal: le aconsejaba al general a propósito de las complicaciones políticas y sobre cómo se embrollaban con las complicaciones estratégicas. Sonrió por soñar despierto. Simpson tenía razón. Este maldito Wild Turkey se volvía cada vez más y más suave.

Blakely revisó mentalmente de nuevo el plan de enrocar las compañías. Al principio había sido fácil: continuar la misión original con dos compañías husmeando y cagando en el valle. Charlie hace un enroque en Matterhorn con Bravo, y Alfa con Delta en Eiger. Entonces surge la putada de formar un grupo en Cam Lo, que obligó a todos a volver a Vandegrift para estar listos. Había que cambiar ese plan. Pero entonces aparece el trato de Mulvaney con Simpson. Así que, ahora, Bravo y Delta se iban al valle y no a Vandegrift. Así que *ése* era el plan a cambiar. Se asomaba una pregunta a su mente. ¿Cuándo se había reabastecido Delta de raciones por última vez en Eiger? No había importado anteriormente, porque Delta regresaría a Vandegrift con todos los demás. Entonces pensó que, si Charlie se iba a Vandegrift y no a Matterhorn, la Batería Golfo y los cuarteles generales del batallón quedarían expuestos, aunque fuera brevemente, durante el tiempo que durara el enroque. Esto sacó de su mente la pregunta sobre el suplemento de comida para Delta.

—Señor –se dirigió a Simpson–. Estoy pensando en cubrir la batería. Se quedará expuesta, sin la Compañía Bravo, durante un rato hasta que logremos reposicionarlos en Vandegrift.

—¿De cuánto estamos hablando? ¿De un par de horas? Blakely, son marines. Si los gucos son lo suficientemente inocentones como para atacarnos, la batería los mantendrá alejados y, en lugar de dejar a Delta en el valle, los dejamos acá, y así matamos gucos por los dos lados –le pasó el brazo alrededor de los hombros–. Eres un gran oficial de servicio, Blakely, pero también un preocupón –tomó su vaso y vertió más Wild Turkey en él–. Ahora relájese. Es una orden –le extendió el vaso rebosante.

Blakely le sonrió y lo tomó.

—No puedo desobedecer una orden, señor.

—Cabronamente correcto; imposible.

Blakely le dio un sorbo. Carajo, Simpson sí que sabía elegir buenos whiskies. El calor se desplazaba desde el estómago a lo largo de los brazos y las piernas. Se sentía bien. La batería tan sólo tendría una pequeña ventana de vulnerabilidad durante la cual debía protegerse a sí misma. Estaba volviéndose un preocupón, Simpson tenía razón. Por un breve momento, Blakely se preguntó quién estaría volando las fortificaciones abandonadas en Matterhorn, pero justo entonces los demás oficiales se soltaron a reír. Simpson acababa de sacar otra botella de Wild Turkey de algún lado y sonreía profusamente mientras la abría. «Debe estar tan cansado como yo», pensó Blakely. «El coronel estaba en lo correcto también acerca de otro asunto: debía relajarse más. Además, sus reportes de condición física no mejorarían nada con esa deprimente apariencia de decaído y fastidiando a Simpson. A nadie le gustaban los deprimidos. Simpson lo necesitaba, por otro lado. Simpson tenía muchos cojones; no es fácil hacerse de Estrellas de Plata en el Cuerpo de Marines. Pero Simpson no estaba para ocuparse de los detalles. Justo por eso, obviamente, lo tenía a él.» Blakely sorbió de nuevo, paladeando. «Tenía que reconocérselo al viejo: sí sabía de whiskies. Había sido una maldita pesadilla reacomodar todo cuando se le comunicó a Simpson que podría colocar dos compañías en el valle en lugar de llevarse todo el batallón a las tierras bajas. Un pequeño cambio, sólo uno pequeñito, y toda la jodida comida y las municiones, listas para irse hacia un lado, debían enviarse ahora a otro lugar diferente. Era complicado desempeñar un buen trabajo de servicio.» La mente de Blakely divagó. Escuchaba a medias las bromas y las historias de los otros oficiales. Querría estar en casa. Querría estar durmiendo. Se zampó lo que le quedaba de whisky. «¿Cuál era el problema con relajarse si tenía la oportunidad? Si todos estaban emborrachándose antes de arrancar la operación de Cam Lo, ¿por qué él no? Uno quiere que lo vean como parte del equipo.»

Antes del primer rayo de sol, la Compañía Bravo se congregó en equipos para heli en la zona de aterrizaje. Los chicos, completamente cargados, pesados, abrumados, agachados, formaban una sola línea que se extendía debajo de la cresta de la montaña, en espera de que los helis llegaran con el amanecer. Los hombres de la artillería estaban empacando su equipo, caminaban entre los hombres de la infantería sentados en el piso y, en ocasiones, los pisaban. Algunos veían a los de la infantería con curiosidad, pero la mayoría intentaba ignorarlos, para evitar que su destino también los atrapara a ellos.

Pero cuando Vancouver cruzó la zona de aterrizaje en la oscuridad previa al amanecer, incluso la indiferencia calculada de los artilleros se quebrantó.

—¿De dónde coños salió *éste*?

—De una puta película. ¿No sabías que la Entrepierna estaba haciendo una puta peli a partir de esta operación?

—Como no pudieron contratar a John Wayne, lo trajeron a él.

—Nooo, la puta que lo parió. Están filmando escenas de fondo para el *Reporte Huntley-Brinkley.**

—¿Viste lo que estaba cargando ese mamón? Una puñetera M-60 recortada. Cabrón, por Dios.

—Jamás le podrá dar a nada con eso. Es un patético *gunjy*.

—Yo qué sé, man.

—Es simple mamonería. No hay manera de controlarla.

—¿A quién diablos le *importa* si tú puedes o no controlar una puta M-60?

Mellas prosiguió su camino para revisar cada uno de los equipos para heli; les preguntaba si estaba todo en orden. Se acercó al último, al de Bass. Sobre el suelo estaba tumbado Skosh con los ojos a medio cerrar y una toalla verde enrollada alrededor del cuello.

—Creo que estamos todos listos, sargento Bass —dijo Mellas.

Él lo vio.

—Creo que sí, subteniente.

Avergonzado por su propia ansiedad, Mellas fue hasta donde estaba Goodwin acostado de espaldas, con los ojos cerrados y la cabeza acurrucada en el casco.

Mellas susurró para que los demás no pudieran oírlo.

—Oye, Scar.

Goodwin refunfuñó.

—¿Empacaste ropa interior?

—A la mierda, Jack, na. Sólo sirve para causarte úlceras en la entrepierna.

—Sí —masculló Mellas. Tocó con los dedos la camiseta color verde pálido que le había teñido su madre.

---

* Se trataba del noticiero más importante de la NBC en aquellos días, conducido por Chet Huntley y David Brinkley.

—¿Por qué nos llamas a todos «Jack»?

Goodwin abrió los ojos para mirarlo.

—Así me resulta más fácil recordar sus nombres.

—Ah… –contestó Mellas–. Claro.

Goodwin cerró los ojos de nuevo.

Mellas fue hasta donde Jackson descansaba con su equipo. Él lo miró hacia arriba, irguiendo el cuello sobre la inmensidad de la mochila. Tenía el tocadiscos en la parte superior, atado con cable.

—¿Todo listo, Jackson? –preguntó Mellas por tercera ocasión.

—Sí, señor –Jackson imantó los ojos de Mellas con su semblante de «no tengo nada que ocultar». Luego rompió el contacto visual para mirar la fila de cuerpos cansados de su escuadra. Mellas advirtió que todos habían desarrollado una expresión de aburrimiento, como cuando se espera el autobús, que aniquilaba todas las emociones.

—No podrías irte sin tus sonidos, ¿cierto? –le preguntó Mellas.

—No, señor. No tan fácilmente.

—¿Cuánto pesa?

Cortell, el líder del segundo equipo de tiro, que estaba sentado junto a su amigo Williams, se rio.

—Man –dijo–, no puede cargarse algo más ligero que la música.

Jackson le levantó el dedo medio.

—Fácil de decir, pero tú no lo has cargado –luego se volvió a Mellas–. El sufrimiento por el que paso para que mis hombres puedan tener música, y Cortell se lo toma a la ligera.

—Jesús aligera todas tus cargas –le replicó Cortell.

—Seguro, pero hoy no está por aquí, predicador.

—Jesús está presente ahí donde dos o más se reúnen en su nombre –Cortell estaba acostumbrado a bromear acerca de su religiosidad, y repartía tantas pullas cuantas recibía.

A Mellas no le pasó inadvertido el juego de palabras de Jackson y eso le hizo sentirse más seguro de tenerlo como líder de escuadra.

—¿Por qué no trajiste una de esas grabadoras de cintas pequeñas? –le preguntó.

Jackson hizo una pausa para pensar.

—Creo que me gusta ver cómo gira el disco.

Mellas se rio pero entendió a lo que Jackson se refería. Los casetes eran extranjeros –japoneses– o futuristas. Un disco de 45 era, probablemente, lo más cercano a casa que uno podía estar en medio de la selva.

El cabo Arran pasó con Pat muy cerca de su costado derecho, obviamente no en posición de caminar al pie, y olfateaba cualquier cosa que le pareciera interesante, volvía su cabeza, jadeaba, feliz, ante los diferentes saludos de los marines. Olfateó la pierna del pantalón de Mellas, luego trotó hasta donde Williams estaba sentado contra su mochila, con sus manotas de ranchero como apoyo detrás de la cabeza. Williams se enderezó y se estiró para alborotarle las orejas rojizas al perro, sonriendo, evidentemente satisfecho de que Pat lo hubiera elegido a él.

—Me gustan los perros —le contó a Mellas—. Parece que se dan cuenta —se volvió de nuevo al perro, tomó el pellejo que le colgaba del cuello y jugueteó con su cabeza: se la movía hacia atrás y hacia delante, con cuidado—. Hola, compadre. ¿Qué haces en Vietnam? —el perro le lamió la mano y la mejilla, y Williams se rio—. Como yo, tú tampoco sabes ya por qué estás aquí, ¿no, perrazo?

Arran echó un silbido corto y bajo, y Pat trotó hacia él. Mellas continuaba a lo largo de la fila de marines y se detuvo al llegar a Pollini, quien ataba los proyectiles de los morteros en la parte alta de su mochila. A Mellas le recordó a un ratón afanado en acomodar sus cosas en una madriguera atascada.

Pollini levantó la mirada hacia él.

—Hola, subteniente Mellas, señor —lucía su gran sonrisa en medio del rostro manchado con grasa.

—¿Qué? ¿Nunca te lavas, Pollini? —le preguntó por lo bajo.

Pollini se pasó una mano sucia por la cara, la sobó contra la mejilla, y la miró, pero por supuesto que no había nada nuevo ahí. Sus manotas eran las de un carpintero viejo, con uñas amarillas y largas, pero su rostro, bajo esa mata de pelo negro y rizado, parecía el de un niño de un coro que se había tropezado en el fango. Levantó de nuevo la mirada a Mellas y le sonrió.

—Esta mañana me lavé y me afeité, señor.

Jackson se había acercado con un semblante de fastidio porque Pollini no estaba todavía listo para irse.

—Shortround, no te rasuraste esta mañana —dijo Jackson—. Jamás te rasuras.

—Sí —dijo Pollini poniéndose de pie—. Pregúntale a Cortell —se volvió hacia Mellas—. Sí me afeité.

Jackson se arrodilló junto a la mochila retacada de Pollini y se puso a tensar alambre y a amarrar cosas.

—Shortround, carajo —le dijo, mientras jalaba un alambre para fijarlo—. Subteniente, le juro que hace tres minutos estaba completamente cagado por eso.

—Debo conseguir un… –dijo Pollini.

Jackson dejó de atar.

—¿Conseguir qué cosa?

—Algo nada más.

—Shortround, ¿estás comiéndote tu comida?

Pollini sonrió. Ésa era su defensa principal contra las personas más corpulentas y competentes que él.

—Pues sí, tan sólo una lata de melocotones. Anoche estuve en el puesto de escucha y se me pasó el desayuno.

—¿Y por qué se te pasó? –Jackson se giró hacia Mellas–. Le di veinte minutos mientras desmantelábamos las trampas luminosas y las minas claymore, señor.

—Está bien, Jackson –Mellas se volvió hacia Pollini–. Ya sabes que te hará falta toda la comida que puedas cargar. ¿Por qué no sacas más de entre las cajas que están esparcidas por toda la zona?

—No sé, señor.

—No lo sabes porque tú eres un imbécil de cojones –lo reprendió Jackson–. Junta todas tus cosas en este momento. ¿En dónde están los melocotones?

Pollini escarbó en uno de los bolsillos. Sus utilidades talla pequeña le quedaban como traje de payaso. Sacó la lata y se la entregó a Jackson, quien la hundió en la ya muy llena mochila de Pollini, haciéndole espacio con enfado.

De pronto pareció que Pollini comenzaría a llorar.

—No soy estúpido –dijo.

—Eres un imbécil redomado –le espetó Jackson.

—Basta, Jackson –lo atajó Mellas.

Se volvió hacia Pollini.

—Shortround, debes aprender a pensar en las cosas. Los helis llegan en unos cinco minutos y tú estás aquí pedorréandote y, encima, te estás comiendo tus provisiones.

—No desayuné nada –Pollini, con la espalda hacia la pared, estaba poniéndose necio.

Mellas sintió que sus nervios, ya alterados, comenzaban a arder a pesar de la tranquilidad que forzaba.

—Asegúrate de que esté listo para irse, Jackson –le pidió, pensando que sería mejor dejar el tema. Se alejó y se puso cómodo sobre el suelo. Cerró los ojos, esperando dar la impresión de dormido. Gradualmente cobró conciencia del motor de un avión, perdido por encima de su cabeza, entre las nubes. Sabía que se trataba de un avión y no de un helicóptero por la tersura del zumbido y la ausencia del martilleo de los rotores del helicóptero que golpeaban el aire por tandas. Desde su posición acostado miró hacia arriba, sin ver nada, pero barrió el área desde donde provenía el ruido con el interés de cualquier persona aburrida que encuentra con qué distraerse. Por un momento pudo entrever un avión grande, un destello de plomo fugaz en medio de las nubes. Pero volvió a desaparecer. Parecía que daba vueltas para bajar. Cuando, por fin, atravesó la capa de nubes, estaba bastante alejado hacia el noreste, sobrevolando el valle donde los depositarían. Era una aeronave de gran tamaño y de hélice.

—Parece un avión de carga –le dijo a Hamilton–. ¿Qué crees que esté haciendo?

—A la mierda si lo supiera, señor –Hamilton ni siquiera se molestó en mirar. Se memorizaba las frecuencias y los códigos del radio.

Perezoso, el avión dio una vuelta para volver, ganó altitud por encima de la cadena montañosa que se extendía desde Matterhorn hasta el Cerro del Helicóptero y más allá en dirección este. Al girar de nuevo estaba perfectamente alineado con el lomo de la montaña y se dirigía en línea recta hacia ellos. Se acercaba más. Apenas unos pocos lo miraban en aquel momento. Un penacho delgado y débil caía desde su parte posterior, era una nube de plata gris y más oscura, que apenas lograba distinguirse del fondo nublado. El ruido se intensificaba. El avión mantuvo la recta. Otro puñado de marines se pusieron de pie.

—¿Qué coños? –dijo Mellas. Él también se levantó.

Rugía el avión sobre sus cabezas, las marcas de la fuerza aérea estadunidense eran ya claramente visibles, el sonido de las cuatro turbohélices era ensordecedor. En pocos segundos los había envuelto un rocío químico. La gente tosía, acezaba, gritaba obscenidades. Mellas podía ver que Fitch, con los ojos desbordados de lágrimas, le gritaba al batallón a través del radio de Relsnik, exigiendo que se le aclarase la situación e intentando que el batallón lo detuviera. El avión se desvanecía en una manchita hacia el suroeste, ganaba altitud por encima de la frontera laosiana, hasta que se perdió entre las nubes. La única evidencia de su paso era que toda la montaña hedía, como si se la hubiera cubierto con repelente de mosquitos.

Hamilton levantó hacia el aire una copa imaginaria.

—A la salud de la puta fuerza aérea.

Mellas, con los ojos aún llorosos, caminó hasta el lugar donde estaba sentado el grupo de comandantes de la compañía. Fitch no soltaba el auricular; era claro que esperaba una respuesta del batallón.

—Tengo a Bainford en ello, es el controlador aéreo adelantado del batallón —le dijo a Mellas cuando éste ya se había acercado lo suficiente como para poder escucharlo.

Un minuto después chilló el auricular y Mellas pudo escuchar al otro lado una vocecita que decía:

—Se trata de un defoliante. La orden era que se esparciera mañana, pero en algún momento de la cadena de mando la cagaron. Disculpas por eso. No les hará daño, sólo mata plantas. Se llama Agente Naranja. Es para que los árboles no brinden sombra a los enemigos. La fuerza aérea lo ha utilizado bastante y es inocuo para los humanos.

—Pues a mí me jode —gritó Mellas. Fitch lo ignoró.

—Copiado. Bravo Seis, fuera.

Fitch se volteó hacia Mellas.

—Ya lo escuchaste: es para matar plantas. Los zoomies. Que Dios los joda —Fitch no dejó de maldecir mientras se frotaba los ojos.

Hawke se acercó y le entregó su lata de melocotones trocada en taza, llena de café humeante.

El sonido de las aves que se aproximaban desde el sur quebró finalmente el letargo nervioso. Mellas se apresuró hacia su equipo para corroborar las municiones y las armas, y entonces cayó en cuenta de que Goodwin lo antecedía en el turno, y volvió a sentarse.

La primera ave llegó rápido. El aire se colmó de su rugido y las paletas latigueaban los charcos de agua dispersos en el fango. Goodwin se apresuró a través del campo abierto con su equipo para heli. Les golpeaba las espaldas para contarlos a medida que se perdían en las mandíbulas posteriores del autogiro. La puerta de la cola se cerró y se esfumó. Se acercó casi inmediatamente una segunda ave, y luego una tercera. Mellas vio correr a través de la zona de aterrizaje al sargento Ridlow, con el revólver .44 fajado en la cadera. Mellas corrió luego con Hamilton a su lado, con el radio enterrado debajo del resto de todas sus demás cosas. Mellas contó a su equipo conforme entraban en el ave. Le dio señas al jefe de tripulación con los pulgares, y el heli se los tragó y se deslizó hacia el vacío, cayendo desde la cima de la montaña para ganar velocidad aérea. Mellas sacó su brújula y revisaba continuamente la dirección para que, en cuanto hicieran tierra, pudiera orientarse inmediatamente.

A su derecha, la amenazante cordillera negra, que había sido su constante compañera en la montaña, y que había requerido todo un día de esfuerzo para llegar a ella, se fue en cuestión de segundos. Debajo había taludes cubiertos por la densidad de la selva y grabados con arroyos grandes. La selva se detuvo cuando llegó al valle y los pastos de elefante se apoderaron del suelo. El mapa era una confusa serie de líneas de contorno. En muchos lugares, las líneas ni siquiera confluían... los diseñadores del mapa habían claudicado.

La cabina se ladeó y cambió el tono de las aspas. Creció el rugido del motor. A Mellas le punzaba de nuevo la garganta. Los pastos se acercaron hacia ellos, metamorfoseándose desde su aparente tersura hasta la realidad de sus tres metros de altura. El heli cayó con un golpe y lanzó a todos los tripulantes hacia la parte posterior. Se abrieron las puertas y brincaron fuera, golpearon y aplastaron las hierbas bajo sus pies mientras salían despedidos. Corrían a toda velocidad. Mellas se dirigió de inmediato hacia la izquierda y ubicó a cada uno en sus puestos asignados en la zona.

Nada sucedió. Por encima de los cañones de los rifles que apuntaban hacia la maleza brotaron sonrisas. A los pocos minutos, Mellas vio a Fitch y a Hawke correr a través de la zona de aterrizaje hacia el grupo de comando de la Compañía Charlie. Mellas caminó hacia allá para unírseles. De camino vio que los chicos de la Compañía Charlie estaban prácticamente exhaustos y que sus ropas, oscurecidas y húmedas, se les pegaban al cuerpo. Sus úlceras tropicales eran incluso peores que las que Mellas había visto en Matterhorn.

Vio a un operador de radio y se dirigió hacia alguien que, aunque tirado sobre el suelo, parecía ser comandante de pelotón. Alzó la mirada, fatigosamente, hacia Mellas. Su rostro era ancho y llevaba un bigote corto y denso. No había manera de identificar su rango, excepto por intuición, pero el hombre parecía estar a cargo.

—Hola. Soy el subteniente Mellas. Primer Pelotón, Compañía Bravo. Hombre, se ven cansados.

Él se rascó la oreja y sonrió. Le extendió una mano fornida.

—Soy Jack Murphy, Charlie Uno. Morimos hace dos días y estoy teniendo alucinaciones post mórtem: me visualizo sentado en una zona de aterrizaje esperando salir de ese puñetero lugar. Éste es Somerville –señaló hacia el operador de radio–. Él tampoco está aquí realmente –a Murphy se le contrajo el rostro y sacudió la cabeza un poco. Parecía no darse cuenta de ello, tampoco su operador de radio.

—Nos jorobaron puñeteramente hasta matarnos –dijo Somerville.

—¿Cómo es el terreno?

—Espantoso –dijo Murphy. Su cabeza sufrió otro temblor instantáneo hacia los lados y el rostro se le contrajo–. Jodidas montañas. Barrancos. Todo cubierto con putas nubes.

Mellas pretendió no darse cuenta del tic.

—Abastecimientos complicados, supongo.

—No. Fue sencillo.

—Ah, ¿sí?

—No llegó ninguno.

—Ah… –Mellas pensó que a Murphy no le apetecía hablar, pero quería información–. Escuché que les dieron.

—Sí.

—¿Qué pasó?

Murphy gruñó y se incorporó para sentarse. Enderezó la mochila consigo como si fuera parte de su cuerpo. Luego se puso de pie, a trompicones. Sería unos cinco centímetros más alto que Mellas. Apuntó hacia los pastos de elefante, indicaba algo invisible.

—Hacia allá, el terreno se vuelve bastante escarpado, abundan los putos arroyos, mucha mierda. ¿Tienen sogas?

—Claro. Tenemos una por escuadra.

—Bien –dijo Murphy–. Bueno, pues a unos cuatro días de aquí, quizá menos, si van por donde estuvimos y corrimos el riesgo de sufrir emboscadas, hay un puto cerro muy empinado. Los gucos escarbaron escalones en la cuesta; es obvio que han tenido demasiado tiempo para construir fortificaciones. El hombre punta y otro más empezaron a subir, y entonces se nos vino toda la mierda encima. Los gucos les dieron a los dos, y también a dos más.

—¿Y ustedes le dieron a alguno?

—¿Quién coños podrá saber? –Murphy le contó la historia. Se habían apostado a lo largo de un río que corría justo debajo de una colina. El terreno no era apto para cabras. Cubiertos por los lanzagranadas M-79, recuperaron los cuerpos y ya no avanzaron más. Debían construir velozmente una zona de aterrizaje para poder medevaquear a tiempo a los heridos. Estaban incomunicados por el monzón y, de cualquier manera, en aquel terreno imposible no había ningún lugar adecuado, así que jorobaron montaña abajo lo más rápido que pudieron para salir de la nube que los cubría. Camino abajo murió uno más.

De pronto, Murphy se sentó de nuevo, agotado.

—Cuiden su puta comida –sufrió dos espasmos más.

—Gracias –le respondió. Murphy sólo refunfuñó.

Mellas continuó. Se unió a Fitch y Hawke y a alguien más que le pareció que podría ser Charlie Seis, el oficial comandante de la Compañía Charlie. El hombre portaba gafas magulladas y reforzadas con cinta alrededor. Sus utilidades estaban negras por el agua y podridas por los pastos de elefante. Se le pegaban al cuerpo. No dejaba de mirar nerviosamente hacia el cielo.

—Mellas –lo saludó Fitch mientras desdoblaba el mapa–. Justo a quien queríamos ver.

—Tu entusiasmo es difícilmente contagioso –le contestó. Fitch no sonrió.

Hawke intervino, imitando a W. C. Fields:

—Hijo mío, sí que aprendes rápido.

Fitch soltó una carcajada nerviosa.

La conversación con Murphy lo había dejado al límite, y la imitación de W. C. Fields, un tipo de humor que siempre le había parecido bobalicón, le hizo rechinar los nervios.

—Suficiente, Jayhawk –le ordenó.

—Sí, *señor*.

Mellas lamentó de inmediato haber dicho cualquier cosa.

Fitch se chupaba el labio con nerviosismo sin ser consciente del intercambio de palabras de los otros dos. Apuntó hacia el mapa que había desplegado ya sobre el suelo, y se arrodillaron todos sobre él.

—Alrededor de aquí se localiza el almacén de las municiones –dijo–. El capitán Coates, aquí presente, piensa que está a tres días de distancia si seguimos sus huellas y nos arriesgamos a una emboscada. Cuatro o cinco si tomamos la ruta más segura por acá arriba, a lo largo de esta cordillera –se mordió el labio y guardó silencio de pronto. Luego levantó la mirada hacia Mellas–. Quiero al Primer Pelotón en punta. Haremos nuestra propia vereda, por lo que necesito a alguien ducho con el mapa. Por ahora debemos irnos lo más rápido posible de la zona de aterrizaje. Para este momento, los gucos ya deben estar montando, probablemente, sus morteros. Sigan el sendero de la Compañía Charlie hasta que yo indique lo contrario –se chupó los labios–. Dile a tu hombre en la punta que Alfa viene de regreso por ese mismo camino de mierda, transportan un cuerpo, para que no se ponga muy loco con el gatillo –su voz se fue apagando, mientras los ojos se perdían sin mucha certeza en la maleza húmeda y crujiente. Mellas advirtió el desasosiego de Fitch. Era su primera operación mayor al frente de toda la compañía.

El capitán Coates estaba profundamente dormido, desplomado sobre la mochila, junto a su operador de radio, que también dormía.

Mellas sintió un jalón de esperanza. Había dos comandantes de compañía, uno inseguro de sí mismo, el otro que había cedido ya a la fatiga, pero los dos habían recibido el mando. En tal caso, ¿por qué él no? Se visualizó a sí mismo, de vuelta a casa, contándole a la gente que había comandado una compañía en acción: doscientos doce hombres. No: doscientos doce marines. Levantó los ojos hacia Hawke. Su presencia le pareció para él un impedimento, a sabiendas de que la compañía sería para Hawke, y no para él, a menos que algún capitán apareciera en el momento en que Fitch rotara, en cuyo caso tampoco sería para él. Para ponerlo en términos simples, aún le faltaba tiempo.

Hawke malinterpretó la mirada de Mellas por una pregunta tácita, asintió afirmativamente en dirección al comandante de la Compañía Charlie, que dormía, y se dispuso a cumplir las instrucciones de Fitch.

—Sólo Charlie Seis puede describir el área del almacén. Pero no pudo localizarla en el mapa porque está mal trazado. Así que no necesariamente estará en el lugar donde el batallón lo pone. Coates dice que el mapa llega a tener desviaciones de hasta seiscientos metros. Esta noche trataremos de alcanzar un viejo campo base guco que encontraron acá arriba –Hawke hizo un círculo con el dedo, demarcando una área amplia–. La selva es tan densa que no estaba del todo seguro de la localización exacta, pero suena a una posición defensiva buena. Como primera señal tendrán heridas a causa de los arbustos. Es eso o, si no, se toparán con el sendero de Charlie desde la parte superior de la montaña. En cuanto vean señales, deténganse, llámenle a Jim, y él se allegará para echar un vistazo. Yo voy a jorobar *bastante* atrás con el sargento de segunda clase Samms.

Mellas sabía que a Samms, el sargento de pelotón del Tercer Pelotón, se le consideraba competente. Pero estaba lastrado por las pocas aptitudes del subteniente Kendall, quien no era muy habilidoso con el mapa, hasta que no pasaran sus noventa días obligatorios entre los arbustos y fuera destinado de vuelta a su unidad de transporte motorizado.

—¿Qué es de los Kit Carsons? –preguntó Mellas, refiriéndose a los exploradores designados a la compañía para la operación; se trataba de antiguos soldados norvietnamitas que habían desertado y cobraban mejor sueldo con los estadunidenses.

—Están en medio de una jodida huelga –explicó Hawke–. Sólo van a jorobar con el grupo del puesto de comando.

—¿Quieres que parta ahora? –preguntó Mellas.

Fitch retornó al presente y le pidió a Mellas que llevara al pelotón unos doscientos metros arriba del sendero de Charlie y de Alfa, y que esperara a que el resto de la compañía se fuera de la zona de aterrizaje. Mellas se sorprendió cuando Fitch le informó que una compañía requería media hora para sacar, en fila, a los hombres de una zona.

—¿Cuál será tu posición? –le preguntó Hawke a Mellas.

—Seré el quinto –el hombre punta iría al frente, seguido del perro Pat y del cabo Arran; otro tirador y el líder de escuadra irían en la posición dos; y luego Mellas, seguido de Hamilton y el radio.

—Bien. No quiero que la compañía caiga en una imbécil caza de osos simplemente porque el líder de la escuadra no sabe leer su brújula. Más les vale saber dónde carajos están en cada momento.

—Sí, *señor* –dijo Mellas, sonriendo e intentando entender por qué Hawke se había puesto de pronto tan irritable.

—Quiero que estén cabronamente concentrados –Hawke no sonreía–. Y mantén escondida la puta brújula cuando revises tus coordenadas. Para un líder, una brújula es una delación.

—Por supuesto, Hawke.

Mellas se reincorporó al pelotón. Todos se levantaron, ansiosos por salir de aquel territorio, expuestos, como se sentían, a los morteros enemigos, cuya atención habrían atraído los helicópteros. Bass y los otros tres líderes enfatizaron, con cierto brío, el hecho de que el Primer Pelotón había hecho punta en la operación anterior. Mellas interrumpió la discusión explicando que Fitch había ordenado que el Primer Pelotón ocupara la posición al frente por la grave necesidad de navegar hasta el campo base del EVN. Todos sabían que, quizás exceptuando a Daniels, Mellas era el mejor en el uso del mapa y la brújula, por lo que aceptaron su suerte.

Entre las escuadras no se discutió que era el turno de la escuadra de Conman para ir en la punta del pelotón. Mientras esperaba la señal para partir, Vancouver se comía el polvo de un paquete de Kool-Aid. Todos habían cejado en el intento por convencerlo de no tomar la punta de la escuadra.

Mellas llamó a Fitch por radio.

—Bravo Seis, aquí Bravo Uno. Listos para rodar. Hay que seguir mis huellas del Bugs Bunny de uva. Cambio.

—Uno, Bravo –contestó Pallack–. El capitán dice que se pongan en marcha. Cambio.

—Enterado. Fuera –Mellas miró a Vancouver y le señaló los pastizales de elefante. Vancouver, que tenía el contorno de la boca manchado de violeta, comió por última vez del polvo y le dio el resto a Mellas. Vancouver cargó un tiro en su ametralladora recortada y se dirigió hacia los pastos altos, siguiendo la ruta de la Compañía Charlie. Mellas miró el paquete de Kool-Aid; la orilla abierta, manchada con polvo violeta, estaba humedecida por la saliva de Vancouver. Se encogió de hombros, se metió un poco a la boca, y le hizo un gesto a Hamilton.

—Por Dios, ¿cómo puede gustarles esta mierda? –entornó los ojos por la acidez y sintió en la boca que la saliva salía a borbotones. Meneó la cabeza y avanzó, con Hamilton detrás suyo.

Casi inmediatamente, el alboroto de la zona de aterrizaje desapareció de los planos visual y auditivo. Los pastos altos susurraban alrededor. Rebasaron pronto el puesto de avanzada de la Compañía Charlie, compuesto por dos hombres. Uno de los chicos, embarrado de lodo, les dijo:

—Esperemos que no los joroben como nos jorobaron a nosotros.

—Yo también –le respondió Mellas–. Toma, odio este sabor –le entregó el Bugs Bunny de uva, y el chico lo levantó hacia el cielo, sonriendo. Luego lo perdieron de vista.

No había sol, sólo una garúa gris y el húmedo pasto de elefante que, susurrando, se elevaba por encima de ellos, con las partes inferiores pudriéndose ya, convirtiéndose en tierra para que crecieran más pastos. Al dar vuelta para seguir el trazo de los pastos destrozados, Mellas no dejó de revisar la brújula. La mantenía junto a la cadera.

Bass, al frente de la escuadra que hacía cola, avisó por radio que estaba rebasando ya el puesto de avanzada de Charlie. Mellas estaba sorprendido y desconcertado por la lentitud con la que avanzaban, y el pelotón constituía tan sólo menos de la tercera parte de la compañía. Fue un paso más allá y se puso a calcular cuánto debería adelantar para tener espacio suficiente detrás y acomodar a toda la compañía. En cierto momento le pidió a Connolly que se detuviera. Corrió la voz hasta Vancouver, que iba en punta, y Mellas hizo señas hacia abajo para que todos alternaran sentidos, hacia fuera y hacia dentro, para vigilar las dos márgenes del sendero. Esperó a que Fitch confirmara que la compañía había sacado ya su cola de la zona para retomar la marcha. Se sintió aislado, pues veía tan sólo a un hombre enfrente y, a causa de los pastos de elefante, a nadie detrás; tenía que confiar en que la compañía seguía todavía ahí. La llovizna y la humedad de los pastos le traspasaban las ropas.

El radio siseó débilmente.

—Adelante. Cambio.

—Entendido. Avanzando –contestó Hamilton–. Fuera –Hamilton hizo una señal a Connolly, y todos se pusieron de pie sin que Mellas tuviera que decir nada. Un buen operador de radio y un buen líder de escuadra funcionaban sin necesidad de subteniente alguno, y ellos dos habían trabajado juntos varios meses. Mellas estaba distraído por una sanguijuela que se le había clavado. No dejaba de patearse la pierna izquierda con el otro pie para matarla o sacudírsela sin tener que detenerse y rociarla con repelente.

La compañía dio un tirón hacia enfrente, mientras por radio se les ordenaba alternativamente que avanzaran o se detuvieran. Se movían como una oruga, y a la mitad se formaba una especie de contracción, para después distenderse de nuevo hasta perder contacto visual entre ellos. Luego se corría la voz hacia delante o hacia atrás, según donde se localizara el radio más próximo.

—Detengan la columna.

Entonces, el operador de radio llamaba al pelotón en punta:

—Deténganse, los hemos perdido –todos se inmovilizaban. Algunos se ponían a fumar.

Entonces, toda la retaguardia de la columna se amontonaba sobre los que ya se habían parado. Se pasaban la voz hacia delante y hacia atrás hasta llegar a un radio. «Retomamos contacto.» Entonces, la cabeza de la oruga partía de nuevo, a ciegas. Cada fragmento notaba el tirón de la parte de enfrente, y cada marine se ponía de nuevo en camino, con las botas apenas separándose del fango, con pasos cortos y lentos. Mientras tanto, allá en la cola aún se amontonaban y detenían. Cuando la cola por fin se distendía y se ponía de nuevo en marcha, la cabeza ya se había detenido nuevamente.

—Bravo Uno, Bravo –el mensaje brusco del radio derivó en estática en cuanto Pallack levantó la tecla del transmisor–. Alfa piensa que están a una distancia de cuatrocientos a quinientos metros de la zona, así que deben estar cerca. Cambio.

—Enterado. Bravo Uno, fuera.

Hamilton miró a Mellas. En el silencio del pastizal, Mellas había escuchado la conversación, a pesar de que Hamilton era quien estaba usando el auricular. Mellas asintió y se adelantó hasta quedar detrás de Connolly, en la cuarta posición.

—Alfa está cerca –murmuró. Connolly pasó la voz al cabo Arran, que caminaba, junto a Pat, con una escopeta con tiros de doce perdigones bastante codiciada, cargada y lista. Vancouver, que caminaba delante de ellos, estaba fuera del alcance de la vista entre los laberínticos confines del sendero encenagado.

Todos se volvieron más tensos. Contaban tan sólo con un parpadear para descifrar si el menor movimiento al frente era enemigo o amistoso. Cualquier error podría significar la muerte o la muerte de algún marine de la unidad que se aproximaba.

La compañía se contrajo en el túnel del pastizal, con el cielo visible tan sólo encima de ellos, bañados por la poca luz. Vancouver apenas se atrevía a respirar. Pat movió las orejas pardorrojizas nerviosamente, advirtiendo la tensión de los hombres. De pronto se le erizó el pelaje blancuzco y plateado, puso la cola erecta, la nariz hizo punta y echó las orejas en ángulo hacia enfrente. Mellas les hizo un gesto hacia abajo. La columna se hundió, en silencio, entre la hierba. Vancouver estaba tirado junto al sendero, con la ametralladora apuntando hacia la siguiente doblez del camino. Todos esperaban para ver si por ahí, al doblar la esquina, surgía un soldado enemigo o un marine. Poco después, el equipo de tiro en punta escuchó el ruido de alguien que se deslizaba sobre el barro. Luego unos pocos pasos más. El silencio era escalofriante. Nadie se movía. Nada se oía.

Connolly, con las cejas crispadas, se giró hacia Mellas para verlo. Él le dio un «sí» con la cabeza. Connolly musitó:

—Hola, Alfa. Aquí está Bravo.

Una voz susurró:

—Uff, hombre, me alegro de escucharte –la voz subió hasta convertirse en un hablar suave–. Llegamos. Acabo de escuchar a la Compañía Bravo.

Cauteloso y en cuclillas, surgió de la esquina del sendero el hombre en punta de Alfa, movía los ojos con rapidez. Vancouver levantó la mano y el otro chico se relajó. Recorrió el seguro para desactivar el automático. Estaba demacrado, las úlceras le habían afectado bastante el rostro. Arrastraba los pies al caminar, sin sonreír, a lo largo de la columna de marines de la Compañía Bravo. De la curva apareció pronto otro chico, y luego otro. Más tarde salió también un operador de radio. Lo acompañaba un teniente alto, delgado y joven con el uniforme adherido al cuerpo. Temblaba a causa de una hipotermia que apenas comenzaba. Se detuvo frente a Mellas y le permitió que su pelotón continuara.

—¿Aún está Charlie en la zona? –su voz sonaba ronca y cansada.

—Había algunos todavía cuando partimos nosotros –le respondió Mellas–. Para este momento ya debieron haber hecho el enroque en Vandegrift. No escuché que llegaran más aves.

—Probablemente hayan olvidado que seguimos aquí. Mierda. Primero nos dicen que Charlie va a Matterhorn y nosotros a Eiger. Luego oímos que todo el mundo se va a Vandegrift. Algo acerca de un jodido grupo alrededor de Cam Lo. Ahora nos dicen que volvamos de nuevo a Eiger. Que me jodan si puedo continuar. Oye, ¿no conoces a aquel cabrón irlandés, Jack Murphy?

—Acabo de conocerlo.

—Me debe cincuenta dólares de puro bourbon. Dijo que no había manera en que nos pudieran joder peor que en la operación en la zona desmilitarizada. ¿Tendrás un cigarrillo?

—Lo siento, no.

Hamilton sacó amablemente un bote de plástico, levantó la tapa y les ofreció un cigarrillo tanto al subteniente como a su operador de radio. Les temblaron las manos al encenderlos, con gratitud. Mellas estaba aterrorizado por la falta de seguridad. Era posible oler el humo a kilómetros de distancia. El subteniente alto exhaló una nube grande y suspiró. Se volvió hacia una de las figuras exhaustas que pasaba por ahí.

—¿Quién tiene al puto tieso?

—No sé, señor.

—Mierda —se volvió a Mellas. Claramente a punto de colapsarse, le dio otra calada larga al cigarro—. No hemos comido en cuatro días —lo dijo como una constatación sincera y llana. En ese momento, de la curva salieron cuatro marines. Llevaban un peso colgando entre ellos sobre un poncho improvisado en dos pértigas. Uno estaba enfadado; los otros tres parecían estar aturdidos, con los semblantes demacrados, húmedos, lodosos. Un brazo blancuzco y ligeramente hinchado protruía del poncho hacia arriba. Lo dejaron caer y respiraron agitadamente. Con las varas en el suelo, el contenido se les reveló: un cadáver desnudo. En medio de jadeos, el marine enfadado escupió sus palabras con molestia.

—¿Qué tanto más, subteniente?

Le preguntó al subteniente alto, pero Mellas contestó.

—Unos seiscientos metros.

—¡Seiscientos metros! Que me cojan por la boca. ¿Por qué coños no lo jorobamos hasta Vandegrift? Imbéciles lamepitos.

—Tranquilo —dijo el subteniente fatigosamente.

—Lo mataron, teniente. Lo jorobaron hasta matarlo y ahora me pide que me tranquilice. Jódase usted —el chico tenía los músculos del cuello marcados por la tensión.

El teniente le ofreció su cigarrillo sin decir nada.

—Gracias —le dijo el chico. Se sentó y le dio una larga calada mientras otros elementos de la compañía pasaron junto a él y al cuerpo. Luego le ofreció el pitillo a un compañero. Mellas no retiraba la mirada del cuerpo, hinchado y pálido en contraste con el fango del camino.

—¿Cómo murió? —preguntó Mellas.

—Oficialmente, por neumonía —le respondió el teniente—. No pudimos evacuarlo. No hay aves.

—Patrañas. Lo jorobaron hasta reventarlo –lo contradijo el chico suavemente.

—Neumonía… Por Dios –Mellas silbó por lo bajo–. ¿Y no pudieron sacarlo de aquí? No tiene sentido.

—Esta mierda tiene sentido –el teniente le dio un puntazo al cuerpo suavemente–. Era muy buen chico, carajo. El calamar no tiene ni idea. Sólo sabemos que se le disparó la temperatura arriba de 41 grados y comenzó a gritar. Lo desnudamos para bajársela. No funcionó. Ya habíamos requerido una medevac de emergencia cuando bajó a cuarenta grados. Doc pensó que sería gripa o algo así. El batallón respondió que eso no constituía una emergencia –se rio casi a punto de perder el control–. Creo que nosotros sí teníamos razón.

Se volvió hacia el chico molesto, quien estaba por acabarse el cigarro.

—¿Quién debe sustituirlos?

—El equipo de Maki.

—De acuerdo, déjenlo aquí. Le pediré a Maki que venga por él.

El chico agrupó a su equipo de tiro y caminaron fatigosamente por el camino. Llegó el otro equipo, se colgaron los rifles por las espaldas, contra las mochilas, y levantaron las dos pértigas. Batallaron a lo largo del camino a medida que el peso, que se mecía, los desbalanceaba.

—Gracias por el cigarro –le agradeció el teniente a Hamilton.

—Con gusto, señor.

Se volvió y se alejó, seguido de su operador de radio. Mellas miró a Hamilton, quien los veía desaparecer. Más chicos exhaustos seguían pasando.

—Dios mío –dijo Mellas.

—Ahí tiene, señor –le contestó Hamilton.

A Mellas le zumbaban las tripas. Una corriente de aire suave salía de entre los pastos y le helaba la ropa mojada.

Capítulo VI

—JAMÁS HABÍAS ESTADO ANTES EN UNA RAMPA, ¿CIERTO? —FITCH miró a Mellas por encima de la lata de peras. Estaba sentado sobre una alfombra de musgo húmedo con las piernas cruzadas. «Rampa» era el código de brevedad para referirse a una emboscada.

—Por supuesto que sí –le contestó Mellas–. Una noche en Virginia les tendimos una emboscada a tres vacas.

—Ah, claro –Fitch se carcajeó, mientras se metía otra pera a la boca con la cuchara–. Algo había escuchado al respecto. Fue justo antes de nuestra graduación –no dejaba de engullir las peras–. Gran John Seis piensa que esta noche podemos emboscar algunos gucos que se dirigen hacia el campo base e ignoran que nosotros estamos aquí.

—Creo que lo dudo –contestó Mellas. Habían llegado hacía una hora al campo base que los norvietnamitas habían abandonado. Todos cavaban–. Por aquí debemos sonar como una manada de búbalos bailando en una granja.

Fitch se rio y arrojó la lata a los arbustos.

—¿Viste esos rastros de un felino grande cuando llegamos? –le preguntó.

—Seguramente estaba olisqueando la mierda que dejó la Compañía Charlie.

Fitch se rio de nuevo.

—Por como estaban, no creo que le hayan dejado mucho.

Mellas echó un vistazo hacia la selva. No estaba de humor como para hablar sobre vida salvaje. Las emboscadas podían fallar y estarían bastante lejos de las líneas, solos en la oscuridad.

Fitch sacó su mapa y le mostró a Mellas una marca hecha con crayón en el sitio donde el batallón quería emboscar.

—No debes encargarte tú mismo. Bass o Conman pueden montar una buena emboscada –sacó el k-bar de la funda y se puso a limpiarse las uñas.

Mellas sabía que el ofrecimiento no era sino otra prueba.

—Na, iré yo. No tengo nada más que hacer –desdobló su propio mapa, esperando que Fitch no percibiera el temblor de sus manos.

Hawke se les acercó.

—Debí cagarme sobre el puto Kendall porque no les pidió a sus hombres que deshierbaran –suspiró y se acuclilló–. ¿Tienen un puto café?

—Oye, tú eres aquí el oficial ejecutivo, Jayhawk, el café es tu tarea –se quejó Fitch–. ¿Qué dijo Kendall?

—Que lo sentía y que se ocuparía de ello. ¿Qué quieres decir con que es *mi* puta tarea?

—¿Qué otra cosa tienes que hacer? –intervino Mellas.

—Pues… algo que no me corresponde es tener que soportar la jodida insolencia de ningún oficial bota sabelotodo, eso dalo por seguro.

Mellas se rio, pero lamentó su ocurrencia boba. Al mismo tiempo estaba desesperado por recordar la logística de la emboscada de vacas que habían abortado en Virginia.

Fitch continuaba con la limpieza de uñas, cuando habló.

—Estoy enviando a una escuadra del Primer Pelotón para una rampa.

—¿Para qué? –preguntó Hawke.

—El Tres me llamó por radio y dice que la quiere.

—¿Para qué? –insistió Hawke.

—Dice que tanto el Seis como él piensan que es una buena oportunidad para matar gucos.

—Querrás decir que es una buena oportunidad para impresionar al maldito regimiento con lo *gung ho* que somos.

—Tal vez.

Fitch no dijo nada, a sabiendas de que no había escapatoria, pero Hawke tenía que hacerles saber a todos que estaba en desacuerdo. Se volvió a Mellas y suspiró.

—Ahí tienes –dijo–. Les pediré a Dos y a Tres que procedan y que ocupen dos de tus pozos, puesto que tendrás a una escuadra fuera. ¿Irás con ellos?

Otra prueba y la tentación imperiosa de decirles a Connolly o a Bass que lo hicieran. La superó.

—Sí. No hay nada como vivir el presente.

—¿Qué? ¿Eres un puto budista o algo por el estilo? –lo increpó Hawke.

Mellas fingió sorprenderse por el comentario de Hawke y luego lo aligeró, examinando de nuevo a Hawke. Se rio.

—Na. Luterano. Tenemos toda la eternidad, pero nos ocasiona sentimiento de culpa.

—¿De qué coños están hablando? —preguntó Fitch, sorprendido realmente. Miró el reloj—. Más vale que estén instalados antes de que oscurezca y no se pueda ver nada.

A pesar de sus temores, la idea de detonar una emboscada emocionaba a Mellas. El batallón sabría inmediatamente que él había estado al frente. Si mataban bastantes, hasta le podrían dar una medalla. Y si iba a pasar toda la noche tirado en la lluvia y el frío, tendría al menos la satisfacción de haber matado a alguien. En cuanto el pensamiento cruzó por su mente, se reprochó su propia crueldad. Sabía también que le faltaba el valor para pedirle a cualquier otro que liderara la emboscada.

Apenas había terminado Mellas de informar a la escuadra de Jackson acerca del plan —era su turno—, cuando Hamilton anunció que habría una reunión de actuales.

—¿En este momento? Justo salí de ahí.

—En este momento, señor.

Mellas regresó a la carpa de Fitch, quien fumaba. El resto había llegado ya, incluyendo a los dos exploradores Kit Carson. Su importancia residía, supuestamente, en que conocían íntimamente al ejército enemigo. Por desgracia, nadie en la compañía hablaba vietnamita y ellos no hablaban inglés, y de cualquier manera los marines no confiaban en desertores de ningún tipo. Eran otro ejemplo de una lluvia de ideas con buena pinta efectuada en Washington, a dieciséis mil kilómetros de la realidad.

Los dos Kit Carson estaban acuclillados e intentaban escuchar música vietnamita en su radio de transistores.

—Oye, Arran —le gruñó Cassidy al entrenador del perro—, diles dos idioteces para que apaguen ya ese maldito ruido —Arran sabía siete palabras en vietnamita, más que cualquiera de sus colegas, así que era él quien se comunicaba siempre con ellos. Se acercó al radio e hizo ruidos chillantes con las manos. En cierto momento, el más fornido de los dos hombres entendió el mensaje y apagó el aparato. Tenía el brazo lleno de terribles cicatrices. Los marines creían que había sido herido cuando combatía en el otro bando. Levantó el radio en medio de gruñidos.

—Número uno.

Arran le gruñó.

—Radio número diez. Número diez —apuntó hacia el cielo—. Oscuridad, EVN. Número diez.

El Kit Carson asintió.

—Número diez.

—Sí, exacto, imbécil hijo de puta –refunfuñó Cassidy. Realmente nadie los quería cerca, pero la División s-2 se los había asignado, así que Fitch dejó que jorobaran junto al grupo del cuartel general en el centro de la columna. Los dos Kit Carson retomaron la conversación en su lengua materna en voz baja, con tonos musicales. Fitch se levantó y todos se olvidaron de ellos.

—Como bien saben, Delta ha estado siguiendo nuestro rastro toda la tarde –Fitch miró hacia el suelo y lo removió–. A nadie va a gustarle esto, pero según lo que he hablado con Delta Seis por radio, parece que el batallón no le avisó sino hasta el último momento que vendría al valle con nosotros. Están cortos de rancho, pero pensaron que regresarían a Vandegrift –metió las manos en los bolsillos posteriores del pantalón y miró hacia la selva–. Como sea, no tuvieron oportunidad de hacerse de más raciones –se volteó entonces hacia el grupo–. Así que el batallón les dijo que se engancharan con nosotros y que tomaran la mitad de las nuestras.

Mellas explotó, para su propia sorpresa.

—La puta que lo parió, no. Nadie me va a quitar mi comida.

—No es culpa de ellos, Mellas –dijo Hawke–. Pero entiendo cómo te sientes.

—¿Qué se supone que debemos hacer: repartirnos la comida porque el batallón es incapaz de organizarse? –Mellas sonaba como un niño peleonero, pero no le importó. Estaba cansado, debía preparar una emboscada y empezaba a sentirse ligeramente hambriento. Había estado tratando de racionar la comida, pues debía alcanzarle hasta el final de la operación.

—Vayan a juntar raciones de dos días de cada uno y traigan todo aquí –Fitch no estaba dispuesto a aceptar mierda, así que nadie le discutió–. Y quiero que lo hagan al azar. Nada de deshacerse de la basura. Si estuvieran en sus zapatos, ustedes querrían comida decente.

—Estaré maldecido –dijo Mellas con sarcasmo–. La ley de la universalidad.

Goodwin miró a Mellas.

—¿Qué coños dices, Jack?

—Filosofía moral para la Regla de Oro.

—Sí, seguro –le reviró Goodwin–. Jódete a los otros antes de que te jodan a ti. Ésa es la puta Regla de Oro por estas latitudes, Jack –todos rieron.

Mellas caminó al sitio donde él y Bass habían establecido el puesto de comando del pelotón. Las bromas habían apaciguado su ira, pero ya se hacía presente de nuevo.

—¿Así que debemos darle a Delta nuestras raciones, subteniente? –preguntó Bass conforme Mellas se les acercaba. Hacía tiempo que Mellas procuraba dejar de soltarles noticias. Todos cavaban aún sus zanjas, excepto el Doc Fredrickson, quien contaba pastillas para la malaria, pues había terminado ya su pequeño foso. Si les daba, el pozo no le serían de ninguna utilidad, pues tendría que atender a los heridos.

—Sí. Mierda. *Coordinen con la Compañía Bravo el suministro de comida* –su tono burlón arrancó unas pocas sonrisas . Y Fitch tampoco quiere que espulguemos y nos reservemos lo mejor.

Hamilton miró su ración con tristeza.

—¿Les doy mis melocotones o mi panqué?

—Simplemente otro día glorioso en el Cuerpo de Marines –dijo Bass–, donde cada día es una fiesta y cada comida un banquete.

—Militar de por vida –retrucó Fredrickson.

—Leal, trabajador, amante de la libertad, eficaz, robusto –le respondió rápidamente Bass.

—Perezoso, ignorante cabrón en espera de su jubilación –asestó Fredrickson.

Mellas explotó a carcajadas.

—No hay ningún puñetero comentario por parte de la sección de oficiales subalternos –observó Bass.

—Pues este oficial subalterno está preparando una emboscada para que un casi sargento de segunda clase pueda tomarse el descanso que tanta falta le hace y mañana pueda estar disponible para la compañía. Así que, si le dan su besito de buenas noches al pelotón, yo me llevo el radio y me piro.

—Sí, sí, don Mellas –Bass recogió uno de los radios que estaban tirados junto a los ponchos donde él y Skosh iban a levantar su refugio. Se lo entregó a Mellas–. ¿Tienes ya un nombre en código?

Mellas pensó un momento.

—Vagina.

—Imposible.

—¿Por qué?

—No debe tapar la transmisión con su suciedad.

—No hay nada de sucio en las vaginas, hasta donde sé. Pero no sé cuáles conozcas tú.

—Llevas muy poco tiempo por aquí como para saber cómo son.

Mellas se colgó el radio por encima de un hombro. Levantó el rifle.

—No necesito andar por aquí para conocerlas –dijo con arrogancia–, vienen hacia mí.

—Uuuhhh…

Mellas se rio pero ante todo para tapar las burlas de Bass. Tenía veintiún años y era virgen todavía, hecho que lo avergonzaba profundamente. Sólo había tenido trato íntimo con Anne, pero ella se opuso siempre a tener relaciones. Él jamás insistió. Se revolcaban como locos hasta que Mellas eyaculaba y se quedaba dormido. Al despertar se sentía mal porque ella no alcanzaba el clímax, como él. Una noche, ella sí admitió que se sentía culpable por no permitir que la penetrara. Pero Mellas también se sintió mal, pues no sabía qué hacer y temía hacer preguntas.

En la escuadra de Jackson, el humor era de abatimiento. Mallory revisaba con calma el cerrojo de la ametralladora M-60, provocando un suave chasquido metálico. Cada cierto tiempo se detenía para llevarse las manos a la cabeza, como para impedir que estallara. Williams parecía nervioso. No dejaba de cambiar el apoyo de un pie a otro, y con sus manotas se abrochaba y desabrochaba el único botón de su chamarra camuflada de utilidades.

—Oye, Williams –le bromeó Jackson con suavidad–, no te preocupes, se mantendrá abotonada.

Él sonrió con embarazo.

—Sí, seguro que sí –la dejó pero casi inmediatamente volvió a jugar con ella. Broyer le mostró a Williams el pulgar para darle una señal de aprobación, pero a escondidas, para que nadie más pudiera notarlo, y se caló las gafas sobre la nariz con esa misma mano. Williams asintió. Se asomó una ligera sonrisa en su rostro.

Parker y Cortell acosaban a Pollini, quien ensamblaba su rifle después de limpiarlo con titubeos.

—No, Shortround, se pone p'al otro lado –dijo Cortell, con su alegre rostro redondo.

—Claro, p'al otro lado –repitió Parker.

Pollini sonreía e intentaba arreglar el rifle, pero no dejaba de verlos a ellos dos y, así, no podía concentrarse en lo que hacía.

—Carajo, Shortround –lo increpó Parker–, serías también capaz de joder un sueño húmedo, ¿no es cierto?

—Por supuesto que no –le respondió sonriendo.

—Eres un cabronazo, habría que declararte catástrofe nacional y a tu madre habría que alejarla de las calles y darle consuelo –se desternilló Parker.

—Por lo menos no me pelaron el cráneo –retrucó Pollini. Parker dejó de sonreír. El semblante de Pollini dejó ver que se había dado cuenta de que había cometido un error.

Parker dio un paso al frente.

—¿Qué dices, Copito de nieve? –le preguntó quedo.

Pollini miró alrededor con vacilación.

—Dije que por lo menos soy lo suficientemente listo como para no permitir que me afeiten el cráneo.

Parker desenvainó su κ-bar.

—Óyeme, man –gritó Cortell–, guárdate esa mierda.

—A mí no me van a joder con esa mierda –le dijo a Cortell sin quitar su atención de Pollini–. Quizás a ti y a Jesús les guste.

Pollini retrocedió en busca de ayuda. Se tropezó hacia atrás en el foso de una trinchera parcialmente cavada. En un instante, Parker le cayó encima y, con sus rodillas, le sacó el aire. Pollini resolló con bocanadas pequeñitas e ineficaces. Tenía el rostro descompuesto.

—¿Cuál es el problema, chico blanco? ¿No eres lo suficientemente listo como para respirar? –Parker presionaba con la punta de la hoja de su κ-bar la manzana de Adán de Pollini. Cada vez que intentaba jalar aire, la punta del cuchillo le punzaba.

Se escuchó un arma que se cargaba con una bala y luego la voz tranquila del vaquero Williams.

—Parker, si no te quitas de encima de él, te meto un tiro.

—Muy bien –le contestó, sin quitar el cuchillo de la garganta de Pollini–. Tú vienes a proteger a tu hermanito capado –miró alrededor con enojo–. ¿Dónde están mis hermanos, eh?

Mallory depositó la м-60 en el suelo y sacó la .45 de la funda. Echó atrás el martillo, dejó que regresara al frente, con lo que cargó un disparo. Le temblaba la mano, pero le apuntaba a Williams.

—Ahora sí –dijo Parker–. Estamos igualados, ¿no estamos, Williams?

Entonces intervino Jackson. Dijo con calma:

—Bien. Ustedes dos, bajen esas mierdas. Éste es un asunto entre Parker y Shortround, no entre *chucks* y *splibs*.

—Es *posible* que no sea entre *chucks* y *splibs* –dijo Parker; su cuchillo aún amenazaba la manzana de Adán de Pollini.

Con un susurro oprimido, Pollini soltó:

—Me disculpo, no quise decir nada, Parker.

—¿Así que no, eh? Debería cortarte las pelotas por lo que dijiste, pero te dejaré ir por ser tan jodidamente imbécil. Pero a mí no se me olvida nada –miró a Williams, bien plantado con el м-16.

—Vamos, ustedes dos –dijo Jackson, ignorando a Parker y hablándoles a Mallory y a Williams–. Bajen esas mierdas. Somos responsables de una emboscada esta noche –entonces se interpuso entre los dos y cortó la línea de fuego.

Williams echó un rápido vistazo a Jackson, bajó el rifle y corrió el seguro. Mallory aflojó el martillo de la .45 hacia delante.

—Esto queda ahora entre tú y yo, Shortround –lo amenazó Parker–. Te dejaré ir sólo por ser un imbécil –se despegó de Pollini con una sonrisa y se incorporó. Entonces brincó hacia arriba y aterrizó con la bota en su estómago. Pollini gritó de dolor y Williams corrió de inmediato hacia Parker y le golpeó con el rifle por un lado de la cabeza. Parker reaccionó, acuclillado, blandió el cuchillo, y por poco encuentra a Williams. Entonces Jackson tumbó a Williams, con lo que lo alejó del cuchillo y pateó el rifle a un lado. Permaneció encima de Williams, que luchaba por liberarse, y volvió la cabeza hacia Parker.

—Tú ni te acerques, cabrón –le espetó.

Escucharon pies que corrían. Bass tenía su pesado cayado de corto de tiempo y gritaba:

—¿Qué coños está pasando aquí? –el subteniente venía justo detrás suyo. Parker enfundó de nuevo el cuchillo.

—¿Qué coños pasa aquí, Jackson? –preguntó Bass. En el pozo a medio cavar, Pollini se retorcía por las arcadas que lo atacaban.

—Nada, sargento Bass –respondió Jackson–. Williams y yo caímos en una discusión.

Mellas se acercó a Pollini.

—¿Y quién diablos se peleó con Shortround? –preguntó. Le puso la mano sobre un hombro–. ¿Quién fue?

—Nadie, señor –le respondió. Estaba completamente doblado; sus lágrimas se fundían ya con el vómito esparcido sobre la barbilla–. Me caí en este puto pozo. Es la verdad, señor.

Bass se volvió a Parker.

—Mira, basura jodida…

—Ya basta, sargento Bass –lo atajó Mellas con rapidez.

—Señor, conozco estas puñeteras excusas…

—*Basta*, sargento Bass.

—Lo colgaría de los huevos.

—Vamos a tratar esto en horario de oficina –Mellas miró alrededor–. Vengan todos aquí. Peleando en servicio. Ya nos ocuparemos de esto cuando terminemos. Los arrestaré a todos, carajo.

Williams y Jackson se levantaron del suelo. Williams revisó el rifle y le sacudió la tierra y recorrió el mecanismo. Pollini se esforzó para incorporarse. Bass le recogió el rifle, cubierto de fango, y se lo entregó.

—Más te vale tenerlo limpio —le gruñó. Volvió con calma a su foso.

Mellas los miró a todos. Mallory intentaba fingir que inspeccionaba su .45.

—No me importa lo que acaba de suceder aquí —dijo Mellas—. Ya hablaremos de esto. Debemos montar una emboscada en veinte minutos.

Pollini suprimió un gemido. El rifle estaba en dos partes.

—¿Estás en condiciones de participar de la emboscada, Shortround? —le preguntó Mellas.

—Sí, señor —le sonrió de pronto Pollini a Mellas, y levantó las dos mitades del rifle enlodado—. Pensaba tenerlo relucientemente limpio para meter unos buenos tiros cuando les caigamos encima en la emboscada, señor.

—Bien dicho, Pollini.

—Sí, Shortround es un chico muy cabrón.

—Ya basta, Parker —lo atajó Mellas—. Ya tienes suficientes problemas —se volvió hacia Jackson—. Quiero esta escuadra lista para irse en diez minutos. Quítales el brillo de los rostros.

Cuando volvió Mellas, Cortell le estaba untando a Pollini cantidades innecesarias de barro y carbón en el rostro. Mellas quería decir algo pero prefería no mostrar favoritismos.

Pollini procuraba ser un buen tipo.

—Oiga, subteniente —le dijo—, deténgalo.

A Mellas le ganó la risa. Pollini estaba realmente de chiste.

—Cortell, cuidado con él —dijo Mellas finalmente. Cortell dejó de aplicar tanta fuerza al untar.

Se apersonó Jackson.

—No estés tan preocupado —le pidió Mellas—. Ya es suficiente con que yo luzca agobiado.

Jackson sonrió pero Mellas comprendió su estado de ansiedad, pues aún no reflexionaba acerca de la emboscada. De pronto se dio cuenta de que no sabía qué estaba haciendo. Su mente comenzó a repasar todos los puntos relevantes que le habían enseñado sobre emboscadas: seguridad anterior y posterior, puntos de reunión, señas de inicio, cable de comunicación o hilos a tensar para las señales de silencio, zonas para matar. Los mecanismos de las muertes instantáneas resultaban tan complejos como violentos.

Los marines de la Tercera Escuadra se reunieron alrededor de Mellas y esperaban, sumidos en un silencio nervioso. Mellas comenzó a calcular.

—Creo que el sendero tendrá que torcerse en algún punto. Estableceremos una emboscada en forma de L. Mallory, tú te apostarás al final del brazo corto de la L con la M-60, disparando en la misma dirección en que corre el camino, de suerte que si no le das a alguien al frente, podrás darle a alguno de atrás. Sólo asegúrate de fijar la ametralladora para que los disparos no salgan del sendero y, en la oscuridad, no le des a uno de los nuestros –Mallory asintió–. Tilghman, tú estarás a mi lado con tiros de perdigones. Necesitaremos dos hombres cada uno de nosotros, para la seguridad adelante y atrás. ¿Tienes un equipo para cubrirnos, Jackson?

Él pensó un momento.

—Sí. Cortell, tú puedes irte a tirar allá, a la selva, un rato.

Cortell gruñó. Williams, su amigo, carraspeó y desvió la mirada hacia la selva. Cortell se quejó:

—Carajo, Jackson, te dan un poquito de poder y te olvidas de tus amigos en un santiamén –tronó los dedos. Jackson asintió con la cabeza y le devolvió una sonrisa. Cortell buscó a Mellas con la mirada–. ¿Yo qué puedo decir, señor?

—Nada –Mellas aguardó un segundo–. ¿A quién quieres enfrente y a quién detrás? –se trataba del equipo de tiro de Cortell, él tomaba esa decisión.

—Quiero a Williams conmigo, al frente. Parker y Chadwik atrás.

Mellas se sintió aliviado. Por un momento temió que Pollini estaría en el equipo de Cortell con Parker. Entonces recordó: Pollini estaba en el equipo liderado por Amarillo, el chico que no dejaba de repetir, con ladridos, que, si le iban a poner un mote en español, al menos deberían pronunciarlo correctamente. Por supuesto que nadie lo hizo. Se volvió una broma recurrente.

—Ok, listo. Nadie se mueve ni suelta un tiro antes de mí. Si la unidad es demasiado grande para que podamos contenerla, voy a hundir la cabeza y confiar en que pasarán de largo –Mellas se volvió hacia Cortell–. La señal de advertencia será tres estirones en el cable de comunicaciones. Nosotros les responderemos con tres más. Entonces deberán dar un tirón por cada hombre que pase frente a ustedes. Lo mismo para ti, Parker. ¿Entendieron? –todos asintieron–. Ok. Debo elegir aún el área de reunión, a unos veinticinco metros de la vereda. Desde ahí partiremos hasta nuestras posiciones. Allá nos veremos todos al terminar. Si se separan, esperaremos diez minutos. Si no regresan a tiempo, inferiremos que les han dado. No se muevan. Los vamos a sacar de ahí aunque tengamos que recurrir a toda la compañía.

Jackson tomó la palabra.

—La contraseña de esta noche es «Mono-Gato», de suerte que si alguien se pierde, asegúrense de gritar «Mono» para volver a casa —sonrió. Williams y Amarillo liberaron pequeños brotes de aire, una especie de risita. Con la noche que los cubría, las voces alrededor del perímetro se desvanecían ya en susurros.

Mellas miró al grupo. Todos llevaban poncho liners, municiones y granadas. Tenían los rostros ennegrecidos y portaban los sombreros bajos o doblados. No se usaban cascos en las emboscadas, pues el perfil sería muy fácil de reconocer.

Cuando la escuadra, en fila, pasó a lo largo de los fosos bajo el crepúsculo, el resto de la compañía seguía cavando. Mellas seleccionó el sitio de la emboscada a doscientos metros de ahí, situó el punto de encuentro y se dirigieron en silencio hacia sus posiciones, tendiendo el cable de mano en mano, y luego hasta los equipos de seguridad. Mellas eligió una zona muy densa de la selva sobre una ligera pendiente montaña abajo, pensando que cualquiera que quisiera subir la montaña con peso encima tendría la cabeza abajo y respiraría fuerte, todo lo cual dificultaría que pudiera ver u oír algo. La brecha daba a una curva brusca y, al doblar, Mallory y Barber, el auxiliar del artillero, instalaron la ametralladora. Mellas se apostó a la mitad del brazo largo, junto a Jackson, quien había tomado el radio. Se dispusieron a esperar.

Oscureció: negrura, oscuridad ciega. Mellas no podía ver ya el sendero frente a él. Parecía que las tinieblas se desplomaban sobre ellos desde las nubes. Escuchaba la respiración de Jackson a su lado. Su reloj de pulsera sonaba como una alarma. Trató de guardarlo bajo el vientre, pero el esfuerzo provocó más ruido, por lo que desistió.

Se le ocurrió pensar que si los norvietnamitas fueran capaces de escuchar las manecillas de su reloj merecerían vivir. Pero ¿merecerían morir si no las escuchaban? Era un juego donde los resultados sumaban cero. Sólo podía ganar un bando si el otro perdía. Mellas comenzó a cabecear.

Se esmeró por permanecer alerta y dio un jalón al cable. ¿Todos despiertos? Por los dos lados sintió jalones. Todos despiertos. Un escalofrío lo recorrió. Maldito frío, maldita oscuridad. Negrura impenetrable. Estaba ciego. Sintió que la niebla se había asentado ya en lo más bajo a través de la densidad de la selva, y que murmuraba cosas acerca de ellos. El radio, con el volumen en lo más bajo y en la frecuencia de la compañía, chirrió sordamente.

—Si están del todo seguros, presionen la tecla del auricular dos veces

–por el radio llamaba Bass, desde la posición de la compañía. Mellas le quitó el radio a Jackson, quien estaba acostado lo suficientemente cerca como para establecer el intercambio, y timbró dos veces. Lo sofocaba la oscuridad. No podía ver a Jackson aunque pudiera tocarlo. Recargó la cabeza en la parte superior del rifle, cubierto por el rocío; el acero estaba helado, era un alivio para su frente. Le dolía el resto del cuerpo a causa del frío y la humedad. Faltaban aún seis horas para el amanecer. Querría estar en la montaña o en casa, acostado, con los árboles meciéndose fuera de la ventana. Pronto llegaría el autobús escolar. Mami le tendría listo el desayuno.

Un grito de angustia lo despabiló, aunque se ahogó inmediatamente. Provenía del puesto de seguridad de avanzada.

—¿Qué coños? –susurró Mellas. Toda la escuadra estaba tensa. Podía sentir a los demás, pero nadie veía nada. Todos escucharon un gruñido, un tosido áspero que dejó helado a Mellas, y luego el sonido de la maleza que crujía. Luego el silencio. De pronto, el alambre comenzó a jalar la muñeca de Mellas con furia una y otra vez, sin sentido alguno, era tan sólo un jaloneo salvaje. Escucharon la voz de Cortell. Era casi histérica, pero susurraba cuidadosamente.

—Me acerco, soy yo, me acerco. Dios mío, Dios mío –lo escucharon serpear, tumbando maleza en la oscuridad. Intentaba seguir el sendero–. Dios mío. ¿Subteniente? ¿Jackson? ¿En dónde están?

—Por acá, Cortell –respondió Mellas con voz normal, en un intento por controlar su miedo. La red radiofónica enebrecía por la actividad. Toda la compañía había escuchado el grito, y Fitch quería saber qué estaba pasando.

Mellas contestó.

—Fuimos nosotros, pero aún no sé qué está pasando. Vamos a abortar la rampa. Cambio.

—Enterado.

Alguien salió para jalar a Cortell al interior. Jadeaba con bocanadas cortas. Jackson y Mellas gatearon hasta la fuente del ruido; Mellas llevaba el auricular y Jackson lo guiaba, con el radio en la espalda. Aún llevaban los poncho liners enrollados alrededor de los cuerpos.

—Óyeme, man, ¿qué pasa? –preguntó Jackson.

—Dios mío, Jackson –Cortell resolló–. Williams. Un tigre lo atacó.

—¿Y está bien?

—Se lo comió, man. Brincó sobre él, lo arrastró y se lo comió. Dios mío. Estábamos ahí tirados y de pronto Williams gritó, y yo oigo a este tigre que le da un zarpazo, como por el cuello o algo así, y luego lo hizo crujir justo por la cabeza –Mellas no podía ver a Cortell mientras hablaba, pero su voz bastaba para transmitir su horror–. Oh, Dios mío, Dios mío.

Jackson se acercó, tomó a Cortell y le habló con voz grave.

—Óyeme, man, tranquilo. No hay nada que hubieras podido hacer. Óyeme, man, ya, tranquilo, ¿sí? Relájate.

Mellas activó el auricular.

—Bravo, aquí Bravo Uno Actual. Un tigre atacó a nuestro guardia, creemos que murió. No podemos ver un carajo. Cambio.

—Por Dios –respondió la voz de Fitch–. Intenten encontrarlo, quizás esté sólo herido. Cambio.

—Repito que no se ve un carajo acá. Ni siquiera puedo ver el radio y estoy usando esta punetera cosa. Cambio.

—Enterado. Espera un momento.

Mellas esperó, ciego.

—Jackson, avisa a todos que se reúnan y mantengan los oídos abiertos. Que vengan Parker y Broyer.

—Sí, señor –Jackson se retiró el radio y se fue gateando, guiándose por el cable.

—¿Tú estás bien, Cortell? –preguntó hacia la negrura.

—Sí, señor –volvió su voz–. Por ahora estoy bien. Dios mío, señor, espero que no esté muerto, pero oí el golpe de la cabeza. Creo que le estalló, señor.

El radio emitió un golpe de estática. De nuevo la voz de Fitch por el auricular.

—Podemos echarles algunos tiros de iluminación. Quizás eso asuste al gato y puedan encontrar a su hombre. Cambio.

—Suena bien, adelante. Cambio.

—Enterado. Fuera.

A Mellas le pareció que los trámites de rutina, como hablar por radio, estaban fuera de lugar. Y, sin embargo, no cambiaban, aunque atacara un tigre. No podía estar seguro de si alguien se encontraba cerca suyo, a no ser por el ruido de la respiración.

—Pues –susurró hacia la nada–, sólo nos queda esperar. No tiene sentido desbandarnos.

Esperaron cinco minutos. Luego dijo Fitch por el radio:

—Fuego.

—Fuego. Fuera –repitió Mellas. Escucharon entonces el silbido gracioso del obús que arrojaba el tiro de iluminación. Hubo un tronido en lo alto del aire, hacia el sur, y el pequeño paracaídas se abrió. Luego escucharon el silbido del fósforo ardiendo. Un alivio tembloroso y escalofriante cubrió el camino y la jungla. Brillaron los rostros de Jackson y Cortell a través del fango y del carbón que los cubrían. Jackson se montó de nuevo las correas del radio y Mellas se incorporó.

—Vamos. Cortell, muéstranos por dónde.

Cortell salió con el rifle listo y Mellas justo detrás suyo, seguido por Jackson y los demás.

Llegaron al sitio donde Cortell y Williams habían yacido. El suelo estaba un poco hundido; ahí estaban los poncho liners y el rifle de Williams. Había una mancha oscura de sangre en la hierba.

Escucharon otro disparo de iluminación, un silbido invisible parecido al ruido de un cohetecito del Cuatro de Julio. De nuevo surgió todo bajo la luz. Conforme caía el obús, las sombras vagas y difusas cambiaban de posición.

Encontraron casi inmediatamente el sombrero camuflado de Williams. Estaba húmedo, cubierto de sangre y hecho jirones. Mellas se preguntó si los tigres defendían su comida y qué tan lejos la arrastraban para comérsela. Siguieron buscando, a veces encontraban un poco de sangre. Echaron algunos tiros para asustar al tigre. Habían cubierto cien metros cuando encontraron el cuerpo de Williams. Tenía las piernas y la espalda abiertas y parcialmente devoradas. Parecía que había muerto a causa de un golpe seco en el cráneo que le había roto el cuello. Tenía profundos pinchazos causados por dientes filosos en el rostro y las sienes.

Envolvieron los restos en el poncho liner que había sido suyo y volvieron sobre sus pasos a lo largo del sendero hacia la compañía, sudando y tropezándose a través de la luz espeluznante.

Capítulo VII

Hasta el amanecer, Fitch imploró un helicóptero. Ninguno volaba. La lluvia y la neblina habían hecho que se cancelaran las operaciones por todo el flanco norte del Primer Cuerpo, pues sería suicida buscar a la Compañía Bravo en las montañas. Se mantuvo la orden de hacer explotar la munición.

En la escuadra se jugaron el rancho y la munición de Williams con un piedra, papel y tijeras. Pollini se llevó el poncho liner.

Fredrickson y Bass enrollaron el cadáver con alambre para mantener unidas las piezas arrancadas. Parecía carne de res en un almacén de congelamiento, con la sangre dura mezclada con piel pálida y carne expuesta. Ataron, muy juntos, los tobillos, las rodillas, los codos y las muñecas, y luego envolvieron el torso en un poncho, dejando fuera los brazos y las piernas, que amarraron a una larga vara para poder transportar el cuerpo, que se balanceaba por debajo. Fredrickson ató también la cabeza a la vara, que había estado suelta dentro del poncho, para que no desbalanceara a los portadores.

Mientras el pelotón esperaba sentado a que partiera el pelotón de Kendall –que haría punta y que iría seguido por el pelotón de Goodwin– y a que liberara el perímetro, Hawke llegó y se sentó en silencio junto a Bass y a Mellas. El oficial ejecutivo caminaba siempre con el último pelotón de la columna, el furgón de cola Charlie, para disminuir el riesgo de que, en un ataque, mataran al mismo tiempo al capitán y a él. Todos estaban al tanto del cuerpo de Williams en la manta color verde olivo.

—¿Por qué no le tocó a uno de esos hijos de puta que no valen nada? –preguntó Bass. Comenzó a temblarle la mandíbula. Se levantó con rapidez, gritándole a Skosh que se apresurara para estar listo.

Mellas miró a Hawke.

—Porque el mundo no es justo —dijo por lo bajo.

—Ahí tienes —le contestó Hawke.

Pasado cierto tiempo, también los hombres punteros del Primer Pelotón comenzaron a moverse, y quedaron detrás del último equipo de tiro de Goodwin. Aturdido, Mellas se puso en camino, agradecido también por no cargar con la responsabilidad de tener que buscar la ruta.

Rebasó el cúmulo de provisiones alimentarias destinadas para Delta. Luego se encontró ya en lo profundo de la selva. Toda la historia de su estancia ahí —las trincheras que cavaron con tanto esfuerzo, las carpas que instalaron, el lugar donde calentó una taza de cocoa y habló con Hawke y con Hamilton, el rincón donde había meado— había sido engullida completamente, hasta parecer que sus recuerdos estaban hechos de sueños, no de realidad. La compañía no había dejado mayor rastro en la selva que la estela de un barco en el mar.

Al segundo día, el cuerpo era ya poco más que un inconveniente. Se había hinchado el vientre y, en ocasiones, salían gases de uno u otro extremo. Lo había invadido el rigor mortis. Los chicos maldecían entre dientes cuando tropezaban o se resbalaban con el peso.

—Carajo, Williams, qué *poag* tan cerdo. Siempre tragaste demasiado.

Cada vez que la compañía llegaba a un espacio relativamente abierto, Fitch pedía que viniera un helicóptero y que bajaran un arnés para librarse del cuerpo. Siempre le respondían lo mismo —no—, aunque las razones variaban. Otras prioridades. Mal clima. En una ocasión, enviaron un Huey, pero, entre las nubes bajas y con la lluvia rajando los árboles, el pequeño helicóptero no pudo localizarlos, ya no digamos acercarse lo suficiente como para bajar una cuerda.

Los portadores maldecían y levantaban a Williams, quien se balanceaba de un lado a otro de la vereda, como un ciervo muerto, con las manos descoloridas, abotargadas e hinchadas alrededor del alambre. La piel se desprendía ya de los músculos y resbalaba hacia los dedos y los brazos, arremolinándose en la juntura que forman los dedos con la mano y en los hombros, como si fueran guantes quirúrgicos translúcidos, arrugados y desechados.

En la oscuridad, bajo la lluvia, lo depositaron apenas en el interior del perímetro, detrás del sector de la Tercera Escuadra. Durante su turno de guardia, Cortell le hablaba en silencio, recordando lo que mamá Louisa le había dicho en alguna ocasión allá en Four Corners: que el alma puede merodear tres o cuatro días antes de marcharse mientras se hace a la idea de que ha muerto.

A la tercera noche, Cortell se arrastró hasta el cuerpo y puso las manos sobre el bulto de la cabeza.

—Williams, lo siento. Debí haber hecho algo, pero salí corriendo. No sabía. Me dio tanto miedo. Ya sabes cuánto te puedes asustar. Tú y yo ya habíamos estado así de asustados. Ya sabes. Lo siento, Williams. Dios mío, cuánto lo siento —Cortell se echó a llorar.

Jackson, quien estaba en la siguiente trinchera, se le acercó a rastras y, delicadamente, lo jaló, lo alejó del cuerpo, y le pidió en silencio que regresara a su posición; lo consiguió. Podían escucharse los sollozos con absoluta claridad, pues delineaban la posición del perímetro.

Y, ciertamente, al cuarto día, lo que colgaba del palo aquel había perdido ya el alma. Hedía.

Después, aquella misma tarde, la compañía se detuvo en seco. Todos se sentaron alternativamente hacia dentro y hacia fuera, y se recargaron pesadamente contra las mochilas. Los chicos tomaban tragos del agua con sabor a plástico de las cantimploras o se espulgaban las sanguijuelas. Algunos cabeceaban. A juzgar por la conversación del radio, pronto se evidenció que el subteniente Kendall se había vuelto a perder.

Mellas extrajo su mapa. No veía nada que le sirviera de referencia. Lo que la selva no ocultaba, lo escondían las nubes. Reconstruyó cuidadosamente el terreno por el que habían transitado, navegando por estima para encontrar su posición. Finalmente, cuando aquello le pareció ya insoportable, se escurrió por debajo de las correas de su mochila y caminó a lo largo de la cansada fila de marines para buscar a Hawke y a Bass.

Hamilton no se incorporó para seguirlo. Cerró los ojos y se quedó dormido.

Mellas los encontró calentando café en la vieja lata de peras que Hawke acostumbraba cargar, atada al exterior de la mochila para tenerla a mano. Hawke, sentado en la vereda junto al fuego del c-4 al estilo vietnamita, levantó la mirada.

—No jodas, Mellas —Hawke se volvió hacia Bass—. No puedo creer que haya podido oler el café hasta allá adelante.

—Qué divertido —respondió Bass—. Nunca lo he visto prepararse su propio café, pero siempre sabe cuando alguien más está haciéndose uno.

Mellas rio y se sentó en el fango con ellos. En cuanto se puso a desdoblar el mapa, una voz llena de estática provino del auricular, que pendía enganchado a la correa de la mochila de Skosh. Era Kendall.

—Bravo Seis, lo mejor que puedo inferir –hubo una pausa– es que estamos a uno punto dos hacia arriba y a tres punto cuatro a la derecha de Chevrolet. Cambio.

Regresó la voz tensa de Fitch.

—Te escucho –Fitch llevaba ya todo un día de retraso respecto al punto geográfico que le había asignado el Teniente coronel Simpson.

Mellas colocó el mapa donde Bass y Hawke pudieran verlo. El código radiofónico del día consistía en coches para reportar los posicionamientos. Encontró las coordenadas preestablecidas para Chevrolet y trazó la posición que reportó Kendall.

—Está loco. Deberíamos estar sobre esta cordillera. Estamos junto al lecho de este río, aunque no lo hayamos visto. Se siente la inclinación del terreno.

Hawke miró el mapa, gruñó un asenso y alistó el café.

El radio recobró vida cuando alguien activó su auricular. En el silencio de la selva, todos ellos escucharon claramente a alguien respirar.

—No lo creo, Bravo Tres –era Fitch–. Nos ubico a un clic al sur de ahí, junto a la línea azul. Cambio.

Se hizo un largo silencio. Un error podría arrastrar a la propia artillería sobre ellos. Peor aún, podría significar más horas de caminata.

—Qué imbécil –dijo Mellas.

Hawke le dio un sorbo al café, le extendió la taza a Bass, él le dio un largo trago y se la entregó a Mellas, quien hizo lo mismo, y se la pasó a Skosh. El café le quemaba a Mellas deliciosamente todo el trayecto hasta el estómago, y desde ahí irradiaba calor a todo el cuerpo. Era bueno pasarse la taza. Le recordaba aquello de compartir la mariguana.

Hawke dio otro trago, dejó la lata humeante en el légamo, y tomó el auricular.

—Bravo Seis, aquí Bravo Cinco. Cambio.

—Sí, Cinco –respondió Fitch.

—Bravo Uno Actual y yo estamos acá atrás con Bravo Uno Ayuda, y pensamos que ustedes dos están jodidos. Estamos en cero punto tres hacia abajo y cuatro punto cinco hacia la derecha. Cambio.

La voz de Daniels crujió en el aire.

—Es correcto, capitán.

Hubo una pequeña pausa y Fitch volvió al auricular.

—De acuerdo, les compro ésa. ¿Enterado, Bravo Tres? Cambio.

—Enterado –dijo Kendall–. Si es verdad que estamos ahí, debo salir de esta pequeña cañada porque vamos en la dirección equivocada. Cambio.

—Dios mío –murmuró Bass.

—Bravo Dos, aquí Bravo Seis, ¿registraste nuestra pos? Cambio.

—La puta que lo parió. Sí, Jack. Cambio.

—Mira, Scar, sé que no debes hacer punta sino mañana, pero ¿podrías ir adelante esta tarde para que Tres pueda unirse a la cola conforme pasemos? Cambio.

Se hizo una pequeña pausa mientras Goodwin ponderaba la petición debido al riesgo adicional.

—Ok, Jack. Bravo Dos, fuera.

Mellas dejó a Hawke y a Bass y regresó a la posición al frente, hacia Hamilton, quien le extendió el auricular.

—El capitán quiere hablar con usted –le dijo Hamilton. Por el tono de su voz, Mellas presintió que algo iba mal.

—Bravo Seis, aquí Bravo Uno Actual. Cambio.

—Bravo Uno, ¿dónde coños estaba? No puede moverse a ningún lado sin el radio. ¿Quedó claro? ¿Me escuchó? Cambio.

Mellas se sonrojó y miró con enfado a Hamilton, quien había desviado la mirada y se ajustaba el radio para montárselo mejor sobre la espalda.

—Enterado –Mellas sabía que todos en la red se habían dado cuenta de su error. Le devolvió el auricular a Hamilton sin decir palabra alguna.

—Debí haber ido con usted –murmuró Hamilton–. Lo lamento, señor, no volveré a fallarle.

—No basta con lamentarlo –contestó de golpe Mellas. Se agachó para recoger su mochila, tan pesada, y se la colocó. Reajustó las cananas con la munición y le dio un largo trago al agua purificada con las tabletas de halazono–. Al carajo. Debí haberlo pensado yo mismo –respondió. Le extendió a Hamilton la cantimplora abierta.

Una vez que Goodwin tomó la punta, la Compañía Bravo se apresuró. Pronto rebasaron a los marines enfadados del pelotón de Kendall, que estaban sentados sobre la maleza baja, con los rifles prestos, y observaban desfilar al resto de la compañía. Con el pelotón de Goodwin ahora al frente, avanzaron a mayor velocidad, pero no lo suficientemente rápido para el gusto del coronel Simpson o del mayor Blakely, quienes comenzaron a pedirle a Fitch reportes de posición casi cada hora.

Al anochecer, la compañía estaba todavía a cuatro kilómetros de distancia del punto donde se encontraba la munición. El coronel ordenó por radio que debían volarla antes del mediodía del día siguiente o reemplazaría a Fitch. Esto lo dejó con la alternativa que ya temía: bajar a la compañía hasta el valle del río para tomar entonces el sendero donde Alfa había sufrido la emboscada.

Al revisar las zanjas aquella noche, Mellas percibió un ligero cambio en la atmósfera. Una bolsa de aire caliente, aislada en el monzón, se dirigía con lentitud hacia el Mar de la China. A la mañana siguiente, conforme se bajaban de la cadena montañosa, que les proporcionaba cierta brisa y la frescura propia de la altura, el aire parecía una manta de lana que los hubiera cubierto.

Para bajar hasta el sendero debieron guindar con las sogas. Las manos se tornaron rojas y las ampollas reventaron a medida que se descolgaban de los riscos escarpados con grandes pesos en las espaldas. El sudor les punzaba en los ojos. Estallaron los temperamentos. Mellas sintió como si, encerrado en un auto sofocante, padeciera un ataque de asma.

Después de dos horas llegaron al camino que conducía hasta el valle. Formaba un túnel angosto y fangoso en medio de la gruesa maleza. Apenas un poco de luz se colaba por el techo colgante de la vegetación. Con un ademán, Goodwin envió a los dos Kit Carson hacia el frente, y la compañía jaloneó hacia delante. Avanzaban casi al doble de velocidad respecto de cuando iban fuera del camino, pero también el peligro se redobló.

Ya no tenían necesidad de dar machetazos en la maleza y los bambús, pero el miedo a una emboscada mantenía el paso agonizantemente lento. Irritado, Mellas se preguntaba por qué sería mejor volar aquel vertedero de munición antes del mediodía, y no por la noche. Deseaba caminar en la parte alta del lomo de la montaña, donde había más fresco y mayor seguridad, y donde el paso no era tan lento.

Después de dos horas, el pelotón de Goodwin se salió del sendero para permitirle a Mellas hacer punta. Al ver a Goodwin, Mellas tenía tanto calor y estaba tan cansado, que sólo atinó a poner los ojos en blanco y colgar la lengua.

—No te equivoques, cabrón –le dijo Goodwin en un tono de voz casi normal que pareció, sin embargo, demasiado alto. Quienes lo escucharon, sonrieron.

Una hora más tarde se detuvo la columna entera. Los chicos estaban en el calor, atontados, sudorosos, apestosos, sin ganas de avanzar, pero querían que todo aquello y aquel día terminaran pronto. Entonces, algunos se sentaron. En un momento, ya todos estaban en descanso sin que nadie hubiera dado la orden.

Fitch se aproximó.

—¿Qué coños está pasando?

Mellas no sabía, pero sabía que debía saber. Reptó hacia delante, determinado a buscar la razón para recuperar la gracia de Fitch. Llegó hasta Jackson; él tampoco sabía nada. Siguió gateando, con Hamilton detrás suyo. Se abrió un pequeño claro. Los dos Kit Carson se preparaban a comer y escuchaban el radio de transistores.

Mellas enfureció. El marine que iba al frente debió haberlos visto detenerse, pero a él no se le había ordenado hacer punta. La mala suerte de los Kit Carson consistía en hacer punta. Él no iba a postularse como voluntario para ir al frente y correr el riesgo de que lo mataran, especialmente si se trataba de cruzar un claro. Si los Kit Carson no tenían por qué estar cocinando, algún oficial se preguntaría por qué toda la columna se había detenido y vendría a investigar, como precisamente acababa de ocurrir.

Mellas salió del cubierto de la selva hasta el pequeño claro de luz.

—Malditos gucos, hijos de puta —pateó el cazo con agua y dispersó también el explosivo c-4 que ardía—. Aléjense de mi vista, coño —uno se estiró para alcanzar el cazo, el otro para tomar el rifle. Mellas estaba demasiado enfurecido como para sentirse amenazado—. ¡Váyanse a la mierda! —gritó, despidiéndolos con un gesto hacia la retaguardia—. Atrás. Váyanse al puesto de mando, imbéciles. Atrás. Yo no quelelte. Tú númelo diez.

Le avisó por radio a Fitch que acababa de enviar a los Kit Carson hacia atrás y que no quería volverlos a ver al frente de nuevo.

—No quiero ver a ningún hijo de puta desertor jodiendo a mis hombres —gritó por radio.

Fitch suspiró.

—Avancemos, ¿de acuerdo? Fuera.

Se acrecentó el desprecio que sentía Mellas por cualquier cosa vietnamita.

Fitch envió al frente a Arran y a Pat, esperando que el olfato de Pat pudiera acelerar las cosas. Pero no fue así.

Una hora más tarde, Mellas vio a Mallory sentado en la orilla del sendero, con la ametralladora cruzada por encima de las rodillas. Se sostenía la cabeza y gemía de dolor.

—Vamos, Mallory –dijo Mellas–, nos quedan sólo unas pocas horas de marcha, luego volamos toda esa mierda y sacamos nuestros culos de aquí –la columna desfiló pesadamente frente a ellos.

—Me duele la cabeza, subteniente –dijo Mallory, casi en un grito.

—Lo sé. Intentaremos buscarte un psicólogo, quizás él pueda ayudarte.

Un recio gemido se le escapó a Mallory antes de que pudiera atajarlo.

—¿Un psicólogo? Al carajo, man. Me está hiriendo, yo no estoy loco.

Mellas le tendió la mano y Mallory se esforzó para incorporarse y se apresuró para recuperar su posición en la fila.

Pocos minutos más tarde, se detuvieron de nuevo en seco. Nadie sabía por qué. Mellas quería sentarse y atragantarse de agua. Una sanguijuela se le aproximó, con un extremo anclado al suelo y el otro arqueado hacia arriba, percibiendo el aire a ciegas. Mellas se puso a torturarla con el repelente de insectos. Pero a disgusto consigo mismo, prefirió matarla con la bota.

Hamilton se le acercó y le ofreció el auricular.

—Es el capitán –le anunció.

Fitch sonaba irritado.

—¿Ahora qué coños nos detiene? Cambio.

—Estoy averiguando –mintió Mellas.

—Bueno, pues apresúrate, puta madre.

Mellas gruñó y se incorporó con esfuerzo. Hamilton lo siguió. Llegaron hasta Jacobs, cuyo escuadra iba ahora en punta.

—¿Qué pasa? –murmuró Mellas.

—Pa-Pat avisó algo.

—¿Acaso nunca nos cuentan un carajo a los de atrás?

—Lo si-siento, señor –le dio a Hamilton una breve mirada de complacencia, que él le devolvió. Mellas advirtió el intercambio entre ellos. Otro subteniente irritado.

Se tranquilizó y se fue hacia el frente con Hamilton, quien se deslizaba detrás suyo, sudoroso bajo el peso del radio. Llegaron hasta donde estaban el perro y su entrenador. Arran estaba en cuclillas detrás del perro, asiéndolo por el grueso cogote y con el rifle apuntando. Pat tenía la lengua de fuera. Sus pulmones laboraban con rapidez en un intento por expulsar el calor. La mitad de una de sus orejas rojizas estaba doblada hacia abajo, como marchita.

—Alerta menor, señor –musitó Arran–. Robertson y Jermain fueron a revisar –hizo una pausa incierta–. Este... señor. Pat está fuera de circulación, ya llevamos dos horas haciendo punta.

Mellas tan sólo asintió y continuó avanzando, sintiéndose, con cada paso, más expuesto. Llegó hasta donde estaba Jermain, el hombre con el lanzagranadas, quien estaba acostado boca abajo sobre la vereda, intentando ver algo a través de los gruesos bambús de alrededor. Mellas y Hamilton llegaron a rastras hasta él.

—¿En dónde está Robertson? –murmuró Mellas. Se trataba del líder del primer equipo de tiro de Jacobs.

Jermain giró la cabeza hacia Mellas, con el rostro enrojecido por el calor y la tensión, y movió las manos trazando un amplio arco. Robertson había decidido dar un rodeo para llegar por atrás del posible enemigo.

—¿Se fue solo? –le preguntó Mellas con un susurro. Jermain asintió y se encogió de hombros, sin quitar la mirada de enfrente. Mellas quedó impresionado por la valentía de Robertson.

Siseó el radio. Rápidamente, Hamilton cubrió el auricular con la camisa, pero escuchó las palabras de la transmisión. Le dio un golpecito a Mellas en la bota.

—Es el capitán. Quiere saber qué coños nos detiene.

Mellas tomó el aparato.

—Bravo Seis, estamos revisando, carajo. Cambio –apenas pudo controlar el volumen de la voz.

—Enterado, Bravo Uno. Tengo a Gran John en el culo por el tema de explotar la munición. Te doy cinco minutos más. Fuera.

—Entendido. Fuera –Mellas le devolvió el auricular–. El coronel tiene prisa –le dijo a Hamilton con amargura–. Avanza, Jermain.

Él se volvió para mirarlo, sorprendido.

—Debemos cubrir a Robertson –respondió Mellas con exasperación. Alguien debe preocuparse.

Mellas se arrastró, lo rebasó, y Jermain respiró profundamente y gateó por enfrente suyo, pues le había espoleado el honor.

—¿Jermain? –susurró una voz proveniente del interior de la selva frente a ellos.

—Sí, aquí –le respondió Jermain.

Hubo un crujido en la maleza, y entonces emergió el rostro sudoroso de Robertson. Avanzaba en cuclillas como pato.

—Ah, hola, subteniente –dijo con una sonrisa. Se mantuvo así, acuclillado, con su cuerpecito perfectamente atento en esa posición reducida.

Mellas se volvió hacia Hamilton.

—Me dice «Hola, subteniente» –agitó la cabeza y se volvió a Robertson para preguntarle–: ¿viste algo?

Él negó con la cabeza, evidentemente impávido por el tono sarcástico de Mellas.

—Pero tengo el presentimiento de que están justo enfrente de nosotros, observándonos.

Mellas se puso serio.

—¿Por qué lo presientes?

—No sé. Por detalles. Lo presiento simplemente.

Mellas se estiró para tomar el auricular.

—Bravo Seis, aquí Bravo Uno Actual. Acá, negativo. Rotaré escuadras para continuar. Envío a Arran a la retaguardia. Pat está exhausto y tendremos ahora, de cualquier manera, al gran Víctor —se refería a Vancouver— en la punta. Cambio —Fitch se dio por enterado y Mellas se puso de pie en el sendero—. Pasen la voz para que la escuadra de Conman venga al frente. Ustedes váyanse a la cola de Charlie —le dijo a Jake—. Díganle a Arran que espere al grupo del puesto de comandantes.

Pronto pudieron ver la enorme complexión de Vancouver avanzar por la vereda, con la M-60 recortada que le colgaba del cuello. Connolly estaba tan sólo dos hombres detrás suyo. Mellas informó al equipo de tiro líder y a Connolly cuál era la situación y la necesidad de apurarse.

—Pero no más rápido de lo que te parezca correcto, Vancouver —agregó—. Me importa poco la prisa que tenga el coronel para desplazar sus chinches por el mapa.

—Entendido, señor.

Vancouver miraba a lo largo del sendero, lo escrudiñaba constantemente, con los ojos saltados por la tensión. Sabía que caminar por un sendero para ahorrar tiempo era invitar a una emboscada. Además, Robertson había olfateado algo. Era un buen líder de equipo de tiro y contaba ya con algo de experiencia. Si Robertson se había mostrado cauteloso, buenas razones habría tenido. Pero en la punta existían siempre buenas razones para andar con cuidado, aunque no hubiera prisa. El hombre en punta está completamente solo. No importa que detrás suyo venga un equipo de tiro o todo un batallón. No ve a nadie, excepto sombras. En cualquier vuelta hay una posible emboscada agazapada, y el puntero es el primero en enfrentarla. O, si los atacantes tienen particular éxito, le permiten seguir y lo aíslan para arrojarse sobre el subteniente y el operador de radio. Es como caminar unos treinta metros sobre una tablita de dos por cuatro pulgadas, que se dobla bajo el peso, con ráfagas de viento que soplan, esporádicamente, desde diferentes direcciones. Sin ayuda. Sin cuerda. Sin alguien en quien apoyarse. El puntero está también enceguecido por la selva. Sus oídos se confunden por cada sonidito alrededor suyo, que eclipsan el único sonido que podría salvarlo. Querría gritar para que se calle el mundo entero. Le sudan las manos, y le preocupa que por eso quizá tampoco pueda jalar el gatillo. Tiene ganas de orinar aunque lo haya hecho hace apenas cinco minutos. El corazón le late en el cuello y el pecho. Espera toda una eternidad antes de que el líder de la escuadra le indique que ya es tiempo de regresar a posición segura.

Vancouver interrumpió sus pensamientos. Se sacó de la cabeza las ideas de miedo y de estar expuesto. Conservó, como única, la de sobrevivir.

Un trozo de bambú torcido curiosamente, a unos diez metros de distancia, causó el ataque de pánico que lo salvó. Se tiró sobre las rodillas y abrió fuego. El rugir de la ametralladora y el vómito de los casquillos ardientes pusieron de cabeza el mundo sosegado de la selva. Todo cobró movimiento. Los marines rodaron hacia un lado del sendero, buscando cubrirse en el follaje, se revolvían, rezaban, se arrastraban para salvar sus vidas. Vancouver había visto tan sólo sombras, pero que le respondían con rifles automáticos AK-47. Silbaban las balas por encima suyo, levantaban fango, partían el sitio donde los marines acababan de estar tan sólo una fracción de segundo atrás. Connolly rodó hacia la maleza, se arrastró de espaldas, con el M-16 abrazado al pecho. No disparaba, justo como habían discutido tantas veces.

La M-60 recortada dejó de disparar. La ristra se había quedado sin municiones. Vancouver se zambulló a un lado del sendero y Connolly rodó sobre su estómago para reemplazarlo. Justo cuando había liberado el botón del automático, un soldado norvietnamita surgió del interior del muro de selva para liquidar a Vancouver. Pero las balas lo alcanzaron de lleno en el pecho y la cara. La parte posterior de su cabeza explotó. Connolly volvió a rodar, buscaba –hecho un salvaje– otro cartucho. A la derecha de Vancouver, casi encima suyo, otro M-16 abrió fuego. Las balas rugían junto a su oreja derecha. Luego, casi inmediatamente, otro M-16 se presentó también a su izquierda. Vancouver se arrastraba hacia atrás, junto con Connolly, lo más rápido que podía. Connolly emplazaba un segundo cartucho y le gritaba a Topo.

—¡Levanta el tiro! ¡Carajo! ¡Topo! ¡Levántalo, Topo!

Vancouver extrajo otra cinta de munición de la caja metálica que llevaba en el pecho y la incrustó en el recibidor de su arma con un manotazo. Oyó a Connolly gritarle a Gambaccini, el lanzagranadas, y a Rider, el líder de su primer equipo de tiro. Vio al subteniente, quien se había acercado hasta el frente, que le gritaba algo a Hamilton mientras recargaba su propio cartucho. Entonces apareció Gambaccini y disparó una granada por encima de su cabeza. Oyó un estallido en medio de la maleza, a su izquierda. Estuvo a punto de disparar, pero era Rider que se adelantaba con su equipo; los cuatro estaban con el pecho en tierra y metidos en la selva, a la izquierda del sendero. Comenzaron a disparar metódicamente, arrojando balas sobre el enemigo invisible.

Para Mellas, todo había sucedido con tanta rapidez, que ni siquiera recordaba haber tenido que pensar. Tras el repentino estallido de la ametralladora de Vancouver, Mellas se tiró al suelo y gateó inmediatamente hacia el frente para averiguar qué sucedía. En automático le gritó a Topo que trajera su ametralladora al frente y escuchó cómo la orden se transmitía hacia atrás. La voz agitada de Fitch gritaba por el radio. Mellas le gritó a Hamilton:

—Dile que no sé. No sé –y reptó furiosamente hacia enfrente.

En el instante preciso en que doblaba una curvatura del camino, Vancouver había dejado de disparar y vio a Connolly rodar hacia la vereda y disparar hacia delante, mientras Vancouver se arrebujaba hacia atrás. Mellas hundió el rostro en el suelo justo detrás de la rodilla derecha de Vancouver, direccionó el rifle, a ciegas, hacia el camino y disparó por encima de la cabeza de Vancouver. Casi al mismo tiempo, le pareció, el lanzagranadas M-79 disparó un sólido golpe que emitió una ronda de *fléchettes* hacia donde continuaba el camino. Luego, todo un equipo de tiro llegó a través de la selva, por el lado izquierdo, y abrieron fuego en modo automático. Durante todo este tiempo, Connolly serpeaba hacia atrás y le gritaba a Topo para que se acercara con la ametralladora.

Topo llegó, arrastrándose por la vereda, con el arma acurrucada en los brazos; gateaba como un cangrejo, de manera muy extraña pero muy veloz. Su ayudante, Young, el único chico blanco en los equipos de metralletas, exceptuando a Hippy, gateaba detrás suyo y arrastraba las pesadas cajas metálicas con las cintas de municiones. Con un golpe, Topo emplazó la ametralladora sobre el bípode y disparó ráfagas disciplinadas de fuego a lo largo del corredor verde. Las balas de iluminación se precipitaban por el túnel de jungla como las luces traseras de los coches que se alejan. Young se colocó junto al cañón con una canana nueva en la mano y los ojos abiertos por el miedo, listo para volver a cargar.

Mellas rodó hacia atrás y, jadeando en busca de aire, tomó de Hamilton el auricular.

—Emboscada. Ya conocía este puto sendero. Es trampa mortal. Vancouver los advirtió. Antes de que entráramos a la zona de muerte. Creo que se didiaron. Cambio.

—¿Hay bajas? Cambio.

—Negativo. Cambio.

—Gracias a Dios –respondió Fitch, olvidándose del procedimiento propio del radio.

Mellas temblaba con entusiasmo y un regocijo extraño, como si su equipo acabara de ganar un campeonato de futbol americano. No habían sufrido pérdidas. Lo había hecho bien. Había pasado demasiado rápido, sin embargo. De alguna manera debería durar más. Quería contárselo a Fitch y a Hawke. Quería correr a lo largo de la tensa fila de marines para contarles una y otra vez la historia de la refriega. Habían desmantelado una emboscada. Su pelotón. Mataron a dos, quizás a tres de los enemigos, sin sufrir un solo rasguño. Un trabajo perfecto.

—Bravo Seis, aquí Bravo Uno. Cambio.

—Bravo Seis –contestó Fitch.

—Necesitamos artillería –suplicó Mellas con nerviosismo–. Los putos gucos se están didiando del área, carajo. ¿En dónde están los malditos morteros? *Vamos* por ellos.

—Enterado, Bravo Uno. Delta está preparando una misión de arti en este momento. Resulta un poco complicado para la escuadra de morteros disparar proyectiles hacia los tuecos de los árboles por encima de sus cabezas. ¿Me escuchas? Cambio.

Mellas estaba demasiado emocionado como para percibir el sarcasmo de Fitch.

Gateó hasta donde Connolly seguía tendido junto a Topo, atisbando el sendero sombreado. También Connolly temblaba y respiraba con dureza. Vancouver estaba a su izquierda, y más a la izquierda estaba situado el equipo de tiro de Rider, que ya se había agrupado escalonadamente para formar el lado izquierdo de una cuña. El resto de la escuadra, sin haberles dicho una palabra, había constituido ya el otro lado de la cuña, a la cabeza de la columna, para obtener el máximo de fuego en la dirección de la emboscada, pero sin perder la capacidad de disparo a los lados para proteger sus flancos.

—Creo que se llevaron el cuerpo a rastras, señor –dijo Connolly–. Justo cuando serpeamos hacia atrás, creo haber visto movimiento. ¿Usted los vio?

—Sí –mintió Mellas sin haberlo premeditado–. Estás en lo correcto –en su imaginación, alimentada por el nerviosismo, la mención de un soldado enemigo arrastrando un cuerpo bajo el resguardo de la selva bastaba para convencerlo de que ciertamente lo había visto–. ¿Por qué el capitán no envía un pelotón para rodearlos? –preguntó sin quitar la vista del camino.

Connolly miró a Mellas.

—¿En esta mierda?

Mellas dejó de mirar al frente y miró a Connolly. Por alguna razón, ese comentario le había puesto los pies en la tierra. Volvió a ver los embrollos de la selva a ambos lados del camino angosto y pantanoso.

—Sí, les llevaría una eternidad. Estarían muy vulnerables. Podrías oírlos a kilómetros de distancia.

—Ahí tiene, señor.

—Quizá podamos resolverlo con la artillería –Mellas quería seguir en el tema–. ¿Estás seguro acerca del guco al que le diste en la cabeza? –preguntó.

—Vi desaparecer su puta cara –contestó Connolly con gravedad.

—Diremos que es un confirmado aunque no tengamos el cuerpo. Quiero decir, no hay manera de que haya sobrevivido ese amarillo. Seguramente Vancouver se cargó a uno o dos más, por lo menos –se volvió hacia él–. Oye, Vancouver, ¿cuántos crees que te quebraste?

Él vio su cañón aún humeante.

—Pfff… Señor, yo sólo vi la maleza del carajo y toda esta mierda que venía hacia mí. Pero quizá le habré dado a un par.

—Busquemos rastros de sangre en cuanto la arti termine su misión. Pero al menos tenemos un confirmado y dos probables.

Mellas se volvió hacia donde Hamilton estaba tendido con el peso del radio aplastándolo contra el fango, y la antena, pequeña, bamboleándose en el aire calmo. Con orgullo reportó el marcador.

—Aquí Bravo Uno. Tenemos a un confirmado y a dos probables. Cambio.

—Enterado. Un confirmado y dos probables –respondió la voz de Pallack–. Cabezas abajo. Acabo de escuchar a Delta decir «Fuego». Estará trabajando en ello muy de cerca. Cambio.

—¡Alerta! –gritó Mellas–. Fuego amigo entrante.

Miró alrededor para revisar que sus hombres estuvieran razonablemente a salvo. Entonces se dio cuenta de que todos tenían la cabeza en tierra desde hacía tres minutos. Él hundió la suya justo en el momento en que el rugido angustiante de los primeros proyectiles calibre 105, provenientes de Eiger, atravesó el cielo.

Era, nuevamente, el turno de la Tercera Escuadra para hacer punta. Le entregaron el cuerpo de Williams a la Segunda Escuadra y se movieron, en silencio, al frente. Cortell no dejaba de quitarse y ponerse el casco, sobándose la frente alta y brillante. Todos se apresuraron a través de la zona de muerte, suspiraban un «Gracias» por la capacidad de reacción y la vista de Vancouver.

Jackson encontró dos tartas de arroz colgando de un cinturón de malla ensangrentado que habían arrojado a un lado del camino. Con alegría se los metió a las bolsas de los pantalones de utilidad, como si no hubiera comida en toda la escuadra. Cortó rápidamente la hebilla de latón, con la estrella roja, a sabiendas de que eso generaría buen dinero por parte de los cazadores de memorabilia en Da Nang, y se lo pasó a Vancouver. Un poco más adelante encontraron un gorro manchado de sangre. También se le entregó a Vancouver, quien se lo dio, en silencio, a Connolly y él lo guardó en su bolsillo.

A Mellas le chispeaba el cuerpo entero. Le temblaban las manos. Se sobresaltaba con cualquier sonido y hablaba con mucha rapidez, y demasiado, por radio. No dejó de repetir, mentalmente, la escena, preguntándose cómo le hubiera sido posible reaccionar con mayor presteza para matar a más norvietnamitas, preguntándose si Connolly era consciente de que, mientras cambiaba cartuchos, él, Mellas, lo había salvado con sus disparos. Se preguntó si la gente fuera de la compañía escucharía hablar acerca de sus acciones y de cómo su pelotón había salido triunfante, mientras la Compañía Alfa había perdido a tantos en una emboscada similar. Se mantuvo electrizado hasta que alcanzaron el vertedero de municiones por la tarde, cuando la luz comenzaba ya a abandonar aquel cielo gris.

En el vertedero, Mellas se decepcionó amargamente.

No podía creer que todos los reportes que había leído anteriormente acerca de la fuerza aérea y la marina, destruyendo fortificaciones, se refirieran a lo que veía frente a sus ojos: tres largas zanjas cavadas en el suelo frío y húmedo, cubiertas con troncos y tierra.

En el interior de los tres refugios había diez proyectiles de 120 milímetros, varios cientos de proyectiles de 82 milímetros, ochenta proyectiles pequeños para mortero de 61 milímetros, municiones suficientes para abastecer los AK-47 de todo un pelotón durante una refriega y unos pocos suministros médicos, donación de la Cruz Roja inglesa.

Hawke parecía extrañamente feliz. Se puso a bailar la danza del halcón, trepó luego encima de una de las fortificaciones, aventando al aire rollos de vendas, como si fueran serpentinas, y gritaba a pulmón batiente:

—¡Los putos ingleses! ¡Sabía que esos cabrones estaban detrás de esta guerra! –a carcajadas lanzó otra venda, que se enrolló entre los árboles. Su blancura parecía fuera de lugar en contraste con el follaje oscuro.

Casi todos en la compañía se resignaron a las payasadas de Jayhawk. Cassidy organizó un equipo de trabajo, y pronto toda la munición estaba ya en un foso, donde él, Samms, Bass y Ridlow ayudaron, felizmente, a hacerla volar.

Todos hundieron las cabezas en la tierra y encendieron la carga. Hubo una tremenda explosión, pero ni siquiera tronó la cuarta parte de la munición. El resto salió disparado hacia el cielo, dio vueltas y terminó disperso por toda el área. Los chicos abuchearon. Cassidy se rio y de inmediato les pidió a los inconformes que lo recolectaran todo. Los marines de la cuadrilla de trabajo se quejaron.

—Seguramente tenemos a los únicos jodidos de por vida en toda la Entrepierna que son incapaces de volar un puto vertedero de municiones.

Esperaron una hora para asegurarse de que en el foso no hubiera detonaciones inducidas por el calor, y de nuevo encendieron las cargas. En esa ocasión cubrieron la munición con rocas y tierra para contener la explosión.

Los mismos sargentos del pelotón se reían por lo incongruente de la situación. La mayor parte de la gente pensaría que bastaría encender un fósforo en las proximidades de un vertedero de munición para hacerlo estallar. En términos generales, estaban todos contentos. Probablemente tendrían que limpiar una zona de aterrizaje a la mañana siguiente y volarían fuera de ahí por la tarde, con la misión cumplida y sin más caídos que Williams.

Sin embargo, Mellas experimentaba una curiosa enfermedad, una ansiedad y un vacío más allá del hambre. Llevaba cinco días comiendo medias raciones y no había probado alimento en todo el día. Cuatro ideas no dejaban de martillarle la cabeza. Primero, ¿cómo era posible que los ingleses, aparentemente un pueblo del todo civilizado, con quienes habían combatido a los nazis, hombro con hombro, estuvieran ayudándole al enemigo, al ejército de Vietnam del Norte? Cada céntimo que recibieran los vietnamitas en donaciones lo gastaban en municiones que podrían matarlo a él. Cada vida que salvaban representaba también una vida que podría matarlo a él. Mellas se sintió traicionado. Segundo, persistía en el intento por reconciliar los fosos cubiertos con troncos que habían llamado «fortificaciones» con las imágenes que guardaba en su mente de bombas destrozando concreto y acero, la Línea Sigfrido y *Los cañones de Navarone*. Tercero, ¿por qué diablos habían tenido que recorrer todo ese trayecto, sacrificando a Williams, y a punto de que pereciera toda la Primera Escuadra

—como no fuera por el estado de alerta proverbial de Vancouver–, cuando se trataba de tan poca munición que dos camiones bien podrían llevarse?

Estos pensamientos lo torturaban mientras se esforzaba por cavar una trinchera para pasar la noche. Al terminar, se sentó para encarar la cuarta pregunta. ¿Debería prepararse la última taza de café ahora o por la mañana? Al pelotón estaba a punto de acabársele la comida. Decidió esperar. Salió para buscar a Hawke y a Fitch y discutir acerca de las medallas en el combate, esperando, a medias, recibir una él también, pero, al mismo tiempo, se daba cuenta de que lo único que había hecho era presentarse a la fiesta. Abrigaba también la esperanza de que Hawke y Fitch estuvieran preparando café.

Fitch estaba en el auricular con el Tres, quien tenía sus propias preguntas. Y para quien Fitch sólo tenía respuestas equivocadas.

—Se me informó que aquí, en este complejo, había tres fortificaciones con municiones. No cuadra con los números que usted me acaba de dar. Cambio.

Fitch dio una profunda bocanada de aire y miró a Hawke antes de responder. Pallack puso los ojos en blanco.

—Afirmativo. Tres fortificaciones. Los tenemos. Los números que usted tiene es todo lo que encontramos. Se trata de fortificaciones *pequeñitas*. Cambio.

—Enterado –cuando Blakely soltó el botón transmisor, hubo un golpe de estática. Fitch aguardaba con nerviosismo. De nuevo chisporroteó la estática.

—Esté listo para una orden frag, Bravo Seis. Cambio.

—Enterado. Bravo Seis, fuera.

—¿Una orden frag sobre la original? –preguntó Mellas, tenso por cualquier cambio–. ¿Eso quiere decir que no volamos mañana?

Fitch se encogió de hombros.

—Quizá tenga que ver con que la Compañía Delta está sobre el lomo de la montaña. Carajo, no podemos ir muy lejos si nadie tiene comida.

—No precisamente todos –atajó Hawke, mientras buscaba en la bolsa lateral de sus pantalones. Sacó una lata de albaricoques. Todos la observaron con fruición–. Y no pienso abrirla –volvió a hundirla en la bolsa–. Me da mala espina esa orden frag.

Esa tarde, durante la reunión del regimiento, el mayor Adams estaba particularmente irritable. *Plas.*

—Y en las coordenadas 768671, los elementos de Bravo Primero del Vigesimocuarto destruyeron el vertedero de municiones descubierto por la Compañía Alfa y que se cree que era uno de los puntos de reabastecimiento para los elementos de la división de acero Trescientos Doce que, ahora sabemos, opera en nuestra área táctica de responsabilidad, ATDR. Se destruyeron alrededor de cinco toneladas de munición, conformadas por proyectiles de 120 milímetros, armas pequeñas, municiones para armas automáticas y proyectiles de mortero, además de casi media tonelada de provisiones médicas.

—Es mejor dejar los suplementos médicos fuera del reporte –dijo Mulvaney–. No tiene sentido sacar a alguien de quicio por haberlos destruido –de alguna manera, el público pensaba que estaba bien matar gente con balas y jalea incendiaria, pero matarlos porque se les negaba suministros médicos iba en contra de cierta noción social de decencia.

—Sí, señor, sí –dijo Adams.

Mulvaney giró sobre la silla, tenso, para mirar al coronel Simpson y al mayor Blakely, sentado detrás suyo.

—Quizá sí tenga algunos buenos gucos por ahí, Simpson –le dijo.

Blakely sonrió y levantó la mirada hacia Adams, cuyo rostro reveló una punzada de envidia. Mulvaney se volvió para ver al oficial que presidía la junta. Intentaba calcular cuántos hombres y cuánto tiempo harían falta para transportar cinco toneladas hasta un lugar tan remoto. Con un terreno como aquél, se trataba de todo un logro. Se veía obligado a admirar al ejército de Vietnam del Norte. Pero ¿por qué almacenar parque ahí? ¿Habría sido una especie de estación para llevarla más al sur? Podrían atacar Hue otra vez. Eso sería un desastre propagandístico acojonante. Que los políticos rumien eso un rato. Pero quizá también estarían preparando un avance directo a través de la Cordillera de Mutter, para tomar el control de la Ruta 9 y aislar Vandegrift hasta la inanición. Ahora que habían dejado Matterhorn para sumar más tropas que pudieran llevar a cabo la jodida operación política de Cam Lo, eso es justo lo que él haría si fuera guco. De pronto sintió, en la mitad de la espalda, aquella ansiedad que tantas veces lo había salvado en Corea y en el Pacífico. Advirtió entonces que el mayor Adams esperaba, nerviosamente, para poder continuar. Suspiró y asintió con su cabezota. No podía estar en todos lados.

Plas. El puntero se movió dos centímetros a la izquierda, la distancia que había necesitado la Compañía Bravo para desplazarse durante medio día.

—Como el coronel ya sabe, la punta de Bravo hizo contacto con la punta de una unidad norvietnamita de tamaño no determinado en las coordenadas de cuadriculado 735649 esta mañana. Dos muertos confirmados y tres probables, sin que la Compañía Bravo sufriera bajas. Se auscultaron los cuerpos, no se halló nada.

Mulvaney se volvió hacia Blakely y Simpson.

—Ahí tuvo que haber alguien en alerta –dijo–. ¿Fue un enfrentamiento entre punteros o una emboscada? –Mulvaney sabía bien que aquel canadiense, rubio y grandote, el de la M-60 recortada, era quien había desbaratado la emboscada. El chofer de su jeep había escuchado la historia a través de uno de los operadores de radio del Primer Batallón. El capitán de Bravo tenía que haber andado con terribles apuros y deprisa, para recorrer el mismo sendero donde habían golpeado ya a la otra compañía. Aquel joven teniente *tenía* suerte. Quizá no había aprendido cuándo atacar y cuándo no. Mulvaney hablaría con él sobre esto a la primera oportunidad.

Simpson se aclaró la garganta y su rostro enrojeció.

—En respuesta a su pregunta, señor, el hombre de Bravo en punta disparó primero, y entonces se aproximó el líder de la escuadra para ofrecer apoyo. Lo llamamos contacto punta con punta porque nos pareció el término más conservador.

Mulvaney gruñó y se giró para sobrellevar el resto de la reunión. Estaba fuera de su capacidad de entendimiento por qué coños tenía que preocuparse Simpson por desbaratar una emboscada.

Después de sufrir escuchando al enfermero naval informar cuántos marines habían pasado por su bahía de enfermos, al oficial para asuntos relacionados con el Congreso contar cuántas cartas, escritas por congresistas enfadados, había entregado como respuestas a madres y viudas dolorosas, y al hombre de enlace con la Cruz Roja explicar que algunos subordinados no habían recibido su sueldo, por fin, entonces, Mulvaney se levantó de su silla para dirigirse a los oficiales.

—Como ustedes ya saben, caballeros, la Quinta División de Marines continúa trabajando en una operación combinada de cordón y búsqueda con la Primera División de las FARV. Nuestro objetivo principal, como también saben ya, sigue siendo Cam Lo –Mulvaney se giró hacia el mapa y comenzó a trazar el plan de la operación en curso para el siguiente día, mientras lo invadía la sensación de haber defraudado a su regimiento. Colaborar con los putos gucos no era su ideal para conducir una guerra, sobre todo a sabiendas de que, probablemente, todo lo que sucedería en Cam Lo sería ganar unos pocos puntos de política rancia. Algunos equipos SEAL –fuerzas de élite de la marina– llevaban años ya operando en los poblados, asesinando «líderes conocidos del Vietcong», pero ¿de dónde coños provenía *aquella* información? Supuestamente, de la CIA, pero, para volver a lo mismo, ninguno de esos espías estaba en los pueblos. Por Dios, se trataba de chicos blancos de Yale, todos de casi uno noventa de estatura. ¿De dónde sacaban la información los espías? Quizá de alguna de esas sociedades secretas que estaría toqueteando al líder de otra sociedad secreta para hacerse del control del mercado de alguna droga y conseguir, así, que la marina de Estados Unidos les corriera la cortesía de ahorrarles el trabajo sucio. Cualquier líder del Vietcong –si es que aún existía algún grupo después de que todos sus amiguitos del norte les tendieron una trampa que los hizo sucumbir ante los disparos estadunidenses durante las celebraciones de Tet, el año nuevo vietnamita– se habría ido ya para cuando todas las lagunas de seguridad de las FARV hubieran permeado hacia abajo. Sí, reflexionó Mulvaney, el poder de las sociedades secretas mutará, sin duda, después de Cam Lo, y los espías terminarán pareciendo imbéciles, y sus marines pagarán el precio. Quería patearle el culo a la CIA y romperles el pescuezo flacucho a las FARV.

—Simpson –dijo–, tengo que defraudarlo. Tendremos que abandonar el área Matterhorn, para no volver ya nunca más. No puedo permitirme el tener que sacrificar la Cordillera de Mutter. Lookout y Sherpa me cubren en la región de Khe Sanh. La división solicita la apertura de una nueva base de apoyo de ataque en la Cota 1609, justo debajo del Colmillo del Tigre. Deberemos llevar esas dos compañías hasta el área de Matterhorn, y luego enviar a una de ellas lo suficientemente cerca para que abra 1609.

—Pero, señor –Simpson se levantó, alterado, convencido ya de los números que había «estimado» para su reporte–. Apenas empezamos a enterarnos de qué es lo que realmente hay allá arriba –se volvió hacia Blakely en busca de apoyo.

Blakely no se desentendió.

—Estoy convencido de que el comandante de regimiento se da cuenta –comenzó a decir– de que con los últimos descubrimientos de la Compañía Bravo, aunados a los estimados provenientes de la inteligencia de la división, existe una alta probabilidad de que el ejército de Vietnam del Norte se vuelva demasiado activo en la parte más noroeste. Sería una auténtica pena que, tras haberle entregado esos reportes a la división, nadie pueda darles seguimiento.

Mulvaney estuvo a punto de explotar. Lo último que le importaba era darle seguimiento a un reporte de mierda que él mismo había entregado a la división. Recordó a su esposa. Contó hasta cinco. Y luego otra vez.

Su mente se fue hasta aquella noche en Campo Lejeune; debió haber ocurrido en 1954 o 1955. Como haya sido, él era apenas capitán, y tenía a la Compañía Alfa del Segundo Regimiento de Marines. Maizy había regresado ya de jugar bridge con Dorothy, la esposa de Neitzel, y algunas de sus comadres. Neitzel ya tenía el grado de mayor y estaba por irse a la Escuela de Guerra Anfibia para recibir un cargo importante. Mulvaney había estado pintando la sala, meciendo a James, pequeñito, en una toalla para playa que se había atado al cuello.

—Dios mío, Mike –dijo Maizy–. Lo estás llenando de pintura. Y el olor. Seguro que ya se apestó el cuarto de las niñas –sonreía y meneaba la cabeza, mientras se quitaba los guantes blancos, impecables, y los depositaba en su sitio, donde siempre estaban, en el tazón de cristal de su abuela, lo único que había heredado en toda su vida. Tomó el delantal que colgaba siempre del ganchito instalado en la puerta de la cocina, y se lo echó sobre el hombro para cuidar su único traje. Le quitó al niño–. ¿Crees que se vuelva a dormir? –le preguntó.

—Siiip…

—¿Y las niñas se fueron a dormir a tiempo?

Siiip…

—¿Podrías dejar el rodillo?

—Oh, oh… Un barril de agua fresca bastante serio –dejó el rodillo en la bandeja y observó cómo miraba ella al pequeño James, para evitarle que tuviera que mirarlo a los ojos. Sabía que ella nunca quería lastimarlo; pero también era consciente de que no le importaba dar malas noticias si eso mejoraba la vida de los niños. Por ese mismo impulso se memorizaba las reglas de subasta del bridge, y él tenía que lanzarle preguntas desde un libro, para examinarla al respecto, mientras ella planchaba la ropa para «no hacer el ridículo enfrente de otras esposas». Esa misma ansiedad la había hecho agonizar, junto con su hermana, en navidades, queriendo resolver qué traje debía comprarse cuando la invitaron a su primera partida de bridge, como si su hermana supiera más de trajes que ella, sólo porque trabajaba en una oficina de verdad.

—Dorothy Neitzel lo hizo como favor, así que no quiero que lo tomes por el lado equivocado. De verdad que quiere ayudar.

Vio cómo ella levantaba la mirada hacia él y luego la bajó rápidamente otra vez hacia James.

—¿Ayudar cómo? –quizá pudiera acabarlo.

—Ya sabes… ¿Cómo lo llaman ustedes? Comunicación en paralelo.

—Chisme.

Ella se rio.

—Así le decimos *nosotras* –entonces lo miró con seriedad–. Ay, Mikey –dijo con ojos implorantes–. Dorothy dijo que defendiste a ese terrible borracho, al sargento primero Hanford, a quien sorprendieron en el intento por desviar agua de la base militar a… no sé qué tipo de piscina o algo que él cavó con un bulldozer que había, ¿cómo le llaman ustedes?… «requisado» al batallón de ingenieros sin pedirlo. A eso se le llama «robo».

—Hace un calor del demonio en esas estúpidas bahías de la escuadra, y a los chicos les encanta. Le dije al coronel que lo único que Hanford necesitaba era una represión no oficial. Pero lo arruinaron. Tiene cuatro hijos. Lo único que estaba haciendo era preocuparse por las tropas. Ya sabes lo que te dije aquel día cuando me recogiste del hospital.

—Sí, lo sé. Que tú siempre te pones del lado del marine que está en la selva –suspiró–. Mikey, por supuesto que tienes razón, pero aquel mismo día, mientras yo conducía el Chevy de 1939 de mi padre, porque tu pierna seguía mal desde Okinawa, te dije que en ocasiones podrías ser un poco más circunspecto. Puedes ayudar mucho más a tus marines de la selva siendo coronel que capitán.

Él levantó los ojos al techo con una mirada de «Ayúdame, Dios mío».

—Hanford hizo lo correcto de una manera equivocada. Si no hay daño, no hay falta.

—El daño, Michael, consistió en decirle al coronel que, si llegaba a sacar su culo de su oficina climatizada, podría entender lo que Hanford intentaba hacer.

Mulvaney apretó los labios y cruzó los brazos sobre el pecho.

—No te me pongas necio, Michael Mulvaney. Hiciste mal. ¿Acaso no puedes pensar en tu propia familia e hijos, por una vez?

—No seas injusta.

Ella respiró, aliviada.

—Sí, lo fue –se acercó para tocarle el brazo–. Pero Mikey, por favor, debes controlar tu temperamento –desde que volvió del Pacífico, su temperamento se había vuelto un tema. Luego regresó la mano sobre el bebé–. ¿Quieres saber qué más me dijo Dorothy?

—Claro, dime.

—Nos está haciendo un favor, Mikey, por Dios.

Mulvaney se sentó en el sillón cubierto con una funda y levantó la mirada hacia ella.

—Dime. Todo listo en la línea de fuego.

Maizy se sentó junto a él, apretujándose de refilón, y se le subió la falda, con lo que dejó ver la costura de las medias, algo que siempre distraía a Mulvaney. Ella estiró la falda con la mano derecha, sin mayor éxito, haciendo lo posible por mantener a James sobre el hombro, con la mano izquierda, y a su esposo en el tema. Resolvió los dos problemas poniendo al bebé y el delantal sobre el regazo. Le levantó un dedo, señalándolo, con los ojos encendidos.

—Siempre estás calentorro.

—¿Y...? De cualquier manera estoy en la línea de fuego. Dispárame.

—Más tarde –le sonrió al bebé y, con una melodía silenciosa, le dijo–: papi quiere hacerte una hermanita –luego le dirigió la mirada, con sus grandes ojos verdes que, de pronto, se habían vuelto serios–. Dorothy dice que ellos piensan que eres... –titubeó.

—Continúa.

—Que eres un dinosaurio de la segunda guerra mundial. Dicen que Mulvancy nunca conseguirá salir de la selva pero que es bueno peleando.

—¿Y eso es malo?

—Ay, Mikey, no seas tan decididamente denso. Bien sabes, como yo también, que sólo los estrategas consiguen avanzar, no los que pelean.

—Y los políticos.

—¡Sí! –golpeó con uno de sus zapatos negros el piso y se levantó. Se colocó al bebé sobre el hombro y se alejó hacia la recámara, donde tenía la cuna junto a la cama, mientras sus tacones de cinco centímetros enfatizaban cada paso.

Él observó cómo la ceñida falda de lana le labraba el trasero.

Por encima del recuerdo de su casa y de su esposa –Dios, cómo la extrañaba en este momento–, la sala de juntas regresó a su conciencia. Notó que todos esperaban a que dijera algo.

Sabía que Blakely tenía razón. Con reportes promisorios que provenían de la Compañía Bravo sería tonto no seguirles el rastro.

—Pero ¿de dónde coños voy a sacar a los hombres que puedan darle seguimiento a estos putos reportes? –preguntó. Se daba cuenta, con incomodidad, de que el enfado suprimido contra Blakely y las FARV hacía que su voz sonara mezquina y chillona.

Blakely pensó con rapidez.

—¿Por qué no le pedimos a la Compañía Bravo que barra el área y que vaya a pie hasta la Cota 1609, señor?

Mulvaney miró el mapa. Parecía una distancia un poco mayor a veinte kilómetros en línea recta, pero los cuadritos estaban casi del todo marrón a causa de la densa masa de las isolíneas de intervalos de veinte metros. Apenas lograban estar una junto a la otra y distinguirse. Recordó algunas zonas de Corea que eran como ésta, y se encogió de hombros: allá no había selva.

—¿En qué estado se encuentran? –le preguntó a Simpson–. Llevan ya bastante tiempo en la maleza, si mal no recuerdo.

—Al tope, señor. Pueden llegar ahí en cuatro días.

Si Simpson decía cuatro días, probablemente necesitaran ocho.

—¿Alimentos? ¿Fuentes de poder para los radios? ¿Municiones? Sabes que estoy limitado de aves para los reabastecimientos debido a esta operación en Cam Lo.

—No hay problema, señor –contestó Simpson, disfrutando la oportunidad de mostrarles a otros comandantes de batallón la disponibilidad del suyo.

Blakely palideció y tragó saliva. No se había molestado en decirle a Simpson que Bravo le había dado la mitad de la comida a Delta hacía casi una semana para cubrir el error de haber enviado a Delta con suplementos inadecuados.

—¿Usted qué piensa, mayor Blakely? –preguntó Mulvaney.

Él no titubeó.

—El Primero del Vigesimocuarto puede resolverlo, señor. Usted ya sabe lo que dicen a propósito de lo imposible.

—Sí –dijo Mulvaney en silencio, dirigiéndose al mapa–. Van a tardar un poco más –en su memoria se apersonaron marines enfermos, congelados, esforzándose por subir cerros helados, con las espaldas encorvadas por el peso de los morteros y la munición, con enfermos en camillas atados a las defensas y a las partes traseras de los jeeps y de camiones pequeños, quienes apretaban los dientes con cada impacto doloroso. Luego, su mente contrastó esa imagen con aquella otra de cuerpos delgados y doloridos, sin energía para pelear en la selva, mucho menos para entrar en combate contra los japoneses. Se obligó a volver al salón de juntas tan iluminado y al mapa que se desplegaba frente a él. Supuso que, así, aquello sería un jorobar del carajo. Pero podría vivir con ello. Faltaban todavía diez días para asegurar la Cota 1609. Eso le daba a Bravo dos días de tolerancia. Sin embargo, algo lo incordiaba. Era como un bordo debajo del saco de dormir que no lograba aplanar. Pero con toda aquella munición en ese vertedero, de no haber seguido como Blakely había sugerido… Sabía que tenía fama de ser demasiado impetuoso. En este nuevo Cuerpo de Marines, de trabajo de oficina cuidadoso y de cubrirte las espaldas con papeles, ya no era lo mismo. Su viejo amigo Neitzel se había amoldado de inmediato al nuevo Cuerpo. Por eso, Neitzel tenía una división y él no. Si lo conseguían, en nada afectaría sus posibilidades de convertirse en general. Sonrió, imaginándose a su esposa colgándole las estrellas.

—Carajo –murmuró para sí.

—¿Señor? –le respondió el mayor Adams.

—Nada, Adams. Ok, Simpson, adelante. No me falle.

La orden frag añadida a la orden original de destruir el vertedero de abastecimiento alcanzó a la Compañía Bravo una hora después de que hubiera concluido la reunión del regimiento. Consistía en una serie de puntos de control y tiempos de llegada, y nada más, algunos en cañadas profundas, otros en altos lomos de montañas. A la ruta de la marcha no le importaba en absoluto lo salvaje del terreno.

Hawke comenzó la reunión de capitanes.

—Caballeros, permítanme presentarles a nuestro nuevo líder, el capitán Meriwether Lewis.* Yo soy William Clark, pero llámenme «Wm», para abreviar. No volaremos de aquí en un buen rato.

Fitch explicó la orden frag.

—Nos quedan alrededor de tres horas de luz, así que tendremos un par de horas para jorobar. De lo contrario nos resultará imposible llegar a tiempo al punto de control Alfa.

—Mierda –dijo Mellas–. Apenas terminamos de cavar. Ese cuerpo hiede y mi pelotón se quedó sin comida.

—No vas a ser el Llanero Solitario, Mellas –bromeó Hawke–, pero quizá puedas ser Sacajawea.** Como sea, tienes razón.

Mellas rechinó los dientes y sacó el mapa de la bolsa, pero no le quedó más remedio que sonreír ante el chascarrillo de Hawke.

—No entiendo cuál pueda ser el punto aquí, eso es todo –dijo. La gente gruñó y Mellas se sintió aliviado–. ¿Qué les parece este cerro simpático con tres picos para tomar como posición esta noche? –les propuso–. Podríamos llegar antes de que anochezca. Pero, por Dios, parece que el río corre a lo largo de un puto cañón.

Lo discutieron brevemente y Fitch dio el visto bueno. Ordenó que se redistribuyera la comida, permitiéndoles a quienes tuvieran una lata de su ración c que la conservaran, para mitigar el enfado de aquellos que hubieran guardado sus raciones. La mayor parte de los chicos, Mellas incluido, se habían acabado ya toda la comida que habían tenido. Los sargentos del pelotón juntaron todo lo que quedaba. La comida redistribuida, ahora para uso común, equivalía a tres cuartas partes de una lata por persona. Veinte

---

* Explorador estadunidense que, junto con William Clark, estuvo al frente de la expedición Lewis y Clark, que alcanzó la costa del Pacífico y volvió a la costa oriental de Estados Unidos.

** Una mujer indígena que acompañó a Lewis y Clark en su expedición y les sirvió de intérprete.

minutos después de repartir la comida, la compañía abandonó el vertedero de municiones. La escuadra de Jacobs iba a la cabeza, y la de Jackson se esforzaba con el cuerpo de Williams.

Siguiendo un arroyo, se desplazaron lentamente en dirección noreste, cada vez más alto hacia el interior de la sierra y acercándose a la zona desmilitarizada. El terreno se volvía salvajemente hermoso, con picos cubiertos por la selva profunda y con corrientes de agua despeñándose desde lo alto a causa de las lluvias del monzón. En ocasiones, alguien resbalaba en alguna piedra vidriosa, limada por el agua, y el agua blanca le cubría el cuerpo y se precipitaba al interior de su mochila y le mojaba el poncho liner. Incapaz de ponerse de pie, con la corriente en contra y a causa del peso del equipo, sus compañeros, entre risas, lo sacaban. Quienes se habían tropezado sabían que tendrían que combatir el frío toda la noche, e intentaban secar la ropa y los poncho liners con el calor corporal.

Conforme ganaban altura, los árboles se volvían más grandes y la selva más oscura. En algún momento, el afloramiento grande y plano de una roca les abrió suficientemente la selva como para ofrecerles un vistazo de su recorrido. Justo frente a ellos había un valle oscuro, angosto y lleno de unas nubes que colgaban cerca de otros picos ennegrecidos de roca desnuda. Los picos flanqueaban un río serpenteante y delgado. Cada marine que pasó por ese balcón abierto hizo un gesto de nerviosismo: se ajustaban el equipo, hacían una pausa para rociarse repelente sobre una sanguijuela, silbaban por lo alto. La lluvia, que hasta aquel momento había caído como vaga llovizna desde nubes muy altas, de pronto se intensificó. Al golpear el suelo, desataba una ráfaga de aire frío.

Cuando llegaron al cerro de los tres picos, Mellas sufría un intenso dolor de cabeza a causa de su mermado nivel de azúcar en la sangre. Tenía el cuerpo drenado por ataques de adrenalina, por el hambre y por el constante frío de la ropa húmeda. Sintiéndose como animal enfermo, había continuado a base de simple voluntad.

El cerro se erguía, imposible, en lo alto de la oscuridad.

Jacobs miró hacia arriba.

—¿Quién ca-carajos e-eligió esto? —de su pantalón goteaba agua de aquel riachuelo en la base del cerro.

Mellas cerró los ojos.

—Yo, cabrón.

El hombre en punta suspiró, y luego comenzó a trepar por la pendiente, con la pesada ametralladora enfrente, asiéndose a raíces y rocas.

A medio camino hacia arriba, Mellas escuchó una conmoción detrás de él. Al volverse vio a Hippy, indefenso, resbalarse hacia atrás con la ametralladora frente al rostro. Golpeó a quienes lo seguían abajo, y ellos también se cayeron y derrumbaron a otros. La escena en cámara lenta se detuvo contra un árbol, todos se desenredaron y maldijeron a Hippy. Recomenzaron el ascenso.

El pelotón de Mellas necesitó una hora para hacer cumbre, mientras el resto del pelotón, todos congelados y expuestos a un ataque, esperaba en el río. La luz ya se extinguía del todo. Mellas, como primer oficial que llegaba, era el responsable de establecer la defensa de la compañía y de asignar posiciones a los marines conforme fueran llegando. Con un machete se abrió camino a través de la oscuridad de la selva y delineó el perímetro. Era todo lo que podía hacer para no desplomarse sobre el suelo y no volverse a mover nunca jamás. Recibió ramazos en el rostro, que le rasgaban y abrían la piel y le ocultaban el terreno. Procuró recordar todas las reglas acerca de dónde colocar las ametralladoras. La herramienta-a, la zapa plegable que llevaba atada a la mochila, se atoró en una rama, y el desbalance inesperado, aunado al inmenso peso sobre la espalda, estuvo a punto de derrumbarlo hacia atrás. Logró asirla, pero la rompió y se lastimó la mano al abrirse la costra que tenía sobre una úlcera irritada en el brazo. En un ataque de locura, sacó su k-bar y destrozó el arbusto. Al terminar sentía el rostro ardiente y enrojecido, pero tenía la espalda húmeda y fría. Tenía las manos hinchadas y los dedos se resistían a moverse. Se sacó los pantalones y cagó líquidos que le ensuciaron las piernas desnudas y las botas. Sintió náuseas por el olor, pero, por tener el estómago vacío, no pudo vomitar.

Bajó el cerro para guiar a su pelotón agotado al interior. El resto de la compañía requirió una hora para llegar a la cima, pues el camino que había seguido el Primer Pelotón se había convertido en un alud de cieno. Cuando Mellas, finalmente, pudo volver a su posición, encontró a Hamilton con arcadas sin vómito debidas a la fatiga y a la falta de alimentos, contorneándose dolorosamente sobre el hoyo poco profundo que apenas había comenzado a cavar.

Mellas lo observó y cayó en cuenta de que tendría que cavar la trinchera él solo.

—Venga, dame eso —le ordenó con amargura, mientras le arrebataba la zapa—. ¿Por qué no vas a ver si puedes extender los ponchos para formar alguna especie de carpa? —le dijo con mayor gentileza.

Hamilton intentó sonreírle pero comenzó a arquearse de nuevo.

—Estaré bien en un momento, señor –resolló–. No se preocupe, ahora le ayudo con la zanja.

—Olvídalo –le respondió Mellas. Comenzó a cavar. Cuando Hamilton le dio la espalda, comenzó a llorar en silencio, mientras golpeaba el suelo húmedo con la impotencia de su furia.

Fitch había dicho que aquella noche habría luna llena y, en efecto, cuando Mellas hizo su primer recorrido para revisar los fosos, las nubes del monzón brillaban apenas lo suficiente como para permitir un fulgor escalofriante sobre las copas de los árboles. Encontró a Hippy sentado en silencio a la orilla de su zanja. Los pies descalzos le colgaban en la oscuridad, y tenía las botas, rasgadas y descoloridas, a un lado.

—Más te vale cubrir esa botas, Hippy –le susurró Mellas–. Me llamaron tanto la atención como un faro de aeropuerto.

—Gracias, señor –le contestó Hippy. Las tomó y las depositó en el hoyo–. Quiero que les dé un poco de aire. Pensé que mantendría alejados a los gucos en caso de que estén del lado hacia donde corre el viento.

Mellas se rio y se sentó a su lado.

—¿Pasa algo? –susurró.

—¿Aquí? ¿Me está jodiendo, subteniente?

Mellas sonrió. Echó una pierna hacia delante para acomodarse y golpeó a Hippy en el pie. Hippy chilló.

—Oye, ¿te pasa algo en el pie?

—Na, nada serio, señor.

—Déjame verlos.

—No es nada, señor, sólo unas ampollas.

—Ajá –contestó Mellas–. Déjame ver uno, Hippy.

Sacó el pie izquierdo de la zanja. A pesar de la luz fantasmal, Mellas pudo ver que estaba grotescamente inflamado y descolorido. Le dio asco. Respiró profundamente. El otro estaba igual.

—¿Ya te los vio el calamar?

—No, señor.

Mellas explotó.

—¿Por qué coños no?

Él colgó la cabeza hacia abajo.

—Hippy, eres un puto inválido. Mierda.

—Me las apaño, subteniente —le contestó.

—A la mierda –Mellas se levantó–. Seguro que puedes, pero sólo si pides una prórroga de seis meses –Mellas tomó una bocanada de aire y procuró tranquilizarse. ¿Dónde diablos encontraría a otro líder de escuadra de metralletas tan bueno como él?–. Debe haber una manera para conseguir que un ave saque tu culo de aquí.

—Lo siento, señor.

—No basta con lamentarlo –ladró Mellas, arrepintiéndose al instante–. ¿Quién te gustaría que se encargara de la escuadra de metralletas?

Hippy tocó la culata de la ametralladora.

—Jorobé esta mierda durante mucho tiempo, señor. Quiero continuar. Es buen karma.

—Hippy, te los van a tener que amputar. ¿Has oído hablar de la gangrena?

Él se vio los pies y luego se rio.

—Están bastante jodidos, ¿no, subteniente?

—Sí. Absolutamente jodidos –Mellas esperó un momento–. ¿Entonces quién, Hippy?

—Topo, y que Young jorobe la mía –Hippy se agachó para juguetear con el medallón de paz plateado que le colgaba del cuello–. Ésta es mi última operación, señor. Mi doce y veinte es en nueve días, y entonces me largo de los arbustos. Diez días más tarde vuelo a casa. Estoy tan acabado que lo que usted está escuchando es una grabación.

—Te vamos a sacar de aquí. En algún momento tendrán que traernos la puta comida y llevarse a Williams.

En la espesura, frente a la carpa de Fitch, se hablaba también sobre helicópteros y comida. Tenía en la línea al oficial de guardia del batallón.

—¿Qué hay de nuestros suministros? –preguntó Fitch con severidad–. Estamos ya con la energía de reserva y estamos acojonantemente hambrientos. Cambio.

—Lo estamos intentando, pero el Óscar Óscar* del GAM-39 dice que no pueden disponer de aves, pues las tienen comprometidas con algo gordo en las tierras bajas, y todas las demás, las más pesadas, están en la cama, así que nos resulta imposible alterar las prioridades. ¿Pueden esperar dos días más? Cambio.

Hawke, sentado frente a Fitch, hizo un gesto de dolor por la violación del código de seguridad a propósito de la próxima operación.

* Oficial de órdenes (wo, por sus siglas en inglés).

—¿Esperar un par de días más? Carajo, no hemos comido en dos días y llevamos todo este tiempo apenas con medias raciones porque a algún cerdo hijo de puta sentado sobre su culo grasoso en Bravo Charlie Victor se le olvidó darle tiempo a Delta para que se organizara. Así que quiero un puto helicóptero aquí con comida, o juro por Dios que vivirán un infierno cuando regrese. Ahora mismo. Lo digo en serio, Stevens.

—Evita usar mi nombre en la red, Bravo Seis –respondió Stevens–. Sabes que los asiáticos nos monitorean las redes. No me gusta que usen mi nombre para escribirle cosas raras a mi esposa en casa. Cambio.

—Lo siento, personaje Sierra –respondió Fitch, cayendo en cuenta de que, si tenía un altercado con Stevens, menores serían las probabilidades de un reabastecimiento–. Mira, ayúdanos. Nos morimos de hambre. Al menos dinos qué coños se supone que estamos haciendo acá. Cambio.

—No sé qué hacer respecto de las aves, Bravo Seis. Te soy honesto. Y sobre qué están haciendo ustedes allá, pensé que sería obvio: si encontraron tanta munición, debe haber aún más por ahí cerca. Coño, la división de relaciones públicas emitió un comunicado de prensa sobre el combate de Alfa para recuperarlo, y todo. Cambio.

—¿Combate para recuperarlo? Los jodieron en una emboscada –Fitch soltó la tecla del auricular y miró a Hawke y a Cassidy–. ¿Una historia para la prensa? –dijo. Sintió el estómago débil.

—Bueno, eso no fue lo que yo escuché –Stevens comenzó a decir algo más pero lo interrumpió.

—Cállate el hocico y déjame pensar, caraja madre –gritó Fitch hacia el auricular. Al interrumpir la transmisión de Stevens, probablemente no le llegó el mensaje completo. Pero, aparentemente, Stevens sí recibió una parte suficiente del mensaje.

—Tiene que llegarnos comida, Jim –dijo Hawke. Había estado pergeñando una estrella pentagonal en el barro–. Hasta Lewis y Clark pudieron cazar búfalos conforme avanzaban.

—Sí, señor –agregó Cassidy–, y yo vi a un par de chicos cojeando. Creo que tenemos algunos casos de pies de inmersión que más vale medevaquear. De lo contrario, vamos a dejar lisiados a unos buenos marines.

—Ok –dijo Fitch. Tomó el auricular, se lo puso al oído y lo activó–. Gran John, aquí Bravo Seis. Que la petición del ave sea prioritaria, y, si no llega mañana, diles al día siguiente que es una emergencia. Tengo casos graves de pie de inmersión que hay que atender a la brevedad posible. Cambio.

—Ay. Eso no va a gustarle nada a Seis. Ya sabes lo que piensa acerca del pie de trinchera. Cambio.

—Permíteme que yo me preocupe de Gran John Seis. Tú preocúpate de enviarnos una puta ave. Es prio-ri-ta-rio –concluyó–. Tendremos una zona despejada mañana al mediodía. Cambio.

—¿Al mediodía? ¿Y cómo van a llegar al punto de control Alfa mañana?

—Envíanos esa ave, carajo –respondió Fitch con los dientes apretados–. Bravo Seis, fuera.

Se hizo una pausa, luego el radio volvió a sisear.

—No te enfades, Bravo Seis. Sólo intentaba decirte cómo va el marcador, eso era todo. Fuera.

Fitch se quedó mirando la oscuridad, con el auricular alejado de la boca. Después de mucho esperar, el radio volvió a silbar.

—De acuerdo, Bravo Seis, veré qué puedo hacer. No hace falta que te enfades. Gran John, fuera.

A la mañana siguiente echaron suertes para ver quién se ocuparía de despejar un trozo de selva lo suficientemente grande como para hacer una zona de aterrizaje. Mellas perdió. Temblando todavía a causa de la humedad y el frío, caminó con desánimo para hablar con el pelotón. Kendall y Goodwin regresaron para preparar patrullas de seguridad.

El único lugar posible para una zona de aterrizaje era un pequeño sitio nivelado justo bajo la cresta del cerro. Sin embargo, estaba cubierto por una masa formidable de bambú apelmazado y de pasto de elefante. Mellas se sentía físicamente enfermo. El pequeño cuchillo y la roma herramienta-a parecían inocuas frente a esta vida vegetal cerrada y densa. Se miró las manos y sintió las úlceras. Entonces vio a Jackson, consciente de que podría decirle que comenzara a deshierbar mientras él regresaba para sentarse con Bass y monitorear el radio, que ahora compartían. Había ordenado que apagaran el otro radio para ahorrar energía. Sabía, con todo, que no podía dejarlos y llegarse a ganar su respeto. Y, sin embargo, no sabía qué hacer de cara a ese muro verde infranqueable. Detrás suyo sintió que Jackson se enojaba. Mellas simplemente miraba la imposibilidad de la tarea. Su mente no podía concentrarse. Despeja la selva, sin herramientas ni comida. Cerró los ojos.

Entonces oyó a Jackson gritar.

—¡Puta mierda del carajo! –Jackson pasó gruñendo a su lado. Mellas lo miró atontado, pensando que Jackson había enloquecido, pero él se abalanzó contra el muro de bambú y pastos como un defensivo de futbol que hace un bloqueo total. La masa cedió un poco. Jackson corrió de regreso al grupo, echó hurras, y de nuevo se lanzó contra la maraña. Se dobló. Se retiró y, por tercera vez, brincó con los pies por delante, maldiciéndola. Brincaba sobre ella y entonaba un canto exultante. El bambú se resquebrajó. El pasto se hundió y cayó. Broyer, protegiéndose las gafas con los brazos, lanzó vivas y corrió hacia el sitio mellado por Jackson.

A Mellas le costó un segundo darse cuenta de que acababa de presenciar su primera lección sobre auténtico liderazgo. Él también atacó, con la cabeza por enfrente, como si fuera a derribar a un oponente. La masa vegetal accedió a recibir la cabeza, pero dejó fuera los hombros. Lo siguió Tilghman, el lanzagranadas, y luego Parker y también Cortell. Mellas corrió hacia atrás, se dio la vuelta, rugió y atacó de nuevo. Las escuadras de Jacobs y de Connolly, contagiados por la alegría del juego, se lanzaron también contra la hierba. Vancouver, en realidad, recogió a Connolly del suelo y lo lanzó como si fuera un tronco. Los uniformes se volvieron negros a causa de la pudrición húmeda. Manos y brazos sangraban por las navajuelas. Pero la zona de aterrizaje crecía.

Hacia las once de esa misma mañana, la zona estaba despejada. Los chicos estaban tirados sobre sus espaldas, exhaustos, mirando fijamente las nubes grises y arremolinadas. Una hora más tarde, las nubes besaron el suelo. Tanto la zona de aterrizaje como los marines, que esperaban, se veían fantasmales e irreales. Hacia el final de la tarde temblaban todos de frío, desalentados, en silencio, esperando todavía al ave. Ya no quedaba nada de comida. Muchos habían comido tan sólo tres cuartas partes de una lata en las últimas cuarenta y ocho horas. Estaban sitiados por la neblina. Ni siquiera Jackson podía abalanzarse contra ella.

Fitch configuró patrullas del tamaño de una escuadra al mando de Kendall y de Goodwin y los envió a vigilar la zona de aterrizaje, por si acaso. Kendall se perdió y tuvo que encender una luz de bengala para que Daniels y Fitch pudieran localizarlo. Todos refunfuñaban, pues la bengala podría hacerles saber a los norvietnamitas dónde estaban posicionados, y los chicos comenzaron a llamarlo «Kendall Luces». Samms, el sargento del pelotón de Kendall, se sentó con Bass y se quejó alrededor de una hora sobre Kendall y acerca de la política de que todos los oficiales debían ganar experiencia comandando un pelotón de tiradores. Goodwin avisó por radio que había encontrado algo, pero que sería una sorpresa. Fitch le ofreció a Hawke veinte dólares por su lata de albaricoques, pero él se rehusó.

A media tarde, Cortell y Jackson fueron a buscar a Hawke para hablar sobre las siguientes cuotas de D&R. Al llegar al centro del perímetro se encontraron con el subteniente Goodwin, todavía cargado con la munición y las granadas de mano, que acariciaba dos cachorros de tigre. El calamar mayor y Relsnik observaban al sargento Cassidy, con una sonrisa en su rostro, juguetear con los cachorritos ciegos.

Cortell, quien había compartido la trinchera con Williams desde que habían llegado a el-país ocho meses atrás, veía a los tigres con otros ojos. Se separó de Jackson y se dirigió al grupo.

—No creo que deban estar aquí dijo. Su corazón comenzaba a aporrearlo, pero se prometía a sí mismo hacer algo por Williams: lo que fuera necesario para aliviar el sentimiento de haberle fallado.

—Bueno, jódete –respondió Cassidy levantándose–. ¿No te parece bien que estén aquí, verdad? ¿Acaso recuerdas que haya pedido tu opinión?

Cortell no contestó nada, deseaba que Jackson dijera algo.

—¿Tú simplemente te acercas a tus putos superiores y les dices lo que piensas a cada momento? –lo increpó Cassidy.

—No, señor –respondió Cortell. Regresó el miedo atávico del Sur Profundo y le aflojó las rodillas.

—En ese caso te sugiero que te ocupes de tus asuntos. Pensaba que a ti tendrían que gustarte las putas bestias de la selva.

Las fosas nasales de Cortell se ensancharon y su rostro palideció. Le ardieron manos y piernas. Sintió la mano de Jackson en el codo, que lo jalaba suavemente, alejándolo de Cassidy y de un precipicio interior. Cortell respiraba trabajosamente, con la mirada fija en Cassidy, quien lo miraba impertérrito.

—Voy a matar a esos hijos de puta –amenazó Cortell.

—Sobre mi cadáver –lo retó Cassidy.

—¿Así lo prefiere?

—¿Acaso estás amenazándome con matarme, Cortell? –le preguntó Cassidy.

—Vamos, Cortell –le dijo Jackson. Él lo escuchó como si estuviera al final de un túnel demasiado largo. Jackson se volvió a Cassidy y añadió en silencio–: no pretende amenazarlo con matarlo, artillerito. Se trata de Williams, su amigo de cojones.

Cortell le golpeó la mano con enfado, liberándose de él.

—*Venga*, Cortell –silbó Jackson–. Conseguirás que te encierren con todo y culo –Jackson lo jaló, Cortell jaloneaba hacia atrás y él hacia delante. De alguna manera logró liberarse de su furia situándose fuera de sí. Cobró conciencia de sí mismo, enfadado. Entonces advirtió que se jaloneaba con Jackson. Su mente barajó imágenes de Jesús y de los cambistas de dinero, de Pedro que le cortaba la oreja al criado aquel, de Jesús colgado de la cruz, de Dios que lloraba por su hijo perdido. Recordó quién era y dónde estaba, y le permitió a Jackson que lo guiara, tomado por el codo, cerro abajo, y dejaron a Cassidy de pie, frente al silencio de los demás.

Recordó entonces Four Corners, Mississippi, y Gilead, a seis kilómetros por un camino polvoso, donde vivían personas blancas. Se acordó de cómo había conducido el viejo Ford 1947 del abuelo, cuidadosamente libre de polvo, por las calles arboladas, procurando no llamar la atención. Recordó a la abuela asegurándose de que tuviera la camisa blanqueada y planchada. Entonces evocó también a su prima mayor, Luella, que regresaba a casa desde Gilead por aquel mismo camino polvoriento, calurosa y exhausta en su uniforme de criada, para cuidar a su bebé, que había dejado con su madre durante las catorce horas que se había ausentado, adolorida y necesitada de aligerarse los pechos y el corazón. Luego rememoró horas y más horas durante las que debió contener la orina y a los bachilleres blancos que lo miraban fijamente con ojos de dureza cada vez que se apersonaba en el cobertizo para almacenar algodón sin un «asunto definido», pues él tan sólo quería entregarle un mensaje a su tío, que trabajaba en el cultivo de atrás. En su memoria, todos ellos eran como Cassidy.

Cortell comenzó a correr hacia las líneas. Jackson lo miró alejarse. Luego le gritó:

—Cortell, pedazo de imbécil –cuando Cortell llegó a su trinchera, tomó el M-16 y jaló la palanca del cerrojo para cargar un tiro. Se dio la media vuelta, con los ojos asalvajados, y corrió hacia la parte alta del cerro. Jackson lo derribó desde arriba, con lo que el M-16 salió volando.

—Voy a matar a esos hijos de puta –gritó Cortell–. Voy a matarlos, hijos de puta –pataleaba y se retorcía, le arañaba a Jackson los ojos, en un esfuerzo por abalanzarse de nuevo hacia su arma. Jackson resistió sólidamente.

Mellas observaba a Bass prepararse una taza con el último sobre de café instantáneo que había en el pelotón cuando escucharon los gritos de Cortell. De inmediato salieron corriendo. Mellas brincó sobre Jackson y Cortell, y apartó al primero. Cortell intentó levantarse, pero Bass le cayó encima y lo clavó en el suelo. Su rostro ancho, normalmente agradable, estaba retorcido por el dolor y la furia.

Jackson, mucho más bajo su propio dominio, no forcejeó con Mellas.

—Yo estoy bien –le dijo–. Es Cortell.

Mellas lo miró a los ojos, y se quitó luego de encima. Jackson se levantó y se sacudió, mirando a Cortell, claveteado bajo la solidez del cuerpo de Bass.

—¿Qué coños te pasa? –le preguntó Mellas.

—El artillerito –contestó–. Voy a matarlo –estaba ya bajo control y era evidente que no lo decía en serio.

Bass, al advertir que Cortell había recuperado el dominio sobre sí, se incorporó, le extendió una mano, y lo ayudó a levantarse.

—¿Qué hizo Cassidy? –preguntó Bass.

Jackson habló.

—Scar regresó con dos tigritos cachorros y el artillerito está jugando con ellos.

—¿Y...?

—Y yo le dije que los sacara de aquí –replicó Cortell . Un tigre mató a Williams, ¿o a usted ya también se le olvidó ya?

El rostro de Bass registró el dolor que le causaba la declaración, pero no dijo nada.

Mellas se inmiscuyó.

—Tú no puedes decirle simplemente al artillerito que haga lo que te plazca. Entiendo cómo te sientes. Debes saber que habría reaccionado a eso. Quizá no se ha enterado de cuánto te afecta a ti.

—Le dijo a Cortell que deberían gustarle los animales de la selva –agregó Jackson en silencio.

Mellas bajó la cabeza y se volvió un momento. Bass murmuró bajo su aliento, luego se giró y se dirigió al puesto de comando.

Mellas lo detuvo.

—Es mi problema –dijo–. Vamos a aclarar las cosas aquí y luego hablo con Scar. Será más fácil que hablar con Cassidy.

Jackson y Cortell contaron su versión de lo sucedido. Cuando terminaron, Mellas miró a Cortell.

—¿Todavía consideras que vas a matar al viejo de Cassidy? –le preguntó con una sonrisa.

Cortell le devolvió la sonrisa. Le moqueaba la nariz.

—No, creo que dejaré que regrese a casa. Seguramente hay algún estúpido que lo quiere –se rio, agitándose, y Mellas con él.

* * *

Mellas encontró a Goodwin en el área de su propio pelotón.

—Se trata de dos tigritos bebés. Oye, míralos –se arrodilló para que uno le lamiera el dedo–. No pueden hacerle daño a nadie. Coño, Jack, no puedo matarlos.

Mellas miró los dos cachorritos.

—Dios, no, no los mates —dijo con solemnidad—. La madre llegaría en un segundo. Tienes que dejarlos en donde los encontraron.

—Que me jodan si lo hago, Jack. Está a dos putos clics de aquí.

—Yo me los llevo —reviró Mellas.

—Por mí está bien, Jack. Pero no sabes a dónde ir, ¿o sí? —Goodwin sonrió, regodeándose en su momentánea pérdida de compostura.

—No, no sé.

—Bueno, entonces jódete —Goodwin levantó a uno de los cachorros—. Yo los regreso —hizo una pausa breve para pensar—. De cualquier manera, ningún guco es tan estúpido como para merodear por aquí.

—Gracias, Scar —le agradeció Mellas con sinceridad—. Te debo una.

—Na. No tengo nada mejor que hacer. No debí haberlos traído acá, en primer lugar. Tampoco atiné a pensar en ese amigo suyo al que se lo comieron.

Vancouver se ofreció como voluntario para acompañarlo, además de un grupo de hombres suyos, y los dejaron a la entrada de la cueva donde los habían encontrado. El grupo regresó bien pasada la medianoche, entorpecidos por la oscuridad, en silencio y doblados por el cansancio.

Mientras Goodwin no estaba, Mellas, desbordando una furia farisaica, confrontó a Cassidy en la reunión de actuales. Cassidy, orillado de nuevo al papel de villano, respondió al ataque de Mellas con su propio enfado.

—Tan sólo le dije al imbécil de mierda que tenían que gustarle los putos animales porque él también proviene de una jodida selva, en primer lugar. Así es, ¿o acaso no? Están tan orgullosos de toda esta mierda del poder negro… y, si se supone que son guerreros africanos tan serios, deberían estar orgullosos de donde provienen.

Mellas no contestó.

—Este Cuerpo de Marines se fue a la mierda desde que comenzó esta jodida guerra —continuó Cassidy—. Quizá me salí de mis casillas. Pero un maldito soldado de primera no tiene derecho a arremeter contra un oficial y contra un sargento de segunda clase para expresarle su opinión, que nada vale. No hay un carajo de disciplina. No hay un carajo de orgullo. Y a nosotros, profesionales de carrera, no dejan de jodernos y nos envían a la maleza por millonésima vez, mientras que esos cerdos y putos huevones pueden rehusarse, en cualquier momento, a venir a la selva. Pues sí, me largo de esta mierda.

El silencio que siguió fue penoso. De pronto, Mellas sintió lástima por este hombre, para quien el mundo cambiaba de golpe.

—Temo que yo también me precipité, sargento Cassidy —dijo Mellas—. Si tan sólo se disculpara con Cortell.

—No debo disculparme de un carajo, subteniente.

—Cassidy, las cosas pueden ponerse feas. Ya están molestos por el corte de pelo de Parker. Esto, aunado a aquello, no va a caer bien.

—Si están queriendo probar esa mierda del poder negro conmigo, subteniente, les voy a ennegrecer aún más sus culos de mierda en el infierno. No me asustan. Ya he tenido que ver con punks en otras ocasiones.

Mellas lo dejó, haciéndoselo saber a Fitch con la mirada. Él continuó rápidamente con la reunión de actuales. La única noticia era que las baterías estaban tan desgastadas que, además de mantener apagados los segundos radios, los radios de los actuales debían encenderse sólo cuando la compañía se desplazara y por las noches. La última orden del batallón era recuperar el tiempo perdido. Debían alcanzar el punto de control de ese día, Alfa, al día siguiente hacia el final de la mañana; el punto Bravo a media tarde para, así, retomar el horario la noche del día siguiente en Charlie. No habría reabastecimiento. Habían abierto la zona de aterrizaje en vano.

Capítulo VIII

AL PARTIR A LA MAÑANA SIGUIENTE AÚN EN LA OSCURIDAD, EL pelotón de Goodwin se encontraba en la punta. El de Mellas contaba con la seguridad relativa que implicaba ir en el corazón de la columna. Resignados a jorobar, en lugar de volar, los chicos ponían un pie en frente del otro en aquella danza sin fin propia de la infantería. Para quienes no marchaban en la punta, los pensamientos no eran sino recuerdos de mejores épocas, de comidas que habían paladeado, de chicas que habían conocido o que deseaban haber conocido mejor. Para quienes hacían punta no había pretérito alguno, sino, tan sólo, el atemorizante ahora.

El hambre se había apoderado de las mentes, atosigando a quienes iban en la punta y a Goodwin, quien intentaba ignorar el martilleo de su cerebro para concentrarse en la tarea que tenía encomendada. Marchaban con un sentimiento constante de irritación y frustración. Bastaba simplemente que se atorara el equipo con una rama para que se juzgara como una injusticia monstruosa. Bastaba tropezarse con quien iba al frente, a causa de los sentidos embotados por la fatiga, para desgajar una furia irracional, y no el comentario sarcástico de siempre.

Hicieron base en el punto de control Alfa una hora después de la puesta del sol, con todo un día de retraso. Alfa resultó ser la cumbre de una montaña cubierta por la selva, nada más. No habían comido en todo el día, y el día anterior habían despachado ya las tres cuartas partes de la lata. Hacía tres días que apenas habían podido comer la mitad de una ración.

Durante el transcurso de la cena, el teniente coronel Simpson parecía distraído. El mayor Blakely asumió que estaba preocupado por tener que explicarle el retraso al coronel Mulvaney en la reunión del día siguiente.

Apenas se dio cuenta cuando el recluta mesero le retiró el plato y rellenó su taza de café. Con desánimo se unió a las historias y a las risas del mayor Blakely y del capitán Bainford, el oficial de control aéreo, mientras se fumaban un puro. Simpson tomó la botella de Mateus, que ya casi habían liquidado durante la comida, y se sirvió otro vaso, haciendo caso omiso del café. Se lo bebió con rapidez. En su bolsillo buscó otro puro, pero encontró vacía la cajita de cartón.

—¿Un puro, coronel? –preguntó Blakely, ofreciéndole uno de los suyos.

Simpson lo encendió con la vela que estaba sobre la mesa, le dio algunas caladas rápidas para que ardiera, y se relajó. Blakely encendió uno de los suyos, se recargó y volteó para ver el mosquitero que protegía, ante aquellos insectos que pululaban afuera, el interior de la tienda desordenada y pequeñita de los oficiales y del equipo de suboficiales. Al atardecer, Vandegrift no era en absoluto un lugar agradable para cenar. Afuera de la tienda, los reclutas se formaban, andrajosos como estaban, en la fila de la comida. El suelo era un fangal. El aire de la noche apestaba a queroseno y a los barriles llenos de mierda, proveniente de las letrinas, a los que les habían prendido fuego. Un Huey solitario, que regresaba a Quang Tri, se levantó de la pista rugosa y se perdió por un momento contra el verde grisáceo de las montañas, para después emerger, recortada su silueta, contra la luz moribunda del día.

—Éste no es un lugar digno para estar, Blakely –gruñó Simpson. Le dio una calada, que pareció furiosa, al puro.

—¿Señor?

—Deberíamos estar en la jungla. Tenemos tres compañías sentadas en los valles, recalentándose los culos, y a otra bastante jodida en las montañas. No podemos controlarlas. Así no podemos ejecutar nada cuando haga falta.

—Estoy de acuerdo, señor, pero con el batallón dividido, así como está, y con las compañías desperdigadas por todo el mapa, a pesar de que estamos en una operación, ¿cómo podemos controlarlas?

—Matterhorn. Quiero volver a Matterhorn. Tendríamos sometida toda la parte norponiente del país, con las compañías fastidiando a los gucos en la selva, atacando sus líneas de abastecimiento, destruyendo sus almacenes –escupió un poco de tabaco al piso–. Quién sabe, quizás incursionaríamos incluso en Laos. No entiendo esta mierda de los bombardeos. Echas una bomba, un gruñón se levanta y atraviesa el cráter… pero si los vietnamitas son una bola de gruñones, de los mejores. Justo por eso debemos enviar a nuestros propios gruñones tras ellos.

—Yo estoy de acuerdo —dijo con cautela Blakely, mirando de reojo al controlador aéreo adelantado—, pero con las restricciones políticas tan jodidas, ¿qué se puede hacer? Pero, sí, estoy cabronamente de acuerdo. Hay que ir adonde está la acción —Blakely no le preguntó al coronel qué diferencia había entre dirigir cuatro compañías por radio desde Matterhorn a dirigirlas desde Vandegrift. Sabía que la verdadera diferencia era psicológica, por lo menos para quienes estaban allá, en la división. Con el puesto de mando del Primero del Vigesimocuarto situado en Matterhorn sobre el mapa, completamente solo y del todo expuesto, en la división no dejarían de recordar que los oficiales al frente del Primero del Vigesimocuarto eran marines de la selva, y no simple personal escondido en fortificaciones reforzadas. Blakely conocía la importancia de la imagen. No importaba nada si los bombardeaban a cada momento. Debía acumular combate, del real, en su expediente, del tipo de Corazones Púrpuras y medallas. Era el mejor camino, quizás el único, para escalar en la jerarquía.

—Debemos perfeccionar nuestro control —comenzó a decir Simpson, casi para sí mismo—. Ese jodido Fitch lleva un día de retraso. Ayer estuvo sentado todo el día sobre su trasero. Todo el puto día destinado a emergencias del pie de inmersión, que no son sino resultado de un mal liderazgo. Bueno, no se lo permití. Había que enseñarle algo.

Se sirvió otra copa de vino y, levantándose de la silla, se lo bebió de un trago. Azotó la copa contra la mesa.

—Ahhh, qué bueno. Es portugués, ¿no? Necesitamos otra caja de esto —abandonó el recinto, y los demás se levantaron de sus asientos por deferencia.

Simpson siguió bebiendo. Después de dos horas ininterrumpidas de revisar la pila de papeles sobre el improvisado escritorio de triplay, se había acabado ya casi la mitad de una botella de Jack Daniel's. Se había levantado de su silla unas seis o siete veces para mirar el mapa claveteado en otro trozo de la misma madera, que yacía recargado contra el húmedo tejido lateral de la tienda. Tocaría las coordenadas de la Cota 1609, la última posición reportada por Bravo, para asegurarse a sí mismo de que estarían bien. Luego, incómodo y abrumado por la responsabilidad de tantas vidas, regresaba, desganado, a los papeles, y volvía a llenarse el vaso.

Sabía que no debía beber tanto, especialmente si estaba solo. Pero pasaba demasiado tiempo solo. Después de todo era el comandante del batallón. Se suponía que, en la cumbre, uno estaba solo. ¿Qué esperaba, acaso la camaradería simplona de los cuarteles de oficiales solteros? Pero otra voz lo reprobaba. Debía estar en términos más amistosos con los otros comandantes del batallón del regimiento, o con otros en el equipo del regimiento de su misma edad y rango. Lo había intentado ya. Le había preguntado al teniente coronel Lowe, a quien se le había encomendado el Segundo del Vigesimocuarto, si cenaban juntos la otra noche. Había abierto nuevos puros y un vino bastante bueno. Pero todo marchó torpemente. Mientras Simpson se congelaba el culo en Corea, Lowe había estado jugando futbol para Annapolis, y, con todo, aquí estaba, en el mismo lugar que él, y con tres años menos. Pero eso había sido todo: Annapolis. Simpson se había abierto camino a través de la universidad estatal de Georgia, y nunca había tenido oportunidad para aprender a socializar. Así que no era un socialito como Lowe o Blakely. Nunca lo había sido ni nunca lo sería. ¿Y qué? Así que estaba solo. ¿Y qué? No estaba aquí para pasarla bien. Estaba aquí para matar gucos.

Lentamente alejó de sí la pila de papeles sobre el escritorio. En el nuevo claro despejado puso el vaso de whisky y la botella medio llena. El líquido ámbar emitía un reflejo cálido. Luz cálida. Profunda y cálida.

Siguió repasando los comentarios y los cuestionamientos de Mulvaney durante la reunión. ¿Por qué tenía que padecer a un personaje imbécil y extraído de una caricatura, como Mulvaney? Simplemente no podía estar seguro de lo que estaba pensando o de lo que pensaba sobre él. Simpson tenía razón con que un viejo gruñón como Mulvaney estaría complacido si su puesto de comando se trasladaba a Matterhorn. Mulvaney había incluso dicho que parecía que algunos gucos andaban por ahí. Ahora, sin embargo, sentía que había hecho algo mal, pues estaba allí pero debía esforzarse para volver a Cam Lo. Pero Mulvaney había dado la luz verde. Simpson le pegó unos pocos sorbos más al whisky. Cuatro días para inaugurar la Cota 1609. ¿Había sido precipitado? Tenía a Dios por testigo de que habían abandonado a los hombres con un montón de subtenientes de reserva aún verdes. Eran delicados con las tropas. Se movían con demasiada lentitud. Ya no había capitanes regulares con quienes trabajar. Todo estaba jodido y apestaba. Los marines eran tropas de choque. «Abrelatas», había dicho Liddell Hart[*] alguna vez sobre ellos. ¿O había dicho «ganzúas»? Nunca podía recordar ese tipo de detalles, así que nunca podía poner citas breves en sus reportes, tal como sabía que debía hacerse. Pero tenía sus propias prácticas de cojones. ¿Por qué debía memorizar aquellas putas citas cortas?

* Teórico de la milicia, de origen inglés.

La única lata que podían abrir ahí era una maldita lata de gusanos. De malaria. De úlceras de la selva. De políticos. De negros armados y con su cantinela del poder negro. Lentamente y con cuidado dosificó tan sólo un poco más de whisky en el vaso. Debía aguantar todavía unos cuantos meses más. Un batallón en combate. Carajo, tenía ya 39 años. Era una gracia de Dios, una prórroga para el telón final de aquellos veinte años. Tendría ahora la oportunidad de hacerse coronel y obtener un regimiento. Le sonrió al vaso tibio. No, una división no. No le pidas demasiado a los dioses, o te defraudarán. Pero un regimiento sí resultaba posible si no la cagaba en esta ocasión.

Sus tripas gimieron y su reacción fue apurar el resto del whisky. Volvió a llenárselo.

Edad, 39 años. Oportunidad, la última. Sabía que no era inteligente como Blakely, ni pintoresco como Mulvaney. Pero se preocupaba. Le preocupaba el pie de inmersión. Le preocupaban la seguridad y disminuir la tasa de hombres caídos. Pero ¿cómo era posible que estos factores llamaran la atención de la comandancia general? Qué mierda. Todo era una mierda. La Compañía Bravo de mierda estaba afuera jugándosela. Jamás debió haber permitido que Blakely le endulzara los oídos y que Mulvaney se entrometiera. Luego la metida de pata con las raciones. No lo había entendido, aunque debió haberlo hecho. Supervisión, supervisión, supervisión. A eso se refería la última s de «BAMCIS»:* «Busca la planeación», «Arréglatelas para efectuar un reconocimiento». ¿O era «Arréglatelas para brindar apoyo»? «Materializa el reconocimiento.» No, «un plan». Carajo. La memoria nunca había sido su fuerte. Mierda. Pero si es tan fácil: hay que ir y matar al puto enemigo. Si la bronca de las raciones salía eventualmente a colación, lo pagaría muy caro.

Blakely transferiría al oficial de abastecimiento que la había cagado en Da Nang. Al s-4 no le importaba. En absoluto. Clubes de oficiales. Licor. Mujeres. Mujeres de *ojos redondos*. Había una rubia que les vendía autos a las tropas. ¿Autos? Puta, eran Mercedes-Benz. Todo un año de paga por un nene de ésos. Por supuesto que no había nada de esto en el expediente de aquel oficial de abastecimiento. No tenía sentido hacérsela difícil. Blakely echaba mano de canales de respaldo para hacerles saber a todos que lo despedirían de una manera amable y que no lo registrarían en su expediente. Pero si llegaba a saberse, bueno, entonces él podría mostrar que había

* Siglas en inglés de *Begin the Planning, Arrange Recon, Make Recon, Complete Planning, Issue Order, Supervise.*

actuado inmediatamente para deshacerse de él. No es que fuera algo tan malo. Carajo, no habían matado a nadie ni había pasado nada por el estilo. Además, sacaría a la Compañía Bravo y se congraciaría con ellos. Los recibiría a todos con bistecs. En realidad, con Bravo en Vandegrift, todo el batallón estaría ahí al mismo tiempo. Tendría bistecs para todo el batallón y, por la noche, una fiesta formal para los oficiales. Maldita sea, si las había organizado desde los días de los Marines Reales. Como en los viejos tiempos. Algo para levantarles la moral. Una noche de fiesta para los oficiales y bistecs para los reclutas. Aquellos chicos eran marines cabronamente buenos. No había sido su culpa. Al final lo querrían. Entenderían. No era cuestión de liderazgo. Tampoco había sido culpa de nadie. Te entregan a estos universitarios con el culito todavía verde. Sin experiencia. Un día están cogiendo chicas de las oficinas del gobierno en Washington, y una semana más tarde los arrojan a los arbustos. ¿Qué se puede esperar? Carajo. Sólo era necesario apretarles las tuercas, eso era todo. Madurez. Por eso debía volver él mismo a la selva. Como pasó con aquellas fortificaciones en Matterhorn. Los habrían masacrado con un ataque aéreo o un bombardeo agresivo. Tampoco se puede ser tan cuidadoso. Sí, era duro con ellos, encabronadamente duro. Pero precisamente por eso estaba él aquí: para salvar vidas. Por Dios, lo único que hacía falta era darles más aliento, carajo. Un poco de liderazgo.

Tiró el resto del whisky, tomó su gorra de utilidades y atravesó las cortinas para salir a la noche. Guiado por las piedras blancuzcas que delineaban el camino, cruzó hasta el COC, el Centro de Operaciones de Combate. Empujó la pesada puerta, con lo que sorprendió al oficial de guardia, que leía *Playboy*, y a los tres operadores de radio, dos de los cuales jugaban ajedrez. El tercero estaba escuchando a los top cuarenta de la RFAV,* la estación de radio del ejército localizada en Quang Tri. Todos brincaron y se pusieron de pie.

—Quiero hablar con Bravo Seis –ladró Simpson.

Uno de los operadores de radio lo llamó. Pronto respondió la voz de Pallack, y luego se sumó también Fitch. Su voz era tan débil como la de un fantasma.

—Habla Gran John Seis. Quiero saber por qué desobedeció deliberadamente una orden y sigue sentado sobre su culo en el punto de control Alfa, con todo un día de retraso. Quiero una puta explicación bastante buena o

---

* La Red de las Fuerzas Americanas en Vietnam (AFVN, por sus siglas en inglés) comprendía estaciones de radio y de televisión.

tendrá que explicárselo usted personalmente a alguien en Okinawa, porque juro por Dios que voy a encargarme del culo de cualquier comandante incapaz de cumplir con su trabajo. Cambio.

Los operadores de radio se miraron de reojo recíprocamente. El oficial de guardia se puso a revisar mensajes radiofónicos que habían llegado desde la división.

Se hizo una pausa larga.

—¿Me escuchó, Bravo Seis? —insistió Simpson—. Cambio.

—Sí, señor. Enterado —hubo un corte en la transmisión—. Estuvimos hundidos en la niebla todo el día. Estuve esperando que llegara el ave que solicité. Tengo casos graves de pies de inmersión, un cadáver, y no tenemos comida. Estimé que podríamos movernos a mayor velocidad si resolvíamos antes estos problemas. Asumo la absoluta responsabilidad de este retraso. Cambio.

—Puede apostar su trasero a que sí. Pero eso no me ayudará a darle explicaciones a Bushwhacker Seis. Cambio.

—Entiendo, señor. Si supiéramos cuál es nuestra misión, quizás eso pueda ayudarnos a desplazar a los hombres. Cambio —la distancia y la debilidad de las baterías hacían que la voz de Fitch vacilara y se quebrara.

—Su misión es localizar, acercarse y destruir al enemigo. Ésa es la misión de todo puto marine —inconscientemente, Simpson echó los hombros hacia atrás. Estaba consciente de que el personal lo observaba—. Así que, maldita sea, póngase a buscarlos y a destruirlos, o lo relevaré del cargo. ¿Me escuchó, Bravo Seis?

—Sí, enterado.

—Es imperativo, imperativo, que llegue al punto de control Echo el jueves al mediodía. Ahí esperará usted más instrucciones. Es imperativo. ¿Me entendió? Cambio.

El radio era puro silencio. El punto de control Echo estaba en el abrazo de dos ríos, uno que bajaba de las montañas y era el que se esforzaban en cruzar, y el otro que se precipitaba desde otra cadena montañosa ubicada más al oriente. Regresó Fitch.

—Señor, estoy revisando el mapa y el punto de control Echo está justo al otro lado de un rollo bastante pronunciado. Mire, en este terreno realmente considero que no podemos llegar tan rápido. Cambio.

—Espere un momento.

Simpson se lanzó sobre el mapa, puso un dedo en la posición de Bravo, claramente indicada por una chinche con una letrota B. Luego puso otro dedo en las coordenadas del punto de control Echo. Los dos dedos estaban a unos veinte centímetros de distancia. Fitch, evidentemente, estaba holgazaneando.

Simpson levantó el auricular.

—¿Está tratando de engañarme, Bravo Seis? Si no está en Echo al mediodía, pasará su primer mes en Okinawa esforzándose por sacarse mi pie del culo. ¿Entendido?

—Entendido.

—Gran John Seis, fuera.

En la humedad y el frío, a treinta kilómetros de Vandegrift, Fitch aventó con suavidad el auricular al suelo y se quedó mirando fijamente la oscuridad. Relsnik se abalanzó sobre él y lo recogió.

Hawke silbó.

—Quizá cuando esté sobrio habrá olvidado lo que dijo.

Fitch refunfuñó.

—Oye, olvídalo –continuó Hawke–. ¿Qué puede hacerte, Jim: cortarte el pelo y enviarte a Vietnam?

Fitch le sonrió, agradecido por su apoyo, y se preguntó por qué no se alegraba ante la posibilidad de ser relevado. Salirse de todo aquello. Sin embargo, se sentía terriblemente. Su reporte de condicionamiento físico lo mataría. Se desvanecería toda esperanza de recibir una tarea decente después de Vietnam. Para haber empezado tan bien, como comandante de una compañía, y que después lo enlataran en la retaguardia, era algo que definitivamente no podía tolerar. Conocía al dedillo el Cuerpo de Marines como para darse cuenta de que se correría la noticia. Y, en una organización tan pequeña como aquélla, le resultaría imposible evadirla. Ni la suma de todas las explicaciones posibles lo ayudaría. Parecerían simples excusas. La historia real, sabida por Hawke y los comandantes del pelotón, permanecería sepultada en la selva hasta que rotaran todos a casa. Pero entonces ya no importaría. Fitch habría pasado a ser una broma.

Allá en las líneas, Mellas y Hamilton estaban sentados en el borde trasero de su foso. Hamilton había tomado prestada la linterna roja de Mellas para llenar otro cuadrito en la cuenta regresiva de su cuadrícula de corto de tiempo. Se trataba del dibujo de una delicada chica vietnamita, con la pierna derecha retorcida encima de la cabeza, y la vagina expuesta. Había doscientos segmentos pequeños y numerados alrededor de la figura de la niña en una espiral, que terminaban con el día cero en ese hoyito.

—¿Sabe, subteniente? –dijo Hamilton–, de verdad considero que esta chica es hermosa. O sea, de verdad que sí. Se parece a una que conocía allá en casa.

—Tranquilízate, Hamilton. Desde ese ángulo todas son iguales –dijo Mellas, recordando un chiste que había escuchado. Pero luego sintió que, de alguna manera, había profanado a la chica de su cuadrícula de corto de tiempo.

Hamilton se recargó sobre los codos.

—Desde octavo grado quería casarme con ella.

—¿Y por qué no lo hiciste?

—Se casó con un tipo que es ingeniero en la planta que tenía un trabajo libre de turnos –Hamilton se perdió por un momento en su propio mundo, y luego regresó–. Yo estaba con un amigo mío, Sonny Martínez. Habíamos ido desde el Camp Lejeune a su boda. Él habla bastante buen inglés, pero todavía con un acento un poco jodido. Da igual: en la recepción llama la atención del esposo de Margaret y le pregunta, «Oye, ¿has estado alguna vez en el ejército?»; «No, nunca», le contesta el tipo. «¿Y por qué no te vas al ejército?» –la voz de Hamilton se volvió solemne y lenta–. «Bueno, verás, tengo un trabajo bastante importante y… bueno, es demasiado importante como para irme al ejército.» El resto del día, Sonny se mantuvo en estricto silencio y a mí se me antojaba brincar por encima de la mesa para sacarle los ojos a ese imbécil.

Mellas se rio.

Hamilton alzó una copa invisible para brindar.

—Por Margaret y su jodido marido –se hizo silencio por un momento–. ¿Cómo es posible que este tipo de cabrones terminen casándose siempre con las mejores nenas?

—Creo que las chicas desean seguridad. Gente como tú y yo somos un riesgo bastante grande.

—Sin embargo, no puedo dejar de pensar que somos mejores tipos.

—Por desgracia, las mujeres no lo ven así –dijo Mellas. Recordó la noche en que Anne le dijo que no podía aceptar ese concepto extraño de moralidad que él se había inventado por aquello de mantenerle una promesa al presidente. Todo había comenzado con una preciosa comida en el departamento de Nueva York que Anne compartía con dos de sus amigas de Bryn Mawr,* quienes se habían ausentado con absoluta discreción. Anne

* Una localidad a las afueras de Filadelfia donde se encuentra un *college* femenino de artes liberales homónimo.

se había lucido, no sólo con los hígados de pollo envueltos en tocino y las castañas de agua, sino también con aquel café, francés de verdad, hecho con una auténtica prensa francesa que había traído desde París, cuando pasó el verano allá durante su tercer año de estudios. Mellas nunca había visto una antes. Pensó que el mejor momento para contarle que había enviado su carta al Cuerpo de Marines sería a la hora del café.

Pero no existía ningún «mejor momento». Se vio asimismo de pie con una cafetera vacía en una mano y dos tazas vacías en la otra, mientras le observaba la espalda hermosa. Traía puesta la minifalda color salmón que enfatizaba su cinturita y le aumentaba el trasero, la misma que ella sabía que lo volvía loco.

—Ni siquiera te *gusta* el presidente –le dijo. Exasperada se giró hacia los trastes sucios en el fregadero–. Tú mismo dijiste que se trata tan sólo de una imagen prefabricada. No es que le hayas hecho una promesa a una *persona*.

—Sí, pero él es el *presidente*. Los presidentes de Estados Unidos no les mienten a los norteamericanos –se sintió bobo al responderle–. Él es como la representación de… no sé… de la Constitución, por Dios. Yo juré defender la Constitución de Estados Unidos. Levanté mi mano y lo juré, así que… que me asista Dios.

Ella se dio la vuelta sin quitar las manos del fregadero.

—Eras tan sólo un chico, un bachiller. Tenías *diecisiete* años.

—Pero ya era yo.

Ella le dio la espalda de nuevo.

—Ay, Dios –le dijo a la pared.

Como un tonto vio la cafetera y las tazas en las manos. ¿Por qué estaba enojada con *él*? Se trataba de un juramento sagrado, y dos de los chicos con los que había entrenado en Quantico habían muerto ya.

—Waino –le dijo, sin quitar la vista de la pared–. Johnny Hartman consiguió que el doctor dijera que la rodilla que se había lastimado en el futbol americano estaría saliéndosele todo el tiempo. El hermano de Jane consiguió que *su* doctor dijera que es gay.

Él calló.

Y ella suspiró largamente. Sus hombros retrocedieron tan sólo un poco de donde normalmente se asentaban. Él se dio cuenta de que Anne había estado conteniendo la respiración. Entonces comenzó a decirle con esa voz queda contra la cual bien sabía él que no podía oponerse.

—Te admitieron en la Escuela de Derecho de Yale. Te *aplazaron*. La guerra podría terminar en estos tres años y, si no es así, puedes ejercer como abogado. La gente se muere por estar en tu lugar.

—Hay gente *muriéndose*. Gente que resulta ser mejor que Johnny Hartman y que el hermano de Jane.

Ella se dio la vuelta, ahora lentamente. Temblaba. Las lágrimas que le corrían desde los ojos verdes lo dejaron atónito y lo hicieron sentirse culpable.

—¡Sí! –siseó–. ¡Sí, sí, sí, sí! Y tú enviaste esa carta sin siquiera haberme dicho nada al respecto. Ni siquiera *pensaste* en decirme nada.

Un mes más tarde se encontraba en la Escuela Básica de Quantico, en Virginia. Le parecía difícil escribirle, consciente de que el entrenamiento de los marines le resultaba absolutamente desconocido. Ella respondía intermitentemente, diciendo que sus nuevos estudios la mantenían bastante ocupada. Una vez, pasados unos tres meses desde que llegó a Quantico, le llamó para decirle que iría a Nueva York con una licencia de tres días. Ella le respondió que ya había organizado algo en Vermont. Dos meses más tarde recibió la orden de partir a Vietnam. La llamó y le dijo que querría verla antes de zarpar. Ella accedió, pero le advirtió que no planeara pasar la noche juntos.

Robustecido por el entrenamiento, con el pelo cortado al rape y en un uniforme de subteniente de los marines, viajó en tren desde Virginia hasta Nueva York. Cuando llegó a su departamento, sus compañeras de piso le explicaron que había salido a una cita. La esperó, incómodo, a sabiendas de que las chicas intentaban entretenerlo. Finalmente, se fueron a la cama. Cuando regresó ella a casa, se preparó un té. Después de una media hora extraña, le dijo que podía dormir en el sofá, y ella se metió a la cama.

Estaba tan asustado y desesperadamente necesitado de consuelo que, de cualquier manera, regresó a gatas a la cama con ella. Después de dos horas incómodas teniéndola de espaldas, se rindió al sueño. Se levantó en medio de la oscuridad y se enfundó el uniforme en aquel departamento sobrecalentado; la lana se le pegaba al sudor del cuerpo. Ella lo observó en silencio. Llamó a un taxi y empacó el portatrajes. Cuando estaba doblándolo sobre el suelo, levantó la mirada y se la encontró sentada en la orilla de la cama. Tenía puesta una camisa larga de hombre que no le cubría los calzones. Aparentemente, no le importaba.

—¿A qué hora sale tu vuelo?

—Cero cinco treinta –deseó que no se le hubiera escapado el uso militar para dar la hora.

—¿Tienes hambre?

Se puso de pie, irguió el portatrajes, y lo levantó.

—No.

—Bueno…

—Sí –no podía quitarle los ojos de encima. Jamás había podido–. Adiós.

—Adiós.

Salió por la puerta, la cerró con cuidado para no molestar a las compañeras de piso, y bajó las escaleras.

El taxi estaba frenando cuando la escuchó correr por la calle con los pies descalzos, todavía con la camisa larga. Él se quedó ahí, paralizado. Ello lo alcanzó, con los ojos inundados en lágrimas, y lo abrazó y le dio un beso rápido, y luego se alejó.

El taxista había recogido ya el portatrajes y estaba detrás del volante, dándoles tiempo.

Anne se sentó en el bordillo de la acera.

—Vete –le dijo con suavidad, mirando al otro lado de la calle vacía–. Vete.

La última imagen que tenía de ella fue a través del cristal posterior del taxi. Estaba sentada en el bordillo sucio, doblada hacia enfrente, con las manos cruzadas entre la cara y las rodillas, temblorosa por los sollozos.

Cuando la perdieron de vista, el taxista le preguntó, sin ser descortés:

—¿Se va a Vietnam?

—Sí.

—Qué dura despedida.

Algo dijo Hamilton que trajo a Mellas de regreso al presente.

—Debe haber algunas mujeres, en algún lugar, a las que les parezca correcto estar acá.

—¿Conoces a alguna? –le preguntó Mellas. Estaba incómodamente consciente de cuán áspero se estaba volviendo, como si otra persona dentro de él se apoderara, en ocasiones, de sus cuerdas vocales. De verdad odiaba a las mujeres en cierto aspecto, quizá porque se quedaban en casa y no eran reclutadas. Quizá se trataba del poder que ejercían sobre él, por su anhelo de estar con una, tan sólo de hablar con una.

—No –contestó Hamilton.

—Ahí tienes –le habló Mellas con suavidad al muro sombrío de selva. Se volvió hacia Hamilton–. Que jodidez. Me voy a revisar las líneas –y se fue. Hamilton volvió a fijar la mirada en su cuadrícula de corto de tiempo.

* * *

Alrededor de las tres y media de la mañana, Fitch informó a los capitanes acerca de la tarea que tenían, la amenaza del coronel para relevarlo y la amenaza latente de una corte marcial. Enfurecido, Mellas ofreció renunciar también y acompañar a Fitch en el juicio.

—Si haces esto público, el Cuerpo de Marines no tolerará jamás la mala publicidad. Te apoyarán.

—Mellas –intervino Hawke–, ésta no es la puta secuela de *El motín del Caine*[*] –Kendall y Goodwin se rieron y Mellas tuvo que sonreír, a pesar de su enfado–. Debemos estar en el punto de control Echo mañana al mediodía –continuó Hawke–. Eso significa que tenemos unas ocho horas, el máximo absoluto, para jorobar hasta Bravo, Charlie y Delta –se volvió hacia Fitch–. No hay manera, Jim. Voy a cortar comunicación. Se le echa la culpa a las baterías. Tan sólo nos saltamos un par de puntos de control. Seríamos acojonadamente afortunados si llegamos ahí mañana en la noche yendo en línea recta.

Fitch comenzó a morderse nuevamente el labio inferior.

—¿No les parece que podamos recorrerlos todos, cierto?

—Jim, ¿ya le viste los pies a Hippy?

Fitch succionó las mejillas sin decir nada.

—Quizá podamos preparar la ruta con los proyectiles de sesenta –sugirió Kendall–, y la iluminamos con tiros de mortero.

—Lo último que vas a desperdiciar es munición, cabrón –dijo Hawke.

Kendall comenzó a sonrojarse.

—Es lo único que nos queda –convino Mellas.

—Correcto. Y tu vida –Hawke tomó una bocanada profunda de aire–. Quiero dejarles claro, reclutas, botas, de mierda, cuán jodido tenemos el culo. Todos los gruñones se van a Cam Lo. Entonces, ¿adónde se dirige la artillería, especialmente si no hay personal que se encargue de la seguridad? No sólo los sacaron de Matterhorn, sino que ayer abandonamos Eiger. Eso significa que lo único que nos queda son los obuses de 203 milímetros[**] emplazados en Sherpa. Pero están en rango extremo. Cuando se trata de rangos extremos, todo se tambalea –hizo aspavientos con las manos a manera de énfasis–. Todos sabemos qué posibilidades existen de recibir apoyo aéreo durante un monzón: cero punto mierda. Así que a conservar la puta munición.

---

[*] Una novela de Herman Wouk, publicada en 1952, a partir de la cual se hizo una película, bajo el mismo nombre, dos años después, con Humphrey Bogart. Wouk desarrolló también un libreto para Broadway. Trata sobre un barco en la segunda guerra mundial y los dilemas éticos de sus capitanes.

[**] Obús autopropulsado modelo m110.

Ésa fue la primera ocasión en que Mellas comprendió que Hawke estaba atemorizado. Un estremecimiento de miedo lo recorrió. Se imaginó a la compañía formando una línea en uno de aquellos cañones rocosos, despedazados por los morteros, o esforzándose por trepar una ladera empinada, con una ametralladora calibre .51 al otro lado del valle rociándolos con disparos, mientras ellos se esforzaban por encontrar un refugio ahí, donde no existía ninguno. Mellas explotó.

—Gran John Seis y su jodido punto de control Echo, ese lamepitos, hijo de puta. Va a terminar matándonos a unos cuantos tan sólo por cumplir con sus malditos puntos de control.

—Ahí tienes, Jack –concluyó Goodwin–. No te haces general si no te ocupas de elaborar puntos de control.

El resto del día, Mellas rabió internamente contra el coronel. Esto le dio la energía necesaria para seguirse moviendo, para revisar el pelotón y para mantener a los chicos en movimiento. Pero justo debajo de la triste tranquilidad que había aprendido a mostrar, maldijo con una intensidad hirviente a los hombres ambiciosos que lo utilizaban a él y a su tropa para impulsar sus carreras. Injurió al ala aérea por no hacer el esfuerzo de enviarles un helicóptero que desafiara las nubes. Imprecó contra los diplomáticos, que discutían sobre mesas redondas y cuadradas. Maldijo a los vietnamitas del sur por hacer dinero en el mercado negro. Maldijo a todos los que estaban en sus casas apelmazados frente a sus televisores. Luego blasfemó contra Dios. Y puesto que ya no había a quién responsabilizar, se maldijo entonces a sí mismo por creer que todo aquello le importaría a Dios.

El día se esfumó en la desesperación. El terreno se había convertido en un lomo compuesto de riscos escarpados de piedra caliza que el mapa no registraba. Era imposible encontrar ningún hito de nada para orientarse en la oscuridad de la selva. Ni siquiera podían ver el sol a través de las nubes. El hambre les punzaba el estómago y les vaciaba las fuerzas de las extremidades, pero sabían que la única manera que les quedaba para conseguir comida y un resguardo era seguir avanzando.

Al día siguiente, exactamente lo mismo. Su resistencia decayó y las úlceras se volvieron aún más severas. La pus hizo erupción en la piel. La expansión de la tiña se aceleró, así que muchos preferían andar sin pantalones para evitar la dolorosa irritación y las rozaduras, lo cual provocaba más heridas por la maleza y mayor exposición a las sanguijuelas.

Pat se colapsó, le temblaban las piernas a causa de la fatiga. Arran se lo echó a los hombros, lo sostuvo por las piernas, y pedía, cada hora o cada dos, una medevac.

—No entienden. Los perros no tienen la misma resistencia que los humanos. Simplemente no.

Fue el tercer día sin nada que comer.

Pallack se preguntaba si los perros no eran más inteligentes que las personas.

Al día siguiente, algunos chicos comenzaron a comerse el interior pulposo de unas plantas, sin saber a ciencia cierta qué ingerían. Otros pelaban corteza de árboles y masticaban el interior. Al inicio de la tarde, muchos vomitaban conforme avanzaban, apestando sus propias ropas o dejando manchas nauseabundas de bilis, que debían sortear quienes iban detrás. Nada los ayudaba.

Hippy no dejaba de pensar en aquella chica que le había hablado por vez primera acerca de la meditación una noche de licencia durante su época en Campo Pendleton. Intentó concentrarse en el *ahora* del dolor. Le había dicho que, si al meditar, le incomodaba estar de rodillas, se debía simplemente a que pensaba en el tiempo que se desplegaba frente a él. «¿Ya consigues soportarlo?», le había preguntado. «Sí», le respondió. «¿Y ahora?» «Sí», volvió a responder. *Y ahora*... Le punzó el dolor que implicaba adelantar un pie pero podía soportarlo. *Y ahora*, con el otro pie, pero también pudo sobrellevarlo. *Y ahora. Y ahora.* El hambre ya no significaba nada.

De pronto, Mallory arrojó su pesada ametralladora M-60 a los arbustos y se dejó caer, con las manos en las sienes. Pidió ayuda a gritos.

—Me duele la puta cabeza –chillaba–. Dios mío, esta puta cabeza. ¿Por qué nadie me cree?

Mellas se lo encontró retorciéndose en el piso.

—Carajo, subteniente, me duele –lloriqueó.

El grito de «¡Enfermero adelante!» se fue pasando a lo largo de la columna. El Doc Fredrickson llegó corriendo, jadeante a causa del esfuerzo. De sus ropas empapadas salía vapor.

—Ah, es Mallory –dijo sin poder ocultar su disgusto.

—¿Y bien? –preguntó Mellas.

—No lo sé, subteniente. Usted escuchó lo mismo que yo, que tiene algo en la cabeza. Físicamente no le pasa nada.

—¿Tienes manera de ayudarlo?

—¿Acaso parezco el puto Sigmund Freud?

Mellas tomó el auricular del chaleco antibalas de Hamilton y llamó al enfermero mayor, a Sheller.

—Se trata de mi personaje Mike, el de la cabeza mala –le informó Mellas. La columna continuaba con su avance. Todos veían, aturdidos, a Mallory cuando pasaban junto a él. Los dos marines que transportaban el cuerpo de Williams se detuvieron al verlo, con el cadáver meciéndose ligeramente entre los dos. Uno de ellos echó un escupitajo y siguieron avanzando a trompicones.

El radio chisporroteó, era Fitch.

—Mira, Bravo Uno, no tengo manera de detener la columna el día de hoy. Les enviaré allá atrás al calamar mayor, pero deben garantizarle seguridad. Deberán alcanzarnos lo más rápido posible, aunque eso signifique tener que arrastrar a ese hijo de puta.

Bass llegó antes que Sheller. Le dio un puntapié a Mallory, al que respondió con un gemido.

Mellas se acuclilló a su lado.

—Mallory, debes entender. Debemos seguir avanzando. Si no te mueves, pones en peligro a toda la compañía. Sé que te duele, pero intenta moverte. Debes esforzarte.

—Usted no entiende el dolor del carajo que padezco –parecía un niño de dos años asalvajado.

Bass arrojó el rifle al suelo y levantó a Mallory hasta la altura de los ojos, asiéndolo por la camisa. Le colgaban los pies. Bass le gritó.

—Carajo contigo, chillón, hijo de puta. Se nos muere Williams y nos quedamos con mierda como tú, maldito cobarde del carajo. ¡Camina!

—No puedo –gimió Mallory.

Con el rostro contraído, Bass le propinó un puñetazo en la cara. Mallory gimió y se cayó al suelo.

—Ya basta, puta madre –dijo Mellas enfurecido–. Carajo, Bass.

—No le pasa nada, excepto que es un maricón de lo peor.

—Eso lo decido yo.

Los dos se miraron intensamente. Bass se agachó, recogió el rifle y se largó por la vereda. Skosh miró a Mallory, perplejo, y se apresuró para alcanzar a Bass.

—Yo hablo con Bass, subteniente –ofreció Fredrickson.

—No tiene la culpa –respondió Mellas–. Mira, dile a Bass que se haga responsable del pelotón. Me iré con el último equipo de tiro mientras lo atiende el enfermero.

Fredrickson se apuró en busca de Skosh y de Bass, mientras Sheller llegaba junto con Cassidy. Mellas le dio el parte a Cassidy, mientras Sheller se inclinaba sobre Mallory para hablarle. La columna avanzó hasta desaparecer y dejó atrás al pequeño grupo. Los marines elegidos para cubrirlos aseguraron, nerviosamente, el camino a su alrededor. Sheller se levantó encogido de hombros.

—Puedo darle más Darvon, pero ha estado tragando esa mierda como si fueran palomitas.

—Pues si no, ¿qué coños hacemos con él? –preguntó Mellas–. No estamos en condiciones de cargarlo.

—Dejémoslo –dijo Cassidy, poniéndole una mano a Mellas en el hombro. Sheller lo miró con ojos de sorpresa.

—No puedo dejarlo aquí –replicó.

Cassidy le guiñó el ojo y le apretó el hombro.

—Tiene que hacerlo, subteniente. Tenemos toda una compañía en riesgo por culpa de este individuo. No tiene caso que mueran buenos marines a causa de este hijo de puta cobarde que se niega a jorobar.

—Bueno… –dijo Mellas con calma.

—Quítale el arma –le ordenó Cassidy a uno de los marines que montaban guardia–. La munición también –le arrancaron el equipo de la ametralladora y lo dejaron con la pistola .45 y la mochila.

—No pueden dejarme –gimió Mallory.

—Rétame –le contestó Cassidy–. En cualquier momento de la semana puedo deshacerme de un trozo de mierda como tú –señaló con un cabezazo el camino a proseguir–. Vámonos antes de que nos metamos en problemas –dijo.

El grupito avanzó, un par de marines volteaban hacia atrás con nerviosismo. Al frente, Cassidy caminaba con gravedad. Se detuvo a unos cincuenta metros y les indicó con un gesto la maleza. Se agazaparon dentro. Esperaron unos cinco minutos. Mallory dobló una curva corriendo salvajemente. Cassidy sacó el cañón de la ametralladora a modo de zancadilla, y Mallory, con un grito de terror, se tropezó.

Cassidy se puso de pie encima de él, y el caído lo miró, para descubrir que le ponía la ametralladora de lleno en el rostro. Le golpeó un diente. Mellas sonrió.

—Levántate, cobarde –le dijo Cassidy en voz baja.

Mallory gimoteaba como un perro, con los labios y las encías ensangrentadas. Levantó la ametralladora y, con una especie extraña de trote, y medio arrastrando los pies, corrió para unirse al resto de la compañía.

—¿Y ustedes qué esperan? –les gruñó Cassidy a los otros marines–. ¿A que venga un puto *skoshi*? –todos se apresuraron para alcanzar a la compañía, temerosos de quedar aislados.

La noche se desplomó sobre ellos en medio de un profundo valle sin espacio para establecer un perímetro. Cavaron para formar un óvalo por encima de un promontorio. Si llegaran a sufrir un ataque, probablemente arrasarían con ellos.

Excavaron pozos con la profundidad mínima para acostarse en ellos. Abrieron campos de ataque a pocos pasos frente a sus trincheras. Mellas se arrastró de uno en uno, adulándolos, bromeando, haciéndoles ver el peligro; intentaba animarlos a todos para que cavaran un poco más y para que juntaran un poco más de maleza con que cubrirse.

Cuando, más tarde, regresó para revisar los adelantos, Mellas se encontró a la mayor parte de los hermanos alrededor del tocadiscos de Jackson. Topo estaba ahí, al igual que Broyer y Cortell. Aunque la ametralladora de Mallory estaba colocada de manera que cubría una ruta de aproximación desde una hondonada pequeña, él faltaba. También Parker.

—Hola, subteniente, venga y cene algo –lo invitó Cortell–. Hoy tenemos un pequeño estofado de soul de Memphis.

Mellas se rio y se les acercó, contento de que lo hubieran invitado a escuchar. Su corazón se encogió ante el buen humor que desbordaban a pesar de tanta miseria. Tenían a King Curtis tocando «Memphis Soul Stew», y el disco se movía irregularmente con la aguja brincoteando por las distorsiones.

Mellas estaba demasiado cansado como para obligar al pelotón a cavar más. Se les unió, y a la música.

—Man, nunca jamás volveré a ponerme fino frente a una lata de jamón y a mamá –dijo Topo, con el cuerpo ligeramente acompasado por el ritmo de la música. Mellas se sintió incómodo, no sabía qué decir.

—Sí –dijo Cortell con suavidad–, y eso espolvoreado por una pizca de… –hizo una pausa para causar un efecto mayor, levantó los hombros– jamón enlatado y huevos. Ay, man…

Mellas se rio.

—Y todo un plato de salsa Tabasco para matar el sabor –sugirió.

Hubo murmullos, voces dulces que se imponían a la miseria. «Bueeeno, subteniente» y «Exactamente».

—Sé que Jesús explicó que no sólo de pan vive el hombre, subteniente

—continuó Cortell—, pero jamás imaginé que me vería obligado a comprobarlo.

—Oye, Jackson, ¿cuántos discos tienes? –le preguntó Mellas.

—Todo depende de la organización, señor –le respondió–. Tenemos al Segundo Equipo de Tiro y a Cortell cargando el contingente serio. Algo de Otis, un poco de James Brown –hizo una pausa e imitó de maravilla un «eeehhh» que James Brown añadía al final de una de sus líneas.

—Eah, hermano –se rio Topo y golpeó con sus nudillos el puño de Jackson.

—Y tiene también a Wilson Pickett –continuó Jackson–, con esa canción en la mejor versión de Marvin Gaye. Luego, Parker y Broyer tienen todo lo demás grabado por Motown. Y Mallory, él trae, eh… –Jackson advirtió que Mellas observaba su ametralladora desatendida–. Este… él tiene música instrumental, como King Curtis y Junior Walker.

Se extinguió «Memphis Soul Stew», y la aguja comenzó a rodar sobre la etiqueta del disco, produciendo un ruido rasposo. Broyer levantó el brazo fonocaptor rápidamente y detuvo la marcha.

—¿Cómo está Mallory? –preguntó Mellas.

—¿Cómo cree, subteniente? –contestó Jackson–. Tiene el hocico jodido por una ametralladora y le duele la cabeza.

—Y no ha comido en una semana entera –agregó Topo.

—No creo que Cassidy lo haya golpeado a propósito –explicó Mellas.

—Miér…coles –escupió Topo.

—Bueno, es lo que pienso.

—Subteniente, pero es un hecho que lo golpeó –dijo Jackson.

—¿Consideran que habrá problema?

—¿Problema? –Jackson miró alrededor, evidenciando su condición con las manos abiertas hacia las nubes y la selva–. ¿Qué significa problema? Se trata de una mierda de otro tipo, subteniente –los rostros, que habían estado alegres apenas hacía un momento, se pusieron graves. Mellas entendió que su presencia se había vuelto un inconveniente.

* * *

—Yo opino que nos carguemos a ese hijo de puta –dijo Parker. Estaba casi oscuro y se encontraba recargado contra la tierra de una zanja poco profunda. China estaba sentado a su izquierda, contemplando el boscaje, mientras masticaba una vara para apaciguar al cuerpo que le exigía carbohidratos a gritos. Un poco de llovizna se le había encharcado en el poncho, y le escurrían hilos de agua. Mallory estaba a la derecha de Parker, con los codos sobre las rodillas, se sostenía la cabeza y tenía la mirada perdida en el suelo.

—No nos vamos a cargar a nadie, Parker —reviró China.

—¿Cómo puedes permitir que siga vivo un cerdo como ése, eh?

—Yo no le *permito* vivir. No tengo nada que ver con que esté vivo. O muerto —puntualizó.

—Henry va a matar a ese cabrón.

China oyó la amenaza pero no dijo ya nada. Henry podría matar perfectamente a Cassidy, pero justo en eso se cifraba su estupidez. Saber que Henry era capaz de matar a alguien si se enfadaba era, con todo, lo que lo había mantenido al mando. China sabía que si tenía fama de ser blandengue, jamás reemplazaría a Henry cuando rotara de regreso a casa. Sin embargo, no podía matar simplemente a alguien. Además, era bastante fácil adivinar quién en la compañía tendría motivos para hacerlo. Habría que hacerlo para que tuviera relevancia. O eso, o que pareciera un accidente. Pero, en última instancia, no quería arriesgar su operación de tráfico de armas.

—¿Cómo estás, hermano? —le preguntó China a Mallory, cambiando el tema. Se inclinó hacia el frente y lo miró por encima del pecho de Parker.

—Me duele del carajo, China. Ayúdame a salir de aquí.

—Debemos salir *todos* los hermanos de aquí —agregó él, levantando la voz. Despreciaba a Mallory y se le antojaba levantarlo por el cuello y exigirle que se comportara como un hombre, pero también sabía valorar una buena causa cuando descubría una. «Tú sigue quejándote, Mallory, tú eres mi hombre», pensó.

—¿No vamos a hacer nada con ese golpe que le propinó Cassidy? —preguntó Parker mientras observaba a un mosquito chuparle la sangre del brazo.

—Por supuesto que voy a hacer algo, pero en el momento oportuno —China aplastó otro mosquito contra su propia cara.

Parker hizo lo mismo con el pulgar; el mosco explotó dejando un reguero de sangre sobre la piel.

—Sangre, China.

—Cuando llegue el momento oportuno.

—Esta noche.

—No.

—*Venga*, man —increpó Parker a Mallory con enfado. Se levantó y aplastó otros pocos mosquitos que revoloteaban frente a su rostro—. Más vale que volvamos antes de que Bass o el Chico de la Uni adviertan que no estamos.

En el silencio, China podía escuchar el tocadiscos de Jackson. Jackson… Si pudiera hacer equipo con él, si le permitiera organizar a los hermanos presentes entre los arbustos, entonces se iría a la retaguardia para buscar más Jacksons para las otras compañías. Man, una organización como ésa... y al volver a casa hasta *tanques* les darían a los hermanos, carajo.

Jackson ordenaba su mochila cuando la oscuridad completa canceló la alerta total. Vio a China acercarse hasta Parker y Broyer, quienes se saludaron de la manera habitual. Luego vio que China se le aproximaba.

China se acuclilló junto a él. Jackson jaló una correa y la fijó.

—Carajo, nos pasamos todo el tiempo empacando y desempacando –se quejó China–. Si hiciera todo este empacar y desempacar en casa sería un *auténtico* viajero.

Jackson sonrió sin decir nada.

¿Dónde vives, man?

—Cleveland.

—En O-*hi*-oooh.

—Sip, en O-hi-oooh.

—¿Te drogas a veces?

—Una vez, en San Diego. Una hermana tenía mariguana.

—Esa mierda no es nada buena para los negros.

—Yo creo que es mala para cualquiera –Jackson emitió un suspiro, retrotrayéndose seis meses en el tiempo. Visualizó el pequeño departamento oscuro, con la lámpara de moda color lava, y una luz negra proyectando la imagen borrosa de una chica en un sari estampado de un brillante color chartreuse. Y Kyella. Dios mío. La preciosa Kyella Weed. Volvió a la guerra–. Pero algo divertido, eh.

—Sip. Ahí está el problema. Los jodidos británicos han esclavizado a millones de amarillos con el opio.

—Esa mierda no me la dio ningún brit. Me la dio un hermano.

—Sí, sí. Pero ese hermano tampoco nos está haciendo ningún *bien*, hermano, *ningún* bien. Los musulmanes, ellos no toman drogas. Y están bien. Las drogas... sirven para esclavizar a millones de asiáticos amarillos y a los pieles rojas también.

—China, no me interesa hablar de política. Estoy cansado y estoy obligado a pelear esta guerra con el estómago vacío.

—Es cierto. Una guerra contra hombres marrón. James Rado* dijo que se trata «de hombres *blancos* enviando *negros* a combatir *amarillos* para

* Autor y compositor estadunidense. Hace referencia al musical *Hair*.

salvaguardar un país que les robaron a los pieles *rojas*». A ningún hombre negro debe obligársele a luchar para defender a un gobierno racista. Ése es el Artículo Sexto de los Diez Puntos de las Panteras Negras.

—¿Qué hacen de bueno tus amigos terroristas de Oakland además de escribir libros para hacer dinero? *Alma encadenada.** Miér...coles. No veo a ninguna Pantera bravucona por acá.

—Ése es el punto. No están aquí para no pelear en la guerra de los blancos.

Explotó entonces la molestia de Jackson por habérsele puesto en una posición incómoda y de la que no lograba escapar.

—Tampoco están peleando la guerra de los *negros*. Justo por eso no están peleando, sólo están causando problemas. Igual que tú. No me interesa tu mierda del carajo, China. No me hace falta –Jackson hizo una pausa–. ¿Sabes quiénes son los hombres que *de verdad* están combatiendo la guerra de los negros? Voy a decírtelo. Es la chica bajita que va a la escuela en Little Rock, con su vestido mono, y no le tiene miedo a un carajo. No porta armas, pero la foto esa donde va caminando a la escuela en medio de policías federales cambió muchos *corazones.*** Son aquellos chicos a los que asesinan por registrar votantes. Sí, universitarios blancos.*** Gente como Mose Wright –hizo otra pausa–. Te apuesto a que no tienes ni puñetera idea sobre Mose Wright, ¿o sí, Don Historia de los Negros?

China estiró los brazos con disgusto.

—Ok. Tú eres el predicador. Cuéntame. ¿Quién es Mose Wright?

—¿Has oído hablar de Emmett Till?

—¿Pero tú qué te crees?

—Que sí. Yo tenía siete cuando vi esa cara hinchada con el ojo colgándole en la revista *Ebony*, y nunca, *nunca*, voy a olvidarla. Pero yo no vivo en Mississippi. *Tú* tampoco vives en Mississippi. Mose Wright, el tío de Emmett Till, *él vive* en Mississippi, donde te cortan las pelotas y te cuelgan de un árbol, y te arrojan al río con las aspas de acero de los ventiladores amarradas a tu cuello de negro bien muerto. Si se te ocurre hablar sobre esa mierda en Mississippi, estás muerto. Pero Mose Wright, sin educación,

---

* Se refiere al libro de Eldridge Cleaver, fundamental para la literatura afroestadunidense. En 1968, Cleaver atacó a un grupo de policías en Oakland.

** Se refiere al grupo de nueve estudiantes afroestadunidenses del bachillerato Little Rock, en Arkansas, quienes en 1957 provocaron una crisis al acudir a clases en una escuela exclusiva para blancos.

*** Los voluntarios de la campaña «Verano de Libertad» que, en 1964, trabajaban para registrar a la mayor cantidad de votantes de raza negra posible en Mississippi. Se desató la violencia y algunos fueron asesinados.

ni dinero, sin nada excepto corazón, él sí va al juicio de esos cabrones que mataron a Emmett Till, todo manipulado como sabemos que estaba, y dice «¡Ésos de ahí!», y apunta a los asesinos con el dedo. Justo ahí, en esa corte de blancos. «¡Ésos!» Justo ahí, a sabiendas de que irían tras de él y que estaría solo, sin ayuda de la ley.

—Sí, man, carajo –China se detuvo por un momento. Luego prosiguió–. Sólo se salvaron esos dos *chucks*. Ahí los tienes, dando vueltas, libres. Hasta ganan dinero *contando* la historia. Le cuentan a una revista de blancos que cometieron el asesinato, la publican por todo el país, y, *sin embargo*, no les pasa nada.

—Por supuesto. Pero ahora todos saben y lo ven claro. En esta ocasión, los reflectores cayeron sobre ese tribunal jodido. ¿Y por qué? ¿Por qué ahora sí? Por ese hombre negro y ese dedo suyo con el que los inculpó.[*]

—¿Entonces qué vas a hacer *tú*, negrito? Están libres. ¿Vas a permitir que siga la misma mierda? ¿No piensas hacer nada?

—¿Qué se supone que debo hacer?

—Puedes comenzar protestando por el puto racismo que hay en este Cuerpo de Marines. Tenemos hermanos sin D&R. Tenemos blanquitos racistas del oeste castrando a nuestro hermano Parker enfrente de todos nosotros, y a ese mismo blancucho hijo de puta romperle la boca a otro de nuestros hermanos con una puñetera ametralladora. Pero tú, *tú*… prefieres involucrarte con *gestiones*. Tú eres parte del mismo puto problema, man.

—Me parece que los *chucks* estos están tan jodidos por jorobar y que los matan tanto como a nuestros amigos *splibs* –dijo Jackson, esforzándose por mantenerse ecuánime–. No les están dando comida a los *chucks*, ni tampoco los hermanos. Sólo uno de cada doce va a volver a casa.

—¿Cuántos oficiales en este regimiento son hermanos?

—Uno.

—¿Y eso no te parece racista? –preguntó China.

—¿Cómo van a ser oficiales los hermanos si no son líderes de escuadra?

—¿Cómo vamos a liberarnos si no estamos unidos?

Jackson lo miró fijamente a los ojos, y China le sostuvo la mirada.

---

[*] El adolescente afroestadunidense Emmett Till fue asesinado en 1955 y se encontró su cadáver atado a un ventilador. Su tío, Mose Wright, señaló a los culpables: un par de vecinos de raza blanca. Cínicamente vendieron poco después una entrevista a la revista *Look*, en la que admitieron su crimen. Con todo, el tribunal –compuesto por ciudadanos blancos– los eximió de toda culpa.

Mellas y Hamilton estaban demasiado cansados como para tender una carpa, así que vivaquearon tumbados, uno junto al otro, en un hoyo poco profundo. Llovía. No les importó. Poco a poco, la lluvia comenzó a llenar la zanja. Mellas soñaba que estaba dándose un baño en una tina y que se había acabado el agua caliente. No quería salirse porque afuera el frío era peor. Desde una remota lejanía alcanzó a escuchar la voz atemorizada de Hamilton.

—Carajo, subteniente, levántese y muévase. Por favor, señor, levántese y muévase.

Hamilton lo jaló para incorporarlo. Mellas, hundido en el estupor de la hipotermia, comenzó a moverse. El mundo alrededor suyo –la selva oscura, el rifle, la lluvia, Hamilton– le parecía incoherente, todo le daba vueltas. Hamilton se puso a saltar junto con él, lo tomaba, le hacía dar volteretas, los dos se enfrascaron en una danza macabra.

El cuerpo de Mellas respondió al fin y comenzó a producir calor. La mente comenzó a aclararse. Se precipitó a revisar las líneas, y cobró conciencia de que Hamilton, probablemente, le había salvado la vida.

Cassidy estaba tirado en la oscuridad, escuchaba la respiración profunda y regular del subteniente Hawke. Pensaba cómo la advertencia del subteniente Mellas, con toda probabilidad, había salvado a varios chicos de la hipotermia. Sonrió. Bien pudo haberse convertido en el único artillero en la historia del Cuerpo de Marines que perdiera hombres por congelamiento en la selva.

Miró el reloj. 0438. En casa estaría ya preparándose, en silencio, un desayuno para no molestar ni a Martha ni al bebé, antes de escurrirse por la puerta. Habría encendido el motor y esperado un poco para que se calentara, mientras observaba la casa apagada. Quizás habría revisado cuidadosamente el uniforme almidonado, o las botas o los zapatos que habría lustrado la noche anterior, y luego habría echado un último vistazo a la casa antes de partir. Los pocos sentimientos que Cassidy se permitía eran, o bien aquellos que podía expresar abiertamente en favor del Cuerpo de Marines, o bien íntimos, como éstos por su familia, que florecían en momentos de quietud, en la soledad, como cuando esperaba a que se calentara el auto o cuando se despertaba en la oscuridad y se quedaba acostado, muy quieto. Cassidy se sabía afortunado por tener a Martha de mujer, pues sabía que jamás le pediría que eligiera entre la familia y el Cuerpo de Marines. Si se viera obligado a elegir, optaría por la familia. Aunque con titubeos.

Este afecto por el Cuerpo era la razón por la que se sintió tan herido cuando descubrió que alguien había torcido el seguro de una de sus granadas hasta enderezarlo. En algún momento, la gravedad haría que se cayera y la granada explotaría. Aquella mañana, Cassidy se incorporó con la compañía como si no hubiera pasado nada, pero se sentía solo y ansioso.

Capítulo IX

Transcurría el quinto día sin comida y la compañía se movía en un estupor, conforme descendía desde las montañas hacia un valle. El aire los oprimía como se siente una toalla en el baño de vapor. Tenían las manos quemadas por las sogas con que habían bajado los riscos. La putrefacción del cuerpo de Williams se aceleraba a medida que descendían a tierra caliente. Algunos líquidos chorreaban del poncho y se le desprendía ya la piel de las manos. Los pies se habían hinchado en el interior de las botas. Hedía. Las moscas atormentaban a los chicos que lo transportaban.

Los pies de Hippy empeoraban. Retiró las agujetas para acomodar la tumefacción. Parecía sonámbulo. Murmuraba para sí: «¿Puedes dar este paso?», y entonces lo daba. Repetía este procedimiento hora tras hora; se había reducido a un espíritu acarreado por pies tullidos.

Mellas sintió que se sofocaba. Tenía náuseas pero nada que pudiera vomitar. El uniforme apestaba a envoltura de polietileno. Con los balances electrolíticos de todos hechos un desastre, le preocupaba el agotamiento por calor.

Arribaron al valle, donde un torrente de agua blanca cortaba el suelo de la selva, y el lecho del río quedaba desnudo. Mellas decidió avanzar por el río. La velocidad era lo único que importaba en ese momento. El coronel Simpson había estado llamando a Fitch cada media hora los últimos dos días, le decía que era «imperativo» que la compañía llegara al punto de control Echo a las 1200 horas. Sus palabras resonaban por sí mismas en la cabeza de Mellas, como una melodía que no se va. *Es imperativo llegar al punto de control Echo a las doce cien horas.* La seguridad pasó a segundo término. Quizás había marines en apuros y no podían avisar por el radio. Giraron hacia el este, seguían la corriente rápida. A veces, el agua les llegaba hasta el pecho. Se les encogieron los penes hasta parecer protuberancias y las bolsas del escroto jalaron los testículos hacia arriba, hasta esconderlos. Se les cansaban los brazos por mantener las armas en alto, fuera del agua.

Fitch le dijo a Relsnik que dejara de contestar el radio. Se requería más energía para emitir que para recibir. En realidad, tan sólo quedaban dos baterías en toda la compañía, que apenas tendría oportunidad de alcanzar otra unidad si se metían en líos.

Mellas sacrificó la seguridad. Atrajo a los alas que se desplazaban por la selva a ambas márgenes del río, y guio a la compañía en línea recta río abajo, con Vancouver en la punta, y Mellas fue detrás suyo.

En ocasiones, alguno caía. La corriente lo succionaba, el peso de la mochila y de las armas lo hundían, hasta que alguien lograba alcanzarlo y le ayudaba a recomponerse. Una vez le pasó a Pollini. Sucedió que, en ese momento, Mellas se había vuelto hacia la columna y vio cómo Pollini no pudo tomar la mano que Cortell le estiraba, y cayó de espaldas al agua. Tan sólo lo vio, embotado como todos los demás. Luego arrojó la mochila a la ribera y comenzó a andar por el centro del río, asiendo la mano de Hamilton y gritando órdenes para que formaran una cadena humana. Pero no se movieron con suficiente rapidez. Pollini los rebasó como pasa un tren expreso frente al andén por una de las vías internas. Mellas lo vio salir, justo donde el agua era más profunda y agresiva, y continuó rebotando río abajo. El casco golpeaba rocas, y lo salvaba, probablemente, de que se fracturara el cráneo. Pensando que sería la última vez, Mellas lo vio alejarse, pero Pollini chocó contra una gran roca, y salió botado hacia las aguas bajas.

Pollini estaba ahí, tendido. Yacía demasiado lejos como para que Mellas pudiera juzgar si aún respiraba. Los chicos de la cadena humana que habían intentado alcanzarlo volvieron exhaustos. Nadie quería recorrer aquella distancia para ir por él. Ociosamente, Mellas contempló la posibilidad de dispararle para asegurarse de que hubiera muerto. Y, entonces, Pollini se movió. Se incorporó sobre las manos y las rodillas, y se quedó en esa posición, respirando agitadamente, con el agua que le escurría por debajo del pecho. Luego se incorporó con gran esfuerzo, refunfuñó y saludó con la mano.

Hamilton levantó una copa imaginaria y le dijo:

—A tu salud, Shortround.

Pollini se acomodó la mochila en la espalda y volvió gesticulando y salpicando hacia la columna. Mellas murmuró:

—Shortround, eres de los buenos, cabrón.

* * *

El río continuaba en la dirección equivocada. Mellas y Vancouver se esforzaron para salir por el banco escarpado del lado sur y se encontraron con un sólido pasto de elefante y con bambú. Mellas pensó en seguir solamente el río, sin importar a dónde condujera. Eso sería mucho más fácil. Pero él y Vancouver caminaron por entre la maraña de cañas, abriéndose paso a machetazos. El pelotón salió pesadamente del agua y los siguió al interior de aquel horno húmedo. La toalla humeante del aire los asfixiaba en sus pliegues.

Hacia el final de la tarde, el día moría detrás de nubes que se formaban rápidamente. Mellas estaba recargado en la mochila e intentaba sacarse aquella orden frag de su cerebro vapuleado, y miraba cómo unos nubarrones oscurecían las copas de los árboles encima de él. Si llovía, avanzarían con mayor lentitud aún. Si llovía, el ruido los cubriría y se refrescarían. En caso de que los atacaran en esas condiciones, jamás podrían sobrevivir. *Es imperativo llegar al punto de control Echo a las doce cien horas.* De pronto, una ráfaga de viento atravesó el aire abrasador de la selva. Entonces cayó el primer salpicón de lluvia. Luego continuó como un rugido firme y constante.

Entrada la noche, la lluvia no amainaba. Daban trompicones en la oscuridad, guiados por la punta verde fluorescente de la aguja de la brújula de Mellas. Entonces, Vancouver llegó a una vereda que conducía hacia el sur. Echo estaba hacia allá.

—Tómala –le ordenó Mellas–. Que se jodan las emboscadas –pensó que, si moría, no tendría por qué preocuparse por la puta decisión.

Los alcanzó el mensaje de que Hippy había dejado de moverse. Cuando Mellas llegó hasta él, Hippy era incapaz de decir cualquier cosa. Se levantó, balanceándose entre dos compañeros, con la ametralladora aún echada sobre el hombro. Su mirada vacía apuntaba hacia el frente. Finalmente habló Mellas.

—¿Puedes continuar, Hippy? ¿Tan sólo unas pocas horas más?

Él lo miró desde un punto remoto. Asintió. Mellas ratificó con un movimiento de cabeza mientras observaba su rostro. Era igual al de cualquier otro chico de dieciocho años, con una medalla de la paz que le colgaba del cuello. Usaba gafas de alambre, tenía el pelo alborotado y afloraba el inicio de la barba. Un rostro humano ordinario. Mellas jamás había mirado uno, realmente.

* * *

Llegaron a Echo apenas una hora antes del amanecer. Formaron un círculo y se colapsaron en tierra.

El subteniente Stevens, el oficial de enlace con la artillería, por ser subalterno, ocupaba de nuevo el turno de la madrugada cuando Fitch anunció por radio que la Compañía Bravo había llegado al punto de control Echo, que estaban de nuevo comunicados pero con pocas fuentes de poder y en espera de nuevas órdenes. Solicitaba alimentos y una emergencia médica para evacuar a unos diez marines, un cadáver y a un pastor alemán.

Veinte minutos más tarde, Stevens le informó al teniente coronel Simpson, cuando éste pasó a hacer su visita de rutina antes del desayuno. Stevens, a sabiendas de que Fitch estaba ya en problemas por su paso lento, intentó ayudar y le dijo que habían tocado Echo alrededor de las 2200 horas de la noche anterior.

—Bien. Tuvieron toda la noche para descansar. Dígale al teniente primero Fitch que construya una zona y le haremos llegar nuevas fuentes de poder. Envíele también este mensaje –hizo una pausa mientras Stevens extraía una libretita verde para apuntar–. Para el reabastecimiento proceda inmediatamente a Cota 1609. Prepare zona de aterrizaje para uso futuro como Base de Apoyo al Ataque «Sky Cap». Imperativo que esté ahí a las doce cien horas mañana. Envíelo codificado –continuó Simpson–, y quiero que se entreguen esas fuentes de poder a la brevedad posible. Esa pandilla ha estado mariconeando bastante. No quiero más excusas para que sigan sentados sobre sus culos.

Simpson comenzó a salir hacia la oscuridad.

—Este…, señor, ¿qué me dice acerca de las emergencias médicas y de las raciones? –preguntó Stevens.

Simpson se detuvo.

—Subteniente, ¿usted qué haría si fuera el comandante? Tiene a una compañía en la maleza en manos de oficiales completamente inexpertos. Se terminan sus raciones demasiado aprisa y se resquebrajan porque los frena el pie de inmersión que ellos mismos causaron con su negligencia. Como consecuencia, por el momento están bastante retrasados en el asunto de abrir una importante base de apoyo al ataque. Supongo que también estarán un poco hambrientos y que les dolerán los pies –se rio ante su propia broma–. Si construyen la zona de aterrizaje en la Cota 1609 a tiempo, mañana al mediodía tendrán todos los helicópteros que gusten. Lo primero que debe aprender un oficial es a responsabilizarse de sus propias acciones y a tener cierto orgullo. Orgullo, subteniente Stevens. Sobre eso se edifica el Cuerpo de Marines.

Debido a la operación en Cam Lo, ningún heli de los marines podía desviarse para llevarle baterías a una compañía en la selva. Stevens contactó a cada grupo que se le ocurrió. Por fin localizó a un Huey del ejército que estaba libre aquella mañana después de haber transportado a un general desde Da Nang hasta Dong Ha. Le pidió al piloto que hiciera una escapada rápida.

En el punto de control Echo, echando mano de los k-bars, de los machetes y del método de Jackson de embestir la maleza, abrieron lentamente un pequeño claro de vegetación retorcida y troceada en la amplitud del valle. Encima de ellos y por todos lados, las montañas se erguían, oscuras y verdes, con las cimas eclipsadas por las nubes.

El mensaje de Stevens de que aguardaran el arribo de un Huey había llegado de forma directa. La orden de crear la Base de Apoyo de Ataque Sky Cap vino codificada. Todos los actuales se reunieron en torno a Relsnik mientras descifraba el código. Cuando leyó la orden se hizo un silencio sordo. Mellas sacó el mapa de la bolsa lateral y localizó la Cota 1609. Estaba en el afloramiento del río que descendía de las montañas hacia el este, que pasaba por Echo, donde se unía con el río que habían seguido la noche anterior. Miró los picos. Las cimas estaban cubiertas por nubes. Goodwin se le acercó.

—¿Dónde coños está eso, Jack? –le preguntó. Mellas apuntó con el dedo–. Carajo, Jack –contestó Goodwin.

Uno a uno, los oficiales se asomaron para ver el punto que señalaba. Después de haber visto la locación, Hawke comenzó la danza del halcón, y gañó:

—¡Sky Cap! ¡Sky Cap! ¡Scra! ¡Scra! ¡Sky Cap! –hizo un altavoz con las manos y gritaba–: ¡Sky Cap! ¡Cra, cra, cra! ¡Cra, cra, cra! –el eco le devolvió los gritos. Se detuvo, levantó las manos con el signo del poder del halcón en dirección a las montañas y echó dos gañidos más–: ¡Scra! ¡Scra! –luego abandonó las manos en la parte alta de la cabeza y se quedó ahí, de espaldas al grupo, con la vista hacia las montañas del oriente.

Fitch tomó el control.

—Preparen las evacuaciones médicas –ordenó–. Nos vamos en cuanto nos den los suministros. Tendremos veinte minutos para tragar. No permitan que se atasquen o se enfermarán. Una única ración, ¿me entendieron? Una –Fitch se volvió para avistar con ojos entrecerrados la barrera verde hacia el este–. Kendall, es tu turno para ir en punta. No puedes perderte si se trata de marchar río arriba –Kendall se sonrojó, pero sonrió cuando Fitch y los otros le hicieron gestos afables.

Jackson le confió a Mellas que no quería seguir siendo líder de escuadra.

—Simplemente no me place decirles a mis amigos lo que deben hacer a cada momento.

—Quieres decir que no te gusta cargar con la responsabilidad. ¿Qué quieres que haga, que ponga a Cortell al frente? ¿O quizá prefieres que sea Parker quien tome las decisiones?

Jackson bajó los ojos al piso para evitar la mirada del subteniente.

—¿Crees que me importa un coño cómo te sientes en este momento? –continuó Mellas–. Debo tener un buen líder de escuadra. *Tengo* que tenerlo.

Jackson jugueteaba con una granada que colgaba de sus trinchas.

—Probablemente volvió Janco hace más de una semana de su D&R –dijo–. Está en Vandegrift sentado, calentándose el culo. Se suponía que yo asumía esta responsabilidad de manera temporal.

La voz de Mellas cambió.

—Carajo, Jackson, te necesitamos.

Jackson lo miró. Esa idea lo detuvo. Nunca nadie lo había necesitado tanto en su vida como ahora. Intentó ponerse en los zapatos del subteniente. Quizá Cortell era el otro tipo en la escuadra que pudiera liderar. Era tan listo que daba miedo, pero su tipo de inteligencia era profunda. Acá importaba la inteligencia veloz, la que poseía él. Se había sentido bien como líder de un equipo de tiro pero, incluso entonces, Janco mantenía el peso real y se responsabilizaba de las consecuencias si él la cagaba. Eso era todo. Janco nunca se había equivocado. Quizás él mismo, Jackson, sí erraría, y, si pasaba, jamás tendría otra oportunidad para volver a liderar. Pero si no lo hacía ahora, tampoco volvería a recibir otra oportunidad. Había escrito a casa contando que era líder de escuadra. Imagínenme, a mí, al frente de doce muchachos. Su viejo jamás había estado al frente de nadie. Jackson miró el rostro joven y serio del subteniente. Que se joda China.

—Yo me encargo, subteniente –dijo casi en un susurro.

Los dos se quedaron ahí, se miraron en silencio quizás unos tres segundos. Entonces habló Mellas.

—Tú eres el líder de la escuadra y yo el comandante del pelotón. Nos guste o no nos guste. Ahí tienes.

—Sí, ahí tiene –repitió Jackson. Comenzó a caminar hacia el sector de su escuadra, pero de pronto se volvió hacia Mellas–. Pero cuando regrese Janco, renuncio.

—De acuerdo, Jackson, trato hecho.

Media hora más tarde oyeron un helicóptero. Se esforzaban para verlo, hasta que alguien gritó y lo señaló. El ruido creció hasta convertirse en un rugido, y un foco oscuro revoloteó un instante por las nubes y se volvió a perder. Luego retornó el rugido. Fitch encendió una granada de humo y la densa humareda roja comenzó a ascender a través del follaje. Un Huey del ejército se asomó un instante por encima de sus cabezas y giró, elevándose en una grácil vuelta hacia la izquierda.

—Gran John, aquí Raíz Agria Siete. Tengo humo rojo junto a una línea azul. Cambio.

La voz del hombre-CAA se escuchó en el radio, asegurándole al piloto que estaban, en efecto, junto a un río, y que no se trataba de ninguna trampa.

—El aire ahí está arrachado. Tu mejor aproximación es desde el sur. La zona es segura. Cambio.

El helicóptero, con los números fulgurantes, viró hacia el sur, dio otra vuelta y se aproximó. Descendió con suavidad. El aire vibraba por las palas. El chirrido de la turbina cesó y los álabes disminuyeron su rotación hasta detenerse. El piloto, vestido en un traje de vuelo nuevo, descendió del ave. Cassidy tenía ya a un equipo listo para recibir el abastecimiento. Fitch y Hawke se encontraron con el piloto en el borde de los álabes. Mellas, incapaz de mantenerse distanciado, caminó para ver más de cerca.

Un miembro de la tripulación les entregó a dos del equipo sendas cajas de baterías. Un tercer marine se acercó, esperando el cargamento de las raciones c. Mellas vio al hombre de la tripulación encogerse de hombros. El marine se volvió hacia Cassidy, estupefacto. Mellas se apresuró hasta el pequeño grupo que simplemente daba apretones de manos al piloto.

—Oye, ¿tienes comida? –irrumpió.

El piloto, un oficial de la misma edad que Mellas, lo miró.

—No –contestó perplejo–. ¿Por qué? ¿Se les acabó ya?

—Bueno… no –mintió Mellas–. Sólo quería saber si, quizá, te habían dado algo.

El piloto miró a su alrededor. Parecía emocionado de estar tan metido en la maleza y de ayudar en otro servicio.

—Dios mío, apestan —dijo sonriendo–. ¿Llevan mucho aquí?

—No –contestó Fitch–. Apenas llegamos esta mañana –miró a Mellas y a Hawke; era evidente que se preguntaba qué pudo haber salido mal con el reabastecimiento.

—¿Esta mañana? –el piloto observó a Mellas–. ¿Qué se les metió para jorobar durante la noche hasta acá?

A Mellas le temblaba la barbilla.

—Pensamos en evitar el calor –logró decir. Luego se giró y se alejó.

—¿Qué le pasa? –le preguntó el piloto a Fitch y a Hawke.

—Está un poco cansado –contestó Hawke–. Estuvo haciendo punta toda la noche. No es nada personal.

—Vale, entiendo.

—Oye –añadió Hawke–, si puedes ayudarnos, te agradeceríamos bastante tu *huss*.

—Venga. Debo esperar mientras el general habla con sus superiores en Dong Ha. Yo feliz de ayudar en algo.

—Bueno, tenemos aquí a algunos chicos que deben irse a su D&R, cosas de ese tipo. Luego tenemos a otro que hace tiempo debió haberse ido a casa. La compañía no debería estar cargando con él. Estoy seguro de que levantaría los ánimos si logramos sacarlos.

—Por supuesto. ¿Cuántos son?

—¿A cuántos puedes llevarte? –le preguntó Hawke planamente–. Todos son bastante ligeros.

Aquéllos con los peores casos de pie de inmersión cojearon hasta el borde de la zona de aterrizaje. Intercambiaron sus mejores ropas con quienes se quedaban. En el momento en que el jefe de la tripulación los ayudó a abordar, se veían realmente bastante mal. Cortell y Jackson se acercaron hasta el lado del neumático con Williams a cuestas. Miraron inquisitivamente al jefe de la tripulación y al piloto, quienes quedaron horrorizados por las manos descoloridas amarradas alrededor de la vara. El jefe de la tripulación perdió el control y sufrió náuseas, pero consiguió no vomitar.

—Si no hay suficiente espacio –dijo Cortell–, podemos atarlo a los patines de aterrizaje.

—No, no se trata de eso –alcanzó a decir el piloto, haciendo lo posible por mantener la respiración. Agitó un brazo hacia la puerta del heli. Los marines que estaban ya a bordo jalaron el cuerpo al interior.

El cabo Arran se metió al helicóptero con Pat en brazos. Pat, con la mirada perdida en el vacío, no se movía y esperaba que su entrenador le resolviera el hambre y la enfermedad. Intentó lamerle la mano.

Los dos Kit Carson vietnamitas caminaron nerviosamente al interior de aquella zona. Todos los observaban en silencio. La mayoría de los marines se había olvidado ya de su existencia. Gatearon al interior del helicóptero, y los marines a bordo los ignoraron.

Hippy había estado esperando con la escuadra de metralletas en los pastos altos, al borde de la zona. Cuando vio al piloto trepar de nuevo al helicóptero, supo con certeza que se iría a casa. Se giró y le entregó a Young la ametralladora, como si se tratara de un intercambio de insignias. Entonces sonrió para quebrar la solemnidad.

—No te olvides de que eres el único chuck entre los metralletas –dijo–. Puesto que no puedes colgarte una horca, quizás esto te ayude –se retiró el medallón del cuello y se lo entregó a Young.

Le dio un pausado apretón de manos a Topo.

Son todos tuyos, Topo. Prométeme, nada de mierda al estilo de Pancho Villa. Asegúrate de que mantengan toda la puta munición en las latas y no sobre los pechos para que puedan dispararlas cuando sea necesario –Topo asintió–. Aguanta, Mallory –le dijo Hippy, y también se despidió de manos de él. Mallory le dio un rápido asenso.

Jacobs le dio un apretón de manos y le ofreció ayuda para subir al helicóptero. Él se rehusó y abandonó la guerra paso a paso.

Veinte minutos después de que se fuera el helicóptero, la compañía se metió de nuevo al río, siguiendo a Kendall. Las nubes habían bajado y una lluvia constante salpicaba la superficie. En una hora se desplazaban ya entre escarpadas montañas, cuyas cimas se veían intermitentemente entre las nubes. Una hora más tarde estaban entre peñascos bajos que aumentaban de tamaño conforme se dirigían al este, en dirección a Sky Cap.

Luego, esa misma tarde, con el nivel de la rápida corriente hasta la rodilla, Parker se colapsó, con la mandíbula –que le mantenía apretados los dientes– contorsionada. El eco de su grito rebotó, río arriba y río abajo, entre los acantilados rocosos.

Mellas llegó a él antes que Fredrickson. Cortell le sacaba la cabeza del agua. Tenía los ojos en blanco y por la barbilla le escurría la sangre por la herida de la lengua. Mellas cortó una rama y se la introdujo en la boca. Cuando llegó el Doc Fredrickson, el ataque había pasado, aparentemente.

Parker sudaba a chorros, a pesar de que el agua corría por encima de su cuerpo.

—¿Por qué no le habías dicho a nadie que eres epiléptico? –le preguntó dulcemente Fredrickson.

Parker sólo se le quedó viendo.

—¿Qué es «epiléptico»?

Fredrickson miró a Mellas con la sorpresa dibujada en el rostro. Comenzó a bajar el termómetro con la frente arrugada por la preocupación.

—No se parece a nada que haya visto en Med de Campo –confesó.

Fitch se encontraba en el radio y preguntaba qué los había detenido. Le ordenó a Kendall que prosiguiera y la columna comenzó a rebasarlos. Parker intentó incorporarse, pero Fredrickson se lo impidió. Su temperatura era de 40.6 grados.

Llegó el calamar mayor, Sheller. Él, Fredrickson y Mellas hablaron en silencio a una distancia desde la que Parker no pudiera escucharlos. La lluvia continuaba cayendo con firmeza, aunque el bramido del río se tragaba su ruido. Las nubes estaban emplazadas en lo alto de los peñascos. Si toda la compañía volvía a la zona de aterrizaje en Echo, la apertura de Sky Cap se retrasaría un día entero. Si Fitch enviaba a Parker de regreso con un único pelotón, podrían atacarlos en el cañón, al volver, y podrían atacar en el cañón a la compañía, diezmada ya, mientras avanzaba. Como fuera, era imposible llegar con Parker hasta Echo antes de que anocheciera, así que cualquier evacuación desde allí era problemática antes de la siguiente mañana. Jorobar por la noche aumentaba también el riesgo de lesiones. Mellas sugirió pedir un ave para que se abriera camino a lo largo el río. Las paredes del cañón bloqueaban la línea de mira de las transmisiones del radio PRC-25, por lo que Relsnik no podía contactar al batallón. Daniels había logrado comunicarse con un observador aéreo que hacía una revisión del clima y que les sirvió de transmisor. Llegó la respuesta. Volar dentro de un cañón con sus típicos vientos erráticos era arriesgado, pues las palas podían chocar contra la pared. A menos que se tratara de una emergencia indiscutible, no arriesgarían un helicóptero ni a su tripulación. Con malaria, disentería y otras enfermedades tropicales, eran comunes las fiebres de cuarenta grados y no representaban una amenaza inminente para la vida. Podrían medevaquear a Parker cuando abrieran la zona de aterrizaje en 1609.

—¿Crees que puedes jorobar, Parker? –preguntó Sheller.

—¿Qué carajo piensas? –esputó Parker–. ¿Acaso tengo alternativas?

Se levantó, tembloroso, sobre los pies. Tenía un velo de sudor y lluvia en el rostro. Recogió la mochila, se la caló y entró al río.

—¿Crees que esté fingiendo? –le preguntó Mellas a Sheller.

—No hay manera de fingir la fiebre y la lengua ensangrentada, señor. Pienso que está enfermo de verdad. Yo haría que la compañía regresara a Echo para evacuarlo desde ahí.

—Qué esperanzas –dijo Fredrickson.

—Ahí tienes –concluyó Mellas.

Al anochecer, Fitch le ordenó a Kendall que escalara fuera del cañón y que buscara una posición segura para pasar la noche. Fue un ascenso difícil y peligroso que les tomó dos horas. Uno de los hombres de Goodwin cayó de espaldas cuando se soltó una raíz de la que se sostenía, con lo que se hirió seriamente una rodilla. Todos respiraron aliviados porque no se había lastimado la espalda: podría seguir cargando su propio equipo.

En la oscuridad de la cima, Mellas se encontró a Kendall. Los guiaba a todos hacia sus posiciones.

—Buen trabajo hoy, Kendall –lo felicitó.

Él asintió.

—Es difícil perderse en un puto cañón –dijo–, hasta para mí.

Mellas se rio. Se preguntó por qué había sido tan duro con él. No había sido idea suya estar ahí. ¿Representaba tan terrible fracaso quedar fuera y no convertirse en oficial de infantería de los marines? Quizás en la guerra sí lo era.

La niebla lo cubrió todo. Podían escuchar el estruendo del río muy abajo, un bramido ominoso y atemorizante, pues sofocaba cualquier ruido de alguien que estuviera observándolos. Terminaba el sexto día continuo sin comida.

Dos horas antes de la medianoche, alguien en el pelotón de Kendall pidió a gritos un enfermero. Alguien había tenido un súbito ataque, la fiebre se había disparado. A las dos de la mañana, Parker sufrió más convulsiones. Sus gritos ahogados eran de alguien que ya había perdido dominio sobre su mente. Cuando Fredrickson intentó tomarle la temperatura, Parker continuó agitando la cabeza, le decía «No» a alguien que no estaba presente y escupía fuera el termómetro. Fredrickson se lo colocó debajo de la axila.

—Cuarenta y un grados, subteniente –informó–. Eso en el exterior. Se le cuece el cerebro.

Parker comenzó a gritar:

—No quiero morir. Aquí no. Aquí no. No quiero morir.

Cortell juntó las manos y rezó.

—Tú crees en Jesús, Parker, sé que crees en Él –dijo. Roció agua sobre el vendaje de campo empapado que Fredrickson le había ceñido en la frente.

Sheller llegó y le examinó los ojos con una linterna.

—Challand, del Tercer Pelotón, tiene exactamente lo mismo –dijo–. Nunca antes había visto esto. Pero morirán si no los enfriamos –levantó la mirada hacia Mellas–. Ahora sí nos darán la evacuación médica de emergencia. La pregunta es dónde.

Mellas aceleró su mente. Estaban en medio de la selva, arriba del cañón, con árboles de casi setenta metros de altura, y la neblina se asentaba directamente sobre el suelo. Desde el primer episodio de Parker, el cañón se había vuelto considerablemente estrecho, pero había estado limpio de neblina. Parecía la única posibilidad. Recordó un espacio amplio en el sitio donde Kendall había salido del río. Le llamó a Fitch por radio.

Diez minutos más tarde, Vancouver los guiaba hacia abajo, hacia el río. Parker y Challand, el chico del pelotón de Kendall, iban colgados en ponchos. Puesto que Parker no dejaba de gemir, le metieron parte de la camisa en la boca.

Mellas y Vancouver salieron de la selva al borde del cañón, un poco antes que el resto. Estaban todavía a unos doce metros arriba del río. Se le fue el alma a los pies. ¿La zona plana estaba río arriba o río abajo? Miró el reloj. Una hora todavía para que volviera la luz. Les había llevado dos horas llegar hasta el río. Sabía que estaba cerca, pero ¿y si no era así? Podrían quedar atrapados en el río, en la oscuridad, y encaminarse en la dirección equivocada. Perderían tanto a Parker como a Challand. El momento era suyo.

Se inclinó sobre el mapa, tapando el aro encendido color rojo de la linterna. La brisa le enfriaba la espalda. Entornó los ojos en lo oscuro en un intento por identificar cualquier característica del terreno que pudiera ayudarlo a decidir correctamente.

Cuando los portadores de las camillas salieron de la selva, oyeron un quejido fuerte y el ruido de rocas que se precipitaban. Jackson se le acercó.

—El Doc dice que debemos enfriar rápidamente a Parker, señor. Ya no hace ningún sentido lo que dice.

—Trae la soga –le pidió Mellas–. Lo bajaremos justo por aquí. Creo que debemos estar cerca de ese sitio.

—¿Aquí?

—Aquí, coño. Establece un cordón de seguridad detrás de nosotros.

Jackson colocó a Tilghman, a Amarillo, a Broyer y a Pollini formando un arco detrás suyo para servir como escudo humano en contra de cualquier vietnamita que hubiera podido haber apuntado hacia el ruido que producían. Pasó la soga alrededor de un árbol, y él y Mellas dejaron colgar los dos extremos en la oscuridad del cañón. Mellas los jaló, aliviado al ver que ambos extremos estaban mojados. Significaba que el primero que bajara rapeleando lo haría a salvo. Significaba también que el río estaba justo a un lado de la pared, así que la zona amplia no estaba ahí.

Sin que se le hubiera dicho nada, Vancouver se enrolló la cuerda a la cintura, caminó de espaldas hacia la orilla y desapareció. Mellas se arrastró sobre el estómago para ver el descenso de Vancouver en la oscuridad. La cuerda se aflojó. Subió flotando la voz de Vancouver.

—No está mal, subteniente. Tenemos incluso algunas rocas que sobresalen del agua.

Tres hombres aseguraron la orilla, dos fueron río arriba y dos más río abajo. Bajaron a Parker y a Challand hasta el agua. De pronto, sólo Broyer y Tilghman se quedaron, bastante asustados, en la parte alta, donde estaba amarrada la cuerda, proveyendo seguridad.

Fredrickson y Cortell desnudaron a Parker, excepto por las botas, y lo sumergieron en el agua hasta el cuello. Challand, cuya fiebre se había desplomado de repente, se quedó sentado en la ribera del río. Temblaba descontroladamente. Uno de sus compañeros de escuadra le retiró el chaleco antibalas y lo cubrió con los brazos en un intento por proporcionarle calor.

Mellas envió a Vancouver y a otro chico río arriba, y a Jackson y a otro río abajo. Jackson regresó antes: había encontrado el espacio dilatado.

Levantaron a Parker, lo tendieron en la camilla y lo transportaron hacia allá. Les silbaron a Broyer y Tilghman para que bajaran por la cuerda. Mellas les dijo que la colectaran abajo y que esperaran a Vancouver.

Tres veces se tropezó y cayó en el agua Mellas antes de llegar al sitio amplio. Acostaron a Parker boca arriba sobre las rocas. Estaba plenamente consciente, el agua del río le enfriaba el cuerpo. Cortell se arrodilló a su lado.

—Ya antes había tenido miedo –dijo Parker–. Pero jamás pensé que fuera a ser así.

—Estarás bien. Tenemos un ave para ti. Jesús te acompaña, hermano.

Parker miró la oscuridad sobre él. Cerró los ojos. Luego se estiró, como si quisiera asir algo. Cortell le tomó la mano y se la apretó con fuerza.

—No quiero morirme aquí, Cortell, no quiero morir en este lugar –gemía suavemente.

Mellas y Fredrickson levantaron la vista. El agua corría por encima de las puntas de sus botas. A Mellas le dolía la garganta. Apretó los ojos para contener las lágrimas. Nunca antes había visto a alguien morir.

—Estarás bien, Parker –dijo Cortell–. Hermano, te vamos a bautizar aquí mismo y Jesús te purificará de todos tus pecados.

—Iba a matar al artillerito.

—Está bien, Parker, yo también. Pero no lo hiciste.

—Le saboteé una granada, pero seguramente se dio cuenta. Fue simplemente suerte que no lo matara.

—Está bien –con sus manos, Cortell vertía agua, lentamente, sobre su frente–. A eso lo llamamos gracia.

—Sé que no debí haberlo hecho. Por eso tengo esta fiebre –Parker se rodó hacia un lado, pero el codo se le resbaló por una piedra suelta debajo del agua. Se estiró hacia Cortell, y él le ayudó a retomar la posición de espaldas y le sostuvo la cabeza dentro de la corriente de agua. Así, tendido, comenzó a sollozar–. ¿Cómo es que me voy al infierno, Cortell? Para siempre. ¿Cómo así? ¿Por qué algo tan jodidamente malo? No, así no. ¿Por qué me voy al infierno?

—No te irás al infierno. Ya estuviste ahí. Pídele a Jesús que te perdone –Cortell derramó, con gentileza, más agua sobre la frente.

—No puedo.

—Entonces se lo pediré yo –Cortell vertió por tercera vez agua a manos llenas sobre la cabeza de Parker. Le puso el casco sobre el estómago. Se inclinó sobre él, con las manos dobladas, y cerró los ojos–. Jesucristo, nuestro Señor. Jesucristo misericordioso. Conoces a este hombre, Duane Parker, quien está a punto de llegar a tu presencia. Ha sido un buen hombre. Ha tenido momentos difíciles. Ahora te ruega, con todo su corazón, que lo perdones, para que pueda llegar a tu presencia y a tu gloria. Jesucristo, nuestro Señor, sé que me escuchas, incluso aquí, en este río. Amén.

Cortell tomó el casco y se lo puso a Parker nuevamente en la cabeza. Luego puso una mano sobre el pecho de Parker y comenzó a moverla con un ritmo lento.

—Conoces a mi hermana –dijo Parker–. Es porrista… en su bachillerato. Está viviendo ahora con nuestra tía abuela –Parker respiraba con mucha rapidez–. Dile… dile que nunca le dije nada lindo, pero que la amo, eh. Díselo, Cortell.

—Por supuesto, no te preocupes. Ella lo sabe –Cortell comenzó a cantar un espiritual.

Se trataba de uno que ni Fredrickson ni Mellas habían escuchado antes:

—Río profundo, Señor… Quiero cruzar a tu campamento… donde todo es paz.

Mellas hizo un cuenco con las manos para beber agua. Pero simplemente la miró y la dejó correr entre los dedos. Se cubrió los ojos con la mano, con los dedos que le mojaban la frente, para taparse las lágrimas.

Esperaron ahí, con la mirada puesta en el oriente en espera de los albores del día, aguardando el ruido del helicóptero. Justo antes del amanecer, Parker sufrió más convulsiones y murió mientras los tres hacían lo posible para que no se ahogara. Challand seguía vivo cuando arribó el ave de la urgencia médica por el estrecho desfiladero. El piloto maniobraba entre las corrientes de aire erráticas, mientras el rotor salpicaba agua por atrás como si fuera un hidroplano. Se llevó dos cuerpos que no habían cumplido ni siquiera veinte años sobre este mundo, uno vivo y otro muerto.

Por la tarde corrió la noticia a través del radio que la enfermedad se llamaba malaria cerebral. Se transmitía por una especie particular de mosquito que habitaba únicamente en las montañas, y los medicamentos tradicionales no eran efectivos. Era bastante probable que otros en la compañía estuvieran también afectados. Mellas se sintió abatido por la enfermedad y la locura.

La compañía avanzó tan sólo tres kilómetros y medio ese día. La línea azul, tan delicada sobre el mapa, sobre el suelo era un torrente. Corría entre acantilados verticales y a través de gargantas pequeñas, a veces se precipitaba en cascadas repentinas que exigían el uso de las sogas. Era el único camino para llegar a la herradura montañosa que acunaba el afloramiento del río; algún general u oficial de servicio había llamado a uno de aquellos cerros «Sky Cap».

Fitch pensó que lo mejor sería escalar para pasar la noche fuera del cañón. Blakely y Simpson no estuvieron de acuerdo. Acababan de participar en la quinta reunión consecutiva del equipo del regimiento y habían tenido que justificar por qué la Compañía Bravo aún no estaba en el sitio adonde debería haber llegado ya, según había asegurado Mulvaney. Un observador aéreo transmitió la orden: «Por ninguna razón habrá desviaciones respecto de la ruta».

Salir del cañón y mentir acerca de su posición habría sido suicida. La artillería podría asumir que la compañía estaba en otro lado y podría arrojarles tiros encima. Puesto que estaban metidos en el cañón sin posibilidad de establecer una posición defensiva ni de cavar en la roca, a Fitch no le quedó más opción que continuar con el avance. A la una de la mañana, uno de los chicos del pelotón de Kendall se resbaló sobre una losa bastante inclinada y húmeda. Se escuchó un salpicón seco y un grito sordo. Se había fracturado la tibia izquierda y el hueso roto protruía por la piel. Fitch le ordenó a Relsnik interrumpir comunicaciones, aun cuando el batallón enviara un observador aéreo como relevo. Esperarían el amanecer.

La posición de la compañía era tan precaria que ni Hawke ni Mellas pudieron dormir. Pasaron la noche sentados sobre una peña, temblando dentro de las ropas empapadas. Hamilton, sin embargo, durmió tendido sobre las piedras justo debajo de ellos, con las botas dentro del agua.

—Imagínate –dijo Hawke–, es la primera vez que se utiliza la columna como defensa. Nos darán empleo a todos en la Escuela de Guerra Naval. Pasaremos a la historia militar.

—Eso es justo lo que temo –completó Mellas–. Que pasemos a la historia.

Detrás de ellos se erguía el peñasco. En ocasiones, la luna quebraba la capa de nubes, y un viento helado soplaba sobre sus espaldas. La conversación se apagaba y volvía a encenderse. Chicas que conocían. Lo que harían después de que salieran de todo aquello. Construir una fortaleza en Matterhorn para luego abandonarla. Si los Rolling Stones eran mejores que los Beatles. Lo que fuera, excepto malaria cerebral.

—¿Escuchaste que Parker intentó matar a Cassidy? –preguntó Mellas.

—Sí. Me lo contó Conman. Ya se supo en toda la puta compañía. Cassidy lo niega. Dice que es la mierda esa del poder negro, que Parker quería presumir.

—¿Y le crees a Cassidy?

—Le creo a Parker.

—¿Habrá bronca? –preguntó Mellas.

—No sé. Depende mucho de si Parker lo fraguó solo.

—¿Te refieres a China?

—Me refiero a China *en caso* de que Parker no lo hubiera hecho solo. Pero no sé.

Escucharon el fluir del agua. Hawke tenía un aspecto triste y trazaba sin cesar un pentágono pequeñito en una roca a su lado.

—¿Te sienta mal que no hubieran dejado la compañía a tu cargo? –le preguntó Mellas.

—No sé. Seguro. Sí, claro que la quería. Pero mi prioridad ahora es salir de la puñetera selva.

—¿Ya lo intentaste? ¿Como conseguir un puesto en el centro de operaciones, como Stevens?

—¿Acaso parezco un dictáfono, carajo? ¿Qué coños pretendes, Mellas, librarte de mí?

Mellas sintió un ligero rubor. Ya no dijo nada.

—No te preocupes, Mellas —siguió Hawke—. Eres tan bota que seguirás aquí para cuando yo esté ya mamando unas frías en el Bar O'Day's. Tienes bastante tiempo para ganarte tu puta compañía. Para empezar, llegarías a ser Bravo Cinco sólo si yo consigo sacar mi culito pecosito de aquí. Kendall se va en pocas semanas, y Goodwin también —Hawke tosió suavemente—. Carajo, Jack —lo imitó—. Scar... Sus trincheras son un chiquero, todos sus informes son una mierda, la comunicación radiofónica un desastre, pero las tropas lo siguen a donde sea. *A donde sea* —Hawke expelió aire a través de los labios—. Ése es su problema. Es un *guerrero*.

—¿Eso es un problema? —Mellas envidió, de nuevo, a Goodwin, pero ese sentimiento disputaba la calidez evocada por la imagen de Goodwin estirándose el lóbulo de la oreja y carcajeándose a propósito de su tercer Corazón Púrpura.

—En esta guerra, sí —dijo Hawke—. Quizá por eso esté del carajo. En una guerra se necesitan guerreros, pelear, no niñitos vestidos con uniformes de soldados detrás de un escritorio.

—En ese caso, ¿por qué no nombras Cinco a Scar, carajo? —le preguntó Mellas, con el tono más apasionado de lo que hubiera preferido.

—Porque se lo comerían vivo en tres minutos, y no precisamente los puñeteros vietnamitas. A ti, en cambio, no, y lo sabes. Lo que de verdad pienso es que a ti te interesa la mierda de la política.

Guardaron silencio.

Después de un rato, Hawke le preguntó:

—¿Sabes por qué estamos tan jodidos en este cañón de la muerte?

Mellas no sabía, así que se limitó a gruñir.

—Porque Fitch no sabe cómo enfrentar el puto juego. Por eso. Es un buen líder en el combate. Lo seguiría, literalmente, hasta la muerte. Pero no es un buen comandante de compañía en este tipo de guerra. Le cayó mal a Simpson por aparecer tan a menudo en el periódico, sin darle crédito, que, por cierto, tampoco se lo merece, pero ése es precisamente el punto. El chico listo le da el crédito al tipo que tiene el poder, se lo merezca o no. Así, el chico listo le concede lo que el jefe quiere, y así gana poder sobre él.

Mellas mantuvo la boca cerrada.

—Antes era como si estuvieras en la selva y operaras de forma independiente, justo como hacemos nosotros ahora, y nadie cuestionaba al capitán. Antes no contaban con el poder del radio. Ahora sí, y el puto jefe piensa que *están* de patrulla. Ahora, los coroneles y los generales, carajo, hasta el presidente, dirigen a las unidades más pequeñas. Toda la mierda de la política, congresistas de viaje, televisión, reporteros, lo que quieras, se manejaba en los niveles del coronel hacia arriba. Pero ahora estos tipos manejan el show hasta el detalle de este cañón del carajo, y nosotros estamos ya también en la política. Y, conforme mejoran los radios, peor se pone. La política bajará hasta el nivel de la compañía, y se van a joder a gente como Fitch o a Scar, y otros, como tú, se harán del poder.

—¿A qué te refieres con otros «como yo»? —le preguntó Mellas quedamente.

Hawke suspiró.

—Carajo, Mellas. Me refiero a los jodidos políticos.

Mellas se tensó.

—¿Eso es lo que piensas de mí?

—Sí, justo eso.

Mellas no dijo nada.

—Carajo, Mellas, no se trata de herirte. No dije que no te *aprecie*, Dios mío, ni que seas algo así como una mala persona. Aunque te puedo asegurar que la compañía que recibirás será más ruin que el promedio. Tan sólo reconoce que eres un político, cabrón. Lo fueron Abraham Lincoln y Winston Churchill, lo fue Dwight Eisenhower —hizo una pausa—. No es que hayan sido malas personas. Y todos ellos llevaron sus guerras bastante bien.

Mellas sonrió pero arrepentido.

—¿De verdad piensas que todo se reduce a la política?

Hawke bufó hacia arriba. Mellas podía ver el vaho.

—No —contestó—. Más te vale que tú no pienses que todo se reduce a la política —arrojó una piedra a la corriente y luego miró fijamente a Mellas—. Simpson tiene razón. Todos esos almacenes de armas que estamos descubriendo deben representar tan sólo porcentajes pequeñitos del total. Eso quiere decir que hay bastantes gucos por aquí. *Bastantes.* ¿Cómo coños piensas que traen todo esto? No utilizan camiones sino brazos y espaldas, carajo —lo escudriñó para cerciorarse de que estuviera prestándole atención—. Los almacenes que hemos descubierto están alineados hacia el oriente, desde Laos hasta las tierras bajas. Para montar esa operación política en Cam Lo tuvimos que avanzar desde Laos y la zona desmilitarizada.

La zona occidental de la Cordillera de Mutter está bajo el control de Matter-horn. Quien controle Mutter se queda con la Ruta 9. Si el EVN se hace de ella, aíslan de la costa Khe Sanh y Vandegrift. Si lo consiguen, pueden hacerse del Campo Carroll. Y pronto tienes a los gucos avanzando en tanques por la Ruta 9, y despídete de Quang Tri, de Dong Ha y de Hue, carajo. Eso no es política.

La compañía arrancó al amanecer. Sería el octavo día sin comida. Por turnos, los amigos cargaban al chico de la pierna rota sobre los hombros, como hacen los bomberos. Para evitar que gritara, el calamar mayor le dio todas las pastillas que consideró que su organismo aguantaría. Conforme la compañía avanzaba, todos pasaron frente a un mensaje raspado en las rocas: PRIMERO LO PELARON. LUEGO LO JOROBARON HASTA MATARLO.

Capítulo X

S E ACABÓ EL CAÑÓN. La compañía se detuvo a mirar una pared con peñascos y terrazas cubiertas de selva que se elevaban hasta desaparecer entre la neblina. La cumbre de aquella pared era la Cota 1609. Su misión era convertirla en la Base de Ataque Sky Cap.

Cuando Mellas se hizo hacia atrás en un intento por ver la cima, se le cayó el casco. Lo dejó tirado detrás de él y veía, estupefacto, sin poder imaginar cómo treparían la pared con el caer de la noche. Se oyó la voz de Fitch en el radio. Estaba todavía en lo profundo de la selva y no podía ver lo que se erguía frente a Mellas.

—Venga, Bravo Uno –dijo con impaciencia–. Vamos para arriba.

Mellas le hizo una señal a Jackson, apuntó con determinación hacia arriba con el dedo índice y se caló el casco de nuevo. Jackson, en la base del acantilado, hizo una señal de asenso a Cortell y Broyer. Cortell le pintó un dedo. Broyer se ajustó las gafas de plástico negro sobre la nariz, inhaló profundamente y observó durante un largo momento el acantilado antes de exhalar. Jackson desenganchó de la mochila el rollo de cuerda de náilon Goldline de la escuadra y se la entregó. Los dos se ataron, y Broyer comenzó a trepar, con el rostro pegado a la roca, jalando por detrás suyo la soga que Cortell le proporcionaba. No parecía existir ningún punto de llegada. Entonces Broyer encontró una raíz y se afianzó a ella. Lo aguantaba, pero los apoyos vegetales resultaban siempre peligrosos, y él lo sabía. Se arrastró, tembloroso, hasta una estrecha saliente inclinada e intentó asegurarse con el trasero contra la pared y las botas en el nódulo de una roca. Se pasó la soga alrededor de la cintura con un nudo rápido y susurró lo más fuerte que le permitió su atrevimiento:

—Bien, estoy listo.

Subió Cortell, y Broyer lo jalaba. Apretujados en la cornisa, inclinados de espaldas contra la pared, se ataron a raíces expuestas e hicieron un nudo de fricción sobre una protuberancia rocosa casi inadecuada. Tiraron entonces el extremo de la soga hacia abajo y amarraron a Jackson, a quien siguieron después Mellas, Hamilton, luego la ametralladora de Mallory, luego el propio Mallory, las cajas de municiones que él y Barber, su ayudante, habían transportado, y así todo hasta que llegó la siguiente escuadra con su propia cuerda. Entonces, la escuadra de Jackson trepó aún a mayor altura, repitiendo el proceso, pero con alguien diferente como líder. Pronto, el pelotón entero colgaba de salientes, repartido a todo lo largo del precipicio. Fitch mantuvo al resto de la compañía escondido en la selva por si, acaso, hubiera enemigos en la cumbre. Aunque Mellas sabía que había sido lo correcto, ahora se arrepentía de que, a causa de su habilidad con el mapa, el Primer Pelotón hubiera estado tan a menudo en la posición delantera. Tenía el rostro y la nariz presionados contra la humedad de la pared, e inhalaba los olores del musgo y de la tierra. Bastaba una escuadra de norvietnamitas apostados en la cumbre para matar a la mitad del pelotón, antes de que pudieran descolgarse a un sitio seguro. Bastaba una única ametralladora al otro lado del cañón para matarlos, probablemente, a todos. Estaban jodidos.

Pasadas cinco horas, seguían escalando, sitiados por la neblina. A la punta iban ahora Robertson y Jermain, de la Segunda Escuadra, seguidos muy de cerca por Jacobs, quien tartamudeaba ánimos. Jermain cargó el lanzagranadas M-79 con *fléchettes*, para que, si alguien los observaba desde arriba, al menos pudiera disparar con una mano sin tener que apuntar y rociarlo. Robertson, quien, por liderar el equipo de tiro, debería haberle indicado a cualquier otro que fuera a la punta, no tuvo corazón para delegar y asumió la tarea él mismo. Se había separado de su equipo a causa de Jacobs, quien, a su vez, se había acercado a la punta desde su posición típica y más segura detrás del primer equipo de tiro. Robertson deliberaba si activar o desactivar el seguro del M-16. Si lo abría y la cagaba, mataría probablemente a Jermain, con lo cual caería precipicio abajo y, atado como estaba a Robertson, se lo llevaría consigo. Por otro lado, si el enemigo se asomaba desde el borde superior y él no disparaba de inmediato con el automático activado, pues estaba prácticamente manco otra vez, de nada le habría servido portar el arma. Para resolver el dilema, activaba y desactivaba el seguro, nerviosamente, cada minuto o dos.

Trepar por el acantilado hacía imposible guardar silencio. Si los norvietnamitas estaban esperando, pensó Robertson, para rechazar a la compañía tendrían que despacharse a ellos dos, y probablemente a toda la escuadra, incluidos el subteniente y Hamilton. Pero, comparada con el jaloneo constante y extenuante en contra de la gravedad y del hambre y con la cara pétrea que la selva les presentaba ahora con obstinación, la muerte no parecía tan mal.

Vio llegar al subteniente Mellas a una cornisa plana debajo de él, y que miraba hacia arriba. Robertson se lanzó, con el peso de la mochila, sobre una formación rocosa grande. Se detuvo, respirando con dificultad, apenas encaramado junto a Jermain, quien estaba sentado con la espalda contra el despeñadero, mirando hacia arriba, y el M-79 encima de la cabeza. Era evidente que el espacio, tan pequeño, sólo era seguro para uno de los dos. No parecía haber lugar al que pudiera moverse. Se le puso el rostro colorado, se sintió ardiendo y pesado. Supo que estaba llorando porque debió limpiarse las lágrimas para ver el próximo asidero.

El subteniente le levantó un pulgar y lo envalentonó con un movimiento de cabeza. Sólo Dios sabe cómo están los chicos de atrás con las ametralladoras y los morteros, pensó Robertson. O el pobre cabrón de la pierna rota y quienes lo transportan. Volteó hacia arriba para ver la neblina. Frente a él se erguía el muro, inmóvil, imposiblemente vertical, con la cima tan invisible como inalcanzable. Con cada exhalación, con lentitud, aumentaba su furia a causa del acantilado, de tanta mierda, del hambre, de la guerra: de todo. Estalló y se puso histéricamente activo. Echó las piernas con locura contra el desfiladero, trepaba tan sólo gracias a la fricción, gimiendo, pues había contenido un grito de rabia. Cuando brincó, estuvo a punto de tirar a Jermain hacia el vacío, y él quiso levantar el M-79 para cubrirse, pero no lo hizo, pues reparó en que estaba atado a él. Jermain le soltó cuerda para que no estuviera tan tensa y no cayera. Unos pocos metros más abajo, Robertson encontró un punto seguro, y se disculpó. Los dos lloraban abiertamente, como niños pequeñitos con hambre y necesitados de que los cubrieran bien en la cama.

* * *

Hicieron cumbre justo antes del anochecer. Era una cresta angosta, piramidal como el lomo de un jabalí, de sólida piedra caliza, lo suficientemente delgada como para que una única persona pudiera caminar, balanceándose cuidadosamente entre los dos vacíos. Evidentemente, nadie se había interesado por inspeccionarla. Era imposible aterrizar un helicóptero, mucho peor emplazar una batería de artillería.

También Mellas lloraba, por la fatiga y la frustración, cuando le avisó por radio a Fitch que no había espacio suficiente para el resto de la compañía en la cumbre. Fitch los reagrupó en una pequeña montura justo abajo del precipicio, apretujados en un espacio donde, en condiciones normales, sólo habría cabido un pelotón. La compañía cavó un foso y pasaron ahí la noche. A la siguiente mañana escalaron la ruta que había abierto el Primer Pelotón, con las cuerdas que habían dejado aseguradas; igualmente cansados pero confiados por el hecho de que el Primer Pelotón había alcanzado ya la cima.

Les tomó el día entero y cada trozo de explosivo que les quedaba para estallar un pequeño nicho a manera de zona de aterrizaje en la sólida roca de la cresta de aquel altísimo desfiladero que se erguía a más de seiscientos metros sobre el cañón por el lado norte de la montaña. Explotaron las últimas barras de C-4 justo en cuanto cayó la noche, que les canceló toda posibilidad de reabastecimiento.

A la siguiente mañana removieron piedras con las herramientas-a. Hacia el mediodía, la neblina cedió, por un momento, y Fitch llamó a Vandegrift. Treinta minutos más tarde vieron en silencio un CH-46 que se batía a lo largo del valle que les había costado días atravesar. El espacio que habían abierto y raspado en la piedra tenía el tamaño justo para que las llantas traseras del helicóptero pudieran tocar tierra. Las dos terceras partes delanteras de la nave se suspendían peligrosamente en el aire, mientras el piloto esperaba a que descargaran. La maniobra le valió murmullos de respeto por su habilidad. Cayó la puerta de la cola y salió un grupo de marines sosteniéndose los cascos ante las ráfagas de viento. No traían provisiones.

Los marines del Tercer Pelotón le ayudaron a subir al chico con la pierna rota. Se cerró la puerta y el helicóptero simplemente se dejó caer al vacío, ganando velocidad, hasta que pudo volar. Giró en la lejanía y se desvaneció en la niebla.

Los marines del nuevo grupo estaban enteros y emocionados. Llamaba la atención que el camuflaje de sus cascos no tuviera ningún rasguño, las utilidades relucían verdes y cafés. Hawke y Fitch se les acercaron. Vieron zapapicos, sierras eléctricas, zapas nuevas y grandes, fardos de explosivos, incluso un teodolito de tránsito. Un teniente fornido, con las barras de plata relucientes en la solapa, se aproximó y les estrechó las manos.

—¡Hola! –dijo alegremente–. Somos los Pioneros de la Batería Golfo.

Hawke y Fitch se le quedaron viendo. Finalmente, Hawke abrió la boca.

—Pues…, si ustedes son los pioneros, aquí nosotros somos los putos aborígenes.

Una hora más tarde regresó el mismo helicóptero. Por la parte de abajo colgaba un cable con una red repleta de raciones c, munición y explosivos. El helicóptero soltó la red en la superficie mínima de la zona de aterrizaje y, al igual que antes, dio la vuelta alrededor de la montaña para cernirse con la parte posterior hasta casi tocar el suelo y el resto de la máquina sobre el vacío más allá del precipicio. La puerta trasera azotó contra el piso y otro grupo de reemplazo salió dando vuelcos, consternados por no saber hacia dónde correr. Los seguía Jancowitz, con uniforme reluciente de nuevo y una bufanda roja que olía a perfume. Sostenía una caja de bistecs enlatados.

—Escuché que quizá tendrían hambre —dijo.

Mellas pudo haberlo besado, pero optó por apuñalar una de las latas con el cuchillo.

Al día siguiente, los helicópteros entregaron cientos de kilos de explosivos, un bulldozer pequeñito y tres marines ingenieros. Hicieron falta varios días para que los ingenieros pudieran convencer a los marines de la Compañía Bravo de que Sky Cap no había sido elegida por error para establecer la base de la artillería. Lo que no sabían era que, desde hacía tiempo, el general Neitzel había caído en la cuenta de que tenía todo el poder para enderezar la geografía y para disponer de sus marines como prefiriera, sin importarle si la naturaleza estaba de acuerdo o no. Los ingenieros simplemente volaron la parte alta de la montaña con explosivo plástico y dinamita hasta que el terreno se hizo suficientemente ancho.

Se retomó la típica rutina rompeespaldas de garantizar la seguridad de la base de apoyo al ataque. Aquella larga caminata con hambre, a la que llamaban ahora «Operación Sendero de Lágrimas», se desvaneció en el pasado. Los días se llenaban con el tedio exasperante de las patrullas y los turnos nocturnos, con la labor atolondrante de tender el alambre de púas, de despejar campos de tiro con los cuchillos, de cavar fosos, de mejorar las posiciones, con el comer, el zurrar, el beber, el mear, con los cabeceos y con el esfuerzo por no dormirse. Con todo, era mejor que jorobar.

A veces, Mellas encontraba tiempo para sentarse, solo, en el borde del acantilado. Cuando el pico estaba desnudo de nubes, veía hasta Vietnam del Norte. Los nubarrones negros se desplazaban, frente a él, a la altura de sus ojos. Mucho más abajo tenía la imagen de un pequeño río cubierto por la selva, que seguramente se unía al río Ben Hai más al norte. A lo largo de su carrera recaudaba el agua de la lluvia que escurría de Sky Cap y del Colmillo de Tigre, la inmensa montaña que se erguía sobre ellos hacia el sureste.

Puesto que las patrullas necesitaban demasiado tiempo para bajar del acantilado y volver a subir, no cubrían la distancia necesaria para llegar al río, pero Mellas se emocionaba con sus posibilidades. El camino serpenteante tenía la fascinación de una culebra mortal. Los días transcurrían y Mellas no dejaba de asomarse al abismo para ver el valle del río, y para soñar con gloria y reconocimiento. Entonces, una tarde, supo qué deseaba hacer.

Fitch susurraba bromas con Pallack y Relsnik, cuando Mellas asomó la cabeza entre los ponchos, de los que chorreaba agua. Estaba demasiado oscuro para ver a nadie.

—Se me ocurrió una idea, Jim –dijo.

La voz de Fitch respondió desde la oscuridad.

—Bien, ¿qué cosa?

—¿Has visto esa línea azul, un poco más al norte de aquí, que desemboca en el Ben Hai?

—Sí –dijo Fitch sin mucha seguridad.

—Los nagolios deben poseer todo tipo de veredas en esa zona. Debió ser necesario para abastecer el ataque del año pasado a Con Thien. Si le quieren llegar a Quang Tri, en lugar de cruzar la zona en tanques, y que los aviones de la marina y los tanques y la artillería del ejército los jodan, tienen sólo dos alternativas: mantenerse en la Cordillera de Mutter, lo cual implica reabastecimiento a través de caminos a lo largo del Ben Hai, o expulsarnos de Vandy y de El Peñón, bajar por la Ruta 9, golpear Cam Lo y atacar Quang Tri desde el poniente.

—Mellas –le preguntó pacientemente Fitch–, ¿qué quieres?

—Pienso que debemos enviar una misión de reconocimiento al valle. Es como un almacén junto a una autopista.

—El Ben Hai no es una puñetera autopista, señor –reviró Relsnik tranquilamente.

—Pero tiene peaje guco cada puto clic –intervino Pallack–, y no es que te pidan precisamente veinticinco centavos.

—No planeo bajar por el Ben Hai –explicó Mellas. Se giró hacia donde provenía la voz de Fitch–: la acción nos ofrecería una buena pantalla en caso de que alguien se aproxime por el valle para atacarnos.

—Claro, y tú serás la pantalla, ¿no?, toda agujereada –contestó Pallack.

Fitch guardaba silencio.

—No haría daño que le mostremos iniciativa al batallón –agregó Mellas.

Después de otro largo silencio, Fitch accedió.

—De acuerdo. Búscate gente tan loca como tú para que te acompañen, no me importa. Llévate a Daniels, si le interesa. ¿Cuánto tiempo quieres irte?

—Calculo unos tres días.

Mellas extrajo el mapa y Fitch encendió la linterna. La debilidad de la luz roja iluminó el interior del parapeto. Mellas vio a Pallack y a Relsnik bajos las mantas, acurrucados junto a los radios.

A la mañana siguiente, el Primer Pelotón debió montar guardia, y las escuadras del Segundo y Tercer Pelotón salieron a patrullar. Los puestos de avanzada de seguridad desaparecieron en la selva por el lado sur de la montaña o se establecieron con binoculares en las paredes del acantilado. Se formaron cuadrillas de trabajo para tender más alambre, quemar basura y cavar letrinas de mayor volumen. Mellas pidió voluntarios. Como esperaba ya, la mayoría prefería las cuadrillas de trabajo. Como también había supuesto ya, Vancouver fue el primero en decidirse a ir con él. Le pidió a Daniels que lo acompañara. Mellas debía dar nuevo aviso para hacerse de un lanzador de granadas. En cierto momento, Gambaccini apareció, y anunció que iría sólo porque Bass le había dicho que era su turno para ofrecerse como voluntario. Fredrickson estimó que era cuestión de honor ir, pues era todavía el único enfermero de combate en el pelotón.

Aquella tarde, todos ellos durmieron cuatro horas. Luego se tiznaron las manos y los rostros y descolgaron el equipo con cuerdas.

En la oscuridad les hicieron falta más de tres horas para bajar, casi siempre con sogas. Vancouver se fue a la punta con un M-16, en lugar de su M-60, de manera que las municiones de todos fueran compatibles. Lo seguía Mellas, detrás iban Daniels con el radio y Gambaccini con el lanzagranadas. Fredrickson iba en la retaguardia, caminaba casi de espaldas apuntando con el M-16 a la oscuridad que se cerraba tras ellos.

Avanzaban en silencio bajo árboles gigantescos que murmuraban en la negrura de la noche. Llegaron al río y caminaron por la orilla en dirección norte. Aprovecharon el sonido tanto para guiarse como para encubrir sus movimientos.

Mellas tenía los sentidos particularmente aguzados. Un escalofrío le trepó la espalda. Se sintió maravillosamente poderoso y peligroso. Vancouver en la punta. Cuatro marines experimentados. Daniels respaldado por una batería de obuses. Si las nubes cedían, vendrían jets desde Da Nang o, quizá, desde portaaviones en el Mar de la China para apoyarlos. Podrían incluso solicitar la presencia de Puff el Dragón Mágico* de la fuerza aérea, con sus fieras ráfagas de proyectiles de 40 milímetros que caerían desde lo alto. Visualizó a su pequeño equipo acosando al enemigo. Recordó una canción de sus días en la universidad, la de Ian y Sylvia, con sus guitarras y esa armonía salvaje, que cantaban sobre forajidos: «Iban armados, iban todos armados. Los tres MacLean y Alex Hare, el salvaje».

En la oscuridad, Mellas notaba que el arroyo perdía velocidad, lo que indicaba que el terreno se abría y que los picos quedaban atrás. Los yerbajos se hicieron también más gruesos, y reducían todavía más su paso ya lento. Arriba sólo podía prever las siluetas oscuras de los árboles inmensos, recortados contra el color apenas un poco más claro de la noche llena de nubes.

De pronto, Vancouver se hincó sobre una rodilla. Todos se acuclillaron velozmente, con los rifles apuntando hacia fuera, según los sectores previamente asignados.

—Un camino –susurró Vancouver.

Mellas avanzó sin perder la flexión. Con la mano tentó barro compacto.

—Tómalo –le indicó.

La vereda se dirigía hacia el oriente, a menor altura aún, y se distanciaban cada vez con mayor velocidad de Sky Cap. Mellas ambicionaba precisamente este camino. Le daba la razón. Pero pensó que, quizá, no serían los únicos aquella noche. Trató de derrotar ese miedo irritante que lo invadía y de concentrar la mente en avanzar sigilosamente. «Que no chapotee el agua dentro de las cantimploras. Revisa el metal de la correa del fusil. Pisa con el talón, atento a cualquier cosa que pueda hacer ruido. Procura mantener una respiración regular.» ¿Qué pasaría, se preguntó, si se topaban con una unidad mayor? Había asumido, idiotamente, que aquella noche sólo rondarían unidades pequeñas. Pero Vancouver vería antes al enemigo. Retrocederían a tiempo. Con todo, sería fácil que los rodearan, a los cinco. ¿Y si alguien salía herido?

* Se trata de un avión Douglas AC-47 Spooky, construido expresamente para la Guerra de Vietnam.

Mellas se obligó a pensar de forma positiva. «Encontrarían el lugar perfecto para tender una emboscada. Los gucos vendrían hacia ellos, hablando, distraídos. Daniels daría la orden y detonaría la artillería. Encontrarían inteligencia que alteraría la estrategia de toda la división o que frustraría un ataque sobre Quang Tri. Una medalla. En casa, la historia en los periódicos. Pero ¿y si no se alistaban oportunamente y se trompicaban con los amarillos? ¿Qué si algunos salían heridos y el resto no lograba escapar?»

Al frente, algo chascó y el corazón de Mellas se aceleró, al tiempo que la sombra de Vancouver se hundió en un instante en el fango. Mellas se hincó sobre una rodilla forzando los ojos. El viento corría suavemente a través de la selva y traía el olor a vegetación húmeda y podrida. También cosquilleaba a los árboles, el aire se llenaba con un siseo imperturbable. El intento por escuchar cualquier cosa era enloquecedor. No oír algo podía significar la muerte. El miedo le aporreaba el corazón y su respiración se adelgazó y aceleró, lo cual dificultaba aún más escuchar. Nadie se movió. Todos esperaban su orden.

Quiso mirar el mapa. Si pudiera ver las líneas de contorno de la Cota 1609 dibujadas sobre el papel, le ayudaría a sentir que ahí seguía, verdaderamente, y la compañía también. Con tal penumbra era utópico. Sólo existían este suelo, este olor, este grupito de personas. Con calma buscó el mapa. Cobró conciencia de que sería necesario encender la linterna para leerlo. Para dar la impresión de que hacía algo, colocó la brújula frente a la nariz y la abrió. La punta verde pálido flureció, primero ebria, luego un poco más quieta, meciéndose ligeramente. Lo atacó una ansiedad culposa. ¿Qué si el chasquido significaba un grupo justo como el suyo, que esperaba abrir fuego en el instante en que se produjera más ruido? Cerró el estuche de la brújula en silencio. «¿De qué coño servía una brújula si no puedes ver hacia dónde vas?» Sintió una mano que le palmoteó la bota.

—Creo que no era nada, subteniente –susurró Vancouver.

Mellas sabía que debía avanzar o decidir, sin ambages, que el enemigo estaba frente a ellos y que deberían retroceder para improvisar un círculo defensivo. Sabía bien, también, que no podría decantarse por esa última posibilidad sin parecer idiota. Por fin, otra parte de él se hizo cargo y susurró:

—Vamos.

Se levantaron y, con cuidado, dieron un paso hacia delante. Pisa con el talón. Busca algo sólido. El dedo gordo. Levanta el talón. El otro pie. Baja el talón. Atento a varas sueltas. El dedo gordo. Levanta el talón. Todos se movían de la misma manera. En silencio. Lentamente. El andar del equipo de reconocimiento.

No era una marcha al compás de cuatro cuartos. No había compás ni tiempo. Tan sólo la eternidad. Sobre ellos crujían los árboles sin rostro. La dirección ya no importaba. La aguja de la brújula refería sólo hacia la oscuridad.

Los flashazos de la boca de fuego del M-16 de Vancouver los cegaron. Los árboles se levantaron, fantasmagóricas siluetas, expuestos, como si estuvieran bajo el efecto de bombillas eléctricas. Sombras grotescas cobraron vida para volver a morir cuando todo oscureció de nuevo. Con las gafas de visión nocturna plagadas de manchas verdes, los disparos les retumbaron una y otra vez los oídos.

Mellas alcanzó a ver el gesto de dolor y de miedo en el rostro de un soldado vietnamita.

Gatearon hacia atrás, con los corazones desbocados y jadeando a causa de la adrenalina. Mellas chocó con Daniels, que salía hacia su sector asignado. Sintió unas botas que le tocaban las piernas conforme Gambaccini y Fredrickson se incorporaron al círculo. Mellas musitó nombres rápidamente. Todos dijeron estar bien.

El radio marcaba frenéticamente la señal para cerciorarse de que estuvieran bien. Daniels respondió con un «Ok» y el radio se calmó.

—Sólo vi a uno, Vancouver –susurró Mellas.

—Es justo lo que vi.

—Vámonos al carajo –dijo Gambaccini.

—Hay que ver si el cuerpo tiene papeles –susurró Mellas con gravedad.

—Ay, hombre, carajo…

Escucharon un gemido.

—La puta que lo parió, está vivo –murmuró Fredrickson.

—¿Y ahora qué hacemos? –preguntó Gambaccini.

—Vamos a meterle más plomo –resolvió Daniels.

—Delataría nuestra posición –atajó Mellas–. Tiremos una Mike veintiséis.

—No es posible que esté solo este cabrón –dijo Vancouver–. Debe de tener amigos detrás.

—Quiero esos putos documentos. Los necesitamos para inteligencia.

—Al carajo, subteniente, que se jodan los putos documentos.

—Cállate, Gambaccini.

Mellas pensaba con furia.

—Vancouver, adelántate y engrásalo con una granada –así, el enemigo no los podría localizar–. Cuando dé la orden, nos vamos todos hacia la línea azul –esperó un momento–. ¿Listos?

—Sí.

—Vamos.

Vancouver se levantó sobre una rodilla y arrojó la granada. Mientras se lanzaban hacia el río, estalló un arco de fuego intenso a lo largo del sendero.

Esperaron de nuevo.

—¿Le diste? –preguntó Mellas en un susurro.

—No sé.

Esperaron.

Fitch se hizo presente pidiéndoles que respondieran el radio. Mellas le informó la situación en susurros concisos, apenas audibles. Siguieron esperando.

—Debe de haber más cabrones. Vámonos de aquí, subteniente.

—Carajo, Gambaccini, quiero los papeles.

Mellas también quería correr, pero sabía que se luciría si proporcionaba información sólida.

—No creo que haya más –dijo Mellas. Nadie respondió, pues no se había dirigido a ninguno en particular. Evidentemente, era asunto suyo. Los otros tan sólo obedecerían–. Vamos a revisarlo –propuso finalmente Mellas.

Gatearon a través de los tallos en estado de putrefacción y entre los hongos de la selva. Al llegar al cuerpo, Vancouver le retiró el AK-47 que tenía unido al hombro por una correa. El hombre gimió.

—Mierda –farfulló Daniels–. Sigue vivo.

Mellas envió a Vancouver y a Gambaccini a asegurar los accesos camino arriba y camino abajo, y revisó las bolsas del soldado herido. Revisó su cartera con la linterna roja. Evitaba sus ojos, que no dejaba de mover por el miedo, y que, bajo esa luz, se veían rosadamente marrones. No tenía más años que Daniels o Gambaccini.

Fredrickson le rajó el uniforme a aquel chico y quedaron expuestos tres hoyos de bala en el abdomen. En la zona lumbar tenía heridas abiertas de salida de bala. La metralla de la granada se le había incrustado en la pierna izquierda y le había hecho añicos la tibia. Fredrickson miró a Mellas.

—Le quedan una o dos horas, a lo más. Si intentamos moverlo, aún menos. Ésos son los intestinos asomándose por las heridas de salida, y creo que esto es parte del páncreas. Las gráficas nunca los muestran cómo los órganos realmente son, así que me resulta difícil asegurarlo.

Mellas se humedeció los labios nerviosamente. Si tan sólo pudiera localizar la unidad del soldado. Les echarían el cielo encima.

—Retirémonos y esperemos a que se mueva –dijo.

—¿Qué?

—Vamos a pretender que nos largamos. Quiero ver en qué dirección va en busca de ayuda.

Mellas se guardó la cartera en un bolsillo y le cortó las insignias de los hombros con el cuchillo. El chico lanzaba miradas de terror a derecha e izquierda, mientras Mellas maniobraba alrededor suyo con el K-bar. Mellas pensó arrancarle la hebilla del cinturón, pero titubeó, pues deseaba parecer más profesional.

—Listo, vámonos —musitó. Apagó la luz roja de la linterna. Era como quitarse una fuente de calor de encima.

—Olvidó la hebilla, subteniente —dijo Daniels—. Diez cajas de Coca-Cola en Da Nang, por lo menos —Daniels lo palpó hasta encontrarla y la sacó de un tirón.

Se alejaron unos cincuenta metros, luego Mellas los dispuso formando un círculo cerrado. Tras diez minutos de silencio, escucharon un quejido y luego un sonido bastante ordinario.

—Mierda —susurró Vancouver casi sin creerlo—. Está chillando, carajo.

Mellas cerró los ojos.

El llanto no se apagó y pronto comenzó a mezclarse con palabras suplicantes en su lengua, para ellos desconocida. El sonido penetró en Mellas como una barra de acero. El sollozo aumentaba y disminuía en intensidad. Los ruegos continuaban; un chico que pedía auxilio con lágrimas, asustado por la muerte.

—Por Dios, cállate, carajo —farfulló Mellas por lo alto. Los otros aguardaban en silencio su siguiente movimiento—. La puta que lo parió —dijo finalmente—. Vamos a buscarlo.

El joven había logrado arrastrarse unos treinta metros de donde lo habían dejado. Mellas encendió la linterna y la cubrió con la mano. El soldado tenía tierra en la boca y saliva ensangrentada en los dientes. Vio a los marines, con ojos bien abiertos, y en silencio imploraba con los labios.

—Bueno, señor, parece que los suyos están hacia el este —dijo Fredrickson.

—Sí —murmuró Mellas.

El silencio era incómodo.

—¿Crees que sobrevivirá? —preguntó Mellas.

—Da igual.

—¿Por qué?

—Los tigres. Es un pedazo de carne bastante asequible.

—Pero morirá antes, ¿no?

—Al carajo si lo supiera, no soy sino un enfermero de tercer grado.

De pronto, el chico se quebró y se le escapó un grito angustiado, seguido de más sollozos de miedo que lo ahogaban.

Fredrickson quitó el seguro del m-16.

—No será la primera vez, señor –le anunció.

—No, no lo hagas –Mellas le quitó entonces el seguro a su propio rifle. Le apuntó al chico directamente a la cabeza. El chico levantó la mirada hacia él. Chillaba con fuerza y le escurría moco desde la nariz. Mellas volvió a correr el seguro–. No podemos –murmuró.

—Subteniente, hágale un favor. Se va a morir.

—No sabemos.

—Carajo, claro que lo sé.

—Quizá podamos llevárnoslo.

Fredrickson suspiró.

—Vamos a dejar rastros de intestino por todos lados. Incluso si sobrevive, tendríamos que devolvérselos a las FARV y lo van a matar con menor rapidez que los tigres.

—No estamos seguros de eso –Mellas le dio una patadita amable.

Fredrickson puso el cañón del rifle en la cabeza del chico.

—No dispares –dijo Mellas fríamente–. Es una orden, Fredrickson –se alejó del soldado–. Quizá sobreviva, quizá sus compadres estén bastante cerca.

—Si es el caso, vámonos al carajo –dijo Gambaccini.

—¿Va a dejarlo, subteniente? –preguntó Fredrickson.

—Quizá sobreviva –repitió Mellas–. Existe la posibilidad de que alguno de los suyos venga a recogerlo. Seguramente escucharon los disparos –se empecinó en encontrar más razones–. Sería asesinato.

Nadie dijo nada. La selva se había quedado en silencio. Mellas ya no se hacía ilusiones a propósito de su invulnerabilidad. Estaban solos, tan solos como ese desconocido, abandonado, que lloraba a sus pies, y la razón que tenían ellos para estar ahí no era, probablemente, tan diferente como la de él.

—¿Al este, señor? –preguntó Vancouver–. ¿En la dirección a la que se iba?

Mellas no contestó. Los otros se movían nerviosamente.

—Vámonos al carajo –musitó Gambaccini finalmente–. Tengo frío.

Los cubrió un silencio tenso. Mellas podía escucharlos respirar a todos, olerles el sudor en la oscuridad. Percibió a Daniels a su lado, con el enorme radio PRC-25 en la espalda, y los sonidos chirriantes que provenían desde el auricular. Mellas se restregó la cara y sintió el florecer de la barba.

Sabía que no servía de nada seguir pretendiendo. Estaba demasiado asustado para continuar en la oscuridad.

—Daniels, informa a Bravo que regresamos.

—Muy *bien* —susurró Gambaccini.

—No quiero quejarme —musitó Daniels—, pero ¿por qué?

De nuevo se hizo el silencio mientras Mellas buscaba una respuesta. Al fin dijo:

—Porque ya no quiero seguir aquí.

* * *

En toda la noche, Mellas no dijo una palabra, excepto para confirmarle a Daniels la lectura del mapa. Al llegar la mañana, esperaba que los demás evitaran mirarlo a los ojos. Pero, por sorpresa, todos le ofrecían razones que podría esgrimir frente a Fitch para justificar su pronto retorno. Podría decir que alguien se había sentido mal o se había torcido un tobillo. Conforme se consideraron más seguros, mientras trepaban hacia Sky Cap, las excusas se tornaban más salvajes y más escandalosamente divertidas, y se disiparon los beneficios imaginarios del AK-47 y de la hebilla.

Mellas no pudo unirse a la frivolidad general. Ya no podía mirar a Fredrickson. Sabía que Fredrickson pensaba que debía haber matado al chico herido pero que no había tenido las agallas. Se preguntaba si tenía razón Fredrickson con la misma intensidad con que se preguntaba también si le mentiría a Fitch acerca de la misión.

Al llegar al puesto de mando, se encontró con que Fitch y Hawke estaban sentados con las piernas cruzadas mientras comían raciones C. Sacó del bolsillo la cartera del norvietnamita y la sopesó en la mano.

—Lamento haber abortado la misión, Jim. No sé qué decir sobre mí mismo.

—Reconoce que te dio miedo —dijo Fitch—. A la mierda, confesar es bueno para el alma. Le dije al batallón que habías salido en un equipo de muerte, que cazaste a un amarillo y que nadie salió herido. Un éxito rotundo.

—Grandioso —Mellas no dejaba de mirar la cartera sobre su mano.

—Además, estuvo bien que regresaran temprano —agregó Fitch—. Mañana nos vamos y volamos a Vandegrift. Justo llegó la noticia.

Mellas continuó con la mirada sobre la cartera sin decir nada. Hawke, que lo había estado observando a través del humo que surgía de su café en la lata de peras, le extendió la taza. Mellas esbozó una breve sonrisa y le dio un sorbo. Le temblaba la mano. Hawke le dijo, con voz calma:

—Algo pasó. ¿Quieres hablar sobre eso?

Mellas no respondió de inmediato. Luego dijo:

—Creo saber en dónde están los gucos —sacó el mapa y señaló la zona. La mano le temblaba aún.

—¿Cómo sabes, Mel? —preguntó Hawke.

—A juzgar por la dirección hacia la que gateó después de que le disparamos —Mellas le pasó la cartera a Fitch. Buscó entonces en su bolsillo y sacó la unidad y las insignias de rango del soldado. Las miró, luego a Fitch y a Hawke, quienes habían dejado la comida—. Dejé que se arrastrara de regreso a casa con los intestinos colgándole de fuera —comenzó a sollozar—. Lo dejé ahí —le salían mocos de la nariz—. Lo lamento mucho. Lo lamento tanto, carajo —las manos y el cuerpo entero le temblaban, y mejor se tapó los ojos con los dos parches de tela.

Capítulo XI

L A CUBIERTA DEL HELI VIBRABA POR DEBAJO DE ELLOS. ESTABAN recargados contra la lámina metálica que los separaba varios cientos de metros del vacío. El viaje de Sky Cap a la Base de Combate Vandegrift era como magia. Las montañas cubiertas por selva, que les hubiera llevado semanas atravesar, eran simples destellos que quedaban atrás en cuestión de minutos.

Vancouver se preguntaba si ya habrían llegado su espada guca o su manta isotérmica. Skosh soñaba que se pasaba el D&R en Sídney y curioseaba acerca de lo que realmente sería tener coito con una chica. Hawke se preguntaba si ésta sería su última ocasión entre los arbustos, si no podría agenciarse un puesto en la retaguardia. Fitch no dejó de revisar los acontecimientos de la larga caminata, preparaba el caso, bastante preocupado ante la desgracia de que lo relevaran del comando. Quería sacarse también las ropas sucias y tomar una ducha. China contaba la gente con servicio de rancho antes que él e imaginaba cómo podría largarse antes de que la compañía volara a su próxima operación; necesitaba tiempo en la retaguardia para organizarse. Pollini veía, arrodillado ante un ojo de buey, el paisaje de abajo; se preguntaba si alguno de sus hermanos o de sus hermanas pensaba en él. Cassidy quería dormir, dormir y dormir, y olvidarse de aquella deshonra de que uno de los suyos quisiera matarlo. Goodwin quería emborracharse; lo mismo Ridlow, Bass, Sheller, Rider, Tilghman, Pallack, Gambaccini, Jermain y muchos otros. Jackson quería drogarse, al igual que Topo, Cortell, Broyer, Mallory, Jacobs, Fredrickson, Robertson y Relsnik. Por su parte, Jancowitz toqueteaba la bufanda roja, ya sucia, que había metido en un bolsillo; no quería verla, pero tampoco deshacerse de ella: todavía alcanzaba a oler un vaho del perfume de Susi. Tan sólo quería olvidarse de dónde se encontraba, sin importarle cómo lo conseguiría.

Mellas, que se había quedado con una escuadra para guiar a la Compañía Kilo hasta las líneas, no dejaba de ver la cara contrahecha, sucia de mocos, del joven soldado norvietnamita. Se preguntaba, en primer lugar, por qué habría estado ahí, solo, y si existía la posibilidad de que hubiera sobrevivido.

Mientras los helicópteros, sus bestias de carga, volaban una y otra vez entre Vandegrift y Sky Cap, y dejaban tropas frescas de la Compañía Kilo, que estrenaban uniformes, y recogían a las tropas harapientas de la Compañía Bravo, el coronel Mulvaney regresaba de una reunión en Dong Ha.

Había terminado la estúpida operación de acordonamiento, y Mulvaney estaba ansioso por «olfatear y cagar», como siempre decía: bloquear el reabastecimiento del ejército de Vietnam del Norte en el valle Au Shau y hacia Da Nang, establecer una pantalla entre el EVN y aquellos valles fértiles más al oriente, y mantener abierta la Ruta 9, la única vía que corría desde la costa, a través de las montañas, hasta Khe Sanh y Laos. Si a los norvietnamitas se les llegaba a ocurrir transitar por ese camino en un día nublado, entonces sí… ¡cuidado!

—¿Vienen de regreso esos Bravos desde Sky Cap, cabo Odegaard? –le preguntó Mulvaney a su chofer.

Odegaard disminuyó la velocidad del jeep al pasar junto a grupos de dos o tres que caminaban pesadamente a lo largo del camino enlodado. Cuando pasaron frente a un marine con un sombrero australiano, con el ala derecha levantada, y una ametralladora recortada, Odegaard dijo:

—Son ellos, señor. Ése es Vancouver, el que les jodió la emboscada.

—Frena cuando pasemos junto a esas cajas de ahí.

—Sí, señor –Odegaard sacó el jeep del camino y se detuvo. Mulvaney vio pasar a dos chicos sin pantalones que caminaban despacio por la tiña que los cubría de la cintura a los tobillos. Su ojo experimentado detectó la irritación de las manos y los rostros, el deterioro de los morteros y cómo colgaban los uniformes putrefactos de aquellos cuerpos delgaduchos.

—¿Desea que apague el motor, señor?

—No. Vámonos.

Antes de que encontraran a la Compañía Bravo, Mulvaney le estaba contando a Odegaard una de sus mejores historias marítimas. Aunque no la había terminado, de regreso a la comandancia del regimiento permaneció callado. Apenas dijo algo durante la reunión. Hacia el final salió el tema de quién colaboraría con la compañía en las labores de Águila Calva y de

Gavilán. El Águila Calva era una compañía que se mantenía en constante alerta, presta para el combate, en la orilla de la pista de Vandegrift. Estaba estacionada ahí para apoyar inmediatamente a cualquier unidad en problemas o para explotar una ventaja táctica. Gavilán era un pelotón dentro de esa compañía que resolvía encargos menores, como sacar equipos de reconocimiento de situaciones problemáticas. A nadie le gustaba nada de esto. Esos marines se pasaban días haciendo faenas mecánicas y desgastantes, sin contar la ansiedad constante, pues la compañía podría lanzarse a combatir en cualquier momento.

Tuvimos el turno más reciente, señor –dijo el comandante del Tercer Batallón.

—Entonces es su turno, Simpson –dijo Mulvaney.

—Sí, señor –contestó Simpson, mientras escribía en la libretilla verde, claramente a disgusto, pues se quedaría tan sólo con tres compañías.

Al terminar la reunión, Mulvaney se dirigió hacia la puerta en cuanto vio que Simpson y Blakely se iban.

—¿Por qué no se pasa por un trago, Simpson? –le dijo.

Blakely, a quien evidentemente no había invitado, apagó nerviosamente su cigarrillo.

—Con todo gusto, señor –respondió Simpson–. ¿Cuándo le parece bien?

—Ahora mismo –Mulvaney se alejó.

Mulvaney estaba sirviendo dos vasitos de bourbon Old Forester cuando Simpson empujó la solapa de la tienda para entrar.

—¿Le gusta con agua? –le preguntó mientras se asomaba al pequeño refrigerador. Simpson dijo que lo tomaría seco.

Mulvaney se sirvió un poco de agua y vertió ahí el trago de bourbon. Alzó el vaso.

—Por el Cuerpo –brindó.

—Por el Cuerpo –le hizo eco Simpson. Vació el vaso con un solo trago y pareció darse cuenta de lo que acababa de hacer, por lo que se limpió la boca nerviosamente con la mano.

—Siéntese, siéntese –Mulvaney le hizo un ademán hacia una silla. Simpson se sentó. Mulvaney estaba inclinado contra la orilla del escritorio. Dio otro sorbo, pausado, y miró a Simpson–. Estamos en una guerra del carajo –dijo lentamente–. Una guerra jodida que está destruyendo lo que amo. ¿Usted quiere al Cuerpo de Marines, Simpson?

—Sí, señor, por supuesto.

—Quiero decir, ¿realmente lo ama? ¿Se va a la cama con él por las noches, se levanta con él en las mañanas, le ve su lado amargo, reconoce cuando está cansado y enfermo, no sólo cuando resplandece? ¿Piensa todo el tiempo en él? ¿O, más bien, piensa hasta dónde podrá llevarlo a usted?

—Bueno, señor, yo…

—No, no. Mire, Simpson, usted piensa a dónde lo puede conducir. Usted lo utiliza. Es eso, o usted permite que alguien más lo utilice para que ellos lleguen a algún lado. No sé qué sea peor.

—Yo, este…

—Cállese.

—Sí, señor.

—Y no se preocupe. Es mi bronca. Y nada de esto va a parar a su maldito reporte de condición física.

Mulvaney dio la vuelta para mirar una fotografía enmarcada que colgaba de la pared. Mostraba a un pelotón de marines en uniformes de verano en un día frío y lluvioso. Tenía escrito «Nueva Zelanda. Julio de 1942». Mulvaney la señaló con un movimiento de cabeza. Sin mirar a Simpson dijo con voz baja:

—La mitad de ellos están muertos —hizo una pausa breve—. Fue mi culpa, en gran parte.

Se volvió para mirarlo.

—Estados Unidos nos utiliza como putas, Simpson. Cuando quiere coger bien, nos mete el dinero y le damos un momento de gloria. Luego, cuando termina, se va por la puerta trasera y pretende no saber quiénes somos —Mulvaney agitó el hielo y lo vio disolverse—. Sí, somos putas —continuó, ahora casi para sí mismo—. Lo reconozco. Pero somos de las buenas. Cogemos bastante bien. Nos gusta nuestro trabajo. Por eso, al finalizar, el cliente termina avergonzado. Así que la hipocresía siempre ha sido parte de nuestra profesión. Eso lo sabemos —Mulvaney entornó los ojos y miró a Simpson—. Pero esta vez, el cliente no quiere coger. Prefiere jugar a los caballitos y entra por la puerta de atrás. Y nos monta y nos hace trotar alrededor de la habitación con una brida del carajo, con fusta y con espuelas —Mulvaney sacudió la cabeza—. No servimos para eso. Nos revuelve el estómago. Y nos está destruyendo.

Mulvaney guardó silencio. Simpson miró la botella sobre el escritorio y, después, volvió la mirada rápidamente hacia su vaso vacío.

—¿Vio a la Compañía Bravo hoy que regresó? —preguntó Mulvaney.

—Hablé con su capitán, con el teniente primero Fitch, señor.

—¿Los vio, Simpson? —Mulvaney comenzó a levantar la voz.

—No, señor.

—Estaban hechos mierda.

—Sí, señor. Me ocuparé de eso, señor. Hablaré con el teniente primero Fitch. He estado pensando en relevarlo desde que estaba en Matterhorn.

—No se trata de Fitch, Simpson —Mulvaney respiró a profundidad y tomó otro trago—. Los han estado utilizando. Bastante. ¿Cuánto llevan entre arbustos?

—¿Por arbustos se refiere usted a las patrullas que hacen en una base de apoyo o metidos en la selva en una operación?

—Me refiero a cuánto llevan sin comida, sin dormir, sin seguridad, sin ducharse, sin *vitaminas*... —la última palabra era una pregunta vaga y una acusación—. Me importa un pito lo que tenga que hacer, pero mañana por la noche iré personalmente a inspeccionar los basureros de la Compañía Bravo y quiero verlos llenos de cáscaras de naranja y de corazones de manzana.

Simpson sacó su cuaderno verde y anotó algo.

—Al carajo, Simpson, guarde eso. Si no puede acordarse de esto...

—Sí, señor —Simpson lo metió en el bolsillo.

Mulvaney le dio la espalda. Al hablar, se dirigió a la fotografía de nuevo.

—Simpson, estoy cansado. Estoy cansado de que me utilicen. Matar para cobrar y para los políticos es ya suficiente prostitución, pero hacerlo de esta manera me enferma. Me corrompe el alma, lo que me queda de alma —se giró lentamente y levantó el índice, rechoncho, que señaló a Simpson—. Pero usted, usted y su jodido Tres, esta vez ustedes son parte de la clientela. Pero permítame decirle algo. Deberé estar bastante jodido si consiento que mis tropas caigan en el jueguito cagante del cliente, aunque se trate de algún capitán.

Mulvaney respiraba pesadamente, tenía el rostro ardiendo. Se inclinó sobre el escritorio.

—La próxima vez que usted me asegure que alguna de sus compañías está en buena forma antes de que yo las envíe a alguna misión, más le vale, por Dios, que no mienta. Ahora, lárguese de aquí. Puede retirarse.

Simpson se caló el gorro y salió dando tumbos.

Con un manotazo y un grito de frustración, Mulvaney barrió los dos vasos fuera del escritorio. Se sentó y vio cómo los hielos formaban charcos en el suelo. Luego se acercó a la foto en la pared y se quedó ahí, parado, contemplándola mucho tiempo.

Mellas llegó en el último helicóptero. Junto con otros en su equipo para heli, arrastró los pies silenciosamente, envuelto en la niebla de la fatiga. Una de las heridas de las úlceras tropicales supuraba pus. Se la sacudió en los lados de los pantalones, donde se mezcló con lo que habían acumulado todas aquellas semanas. Los pantalones le colgaban de la cintura. Había perdido más de once kilos. Era un marine de la selva. Sin darse cuenta, él y su equipo caminaron como si la zona de aterrizaje les perteneciera. Pero sentía que estaba enfermándose.

Llegaron a la tienda de reabastecimiento. Enfrente había grupitos de chicos de otros pelotones acostados en el barro húmedo. Bebían cerveza. Mellas hizo a un lado la pesada solapa de la tienda y entró. Fitch, Hawke, Cassidy y Kendall estaban ahí, junto con un subteniente nuevo. Él miró a Mellas y sonrió, impaciente por caerle bien. Mellas –cansado, harapiento, con el pelo hasta el cuello de la camisa– no le devolvió la sonrisa.

—Subteniente –dijo Cassidy–, parece que le vendría bien una cerveza –se agachó y sacó de debajo de la mesa una lata oxidada de Black Label–. Lo siento, tengo sólo Black Mabel,* porque en Da Nang se quedan con lo bueno –perforó dos agujeros triangulares en la parte alta de la lata y se la ofreció a Mellas. Él le dio un trago largo. La cerveza estaba tibia pero sabía a buenos recuerdos. Sintió la efervescencia punzante bajar por la garganta. Se bebió toda la lata y suspiró.

—Gracias, artillerito –Cassidy le abría ya la siguiente lata.

Fitch estaba otra vez bastante elegante. Se había cortado el pelo y tenía el peinado partido por un lado, vestía un uniforme de selva limpio. Hawke se veía aseado, pero lo suyo no era verse elegante. Mellas se dio cuenta de que portaba las barras de teniente.

—Quiero presentarte a Paul Fracasso –dijo Fitch rápidamente. Mellas le hizo un gesto al nuevo subteniente, quien llegaba desde la Escuela Básica bien comido y usaba las gafas oficiales de los marines. Mellas vio cómo Fitch le echaba un vistazo a Hawke. De pronto, entendió. Le darían su pelotón a este tipo. Habían transferido a Hawke. No dijo nada; era lo que había querido. Incluso le había sembrado esa semilla a Blakely aquel día en Matterhorn. Ahora que la semilla había crecido hasta dar fruto, se le rompía el corazón. No se había ni siquiera imaginado que se sentiría así.

—¿En dónde está Scar? –preguntó Mellas, y dejó caer la mochila al suelo.

—Fue a Qang Tri por la soldada –dijo Hawke.

* En los años cincuenta, la figura publicitaria de la cerveza Carling Black Label era una chica llamada Mabel.

—Ah, claro, ya casi olvidaba que nos pagan por esto –Mellas le dio otro trago largo a la cerveza y la vació–. Bueno, venga, terminemos de una vez –sabía que estaba siendo injusto, pero le había cagado que llegara el nuevo.

—Bien –dijo Fitch con los labios apretados–. Este… Fracasso se encargará de tu pelotón. Ahora eres el oficial ejecutivo de la compañía, Bravo Cinco. Pensé que te desempeñarías mejor que Goodwin.

—Muy bien, gracias –Mellas se sentó sobre una caja de municiones y le aceptó a Cassidy otra cerveza.

¿A dónde te vas, Hawke? –le preguntó.

—Tres Zulu.*

—Bien –contestó Mellas. Dio otro trago largo. Eso significaba que Hawke trabajaría para Blakely como oficial de servicio en las operaciones del batallón. Blakely no era ningún tonto, eso era seguro–. Felicidades por la promoción, por cierto.

—Cumplí con mi puñetero plazo en la maleza –Hawke sonaba un poco molesto.

—No dije que no fuera el caso, Ted –Mellas vació la lata. Cassidy le dio otra guiñándole un poco el ojo–. Gracias, artillerito –dijo Mellas.

—Venga –le dijo Hawke a Fitch–. Más vale que le digas todo lo demás antes de que se ponga de un incoherente.

—¿Todo lo demás?

—Nos asignaron el Águila Calva-Gavilán –dijo Fitch.

—¿Y eso? ¿Es como la mierda de Batman y Robin?

Fitch sonrió mientras veía cómo Mellas daba otro largo trago.

—Es el nombre en código para una compañía de marines que permanece junto a la pista. Si alguien se embarra de mierda, nos envían para «explotar» la situación.

—Seguramente es una broma –dijo Mellas con mucha suavidad.

La expresión del rostro de Fitch señalaba que no.

Mellas tenía tan apretados los dientes que pensó que los tronaría.

—Mis hombres no pueden caminar, carajo –dijo–. Yo no puedo caminar –se levantó y, frustrado, pateó la mochila. El suelo dio vueltas bajo sus pies.

Se escuchó otra cerveza que se abría, y Cassidy deslizó la lata sobre la mesa hasta donde estaba Mellas.

—Otra cerveza, subteniente. Esto alivia las penas.

Mellas la miró y observó la espuma derramarse sobre la mesa. Se sentía tan cansado.

* Asistente del oficial de Operaciones (s-3z, en la nomenclatura).

—¿Los hombres tienen suficiente cerveza? –preguntó.

—Seguro –contestó Hawke–. Agradécele al artillerito Cassidy. Pagó con su propio dinero un buen número de cajas para cada escuadra.

Mellas se conmovió por el gesto.

—Gracias, artillerito –le dijo.

Cassidy gruñó.

—No puedo tener a los chicos secos. Si eres suficientemente mayor como para matar a alguien, tienes también edad para beber.

Mellas bajó la lata.

—¿Cuánto tiempo estaremos en el Águila Calva de los cojones?

Fitch se encogió de hombros.

—No han dicho. Hasta que el regimiento nos requiera en otro sitio o nos manden a la mierda. El coronel pensó que nos permitiría descansar.

Mellas quería preguntarle a Fitch cómo era posible que pudiera considerarse descanso el estar en la orilla de una zona de aterrizaje en espera de que un cerdo oprimiera un botón mágico para lanzar a la compañía a un sándwich de mierda. Pero prefirió no molestar. Lo que deseaba, más que cualquier otra cosa, era una ducha.

—¿Hay ropa limpia por aquí? –preguntó. Cassidy señaló unas cajas abiertas apiladas contra las paredes. Cuando se acercó a la ropa, Mellas sintió que toda la tienda se bamboleaba.

—¿No está el suelo un poco resbaloso, subteniente? –le preguntó Cassidy con sorna.

—Me emborrachaste, cabrón –replicó Mellas. Le hizo falta un momento para localizar a Cassidy–. Me van a joder –se quitó la ropa sucia haciendo caso omiso de las botas. Miró los calzoncillos verdes y los tiró al basurero junto con las latas de cerveza. Por un instante se quedó ahí, desnudo frente a todos, con las placas de identificación que colgaban sobre la piel amarillenta. Le impresionó darse cuenta de cuán vulnerable era su cuerpo.

Cassidy le arrojó utilidades limpias. Las sintió tiesas y pesadas, el camuflaje brillaba extrañamente comparándolo con el que estaba tirado a sus pies. Se puso los pantalones sin que le importara la ropa interior. Le sorprendió darse cuenta de lo estrecha que se había vuelto la cintura y de cómo protruían las costillas.

—Ah, y… Mellas –dijo Fitch–, necesitamos a alguien del Primer Pelotón que preste el servicio de rancho las próximas dos semanas.

—Gracias a Dios –replicó Mellas–. Te cedo a Shortround antes de que mate a alguien –se dirigió a Fracasso–. Ven, Fricassee, o como coños sea tu nombresucho italiano, voy a presentarte a tu pelotón.

A Simpson le temblaban las manos todavía mientras se servía otro vaso de bourbon y le contaba a Blakely lo sucedido. Él se reía burlonamente.

—Por supuesto que le dijo aquello de manera no oficial. No va a arriesgar su estrella, no en este momento. Él y su puto pelotón perdido de la segunda guerra mundial. Mire los números, coronel. Tenemos el índice más alto en la división de hombres en el campo versus hombres en retaguardia. Estamos en el primer lugar del batallón en cuanto a días-hombre activos al mes en operaciones de combate. El porcentaje de indagaciones de los congresistas es prácticamente cero. El índice de muertos que hemos propinado al enemigo ha aumentado desde que llegué. Y no creo que las personas clave en la división y en la Tercera Fuerza Anfibia no lo sepan —Blakely se rio de nuevo—. Si dio un reporte malo sobre su condición física, nos iremos a las estadísticas y lo despacharemos directo a la jubilación.

Simpson sonrió con la boca apretada.

—Supongo que no tengo razones para agobiarme.

—Preocúpese por los números. De eso se preocupa la gente importante. Mulvaney es un anacronismo. Manzanas y naranjas... Al carajo.

Los dos se rieron.

Mellas, con el uniforme para la selva nuevo, que tenía marcados todavía los dobleces, guio a Fracasso hasta una planicie de barro que rodeaba a una tienda diseñada para alojar a diez personas. Había dos tiendas más de ese mismo tamaño, ocupadas por los otros dos pelotones. Eso significaba que en la lluvia quedaban más de cien desafortunados de menor rango y antigüedad. Algunos tenían carpas improvisadas como si siguieran entre arbustos. Otros, que tan sólo habían arrojado las mochilas, los chalecos antibalas y las armas, reclamaron como propio un rincón de barro húmedo y se pusieron a beber. Mellas sabía que la mayoría de ellos estarían demasiado borrachos o drogados para tender carpas, y que dormirían en la lluvia. Pero, ya fuera ebrios o pasados, dormirían, al menos, toda la noche.

Mellas caminó hasta Hamilton, Skosh, Fredrickson y Bass. Les presentó a Fracasso y les dijo que lo habían ascendido a oficial ejecutivo para reemplazar a Hawke. Bass lo tomó con aplomo profesional: a entrenar a otro subteniente. Mellas sabía que los otros líderes de escuadra no lo tomarían tan bien. No aprobaban la necesidad de que el Cuerpo de Marines se asegurara de que los rangos más altos estuvieran ocupados por oficiales entrenados en combate. Una vez que llegaba alguien, preferían retenerlo.

Mellas gritó:

—¡Líderes de escuadra, arriba! –los chicos, algunos de los cuales estaban tumbados de espaldas y cómodos, brincaron alegremente hacia el cielo gris.

Jancowitz fue el primero en llegar.

—Escuché que nos deja, subteniente –dijo.

—Sí.

—Pues… –Jancowitz titubeó–. Felicidades por la promoción.

—No es una promoción, Janco. Seguiré con el mismo sueldo. Supongo que tendré más pausas para tomar café cuando jorobemos, pero seguiré jorobando con ustedes.

—Eso suena muy bien, señor.

Mellas se sintió como un imbécil. Pero era su oportunidad para avanzar. Convertirse en oficial ejecutivo en tanta brevedad le daba suficiente tiempo para obtener una compañía.

Connolly se les unió, con cara de sueño y una lata de cerveza en la mano.

—¿Qué tal el nuevo subteniente? –preguntó casi exigiendo saber.

Mellas pensó por un momento. Podía joder a Fracasso en ese mismo lugar si decía algo equivocado. Había advertido ya el anillo de la Academia Naval en uno de sus dedos, un militar de por vida, como no había visto a otro antes. Jacobs llegó, justo detrás de Connolly, con una sonrisa tonta en el rostro. Mellas tan sólo esperaba que Jacobs tuviera suficiente sentido común para que no lo sorprendieran fumando. Significaría una temporada en prisión y una expulsión automática con deshonra.

—¿Te sientes bien, Jake? –preguntó Mellas, reprimiendo la sonrisita que trepaba ya por la comisura de sus labios.

De inmediato se le bajó a Jacobs un poco.

—Ba-bastante bien, señor.

Mellas sonrió ante el gesto serio de Jacobs.

—Ahora que tengo la potestad, si alguno de ustedes, payasos, pierde algún compañero en prisión porque los encontraron fumando yerba, les jodo sus cuotas de D&R y los envío a Okinawa con todos los militares de por vida.

El grupo se rio.

—¿Qué tal el nuevo subteniente? –preguntó Connolly de nuevo.

Mellas rasgó el cieno con la bota.

—Creo que se ganaron a un militar de por vida. Pero creo también que es de los buenos.

—¿Un puto militar de por vida, eh? –dijo Connolly finalmente. Todos se volvieron para ver al nuevo subteniente, quien hablaba entusiasmado con Bass. Los dos los vieron y se acercaron. Mellas sabía que los siguientes cinco segundos eran los más importantes en la vida de Fracasso. Podían resolver su carrera, quizás incluso su vida. En los próximos cinco segundos, estos tres adolescentes decidirían si trabajarían con él o no.

El nerviosismo de Fracasso era evidente. Los tres líderes de escuadra lo observaron sin mostrarle ninguna señal de bienvenida.

Mellas se aclaró la garganta.

—Pues, creo que debería dar un discurso de despedida florido, pero cada tres días seguiré jorobando junto a Bass, detrás de todos estos pobres cabrones, así que no diré nada –Mellas estaba sorprendido por su incapacidad para articular nada–. Voy a... Los voy a extrañar –no podía mirarlos–. Les presento al subteniente Fracasso, él estará al cargo.

Mellas señaló a cada uno de los líderes de escuadra y dio instrucciones.

—Lamento verlo aquí, señor –dijo Connolly–. Ya estoy en la cuenta regresiva de dos dígitos para sacar mi culo de aquí. Soy tan bajo que debo treparme a un casco para mear.

Fracasso se sorprendió por un momento, pero extendió la mano para saludar a Connolly.

—Laméntalo *tú*, por Dios... A mí me queda más de un año.

Connolly, y luego Jancowitz y Jacobs también, le estrecharon la mano. Fracasso había pasado la prueba. Mellas se quedó con buena impresión. Había previsto sentir celos. El pelotón estaría bien. No había reparado qué tanto se había encariñado con aquellos chicos.

—Una última cosa antes de que me vaya y Fracasso se quede definitivamente con ustedes. Todos tomen una ducha, carajo. Hay un punto de agua abajo, junto al río. Ustedes, los líderes de escuadras, asegúrense de que bajen todos antes de que estén jodidos y se asfixien.

* * *

Dos horas más tarde, Mellas estaba sentado en el fangal con otra cerveza tibia en la mano. Sentía el cuerpo extraño desde el duchazo. Era la primera vez que se duchaba desde que llegara a Vietnam. La ligera llovizna que caía era fría y le refrescaba el rostro. Sentía cada una de las gotas de lluvia.

Había oscurecido ya, pero a su alrededor todo parecía sombras vagas que se separaban de grupúsculos de amigos para alejarse a mear. Luego volvía alguna de aquellas figuras, se equivocaba de grupo, hasta que encontraba el suyo y se hundía de nuevo en aquella masa pequeña de sombras oscuras. Mellas pensó que así debió haber sido en tiempos de Gengis Kan y de Alejandro Magno.

Pudo habérseles pegado a los otros oficiales y miembros del equipo en la tienda de abastecimiento, pero deseaba pasar tiempo con el pelotón. Sentía una nueva camaradería con estos chicos. Sabía que eso era sentimental, incluso empalagoso, pero procuraba no sucumbir a la pérdida que había sufrido con ascender un escalafón en la jerarquía.

Le dolía bastante la cabeza y tenía que alejarse continuamente hasta la selva para cagar. Con todo, estaba demasiado feliz. Aquí estaba a salvo. Esperaba no haberse contagiado de disentería. Su utilidad nueva estaba ya húmeda y sucia en la sentadera y las rodillas, y también un poco manchada después de uno de sus viajecitos a la maleza. No le importaba. Si lanzaban el Águila Calva, al día siguiente podría estar muerto. Siguió bebiendo cerveza.

Aprovechando que estaban todos ebrios, China pensó que era un buen momento para entregarle a Henry la mercancía que se enviaría por barco hacia Oakland o Los Ángeles. El pesado saco de marinero que llevaba al hombro era extraño y lo que traía dentro se mecía y le pegaba en la espalda y en un costado. A dos minutos de haber dejado la pequeña pista donde vivaqueaba la Compañía Bravo, sudaba ya bastante. Al hacer a un lado las solapas que servían de puerta de la tienda donde dormía Henry con otros tres, olió las bolitas de naftalina que aún no habían retirado. Dejó caer el saco con mayor velocidad de la que hubiera querido y, al pegar en el suelo de madera de triplay, se oyó un golpe metálico sordo. Henry estaba tumbado sobre su cama y miraba un libro erótico. Vio a China y, después de un titubeo momentáneo, esbozó una sonrisa, se levantó y lo saludó de la manera como ellos sabían hacerlo. Dos amigos suyos estaban ahí también, e hicieron lo propio. Qué bueno era reunirse de nuevo con los hermanos.

Henry encontró una cerveza tibia y le perforó dos hoyos con un abridor. La levantó para parodiar un brindis y le dio la vuelta, para vaciarla en unos cinco segundos. Luego se sentó en la cama, palpó debajo del colchón inflable y extrajo una bolsita de mariguana con algunos cigarros ya liados. Encendió uno, le dio una calada larga y se lo ofreció a China.

—Yo no le entro a esa mierda –le respondió. No estaba del todo seguro de si se había tratado de un gesto cordial. Ya antes había discutido con Henry acerca de los negros que se dejan esclavizar por la droga. Henry *sabía* que él no fumaba esa mierda.

—Carajo, hombre. ¿Cuándo te vas a adaptar, eh? Esta mierda es para pasarla bien, no le hace daño a nadie.

—Sí, ok. Adelante, pues.

Henry le dio el porro a uno de sus compañeros de carpa y sacó otra lata de cerveza, la abrió y se la pasó a China. Pero él puso las manos en la cintura, con los ojos hacia abajo. Luego los levantó para mirar a Henry.

—Ya sabes que tampoco bebo esa mierda.

Henry enarcó las cejas y contempló a los demás. Levantó la lata enfrente de sí, echó la cabeza hacia atrás y pretendió que la estudiaba con cuidado.

—¿Qué tenemos aquí, China? ¿Un demonio enlatado?

China dudó un momento. Realmente quería la cerveza, pero sabía que los hermanos musulmanes no bebían. Aunque también sabía que no les estaban volando el culo en aquel horno de selva de la mierda. Sabía bien que debía mantenerse firme en sus ideales.

—Oye, Henry, ¿no tienes una gaseosa o algo? —le preguntó, procurando mostrarse relajado.

Henry se bebió la segunda cerveza, caminó hasta el extremo de la litera y sacó una caja llena de Coca-Colas. Le abrió una lata y se la entregó a China, con una sonrisa.

—Tengo de tooodo, hermano.

China la tomó y se sentó sobre la cama frente a Henry, con el saco de marinero en el suelo entre los pies. Se bebió la Coca. Sabía a verano en casa. El canuto se consumió hasta alcanzar ese punto en que ya resulta demasiado caliente para poderlo manejar, y uno de los amigos de Henry lo fijó en una pincita mataporros de plata. Henry le dio la última calada larga hasta que se acabó.

Conversaron un poco para ponerse al tanto. Qué hermano logró volver a casa, quién no. Luego Henry fijó los ojos en los de China, una señal.

—¿De verdad intentó Parker granadear a ese bastardo racista?

China dudó.

—Creo que sí.

Henry bufó.

—Lástima que la haya cagado.

Hubo asensos y murmullos.

China no visualizaba aquella escena en la tienda, sino más bien cómo transportaban a Parker fuera del perímetro, en la oscuridad, con el rostro bañado en sudor y pánico en la mirada. Había chocado nudillos con él y le había dado un apretón de manos para brindarle seguridad. Fue lo último que vio de él. Regresó al presente.

—Creo que el artillerito debió haberse dado cuenta. Dice que son tonterías.

—Eso es una tontería.

—Sí –China no sabía qué hacer con la lata vacía–. Sí, al carajo –se agachó y soltó la correa del hombro del saco marinero, con lo que también lo abrió–. Pero yo tengo algo aquí que no es ninguna tontería –sacó el cañón de una ametralladora M-60. Luego alcanzó el extremo posterior, lo ensambló rápidamente y se lo pasó al hermano al lado suyo. Luego sacó un AK-47 y repitió la operación. Luego una pistola .45 y se la dio a Henry. Y después otro AK-47. Sonrió–. Para los hermanos que están en casa.

Henry jaló el recibidor de la .45 y miró a través del cañón. Sus dos amigos inspeccionaban también los AK-47, que escaseaban en zonas de retaguardia.

Henry sonrió, casi tristemente.

—¿Coño, de dónde sacaste esto, China? –le preguntó.

—Le dimos a un vertedero de municiones bastante grande. Yo y otros hermanos las hemos jorobado en piezas desde entonces. Me fui quedando poco a poco con las partes de la M-60 arguyendo que la mía ya estaba gastada, ¿sabes?, y la .45 es una pérdida en combate. Ésta era la mía, me dieron una nueva.

Henry hizo un ruido como «hummphh…».

China lo miró.

—¿Qué significa ese «hummphh…»?

Henry arrojó la pistola a la orilla de la cama.

—¿Y tú crees que los hermanos en casa no pueden buscarse sus propias armas? Al carajo, hermano. Lo que necesitan es dinero, y con eso se hacen de todo el puñetero poder que quieran. ¿No recuerdas que viviste en la jodida *Ah-mé-ri-cah*, China? Tenemos más armas en Ah-mé-ri-cah que acostones haya tenido tu mamá sin saber siquiera los nombres de los tipos aquellos.

China se esforzó por dominar su temperamento. La referencia a su madre era el típico insulto estilo docenas. No iba a permitirle a Henry saber qué tan cerca había estado de la verdad.

—Todo ayuda, Henry.

—Miér…coles –Henry se levantó y caminó hasta un pesado mueble de ébano de Macasar labrado que había comprado en una escapada ilícita a Cam Lo; se trataba de una pieza que acompañaba a un baúl, igualmente pesado y ornamentado, con el que había reemplazado su casillero oficial–. Además, si no volvemos pronto a casa, aquellos hermanos no tendrán ni puñetera idea sobre qué hacer con todo ese armamento. Miér…

coles, China. Van a empezar a matarse para ver quién ocupa la cátedra de Estudios de Negros en UCLA.* Miér…coles. Matarse para ver quién será el profe de niñitas blancas y ricas y de chinitos –giró el candado de combinación con el que cerraba un hermoso pasador de plata para asegurar uno de los cajones.

—Esa matanza la hacen agentes del FBI infiltrados –dijo China.

Miér…coles, China. Ponte serio, ¿quieres? Eso terminará en que los Slausens matarán a los Avenidas –Henry sacó el cajón completamente y lo depositó sobre la hoja de acero que funcionaba como piso de la tienda y comenzó a sacar ropa y otros artículos. Luego sacó con cuidado un fondo falso y con un gesto le pidió a China que se acercara para echar un vistazo. Había docenas de paquetitos de plástico, algunos con mariguana, otros con bloques de hachís, muchos tenían un polvo diferente, casi blanco; China pensó que se trataba de heroína. Henry volvió a poner, con cuidado, el falso fondo–. ¿Qué crees que es eso, China?

No respondió.

Henry fijó el falso fondo y lo apuntó con un dedo largo y delicado.

—Ése es el poder *verde*. Puedo trucarlo por tanta artillería que podríamos empezar nuestra propia guerra, cabrones –metió al cajón la ropa y las demás cosas–. Pero tú te vas a Da Nang y les vas a intercambiar tus AK a alguno de esos blanquitos por una de esas gaseosas que te encantan. Miér… coles, China –los amigos de Henry soltaron la carcajada. Uno de ellos buscó en el interior de la bolsa lateral de los pantalones y sacó un fajo de billetes militares, los agitó un poco, sonriéndole a China, y volvió a guardárselos.

Él se sintió traicionado y bobo. Notaba los ojos divertidos de los amigos, que lo observaban. Henry tenía la cabeza ladeada y hacia arriba, y también lo observaba. China le sostuvo la mirada.

—Esa mierda no es buena para los hermanos, Henry. Malcolm X dice que no nos acerquemos a esa mierda. Los Panteras dicen lo mismo.

—¿Y quién dice que yo le vendo esta mierda a los hermanos?

—No me digas que se las vendes solamente a los *chucks*

—Na. Quizá no. ¿Y qué?

—Esa mierda no es buena.

—Pues nos jodemos a algunos chicos blancos con ella. De cualquier manera, la gente que compra esta mierda no son sino animales jodidos.

—Eso es justo lo que la mafia dice cuando le vende mierda a los negros.

—Pues entonces estamos empatados.

* Universidad de California, en Los Ángeles.

China apretó los labios.

—¿Y les envías todo el dinero a los hermanos en casa?

—Pero ¿qué piensas? –el tono de Henry era provocador.

China no contestó. Si ése era el caso, Henry diría que sí, lo mismo que si no fuera el caso. China sabía estimar cuándo dejar algo en el momento oportuno.

Miró hacia abajo, hacia las armas, preguntándose qué hacer con ellas. Henry se levantó y lo salvó.

—Oye, man, tranquilo, todo tranquilo. Déjanos esta mierda a nosotros, y la próxima vez que uno de los hermanos vaya a Da Nang, lo intercambiamos por algo realmente bueno con los chicos de la marina o de la Aérea, y te guardamos lo que te corresponda, y te lo damos la próxima vez que salgas de la maleza. Has estado muy bien, hermano. Estás intentándolo.

El tono condescendiente de Henry aumentó la humillación. China puso un semblante sereno.

—Sí, de acuerdo. Debo regresar antes de que me extrañen demasiado –se volvió hacia los amigos y se despidió de ellos con aquella danza de las manos–. Hermanos, ustedes tranquilos, ¿de acuerdo?

—Sí, nosotros estamos tranquilos. Tú también, eh.

China se escurrió fuera de la tienda hacia la oscuridad tibia. Sabía que, en muchos sentidos, acababa de vivir una seria derrota, y no sólo la suya propia.

—¿Subteniente Fracasso, es usted militar de por vida? –le preguntó Jancowitz soñoliento. Era más allá de medianoche y la borrachera había durado horas.

Fracasso parecía incómodo. No esperaba tomar el mando embriagándose con sus hombres la primera noche.

—¿Qué piensa, cabo Jancowitz?

—Carajo, subteniente, no sé. Llámeme Janco –hizo una breve pausa; Mellas casi podía leerle los pensamientos a juzgar por la manera como meneaba la cerveza en la lata.

—De verdad me gusta el Cuerpo de Marines –respondió Fracasso cautelosamente–. En este momento, creo que me quedo.

—Carajo, señor –se carcajeó Bass–. Ya va siendo hora de que tengamos un subteniente con un poco de sentido –Bass sufrió un ataque de hipo y todos se desternillaron de risa.

—Algunos militares de por vida son buenos –dijo Jancowitz rotundamente–. Y otros no.

—Ahí tienes —dijo Fredrickson–. Yo brindo por eso.

—Claro que sí, calamar cabrón –le espetó Jancowitz.

—Si dije que sí, lo haré, marine imbécil.

—Y yo dije que sí. Ay, eres bastante bueno, calamar –Jancowitz se dio la vuelta, le sonrió a todos y cayó de espaldas, dormido.

—¿Ya ve, señor? –dijo Bass–. No hay ningún poder de aguante tan cabrón como el nuestro, el de los militares de por vida.

—Supongo que no, sargento Bass –dijo Fracasso. Sonrió de manera extraña.

Se quedaron sentados un rato en medio de un silencio causado por la cerveza, que luego se interrumpió por un grito casi animal.

—¡Yo voy a matar a ese puto narco de culo pálido! ¡Voy a matarlo, carajo!

Uno de los grupos apostados frente a la tienda grande hizo erupción violentamente. Fracasso corrió de inmediato hacia la pelea. Mellas estaba tan cansado y enfermo que apenas logró ponerse en pie, pero siguió a Fracasso a trompicones.

Cuando Mellas llegó, uno de los chicos nuevos estaba tirado boca arriba. Le sangraba el rostro terriblemente. Mellas vio los restos de sus dientes frontales rotos. De pie, sobre él, y respirando muy agitadamente, estaba China. Tenía una herramienta-a en la mano.

—¿No tienes suficientes broncas, China? ¡Carajo! –gritó Jacobs. Se lanzó sobre él por encima del pequeño círculo y los dos cayeron al suelo.

—Tiene un cuchillo, hermano, tiene un puto cuchillo.

Mellas penetró a través del gentío y brincó sobre Jacobs con la mayor fuerza de la que logró disponer. Vio a Cortell, con su frente amplia resplandeciente, brincar hacia China y lo derrumbó. Sin más señales, los dos marines dejaron de pelear.

—¿Hay alguien herido? –Mellas respiraba con fuerza.

—Ah, señor, al carajo –dijo Jacobs–. No tengo ningún cuchillo –abrió la mano, que Mellas le mantenía clavada, a un lado, contra el suelo. Tenía una armónica embarrada de lodo. Muchos se reían.

—Primera vez que oigo de un ataque con una armónica letal –dijo Mellas–. ¿Están bien los dos?

—Sí –farfulló China.

—No tenía por qué golpearlo con esa herramienta-a de mierda –dijo Jacobs.

—Al carajo la DIC –dijo China. Se refería a la División de Investigación Criminal–. Esa puta no merece estar viva.

Mellas se incorporó y ayudó a Jacobs a levantarse.

—¿Y tú cómo sabes qué pertenece a la DIC? –preguntó Mellas, ignorando los gemidos del hombre que seguía en el piso. Cortell se mantenía todavía encima del brazo de China.

—Es un narco. A los cabrones se les huele.

—¿Te pidió yerba, o algo? –le preguntó Mellas.

—Sí, me pidió yerba.

—Quizá quería un poco. ¿Ya pensaste en esa posibilidad?

—¿Y por qué me preguntó a *mí*, eh? ¿Por qué a *mí*? Un puto *chuck* que le pide yerba a un *splib*. Al carajo, hombre. Ni yo caigo en esas mierdas.

Mellas miró al bulto en el piso y se agachó hacia él. Fredrickson ya se aproximaba con su botiquín para atenderlo. Si se iba a la estación médica del batallón, tendrían que pagarla caro y la compañía prescindiría tanto de China como de Jacobs. Eran demasiado buenos los dos como para dejarlos ir.

—Oye –le dijo Fredrickson al hombre derrumbado–, ¿cómo te llamas, eh? ¿Me oyes?

Él farfulló un nombre.

—¿Estás en la Compañía Bravo? –le preguntó Mellas.

Él asintió con la cabeza.

—¿Estabas buscando hierba?

Entonces negó con la cabeza.

—Está mintiendo, carajo, subteniente –gritó China. El hombre emitió un ronco grito y quiso atacar a China, pero Fredrickson y Mellas lo mantuvieron inmóvil. China tenía la herramienta-a en una posición perfecta para darle un culatazo, con la punta filosa hacia el hombre. Pudo haberlo matarlo.

—Eres un idiota del carajo –le dijo Mellas silenciosamente al hombre en el suelo. Escuchó cómo Bass dispersaba a los marines, alejándolos de la pelea. Se volvió hacia Jacobs y China–. Mañana hablo con ustedes sobre esto. Ahora, a dormir.

Fracasso estaba ahí, de pie, con la boca abierta.

—Oye, Fracasso, no te preocupes por eso –dijo Mellas–. Están desfogándose, nada más.

Miró al hombre tirado. No tenía ni idea de si pertenecía a la DIC o no, pero de una cosa estaba seguro: no podía quedarse en la compañía.

—Mira, tú, sea cual sea tu nombre, te voy a transferir fuera de la compañía. No te preocupes, podemos hacerlo. Sólo quédate callado y nunca aparecerá esta pelea en tu expediente, ¿de acuerdo?

—Yo no hago tratos –dijo, escupiendo sangre.

—¡¿Qué?! –gritó Bass. Brincó sobre él–. Tú no le dices imbecilidades como ésa al subteniente, ¿me entendiste? –comenzó a golpearle la cabeza contra el suelo y le agitaba el cuerpo con sus antebrazos fornidos–. ¿Me entendiste, hijo de puta? –el otro no podía contestar porque la cabeza chocaba una y otra vez contra el piso.

Finalmente, Bass se detuvo y le habló muy por lo bajo y muy rápidamente, montado a horcajadas sobre su pecho.

—El subteniente te acaba de ofrecer dos cosas. Tu próxima promoción, si te interesa alguna, y tu jodida vida, porque, créeme, tú, espía de la DIC de la mierda, durarás a lo más una hora en una operación si no cierras un trato.

—De acuerdo –graznó él.

Lo condujeron a la tienda de reabastecimiento, donde Fitch se ponía al corriente con los papeleos a la luz de una única vela. A la mañana siguiente, Fitch lo envió a la retaguardia con una carta para Top Seavers, y ésa fue la última vez que se supo de él. Bass castigó tanto a Jacobs como a China: los sacó de su sitio en la línea y los emplazó en el servicio de rancho.

* * *

Al día siguiente, la compañía se mudó a un grupo de tiendas mal colgadas que estaban junto a una pista de aterrizaje secundaria. Al otro lado de la pista, un arroyo serpenteaba a través del ancho valle. La base de combate Vandegrift se situaba en medio de aquel valle, flanqueado por crestas selváticas por los lados oriente y poniente. Cruzando el arroyo, sobre una pequeña colina, estaban las fortificaciones y las antenas radiofónicas de la Fuerza Operativa Óscar. Nadie en la compañía sabía lo que hacía Óscar. Los marines alcanzaban a escuchar el ruido del generador que activaba aire acondicionado y luces eléctricas. En ocasiones, un helicóptero del ejército se acercaba y, en jeep, conducían a un oficial de alta jerarquía del ejército doscientos metros hasta la fortificación con aire acondicionado o el pequeño club de oficiales, que estaba a un costado. También llegaban civiles, con sobrepeso y visiblemente fuera de lugar, con fatigas del ejército pero sin insignias; quizás eran de la Agencia para el Desarrollo Internacional* y de la CIA, o periodistas temerosos de meterse a la selva.

Río arriba respecto de Óscar había un contingente de tropas sudvietnamitas que, aparentemente, tampoco hacían nada. Los marines los observaban con una hostilidad inimaginable, los odiaban porque permanecían sentados mientras otros peleaban sus batallas; los odiaban, para empezar,

---

* El órgano de Estados Unidos para ayuda civil en el extranjero (AID, por sus siglas en inglés, aunque luego pasó a llamarse USAID).

porque su mera existencia servía como parte de la mentira que había atraído a las tropas estadunidenses a Vietnam. Era más fácil odiar a una parte visible de la mentira que odiar a los mentirosos, quienes, después de todo, eran sus propios paisanos: aquellos civiles estadunidenses repolludos y aquellos comandantes de la retaguardia que iban de un lado a otro con portafolios, rostros sudorosos y pistolas brillantes sin estrenar. Pero sí, los marines también los odiaban. Algunos odiaban al ejército de Vietnam del Norte, y otros no, pero, al menos, el EVN se había ganado el respeto de los marines.

Cuando se ocupaban en las faenas de recomponer las tiendas y de limpiar las trincheras, a los marines de la compañía podía olvidárseles momentáneamente que esperaban a que se les enviara a combate. Pero cada vez que aparecía un jeep dando la vuelta por la curva del camino a una velocidad un poco más rápida de lo normal, o cuando un helicóptero se precipitaba sobre sus cabezas, regresaban el miedo y la aprensión.

Mellas tomó la oportunidad que le daba su nuevo cargo para preguntarle a Fitch si podría acompañarlo a la próxima reunión del batallón. Él estuvo de acuerdo. A la mañana siguiente, los dos entraron a la tienda grande, que fungía también como capilla, y se sentaron sobre sillas plegables. Hawke se les unió. Se había quitado el bigote y, ante ello, Mellas casi se avergonzó. Era una señal evidente de que Hawke estaba poniéndose serio frente a la insignificancia que representaba estar en la retaguardia. Calzaba también botas relucientes de nuevas. Mellas silbó y las señaló. Hawke le levantó el dedo.

El mayor Blakely llegó y puso a todos en firmes. El coronel entró también, daba grandes zancadas y le hizo un gesto a Blakely para que comenzara la reunión. Todos se sentaron. Mellas miraba de reojo a Hawke; le expresaba el repudio que tenía ante la estructura formal de rangos y privilegios. Hawke optó por desentenderse.

Blakely estaba de espaldas al altar de madera rústica y enlistó la colocación de las compañías. Luego, el equipo de suboficiales leyó sus reportes. Algunos parecían casi iletrados, pero otros eran altamente eficaces y profesionales, y daban ideas que Mellas advertía como decisivas para la operación de la retaguardia del batallón. El padre Riordan, el capellán naval, se levantó y anunció los próximos servicios religiosos de las distintas denominaciones, en un esfuerzo por ser uno más de ellos.

En el momento indicado, el sargento mayor Knapp se levantó, con su cuerpo regordete encasquillado en la utilidad de selva, y comenzó con su parte del informe.

—Caballeros, suboficiales –dijo–, ahora que viene todo el batallón, el comandante del batallón piensa, y yo sólo puedo estar de acuerdo con él, que debemos tener particular cuidado con nuestros estándares de apariencia. Espero que los suboficiales tengan a cada hombre hecho un A. J. Squaredaway. Nos ha llamado la atención la proliferación reciente de abalorios, emblemas, horcas y bigotes –Knapp miró directamente a Fitch y a Mellas–. Los bigotes son privilegio de los sargentos E-5 y superiores. Deben estar perfectamente recortados y no pueden sobrepasar el límite superior del labio. Es evidente que no tenemos tantos E-5 como bigotes –se rio de buena gana–, así que vamos a limpiar esas zafiedades. Hablaré directamente con todos los suboficiales conforme vayan llegando las compañías –Knapp sonrió, se volvió hacia Blakely, y sonrió de nuevo–. Eso es todo por hoy, señor.

—Gracias, sargento mayor –dijo Blakely, y se giró hacia Simpson–. Su turno, señor.

Simpson asintió y caminó hasta el púlpito para dirigir desde ahí sus palabras. Tenía las mangas perfectamente enrolladas y las hojas de plata relucían en el cuello de la camisa, junto a la piel colorada y arrugada de la garganta. A Mellas le recordaba a cierto gnomo irritable: uno de cuello colorado con acento pueblerino de Georgia que hacía lo posible por parecer aristócrata.

—Caballeros, suboficiales –comenzó–, el Primer Batallón va a recibir la maldita oportunidad de respirar. Luego nos iremos a la siguiente operación. Aún no puedo decirles de qué se trata, pero puedo asegurarles que nos meteremos a los arbustos, ya sea cada compañía por su cuenta, para desenvolvernos en nuestras tareas constantes de atacar al enemigo, de interceptar sus rutas de reabastecimiento, de descubrir hospitales y almacenes de municiones, o –hizo una pausa para darse importancia– quizá trabajemos como nos corresponde, como un batallón unificado, causándole un infierno a Charlie con un ataque poderoso en sus líneas de abastecimiento que corren de norte a sur –hizo una pausa para mirar a sus hombres. Mellas estaba hundido en la silla, picoteándose una úlcera en la mano. Fitch escribía algo en su libreta. Hawke miraba con ojos vacíos hacia el frente.

»Caballeros –continuó Simpson–, estamos bajo las felices circunstancias de que mañana por la tarde, todo el batallón, excepto un pelotón que resguarda el puente de Khe Gia, deberá estar aquí en la Base de Combate Vandegrift. He decidido que se trata de una magnífica oportunidad para celebrar una cena formal, una reunión de los oficiales del batallón, una tarde de amistad y camaradería. La cena comenzará a las dieciocho cien horas. Primero habrá cocteles en mi cuartel, y a las diecinueve cien horas nos desplazaremos a la cena de oficiales que, estoy seguro, el sargento maestro Hansen tendrá lista y adecuada para satisfacer a un rey. Espero que todos estén de lo más presentables.»

Se hizo un silencio en la tienda. Los asistentes sonreían nerviosos. Los sargentos de segunda clase, que no habían sido invitados, lucían de lo más incómodos. Mellas se giró para ver a Hawke y abrió la boca notablemente para hacer un gesto de sorpresa impactante. Hawke lo ignoró.

El mayor Blakely se puso de pie.

—Estoy seguro de que los oficiales que regresarán de la selva y, por supuesto, todos los aquí presentes, nos alegramos por la noche del jueves. No sé si los oficiales más jóvenes estén conscientes o no, pero la tradición de esta cena se retrotrae a nuestros predecesores, los Marines Reales. Tener la oportunidad de vivirla mientras estamos también inmersos en la intensidad del combate es una experiencia que ninguno de nosotros olvidará jamás.

—Que repita eso –susurró Mellas, mirando al frente. Esperó, en vano, una reacción de Hawke. Él había sacado su cuaderno y escribía, con un gesto decidido en el rostro.

Al terminar la reunión, Mellas detuvo a Hawke justo a la salida de la tienda.

—¿Qué diablos le pasó a tu bigote? –le preguntó.

—Se cayó. ¿Qué coños crees que le pasó?

—No hacía falta que te afeitaras también el sentido del humor.

—Mira, Mellas, el puto Tres y el coronel están haciendo mucho escándalo por eso de los collares, los bigotes, los pelos de hippy, *colguijes de horca*, así que todos en el batallón deben afeitarse. Yo estoy en el batallón. ¿Te acuerdas?

La furia de Mellas contra el coronel emergió.

—¿Cuál es el jodido punto en esto? Es un detallito que los chicos pueden permitirse y que les da una especie de orgullo, y estos maricones de la retaguardia se los quitan.

—Mira, listillo –le dijo Hawke–, si te metes demasiado con el coronel y con el Tres tendrás problemas. Más cagados ya no pueden estar.

—¿Y de qué podrán estar cagados?

—A Simpson se le inquirió oficialmente, más de una vez, acerca de los objetivos de la Compañía Bravo. Debió tragar mierda cada vez, frente a la mitad de los oficiales del regimiento, a causa de la Compañía Bravo.

—Él fue quien dio las órdenes asnales, coño.

—Eso no importa, y eres lo suficientemente inteligente como para saberlo. El punto es que al coronel se le pasó ya una vez la oportunidad de convertirse en coronel pleno. Este batallón es su última oportunidad. Si no lo consigue, será culpa de la Compañía Bravo. El Tres es tan sólo una versión más joven y más inteligente de Simpson, y tampoco está arriba para potenciar su carrera con unos cuantos sacrificios. Y no me refiero a sacrificios personales.

—Así que todos están jugando a la política. No es nada nuevo para mí.

—No, por Dios. Apuesto a que no.

Los dos estaban ahí, de pie, encarados.

—Lo que quiero decirte es que no jodas al tipo –lo previno Hawke–. El Primer Batallón no está bien posicionado en la lista de Mulvaney en este momento, y Simpson piensa que la Compañía Bravo es la razón de esto. Piensa que ustedes van a proyectarle o a joderle su carrera, hasta donde puede ver.

—Que se joda. Haré lo que sea para evitar que promuevan a ese lamepitos –Mellas comenzó a irse.

Hawke lo tomó por el hombro y lo forzó a darse la vuelta.

—Escúchame bien, tú, el as de mierda de las universidades de elite. No me importa un carajo lo que quieras hacer contigo mismo, pero no vas a joder a los chicos de esta compañía. Son mis hombres y me cago si tú, o alguien más piensa joderlos por alguna vendetta personal. Me importa un pito qué tan justificada te parezca. Tengo en mi haber muchas más operaciones de la mierda bajo sus órdenes que tú –Hawke respiraba con dificultad–. Entiéndeme una sola cosa, Don Políticas: el coronel controla los helicópteros.

Hawke le soltó la camisa. Le temblaban las manos. Mellas retrocedió, asustado. Se quedaron mirándose, respirando agitadamente. Mellas cobró conciencia de lo cerca que estuvieron de comenzar una pelea de verdad, de cómo los dos habían desarrollado temperamentos explosivos. Podía ver que también Hawke se sentía mal. Mellas quería acercársele y tocarlo, decirle que se había comportado como un imbécil. No podía tolerar la idea de que Hawke ya no fuera su amigo. Le dolían, en particular, las referencias a su formación y aspiraciones.

—Hablaré con Jim –dijo Mellas–. Estaremos presentables. No quería ser un cagante con esto.

Hawke miraba hacia las montañas, no hacia Mellas. Se palpaba el bolsillo de la camisa.

—No encuentro un cigarro –dijo.

—Mejor que no lo encuentres –dijo Mellas–. ¿Quieres sacar el culo de aquí para irte a morir pocos años después de cáncer?

—¿Tú crees en esa mierda? –le preguntó Hawke.

—Ajá.

Se miraron recíprocamente, conscientes como estaban los dos de que hablaban sobre la muerte. Entonces dijo Hawke por lo bajo:

—A veces yo también soy un cabrón. El coronel no es el único ambicioso. Claro, me interesaba la Compañía Bravo cuando se la dieron a Jim. Yo llevaba más tiempo en la maleza, y Jim cometió errores en los que yo ya había incurrido, y por los cuales ya había pagado, y debí ver cómo reincidía en todo aquello —puso los ojos en blanco. Mellas intuyó que Hawke visualizaba la repetición de alguna escena terrible. Luego regresó Hawke—. No quiero que vuelva a suceder. ¿Sabes a lo que me refiero? ¿Qué debo hacer para entrar al juego?

Mellas asintió.

—Ted, no me interesa la compañía. Sólo quiero largarme de aquí.

—Al menos evitemos mentirnos recíprocamente —sugirió Hawke.

—De acuerdo —aceptó Mellas suavemente—. Lo deseo yo también —luego agregó rápidamente—: pero de verdad prefiero jorobar bajo tu mando, Hawke. De verdad. No me interesa lo otro.

—Creo que a mí tampoco me interesaba.

Los envolvió un silencio incómodo.

—Debo volver —dijo Mellas finalmente.

—Por supuesto.

Mellas se alejó, alicaído. Anhelaba ardientemente esa amistad con Hawke.

—Oye, Mel —le gritó Hawke. Mellas, con las manos en los bolsillos traseros del pantalón, se giró hacia él—. McCarthy y Murphy están por volver de la selva. ¿Recuerdas al comandante del pelotón que tenía a aquel chico muerto cuando intercambiamos posiciones con Alfa y Charlie?

—Sí…

—Ése es McCarthy. Murphy es el grandote que estaba en la zona de aterrizaje.

Mellas no entendía del todo.

—El del tic.

Mellas asintió.

—Es el equipo del tour misterioso. ¿Quieres venir? Yo te patrocino.

—Claro —contestó Mellas—. ¿Pero qué coños es un tour misterioso?

—Es una *borrachera* acojonante, Mellas.

Mellas sonrió con un dejo de vergüenza.

—¿A qué hora?

Cuando Mellas alcanzó a la compañía, lo saludaron con no pocas burlas y sarcasmos.

—Subteniente, ¿va a enviar a alguien a su casa para que le traiga su uniforme de gala para la noche de mañana?

—¿Se van a limar todos los oficiales las uñas para no rayar los cubiertos de plata?

—¿Empezarán ya a agregar manteles en las raciones c, subteniente?

Mellas debía seguirles la corriente, y lo sabía. La fiesta era una idea de lo más imbécil. Se acostó sobre su dama de hule con un ejemplar, con las esquinas de las hojas ya dobladas, de *El manantial de Israel*, de James A. Michener, que había conseguido a cambio de dos «pateadores de mierda» –dos wésterns– de Louis L'Amour. Intentó perderse en el antiguo Israel.

China lo interrumpió.

—Señor, ¿podemos hablar con usted? –detrás de él, en la entrada de la tienda, venía un marine negro y alto.

Mellas les hizo un gesto para que entraran.

—¿Qué pasa? –les preguntó.

—Este... señor –dijo China apuntando a su amigo–, él es el cabo segundo Walker. Lo llamamos Henry. Es de la Compañía del Cuartel General y de Servicio.

—Hola, Walker –Mellas le estiró la mano y se saludaron.

—Tenemos una especie de club pequeñito –continuó China–. Nos reunimos de vez en cuando, tocamos algo, esas cosas. Usted ya sabe.

—Suena bien –dijo Mellas; intentaba sonar afable. Comenzaba a sentirse incómodo, sobre todo con Walker, quien le infundía miedo. Decidió ser directo–. Cassidy dijo que había una especie de club del poder negro en el que estabas involucrado. ¿Se refería a eso?

Los dos se rieron.

—Cassidy –China espetó el nombre–. Ese hijo de puta blanquito y palurdo no distingue peras de manzanas. Poder negro. Miér...coles. Eso remite a un movimiento político, y significa eso, nada más. Cassidy es un simple racista intolerante.

Se hizo el silencio. Mellas se preguntaba si debería decirles que, durante su primer año en Princeton, había estado afiliado al CCENV, el Comité Coordinador Estudiantil No Violento,[*] que organizaba viajes de estudiantes

---

[*] Una importante organización del movimiento por los derechos civiles en Estados Unidos durante los años sesenta. Por sus siglas en inglés, SNCC, se pronunciaba «snick».

al sur para registrar votantes. Eso fue antes de que Stokely Carmichael* expulsara a los blancos, por lo que Mellas encontró otras maneras de ocupar su tiempo, como viajar a Bryn Mawr.

China quebró el silencio.

—Tenemos este club, eso es todo. Nada de poderes negros irresponsables ni acojonantes. Aquí ya tenemos demasiada mierda y violencia alrededor. Además, el poder negro no tiene nada que ver con la violencia. Se trata de darle poder político y económico a la gente. Se trata de la propia *imagen* y del *liderazgo*, y de conseguir que la ley nos trate igual que a los blancos. ¿Acaso le causa miedo eso, señor?

—Para mí suena bastante bien –dijo Mellas. Quería que China ya no se anduviera con rodeos, pero tampoco pretendía presionarlo.

—Sí, señor, es algo bueno. Mire, Henry y yo... nosotros organizamos las reuniones y establecemos las reglas, ¿sí? –la voz ronca de China parecía esconder su desapego interior. Mellas detectaba un centelleo de júbilo en sus ojos, como si hubiera otro China sentado más atrás, observando la conversación de los tres y cagándose de risa–. Bueno, señor... –agregó–, queremos hacer el intento por limar algunas de las asperezas entre negros y blancos que detectamos aquí, en nuestro propio entorno. Verá, señor, los hermanos allá en casa nos hacen llegar bastante bibliografía, y mucho de eso son rollos bastante fuertes, eh. Rollos *fuertes*. O sea, están pidiendo *violencia*.

—Lo sé –contestó Mellas–. He visto algo de eso.

—Bueno, señor –continuó Henry–, algunos de los hermanos están tan hartos que ya no pueden tolerar nada más. ¿Sabe a lo que me refiero? Están hasta la puta coronilla –la ira de Henry comenzó a hacerse ligeramente visible.

—Así que Walker y yo estábamos hablando anoche –lo interrumpió China–, pues quizá deberíamos hacer algo al respecto, tendríamos a algunos de los hermanos... –hizo una pausa–. Bueno, pues que no se den cosas como granadear gente.

Mellas clavaba su mirada en uno y otro buscando una pista que le fuera útil. Nunca antes había pasado por algo así, pero sabía reconocer el chantaje. Decidió hacerse el tonto.

—¿Creen que vayan a granadear a alguien?

—¿Nosotros? –dijo Henry–. Na, nosotros no. Pero, como le decimos, es algo que *puede* pasar. Es como el caso de Parker, ¿sabe?, el chico al que joroparon hasta morir y no lo evacuaron. ¿Se acuerda de él, subteniente?

* Uno de los dirigentes del CCENV, que más tarde encabezó el Partido Pantera Negra.

Mellas pasó saliva. Deseaba que alguien volviera de comer para interrumpirlos.

—La muerte de Parker fue un accidente. Nadie sabía qué era lo que tenía. Intentamos sacarlo lo más rápido que pudimos.

—En cuanto un *blanco* se enfermó –dijo China–. Y al *blanco* sí lo sacaron.

—No quiero seguir escuchando nada de esto, China –lo atajó Mellas–. Challand apenas sobrevivió, y eso no tiene nada que ver con su color de piel. No quiero volver a escuchar nada sobre esto. Yo vi morir a Parker.

—Lo que China quiere decir, señor –intervino Walker–, es que aquí llegamos ya a un límite. Y muchos de estos tipos no son precisamente inteligentes. Y si se les jode bastante, bien podrían hacer algo que los meta en problemas.

China dijo:

—O sea, si está bien engrasarse a un puto guco que no te jode en absoluto, ¿entonces por qué no librarse de cierto racista que te jode todos los días de tu vida? Eso sí es de sentido común, acojonante.

—Eso es asesinato –dijo Mellas.

—Asesinato –repitió China–. Miér...coles. Todos aquí somos asesinos. ¿Cuál es la diferencia entre matar a un hombre amarillo y a un racista blanco? Explíqueme eso, subteniente. Usted iba a la universidad.

—No veo qué tiene que ver conmigo todo esto –dijo Mellas.

—Queremos suavizar las cosas antes de que se pongan muy duras –explicó Henry con una sonrisa tranquila–. Quizá podamos evitar algo.

—Continúa –dijo Mellas.

—China me estaba diciendo que hay algunos hermanos aquí que tienen broncas con Cassidy. Es posible que algunos de ellos pierdan sus estribos y que hagan algo y que terminen emproblemados. Queremos evitar cualquier problema, eso es todo.

Mellas echó un breve vistazo a la entrada de la tienda y esperó a que Henry continuara. Pero ni él ni China dijeron una sola palabra más.

—Bueno, eso es parte de mi trabajo –dijo Mellas finalmente–. Evitar problemas. ¿Cómo puedo ayudar?

—Nada especial –dijo China–. Quizás hable con Cassidy y dígale que se tranquilice y que no discrimine a los hermanos. Pídale, tal vez que se disculpe.

—¿Disculparse? –Mellas bufó, disgustado–. ¿Qué coño creen que yo puedo hacer para que Cassidy se disculpe? ¿Y disculparse de qué?

—Intentó tumbarle un diente a alguien con el cañón de una ametralladora –aseveró China.

Henry agregó:

—Y quizá pídale también a alguien que ninguno de los hermanos tendrá que servirles mañana durante la fiesta como si fueran esclavos de mierda.

—Mira, Walker, yo no tengo nada que ver con eso. Estoy en desacuerdo y no pretendo asistir.

—Usted era el que quería saber cómo ayudar, cómo evitar problemas. Miér...coles.

—Walker, no tengo por qué comprarte esa basura, ¿de acuerdo?

—De acuerdo. Usted es un oficial y yo un *snuff* negro y puñetero.

—Yo no quise decir eso.

—Miér...coles –Henry se dirigió a China–. ¿Qué mierda me estuviste metiendo? No es verdad que éste sea diferente a todos los demás.

A Mellas le quemaban los oídos. Miró a China.

—La razón por la que venimos con usted, subteniente Mellas –dijo China–, fue porque pensamos que usted es el único con el que se puede hablar.

—Te agradezco, China –dijo Mellas–. Haré lo posible por ayudar, pero no me presiones.

—No estamos presionando a nadie –dijo China–. Sólo estamos intentando *explicarle* la situación, eso es todo –China miró primero a Henry, luego a Mellas–. Llegamos a un límite, señor –agregó.

—Ya veré qué puedo hacer –le respondió Mellas.

Los dos se fueron. Mellas recuperó el libro pero le resultó difícil continuar su lectura. Se puso a mirarle la portada. El cuerpo le zumbaba por la electricidad del encuentro y la conversación sobre el conflicto. Pero, al mismo tiempo, estaba ligeramente satisfecho. Los hermanos habían venido a buscarlo a él.

Después de cenar, Mellas se encaminó a la tienda fofa detrás del centro de operaciones de combate. Ya había oscurecido y caía una ligera llovizna. Se sintió extrañamente alegre. Quizás era por el estofado de res que se había comido y por el café humeante con el que se lo había tragado. Tuvo que brincotear entre una pila de tuecos volados y un par de cuerdas de la tienda antes de poder entrar. Hawke estaba solo, sentado en un catre y limpiaba sus botas nuevas a la luz de una vela. Sólo la mitad de los seis catres tenía colchón. Debajo del suyo, Hawke había colocado, ordenadamente, el par de botas descoloridas y viejas.

—¿Para qué limpias las botas? –le preguntó Mellas–. Son nuevas.

—Me darán una medalla –contestó Hawke sin levantar la mirada.

—¿De verdad? Qué absolutamente fantástico, cabrón. ¿Qué te van a dar?

—La Estrella de Bronce.

—Carajo, Jayhawk, de puta madre –Mellas le hizo la señal del poder del halcón y sonrió. Lo llenaba de orgullo que Hawke recibiera la medalla.

—Sí –contestó Hawke intentando reprimir una sonrisa–. Estoy algo así como orgulloso por esto.

—¿Qué hiciste? –le preguntó Mellas.

—Ay, esa mierda, cuando corrí en campo abierto y les eché encima nuestra arti a la arti china de Co Roc, que nos estaba exprimiendo en Lang Vei.

Ah, sí, ya había oído acerca de eso, por cierto –le dijo Mellas.

—¿De verdad?

—Justo el día que me asignaron a la Compañía Bravo en Quang Tri. Había oficinistas contándolo.

—No jodas –Hawke se permitió una sonrisa–. ¿Sabes, Mel? Antes pensaba que las medallas eran pura mierda y nunca me interesaron realmente. Estaba equivocado. Supongo que uno termina enganchado a las pequeñas cosas de valor que hay ahí donde te encuentras. Así que estoy orgulloso. Pero también avergonzado. Sé de muchos que han hecho lo que yo hice y no les han dado nada. Normalmente, *snuffs*. Y luego tienes al oficial graduado de campo que organizó un vertedero de abastecimiento mediocre en Da Nang, y se le dan –limpiaba las botas enérgicamente.

Finalmente dejó la bota, reluciente ya, en el suelo, y buscó bajo el catre las botas viejas para la selva. Se las calzó, sonriendo con gravedad, puso las manos sobre las rodillas y miró a Mellas.

—Estoy harto de esperar a esos dos cabrones irlandeses. Tengo dos *six-packs* de cervezas y una botella de Jack Black. Vamos a embriagarnos.

—Por mí, sí –convino Mellas.

—¡El tour misterioso! –Hawke gritó a pulmón batiente e hizo la danza el halcón–. ¡El tour misterioso! –sacó de la mochila la botella de bourbon y llenó dos tazas pesadas y blancas para café. Levantó la suya hacia Mellas y, en ese momento, se abrió la tienda y la entrada quedó tapada por la inmensa corpulencia de Jack Murphy. Mellas lo había visto por última vez, exhausto, dormido sobre la zona de aterrizaje hasta donde se había helitransportado Bravo desde Matterhorn. Detrás venía McCarthy. Mellas intentó alejar de sí aquel recuerdo de McCarthy, temblando y pidiendo un cigarro, con sus hombres, que se tropezaban, para unírsele, con el cuerpo bamboleándose entre ellos. Visualizó entonces a Williams. Y a Parker.

—¡Oye, oye, oye! –McCarthy se metió por enfrente de Murphy y se puso a bailar una ruidosa giga con Hawke.

—Los dos conocen ya a Mellas –dijo Hawke, mientras se detenía para servir whisky en dos tazas más. McCarthy sacó una botella de vodka. Murphy tenía una botellita de scotch, muchas latas de sardinas en aceite de oliva y una caja de galletas Ritz.

Una hora más tarde se reían imposiblemente. Mellas apuñaló una de las latas con el k-bar de Hawke. Luego, en un ataque, la siguió apuñalando al azar, derramando aceite de oliva en su cara y frente.

—Carajo, Mellas, ya –le dijo McCarthy con risotadas.

Después de unas puñaladas más, Mellas tomó la lata aceitosa y se la aplastó contra la frente.

—Ahhh… –suspiró. El aceite escurría hasta abajo desde la barbilla. Se sentó en el suelo de la tienda, recargado en la cama de Hawke, y cerró los ojos.

—Carajo, Mellas –le gritó Hawke–. No puedes dormirte ahora, estamos empezando, cabrón –le daba pequeñas bofetadas. Mellas abrió los ojos y gimió lentamente. Hawke le roció cerveza en la cabeza–. Oye, tenemos todavía treinta y seis cervezas por vaciar.

—Jódete, Hawke. Estaba dándoles un descanso a mis ojos, nada más –levantó la vista hacia los tres amigos. Supo que ya lo habían incluido en el grupo.

Maravillosa y perdidamente borrachos, dos horas más tarde, los cuatro subtenientes avanzaban a retazos hacia la flotilla de vehículos del regimiento, conteniendo la risa. Hawke iba al frente, los guiaba con las señas que había aprendido en la Escuela Básica; lo hacía a la perfección. Su objetivo era un camión de media tonelada.

—Mantente agachado, Murphy –le susurró Hawke.

Murphy se rio como niño.

—Equipo de tiro, ¿listo para atacar? –Hawke levantó el brazo–. ¡Jo! –señaló hacia el camión y los cuatro se abalanzaron sobre él. Mellas y Murphy se apretujaron detrás, mientras que Hawke y McCarthy se lanzaron a la cabina, y encendieron el motor. Aceleraron por el camino en dirección al club de oficiales del regimiento.

Media hora más tarde, alguien interrumpió la película en aquel pequeño club al intentar, con gestos salvajes, abrazar a la mujer de la pantalla. La derrumbó y se la oyó crujir. Al procurar escaparse en la oscuridad, Murphy se tropezó con un cable de corriente y jaló el proyector, que también cayó de la mesa. Hawke gritó:

—¡Retirada! ¡Retirada! ¡Abandonen la nave!

El tour misterioso se escapó por la misma puerta por la que se habían colado veinte minutos antes. A Murphy le entró el pánico, pues seguía atorado en el cable. En medio de la oscuridad y la confusión no atinó a la puerta por más de medio metro, y terminó por llevarse un metro cuadrado del mosquitero fino.

Cuando los cuatro subtenientes se metieron al camión, muchos oficiales, igualmente borrachos, les gritaban. Uno de ellos sacó una pistola y disparó al aire. Ese mismo y dos siluetas oscuras más saltaron sobre un jeep e iniciaron una persecución.

El tipo agitaba la pistola por encima de la cabeza, reía y gritaba:

—¡Saboteadores! ¡Saboteadores! Rapto y pillaje en la aldea.

Estaba a punto de echar dos tiros más cuando el jeep rebotó sobre un surco y el conductor viró violentamente al otro lado. La fuerza del giro y de la gravedad hicieron que perdiera la pesada pistola calibre .45, en el instante en que la disparaba.

McCarthy, quien iba sobre la caja del camión junto con Mellas, gimió y se desplomó.

A Mellas se le bajó la borrachera de inmediato. Se había asustado mucho y sabía que estaban en graves aprietos. Pateó la ventana trasera del camión y le gritó a Hawke, que conducía.

—Le dieron al cabrón de McCarthy. Hay que llevárnoslo de aquí.

Hawke se volvió para mirarlo. Tenía enormes las escleróticas de los ojos. Luego miró de nuevo el camino.

—Le dispararon a McCarthy, te estoy diciendo.

Hawke sacó el vehículo del camino hacia un promontorio, rebotando, montaña arriba, sobre unos matorrales bajos. Chocó contra un tocón volado, con lo que Murphy se estrelló contra el parabrisas y Mellas contra la parte posterior de la cabina. McCarthy se resbaló hacia el frente y se estampó contra Mellas.

Salieron corriendo y jalaron a McCarthy hacia los arbustos, se esforzaban montaña arriba. El rugido del otro jeep pasó de largo por el camino.

—¿Por qué me llevan a cuestas? –preguntó McCarthy de improviso.

—¿Qué, no te dispararon? –preguntó Hawke.

—Ese cabrón le disparó a la botellita de whisky que estaba conservando para más tarde. Tengo vidrios hasta en el culo, carajo.

Enfadados, lo arrojaron al suelo. McCarthy se rio y se incorporó, temblando. Los cuatro caminaron entre la maleza hasta encontrar un claro en el terreno. Una voz tímida gritó un alto.

Se tiraron al suelo de inmediato.

—No disparen –pidió Hawke–. Le ocasionarías una gran pérdida a nuestra patria y al Cuerpo de Marines.

—Me encantaría, hijo de puta –gritó la voz–. Pero no le haré un carajo a mi Cuerpo. Estoy en el ejército. Si te acercas, te vuelo los sesos.

—¿En qué parte del infierno estamos? –gritó Mellas.

—¿Crees que te lo diría, guco de mierda?

—¿Yo, guco de mierda? –les preguntó Mellas a los otros tranquilamente. Todos se rieron.

—Oye, soldado nolteamelicano –gritó Hawke–, yo sel estudiante de la universidad de Los Ángeles. Tú no dispalal a amigos pol lespeto. Eso selía númelo diez, tú sel númelo uno.

—¿De verdad son estadunidenses?

—¿Qué coños piensas, hijo de puta –gritó Hawke con agresividad–. ¿El papa es católico? ¿No se lamen los perros las pelotas?

Alguien disparó una bengala que centelló sobre el paisaje y emitió escalofriantes sombras verdes. Los cuatro tenientes se hundieron en el suelo, abrazándolo. Mellas alcanzó a ver los largos cañones calibre 175 de una batería del ejército, que, obviamente, estaba encargada de su propia seguridad en el interior de las líneas defensivas de Vandegrift.

—Demuestren que son estadunidenses –exigió la voz a gritos.

—¿Cómo coños se hace eso? –contestó Hawke.

—Contéstenme las preguntas.

—De acuerdo, pero no preguntes nada sobre beisbol, carajo, que odio esa mierda.

—De acuerdo. ¿De dónde son ustedes?

McCarthy se rio.

—Déjenme contestar –susurró–. De Padua del este –gritó–. ¿Sabes en dónde está?

—¿Padua del este? No…

Hawke interrumpió.

—Oye, cabrón, se supone que tú debes estar haciéndonos las preguntas.

Silencio.

—De acuerdo. ¿Quién es el secretario del ejército?

—No sé –contestó McCarthy.

—Bueno. Entonces, ¿quién es el secretario de Defensa?

Murphy contestó:

—¿A quién coños le interesa?

—A mí –contestó la voz.

—No sé –dijo McCarthy.

—Entonces, ¿cómo se llama el presidente?

—Me jodiste –dijo McCarthy–. Sí soy guco.

—Seguramente son marines, coño. Nadie puede ser tan imbécilmente estúpido. Vengan para acá, cabrones.

Una hora más tarde, el tour misterioso descansaba. McCarthy y Murphy yacían sobre los resortes descubiertos de dos catres vacíos. McCarthy estaba desnudo de la cintura hacia abajo y tenía la nalga y el muslo derecho manchados de rojo por el mercurocromo. La bala le había arrancado un trocito pequeño de carne del pandero derecho. Había pedacería de vidrio sobre el suelo. Murphy lo había operado vertiendo vodka sobre el trasero y le había sacado el vidrio con el cuchillo. Mellas calentaba café sobre un pedazo de explosivo c-4. Había vomitado y estaba pálido. El café era para Hawke, quien debía estar suficientemente sobrio como para montar guardia en una hora. Había concluido ya el primer tour misterioso de Mellas. Se sentía muy bien de estar dentro.

Capítulo XII

La mañana arrancó con la tos perruna de un motor y con el aplastante ruido metálico de un tanque que se dirigía hacia la entrada norte de la BAA Vandegrift para escoltar a los camiones de reabastecimiento que, vacíos ya, volvían a Quang Tri. Pronto, los ronquidos de los motores vibraron a través del suelo de madera de la plataforma de la tienda, lo que provocó que la cabeza de Mellas, que tanto le dolía, temblequeara. Pallack, quien había tenido la última guardia al radio, encendió un rulo de c-4 para prepararse café. El resplandor blancuzco llenó la tienda.

Mellas lo maldijo y jaló el poncho liner por encima de su cabeza. Fitch se dio la vuelta sobre la espalda y se quedó viendo al techo de la tienda. Los otros, completamente vestidos, botas incluidas, movieron las extremidades agarrotadas y rodaron desde los colchones inflables hacia el sucio suelo de madera.

—¿Pasa algo en las redes? –preguntó Fitch.

—Ne –contestó Pallack–. Lo mismo de siempre. Unos supergruñones cayeron en una emboscada al norte de Sky Cap.

Fitch miró rápidamente a Daniels, quien sacó su mapa. Una de las misiones primarias de una compañía Águila Calva-Gavilán era conformar equipos de rescate y de reconocimiento.

—¿Es todo lo que sabes? –preguntó Fitch. Mellas escuchaba desde debajo de la manta.

—Carajo, capitán. No me dicen qué pasa en el Cuerpo. La clave es Peachstate. Están rodeados por muchos gucos y no pueden moverse sin que se den cuenta. Aquí están las coordenadas.

Fitch y Daniels las revisaron en el mapa.

—Justo donde Mellas predijo –reconoció Fitch.

—Quizás usen la arti para sacárselos de encima, capitán –dijo Daniels.

—Mierda –se quejó Pallack–. No me digas que esperan que *nosotros* vayamos a limpiarles el culo.

—¿Para qué coños crees que estamos aquí sentados? –dijo Fitch–. Todas las artis se replegaron por la operación en Cam Lo. Si hay problemas, nos lanzan a nosotros.

—Carajo. Si hubiera sabido, me habría asustado anoche.

Mellas gruñó, arrojó el poncho liner y salió de la tienda.

—¿Qué le pasa a éste? –preguntó Fitch.

—Lo contagió Mallory –respondió Pallack.

—¿Eh…?

—De dolor de cabeza.

Fitch fue al centro de operaciones de combate para estar atento a la señal Peachstate. Hacia la mitad de la mañana llegó la orden de mantener a la compañía en alerta. La cabeza de Mellas había empeorado. Todos estaban ahí, sentados. Esperaban. Miraban el cielo. Escuchaban el ruido de los helis. Todos los radios de reserva se sintonizaron en la frecuencia del batallón de reconocimiento para que la compañía pudiera estar al tanto de los avances del equipo. Cassidy entregó a los líderes de escuadra las maquinillas para cortar el pelo.

A las 1300 irrumpió Peachstate. A las 1415 los recogió un Huey y salieron de ahí con un solo herido. A las 1500, los marines de la Compañía Bravo llenaban, otra vez, sacos de arena en la Fuerza Operativa Óscar; en un momento rescataban caballeros, al siguiente sirvientes.

Mellas fue a la tienda que fungía como oficina del batallón para visitar al sargento mayor Knapp. Golpeó con aspereza el marco de madera de la entrada y lo escuchó contestar:

—¡Adelante! –era más una orden que una invitación.

Entró Mellas y se descubrió la cabeza. Knapp levantó la mirada, que tenía sobre un reporte, y rápidamente se puso de pie. Mellas sintió vergüenza. El sargento mayor tenía edad suficiente como para ser su padre.

—Sí, señor. ¿Puedo serle útil, señor? –preguntó Knapp.

—Eso espero, sargento mayor –contestó Mellas–. ¿Me permite sentarme?

—Por supuesto –se sentaron y Mellas jugueteó un poco con su gorra, mientras repasaba las palabras que ya había ensayado. Esperó a que Knapp dijera algo para quebrar el silencio, poniéndose de esta manera en una pequeña ventaja de poder, pues le indilgaba a Knapp la obligación inconsciente de tornar agradable la situación. Mellas entendía claramente que, aunque un subteniente estuviera por encima de un sargento mayor en la jerarquía, jamás tendría más poder que él. Un sargento mayor del Cuerpo de Marines de Estados Unidos no se dejaba joder por nadie. Aquello iba a ponerse bueno.

Mellas estaba seguro de que Knapp estaba esforzándose por recordar a qué compañía pertenecía. Finalmente, Knapp dijo:

—Pensaba que ustedes tendrían que ir a sacar aquel equipo de reconocimiento. Estuvieron cerca, eh…

—Demasiado cerca –contestó Mellas–. Casi preferiría servirle a la batería como proyectil y salir disparado a estar esperando en esa pista de aterrizaje –Mellas se rio con frescura. Bien sabía que optaría por quedarse eternamente en la pista de aterrizaje.

—Sé a qué se refiere, señor.

Mellas esperó de nuevo.

—Pues, ¿cómo puedo serle útil, señor?

—Sargento mayor, se trata del sargento de segunda clase Cassidy, el artillero de nuestra compañía.

—No puedo imaginarme qué problema pueda ocasionarle.

—Pues… No sé exactamente cómo decirlo, pero temo por su vida.

—¿Por qué? –el sargento mayor se reclinó hacia atrás y entornó los ojos para observar a Mellas; era obvio que le disgustaba el posible desenlace de aquello.

—¿Podemos mantener todo lo que vaya a decirle en absoluta discreción?

El sargento mayor Knapp titubeó.

—Si no se trata de una violación al Código Uniforme de Justicia Militar* –dijo con cuidado.

—De acuerdo –Mellas hizo una pausa para crear cierto efecto–. Durante la última operación hubo un atentado contra la vida del sargento de segunda clase Cassidy. La persona involucrada, el soldado de primera clase Parker, lo soltó abruptamente la mañana en que murió de malaria cerebral. Cassidy no dijo ni pío al respecto. Yo nunca le pregunté. Por lo tanto, no hay cargos. Puesto que la parte involucrada murió ya, no veo razón para iniciar una investigación. ¿Usted sí?

El sargento mayor titubeó.

—Eso podría ser una violación al Código.

—No habría testigos. Ni cargos formales. Sólo ocasionaría cierta tensión racial entre uno de sus sargentos de segunda clase y un soldado de

---

* El reglamento militar que rige en Estados Unidos desde 1951 (UCMJ, por sus siglas en inglés).

primera clase negro que murió porque una orden del batallón negó el ave de la medevac el día anterior.

El sargento mayor echó la cabeza hacia atrás casi imperceptiblemente.

—Sí. Entiendo lo que quiere decir.

Mellas continuó:

—Sé por algunas fuentes confiables y cercanas a elementos negros radicales que el sargento de segunda clase Cassidy aún corre peligro.

Knapp respiró profundamente por la nariz y apretó los labios firmemente. Exhaló.

—¿Me permite preguntarle por qué, señor?

—El sargento de segunda clase Cassidy carece particularmente de tacto cuando cumple con su deber –Mellas sonrió–. Sobre todo con los negros.

Knapp le devolvió la sonrisa.

—Entiendo lo que quiere decir.

—Creo que lo mejor será transferirlo fuera de la compañía –dijo Mellas–. Están pidiendo algunos cambios y una disculpa por parte de Cassidy. Creo que no hace falta que le mencione qué posibilidades hay de que eso ocurra.

—Si se le ordenara, lo haría.

—Sí –dijo Mellas–. Pero ¿qué representaría eso para la autoridad del resto del equipo de suboficiales?

—Sí, entiendo.

Mellas dejó que esto último permeara antes de continuar.

—No hace falta que Cassidy sepa nada sobre el traslado. Complicaría la situación. Si investigamos, quién sabe a qué lleguemos.

—¿Y el teniente primero Fitch? ¿Qué piensa sobre esto?

—Usted y yo somos los únicos al tanto. Usted mismo advierte en qué lío estaría Fitch, y también el coronel, por cierto. El coronel estaría obligado a comenzar una investigación formal.

—Sí, señor, entiendo –Knapp tamborileó con sus uñas impecables la mesa de madera de triplay. Se sobó la nuca–. Yo podría necesitar a alguien para organizar cuadrillas de trabajo aquí, en la retaguardia. Probablemente habría que dilatar las líneas y construir fortificaciones. Hay bastante que hacer en estos lugares, como bien sabe.

—De eso estoy completamente seguro, sargento mayor. Es impresionante todo lo que se debe haber construido y a nadie le importa un carajo –Mellas se rio un poco–. Recuerdo que, cuando era guardia en mi equipo de futbol americano, leía en la prensa que, de alguna manera, los corredores marcaban todos los puntos, no el equipo.

A Knapp pareció gustarle la acotación.

—Sí, señor. Acá es la misma cosa.

Mellas sonrió.

—Exacto, no hay diferencia –dijo–. No importa a dónde se vaya, uno sigue en el bachillerato.

El sargento mayor se rio. Mellas reprimió una mueca ante la ironía de que Knapp se riera ante una afirmación que se refería a él mismo.

—Ok. Veré qué puedo hacer, señor –dijo Knapp–. No le prometo nada. Pero le aseguro que odiaríamos encontrarnos con la muerte de un buen marine a manos propias.

—Es justo lo que pienso, sargento mayor. Sabía que usted me entendería.

—Le agradezco que haya venido a verme, subteniente –se levantó, al igual que Mellas, y se estrecharon las manos. El sargento mayor caminó con Mellas hasta la puerta de la tienda.

—Una cosa más, sargento mayor –dijo Mellas.

—Sí, señor.

—Sería un poquito raro si los negros tuvieran que servir como meseros la noche de la fiesta.

La sonrisa del sargento mayor se desvaneció.

—Si les corresponde el servicio de rancho, harán lo que les corresponda. Aquí no tenemos favoritos.

—Por supuesto que no –replicó Mellas–. Y admiro que usted esté dispuesto a aceptar la responsabilidad de un granadeo antes que sacrificar sus propios principios. Cualquier tribunal de investigación lo apoyaría.

La respiración del sargento mayor se aceleraba. Tragó saliva ostensiblemente.

—No quise decir que correría el riesgo de que hubiera un granadeo.

—Por supuesto que no –dijo Mellas–. Eso lo sé, sargento mayor. Sé que no le gusta estar en este aprieto, como a mí tampoco. Es una situación complicada. De verdad le agradezco su ayuda en este asunto. Gracias, sargento mayor.

Mellas se volvió y salió de la tienda. Con cuidado se ajustó el sombrero de utilidades y regresó a la pista de aterrizaje. No le cabía la menor duda acerca de cómo procedería el sargento mayor.

* * *

Muchas horas más tarde, Mellas y los otros oficiales corrían, a través de la lluvia, hacia la enorme tienda que servía de capilla. Hawke y McCarthy

–sin que le importara, aparentemente, el vidrio que tenía clavado aún en la nalga– estaban de pie afuera, en la llovizna. Hawke sacudió la cabeza en silencio. Un recluta, perteneciente al pelotón de McCarthy en la Compañía Alfa y que portaba una bata blanca proveniente de Da Nang pasó frente a ellos con una gran olla de sopa. Con esfuerzo logró liberar un dedo de la mano derecha para saludar a McCarthy.

—Esfúmate, Wick –le susurró McCarthy. El chico entró y desapareció.

En el interior ardían velas, que emitían un resplandor titilante y amarilloso sobre todas las cosas. Las mesas estaban dispuestas en forma de una «U» grande y estaban cubiertas por manteles blancos. El oficial de comunicaciones del batallón asomó la cabeza hacia fuera por la puerta.

—Más les vale que entren y encuentren las tarjetas con sus lugares. Está previsto que todos estemos esperando el arribo del coronel. Órdenes de Blakely –se escurrió de nuevo hacia dentro.

Hawke suspiró y entró; los demás lo siguieron.

A causa de la lluvia, las aberturas de ventilación de la tienda estaban cerradas, así que el calor de dentro incomodaba. Muchos de los alistados esperaban en la parte de atrás, de pie junto a las ollas de comida, sudando bajo las batas almidonadas. Mellas observó que ninguno de ellos era negro.

Shortround, al final de la fila y junto a un cazo grande lleno de ejotes, sonrió ampliamente cuando vio que los subtenientes de la Compañía Bravo entraban a la tienda. Mellas estaba contento de verlo, pero evitó una sonrisa y tan sólo hizo un gesto rápido con la cabeza. Hawke hizo la señal del poder del halcón y Shortround se lo devolvió, moviendo los dedos junto a la cadera, orgullosamente sonriente de que Hawke lo incluyera en su broma privada.

Mellas encontró su tarjeta al lado opuesto de Hawke, y entre el capitán Coates, el capitán de la Compañía Charlie, a quien había visto por última vez dormidísimo en la húmeda zona de aterrizaje, y un nuevo teniente de la Compañía Alfa. El nuevo teniente y Coates intercambiaban cumplidos con Mellas, a los que él apenas respondía. Era su manera de dar a entender que estaba presente en contra de su propio deseo y que no la estaba pasando bien. La conversación languideció y fue sustituida por un silencio bizarro.

La tensión cedió cuando el Tres entró a la tienda y puso a todos en firmes. El uniforme camuflado de Blakely estaba tiesamente almidonado y sus hojas de mayor resplandecían a la luz de las velas. Estaba erectamente derecho, de suerte que su figura imponía. Mellas no tenía ninguna duda de que ese pedante hijo de puta llegaría algún día a ser general.

Simpson entró, sonrojado por la emoción y el orgullo.

—Caballeros, tomen asiento –dijo con claridad. Las bancas retumba-ron sobre el piso de madera contrachapada cuando se sentaron aquellos casi treinta oficiales. Blakely explicó brevemente la tradición de la noche de cena y levantó la copa para brindar, con lo que comenzó, oficialmente, a beberse.

Para cuando tomaban el postre, la mayor parte de ellos había vaciado ya, por lo menos, una botella de vino cada uno. La conversación se elevó a un clamor puntuado por explosiones de risas. Nadie advirtió que el coronel se puso de pie para brindar, excepto el mayor Blakely, quien hizo sonar su copa para acallar la tienda.

«Exactamente como en el Club de Rotarios de la mierda», pensó, en-sombrecido, Mellas.

Todas las voces se extinguieron, salvo la de McCarthy. Estaba ya bien metido en su segunda botella de vino y le contaba a un subteniente nuevo su historia favorita acerca del Tres.

—«Pero estamos *aquí*, carajo», dice el capitán. «Y me importa un pito lo que diga tu mapa del carajo, pero nosotros estamos *aquí* y ustedes *allá* atrás, y te digo que desde aquí vemos las puñeteras luces de la Cota 967.» Pero este hijo de puta nos dice que eso es imposible, y por *radio*, carajo, y ase-gura que no podemos ver lo que tenemos justo frente a las putas narices…

El nuevo subteniente le jalaba la manga a McCarthy y le hacía señas insistentes con la cabeza en dirección a la mesa principal. McCarthy se volvió, tristemente, y se recargó con los brazos cruzados. El Tres anunció que el coronel tenía algo que decir. En ningún momento le quitó los ojos de encima a McCarthy.

Simpson, tibia y felizmente ebrio, les ofreció una sonrisa oficial y fugaz. Tiró un poco de vino al recargarse hacia delante con las manos a ambos la-dos del plato. Luego se puso de pie, erguido, con la copa en alto.

—Caballeros. El Primer Batallón del Vigesimocuarto Regimiento de Marines ha forjado un nombre por sí mismo aquí en Vietnam. Me siento humildemente orgulloso de tener el privilegio de dirigirme a ustedes, a los oficiales que tanto han contribuido a conseguir esto –bajó la voz y la mira-da, hacia su plato, donde se derretía el helado que habían helitransportado esa tarde desde Quang Tri–. Y de recordar a aquellos oficiales que contri-buyeron con su posesión más preciosa, sacrificándolo todo, para que este logro se mantuviera incólume y ennoblecido.

—Se refiere a los que fueron sacrificados –le susurró Mellas al nuevo teniente a su lado, sin girar la cabeza. El capitán Coates le tocó la bota con el pie.

—Tomamos el mando de este batallón al comienzo de la Operación Bosque de la Catedral –continuó el coronel–, un ataque en lo más profundo de la zona desmilitarizada que resultó en importantes descubrimientos de parque, de contactos y en bajas sustanciales que propinamos al enemigo. Del Bosque de la Catedral al Río de Viento, en la antesala de Laos. Estoy seguro de que muchos de ustedes recuerdan con gusto a nuestros amigos de Co Roc –casi la mitad de los oficiales se rio. Hawke no.

»Pues… conseguimos nuestra propia artillería. Las Bases de Apoyo al Ataque Lookout, Puller, Sherpa, Margo, Sierra, Sky Cap –el coronel hizo una pausa–. Y Matterhorn –miró a sus oficiales silentes–. Estamos construyendo rascacielos de acero justo en el patio trasero de los gucos. Les impedimos que utilicen su propia red de transporte y los obligamos a desplazarse cada vez más hacia el poniente, con lo que les dificultamos cada vez más el reabastecimiento que requieren para sus operaciones y en las provincias, tan pobladas, al sur de donde nos encontramos –aquí, Simpson hizo una pausa y cambió el tono–. Nos la hemos pasado sentados sobre nuestros culos alrededor de Cam Lo y, en mi opinión, abandonamos nuestra misión –se reclinó por encima de la mesa–. Bien, caballeros, terminamos *ya* con el mierdero político. A partir de ahora volveremos a nuestro trabajo de verdad: acercarnos al enemigo y destruirlo. Dondequiera que se encuentre. Y, caballeros, yo sé en dónde se localiza. Yo lo sé –estaba apoyado sobre los brazos y los miraba atentamente, con los ojos moviéndose a lo largo de ellos, de un lado a otro. Luego, para causar mayor impresión, se levantó, con la cabeza en alto y los hombros echados hacia atrás.

Mellas levantó las cejas, miraba a Hawke enfrente suyo.

—Están alrededor de Matterhorn –continuó el coronel. Le brillaban los ojos. De nuevo, se reclinó hacia delante, con sus manitas rojas hechas puños sobre la mesa–. Sí, carajo, Matterhorn. Ahí están los gucos. Agazapados. Y, por Dios, por supuesto que iremos hacia allá alguno de estos días y vamos a matar a todos esos hijos de puta amarillentos. Se nos ordenó abandonar Matterhorn, en contra de mi deseo y del buen juicio de mi oficial de operaciones, tan sólo para satisfacer los gustos de no sé qué políticos cerdos de Washington. Pero ante cualquier señal –enfatizó estas palabras con los puños–, ante cualquier trozo de inteligencia, ante cualquier contacto, por pequeño que parezca –se echó hacia atrás y sonrió–, esta nariz de los cojones –se la tocó– me dice que el ejército de Vietnam del Norte está ahí, y que está activo. Y esa área es nuestra, caballeros. Pagamos por ella. Con sangre. Y la recuperaremos.

—Qué mierda –le susurró Mellas al nuevo teniente–. Ahí no hay nada fuera de sanguijuelas y malaria.

Coates le dio un codazo a Mellas en las costillas y lo fulminó con la mirada. Hawke miraba impasiblemente el tenedor.

—Debimos abandonar Matterhorn antes de que termináramos nuestra labor –continuó Simpson–, y los marines nunca dejan una labor sin terminar. Les prometo lo siguiente, caballeros: haré mi mayor esfuerzo para que este batallón regrese a su sitio. Ahí es donde se va a desarrollar la lucha. Ahí es donde deseo estar. Ahí es donde le interesa estar al mayor Blakely, y yo sé que es el sitio donde cada uno de los marines de este batallón quiere estar.

En ese momento, McCarthy eructó sordamente, de suerte que nadie en la mesa principal pudiera escucharlo.

—Así que, caballeros –continuó el coronel–, me gustaría proponerles que brindemos por el mejor batallón combatiente que está hoy en Vietnam. Por los Tigres de Tarawa, por los Elegidos Congelados del Embalse de Chosin. Brindemos por el Primer Batallón del Vigesimocuarto Regimiento de Marines.

Los oficiales se pusieron de pie, haciendo eco al brindis. Luego se sentaron, al unísono con el coronel, y Blakely lo felicitó por el brindis tan estupendo.

Coates se volvió hacia Mellas, con ojos que bailaban debido a un humor profundo.

—Tranquilícese, subteniente Mellas. El coronel Mulvaney jamás le permitirá que se acerque a ese sitio. Nadie va a emplazar todo un batallón en un área cubierta por una artillería enemiga que no pueda combatirse por razones políticas. Agréguele a eso apoyo aéreo incierto a causa del clima. Por eso nos sacó Mulvaney, para empezar. ¿Regresar a Matterhorn? Qué esperanzas...

Mellas quedó sorprendido.

—Pensaba que usted era un militar de por vida.

—Lo soy, subteniente Mellas. Pero no soy idiota. Y, además, *yo* sí sé cómo mantener la boca cerrada.

* * *

Cuando, a la mañana siguiente, Mellas se despertó, una lluvia intensa azotaba la tienda. Relsnik, en guardia radiofónica, estaba arrebujado en su poncho liner y miraba hacia la oscuridad de afuera. El primer pensamiento de Mellas fue de esperanza. Con esta lluvia, los helis no podrían volar.

Cualquiera que se metiera en líos tendría que buscar apoyo para que se les rescatara en lo que fuera excepto en el Águila Calva. Se arropó en el *snoopy*, con ganas de jamás abandonar la seguridad que le proporcionaba. Permaneció hecho un ovillo pero perdía, lentamente, la batalla contra su vejiga. Se dio por vencido y se precipitó a la lluvia para mear.

Al volver a la tienda, Fitch estaba ya preparando café.

—No existe posibilidad alguna de nos lancen hoy –constató Mellas.

Fitch echó un vistazo hacia la negrura de afuera. Se volvió a su operador de radio.

—Oye, Snik, mira si consigues un reporte climatológico por parte del batallón.

El reporte no era bueno. Supuestamente dejaría de llover a media mañana. Eso significaba que los helis sí podrían volar.

Una hora más tarde, Mellas estaba en la tienda de reabastecimiento resolviendo papeleo, que iba desde escribir comunicados para la prensa local sobre unos chicos nativos que organizaban actividades para tratar las investigaciones acerca de las acusaciones de paternidad de empleados de la Cruz Roja, hasta poner en orden asignaciones de cheques para exesposas, esposas y mujeres que reclamaban, ilegalmente, ser esposas o madres o suegras. A Mellas le parecía que la mitad de la compañía provenía de hogares destruidos y que tenían esposas o padres borrachos, drogadictos, desenfrenados, prostitutas o golpeadores de niños. Dos cosas le sorprendieron al respecto. En primer lugar, el hecho mismo. En segundo lugar, que, al parecer, todos podían sobrellevarlo bastante bien.

Un ordenanza dejó un pequeño hato de papeles y mensajes radiofónicos del batallón, que incluían órdenes de transferir al sargento auxiliar Cassidy a la Compañía del Cuartel General y de Abastecimiento. Mellas se maravilló por la eficiencia del sargento mayor Knapp. Miró hacia el interior de la tienda, donde Cassidy y dos ayudantes intentaban ordenar el desorden que reinaba y se armó de determinación para lo que vendría.

—Oye, artillerito –dijo, aparentando emoción y levantándose de la mesa–, te ordenan salir de la maleza. Mira esto –se acercó con las órdenes en triplicado.

Cassidy miró a Mellas sorprendido.

—¿Qué? Déjame ver eso –frunció el ceño mientras leía, lentamente, la orden. Era asunto de rutina, mucha gente se transfería. Su nombre estaba individualizado por una flecha estampada. Las palabras «ÓRDENES

ORIGINALES» estaban también estampadas en mayúsculas y en negritas a lo largo del folio mimeografiado–. Pues, me van a joder –dijo.

—¿Adónde te vas, artillerito? –preguntó uno de los marines. Los dos sonreían ampliamente, contentos como estaban de que cualquiera pudiera salir de los arbustos con vida.

—Pues, me van a joder –repitió Cassidy. Se sentó–. La Compañía CGYA. No sé nada sobre ellos levantó la mirada hacia Mellas–. No veo nada sobre mi reemplazo.

—Quizá venga directamente desde la división o de algún otro lado.

Cassidy dijo:

—Bueno, señor, me gustaría ir a ver en qué estaré ocupado. Nadie me advirtió nada. Se lo juro.

—Seguro, artillerito, adelante. Yo me ocupo de esto.

Cassidy mandó a los dos marines a desayunar con órdenes de enviar dos reemplazos en cuanto llegaran al comedor. Luego se puso en camino para ver al comandante de su nueva compañía.

Vancouver era uno de los dos marines que pudieron agenciarse trabajo en la tienda de reabastecimiento en lugar de llenar sacos con arena bajo la lluvia. Pronto, él y el otro chico hurgaban en las bolsas húmedas y a menudo mohosas de objetos personales de marines que habían rotado a casa o que habían caído en combate.

—Oye, Vancouver –dijo el otro chico–. Aquí hay algo tuyo.

Al ver la caja rectangular y larga sintió un presagio. Era su espada. Había sido un numerito divertido cuando la pidió. Pensaba que se había perdido definitivamente. Entonces dijo, pero como si se tratara de la voz de alguien más:

—Dios mío. Oye, es mi puta espada guca. Aquí ha estado todo el tiempo –rasgó el papel y sacó el mango y la funda de la caja. Tomó la empuñadura y, con un tañido, desenvainó la espada.

Mellas se volvió al escuchar el grito de Vancouver.

—Mire esta hermosura, subteniente –cacareó Vancouver. Estaba de pie encima de dos sacos de marino, con los pies separados y la espada frente a él. Dio un rápido golpe al aire–. Ahora sí voy a partir a unos cuantos –dijo a través de los dientes apretados.

Al caer la tarde, la espada de Vancouver se había convertido ya en un tema en todo el batallón. Un amigo de Jancowitz, incardinado en la compañía del CGYA, se detuvo frente a los costales de arena para contarle. Jancowitz experimentaba un sentimiento de desesperación que no lograba identificar y que lo obligó, rápidamente, a volver al sitio donde se guardaba otros sentimientos que había suprimido durante el último año y medio.

—Maldito loco hijo de puta –dijo con una sonrisa–. Va a joderse a unos cuantos. Espera y lo verás.

—Sí, eso parece –le respondió el amigo–. Pero los gucos no van a usar espadas, no son salvajes.

—Ya sé, pero Vancouver sí –constató Jancowitz. La gente se rio. El amigo sonrió y se marchó por el camino. Jancowitz, entristecido, volvió a su montón de tierra.

La Compañía Bravo cavó todo el día en el barro, llenando los costales de plástico verde, intentando olvidar que, en cualquier instante, un oficial sentado en una fortificación con aire acondicionado en Dong Ha o en Da Nang podría enviar los helicópteros que los trasladarían a algún lugar desconocido de la selva donde podrían morir. Intentaban olvidar, con cada palada, que el jeep de la compañía aparecería, en cualquier momento, rasgando la estrecha pista de aterrizaje, y que Pallack gritaría que alguien estaba enmierdado y la Compañía Bravo tendría que salir a rescatarlos.

Jancowitz estaba tan ansioso como todos los demás. Intentaba pensar en Susi, pero le resultaba difícil recordar su rostro. Se sentía avergonzado de tener que sacar la cartera frente a todos para mirar su fotografía, así que se quedó escindido entre hacerlo y no pasar por un idiota. Los chicos se burlarían y dirían que se trataba de otro puñetero ligue cualquiera de bar. No lo habría soportado. Había firmado seis meses más de miedo y suciedad para pasar treinta días con ella. Se abocó a llenar el siguiente costal.

A las 1700 doblaron las herramientas-a y caminaron de regreso a las tiendas en parejas y tríadas. Broyer se le había unido a Jancowitz, con las gafas ligeramente empañadas debido a la transpiración que le escurría desde la frente.

—Oye, Janco –dijo, mientras limpiaba los cristales en el faldón de la camisa–. ¿Para qué tenemos un asistente general, eh? –se refería al general de una estrella que vivía en la Fuerza Operativa Hotel y cuya bandera roja con una única estrella dorada habían visto todo el día mientras llenaban sacos para su fortificación. Se caló de nuevo las gafas, que se le resbalaron de inmediato. Harto, se las acomodó otra vez sobre la nariz, y entonces comenzaron a empañarse otra vez.

Jancowitz no contestó nada. Pensaba en Susi, intentaba obviar el olor del aceite que se había esparcido sobre el camino y el humo que provenía de los empeños de un marine solitario que quemaba heces con queroseno en tres fondos de barriles de acero recortados. En algún momento, sin embargo, la pregunta de Broyer le taladró hasta alcanzarle la conciencia. Lo miró. Cuando Broyer llegó a Matterhorn, Jancowitz se había preocupado por su delgada figura y su modo de hablar dubitativo. Pero no volvió a inquietarse más por él; era un marine cojonudo y bueno.

—Al diablo si supiera, Broyer. Probablemente, el general Neitzel necesita a alguien que se encargue de su papeleo.

—Lo que yo he escuchado es que necesita a alguien que le resuelva sus peleas. La primera orden que dio fue que nos abotonáramos las camisas de utilidades. Miér...coles.

Jancowitz sonrió, al escucharlo, pues intentaba que su modo de decir «mierda» sonara simpático. Jancowitz estaba ya en el país cuando llegó el general anterior y ya entonces había escuchado las mismas quejas. Tenía su propio criterio para juzgar si un general, o cualquiera de los oficiales, servía para algo, y eso dependía del número de ocasiones en que veía al general metido en la maleza con los *snuffs*. Por eso le caía bien el coronel Mulvaney. Había salido a las líneas en Vandegrift una noche, con una lluvia del demonio y una oscuridad hija de puta, cuando escuchó que se aproximaba su jeep. Pensó que sería Hawke, así que gritó:

—¿Qué coños haces aquí? —casi se caga en los pantalones al ver que se trataba de Mulvaney, el comandante de todo el Vigesimocuarto Regimiento de Marines. El gran cabrón procedió a preguntarle si había matado ratas, inspeccionó su rifle y le dijo que estaba llevando a cabo un buen trabajo.

—Al subteniente Mellas no le importa un carajo si no nos abrochamos las camisas de utilidades —continuó Broyer.

—Sí. Pero él no se quedará.

—¿Y tú te quedarás? —preguntó Broyer después de un breve momento.

—No lo sé. Tengo a esta chica en Bangkok —Jancowitz sonrió—. ¿Y tú?

—Quiero ir a la Universidad de Maryland con ayuda del G. I. Bill* y entrar a trabajar en el gobierno —Broyer titubeó—. Quizás en el Departamento

---

* Ley de 1944 que permitía a los soldados acceder a financiamiento para estudiar.

de Estado –miró a Jancowitz un instante para revisar si advertía alguna reacción. Luego sonrió con arrepentimiento–. Pensaba que ser marine luciría en mi currículum.

—¿Qué es un currículum? –preguntó Jancowitz. Vio que Broyer se sorprendía ante el hecho de que no supiera, pero no intentaba disimular.

—Se utiliza cuando buscas trabajo. Son dos páginas donde se da cuenta de tu experiencia, de tu escuela… Ese tipo de cosas.

Jancowitz soltó la carcajada. No podría imaginarse por qué habría de necesitar jamás algo así para conseguir trabajo.

Caminaron un rato en silencio.

—Escuché que habrá una película esta noche –dijo Broyer–. Y quizás incluso una chica de la Cruz Roja.

—Ese rumor no es nuevo. No permiten que las chicas de la Cruz Roja salgan de Da Nang. Dicen que es demasiado peligroso. Pura mierda. Y tampoco permiten ni que las Budweisers ni los colchones inflables salgan de Da Nang, carajo.

—Pero la película no es ningún rumor –constató Broyer.

—Te apuesto a que es un puto show de vaqueros.

Broyer se rio por lo bajo y continuaron su marcha en silencio. Por encima de sus cabezas escucharon el amable graznido de unos cisnes y levantaron las miradas para ver una pequeña parvada de unos seis, que se dirigían al norte. Se detuvieron y los observaron hasta que se perdieron entre las nubes que velaban la Cordillera de Mutter.

—Me hacen extrañar mi casa –dijo Jancowitz quedamente.

—A mí también –convino Broyer.

Tras haber cubierto la última curva antes de llegar a sus tiendas junto a la pista, Jancowitz dijo:

—Pues, me van a joder.

Arran estaba sentado en el piso con la espalda recargada en la mochila. Pat estaba a su lado echado en posición de esfinge, con la cabeza y las orejas rojizas atentas, jadeaba en silencio, mientras observaba cómo se aproximaban los dos. Pat miró interrogativamente a Arran, quien le dijo: «Ok». Pat se levantó y trotó para saludar a Jancowitz y Broyer. Puso el hocico justo en la entrepierna de Broyer, y él se rio nerviosamente y le acarició el pelaje. Luego, Pat se fue bailoteando y rodeó a Jancowitz, olfateándole la parte trasera de las rodillas, y provocándole risas también a él.

—Parece que los ha elegido –gritó Arran.

—Sí, este viejo rajón –dijo Jancowitz, orgulloso, mientras le frotaba la cabeza a Pat–. ¿Cuánto tiempo necesitó para recuperarse nuevamente?

—Eh... Una semana, más o menos. Nos largamos al pelotón de exploradores y los dos nos pusimos gordos y contentos —sonrió y se levantó mientras chasqueaba los dedos en silencio—. Tontos ya estábamos —Pat se puso de inmediato en la posición «junto». Arran se volvió a Broyer y señaló a Jancowitz con la cabeza.

—¿Y este cabronazo loco ya te ayudó a entrar?

—Sí —gruñó Broyer.

—Cuídalo, Broyer. Janco es el único cabrón hijo de puta que conozco, además de mí, que pidió una extensión en Nam. Claro que lo hizo por una chica en Bangkok, no se trata de alguien que realmente estará para apoyarte —se acuclilló y tomó a Pat por los dos carrillos. Puso su cara frente a la nariz del perro, lo movía hacia delante y hacia atrás—. ¿Tú, no, muchacho? ¿Tú no, perro pastor tontonete? —se levantó de nuevo. Era bien sabido que Arran había extendido su servicio en dos ocasiones porque estaba prohibido que los perros exploradores fueran transferidos a otros adiestradores, y, al terminar el periodo, se les mataba. Alguien, allá en la trastienda del mundo, había declarado que eran demasiado peligrosos para traerlos a casa.

—¿Estarás otro rato con nosotros? —le preguntó Jancowitz.

—Mientras ustedes estén en la puta Águila Calva, yo no —contestó Arran—. No hace falta tener un jodido radar cuadrúpedo cuando te arrojan justo en medio de la mierda —se volvió a Pat—. Somos especialistas, ¿no, Pat? —el perro agitó la cola.

—¿Entonces qué están haciendo aquí? —le preguntó Jancowitz.

—Mañana salimos con Alfa Primero del Decimoquinto. Los van a dejar en el extremo oriente del valle de Da Krong. Hay bastante actividad de detección —se detuvo un instante y gruñó—. No deberías escuchar esto o tendría que matarte.

—De cualquier modo, los putos gucos ya están enterados —aseguró Jancowitz, sin un asomo de broma.

Se hizo un silencio incómodo. Janco cayó en cuenta de que Arran había venido porque se iría de nuevo a la selva y quería despedirse.

—Estarás bien —dijo finalmente—. Oye, tú eres el que tiene a Pat.

Arran farfulló, bajó la vista hacia Pat y, cohibido, levantó luego la mirada hacia las nubes.

—Espero que a ustedes no los envíen para allá, cabrones —dijo—. Los veremos en su próxima operación.

Observaron cómo se alejaban Arran y Pat. Todos sabían que podría ser la última vez.

Aquella tarde, durante la cena, Blakely y Simpson se encaminaron al frente de la fila de la cocina donde los marines con servicio de rancho vertían grandes cucharadas de comida en las bandejas. Uno de ellos salpicó una mancha de salsa en la manga de Blakely. Él lo fulminó con la mirada pero no podía limpiarse porque sostenía la bandeja con las dos manos.

—Lo siento, señor –tartamudeó el joven.

Blakely sonrió.

—Está bien, Tigre. Tan sólo no estés tan acojonantemente ansioso.

Blakely siguió a Simpson al comedor de oficiales y de suboficiales. Alguien gritó «¡Atención!» y todos se pusieron de pie. Simpson gruñó:

—Como estaban antes –y todos volvieron a sus alimentos, pero las conversaciones se mantuvieron mínimas, hasta que Simpson y Blakely se instalaron en sus sitios. Blakely se levantó pronto y sirvió dos tazas de café. Regresó a su asiento y le dijo a Simpson:

—Escuché que hubo otro granadeo anoche, por el sur. ¿Supo algo, señor?

Simpson levantó la mirada mientras remojaba un bocado de pasta con café.

—La puta que lo parió, no. ¿Quién?

—Un subteniente mustang en el Tercero del Undécimo. Tres o cuatro hijos de puta echaron granadas bajo su cama mientras dormía. Alguien los vio correr. Negros radicales. No quedó nada que pueda servir como evidencia, sólo jirones de carne.

—Hijos de puta, esos *poags* de la retaguardia –contestó Simpson–. Si llegáramos a tener ese tipo de mierda aquí, voy a colgar de los huevos a todos los hijos de puta del poder negro –vació la taza de café de un golpe–. Deberíamos enviar a cada uno de esos negros hijos de puta a la maleza. Eso detendría esta mierda –miró la taza vacía–. ¿Qué tal un poco de esa cosa rosada de Portugal? –preguntó.

Blakely fue hasta el gabinete donde se guardaba la caja de Mateus del coronel. Miró a través del mosquitero hacia donde comían los reclutas. Notó que la mayoría de los negros estaban juntos en una esquina. Unas pocas arrugas delicadas surcaron su frente. Rompió el sello del vino, sacó el corcho y sirvió dos copas.

—Ojalá puedan disfrutar diez minutos de cielo antes de que el diablo se entere de que se fugaron, cabrones –dijo Simpson, y alzó la copa y le dio un largo trago. Blakely sabía que Simpson se pavoneaba de saber muchos brindis en diferentes idiomas. Sonrió y bebió. Simpson bebió un poco más–. Carajo, qué bien sabe esta mierda –dijo.

Blakely prefirió no convenir en lugar de estar en desacuerdo. Después de un momento dijo:

—Señor, ¿ha pensado en que alguien vigile por las noches su cuartel?

—¿Acaso piensa que soy un cobarde?

—No, señor. Pero ese granadeo fue el tercero en los últimos dos meses –Blakely bajó la voz y se inclinó sobre la mesa–. Escuché, se trata de un mero barril de agua fresca, que alguien intentó matar a Cassidy, el nuevo suboficial al mando que sacamos de la Compañía Bravo. Ésa fue la razón por la que el sargento mayor tuvo la idea, según me dijo, de transferirlo.

—¿Por qué no hemos comenzado una investigación sobre este incidente, carajo?

—Supuestamente, el negro que lo hizo fue el caso de malaria cerebral que se dio en Bravo. No estoy seguro de que queramos remover cosas ahí.

Simpson, nervioso, agitó el vino rosado en la copa.

—Me alegra ver que hay un poco de puñetera justicia en este mundo. Fue una jugada inteligente por parte de Knapp –apuró el vino–. Creo que iré a revisar cómo está la situación en el centro de operaciones de combate –se puso de pie y, con él, todos los demás también. Les hizo un gesto para que se sentaran–: como estaban antes, caballeros.

Sentado, solo, en la tienda que compartía con su escuadra, Jancowitz no necesitaba ir al centro de operaciones para saber qué sucedía en el área de operaciones del regimiento. Con el ojo de su mente podía visualizar las unidades entre los matorrales que fijaban sus trampas luminosas y establecían puestos de escucha. Imaginaba figuras furtivas que se escurrían más allá de las líneas, de dos en dos, con sus poncho liners y los radios. Sabía que, por el momento, podía relajarse. No habría «explosiones» por parte de la unidad del Águila Calva antes del amanecer. Sacar un helicóptero de noche requería mucha mayor planeación. Las unidades sólo contaban consigo mismas.

Sacó su calendario de corto de tiempo y, cuidadosamente, rellenó otro día. Llevaba veintidós meses en Vietnam. Bueno, en realidad diecinueve y tres semanas si restaba la primera semana de D&R en Bangkok, cuando conoció a Susi, y las dos licencias de treinta días, cada una. Sacó la cartera y miró la fotografía que le había hecho a Susi, mientras dormía en la cama de su hotel. Intentó recordar el olor de su cabello, pero le resultó aún más arduo que recordar los rasgos de su fisonomía. Lo único que olía eran las bolitas de naftalina y el aceite de la tienda medio caída.

Bajó hasta la cantera abierta que habían convertido en un pequeño teatro al aire libre. Unas cien personas estaban sentadas ahí sobre cajas y cajones viejos. Empezaba a caer una ligera llovizna, pero era tibia, a diferencia de las partes altas de las montañas, y Jancowitz apenas se dio cuenta. Metió las manos a los bolsillos y esperó a que comenzara la película.

Nada. El proyector estaba ahí, estúpidamente colocado, mientras los marines esperaban a que llegara alguien con la cinta.

Quince minutos más tarde, la gente se desesperaba. Las voces se volvieron más altas. Una lata de cerveza surcó los aires y un marine se incorporó con un brinco para encarar el desafío, pero, con jalones hacia abajo, lo retuvieron sus camaradas. Abrieron más cervezas. Se había formado un grupo de negros por el lado izquierdo del teatro. Un marine blanco se levantó para orinar y debía caminar en medio de ellos o rodearlos. Le pidió a uno que se moviera para pasar. Era Henry.

—Oye, hijo de *puta*, no me muevo para que pase nadie, a menos que me apetezca –dijo Henry.

Todo el gentío guardó silencio.

Henry tenía el rostro a pocos centímetros del rostro del chico blanco. Él se hizo hacia atrás pero apenas un poco, pues estaba imposibilitado por unas sillas. Algunos blancos se pusieron de pie y se le acercaron en señal de un apoyo silencioso. Otros negros se reacomodaron y formaron un semicírculo junto a ellos dos, que se miraban fijamente. Jancowitz advirtió que Broyer y Jackson estaban en el grupo, al igual que China.

Topo se levantó al otro lado del espacio abierto, donde había estado conversando con Vancouver. Los dos se miraron brevemente, luego desviaron las miradas. Topo rodeó el círculo, siempre próximo a la pared de barro de la cantera.

Jancowitz ya lo había vivido antes. Todos tenían miedo de no estar con su propia raza. Una vez que hubiera estallado la pelea, los bandos se polarizarían y ningún periodo de tiempo compartido en la maleza bastaría para resquebrajar la barrera. Jancowitz no sabía qué hacer, pero se encontró a sí mismo dirigiéndose velozmente hacia donde Topo estaba, rodeando al grupo, para ponerse en posición. Los blancos, que experimentaban la misma presión que Topo, también se colocaban, gradualmente, para apoyar a su propio color. Nadie deseaba quedar aislado cuando aquello explotara. Jancowitz le siseó a Topo:

—Vete al carajo, Topo. Tú también, Vancouver. Lárguense al carajo.

Topo miró a los hermanos que se agrupaban a un lado del área, luego miró a Janco. Negó, tristemente, con la cabeza, y continuó acercándoseles.

Jancowitz se volvió para ver qué hacía Vancouver. Él, como Topo, sabía que era uno de los mejores peleando y que tenía que apoyar a su bando cuando se despeñara todo ese mierdero. Se acercó al grupo que se formaba en torno al marine blanco. Jancowitz advirtió que, aunque fueran todos amigos en medio de la jungla, en la civilización era imposible la amistad.

Jancowitz corrió hacia el proyector y dio un tirón al cordón del pequeño generador de gasolina. El tosido del motor rompió el silencio. Los marines, sin importar el color, miraron para ver qué pasaba, si había llegado algún oficial, si había alguna manera de evitar la violencia inminente. Jancowitz encendió la cámara y apareció un cuadrado relumbrante sobre la pantalla de tela. Luego, con calma, caminó al frente del haz de luz blanca y proyectó la sombra de un pájaro. Dos se rieron nerviosamente.

—De acuerdo, Janco —gritó alguien.

—¿Lo único que puedes hacer son pájaros?

—Puta madre, por supuesto que no —contestó. Comenzó a hablar de inmediato—. Tengo una chica en Bangkok. Hijos de puta, nadie de ustedes ha visto jamás a una así —las sombras se volvieron de pronto un par de piernas bastante separadas—. Llevo en Nam ya dieciocho meses y veintisiete días —un pene erecto, que se estremecía, sustituyó al par de piernas—. Por supuesto que apenas volví después de pasarme treinta días en «Bangclap», cabrones lamentables —el pene se volvió lánguido y todos soltaron la carcajada—. Pero luego... esta chica —reaparecieron las piernas y el pene se irguió, lentamente, cayó, surgió de nuevo, estimulado por los vítores de los marines—. Tendí más de sesenta kilómetros de alambre por todo el valle de Au Shau tan sólo para escucharla mear por teléfono. El pene se volvió de nuevo erecto y los vivas retumbaron por el grupo.

El chico blanco que quería orinar continuó su camino vigilado tan sólo por una mirada sombría de Henry. Pronto, otros metían las manos al haz de luz para hacer sus propias figuras en la pantalla, y arrancaban comentarios estridentes y sarcásticos, acompañados de ruidos de latas que se abrían. Las voces se convirtieron en el murmullo de una conversación.

Jancowitz se sentó, desbordado aún por la adrenalina y poseído por un inmenso anhelo de Susi, de su piel bronceada y de su pelo largo y negro. Vancouver se le acercó y le ofreció una cerveza.

—Estuvo cerca, Janco. Seguramente nos hubiéramos embarrado de mierda, ¿no?

Jacobs también se allegó y le puso una mano a Jancowitz sobre el hombro.

Entonces, la pantalla se volvió negra.

Surgió de entre la multitud un bramido y todos se volvieron hacia la oscuridad detrás de sus espaldas. Un sargento de artillería de los servicios de base estaba de pie junto al proyector con dos grandes latas de película bajo los brazos.

—Muy bien, ¿quién encendió el puto generador? –los chicos que hacían sombras se sentaron, silenciosos, entre la multitud.

Nada se oía.

El hombre repitió su pregunta. Largos años de autoridad resonaban en su voz.

—Carajo, si no sale el listillo que encendió este puto generador, no hay película esta noche.

Aumentó el volumen del descontento. El sargento de artillería movía los ojos de un lado a otro, sorprendido por la rebelión que cundía en el aire, pero aún más determinado a cumplir con su cometido.

—No me importa cuánto tiempo tarde en venir acá y presentarse quien lo haya encendido, señoritas, porque yo ya vi esta película. Les daré un minuto más y luego me largo.

—La puta que lo parió –dijo Jancowitz por lo bajo. Se levantó, cansado, y encaró al hombre–. Yo encendí la mierda esa, artillerito. Se supone que las películas comienzan a las diecinueve treinta horas, así que pensé en ser puntual.

—Venga para acá, marine.

Jancowitz se le acercó lentamente. Podía oler el aliento a alcohol del sargento de artillería, quien sacó una libreta y un bolígrafo.

—Quiero su nombre, rango y unidad, marine. Y luego quiero que saque su culo de aquí. ¿Quedó claro?

Él le dio la información que demandaba y se retiró. Vancouver se le unió, pero Janco le dijo que regresara para ver la película. Quería estar solo.

Conforme se alejaba por la oscuridad del camino hacia las tiendas, pensó en Susi; sentía haberla sacrificado, de alguna manera, o alguna parte suya dentro de él. Escuchó, atrás, que la película comenzaba. Se volvió para mirar, sobre la pantalla, a un hombre sin afeitar, envuelto en un sarape, con los brazos a los costados junto a un par de revólveres de seis tiros y un cigarrillo tenso en la boca. La música subía de tono conforme el hombre se acercaba a la reja del corral, donde había más hombres sentados, todos con las armas listas para abrir fuego. La violencia explotó en la pantalla cuando el hombre sacó sus pistolas y les disparó a todos ellos. Vítores burlones emanaron de la audiencia. Jancowitz se volvió con disgusto y continuó su camino. Había tenido razón: otra peli de puñeteros cowboys.

China, con la boca ligeramente abierta por reflexionar y por la sorpresa, observó cómo desaparecía Jancowitz en la oscuridad. Era consciente de que había atestiguado auténtica valentía y sabiduría. «Man, la puta que te parió, Janco», se repetía continuamente para sí. «La puta que te parió.» Pensó que los dos habían estado entre los matorrales desde que arribó a Nam, pero que, en realidad, nunca había hablado con él. De pronto lo invadió el deseo de que fuera su amigo, pero lo estimaba imposible. Miró hacia donde Henry estaba sentado con un grupo de negros, disfrutando de la admiración de todos ellos. Henry parecía haber aumentado en estatura, mientras que China no se dirigía hacia ningún lado. Su rostro comenzó a arder al recordar el desdén de Henry por las armas y por acordarse de cómo se habían reído sus amigos. China sabía que, por ahora, se trataba del juego de Henry, y que él tendría que conformarse. Había perdido demasiado terreno y no sabía cómo podría recuperarlo.

Mientras Jancowitz se alejaba de la película, Pollini estaba de pie sobre una caja lavando un inmenso cacharro de aluminio con agua hirviendo. Wick, el marine del pelotón de McCarthy, trabajaba a su lado. Tenían las cabezas al mismo nivel, aunque Wick tuviera los pies sobre el suelo.

—Jamás me imaginé que adoraría tallar cacerolas –dijo Wick.

—Ni yo –convino Pollini–. El subteniente me dijo que estaría con servicio de rancho sólo un mes.

—¿Sólo un mes? –replicó Wick–. ¿Te dan todo un puñetero mes? McCarthy me envió acá sólo por una semana. Me faltan dos días y, si Alfa no se va a la selva antes de pasado mañana, deberé irme con ellos. ¿Por qué te dieron todo un mes?

Pollini se encogió de hombros y sonrió: ésa era siempre su respuesta ante cualquier situación que lo rebasaba.

—Te diré por qué te dieron todo un puto mes –le dijo Wick, claramente molesto ante la injusticia de la situación–. Es porque no quieren tu culo allá con ellos, es por eso.

—Era mi turno –lo contradijo ardientemente Pollini.

—Al carajo. Tu turno… A nadie le asignan un servicio de rancho un puñetero mes. Nadie puede ser tampoco tan lamehuevos para que se lo asignen –Wick retomó la limpieza de la cacerola–. Shortround –dijo–, lo arreglaste. Todos rogando para irse a la retaguardia y tú tienes gente que busca la manera para enviarte acá. Hombre, lo arreglaste.

Pollini no dejaba de refunfuñar.

—Sí, temo que sí –dijo.

—¿Por qué te uniste al Cuerpo de Marines, por cierto, eh, Shortround?

—Mi padre era marine –respondió Pollini con profundo orgullo–. Peleó en Corea.

—Eso lo explica.

—¿Explicar qué?

—Por qué perdimos esa puta guerra en Corea. Pero te apuesto a que estás un poco chapado a la antigua, ¿o no? –Wick se rio de nuevo; la pasaba bien.

Pollini no respondió nada. Si Wick hubiera observado, habría visto que Pollini apretaba los dientes, por el dolor, y que suprimía lágrimas. Tenía en las manos un cucharón grande de acero para servir el rancho. Lo blandió con las dos manos y le asestó a Wick un golpe sobre la mejilla y sobre el hueso por encima del ojo izquierdo. Wick gritó por el dolor, y se cubrió el rostro con las manos. Pollini alzó la cacerola llena con agua caliente y se la vertió encima. Corrió luego fuera de la tienda del comedor hacia la oscuridad, con el cucharón en alto contra otro marine que se dirigía al interior.

Wick estaba de pie, con agua ensangrentada y jabonosa que le corría por la cabeza.

—Dios mío –exclamó el marine–. ¿Qué te pasó?

—Shortround me golpeó con el puto cucharón.

—Dios mío –dijo el marine con terror–. Buscaré al calamar.

—No me interesa ninguna conmoción por esto. Iré yo mismo a buscar a mi calamar para que me revise.

—Si así lo prefieres. ¿Qué coños pasó? –otros marines asignados también al comedor se amontonaron en la tienda donde se lavaba la loza.

—Nada –dijo Wick con enfado–. Tan sólo lárguense de aquí, carajo, y déjenme terminar con estos putos cacharros.

—Claro.

Dejaron solo a Wick, quien no dejaba de mirar al cazo de cabeza tirado sobre el suelo lodoso. Se agachó para recogerlo.

—Lo siento, Shortround –dijo por lo bajo.

Mellas y Goodwin decidieron ir al nuevo club de oficiales en la Fuerza Operativa Óscar. Fueron en busca de Hawke, pero él acababa de comprar una caja de cerveza. Convinieron en tener un trago de calentamiento todos juntos afuera de la tienda de Hawke para evitar a un par de oficiales nuevos recién llegados de Quang Tri.

Una hora más tarde, ninguno de los tres se había movido. Tres cuartas partes de la caja estaban vacías.

—¿Pueden superarlo? –decía Hawke mientras miraba la cerveza.

—¿Superar qué cosa? –preguntó Mellas. La lengua ya se le entrometía un poco entre las palabras.

—Me refiero a si pueden superar a ese maldito Tres, que recibió una medalla por salir a dar la vuelta en un Huey cuando el sándwich aquel de mierda en Co Roc.

—Qué locura, carajo –Mellas escupió y le atinó a la caja medio vacía, en lugar del suelo, hacia donde había apuntado–. Aún no se me informa nada acerca de las medallas para Vancouver y Conman.

—Son *snuffs*. Tardan más.

—Ahí tienes, Jack –dijo Goodwin.

Hawke abrió otra lata de cerveza y Mellas observó la espuma derramarse, satisfecha, por los lados y sobre las manos.

—La medalla era por reanimar a una compañía desmoralizada y por arriesgar su vida por coordinar su evacuación bajo fuego. Al capitán Black no le dieron nada por meterse ahí y sacar el culo de Friedlander de aquel mierdero.

—«Mierdero» es la palabra correcta, Jack –dijo Goodwin.

—Hay un puñado de cabrones que dirigen esta guerra –aseveró Mellas.

—¿Y tú cómo lo sabes? –preguntó Hawke.

—Nos matan y ellos siguen en París, discutiendo alrededor de mesas.

—Ésos son diplomáticos, no cabrones –se opuso Hawke.

Goodwin abrió otra lata y se acostó boca arriba sobre el suelo. Le caía en la cara una ligera neblina.

—Ellos están a cargo de esta puta guerra, ¿o no? –insistió Mellas.

—Es correcto, es correcto –dijo Hawke, asintiendo.

—Y la guerra está tan jodida que debe haber un puñado de cabrones dirigiéndola. ¿Correcto?

—Carajo, Jack, claro que sí –dijo Goodwin. Hawke estuvo de acuerdo.

—Así que... –dijo Mellas.

—¿Así que qué? –preguntó Hawke.

—Así que... –Mellas se acabó la lata de cerveza–. Ya ni siquiera recuerdo qué coños pretendía demostrarles, pero los que dirigen esta puta guerra son un puñado de cabrones.

—Yo brindo por eso. Carajo, tiene toda la razón –Hawke se recargó y se bebió el resto de la cerveza.

—Yo brindo por lo que sea –dijo Goodwin vagamente.

Se cernió un silencio sobre ellos. El viento húmedo corría suavemente por entre la oscuridad, hacía ondear las paredes de las tiendas y provocaba que, en ocasiones, una ligera brisa se colara brevemente al interior. Mellas dejó escapar un eructo suprimido durante bastante tiempo, mientras giraba la cabeza felizmente, sin estar del todo consciente de dónde se encontraba, excepto porque sabía que estaba tendido sobre pasto húmedo bajo la llovizna ligera.

El pesado traqueteo de un AK-47 en modo automático los arrojó sobre los estómagos; lanzaron las latas de cerveza a un lado. De las tiendas de alrededor a la suya salieron todos, corrían hacia las fortificaciones, algunos incluso cojeaban en un esfuerzo por enfundarse en los pantalones. El AK abrió fuego de nuevo y sobre las cabezas de los tres subtenientes giró un proyectil rebotado con un zumbido casi perezoso. Hawke estaba aferrado a la caja de cervezas, protegiéndola de cualquier posible daño de balas.

Del área del batallón surgieron gritos.

—¿Qué piensan? –preguntó Mellas, con la cabeza que le daba vueltas. Hawke se encogió de hombros y abrió tres latas más de cerveza–. Si se trata de putos zapadores, estarán en busca de los helicópteros. Y aquí no hay ninguno. Pero no recuerdo que los zapadores orquesten ataques con un solo hombre.

Los tres se levantaron hasta quedar sentados para observar la confusión. Blakely corría hacia la fortificación del centro de operaciones, con la cabeza doblada cerca del suelo, gritándoles órdenes a todos. Se esfumó en el interior de la fortificación.

—Oye, Jayhawk –dijo Goodwin.

—Eh…

—¿Qué tipo de medalla crees que esto les valga al Seis y al Tres?

—La Cruz de la Marina –contestó Hawke–, o quizás algo aún mayor –Hawke se llevó las manos a los labios y emitió una pedorreta burlona imitando el llamado de un clarín.

Una figura pequeña se acercó, a gatas, desde atrás de la tienda del cuartel de oficiales solteros. Todos se petrificaron al darse cuentas de que no tenían rifles; las bravuconadas de la cerveza se extinguieron. El hombre, con la espalda hacia ellos, escalaba por la tienda.

Goodwin se movió muy lentamente, indicándoles a Hawke y Mellas que rodaran hacia él. Apuntó a un pasto alto detrás suyo.

La figura continuaba su ascenso por la parte posterior de la tienda.

—Teniente primero Hawke –la figura susurró hacia la tienda–. Teniente primero Jayhawk, soy Pollini, señor.

—Carajo, Jack –gruñó Goodwin.

—Shortround, cretino de mierda –siseó Hawke–. Ven acá.

Pollini se volvió.

—¿Qué hacen en medio de los arbustos? preguntó a gritos. Fue a tientas hasta ellos. Llevaba el AK-47 que Vancouver había traído al volver de aquella expedición de reconocimiento que Mellas había abortado.

—Acá, Pollini –susurró Mellas con fiereza . ¿Dónde carajos crees que estás? ¿En Central Park, cabrón, o dónde? Esconde el culo antes de que alguien te vea.

—Ay, subteniente Mellas, señor –dijo por lo alto. Caminó y se sentó. Hawke le quitó el AK-47; Pollini olía a fábrica de uvas en huelga durante una oleada de calor. Tenía los ojos nublados y se le formaba baba a un lado de la boca.

Mellas estaba furibundo.

—Este numerito puede hacer que termines encerrado durante meses. ¿Qué crees que estás haciendo?

Pollini se rascó la cabeza y luego dijo, brillantemente.

—Metiéndole balas a este lugar.

—¿Por qué, Pollini? –le preguntó Hawke.

—¿No era lo correcto por hacer? –respondió–. ¿No se supone que eso es lo que debe hacer un cagón? –se levantó, zigzagueando bastante–. Ay, aquí tienen, caballeros –buscó entre los bolsillos hasta sacar un cartucho cargado–. Esto es lo que provoca que este pequeño cabroncito se ponga a disparar –se rio.

Goodwin lo jaló hacia el suelo.

De improviso, Pollini rompió a sollozar; era el inicio de un ataque de llanto. Se hizo un ovillo, lloriqueando.

—No quiero ser un cagón, quiero ser un buen marine. Quiero que mi padre esté orgulloso de mí.

—¿Quién dijo que fueras miedoso? –le preguntó Mellas, quien de pronto se sintió incómodo por todas las ocasiones en que se había burlado de él–. Oye, no puedes llorar así –le dijo con ternura–. Pollini, oye, no llores.

Entre sollozos emergió la historia.

Mellas mantuvo una mano sobre su espalda. No sabía qué hacer. Se volvió hacia Hawke.

—Pero ¿por qué te enfadas tanto? ¿Golpear a alguien con un puto cucharón?

—Su padre murió en Corea.

Mellas gruñó.

—¿Qué no es suficiente la mierda de esta guerra? ¿Además debemos involucrarnos con la mierda de Corea? —negó lentamente con la cabeza. ¿Acaso todo aquello tenía que seguir y seguir y seguir?

En cierto momento, Pollini se quedó profundamente dormido. Los tres subtenientes se terminaron la caja de cerveza, mientras veían cómo el área del batallón recobraba su normalidad. Pasado un buen rato después de que se hubiera tranquilizado, Goodwin se echó a Pollini al hombro, Mellas tomó el rifle y, juntos, caminaron hasta la zona de aterrizaje y metieron a Pollini en su cama.

Al día siguiente, Mellas lo relevó del servicio de rancho.

Ese mismo día, el Águila Calva fue lanzada a combate. Pero no sin complicaciones.

El cirujano del batallón, el alférez Maurice Witherspoon Selby, de la marina de Estados Unidos, estaba enfermo y harto del fango, de la falta de hielo, de las condiciones insalubres y de los ataques monótonos de malaria, disentería, tiña, de las mordidas infectadas de sanguijuelas, de las úlceras, de espaldas, piernas y cabezas adoloridas. Estaba especialmente harto del dolor de cabeza del soldado de primera clase Mallory, quien justo había vuelto de una revisión efectuada por el único psiquiatra de la Quinta Unidad de Medicina, en Quang Tri, con una nota que decía que tenía una personalidad pasivo-agresiva y que tendría que aprender a vivir con sus jaquecas. Contaba también con una nota del dentista de la Quinta Unidad, quien le había puesto coronas provisionales y que decía que Mallory estaba en forma para pelear, pero que debería solicitar un puente cuando volviera a Estados Unidos.

—Mira, estoy ocupado —le dijo Selby al enfermero de primera clase Foster—. Dale nada más un poco de Darvon y sácalo de la bahía de enfermos.

—Se ve bastante exasperado, señor.

—Carajo, le he visto su cabezota por enésima vez. Mi formación es de cirujano, no de psiquiatra —Selby se estiró para alcanzar un bote de aspirinas y se tragó cuatro, sin preocuparse por tomar agua—. Ahora dile que la bahía de enfermos abre a las cero nueve cien horas, y déjame trabajar un poco. ¿Me entendiste, Foster?

—Sí, señor –Foster hizo una pausa mientras Selby se sentaba detrás de aquel escritorio rústico, cubriéndose el rostro con las manos–. ¿Señor?

—¿Qué, Foster?

—¿Lo verá a las cero nueve cien horas? No creo que siga aceptando que le demos más Darvon. Está comiéndoselo como si fueran golosinas, de cualquier manera.

—¿Qué quieres que haga, que le sostenga la puta manita? Allá afuera hay mucha gente a la que sí *puedo* curar, y ya me harté de revisarlo. No. No lo veré de nuevo.

—Sí, señor –Foster se dirigió a la entrada de la tienda. Mallory estaba sentado en una banca, con la frente en las manos y el equipo desparramado a sus pies. El chaleco antibalas y la pistola .45 estaban echados encima de la mochila.

—Soldado de primera clase Mallory –dijo Foster.

—Sí.

—Hablé con el alférez Selby y dice que no tiene manera de ayudarlo.

—Eso es lo que todos dicen. ¿Qué pasa aquí, eh?

Foster suspiró.

—Mallory, no sé qué más decirle. Si en Quang Tri no pueden ayudarlo, ciertamente tampoco podemos hacer nada acá nosotros.

—Me duele la puta cabeza.

—Lo sé, Mallory. Lo único que puedo hacer es darle…

—Esas putas pastillas –Mallory se puso de pie, gritando–. No necesito más putas pastillas. Necesito ayuda. Y ese doctor de los cojones está jodiéndome y ya me cansé de él. Ya me cansé, ¿me escuchaste? –comenzó a gimotear–. Ya estoy hasta los cojones.

Selby caminó hasta la pared divisoria.

—Lárguese en este momento de la bahía de enfermos, marine –le ordenó–. Y si no saca su culo por esa puerta en cinco segundos, lo tomaré como desobediencia a una orden directa.

Mallory, visiblemente adolorido, gritó y alcanzó la .45 que tenía a sus pies. La amartilló.

—Me duele la puta cabeza y quiero que me la arregle –le apuntó a Selby hacia el estómago.

Selby retrocedió lentamente.

—Marine, va a tener demasiados problemas por esto –dijo nerviosamente.

—Me duele la cabeza.

Foster se dirigió hacia la puerta. Mallory le apuntó.

—¿Adónde vas?

—Permítame buscar al coronel o a alguien. Quizás haya alguien que pueda ayudarlo. ¿Qué le parece, alférez Selby?

—Sí, claro –contestó él–. Quizá podamos enviarlo a Da Nang. Quizás a Japón. No tenía ni idea de que usted…

—Cállese –le ordenó Mallory–. No tenía ni *idea*. Exacto. No tiene ni *idea* hasta que no tomo una pistola y se la pongo enfrente de su carota. Seguro que usted no tiene ni puta *idea*.

—Mire, voy a escribir una orden ahora mismo para trasladarlo a Da Nang.

—¿Tiene poder para eso?

—Por supuesto que sí. Foster puede mecanografiarla, ¿no es cierto, Foster?

—Sí, señor, es correcto.

—De acuerdo. Comienza a tipear –le ordenó a Foster. Era evidente que se disipaba la furia de Mallory. Selby advirtió que Mallory ya no sabía bien qué hacer con el arma o cómo salir bien librado de esa situación.

Foster insertó en la máquina de escribir tres formatos con papel carbón intercalados y comenzó el golpeteo. Selby estaba de pie, rígido, junto a la mesa de Foster; hacía lo posible por recabar el valor suficiente para fulminar a Mallory con la mirada. Terminó por fingir que leía lo que Foster tecleaba.

El enfermero de tercera clase Milbank volvía de desayunar y silbaba por el estrecho sendero hacia la estación de socorro. Se detuvo un instante cuando Foster gritó:

—La atención a enfermos no comienza antes de las cero nueve cien horas, marine.

—¿Qué? –dijo Milbank. Podía ver a Foster a través de la puerta abierta, y Selby, a su lado, de pie, nervioso.

—Ya conoce las reglas, marine. A las cero nueve cien horas. Tenemos bastante presión aquí. Ahora lárguese.

—Seguro –desconcertado, Milbank se salió del camino. Caminó, en silencio, hasta un lado de la tienda. Había una calma absoluta adentro. Entonces escuchó una voz hostil.

—¿Adónde vas?

—Debo mirar el código correcto para la orden –era la voz de Foster, un poco demasiado lenta y clara–. Está en un libro de aquel lado.

Sigilosamente, Milbank trepó a la pared a un costado de la tienda, que terminaba a un centímetro por encima del suelo. Podía ver las botas descoloridas de un marine de selva y un casco, además de su equipo, que tenía escrito el número de la medevac «M-0941». Los números de las evacuaciones médicas estaban compuestos por la primera letra del apellido y los últimos cuatro de su número de serie. Luego vio la pistola .45 empuñada por una mano negra. M: Mallory. Era aquel malhumorado metralleta hijo de puta con sus dolores de cabeza, de la Compañía Bravo.

Milbank corrió hasta la tienda del comedor y se encontró al sargento de segunda clase Cassidy, que vertía los restos de su desayuno en un basurero.

—Mallory está apuntándoles al Doc Selby y a Foster con una .45 —le dijo—. En la estación de socorro del batallón.

—Ve por el teniente Fitch en este mismo instante —dijo Cassidy. Y corrió hacia la estación de socorro.

Milbank no sabía hacia dónde dirigirse. Vio a Connolly y le gritó.

—Mallory tiene una puta pistola sobre el Doc Selby. Trae en este momento a tu capitán —todos dejaron de comer. Connolly miró la taza de café, cerró los ojos y salió disparado hacia la pista de aterrizaje.

Cassidy llegó a la estación de socorro con Milbank justo detrás suyo.

—Puede verlo a través de la grieta debajo de la tienda —susurró Milbank. Cassidy apenas gruñó. Se tiró en tierra y echó un vistazo a través de la ranura estrecha que se abría entre la pared de la tienda y el suelo. Vio los pantalones camuflados de Mallory y el envés de la pistola.

Caminó con calma alrededor de la tienda y entró por la puerta. Mallory, sorprendido, retrocedió un paso.

—Dame eso, Mallory —dijo Cassidy.

—Repito que me duele la cabeza. Me largo de aquí.

—Dame esa puta pistola o te juro que te la voy a meter por ese raquítico cogote que te cargas, cabrón.

Mallory negó con la cabeza y luego pareció que se colapsaba como un niño que gimotea.

—Me duele.

Cassidy se le acercó, le quitó la pistola y se la arrojó a Selby, quien se cubrió el rostro con las manos en lugar de atraparla. Cayó al piso con un estruendo.

—No funcionan sin cartuchos, alférez Selby, *señor* —dijo Cassidy. Luego miró a Mallory, con las manos en las caderas—. Y tú, más vale que te disculpes con este hombre, o juro que te voy a arrancar la cabeza —de pronto, Cassidy le tiró un puñetazo en el estómago, y lo dobló. Cassidy, tranquilizándose, levantó la pistola .45, se dirigió a la mochila de Mallory, encontró un cartucho y lo emplazó en la cacha. Le apuntó a Mallory.

—Ésta sí está cargada, hijo de puta. Ahora levántate.

—Tengo mis derechos –murmuró Mallory.

—Eso es lo único que te está salvando, pedazo de mierda –dijo Cassidy–. Ahora muévete.

Tras pasar frente a un grupo de marines, Cassidy lo dirigió hasta un contenedor conex vacío, de acero, y casi lo metió a patadas. Justo cuando ajustó el seguro en el pasador de la puerta llegaron Fitch y Pallack a bordo del jeep, que bramaba. El mayor Blakely llegó corriendo desde el centro de operaciones.

—¿Qué coños pasó aquí? –preguntó Fitch.

—Es ese pedazo de mierda, Mallory.

—¿Qué pasó aquí, sargento Cassidy? –preguntó Blakely, jadeante por la carrera.

—Como le informaba al capitán aquí presente, señor, se trata del soldado de primera clase Mallory. Le apuntó al alférez Selby con su .45 en la bahía de enfermos. Por eso lo encerré con todo y culo en este contenedor.

—Supongo que ahí no causará mayor problema –dijo Blakely, con una sonrisa.

Fitch sonrió dubitativo, se retiró la gorra y se arregló el pelo.

—¿Hubo algún herido? –preguntó.

—No, señor –le respondió Cassidy.

—Pues… no podemos dejarlo en el contenedor –dijo Fitch, preguntando a medias.

—Por ahora, dejémoslo ahí –respondió Blakely rápidamente–. Hace bien ver a alguien encerrado después de cometer un crimen por aquí. Además, tengo otra situación que me gustaría tratar con usted.

Fitch se caló la gorra con cuidado.

—Hablaremos de esto más tarde, sargento Cassidy –le dijo. Él y Blakely se alejaron caminando.

Cassidy le aventó la .45 a un marine de la Compañía CGYA que estaba en el grupo de espectadores.

—Schaffran, dispárale a quienquiera que intente rescatar a este hijo de puta. Tan sólo asegúrate que no se muera ahí dentro. No sale de aquí hasta que yo diga –Cassidy se alejó.

—¿Ni siquiera para mear, sargento Cassidy? –le preguntó Schaffran a gritos.

—Hasta que yo diga, idiota.

Schaffran miró la pistola, suspiró, y se sentó frente al contenedor.

Veinte minutos más tarde, a Mellas se le ordenó que pusiera al Águila Calva en alerta. Se trataba de otro equipo de reconocimiento, bajo el código de Alicia Linda. Estaban inmiscuidos en ese momento en una batalla con una unidad del tamaño de una compañía apenas al sur de Matterhorn. Linda Alicia tenía seis marines.

Mellas comunicó las noticias por radio a la cuadrilla de trabajo que se encontraba en la Fuerza Operativa Óscar. Algo profundo se agitó en él cuando vio a los marines correr montaña abajo desde donde habían estado llenando sacos de arena. Con las herramientas para cavar trincheras y las camisas en las manos, los vio surgir en la pista de aterrizaje húmeda y correr hacia su equipo, posiblemente yendo hacia su muerte.

«*Semper Fi*, hermanos», se dijo Mellas a sí mismo, y por primera vez entendió lo que quería decir la palabra «siempre» cuando se la pronuncia conscientemente. Recordó que una noche, en el club universitario donde cenaba, discutió con sus amigos y sus chicas después de bailar. Hablaban acerca de la estupidez de los guerreros y de sus códigos de honor bobos. Se les había pegado, se había reído con todos ellos, pero les ocultó el hecho de que se había unido hacía muchos años a los marines, pues no quería que le adjudicaran a él las características negativas que concedían a los guerreros. Escudados tras su clase y sexo, jamás tendrían que enterarse. De pronto, al ver a los marines cruzar la zona de aterrizaje, Mellas supo que ya no podría volver a compartir el cinismo de aquellas carcajadas. Algo en él había cambiado. Iba a morir gente que amaba para darle sentido y vida a aquello que él siempre había considerado palabras sin sentido en una lengua muerta.

Le bailoteaban las rodillas. Le tembletearon las manos cuando tiró de las correas de la mochila y revisó los resortes en los cartuchos de la munición.

—Asegúrense de que todos tengan las cantimploras llenas –le dijo a cada comandante de pelotón–. Uno nunca sabe cuándo volveremos a tener acceso a agua.

Fracasso caminaba de un lado a otro como fiera enjaulada. Tenía diversas tarjetas cubiertas con plástico en las que había escrito las direcciones para pedir el fuego de la artillería y ataques aéreos.

—No te preocupes por eso, Fracasso –le dijo Mellas–. Cuando necesites artillería, la tendrás. Sólo recuerda que ellos deben saber tres cosas: en dónde estás, en dónde están los gucos y tú tan sólo les dices si se pasaron o se quedaron cortos –Fracasso se rio mientras miraba las tarjetas que había preparado con tanto esmero–. Métetelas al bolsillo si te dan seguridad –le dijo Mellas; sonaba más ducho en combate de lo que realmente se sentía.

Él y Fracasso se volvieron al oír que alguien corría hacia ellos. Era China.

—Encerraron a Mallory en una puñetera caja como si se tratara de no sé qué animal –le gritó a Mellas–. No pueden seguir haciendo mierda de este tipo.

Mellas levantó los brazos con las palmas de las manos hacia China. El gesto lo tranquilizó un poco.

—Le sacó una puta pistola a un pobre doctor de la marina –le dijo Mellas con sequedad–. ¿Qué quieres que haga, que altere las reglas para complacerte?

—No pueden encerrarlo en una caja como si fuera un puto animal. Ésas son las puñeteras *reglas*.

—China, en este momento no hay tiempo para discutir esto. Hay gente en la selva atrapada en un sándwich de mierda. Mallory puede esperar, carajo.

—Pero la pistola estaba sin cartucho.

Esto era información nueva para Mellas.

—¿Qué? ¿Estás seguro?

—Sí, señor. Uno de los calamares me lo contó, y hace sentido. Conozco a Mallory. Es incapaz de dispararle a nadie.

Mellas no sabía si creerle o no. Incluso si le creyera, ¿qué podría hacer al respecto?

—Si no me cree, al menos convoque a esos hijos de puta que le ayudaron a Cassidy a meterlo en la caja –chilló China.

A Mellas se le apelmazaron los pensamientos en la cabeza. Quizá la alerta no era para marcharse. Anteriormente se les había detenido. La compañía estaba formada por equipos para helis. Goodwin caminaba despacio a lo largo de la línea de su pelotón, bromeando, a la ligera. Kendall estaba sentado y tenso junto a Genoa, su operador de radio, y miraba fijamente las montañas más allá de la pista de aterrizaje. Vio a Bass que revisaba su equipo, señal indefectible de que todos los demás estaban ya listos.

—De acuerdo, China –le dijo Mellas–. Veré si puedo poner a Jayhawk en esto. Más te vale que estés diciendo la verdad, carajo –levantó el auricular del radio–. Quiero hablar con el personaje Hotel, con el Tres Zulu. Soy Bravo Cinco. Cambio.

Hubo un largo momento de espera. El operador del batallón explicó:

—El Tres dice que el personaje Hotel está ocupado. Cambio.

—¿Le preguntaste a Hotel si él estaba ocupado? –preguntó Mellas–. Cambio.

—Un momento –hubo otra pausa, más breve que la anterior.

Entonces se escuchó la voz del mayor Blakely en el auricular.

—Bravo Cinco, aquí Gran John Tres. Tenemos una alerta de Águila Calva y más le vale que esté alistando a su gente para volar. Cambio.

—Enterado. Bravo Cinco, fuera.

Mellas miró a China.

—Imposible por ahora –le dijo.

—Mierda –respondió China, y se dio la vuelta, con disgusto.

—Mira, China –le dijo Mellas–. Incluso si conseguimos que el teniente Hawke saque a Mallory de ese contenedor, tú mismo sabes que está embarrado de bastante mierda por lo que hizo, aunque la pistola no estuviera cargada –Mellas sabía que quienquiera que enviara en busca de Hawke debía ser alguien de absoluta confianza para que regresara para el lanzamiento. Al mismo tiempo, debía tratarse de alguien en quien China pudiera confiar.

—China –le dijo–, te juro que si no vuelves a tiempo para cuando nos marchemos, te joderé tan cabronamente como jamás lo hayas visto antes. Así que ahora, muévete.

China se marchó a toda velocidad camino arriba. Goodwin y Ridlow vinieron corriendo hasta Mellas.

—¿Qué coños pasa aquí? –gruñó Ridlow al ver que China desaparecía por detrás.

—Mallory le sacó una .45 al cirujano del batallón.

—Eso ya lo sé. Nos dijo Relsnik.

—La pistola no estaba cargada. Envié a China para que le informara a Hawke para intentar sacarlo de ese contenedor.

—¿Contenedor? La puta que lo parió –dijo Ridlow lentamente–. Ese puto negro es incapaz de salir ni de una bolsa de celofán.

—¿Quién coños lo quiere afuera? –preguntó Goodwin.

—Adivina, Scar.

—Ah, mierda –contestó Goodwin–. China es uno de mis mejores metralletas, carajo.

—Va a volver.

—¿Quieres apostar y perder un poco de dinero? –le preguntó Ridlow.

—Va a regresar –lo refutó Mellas. Miró hacia a lo largo del camino. Deseaba poder estar seguro de ello. Vio a Fitch y a Pallack que se acercaban en el jeep. Derrapó en un alto y los dos brincaron fuera.

—Acabo de ver a China huevoneando en el camino –dijo Fitch–. ¿Qué coños pasa aquí? ¿Ya está lista la compañía para partir?

Mellas le aseguró que sí y le explicó lo que China estaba haciendo.

—Le creo –añadió Mellas. Miró los rostros cínicos alrededor suyo.

Fitch titubeó un momento. Se volvió hacia Pallack.

—Ve por China y llévalo a donde sea que quiere ir. Y luego tráelo del culo hasta acá. Necesitamos de estos puñeteros metralletas.

Pallack brincó dentro del jeep y aceleró camino abajo, despidiendo barro y agua detrás suyo.

Fracasso, Goodwin y Kendall estaban acercándose ya a Mellas y a Fitch con los cuadernos listos. Mellas sacó el suyo también. Le sudaban las manos. Dios, por favor haz que se trate de otra falsa alarma. Se sentía en una banda transportadora que lentamente lo trasladaba hasta la orilla de un despeñadero.

Fitch desplegó el mapa sobre el suelo.

—Aquí –dijo, y señaló un punto encerrado en rojo–. Un equipo de reconocimiento, código Alicia Linda, está en este momento con una unidad del ejército de Vietnam del Norte tan grande como una compañía. Scar, tú patrullaste este valle. Tú también, Mellas. ¿Cómo es?

—Espeso como la mierda, Jack.

Mellas asintió, conforme.

—Pasto de elefante y bambú –agregó.

Fitch se chupó los labios.

—Si nos dan la orden de partir, nos vamos en caliente y los enfrentamos por el flanco desde el poniente. Justo aquí –tenía el dedo casi en la línea roja del círculo–. Tendremos apoyo aéreo, pero probablemente habrá que dejar fuera a la arti. Rango extremo.

—La última vez, nosotros fuimos los primeros en entrar –dijo Ridlow.

Fitch lo ignoró.

—¿Qué te parece, Scar? ¿Podemos meter un ave?

—Sí.

—La última vez, nosotros fuimos los primeros en entrar –repitió Ridlow.

—Carajo, Ridlow, ya sé. También sé por qué los puñeteros sargentos de pelotón no asisten generalmente a las reuniones de actuales.

Ridlow sonrió.

—Tan sólo me preocupo por mis hombres.

Todos se rieron y Fitch sonrió.

Mellas miró al retablo de amigos alrededor suyo. Algunos, muy probablemente, estarían muertos en una hora. Fracasso, quien apenas tenía edad suficiente para beber, mostraba su miedo a cabalidad. Anotaba todo lo que podía en su cuaderno, se acuclillaba e incorporaba como resorte, con los dientes de fuera, sonriendo tensamente. Goodwin, el cazador, estaba nervioso, como un atleta antes de la carrera, poseedor de cierta facilidad primitiva para dirigir hombres hacia situaciones en los que la muerte, se sobreentendía, era la moneda de pago. Kendall, preocupadísimo, con la faz pálida y el casco ya calado en la cabeza, dirigía un pelotón que no confiaba en él. Fitch, a sus veintitrés años de edad, ostentaba ya aquel tipo de responsabilidad sobre la cual la mayoría de los hombres tan sólo podía debatir. Estaba por conducir a combate a ciento noventa chicos, y sus decisiones determinarían cuántos volverían. Los chicos: soñaban con su D&R, o recordaban el D&R del que apenas habían vuelto; algunos saboreaban el recuerdo de una piel morena suave presionada contra las suyas propias, otros pensaban en esposas que habían dejado en aeropuertos antisépticos. Y Mellas: en menos de una hora podría ya no haber más Mellas.

La radio chisporroteó, cobrando vida.

—Adelante, señor —dijo Kelsnik gravemente.

Todos se miraron unos a otros.

Capítulo XIII

LOS CHICOS SE FORMARON EN SILENCIO A UNA ORILLA DE LA PISTA para esperar a los helicópteros. Otros marines se detuvieron para observarlos. Aunque deseaban lanzarles alguna palabra de ánimo, no se atrevían a hacerlo, para no irrumpir en su mundo privado, ese mundo que ya no compartían con la gente común y corriente. Algunos de ellos experimentaban la última hora de aquel efímero misterio llamado vida.

Pallack frenó el jeep con un derrapón, y él y China saltaron en pos de sus mochilas y armas. Luego trotaron pesadamente hasta donde aguardaba la compañía.

China, con la ametralladora al hombro, fue hasta Mellas.

—Jayhawk dijo que hará las cosas lo mejor que pueda. Que si la pistola no estaba cargada, lo dejará libre.

A Mellas realmente no le importaba.

—Bien –contestó. Intentaba calcular desde qué lado les convendría atacar a la compañía enemiga, y si tenían en realidad alternativas, al desconocer las condiciones del viento.

—Señor –dijo China–. El teniente primero Hawke me pidió que le dijera algo más –China se detuvo.

—Pues, ¿de qué coños se trata?

—Me pidió, señor, que me asegurara de decirle dos cosas. Que usted debe resolver sus propios puñeteros problemas y no echárselos a alguien más –hizo una pausa. Mellas mantuvo los labios apretados–. Y que más le vale volver acá cuando termine el mierdero con su culo íntegro para que pueda pateárselo –Mellas rompió en carcajadas de alivio.

China resopló. Mellas advirtió entonces que le faltaba la pistola con la que cargan todos los metralletas por protección.

—China, ¿dónde coños está tu .45?

—Me la robaron, señor.

Mellas y China se miraron por un momento.

—Carajo, China, ¿por qué habrías de mentirme ahora? –dijo Mellas con tristeza. Había escuchado ya rumores de que los negros enviaban partes a Estados Unidos. Sacó su propia pistola, incluida la funda y se la arrojó a China. Él la miró y la fijó con las correas. Se dio la vuelta sin decir nada.

El sargento Ridlow, quien justo había regresado después de terminar una última revisión a su pelotón –tensó correas sueltas, dio, con sequedad, alguna palabra de ánimo–, había atestiguado la última parte de la conversación con China.

—No es ningún miedoso –dijo Mellas al ver cómo China revisaba su ametralladora.

—Ninguno de ellos lo es, subteniente –replicó Ridlow.

Mellas recorrió con la mirada las filas de los equipos para helis; se sintió separado de su antiguo pelotón al ver cómo Bass y Fracasso se aseguraban de que todo estuviera listo. Apenas pocos días antes, él había sido su comandante de pelotón, los había sacado de Sky Cap. La guerra se mofaba de su antigua concepción del tiempo. Miró el cielo plomizo para buscar alguna señal de los helicópteros. En su memoria onduló el rostro de Anne. Sabía que ella no quería volverlo a ver jamás, pero aquí se hacía presente, quizá la última cosa buena que pasaría por su mente.

—¡Ahí vienen! –gritó alguien.

En el cielo, como suspendidos, había puntitos negros. La visión le ocasionó a Mellas un temor enfermizo y tembloroso, que sintió en las tripas. Las rodillas querían colapsársele y su cuerpo deseaba salir corriendo. Conforme se aproximaban desde el sur, los puntos oscuros se descascaraban y se convertían en birrotores CH-46 perfectamente alineados para aterrizar. Mellas anhelaba que se estrellaran, que se precipitaran al vacío desde aquella altura. Venían para matarlo. Sin razón alguna. Y él subiría a bordo. Sintió, de nuevo, que la banda deslizadora lo transportaba hacia el abismo.

El primer helicóptero se apoyó sobre las ruedas traseras. Kendall y el primer equipo para heli trotaron sobre el fango y desaparecieron en el interior de la puerta trasera. Otro helicóptero más dejó azotar la rampa y otro de los equipos para heli del pelotón de Kendall corrió para abordarlo. Luego llegó un tercero, y luego un cuarto, y conforme venían, los chicos desaparecían. Hasta que no quedó ningún otro equipo para heli excepto el de Mellas y otro más. Y ahí estaba Mellas corriendo, con el peso de la mochila que le azotaba la espalda. Sumió la cabeza al llegar bajo los rotores, pasó pesadamente frente al jefe de la tripulación y se instaló sobre la cubierta metálica. Estaba aún fría debido a la altitud.

El heli se estremecía con un poder que aumentaba y levantó el vuelo torpemente. Aquel momento de falsa seguridad, de esperar en la pista de aterrizaje, se había esfumado para siempre.

El círculo rojo del mapa de Fitch se encontraba a unos 35 kilómetros al noreste. Mellas miró cómo se perdían, a su paso, El Peñón y Jabalí, dos altas formaciones rocosas que dominaban el paisaje alrededor de la BAA Vandegrift. No dejaba de leer la brújula para mantener la orientación. Se preguntaba qué pasaría si simplemente se rehusaba a bajar del helicóptero. Lo volarían a Quang Tri. Lo juzgarían y condenarían. Pero estaría vivo. Le preocupaba ansiosamente saber si la zona de aterrizaje ardería en fuego de combate o no.

El heli se ladeó. Mellas se puso de rodillas para resistir la fuerza centrí fuga del giro y la cubierta inclinada. Se encontró con uno de los ojos de buey y sacó la cabeza, entrecerrando los ojos contra el viento, para entender por qué el piloto daba vueltas tan violentas. El metralleta a estribor colgaba en el aire, con el arma calibre .50 apuntando hacia abajo. El jefe de tripulación estaba a babor, con otra ametralladora, estirando el cuello para ver, pero tan inclinado sobre la línea del horizonte que no podía hacer daño alguno. El ave se enderezó de pronto y procedió a un descenso tremendamente veloz. El rugido aumentó. Luego, Mellas escuchó el latigueo de las balas que cortaban el aire. Abrió fuego la ametralladora calibre .50 de estribor. Luego, el metralleta cayó hacia atrás, con el plástico del casco hecho añicos y el rostro destrozado. Se desplomó sobre el suelo, con la garganta enredada en el cable de su intercomunicador.

Todos, Mellas incluido, querían salir de ese helicóptero.

El ave pegó en tierra y se azotó la rampa contra el suelo. Los marines se precipitaron hacia fuera. Pero el piloto sufrió un ataque de pánico y despegó antes de que hubieran bajado todos. Cuando Mellas llegó a la salida, estaban ya a casi dos metros del suelo y ganando velocidad. Le gritó al jefe de la tripulación:

—¡Mantén esta mierda en el suelo, carajo, mantén el ave en el suelo! –cayó al vacío y azotó con fuerza. Detrás suyo, el ave mantuvo su rugido, cada vez a mayor altura. El último chico lo miró, con ansiedad, tragó saliva y se arrojó para unirse a los suyos. Él y la mochila, que pesaba casi 45 kilos, cayeron con un repugnante golpe seco. Mellas vio cómo se le salió el hueso de la pierna y le atravesó el pantalón. El grito del chico se escuchó por encima de los rugidos del fuego de rifles y ametralladoras.

Mellas gritó hacia arriba.

—Imbécil, imbécil de mierda –levantó el rifle para dispararle al helicóptero que desaparecía, pero cierta fuerza interna le congeló el dedo antes de jalar el gatillo. Prefirió correr hacia el chico herido, pedía a gritos un enfermero, y tiró de él y de su equipo hacia fuera de la zona de aterrizaje. Otro marine vino en su auxilio y juntos jalaron al chico, que se retorcía, hasta la relativa seguridad que proveía un poco de pasto de elefante. Lo dejaron y corrieron al frente, para reincorporarse al pelotón que avanzaba y que Goodwin había desplegado ya en línea. Lo movía por escuadras en tirones veloces hacia el enemigo.

Cesó el fuego. Dos Huey de ataque, que habían arrojado fuego de ametralladora justo hacia el norte de donde estaban, dieron una vuelta y pasaron rugiendo sobre ellos. Hubo un par de tiros de M-16 inconexos. Hizo fuego un lanzagranadas M-79. Luego otra irrupción aleatoria de fuego. Y silencio, interrumpido por gritos ocasionales. Mellas corrió detrás del pelotón de Goodwin, y, encorvado, buscaba abrirse paso en medio del espeso pasto de elefante. Todos se habían detenido; esperaban, sudaban, aceraban. Mellas vio a Goodwin venir en dirección opuesta. Hubo un estallido de M-16, pero nadie respondió.

—Acá atrás está todo bien, Scar –le informó Mellas–. Un Oley con una pierna rota –Mellas había pasado automáticamente a los códigos del radio.

—Fitch nos detuvo –dijo Goodwin–. Creo que esos cabroncitos se didiaron.

Se había acabado.

Mellas no dejó de trotar a lo largo de la fila de la compañía. Todos estaban tensamente tirados sobre el suelo, con los M-16 y las ametralladoras apuntando hacia delante. Al llegar al extremo izquierdo de la línea, se encontró con su antiguo pelotón. Le sonrieron. Pasó hecho una ráfaga. Chadwick estaba tendido de espaldas con sangre en el pecho. Le levantó un pulgar a Mellas y gruñó, consciente de que iba ya camino a casa. Mellas lo dejó atrás. Llegó hasta el Doc Fredrickson, quien atendía a un chico nuevo al que Mellas nunca antes había visto. No dejó de correr. Llegó entonces a donde estaba Fitch, al radio.

—Se retiraron. Cambio. No, no sé hacia dónde, Stevens, la puta que lo parió. No se ve un carajo. Cambio. Al norte. Entiendo. Sería suicida cazarlos en medio de esta mierda. Cambio. No están *corriendo*, carajo, se están *retirando*. Estarán tendidos sobre el suelo y nosotros de pie. Nos van a acabar.

Se hizo una pausa. Mellas escuchó otra voz en el radio pero era incapaz de entender lo que decía. Entonces dijo Fitch:

—La prioridad de mi misión es sacar, con toda seguridad, a ese equipo, y medevaquear a nuestros heridos. No podemos cazarlos, señor, si tenemos que cargar cuerpos a cuestas. Cambio. Sí, señor, sí. Bravo Seis, fuera —se volvió hacia Daniels—. ¿Todavía los tienes disparando? —Daniels estaba al auricular y tan sólo asintió—. Debemos rodearlos, Mellas —dijo Fitch—. El equipo de reconocimiento tiene cinco Oleys. Cinco de seis, y el otro es un Coors. Voy a pedirle a Scar que vaya por ellos. Vamos a sacarlos de aquí. Gran John Seis está delirando. ¿Qué tal todo por allá?

—Bien. No vi Coors, tan sólo un par de Oleys graves.

Fitch resopló, aliviado.

Mellas estableció a la compañía alrededor de la zona de aterrizaje y, de inmediato, se pusieron a cavar fosos. Goodwin tomó dos escuadras y alcanzó al equipo de reconocimiento en diez minutos. Tardaron veinte más en volver a la zona. Batallaban bajo el peso de un muerto y de un chico al que le habían atravesado las dos rodillas a balazos. El resto del equipo era capaz de caminar por sí mismos. El líder, un teniente grandote, tenía metralla de granada en la pierna derecha. Se acercó a Fitch y Mellas.

—Gracias —les dijo—. Pensaba que era mi despedida.

—Está bien —contestó Fitch—. ¿Qué coños les pasó?

—Fue mi culpa —dijo al tiempo que soltaba un suspiro largo y palpitante. Comenzó a temblar al aliviarse de la presión.

—¿Un cigarro?

El subteniente negó con la cabeza.

—Acá arriba —apuntó hacia Matterhorn. La base emergía por encima del valle y la cima estaba cubierta por nubes—. Hace dos noches advertí cierto movimiento. Pensé que podría acercarme para ver de qué se trataba.

—¡Tubo! ¡Tubo! ¡Entrando! —el grito resonó entre el círculo. La gente corría para buscar resguardo.

—La puta que lo parió —se quejó Fitch. Se tiraron al suelo, pues ninguno de los tres había tenido tiempo para cavar un foso.

Seis explosiones, casi simultáneas, cimbraron el área apenas afuera del perímetro.

—Están allá arriba —dijo el subteniente—. Vi dos ametralladoras. Están parapetados en aquella montaña, hacia la derecha. Hay un helicóptero quemado ahí. Con todas esas ametralladoras pesadas, calculo que allá arriba tienen una compañía. Quería revisar la otra montaña pero…

—¡Entrando! —gritó alguien.

Mellas cavaba furiosamente. Seis explosiones más se colaron al interior del perímetro. Los artilleros del EVN habían encontrado el rango. Ya no le cabía ninguna duda de que se trataba de una compañía. Una unidad de menor tamaño no podría jorobar la munición del mortero.

—Daniels, ¡que no haya un alto al fuego, carajo! –gritó Fitch–. Nos localizaron ya –Fitch cambió de inmediato a los dos helicópteros de ataque que circunvolaban y los dirigió a que vieran si podían encontrar los morteros.

—No podemos continuar el fuego si tenemos a los helis de camino hacia allá –gritó Daniels con frustración–. Y la velocidad de disparo será lenta debido a la distancia. Derretirían los cañones si dispararan demasiado rápido con cargas máximas.

—Me importan un pito los putos cañones. Continúa con el fuego.

Todos cavaban, maldecían, arañaban la tierra. Seis explosiones más. Alguien gritó.

Mellas excavaba. Al mismo tiempo, contaba el tiempo de las repeticiones. Al fin calculó que se trataba de dos morteros echando tres tiros cada uno, o quizás, incluso, eran tres disparando dos veces. Cavó lo suficiente como para tenderse a lo largo y hundió el rostro en tierra; se sentía desnudo y expuesto.

—¡Ahí vienen las aves!

Dos helicópteros Huey para evacuaciones médicas se aproximaron desde el sur disparando por encima de sus cabezas. Un hombre-CAA arrojó una granada de humo verde mientras se desplazaba con el radio a cuestas y hablaba con el ave líder, que se meció hacia arriba, para ganar distancia respecto del suelo, y dio luego una vuelta para regresar hacia la zona. Al norte, amortiguado por la distancia, se escuchaba el rugido gutural y grave de uno de los dos helicópteros de ataque que Fitch había enviado hacia Matterhorn.

El teniente grandote cruzó, con una cojera, la zona de aterrizaje. El heli líder cayó fuerte contra el suelo. Algunos marines subieron a los heridos. El teniente esperó al segundo helicóptero, ayudó a más heridos a abordar, arrojó al muerto adentro y trepó sobre los patines. Apenas despegaba, con la nariz inclinada hacia abajo en tanto ganaba velocidad, cuando estallaron seis tiros más de mortero. Las explosiones impidieron mantener contacto visual con el helicóptero. Se abrió paso entre el humo y se elevó al aire por un extremo de la zona.

—Larguémonos de esta mierda –dijo Fitch–. Carajo, Daniels, necesitamos humo.

Daniels sabía que no podía contrarrestar los morteros. Su única esperanza era levantar una cortina de humo entre la compañía y la cordillera hacia el norte. Sin embargo, los proyectiles no lograban dar en el punto que los había requerido. Al estar Eiger vacía, se veía obligado a echar mano de los obuses de 203 milímetros emplazados en Sherpa, pero estaban justo en el rango de alcance. A tal distancia, los proyectiles quedaban a merced del viento y de los diferenciales de temperatura, que tendría que conjeturar. Esperaba que al menos sirvieran de algo. Miró, preocupado, las nubes que cubrían las partes altas de las crestas.

La Compañía Bravo se descompuso en tres columnas y buscó protección en el interior de la selva. Antes de alcanzar cobijo bajo los árboles, un último proyectil del ejército de Vietnam del Norte alcanzó la cola del pelotón de Kendall, con lo que resultaron heridos dos marines más, pero no se trataba de evacuaciones médicas urgentes, así que los pudieron cargar. La compañía había evacuado ya a seis chicos, ninguno de los cuales estaba muerto, y había rescatado a Alicia Linda, el equipo de reconocimiento. Si conseguían sacar a estos dos a la mañana siguiente no habrían tenido pérdidas. Todos se sentían orgullosos. Exhaustos, pero curiosamente contentos, cavaron, sintiéndose protegidos por el espesor de la selva. En la mañana volarían fuera de ahí. Misión cumplida.

También el coronel Simpson se sentía orgulloso y ruborizado por el éxito.

—Sabía que esos hijos de puta estarían por ahí —no dejaba de pavonearse. Él y Blakely acababan de volver al centro de operaciones de combate, provenientes de las reuniones del regimiento, donde se les había felicitado calurosa y copiosamente. Alcanzó el auricular para llamar de nuevo a la Compañía Bravo.

Hawke escuchó la voz de Relsnik brotar del altoparlante que les permitía a todos los presentes seguir la conversación en el centro de operaciones. Hawke se imaginó a Fitch con los ojos en blanco. Al menos era ésta la quinta ocasión en que el coronel pedía hablar con él desde el combate.

Hawke continuó localizando observadores aéreos y sensores de observación. No le gustaba nada el conjunto. Demasiada actividad, justo donde el coronel quería, justo donde se localizaba la Compañía Bravo.

—¿Dice que los puede ver? Cambio —preguntó Simpson.

—Enviamos a nuestro Óscar Alfa a lo alto de un árbol para abrir fuego y dice que están en el Cerro del Helicóptero cavando trincheras. Matterhorn está cubierto por nubes. No podemos ver, en absoluto, nada ahí —hubo una pequeña pausa, que rellenó la estática—. Alicia Linda dice que, probablemente, estén bien atrincherados en nuestras antiguas fortificaciones en Matterhorn. Cambio.

Hawke esperó una reacción por parte de Blakely o de Simpson ante la aseveración de Fitch. Ninguno de los dos mostró reacción alguna.

—Dividieron sus fuerzas –Simpson se volvió, enjundiosamente, hacia Blakely–. Creo que debemos explotar esta situación.

Blakely levantó el auricular.

—Bravo Seis, aquí Gran John Tres. ¿De qué tamaño estima al enemigo? Cambio.

—Como dije antes, el Óscar de Alicia Linda me dijo que piensa que quizá se trate de una compañía. En el Cerro del Helicóptero sólo podemos ver a unos cincuenta, pero en Matterhorn deben tener, por lo menos, al doble, para cubrir el perímetro. Además, los tiros de mortero vienen de seis en seis. Cambio.

—¿A cuántos *ve*, Bravo Seis? –contestó Blakely–. No a cuántos se imagina. Cambio.

—Cincuenta –respondió Fitch secamente. Le tecla del auricular se apagó y luego se reactivó. Su voz sonó bajo control y sin entonación–. Señor, uno de mis Óscares patrulló mucho por esta zona y dice que tenemos una Zulu Alfa bastante buena, respecto del Parque Comiskey, a dos punto dos hacia arriba y uno punto siete a la izquierda –para decirles la localización de una zona de aterrizaje, ZA, Fitch echaba mano del código de brevedad acordado para ese día–. Podemos jorobar hasta allá, está justo debajo de la línea de nubes, y salir sin exponer demasiado las naves al fuego de los morteros de Matterhorn o del Cerro del Helicóptero. Cambio.

—Espere, Bravo Seis –Blakely se volvió hacia Simpson–. ¿Los sacamos de ahí, señor?

—Carajo, claro que no. No si tienen a los gucos con las colas entre las patas y si tengo a tres compañías a punto de vencerlos.

Hawke dejó de poner marcas sobre el mapa.

—Bravo Seis, habla Gran John Tres. Espere otro poco. Quiero que aguarde en su posición actual hasta que reciba una orden frag nuestra. ¿Me escuchó? Cambio.

—Sí, enterado, Gran John Tres. Bravo Seis, fuera.

Blakely caminó bruscamente hacia el mapa, seguido por Simpson. Se quedaron mirándolo, conscientes de que todos tenían los ojos puestos en ellos.

—Tenemos a una unidad ya conocida del tamaño de un pelotón, quizás aún más grande –dijo Blakely–. Una compañía fresca de marines que conoce el territorio enemigo como la palma de su mano. Y casi todo un batallón en reserva, carajo.

—Sabía que esos cabrones estarían ahí –dijo Simpson–. Pero nadie me presta atención. Le ordenaré a la Compañía Bravo que ataque. Voy en este momento a confirmarlo con Mulvaney. Estoy seguro de que está tragándose sus propias palabras –Simpson se rio, trastornado por la emoción y el éxito.

Blakely reconocía en ello una oportunidad. Sabía que tendría poco tiempo antes de que el enemigo se reconstituyera sobre los dos cerros, pero sabía también que Fitch no podría dejar a los heridos sin protección, y que ello debilitaría su fuerza de ataque. Si allá arriba había una compañía, como sospechaba Fitch, sería tonto atacar. No podrían sorprender, carecían de superioridad local y de auténtico poder de ataque, pues todas las baterías de la artillería se habían retirado a causa de la operación en Cam Lo. Les llevaría tiempo trasladar un par de baterías, y esto dejaría, por supuesto, a los otros batallones con menor apoyo, y nada de todo ello será posible a menos que Mulvaney aceptara.

Por otro lado, era la primera vez en los últimos meses que lograban ubicar a una unidad de tamaño considerable. Si pudiera mantener a Simpson bajo control, podrían causar daño serio. Mientras tanto tendrían que retener fijos a los nagolios. Habría que echar mano del batallón, para lo que se necesitaba el visto bueno de Mulvaney. Eso no sería del todo fácil. Se le había criticado por ser demasiado agresivo, y su necedad a propósito de la operación en Cam Lo no le había redituado en puntos positivos de cara al jefe.

Pero también se había criticado a otros por no haber sido lo suficientemente agresivos, lo cual era aún mucho peor. El registro mostraba una unidad de cincuenta en el Cerro del Helicóptero. Blakely había aprendido que los oficiales jóvenes tendían a sobreestimar el tamaño de las fuerzas enemigas a las que debían combatir, así que probablemente se tratara de unos treinta gucos. Pero estaban cavando, poseían, sin lugar a dudas, morteros y quizá también ametralladoras. Treinta en el Cerro del Helicóptero significaba, por lo menos, setenta u ochenta en Matterhorn. Sin embargo, una compañía descansada de marines, que contara con apoyo aéreo, podría encargarse de ellos fácilmente. Asomó a su mente la idea vaga de que sería difícil el apoyo con aeronaves de alas fijas dada la presencia de las nubes del monzón; pero la reprimió rápidamente con la otra idea de que los helicópteros de combate podrían entrar en acción. Después de todo, ya habían operado ese mismo día.

357

Era obvio que no les hacía falta la puñetera montaña. Ellos mismos la habían incluso abandonado. Pero Blakely sabía que la pelea ya no era por posesiones de terreno; era cuestión de desgaste. De contar cadáveres. Ésa era la labor, y él la llevaría a cabo. Si allá arriba había una compañía, un batallón no debería estar lejos. Y si lograba mantenerlos fijos echando mano de las tres compañías de tiradores y algunas otras que Mulvaney pudiera obtener, tendrían entonces un día de combate. Podrían traer los B-52 desde Guam, que volaban bien por encima de las nubes monzónicas, y rociarían a esos cabrones, sin importar si lograban establecer contacto visual con ellos o no. Al final habría algo tangible que reportar en lugar de ese goteo encabronante de muertitos y bajas en el que estaban estancados desde hacía semanas.

Blakely calculó la capacidad con la que disponía para levantar tropas y las posiciones de la artillería. Estaban demasiado adentrados en tierra como para recibir apoyo naval, ni siquiera del acorazado *New Jersey* y de sus enormes cañones de 40 centímetros. Llevaría tiempo mover la artillería para compensar el apoyo aéreo insuficiente, pero podrían lograrlo. Eso significaba que tendrían que mantener a los nagolios en su posición mientras ellos desplazaban a la artillería alrededor... en caso de que lograra convencer a Mulvaney.

Regresó al momento presente, en el centro de operaciones de combate, consciente de que Simpson estaba listo para actuar, pero sin más.

—Señor, antes de que nos reunamos con Mulvaney, quizá valdría la pena tener esbozado un plan de acción –sugirió Blakely–. Podríamos involucrar a muchas más partes además del batallón, si sus sospechas a propósito de los gucos resultan ser correctas.

—Por Dios, claro, tiene razón.

Los dos salieron del centro de operaciones hacia la tienda de Simpson. Él buscó una botella de bourbon Wild Turkey y se sirvió un trago.

—Esto podría desembocar en algo verdaderamente grande –dijo, con una sonrisa para ocultar su nerviosismo. Sacó un vaso para Blakely, pero él se rehusó. Simpson se sintió súbitamente avergonzado. Ni siquiera había pensado realmente en beber, tan sólo era algo natural ofrecerle un trago a alguien. Pero ahora no sabía si debía beber el trago que se había servido o no. Por Dios, no podía ponerse a beber, especialmente si una compañía acababa de enfrentarse al enemigo y estaban a punto de salir a atacarlos. Guardó la botella, miró el vaso lleno sobre la mesa, lo ignoró, y se acercó al mapa–. Tendremos que acercar algunas baterías de artillería, si resulta que se trata de una fuerza considerable –dijo, en un intento por recuperar el mando de la situación. Se sentía tan idiota.

—Señor –le dijo Blakely–, ¿calcula usted que Mulvaney le dará la oportunidad de emplear al batallón para recuperar Matterhorn?

—¿A qué se refiere? ¿A que considera que pueda ignorarnos?

—Si actuamos correctamente, no –Blakely se acercó al mapa–. Mire, señor. Matterhorn está apenas en el límite del área que protege nuestra artillería, como usted señaló, pero los gucos pueden alcanzarlo muy cómodamente desde Co Roc o desde cualquier punto en Laos. Y no podemos atacar su artillería sin el visto bueno de los políticos.

—Eso no representa ningún problema –dijo Simpson–. Lo conseguiremos. Responderemos al ataque para ayudar a una de nuestras unidades de este lado de la frontera.

—La aprobación no es el problema, señor contestó Blakely–. Es el proceso. Para la aprobación necesitamos enviar, antes de que nos resulte necesario, todos los argumentos a favor –hizo una pausa–. O, en el momento en que queramos atacar, tendremos que darles un buen argumento de por qué lo necesitamos.

Simpson se acercó al vaso y apuró el whisky. «Esta puñetera mierda de la política», pensó. «*Carajo*, sí que jodía bastante.» No estaba completamente seguro de lo que acababa de decir Blakely, pero estaba convencido de que no quería solicitarle a la división un plan que implicara mover baterías que fueran a disparar al interior de Laos. «Ya se había rescatado al equipo de reconocimiento, y su líder tan sólo *pensaba* que había una compañía merodeando por las cercanías. No sería suficiente. El argumento parecería tonto y no procedería. *Carajo*, esos puñeteros políticos.» Sabía que los putos gucos estaban justo en lo que había dicho él desde un principio. Y, ahora, no podía hacer nada al respecto. Azotó el vaso vacío contra la superficie de la mesa.

—¡La puta que lo parió! –dijo–. Tendremos que volarlos de regreso a casa, ¿no? –miró a Blakely pero él no daba señales ni de consternación ni de enfado–. ¿O qué piensa? –le preguntó, observando a su oficial de operaciones con ojos entrecerrados.

—Como le dije, señor, cuando queramos atacar, habrá que darles una razón acerca de por qué lo necesitamos.

—Continúe.

—Mulvaney es un viejo cascarrabias. No es sino un comandante de pelotón con sobrepeso con pájaros en los hombros. Ante cualquier excusa, daría brincos por tener la oportunidad de entrar y de sobresalir. Pero no está en condiciones de proponerle ningún plan mayor a la división. Usted mismo conoce el barril de agua fresca tan bien como yo. Allá arriba no es tan popular. Por otro lado, nuestro trabajo consiste en matar gucos. Si permitimos que se nos escurra una oportunidad como ésta, pareceríamos bastante cobardes. Usted tiene el control táctico absoluto. No hace falta que hable con nadie para hacer algo que no involucre fuerzas sobre las que no tiene mando o para joder esta misión en curso. Su registro indica que hay cincuenta gucos. Tiene una compañía fresca y, de cualquier manera, bien sabe usted que Fitch debe estar sobreestimando ese número. Deberán ser unos veinticinco o treinta. Según el registro, usted tiene una superioridad numérica de tres a uno, y quizás incluso de cinco a uno. Tenemos todo lo que hace falta para derrotarlos. ¿Y si, teniendo a la compañía en acción, nos damos cuenta de que son más? *Entonces* sí tendrá una historia que contarle a Mulvaney.

Simpson caminaba de un lado a otro, asentía nerviosamente mientras escuchaba a Blakely.

—Sí, carajo, sí lo entiendo –repetía sin cesar.

—Yo opino que echemos mano ahora mismo de Bravo, una perfecta explotación del éxito de esta tarde. Si hay gucos allá arriba, como usted le ha venido diciendo a todo el mundo, saldremos de dudas cuando Bravo ataque el Cerro del Helicóptero. Si las cosas se ponen difíciles, haremos que vuelvan a la zona de aterrizaje que nos mencionó Fitch y los sacamos.

Simpson se detuvo para mirar el mapa.

—Si esperamos en las cercanías –continuó Blakely–, terminaremos por presenciar cómo se nos escurren los nagolios a través de la frontera. Y usted nunca podrá probar nada. Utilice a Bravo y demuéstreles que usted tenía razón. Entonces, Mulvaney le permitirá echar mano de todo el batallón para apoyarlos. Lo que Mulvaney necesita para mover su culo es que Bravo entre en combate: un montón de gruñones peleando de puta madre y otro montón de gruñones ansiosos por entrar a ayudarlos. De lo contrario, se inclinará por retirarse, preocupado como está por patrullar sus putas bases de ataque. Él sigue en Corea, sigue preocupado por tomar cerros. En esta guerra, lo que cuenta es desgastar al enemigo. Ganar territorio no importa un carajo.

A Simpson lo recorrió el escalofrío que experimentan los hombres que deben tomar decisiones, muy conscientes de que pueden significar la culminación, o la ruina, de sus sueños y de sus ambiciones. Caminaba de arriba abajo. No dejaba de mirar el mapa. Necesitaba un trago pero sabía que no podía beberse otro frente a Blakely.

—Señor, los reportes de los sensores confirman lo que usted ha sospechado todo el tiempo. Su caso es perfecto.

—Carajo, Blakely, déjeme pensar.

Blakely guardó silencio.

Después de unos tres minutos en los que Simpson estuvo agachado, con los nudillos sobre la mesa de madera de triplay, levantó la mirada hacia Blakely.

—De acuerdo, por Dios. Adelante –le brillaban los ojos por la emoción. Entonces sí se estiró para tomar el vaso.

Tras haber decidido el ataque, Blakely y Simpson se preocuparon, pues podría ser demasiado precipitado enviar a Bravo de inmediato. Requerirían un pelotón para llevar a los heridos a una zona de aterrizaje segura. Esto implicaría un ataque con tan sólo dos pelotones, lo que se vería mal en caso de que fracasaran. Podrían también, por supuesto, correr el riesgo de cuidar a los heridos con una sola escuadra, pero si la derrotaban, y se enteraban a través de Alicia Linda de que había habido una compañía cerca, eso sí sería difícil de explicar. Si intentaban evacuar a los heridos, corrían el riesgo de perder un helicóptero, y aquello tampoco daría buena impresión. Los dos sabían que los movimientos atrevidos estaban bien si se trataba de Stonewall Jackson* o de George Patton, pero ésta era una guerra diferente. Aquí se jugaba a lo seguro.

La primera orden frag le indicaba a Fitch que enviara a la zona de aterrizaje un pelotón con los heridos. Fitch envió a Mellas y a Fracasso, quien estaba nervioso por estar en una zona caliente en su primer día como comandante. Mellas jorobaba en la cola junto con Bass y bromeaba, feliz de estar de nuevo con su antiguo pelotón. Estaba satisfecho de ver cómo Fracasso había guiado al pelotón hasta la zona de aterrizaje, cómo había ejecutado las evacuaciones médicas y cómo había llevado al pelotón de regreso por una ruta diferente para unirse al resto de la compañía, que estaba ya en una posición cercana al promontorio. Ahí, Fitch había emplazado a la compañía sobre una pequeña elevación del terreno, metido en la selva medio centenar de metros para buscar protección. La selva colindaba con un amplio terreno en el valle, cubierto por pasto de elefante, justo bajo el piedemonte de Matterhorn.

Todo esto los ocupó hasta el anochecer, con lo que le dieron al ejército

* Uno de los héroes de la guerra civil en Estados Unidos.

de Vietnam del Norte suficiente tiempo para atrincherarse en el Cerro del Helicóptero.

La segunda orden frag llegó con el ocaso. Mucho antes de que Relsnik pudiera terminar de decodificarla, era ya evidente que se ordenaba un ataque.

Goodwin caminó tranquilamente hasta el grupo de comandantes. Comía una lata de espagueti con albóndigas, que había mezclado con un paquete de polvo de limonada de la marca Wyler's.

—¿Qué pasa, Jack? –le preguntó a Fitch.

—Tenemos que recuperar la montaña al despuntar el alba.

—¿Matterhorn?

—No, el Cerro del Helicóptero.

Goodwin silbó.

—Como en las películas –dijo.

—Eso esperemos –contestó Fitch mientras desplegaba el mapa.

Al ver Matterhorn y el Cerro del Helicóptero desde la posición de ataque, Mellas se preguntaba cómo era posible que hubiera estado tan asustado mientras lo había defendido. Había empinados brazos de montaña que conducían hasta la cima, divididos por barrancos profundos cubiertos por el espesor de la selva. Para mantenerse en contacto conforme avanzaran, tendrían que moverse en una única fila. Pero mover a toda una compañía de esa manera implicaría horas, con lo que se expondrían a ataques de mortero y a un posible movimiento por los flancos. Un ataque desde el poniente, desde el norte o desde el sur los expondría al fuego automático proveniente de las fortificaciones en Matterhorn. Atacar desde el oriente significaría canalizar la embestida en un frente estrecho, perfecto para el fuego defensivo de las ametralladoras y los morteros. Luego estaba el problema del apoyo. Tendrían que depender del aéreo.

Se pergeñó un plan. Se propuso un segundo y luego un tercero. Oscurecía. Se apiñaron alrededor del mapa con las linternas rojas. Todos los planes tenían su talón de Aquiles. Después de tres horas de debatir, se dieron cuenta finalmente de que no había plan perfecto. Habría muertos.

Mellas se sentó con la cabeza en las manos, restregándose los ojos, deseando fervientemente que Hawke estuviera todavía con ellos. Se arrepentía ahora de haberle dicho a Blakely que Hawke quería largarse de entre la maleza y que el batallón lo perdería si él, Blakely, no actuaba rápido: ésta era una parte importante de la razón por la que Hawke no se encontraba con ellos. Era todo absurdo, sin porqué ni sentido. Personas que ni siquiera se conocían estaban a punto de matarse en una montaña que a nadie interesaba. El viento arreció un poco y acarreó consigo el olor de la selva. Mellas temblaba. No podía entender por qué los gucos no se rendían simplemente. Pero no lo harían.

Finalmente decidieron mover el Primer Pelotón de Fracasso y el Tercer Pelotón de Kendall a lo largo de un brazo de montaña que conducía desde la cordillera principal hacia el sur y que arrancaba justo al oriente del Cerro del Helicóptero. Al llegar a la cadena montañosa principal que corre de oriente a poniente, el Primer Pelotón atacaría hacia el poniente, para aproximarse al Cerro del Helicóptero desde el oriente. El pelotón de Kendall los apoyaría y serviría también como reserva. Kendall se establecería sobre un pequeño montículo justo detrás del punto de partida del Primer Pelotón, desde donde podrían disparar por encima de sus cabezas. El Segundo Pelotón de Goodwin ascendería al mismo tiempo y seguiría un brazo de montaña aún más estrecho que corría, más al poniente, en paralelo con el otro brazo, por el que avanzaría el grueso de las tropas. Sin embargo, en lugar de unirse a la cordillera principal, el brazo de montaña más delgado conducía directamente al extremo sur del Cerro del Helicóptero. La defoliación de la fuerza aérea no había sido tan buena en ese brazo de montaña, de manera que estarían cubiertos casi hasta la cima. Goodwin se situaría en línea, dispondría a su pelotón a lo largo del brazo de montaña y a los dos lados —de preferencia, sin que lo advirtieran—, y atacaría desde el sur cuando Fitch notara que el enemigo estuviera del todo concentrado en el Primer Pelotón por el lado oriente. De esta manera, el Segundo Pelotón podría permanecer oculto más tiempo y, una vez que atacara, quedaría expuesto, el menor tiempo posible, a la defensa emplazada en Matterhorn, que estaba justo al poniente de ahí. Si avanzaban de noche se eliminaría el fuego sobre el pelotón de Goodwin que, previo al ataque, provendría desde Matterhorn, en caso de que los detectaran. En realidad, una parte importante del plan dependía de que Goodwin consiguiera establecerse sin que lo descubrieran. Al romper el alba, y una vez comenzado el ataque, el pelotón de Goodwin estaría sobre el Cerro del Helicóptero mezclado con tropas del ejército de Vietnam del Norte y, probablemente, el enemigo tendría que suspender el fuego desde Matterhorn.

Por supuesto que el tema principal eran las defensas de la propia Cota del Helicóptero. Con todo, Fitch confiaba en que las ramas muertas de la selva defoliada justo debajo de la montaña les proporcionarían un poco de encubrimiento y de protección en caso de que pudieran atacar durante el inicio de la mañana, en condiciones pobres de luz. Eso significaba que todo tendría que suceder al alba y, ojalá, con las nubes pegadas al suelo. Por el otro lado, si las nubes estaban realmente bajas, no había esperanza de contar con apoyo aéreo.

—Acojonantemente brillante –dijo Mellas–. Nos tomó tres putas horas para darnos cuenta de que simplemente les caeremos encima a estos cabrones –casi como aliviado se abocó a planear la mecánica de las líneas de partida, los tiempos, la coordinación aérea, y la lengua de señas y de humo.

Se formaron en la negrura de la selva a las 0100, y una hora más tarde entraron a los pastos altos que cubrían el suelo del valle. Las nubes bajas, la neblina y la oscuridad ocultaban, completamente, Matterhorn y la cordillera. Mellas sentía como si el mapa y el punto rojo que vertía su linterna fueran la única realidad en aquella oscuridad que oprimía no sólo la vista, sino también la mente.

Llegaron al punto donde el pelotón de Goodwin se separaba para virar hacia el poniente y ascender por el brazo de montaña que le correspondía. Todos dejaron silenciosamente sus mochilas. Se trataba de que pudieran ahorrar energía al escalar, que estuvieran libres para realizar movimientos repentinos y veloces una vez que hubiera comenzado la acción, y que les permitiera evitar ruidos innecesarios. Llevaron sólo agua, con las cantimploras hasta el borde para evitar el sonido del chapaleo, y dos latas de comida, bien envueltas en calcetines para que no chocaran entre sí. La munición estaba guardada cuidadosamente en bolsas de tela. Los rostros estaban manchados con barro y tierra.

A pesar de estar aligerados, se movían con mucha lentitud. El ruido más pequeño sonaba como si se tratara de una campana. Ramas invisibles les abofeteaban los ojos. Los envolvía una neblina fría. Los chicos maldecían por debajo de su respiración al buscar a tientas el suelo. En silencio retiraban ramas de los rostros y tenían que tragarse la necesidad de quejarse ante el dolor que les procuraban. Se arrastraron por encima de árboles derribados y se apretujaron entre gruesas zarzas. Hace falta mucho tiempo para avanzar, en absoluto silencio, en medio de la oscuridad. Demasiado tiempo. El alba estaba ya incoada.

Una explosión al frente del cuerpo principal los lanzó a todos sobre los estómagos. Un grito largo de dolor se distendió por el aire. Samms, justo detrás de Mellas, se levantó y susurró:

—Callen a ese hijo de puta. Que alguien lo calle, carajo.

Los pelotones Primero y Tercero habían perdido ya el factor sorpresa.

El grito se apagó de pronto.

El silencio de la selva después de aquel grito fue como un trozo de algodón cargado de éter, paralizante, opresivo, peligroso. Todos se preguntaban qué habría ocasionado tanto dolor y cuál habría sido el desenlace.

El grito se interrumpió cuando Jancowitz cerró los ojos y metió el puño en el agujero que había quedado debajo de la mandíbula del chico que hacía punta. La metralla de la mina direccional DH-10 le había arrancado los ojos y la mandíbula inferior, pero las cuerdas vocales estaban intactas. También le había desgajado un pie.

Jancowitz sacó el puño ensangrentado del caos alrededor de aquella garganta. Un trozo del hueso mandibular con dos dientes se le atoró en el anillo de ópalo que Susi le había regalado. Fredrickson se acercó deprisa y apretó la carótida con una mano mientras se agachaba para cubrir el muñón de la pierna con un grueso vendaje.

Jancowitz le puso una mano en el hombro y lo agitó gentilmente.

—Doc, déjalo morir —le dijo.

Fredrickson titubeó, pero soltó la arteria. La sangre se derramó rápidamente, ya no a chorros.

—¿Quién era? —preguntó Fredrickson en silencio con el rostro sucio de sangre. La cara del chico estaba irreconocible.

—Broyer.

Fracasso, que había observado ansiosamente los esfuerzos de Fredrickson, se hizo hacia atrás involuntariamente, cayendo sobre Hamilton.

—Perdón —se disculpó con un susurro.

Envolvieron el cuerpo en su poncho y metieron las gafas de plástico negro en la chamarra de utilidades. Luego enrollaron las orillas del poncho para atarle las manos. Fredrickson anotó el número de la medevac en su cuaderno junto con la causa de muerte.

Fracasso puso a la escuadra de Jacobs en punta. Atolondrados, continuaron el avance para ponerse en posición de ataque, a sabiendas de que ya no habría ninguna sorpresa a su favor. Ahora, su mayor esperanza era Goodwin, si es que lograba trepar sin que lo detectaran.

La neblina se arremolinaba alrededor suyo. El miedo a las minas los taladraba a cada paso. El cuerpo de Broyer los retrasaba bastante.

Gran John Seis estaba frenético.

—Son casi las cero ocho treinta. Se suponía que estarían en su LFS hace tres horas. Sabía que más me valía despedir a ese imbécil de Fitch.

Hawke escuchaba, a sabiendas de que Fitch llegaría puntual a la LFS —la línea final de salida— sólo si corría con bastante fortuna. Le preocupaba más el clima que la impuntualidad de Fitch. El apoyo aéreo, que se mantenía circunvolando apretadamente a una distancia próxima al objetivo, requería cielo despejado y debía atacar por fuerza antes de que se le terminara el combustible.

El capitán Bainford arrojó el lápiz contra la pared de la fortificación y se recargó contra el respaldo de la silla para mirar a Simpson y a Blakely. Había tenido cuatro Phantoms f-4 en espera por encima de la capa de nubes pero se quedó con combustible bingo y debieron volver. Maldijo la imposibilidad que tenía Fitch para cumplir con el horario. Uno de los operadores de radio recogió el lápiz.

—¿Y qué pasa con la marina? –preguntó Simpson.

Bainford suspiró.

—Lo intentaré, señor. Pero necesitan tener contacto visual con los objetivos, como siempre –Bainford regresó al radio para intentar que otro avión se mantuviera sobre las nubes que escondían las montañas del poniente.

En ese mismo momento, en silencio, Goodwin distribuía a su pelotón para formar una larga línea frontal, y se preparaba para salir del cobertizo que les ofrecían los árboles de las pendientes desfoliadas del Cerro del Helicóptero. Oprimió la tecla del auricular para señalar que había arribado a su posición. Fitch revisó el reloj. La compañía se había desplazado durante ocho horas, sin descanso ni comida. A Fitch tan sólo le quedaba conjeturar cuán lejos estaba todavía de su propia línea final de salida.

Robertson surgió de detrás de un espeso matorral y, con el rabillo del ojo, distinguió un movimiento en la parte alta de un árbol. Un soldado norvietnamita meaba, asido de una rama, y hacía trazos en el suelo con la orina.

—Mierda –dijo Robertson, y se tiró hacia atrás, al tiempo que abría fuego con el m-16. Al mismo tiempo, otro soldado enemigo apostado en el árbol disparó una larga metralla con el ak-47. El que meaba brincó al suelo y emprendió la fuga lo más rápido que pudo. Su camarada se derrumbó hacia atrás a causa de las balas de Robertson que le recorrían el interior del cuerpo.

Los radios cobraron vida con un chisporroteo.

—Estamos en ello –contestó Fitch–. Termina el silencio del radio. Cambio.

La compañía avanzaba, aún en fila, siguiendo a Fracasso, quien, tras salir del cobijo de la selva, se dirigió a la parte alta y pelada de la cresta de la cordillera principal, la cruzó y bajó por el lado norte, mientras dejaba a su paso al pelotón alineado. Se detuvo, les asignó sus posiciones y regresó en cuclillas hacia el centro, por detrás de la hilera, mientras todos observaban fijamente su objetivo, tumbados sobre el suelo.

Parecía que la cima desnuda del Cerro del Helicóptero se bamboleaba entre la niebla gris. Había cambiado bastante, después de que la batería de la artillería la hubiera convertido en una zona de aterrizaje auxiliar, para lo cual habían volado los árboles hasta una altura de cuarenta o cincuenta metros por debajo de la cresta, y habían quemado con químicos el resto de maleza y arbustos. El ejército de Vietnam del Norte había construido también fortificaciones que se veían, con toda claridad, muy cerca de la cima, que se erguía a unos cien metros del sitio en el lomo donde Fracasso estaba agazapado. La cuesta se levantaba gradualmente desde donde estaba él hacia el poniente. A unos trescientos metros de ahí devenía en el Cerro del Helicóptero, que se elevaba abrupta y violentamente desde aquel lomo, como si fuera un puño inmenso. A partir del mapa y de conversaciones que sostuvo con quien pudo, Fracasso sabía que el macizo de Matterhorn, de mucho mayor tamaño, se localizaba detrás del Cerro del Helicóptero, aunque lo tapara, a unos seiscientos metros hacia el oeste. La cumbre de Matterhorn, con la zona de aterrizaje plana y las posiciones de artillería abandonadas, medía unos doscientos metros más de altura que el Cerro. Estaba al alcance de los fusiles, lo cual no le gustaba nada a Fracasso. Por ahora, sin embargo, tenía otros asuntos por los cuales preocuparse.

Kendall y Samms emplazaron al Tercer Pelotón en posición, apretujando a todos, por hileras, sobre la pequeña giba detrás del Primer Pelotón, agradecidos porque el día anterior habían sido los primeros en entrar en zona caliente, aunque, con todo, se sentían culpables y ansiosos por los marines del Primer Pelotón, quienes seguían recostados, silenciosamente, sobre el suelo enfrente suyo. Mellas se unió a Fitch y al grupo del puesto de comando y a la escuadra de morteros en la parte alta de la pequeña giba.

Bass y Fracasso iban de chico en chico, les daban palmadas en nalgas y piernas, revisaban los equipos, corroboraban las señas de humo y de manos por enésima vez, los reconfortaban con la idea de que habría jets listos, a pesar de que todos sabían que las nubes les impedirían acercarse. Quizás el capitán no nos envíe al ataque sin apoyo aéreo, pensaban. Esa esperanza se extinguió en el momento en que Fitch descolgó el auricular.

—Ok, Bravo Uno. Echa humo cuando quieras que abramos fuego. Buena suerte. Cambio.

—Sí, capitán, sí –contestó Fracasso. Todos estaban acostados con la mirada al frente hacia los arbustos muertos y los árboles pelones sobre la montaña. Fracasso miró a lo largo de la hilera, hasta ver a Bass en cuclillas junto a Skosh. Bass lo observaba y esperaba la señal para avanzar. Fracasso se persignó. Luego se incorporó y trazó un arco con el brazo hacia el frente, en dirección a la montaña. Bass repitió su señal para quienes no lo hubieran visto. Cada uno de los marines se puso de pie, quitó el seguro de su arma y avanzó. Nadie habría de correr. Llegar a la cima exhaustos significaría una muerte casi segura. Caminaban. Y esperaban el momento en que el enemigo abriera fuego.

Mellas no dejaba de susurrar «¿Por qué? ¿Por qué? ¿Por qué?», mientras observaba las espaldas del Primer Pelotón. Al mismo tiempo, la fuerza de una inmensa emoción lo apretujaba. Se volvió hacia Fitch.

—No me necesitan aquí. Me voy con el Primer Pelotón –y, sin saber siquiera él mismo por qué, corrió para alcanzar al pelotón que avanzaba lentamente.

Mientras corría para unírseles, Mellas se sentía abrumadoramente feliz. Era como si volviera a casa, para cobijarse en el calor de la sala de estar, después de una terrible tormenta de nieve. El cielo diáfano resplandecía de azul, a pesar de que sabía que estaba nublado. Si no movía las piernas más rápidamente, el corazón rebasaría sus propios pies hasta explotar. Su corazón y su cuerpo entero estaban desbordados por una emoción que tan sólo podía describir como amorosa.

Llegó, jadeante por el esfuerzo, hasta donde estaba Bass, y se estableció en el talud sur de la montaña, pocos metros a la derecha de Bass. Él se había colocado entre la escuadra de Jacobs, a su izquierda, y la de Jancowitz, que ocupaba la posición media en la fila, por encima del lomo de la montaña. Fracasso le cedió el sitio intermedio a Jancowitz debido a que se requería pericia y experiencia para mantener unida a la escuadra, pues había que evitar que la gravedad y el miedo hicieran que los del centro se alejaran, montaña abajo. Fracasso se posicionó justo frente a la cordillera, por el lado norte. Desde ahí divisaba el punto en que el flanco derecho de Jancowitz se unía a la escuadra de Connolly, que estaba en el extremo derecho de la línea, de manera que se esforzaría por evitar que las dos escuadras se escindieran. Al mismo tiempo, podría distinguir la parte alta del lomo y ver la posición de la escuadra de Jacobs, aunque de verdad confiaba en que Bass los mantuviera alineados con todos los demás.

Estaban a unos cien metros de la base de la montaña cuando una ametralladora abrió fuego desde una posición baja en el piedemonte, hilando un largo rosario de balas a lo largo del lomo del cerro, que oscilaba entre los dos lados de la cresta. Los marines en formación titubearon un momento, y se agacharon más por instinto que por cualquier otra cosa. Los tres líderes de escuadra y Bass y Fracasso redoblaron de inmediato el paso al frente para mantener el ritmo que habían decidido. La línea entera continuó su avance pero sin nadie en la parte alta de la cresta, donde las balas de metralla levantaban fango. El arma estaba bien localizada. Impedía el ascenso más fácil hacia la montaña, obligaba a los atacantes a descender a suelo más profundo por los costados del lomo de la montaña, y los dividía, con lo que se ampliaba el espacio entre ellos.

Fracasso corrió al frente de la línea, justo al lado norte del lomo, y las balas pasaron volando por encima de su cabeza. Hamilton se apresuró, bajo la pesadez del radio, a su lado. Entonces, Fracasso encendió una granada de humo rojo y Hamilton avisó por radio al Tercer Pelotón que abrieran fuego desde detrás suyo.

Cuarenta fusiles, tres ametralladoras y los morteros de 60 milímetros rasgaron el aire de la mañana. El Primer Pelotón avanzó, a base de pequeñas carreras. Los chicos se lanzaban al suelo para disparar hacia arriba, avanzaban otro poco y disparaban de nuevo, cada vez más alto. Las balas que rociaba el Tercer Pelotón removían el suelo de la ladera. Los marines del Primer Pelotón llegaron hasta el banco escarpado, y la línea de avance lo abrazó, formando una medialuna, y ascendieron en breves progresos disciplinados. Se trataba de un movimiento que les habían inculcado desde el primer día en el campo de botas. Algunos gritaban para mantener vivos los ánimos, otros por puro entusiasmo. Unos pocos dispararon hacia arriba, pero la mayoría se contuvo, a sabiendas de que el ángulo no les era propicio.

A unos veinticinco metros de altura, Fracasso lanzó una granada de humo verde para señalarles al Tercer Pelotón y a los morteros que detuvieran el fuego. Fitch dio la orden para no disparar sobre sus propios hombres.

Hubo un segundo o dos de silencio.

Entonces, el Cerro del Helicóptero explotó con el fuego continuo y rompetímpanos de las pesadas ametralladoras y con el estrépito plano de los AK-47, en modo automático, y de las carabinas semiautomáticas SKS del ejército de Vietnam del Norte. El suelo bajo los pies del Primer Pelotón escupía tierra y fango, en ocasiones teñidos de rojo oscuro.

Mellas corrió al frente, se arrojó detrás de unas rocas, atravesó otro claro abierto y de nuevo se lanzó en busca de cualquier cobijo que lo protegiera del fuego que caía encima de ellos. Todo su ser se reducía al corazón que latía y al calor de la sangre que aumentaba rápidamente y que fluía a través del cerebro y de las piernas. Los chicos corrían y se escondían en grupos de dos o tres. Fracasso hacía todo lo posible para mantener compacto al pelotón. La escuadra de Connolly, por el lado norte del lomo, estaba aglutinada, y dejaba una fisura grande respecto de Jancowitz, quien había partido su escuadra en dos mitades, cada una de las cuales estaba a la izquierda y la derecha del lomo. Jacobs, por el lado sur, hacía avanzar su escuadra a retazos; dos equipos de tiro disparaban mientras el tercero progresaba.

El ejército de Vietnam del Norte, que ya no se encontraba paralizado bajo el fuego del Tercer Pelotón, mantuvo su fuego con fiereza. Mellas pensó que el mundo se ponía patas arriba cuando vio carne suave estrellarse contra el metal que ardía. Lo que apenas un momento parecía un movimiento organizado se desintegraba en confusión, ruido y sangre. Acaso habría parecido que el ataque seguía bajo la dirección de los capitanes, pero no era el caso. Si la dirección se mantenía era porque cada marine sabía cómo proceder.

Mellas se transportó fuera de sí, más allá de sí mismo. Como si su mente mirara todo fríamente, mientras su cuerpo se aceleraba salvajemente con pasión y temor. Estaba aterrorizado más allá de cualquier miedo que hubiera sentido jamás. Pero este miedo brillante e intenso, este terrible aquí y ahora, combinados con la significación decisiva de cada movimiento de su cuerpo, lo empujaban a traspasar una barrera, de cuya existencia ni siquiera sabía hasta antes de aquel momento. Se entregó de modo absoluto al dios de la guerra que lo habitaba.

Un estallido de metralla crujió por encima de él mientras corría en paralelo al contorno de la montaña para ver si podía ayudar a compactar las escuadras de nuevo. Escuchó gritos que solicitaban un enfermero. Corrió hacia allá y vio que el Doc Fredrickson ya había llegado. Había dos chicos sobre el suelo; uno con la respiración hecha jirones, al otro le habían atravesado los dientes de arriba y tenía un boquete de salida por la parte posterior de la cabeza. Los otros dos miembros de ese equipo de tiro continuaban ascendiendo en contra del fuego. Mellas corrió tras ellos. Vio cómo Jacobs se agachaba detrás de un pequeño afloramiento del terreno en su carrera hacia el sitio donde se encontraba una ametralladora.

Young se lanzó a su lado, instaló el bípode en la punta del cañón de su ametralladora, lo colocó sobre un montículo y disparó con persistencia contra la ametralladora enemiga. Esto les permitió a los otros dos chicos del equipo de tiro continuar su ascenso, a gatas, con granadas en las manos.

—¿En dónde está Jermain? –le gritó Mellas a Jacobs–. Necesitamos un puto M-79.

Jacobs se giró y vio a Mellas, quien estaba justo debajo suyo. Señaló con el dedo. Mellas salió corriendo. Aprovechaba lo escarpado del terreno para cubrirse. Las balas pasaban por encima de su cabeza. Encontró a Jermain reptando cuidadosamente montaña arriba a través de la espesura de los arbustos, mientras empujaba el lanzagranadas corto y grueso frente a él.

—Necesitamos granadas –gritó Mellas–. La fortificación de los metralletas. Jacobs va por ella –Mellas se dio la vuelta sin tomar siquiera la precaución de ver que Jermain lo siguiera y sin pensar por un instante que no lo haría. En efecto, él corrió detrás suyo.

La tierra estaba removida frente al montículo y a los dos lados de Young. Tenía los dientes apretados y el rostro contraído por el miedo. Él y el metralleta norvietnamita se engarzaron en un fuego recíproco, las balas volaban entre ellos. Pero Young mantuvo rondas breves de disparos disciplinados para no sobrecalentar el cañón y darles oportunidad a los demás de moverse. Jermain les pidió a gritos a Robertson y a dos chicos nuevos en su equipo de tiro, quienes estaban encima de él, que se tumbaran. Entonces se levantó, expuesto al fuego, y arrojó granadas al interior de la fortificación. La ametralladora enemiga enmudeció.

Robertson y los otros dos chicos gatearon y se arrojaron a un lado de la fortificación para aniquilarla. Mellas ya se alejaba; había hecho todo lo que había podido. No vio cómo se derrumbó uno de los chicos al que le dispararon en la espalda desde una zanja escondida a la derecha de la fortificación. Robertson rodó hacia delante para cubrirse con los arbustos. Arrojó las dos granadas al interior de la zanja y mató a los dos soldados que disparaban desde dentro. Pero sin granadas, ya no tenía eficacia alguna contra la fortificación de la ametralladora. Se acostó boca arriba con el arma arropada en los brazos. La ametralladora hizo fuego de nuevo, y Young contestó. Esto le dio a Jacobs una idea sobre qué podría hacer.

Mellas corrió detrás de la escuadra de Jancowitz. Estaban agrupándose, lo cual facilitaba las cosas para los metralletas vietnamitas, y el terreno los obligaba, involuntariamente, a tomar el camino más fácil, pero, por mucho, más letal hacia la cumbre de la cordillera. Mellas vio a Bass y le gritó:

—Quita a esos imbéciles hijos de puta de ahí –Bass dijo que sí con la cabeza, tomó aire y corrió hacia el frente; Skosh, con el radio, le pisaba los talones.

Mellas se dirigió hacia arriba en línea recta. Ahí estaba Pollini, quien hacía esfuerzos frenéticos por descargar su arma. No dejaba de mirar hacia arriba, en lugar de ver el arma, y atoraba el mecanismo una y otra vez.

Mellas no necesitó tiempo para advertir la trampa. Habían cortado los arbustos frente a Pollini desde el nivel del suelo hasta un medio metro y habían dejado las ramas en su posición natural. Constituía un terreno franco para una ametralladora, que daría en las piernas de quien quisiera avanzar por ahí, y lo derrumbaría bajo la lluvia de balas.

—Dame ese puto rifle, Shortround –le gritó Mellas. Apenas lograba imponer la voz al estruendo de la refriega.

Pollini se lo entregó como si estuviera a punto de explotar en cualquier instante. Miró salvajemente a Mellas y luego montaña abajo, donde parecía seguro. Le sonrió a Mellas.

—Está atorado, señor.

Mellas advirtió rápidamente que Pollini no había calzado completamente el cartucho y que la orilla superior bloqueaba el paso del cerrojo. Meneó la cabeza y afianzó el cartucho en su lugar. Echó una pequeña ráfaga. Los casquillos calientes saltaron y se estrellaron contra un lado del rostro de Pollini. Eso lo hizo volver al presente. Sonrió y se estiró para recuperar su rifle. Ya miraba montaña arriba a través del túnel de arbustos cortados.

—¿Estás bien, Shortround? –le preguntó Mellas.

Él sonrió, tragó saliva y asintió.

—Sí. Estaba atorado del carajo, ¿no, señor?

—Sí, pero ya quedó bien. Ten cuidado. Hay una puta ametralladora justo encima de ti –Mellas se alejó en busca de Jancowitz.

Pollini se incorporó y se lanzó sin titubeos montaña arriba. Corrió a través del sendero que habían abierto tan meticulosamente y desapareció del campo visual de Mellas antes de que él pudiera cubrirlo.

La ametralladora hizo fuego y Mellas se arrojó detrás de un pequeño borde. Las balas levantaban fango y ramas. Luego se calló. En ese breve silencio escuchó a Pollini gritar:

—Me dieron. Me dieron.

Mellas abrazó la tierra cuando la ametralladora reanudó. Esperaba que Pollini pudiera volver. Pero no lo hizo.

Bass llegó por un costado de la montaña.

—¿A quién le dieron? –preguntó.

—A Shortround –contestó Mellas, y gateó hacia atrás hasta Bass, quien estaba reclinado contra la pendiente empinada. Skosh estaba agazapado a sus pies; intentaba escuchar el radio con una mano por encima de la oreja.

Bass miró hacia arriba.

—Allá arriba hay una puta ametralladora, señor.

—Ya sé. Shortround sigue vivo, lo escuché gritar.

—Yo también –agregó Bass–. Pero sería suicida ir por él desde aquí. Debemos dar un rodeo. Está enterrada pero no emplazada en una fortificación, como la otra ametralladora. Quizás una Mike veintiséis.

El Doc Fredrickson llegó y se lanzó a la seguridad relativa debajo de la cresta de la montaña, y los tres se apretujaron. Se recargó contra el cerro, con el pecho agitado, y miraba hacia abajo; a lo largo de la montaña había muchos cuerpos expuestos. No escuchaba la conversación de los otros.

Mellas se volvió a Bass y sonrió.

—¿Qué opinas, sargento Bass? ¿Crees que al menos merezca una medalla al Mérito de la Marina si voy por él? –Mellas lo dijo como broma pero se dio cuenta de que afloraba cierta seriedad.

Bass lo miró. No estaba de humor para bromas.

—Lo matarán allá arriba, subteniente. No vaya.

De pronto, Mellas tomó la determinación de adquirir una medalla. Más aún, era su culpa que Pollini no estuviera en la BAA Vandegrift, en el servicio de rancho. Se dirigió a Fredrickson.

—Espera aquí hasta que lo baje –Fredrickson todavía recuperaba el ritmo de la respiración y no contestó.

—De acuerdo, señor –contestó Bass–. Intentaré cubrirlo. Si lo matan, lo postularé para una Estrella de Bronce póstuma.

—Cerrado.

Hasta aquel momento, Mellas se había sentido tan valiente como en una película. Ahora, encarando las consecuencias de su decisión, tuvo la impresión de que la película estaba por partirse en dos: luz blanca repentina y abrasante, y luego nada.

Miró a Skosh y a Bass, que se arrastraban lentamente a su lado izquierdo. Les hizo una señal con la cabeza y ellos sacaron los rifles por encima del borde del cerro y abrieron fuego. Mellas rodó hasta quedar de pie y arremetió hacia la cresta pequeña; arrojaba el cuerpo hacia el frente y sobre el suelo, disparaba ciegamente montaña arriba y esperaba mantener gacha la cabeza del metralleta mientras él continuara su ascenso a gatas.

Pollini estaba despatarrado boca arriba, con los pies apuntando hacia arriba, hacia la ametralladora. Mellas se arrojó justo por debajo de su cabeza. Se estiró e intentó jalarlo hacia abajo tomándolo por los hombros de la camisa de utilidades. La ametralladora escupió fuego en el momento en que Mellas dejó de disparar. Mellas tiraba de él, pero no tenía suficiente palanca para moverlo. Maldijo. Tiró de nuevo. No podía moverlo. Las balas le pasaban justo a un lado de las orejas. Disparó una última ráfaga desesperada con el M-16 justo por encima del cuerpo de Pollini y trepó hasta su lado. Le dio la vuelta y se acostó encima suyo, abrazándolo cara a cara. Lo envolvió con los brazos y se giró un poco para que los dos quedaran de lado, y se echó a rodar rápidamente montaña abajo, manteniendo a Pollini consigo. Mellas sentía balazos por todo alrededor. Con cada vuelco esperaba que las balas cayeran sobre Pollini y no sobre él.

De pronto, la tierra cedió y cayó sobre un terraplén. Fredrickson los esperaba ahí. Jaló a Pollini, quien había dejado de respirar. De su boca manaba sangre. Bass y Skosh llegaron corriendo desde un lado del terraplén y los tres contemplaron la escena en silencio. Olvidaron el objetivo de tomar la montaña y el ruido terrible y la confusión embravecida al ver cómo Fredrickson intentaba salvarle la vida.

Fredrickson soplaba aire dentro de su boca, y entre bocanadas escupía sangre y vómitos. Lo intentó por lo menos durante un minuto. Luego los miró, con el fracaso reflejado en el rostro. Hizo a un lado un mechón de pelo apelmazado por la sangre en la parte alta de la cabeza de Pollini y dejó al descubierto un pequeño hoyo redondo. Mellas recordó que, allá arriba, el casco había quedado detrás de él, sobre el suelo.

—No puedo hacer nada por él, señor –dijo Fredrickson, con gestos de aflicción e impotencia en el rostro–. Tiene una bala en la cabeza, no sé dónde. No veo el orificio de salida por ningún lado.

Mellas asintió y miró a Bass y a Skosh.

—La puta que te parió, Shortround –dijo Skosh en silencio y se dio la vuelta, mirando montaña arriba, con la mandíbula temblorosa.

La ametralladora abrió fuego, los pesados disparos golpeaban el aire. Escucharon explosiones de granadas. Luego el silencio. Y entonces la ametralladora recomenzó.

Mellas se olvidó de Pollini y salió corriendo hacia donde provenían los ruidos. Se topó con Amarillo, quien trepaba a gatas, y se le unió. Estaba sudoroso.

—Janco, señor –le dijo–. Va por el metralleta. Va con el equipo de Jackson.

Mellas no podía ver ni a Jackson ni a Jancowitz. Miró hacia atrás. Un chico nuevo estaba hecho un ovillo con una bala que le había atravesado un hombro y el cuello. Mellas ni siquiera sabía cómo se llamaba.

Amarillo vio a Mellas, que miraba al marine muerto.

—Es demasiado bota, viene recién salido del REI, el Regimiento de Entrenamiento de la Infantería. Se lanza y corre contra la ametralladora...

Nada respondió Mellas. Los dos superaron el deseo de quedarse ahí, abrazados al suelo, y se lanzaron al frente.

Jackson hacía avanzar a su equipo a pequeños retazos, acercándose a la ametralladora. Ningún marine disparaba.

—¿En dónde está Janco? –gritó Mellas.

Jackson apuntó hacia el frente.

—Se fue por un lado, señor. No sabemos a dónde coños se ha ido –Mellas entendió entonces por qué ya nadie disparaba.

Escucharon estallidos de disparos y gritos a la izquierda, pero Mellas apenas lo registró. Se trataba del pelotón de Goodwin, que Fitch acababa de lanzar.

En medio de la refriega pudieron atisbar la cabeza de Janco por encima de los matorrales. Corría justo siguiendo el contorno de la montaña para tomar al metralleta enemigo desde un lado. Echó una ráfaga con el M-16. Un soldado junto al metralleta le apuntó con el AK-47, pero Janco no dejó de avanzar.

Jackson vio al metralleta girar el arma hacia Jancowitz. Se incorporó y corrió montaña arriba gritando:

—Janco, imbécil hijo de puta. Estás loco, cabrón.

Jancowitz sacó la cuchara de la granada en el momento en que el metralleta se giraba hacia él y le disparaba. Pareció que, en un mismo acto, Janco arrojó la granada y se desplomó. Por la espalda de su chaleco antibalas salieron proyectiles. Luego explotó la granada; fue como un aplauso repentino en una habitación vacía.

Cortell salió corriendo detrás de Jackson, disparaba ráfagas breves hacia el foso de los metralletas. De pronto, como si lo hubiera atacado una mano invisible, el cuello latigueó hacia atrás y el casco giró por el aire detrás suyo. Cayó sobre sus rodillas, mirando estúpidamente el rifle, que mantenía horizontalmente ante sí. Luego se colapsó hacia el frente, con la cabeza descubierta contra el suelo, como un musulmán en oración.

Jackson no dejó de correr hacia delante en un esfuerzo por alcanzar a Jancowitz. Mellas llegó hasta Cortell y lo hizo rodar hasta quedar de lado. Tenía las rodillas todavía dobladas contra el estómago en posición fetal. De su frente manaba sangre y, por ello, tenía el pelo hecho un mazacote. Rechinaba los dientes por el dolor.

—Janco les dio, señor –jadeó–. Janco les dio. Ay, Janco. Dios mío.

Mellas tomó el vendaje del cinturón de Cortell, rasgó el papel y, con un manotazo, lo fijó sobre lo que parecía un surco que corría hacia atrás desde la frente hasta la parte alta de la oreja. Encima del vendaje puso la mano de Cortell y la apretó fuerte.

—No la muevas, carajo –le ordenó.

Volvió montaña arriba. Rebasó el cuerpo de Janco. Su espalda aún despedía sangre por debajo del chaleco antibalas. Una mancha negra se dilataba por las dos piernas de los pantalones. Al mismo tiempo acontecieron tres hechos: la ametralladora se calló, Janco murió y resultó imprescindible explotar aquella apertura. Mellas se giró hacia la izquierda y vio a Goodwin acercársele con una escuadra completa. Goodwin, cuyos instintos naturales operaban a una velocidad aún mayor a la que Mellas pensaba, estaba ya acercándose a la fisura donde antes había estado la ametralladora. En cuestión de segundos, él y otros cinco marines llegaron a la parte posterior de la línea de fosos y de las fortificaciones. China, que trepaba la pendiente bajo el enorme peso de la ametralladora sobre el pecho, se tiró en tierra en el borde del sitio donde los enemigos habían tenido emplazada la ametralladora. Abrió fuego sobre las zanjas de los norvietnamitas, a la derecha de Goodwin. Mellas vio de inmediato lo que hacía China. No dejó de correr. Le gritaba a Goodwin, quien no parecía escucharlo. Corrió más. Le hacía señales con las manos a los marines detrás suyo para redirigirlos detrás de China, aprovechando la ventaja que les ofrecía el hecho de que el enemigo no podía ya, a causa de sus ráfagas, protegerse y disparar al mismo tiempo. Al fin lo vio Goodwin; Mellas lo señaló a él y luego apuntó hacia la izquierda. Señaló su propio pecho y después apuntó hacia la derecha. Por un momento, el caos se desintegró y dio paso al orden.

Una vez que el Segundo Pelotón avanzaba a través de aquella grieta y se aproximaba al EVN desde atrás, parecía que se habían librado de un gran peso.

—¡Están en la cima! ¡Veo a Scar en la cima!

El grito recorrió toda la ladera lateral de la montaña. Fracasso y los marines del Primer Pelotón avanzaron. Mellas estaba exhilarante. El miedo lo había abandonado. Corrió directo a la cresta del cerro, mientras los marines se dejaban ver en lo alto en grupos pequeños y a través de la línea de pozos. Los soldados norvietnamitas que no habían quedado atrapados en sus posiciones bajaban rápida y disciplinadamente por un brazo de montaña hacia el norponiente. Lo que apenas hacía unos segundos había sido caos desenfrenado, se convirtió en una destrucción metódica y cuidadosa. Arrojaron granadas a las trincheras y a las entradas de las fortificaciones de troncos verdes. Con la caída de cada posición enemiga, la próxima devenía vulnerable. Se mataba inmediatamente, con disparos provenientes desde diferentes direcciones, a cualquier soldado norvietnamita que intentara escapar hacia la jungla.

Mellas se encontró con Goodwin en una trinchera corta que conducía a la oscura apertura de una fortificación. Los dos tenían listas las granadas.

Se miraron brevemente a los ojos, Goodwin asintió, ambos se dirigieron hacia la apertura, lanzaron las granadas y se tiraron hacia un lado en el instante preciso en que la explosión derrumbó la entrada. Entraron juntos a gatas y echaron breves ráfagas en automático. Mellas estaba con el pecho en tierra sobre el suelo y Goodwin estaba justo detrás suyo, acuclillado, en una posición que les permitía disparar al mismo tiempo.

Adentro no había nadie.

Mellas se rio y se giró boca arriba, y quedó mirando el techo gris de la fortificación.

—Se divierten, muchachos, ¿verdad? —Vancouver los contemplaba, con una sonrisa, desde la entrada. Tenía el rostro manchado de sudor, su ametralladora humeaba, la espada descansaba en la vaina—. Los nagolios se fueron para allá —apuntó hacia Matterhorn.

Mellas gateó hacia fuera y se sentó en la parte alta de la fortificación, con las piernas colgando, de manera que no podía ponerse de pie. La batalla había terminado. Desgraciadamente había pocos enemigos muertos que pudieran demostrarlo.

Goodwin se alejó para establecer su pelotón. Ridlow, herido en una pierna, estaba tendido en la ladera de la montaña, pálido por el susto, y esperaba que lo ayudaran para subir a la zona de aterrizaje. Mellas, aún tembloroso, trotó hacia abajo para guiar a los marines del Tercer Pelotón, quienes corrían hacia arriba para prepararse ante un posible contraataque.

Mellas pasó junto a Pollini. Tenía los ojos imperturbablemente abiertos. Recordó su voz cuando gritó: «¡Me dieron!». ¿Cómo pudo gritar si le habían disparado en la cabeza? Un pensamiento enfermizo de culpa atenazó su estómago. Pollini yacía con la cabeza hacia abajo. ¿Sería posible que él le hubiera metido un balazo mientras disparaba salvajemente hacia arriba, cuando intentaba mantener a los metralletas con la cabeza gacha?

Mellas se quedó mirando los ojos en blanco de Pollini. Se sentó a su lado, quería preguntarle, deseaba explicarle lo que había hecho: que de verdad había querido salvarlo, que no se había tratado solamente de sumar una medalla a su lista de logros. Lo había relevado del servicio de rancho porque quería lo mejor para él. No deseaba que terminara muerto. Pero no pudo decirle ya nada de todo aquello. Pollini estaba muerto.

Mellas intentó obviar la idea de que pudo haberlo matado. Seguramente había sido el guco con la ametralladora. Quería deshacerse de la duda, enterrarla junto con la bala dentro del cerebro de Pollini, pero supo que jamás lo conseguiría. Si lograba salir vivo de ahí, cargaría con la duda para siempre.

Capítulo XIV

Vencer en un combate es como coger con una prostituta.
Por un momento te olvidas de todo en el súbito ajetreo físico, pero
luego hay que pagarle a la mujer que te señala ya la puerta de salida. Adviertes la suciedad en las paredes y, en el espejo, tu reflejo lastimoso.

El espesor de la neblina convirtió el promediar de la mañana en un crepúsculo. Ocultaba a los marines que ocupaban el Cerro del Helicóptero del fuego de francotiradores que llegaba ahora desde las fortificaciones que la propia Compañía Bravo había construido en Matterhorn. Pero la niebla evitaba también que los helicópteros pudieran evacuar a los heridos. Los marines jalaron a sus muertos hasta una depresión menor cercana a la cumbre de la montaña. Mellas y Fitch se sentaron en el interior de la oscura fortificación que se habían agenciado Goodwin y Mellas. Frente a la entrada colgaba una cortina de niebla color gris plata.

Fitch lloraba. Sus sollozos eran cortos y silenciosos, las lágrimas le escurrían por las mejillas sucias y caían sobre el mapa extendido entre él y Mellas. Relsnik transmitía los números de las evacuaciones médicas, con los que identificaban a los muertos y a los heridos.

—Zulu Cinco Nueve Nueve Uno. Cambio.

Una voz aburrida regresó al radio.

—Escuché Zulu Cinco Nueve Nueve Uno. Cambio.

—Afirmativo. Bravo Nueve Uno Cuatro Nueve. Cambio.

—Oye, ¿se trata de otro Coors? Cambio.

—Correcto, todos son Coors. ¿Escuchaste a ese último? Cambio.

—Enterado, sí: Bravo Nueve Uno Cuatro Nueve. Dime el siguiente. Cambio.

Así lo hizo Relsnik, los leyó uno por uno. En algún momento, los números conducirían a un hombre taciturno y hastiado por su trabajo hasta la puerta de alguna mujer para comunicarle que su esposo o que su hijo volverían a casa envueltos en hule. El cuerpo llegaría en las horas de la madrugada para no incordiar a los viajeros en el aeropuerto.

Mientras escuchaba la voz de Relsnik –Pollini, Papa Siete Uno Cuatro Ocho; Jancowitz, Juliet Seis Cuatro Seis Nueve–, Mellas se abstrajo en sí mismo. ¿Cómo era posible? Analizó sus propios movimientos desde el momento en que comenzó a ayudarle a Pollini con el M-16. Le había advertido. Pero Pollini se fue para arriba. Lo escuchó gritar: «Me dieron». ¿Puede hablar un hombre herido en la cabeza? ¿Dónde más estaba herido? ¿Qué diferencia podría representar? Pollini yacía con la cabeza montaña abajo. ¿Cómo terminó de esa manera? Un M-16 le habría volado la cabeza, ¿no es cierto? ¿Qué le haría una bala de 7.62 milímetros, el calibre del ejército de Vietnam del Norte?

Mellas se mantuvo concentrado en el aspecto físico. ¿Se trataba de su bala o no? Era una pregunta de sí o no, y tenía que encontrar la respuesta. La pregunta que no implicaba una respuesta de sí o no era por qué había llegado hasta Pollini, para empezar. Pudo haberse quedado con el grupo de comandantes. Pero quería ayudar. Quería también contar con esa experiencia. Le parecía increíblemente emocionante. Buscaba la gloria. Pudo haber dejado a Pollini ahí. Quizás estaría aún con vida si ése hubiera sido el caso. Pero quería ayudar. Anhelaba una medalla. Él se había ablandado y lo había relevado del servicio de rancho. Si se hubiera mantenido en sus trece, seguiría vivo en Vandegrift. Pero Pollini quería estar con la compañía y aportar algo. Mellas pudo haber permitido que Fredrickson, o cualquier otro, fuera hasta él, o esperar a que terminara el combate. Pero él quería contribuir con lo suyo. Y ambicionaba también una medalla.

Intentó imaginarse a Goodwin en esa misma situación. No habría habido conflicto. Scar habría querido ayudar y también su medalla. Tanto ayudar como la medalla eran cosas buenas. Que Pollini estuviera muerto no volvía reprobable el deseo de recibir una medalla, ¿o sí? ¿Cuál es el jodido problema con desear una medalla? ¿Por qué pensaba Mellas que era algo malo? ¿Por qué tanta confusión? ¿Cómo había llegado hasta tal punto? ¿De dónde sacaba todas esas dudas? ¿Por qué?

Suspiró. Simplemente, él no era Goodwin. Él era él mismo, y estaba desbordado con dudas sobre sí.

El ruido débil de voces que gritaban «¡Tubo!» quebró su ensimismamiento. Fitch y Mellas se miraron y esperaron, en silencio, las explosiones.

—Aguarda un momento, está por caernos un mortero –le dijo Relsnik al operador de radio del batallón. Bajó el auricular a su lado. Pallack se enroscó un poco. Nada se oyó. Entonces sintieron las vibraciones a través de la tierra. Luego nada, otra vez.

—Parece que pegó abajo, por el lado sur –dijo Mellas para romper el silencio.

—Los gucos simplemente no pueden calcular cuándo hay neblina –sentenció Fitch–. Se trata de que nos mantengamos en alerta, supongo.

Esperaron un minuto largo. Silencio. Neblina. Relsnik levantó el auricular y continuó con la letanía de números de evacuaciones médicas. Los pelotones Primero y Segundo habían perdido, cada uno, a seis hombres. Cinco chicos necesitaban atención médica urgente, y otros doce, a pesar de que no corrían peligro de morir, estaban del todo impedidos. Había, además, otros catorce que tenían heridas superficiales o arañazos por la metralla. Entre ellos, Mellas, cuya mano derecha había recibido parte de la explosión de la granada de Jancowitz. Parecía que se hubiera caído sobre grava.

Normalmente no se reportaban las heridas pequeñas, pero Fitch estaba harto de todo lo que sonara a normalidad. Le dijo a Sheller, el calamar mayor, que reportara cada arañazo y raspón para que la burocracia médica otorgara la mayor cantidad posible de Corazones Púrpuras.

—Dos Corazones y los sacan de la maleza. Tres y se van a Okinawa a clasificar calcetines. Estaría jodido si me entrometiera en su labor y, quisquilloso, tuviera que juzgar quién la merece y quién no. Cada puto raspón, ¿me entendiste?

Sheller se hizo cargo del asunto con un placer adusto.

—Espera un momento –dijo Relsnik. Se volvió a Fitch–. El batallón quiere que se confirme el número de muertos.

Fitch suspiró.

—Ya no hemos matado a nadie más. Diles que se congeló en diez confirmados y seis probables.

—Enterado –Relsnik presionó la tecla del auricular–. Gran John, aquí Gran John Bravo. Afirmativo. Diez confirmados y seis probables. Cambio.

Se hizo una pausa, luego la siguió una voz nueva.

—Espere un momento. Lo comunico con él –Relsnik resopló y le dio el auricular a Fitch–. Es el Tres.

—Aquí Bravo Seis. Cambio –dijo Fitch.

Mantuvo el auricular cerca de la oreja, para impedir que los demás pudieran escuchar, pero las respuestas dejaban ver que el conteo de cuerpos se había quedado bastante corto.

—Afirmativo. Enviamos efectivos más allá de las trincheras para contabilizarlos. Señor, atacamos fortificaciones armadas. Cambio.

El auricular chisporroteó estática, luego se oyó la voz del Tres.

—Mire, Bravo Seis, tenían que estar heridos para abandonar esas dos 7.62 –Relsnik había anunciado la captura de dos ametralladoras, de una se había apoderado Vancouver, la otra era la que le había costado la vida a Jancowitz–. Creo que, tranquilamente, tiene el doble de probables que usted reportó. Cambio.

—Dígale que aniquiló a toda la puta división de acero Trescientos Doce, capitán –se entrometió Pallack. Fitch levantó una mano, molesto, esforzándose por escuchar al Tres.

—Sí, Gran John Tres, en eso tiene razón. Cambio.

—De acuerdo, Bravo Seis. Veremos qué podemos hacer aquí. ¿Cómo está todo por allá? Cambio.

—Tenemos parque para un único contraataque pesado, y necesitamos agua. ¿Qué tal esas aves para las evacuaciones médicas? Cambio.

—Las tenemos estacionadas, Bravo Seis. Cambio.

—Tengo cinco emergencias acá. Morirán si no llegan antes del anochecer. Dígale eso a la puta fuerza aérea. Cambio.

La voz de Blakely era seca y controlada.

—Bravo Seis, le sugiero que delegue las evacuaciones en el controlador aéreo adelantado. Entiendo que haya tenido un día difícil, pero usted sabe tan bien como yo que volar con este clima es una idiotez. Cambio.

Mellas explotó:

—¿Qué coños significa enviar a una compañía de marines en estas condiciones climatológicas?

Fitch esperó a que Mellas terminara antes de activar el auricular.

—Entiendo. ¿Algo más? Cambio.

—Les estamos preparando una orden frag a la brevedad posible. Gran John Tres, fuera.

* * *

Sobre la cima de la montaña, unas figuras fantasmagóricas se movían lentamente hacia la trinchera en donde los muertos yacían acomodados en filas; sus botas descoloridas salían por debajo de los ponchos oscuros que la neblina volvía resbaladizos. Cortell los esperaba ahí. Tenía la cabeza vendada. Cuando sintió que se habían reunido todos los que tenían que llegar, sacó una biblia de bolsillo y leyó unos versos en voz alta. Jackson decía por lo bajo:

—Janco, man, ¿por qué lo hiciste?

Incómodo, Fracasso se quedó de pie detrás de Cortell. En la Academia Naval, nadie les había dicho qué hacer después de que ocurriese aquello.

Fracasso le había pedido a Jackson que se hiciera cargo de la escuadra, pero él se rehusó. Desconcertado, Fracasso lo discutió con Bass, quien le dijo la causa probable. Así que Fracasso hizo un enroque con Jackson y Hamilton, y le entregó la escuadra a este último. Jackson se echó el radio sobre el chaleco antibalas. Había hecho un acuerdo y lo cumpliría.

El crepúsculo, que había durado todo el día, cedió. No vendrían ya las aves de las evacuaciones médicas. Los chicos que habían bebido agua confiados en el reabastecimiento lamentaban no haber sido más ahorradores. Abajo, en la fortificación donde tenían a los heridos más graves, Sheller miraba, con impotencia, cómo la infusión intravenosa goteaba dentro de los heridos. Cuando los otros enfermeros salieron a cavar sus cobertizos para pasar la noche, Sheller sacó sigilosamente las cánulas con las infusiones intravenosas de dos chicos inconscientes y vertió el líquido en las botellas que colgaban por encima de los demás.

Merritt, un tirador del pelotón de Goodwin, lo observaba. Era uno de los tres heridos que se mantenían conscientes.

—¿Qué haces, Doc? –murmuró. Tenía la ropa hecha jirones y pegada al cuerpo por la sangre seca. Tenía suciedad por todos lados y no había manera de limpiarla. Los enfermeros tan sólo habían echado antiséptico, que se había mezclado con la tierra. Una vela titilaba, molesta por el aire húmedo. Sheller se sentó.

—Cambiándoles el agua y el aceite –dijo con una sonrisa.

—Se lo quitaste a Meaker.

Sheller asintió.

Merritt se quedó mirando hacia arriba, en dirección a los leños ligeramente descompuestos que entretejían el techo de la fortificación a un metro veinte de su cabeza. Le llegaba el olor a sangre y a la salsa de pescado fermentada con arroz ahí abandonados.

—¿Está mal desear de verdad irse ya a casa? –preguntó.

Sheller, sonriendo gentilmente, negó con la cabeza. Merritt respiró con dificultad. El dolor de los intestinos, donde dos balas lo habían herido, una de las cuales le había destrozado también la pelvis, casi lo arrojaba a un feliz estado de inconsciencia. Pero se negó a abandonarse a esa realidad oscura, temeroso de que ya nunca jamás querría volver.

—¿Eso significa que Meaker va a morir?

Sheller miró a los dos chicos que había elegido para morir. No quería responderle a Merritt. Prefería mentirle, y mentirse.

—Creo que todos la van a librar –dijo.

—Carajo, no me mientas, calamar. No tengo tiempo para eso –de nuevo, respiró Merrit, tembloroso, tragándose el dolor que quería eructar cada vez que llenaba los pulmones–. Si voy a sobrevivir gracias a Meaker, me gustaría saberlo. Y sí, sí quiero sobrevivir.

Sheller puso las manos encima del uniforme de Merritt.

—El asunto es que podemos estar desperdiciando plasma con Meaker. Se desangra por dentro y no puedo evitarlo. Tú no te estás desangrando tan rápido como él.

Merritt lo miró.

—Nunca lo olvidaré, calamar. Lo juro, carajo –luego giró la cabeza hacia el cuerpo inconsciente–. Y tú, Meaker, hijo de puta –murmuró–. Jamás lo olvidaré.

Meaker murió tres horas más tarde. Sheller y Fredrickson lo sacaron de la fortificación y lo apilaron, con el resto de los cuerpos, en la zona de aterrizaje sitiada por la niebla.

En el centro de operaciones del batallón, Simpson y Blakely debatían acerca de si presionar, o no, para atacar Matterhorn al día siguiente. El número de muertos era alto: trece marines MEC contra diez vietnamitas confirmados, solamente. Si pudieran continuar la acción, podrían elevar el número a algo más digno de reportarse. Pero ¿cuántos elementos tenía el enemigo desplegados en Matterhorn? ¿Era toda una compañía o tan sólo la retaguardia, o quizás una unidad de avanzada? Fitch solamente podía reportar que había visto movimiento en las fortificaciones, pero no había manera de saber cuántos había dentro. Y ahora era negro azabache allá arriba. En ese momento, el ejército de Vietnam del Norte podía estar en busca de refuerzos o en retirada.

—Sólo hay una manera para saber –dijo Simpson sombríamente–. Debemos atacar. Al rayar el alba.

Blakely sabía que Simpson tenía razón. Si el enemigo se había reforzado durante la noche, el ataque de la Compañía Bravo saldría mal, seguramente, pero eso sería mala suerte. Estaban ahí para matar gucos. Si aquello resultaba atroz, Mulvaney conseguiría que se involucrara todo el regimiento y podría, en definitiva, imponerse. Si los gucos se habían escurrido por la frontera y se trataba tan sólo de una retaguardia, Bravo podría con ellos y Simpson quedaría como tonto al no haberlos enviado a atacar, aunque fuera para hacerse de más información. Ése era el movimiento correcto. Nadie podría sospechar de ellos. Si mantenía a Bravo inmóvil sobre la montaña, parecería, de cara a la división, que faltaba iniciativa.

Estaba el problema de la artillería y de las malditas fortificaciones que habían abandonado. Se habían llevado todas las baterías de obuses de 105 milímetros para apoyar la operación en Cam Lo. Los obuses de 203 milímetros en Sherpa apenas habían alcanzado el valle al sur de Matterhorn. Por si eso fuera poco, incluso si pudieran acercarse, un golpe directo de un proyectil de 203 milímetros probablemente no destruiría ninguna de aquellas fortificaciones. Blakely había visto cómo las había construido la Compañía Bravo. Quizá se habían precipitado sacándolos de ahí. Ésa era la mala suerte. Como fuese, no parecería un ataque falto de apoyo, especialmente desde que Bravo resultó ser quien jodiera el apoyo aéreo durante el ataque inicial, y nadie se había quejado. Y si Bainford lograba mantener los aviones listos y se abrían las nubes, podrían confiar en las serpientes y las nucas,* que incrementarían las estadísticas de los muertos que ocasionarían.

A las 2335, Fitch recibió la orden de atacar Matterhorn.

A trompicones, a causa de la negrura nebulosa, los subtenientes se reunieron y entraron a gatas en la fortificación de Fitch. Los rostros aparecieron en la abertura de la entrada, que Fitch iluminaba con su linterna roja. Primero Goodwin, demacrado pero sin dejar sus ocurrencias. Luego Fracasso, conmovido, con sus gafas ya un poco rotas. Por último, Kendall, ansioso y consciente de que era su turno para el próximo trabajo peligroso.

De nuevo discutieron y batallaron sobre cómo tomar el cerro. Entrevistaron a todos los chicos que pudieran recordar algún detalle acerca de la construcción de las fortificaciones, sobre el trazado del alambrado de púas y las puertas de acceso que habían escondido. Otra vez, las condiciones del terreno y del clima los entorpecía. Pero, en esta ocasión, también arrastraban consigo la dificultad de sus propios heridos y muertos.

—No podemos llevar con nosotros a los heridos –observó Fitch–. Debemos asegurar esta montaña.

—¿Y dividir las fuerzas justo como hicieron los jodidos gucos? –replicó Mellas–. Ésa es la única razón por la que pudimos subir hasta acá, en primer lugar. Debemos llevarnos a los heridos con nosotros.

* Se llamaba «serpientes» a las bombas de 113 kilos Mark-81 Snakeye, y «nucas» a las bombas de napalm M-47 del doble de peso.

—¿Quizá podamos dejar una escuadra? —sugirió Goodwin.

—Una escuadra no puede cubrir toda esta puta montaña —objetó Fitch—. Además, si llegan a tener problemas, tendríamos que enviarles un pelotón desde Matterhorn para ayudarlos, en caso de que tengamos uno. Entonces estaríamos divididos en tres, cada uno en un cerro y otro en el puerto entre los dos. Les sacarían toda la mierda a los tres.

—Ahí tienes —dijo Fracasso, quien de pronto entendió la frase.

Finalmente estuvieron de acuerdo con Fitch. Un pelotón entero más el grupo del puesto de mando se quedaría con los heridos en el Cerro del Helicóptero. Dos pelotones asaltarían Matterhorn. Si los pelotones se veían en problemas, Fitch podría enviar a dos escuadras del pelotón que cuidaba a los heridos. Esto dejaría a una sola escuadra con ellos. Había de correr el riesgo de que los dos pelotones que atacarían llegaran a tener problemas.

—¿Por qué no esperamos hasta tener suficientes mulas para cumplir con la misión? —preguntó Mellas.

—El Seis piensa que perderíamos la iniciativa.

—Quieres decir que tiene miedo de que los gucos se didíen y que resultemos con trece muertos, cuarenta heridos y una montaña que nada vale, y que sólo podamos ofrecerles diez confirmados —dijo Mellas.

—Ahí tienes —concluyó Fitch.

Establecieron un plan que aprovecharía, en su favor, la neblina y su dominio del terreno. En la oscuridad, dos pelotones avanzarían a través del alambrado de púas y atacarían justo antes del amanecer. El turno para esta dura labor correspondía a Kendall. Goodwin y Fracasso le pidieron a Fitch que echara una moneda para ver quién lo acompañaría. Perdió Fracasso.

—¿Con quién reemplazaste a Janco? —le preguntó Mellas a Fracasso.

—Con Hamilton. Jackson se negó, así que ahora es mi operador de radio.

—Los dos son buenos —dijo Mellas.

Estaban todos en silencio y miraban el mapa alumbrado por un círculo de tenue luz rojiza.

—Quizá ya se didiaron todos los gucos por la frontera —sugirió Fitch.

—Sí —respondió Kendall.

Vancouver fue el primero en llegar al alambrado. Lo empujó sutilmente hacia arriba, para tantearlo, en busca de la puerta que sabía próxima. El alambre no cedió. Vancouver retrocedió. Se arrastró un poco hacia la izquierda y probó de nuevo. Connolly, Jacobs y Hamilton hacían lo propio.

El resto del Primer Pelotón esperaba, con las cabezas enterradas en la humedad del fango, casi temerosos hasta de respirar. Fracasso estaba en ansiosa espera de un brote de estática, que les indicaría que Kendall y el Tercer Pelotón habían penetrado en el perímetro y estaban ya en posición.

Kendall había conducido a su pelotón, silenciosamente, a través de la selva, en busca del lado sur de Matterhorn. Se detuvo y miró la brújula. La aguja fluorescente osciló, hasta que se detuvo. Apuntaba siempre hacia el norte. Siempre. Pero ¿de qué servía si no sabía si la montaña estaba frente a él o a su derecha? Tragó saliva y enterró la brújula de nuevo en su bolsita prendida al cinturón. Sintió ondas de pánico helado en el estómago. ¿Y si iban hacia el sur...? No, iban hacia el poniente, en dirección a Laos. Pero si el lomo corría hacia el sur, podría conducir al pelotón prematuramente montaña arriba antes de que pudieran tomar su posición en el lado sur. Tocó el hombro del chico que iba frente a él.

—Hay que girar un poco hacia la izquierda —murmuró.

El pelotón de Kendall comenzó a alejarse de Matterhorn.

De pronto, Hamilton sintió que el alambrado cedió con facilidad. Palpó un poco más hasta localizar uno de los barrotes al cual apenas estaba fijado el cable. Gateó hacia atrás y, conforme se movía, dejó pequeños trozos de la caja de la ración c. A unos treinta centímetros podía verse el blanco opaco de la cartulina.

Se pasó la voz hacia atrás hasta llegar a Fracasso. Luego, como se había convenido de antemano, Connolly serpeó a través de la entrada, recordando cada vuelta que daba y dejando un rastro de cartulina. Vancouver lo siguió, con la ametralladora frente a él. Tenía la espada firmemente atada a la pierna, para que no produjera ruido alguno. Los demás los seguían. Rezaban para que la niebla, a la que tantas veces habían maldecido en el pasado, fuera ahora su salvación; rezaban para que, en contra de todas las expectativas, no hubiera nadie en el perímetro esperándolos; rezaban para que el ejército de Vietnam del Norte se hubiera retirado por la noche.

Samms, en el puesto final de la columna de Kendall, se dio cuenta de que se desviaban del objetivo. Furioso, se puso a oprimir la tecla del auricular para llamar la atención de Kendall. Fracasso malinterpretó las señales en el radio y entendió que Kendall había llegado ya a su posición. Tocó a la persona que iba enfrente. Tres veces. La Tercera Manada ya está ubicada. Los toques en el hombro avanzaron por la fila.

Connolly apareció por el extremo más lejano de la entrada del alambrado y reptó hacia la derecha. La oscuridad, el arrastrarse, el miedo: nada de aquello se acabaría jamás. Al mismo tiempo deseaba que no terminara. Lo que seguiría podría ser aún peor.

Kendall escuchó que llegaban señales furiosas al auricular y entendió que lo habían sorprendido cometiendo un error terriblemente grave. Se detuvo de inmediato. El mensaje lo alcanzó adelante a través de susurros quedos.

—Vamos en la dirección equivocada, carajo.

Kendall, conmocionado por cierta sensación de fracaso, volvió a tientas columna atrás, seguido por su operador de radio. Llegaron hasta Samms y se escuchó entonces un fluir intenso de palabras en voz alta.

—¿Qué coños estás haciendo? Debería dispararte aquí mismo. Ahora vas a seguirme hasta que lleguemos a ese puto alambrado, carajo, y si escucho aunque sea un sonido, por pequeño que sea, te voy a volar los sesos –Kendall se estableció en el centro del pelotón. Samms tomó la punta y volvieron sobre sus pasos.

Faltaban pocos minutos para el amanecer. Los marines del Primer Pelotón estaban tumbados sobre el fangal, atrapados entre el perímetro y las fortificaciones enemigas. Esperaban. Fracasso estaba frenético. Se suponía que Kendall debía empezar el ataque. ¿Qué coños estaría haciendo? Miró el reloj; lo sostuvo tan cerca de su cara que la carátula se empañó. En pocos minutos comenzaría a clarear.

A lo largo de la línea cundía una perplejidad angustiante. ¿Dónde estaba la Tercera Manada? ¿Por qué coños estaban ahí, esperando en esa trampa mortífera?

Fracasso quería llorar. Deseaba volver atrás y arrastrarse por el alambrado, pero sabía que era imposible que el pelotón pudiera salir antes de que amaneciera. Si los sorprendían con una mitad fuera y la otra mitad dentro, perdería a la mayoría de sus hombres.

Entonces, Fracasso notó que la palidez blanca de su reloj se fundía con el brillo fosforescente de las manecillas. El alba no había esperado.

—Santa María, ruega por nosotros –murmuró. *Y en la hora de nuestra muerte.* Se puso de pie y gritó al tiempo en que lanzaba la granada que había sostenido en la mano derecha. A lo largo de la fila, el pelotón tiró sus granadas con toda la fuerza que les fue posible, apuntando hacia sus antiguas fortificaciones. Las explosiones desgarraron esa franja de la montaña e hicieron centellear aquellos rostros fieros y asustados. Fracasso disparaba el m-16 en automático y corrió montaña arriba vociferando gritos. En cinco segundos cubrió la breve distancia que lo separaba de las fortificaciones.

—¡La puta que lo parió, están vacíos! –gritó al llegar al primero–. ¡Están vacíos, carajo! –detrás de él apareció todo el pelotón, y todos sintieron que se les caía un gran peso de encima.

Entonces, desde las zanjas nuevas justo encima de las fortificaciones viejas, a donde se había mudado durante la noche la unidad del ejército de Vietnam del Norte, diezmado en tamaño, centelleó el fuego disparado desde la oscuridad. Fracasso, a quien le habían apuntado por lo menos cinco tiradores por ser el líder, cayó al instante.

Cuando el fuego estalló por encima de las fortificaciones vacías, todos querían meterse bajo tierra. Muchos, sin duda, se desplomaron sobre sus rodillas. Si los otros también hubieran caído, el ataque se habría detenido y el resultado habría sido un desastre. Pero el ataque continuó, menos por una decisión consciente que por simple camaradería.

Jackson corrió hacia el frente, sobre todo para ver si Fracasso continuaba con vida y no por razones tácticas. Vancouver lo vio dirigirse hacia el subteniente y decidió que, aunque el pelotón se encontrara en un sándwich de mierda y sin esperanza, él sería un malnacido si permitía que Jackson avanzara solo. Así que mantuvo el paso. Connolly, al verlo acometer hacia el frente, hizo exactamente lo mismo, a pesar de que su mente le decía que se disolviera en la tierra bajo sus pies que lo recibiría con los brazos abiertos. Él no abandonaría a un amigo. Tampoco ningún otro de los demás.

Jackson, a quien le había alcanzado un rozón en el brazo cuando dispararon sobre Fracasso, vio que Vancouver avanzaba y que de su ametralladora salían despedidos casquillos de bala. Jackson no podía dejarlo ir solo, y tampoco le parecía ventajoso retroceder y esfumarse por el alambrado. Se mantuvo corriendo al frente, pero olvidó disparar el arma.

Un hombre en buena condición puede correr cien metros en unos doce segundos. Pero necesita más tiempo quien corre por un talud ascendente, con rifles y munición, con un chaleco antibalas, casco, agua, granadas, botas pesadas y, quizá todavía, una última lata con un rollo de nuez. Los nuevos parapetos desde donde disparaban los soldados norvietnamitas estaban a unos veinticinco metros de las antiguas fortificaciones. Hacían falta unos cinco segundos para atravesar ese campo de la muerte. En ese intervalo cayó una tercera parte de los treinta y cuatro hombres restantes en el pelotón.

Luego, atacantes y defensores se encontraron, y los chicos, vociferantes, asustados, encolerizados –disparaban, daban garrotazos y patadas–, intentaron sofocar aquella locura mediante el recurso de mayor demencia.

Vancouver saltó al interior de una zanja ocupada por dos pequeños soldados norvietnamitas; les disparó al pecho, y los relámpagos de la boca de fuego del cañón de la ametralladora los iluminó a los tres como si se tratara de luces estroboscópicas. Uno de ellos, antes de morir, le atravesó el brazo izquierdo a Vancouver con un balazo, con lo que le destrozó el hueso por encima del codo. Vancouver se abalanzó para salir de ahí, enloquecido por el dolor y esforzándose por alcanzar la cima del cerro. Cuando salió por encima del bordo de la cumbre aplanada de Matterhorn, vio al comandante de la unidad norvietnamita gritarles a sus hombres para que atravesaran la zona de aterrizaje para socorrer a quienes defendían el flanco oriente.

Vancouver sorprendió al oficial, quien lo miró con desconcierto. A pesar de la oscuridad previa al amanecer, Vancouver pudo advertir que el oficial no era mayor que Mellas o Fracasso. El chico aquel buscó su pistola, que tenía atada con un cordel alrededor del cuello y que descansaba en una funda al hombro. Muchos otros, al ver la inmensidad del marine, con el brazo ensangrentado, le apuntaron con los AK-47.

Vancouver, impedido para levantar el cañón de la ametralladora debido al brazo herido, se lanzó al suelo por debajo del bordo de la zona de aterrizaje. Rodó hacia la izquierda y liberó la ristra de balas para emplazarla en el receptor. Apoyó el cañón del arma en el bordo de la zona de aterrizaje y jaló el gatillo. Cayó el oficial, herido, y le destrozó la rodilla a uno de los soldados que le disparaban. Vancouver tiraba rondas cortas y firmes que cruzaban, de un extremo a otro, la zona de aterrizaje, y obligaba a los refuerzos del ejército de Vietnam del Norte a rodear la montaña por el camino más largo.

El oficial norvietnamita daba gritos y se arrastraba para alcanzar un antiguo casamatas. Pronto se le unieron dos soldados que portaban una ametralladora con cargador de tambor. El oficial les hizo disparar contra Vancouver. Un rosario de metralla levantó tierra alrededor de sus ojos y lo obligó a bajar la cabeza, mientras las balas volaban por toda la planicie que se extendía entre ellos. Al bajar la cabeza, el oficial gritó algo y un grupo de hombres se apresuró a través de la zona de aterrizaje.

Vancouver entendió el juego de inmediato.

Mientras pudiera mantenerse disparando, frenaba los refuerzos y le daba tiempo al pelotón para penetrar a través de la línea de fosos. Miró detrás suyo y vio a Connolly, que corría con una granada hacia uno de los pozos de tirador, y también a otros dos marines que, de rodillas, disparaban hacia allá para mantener abajo las cabezas de sus ocupantes. Sólo se necesitaba un minuto. Atravesarían las defensas. Si el Tercer Pelotón llegaba a tiempo, arrasarían con las líneas enemigas.

Los cinco soldados del ejército de Vietnam del Norte se encontraban ya a la mitad de la zona de aterrizaje.

Asomó entonces la cabeza y les vació encima la ristra de balas. Dos heridos cayeron a tierra. Dos se tiraron al piso aposta y reptaron hasta alcanzar otro casamatas vacío. Uno se volvió para unirse al oficial y al equipo de metralletas, quienes no dejaban de dispararle.

Una de las balas le destrozó a Vancouver el hombro izquierdo. El brazo entero se había convertido en un apéndice sangriento, blandengue, incontrolable.

Manco, se tiró extrañamente hacia un lado para recargar la ametralladora. Grandes manchas de gris y negro oscurecían la bandeja de alimentación y la cubierta. Menó la cabeza para aclararse la vista. No le funcionaba bien su única mano. La sentía torpe y lenta. Escuchó que Bass le gritaba, pero no podía entender las palabras. Oyó la explosión de la granada de Connolly y lo vio incorporarse junto a la zanja y disparar una ráfaga dentro ella. Los destellos de la boca de fuego parpadeaban en la oscuridad a lo largo de las trincheras.

De nuevo gritó el oficial norvietnamita. Los dos soldados en el otro asentamiento del cañón se levantaron otra vez y avanzaron hacia Vancouver. Otro grupo salió del foso donde estaba el oficial.

Bass y Connolly tan sólo necesitaban unos pocos segundos.

Vancouver jaló la espada que tenía a un lado. En realidad, nunca había contemplado usar esa maldita cosa. Había bromeado al respecto con el nuevo subteniente bota y con Bass y el artillero. Se sacó el arnés de la ametralladora y salió, rugiendo, por encima del bordo, con el rostro ennegrecido, el casco caído, con el pelo rubio apelmazado por la sangre. Le colgaba, inocuo, el brazo izquierdo, pero con el otro levantaba la espada por encima de la cabeza. Tenía que correr y gritar unos treinta segundos, y luego, fuera como fuera, aquello terminaría.

Los soldados enemigos apostados con la ametralladora no podían dispararle porque Vancouver se encontraba ya en medio de los dos camaradas que habían atravesado la zona de aterrizaje hacia él. Los dos caían ya bajo el acero de su espada.

Un sargento bajito y de constitución sólida perteneciente al segundo grupo de soldados corrió directamente hacia donde Vancouver luchaba con aquellos dos y se detuvo un momento. Vancouver venció al segundo y se disponía a atacar al sargento, pero él le apuntó con el rifle y echó tres tiros veloces. Dos balas se le metieron al estómago. Se dobló sobre el suelo. El sargento disparó de nuevo. Vancouver se estremeció y se desplomó. El hombre le hizo a su escuadra una señal de avance con el brazo y corrió hacia la orilla de la zona de aterrizaje. Uno de los dos soldados a los que Vancouver había atacado pedía ayuda débilmente. Vancouver, con el rostro en el lodo, lo escuchó y supo que morirían juntos. De alguna manera, sintió que era lo correcto.

El pequeño grupo de soldados norvietnamitas alcanzó el ribete de la zona de aterrizaje en el instante en que Samms cruzaba el alambrado para penetrar en el talud sur. Malquistado por la desesperación y la vergüenza por permitir que el Primer Pelotón atacara solo, se arrojó contra el alambrado sin importarle la puerta. Las balas levantaron tierra a su alrededor; la débil luz frustraba el objetivo de los norvietnamitas. Samms, atorado entre los postes, levantó el alambrado y les gritó a sus hombres a través de la neblina plomiza. Finalmente se pudo zafar. Sangrando de piernas y brazos, dejó atrás las fortificaciones vacías y se dirigió a las nuevas trincheras, localizadas por encima de él. Milagrosamente, las balas no lo golpearon.

Contra la luz grisácea del amanecer vio las siluetas de los refuerzos enemigos. Se lanzó al suelo y disparó dos rondas breves, sin dejar de observar el vuelo de las balas de iluminación que había intercalado cada cinco tiros. Corrigió la dirección. Disparaba hacia el pequeño grupo de refuerzos. «Felizmente para la Compañía Bravo», pensó Samms, «el ejército de Vietnam del Norte llegaba con un retraso de treinta segundos.»

El resto del Tercer Pelotón pasó en grupo mientras él vaciaba su cartucho. El operador de radio, quien también sangraba tras haberse atorado entre las púas, se dejó caer a su lado. Samms, haciendo caso omiso de él, corrió hacia delante, hacia el fuego que disparaba el Primer Pelotón.

Algunos soldados enemigos se retiraban montaña arriba, y disparaban conforme se alejaban. Otros permanecían en sus trincheras para pelear hasta el último aliento.

Samms escaló a la parte alta de una pequeña cuesta a un lado de la montaña y pudo tener una panorámica del Primer Pelotón entero. Uno de los chicos nuevos echó el rifle hacia un lado y disparó una ráfaga breve.

Cortell le cayó encima y le gritó:

—¡Son nuestros! ¡Son nuestros los de la izquierda!

Samms los vio a ambos. Tenía dos balas en el pecho, una le detenía ya el corazón.

—La puta que te parió, cretino de mierda –dijo con calma mientras la oscuridad enfermiza se le arremolinaba en el cerebro, y las manos y los antebrazos se le acalambraban. Cayó de rodillas y se hizo un ovillo, como un niño que va a dormirse.

El resto del pelotón de Samms llegó alrededor del hombro de la montaña. Algunos se detuvieron al verlo ahí, inánime. Bass les gritó y les señaló con su cayado de corto de tiempo la fisura en las líneas enemigas. Los chicos del Tercer Pelotón, que se sentían desgraciados por haberle fallado al Primer Pelotón, arremetieron por esa franja, disparando mientras corrían. Cruzaron la zona de aterrizaje, que ya había quedado desierta, y descendieron sobre las trincheras enemigas desde arriba y por detrás. Se oyeron silbidos agudos. En cuestión de segundos, el ejército de Vietnam del Norte se retiraba, con orden, montaña abajo, por el talud poniente de Matterhorn, en dirección hacia Laos.

Bass corrió tras el Tercer Pelotón, a sabiendas de que tenía que detenerlos para que no los persiguieran montaña abajo y quedaran expuestos a un contraataque. Skosh, con una costilla rota a causa de una bala casi cansada, se esforzó por seguir a Bass. Kendall, sin saber qué hacer, siguió a su pelotón.

—Tenlos listos para un contraataque –le gritó Bass.

Kendall asintió y les gritó para que se detuvieran y se posicionaran. Bass corrió de regreso hacia el Primer Pelotón para establecer una defensa. Dirigía a la gente con su bastón, lo blandía en el aire y se servía de él para apuntar hacia puntos flacos. Reparó en el cuerpo de Vancouver y la espada ensangrentada. Lo volteó hacia arriba rápidamente, vio el rostro familiar de la muerte y continuó su carrera, gritándoles a Hamilton y a Connolly que se unieran al pelotón de Kendall en los dos extremos.

Skosh, con el pecho aún jadeante, se detuvo para quitarle la espada a Vancouver de la mano. Parecía perro atropellado.

—Maldito *gunjy* canadiense, hijo de puta –le dijo Skosh–. Activó el auricular–. Bravo, aquí Bravo Uno Ayuda.

Pallack respondió de inmediato:

—Adelante, Uno Ayuda.

Skosh presionó la tecla del auricular.

—El gran Víctor está muerto. Cambio –dejó el auricular.

Pallack les repitió el mensaje quedamente a Fitch y a Mellas. Era como si hubieran arrancado el alma de la compañía.

Un minuto después escucharon el sonido ominoso y distante de los tiros de mortero. Luego, los proyectiles del ejército de Vietnam del Norte atravesaron, con un silbido, el gris del cielo luminoso, hasta que aparecieron.

Los heridos estaban tumbados, expuestos por la ladera oriental de Matterhorn. Era como si los proyectiles de los morteros caminaran pesadamente entre ellos, en ocasiones se tropezaban con alguien y dejaba un rastro rojizo de carne. Algunos de los heridos intentaron arrastrarse para cubrirse. Otros, incapaces de moverse, miraban el cielo con terror adormecido o simplemente cerraban los ojos, rezando para que algún amigo se allegara hasta él y lo jalara a un sitio seguro. Los amigos se acercaron.

Con personal insuficiente para cubrir el perímetro original de la compañía, Bass los colocó a todos en las trincheras de los norvietnamitas. Ahí, los chicos se apiñaron contra la tierra y esperaron a que terminara el bombardeo y a que, quizás, entonces, comenzara el contraataque.

Bass tenía otra preocupación más allá del contraataque y de la evacuación de los heridos. Si los atacaban, dispararían sobre sus propios muertos que estaban regados en la ladera. Aunque hubieran muerto, seguían siendo marines. Recordó a Jancowitz, quien había dado su vida para romper el fuego trabado que había detenido el primer ataque contra el Cerro del Helicóptero. Sabía también lo que Vancouver había hecho por ellos. Para Bass, los muertos no estaban muertos.

—A la mierda –le dijo a Skosh–. Si nos atacan, tendremos que repelerlos desde acá arriba.

Se levantó de la trinchera en el momento en que tres proyectiles explotaron en una cadena rápida. Metralla y tierra rasgaron la cortina de niebla.

—¡Todos arriba! ¡Arriba! ¡Arriba todos! No hemos terminado. Tenemos cosas que hacer, marines. ¡Arriba!

Los chicos asustados lo observaron desde los hoyos. Él blandía su cayado de corto de tiempo.

—¡Arriba! Vamos a recoger los cuerpos. ¡Arriba! –corrió montaña abajo. Todos salieron, incluido Skosh, con la costilla rota.

Parecía un asalto en reversa. Se gritaban unos a otros en medio de las explosiones, algunos con gritos rebeldes, otros gritaban: «¡Al carajo! ¡Que se vaya todo al carajo!». Corrieron por sus muertos. Algunos cayeron a causa de la cizalla. Los levantaron, apenas habían tocado el suelo, y los arrastraron montaña arriba junto con los cadáveres. En un minuto quedó limpia la montaña.

Entonces, como si Dios hubiera corrido una cortina, se levantó completamente la neblina. Los marines en el Cerro del Helicóptero vieron Matterhorn, desnudo, frente a ellos. Había pequeñas figuras camufladas que pululaban por aquí y por allá, jalaban por detrás suyo a otras siluetas pequeñas en camuflaje verde o caminaban con otras colgadas de sus hombros.

—Consigue esas puñeteras aves, Snik —gritó Fitch con alegría.

Mellas podía ver a Bass claramente en la cumbre de Matterhorn; le gritaba a alguien y apuntaba con su bastón hacia algo.

Ya sin la neblina, empero, el ejército de Vietnam del Norte, apostado en el lomo norte de Matterhorn, abrió fuego con armas automáticas y con los morteros. El movimiento en la zona de aterrizaje se detuvo.

Fitch y Mellas se miraron desesperanzados. Las aves sólo arribarían con cielo despejado; pero, una vez que mejoraba el clima, ahora los vietnamitas los tenían paralizados a base de disparos.

Entonces se escuchó un grito proveniente desde el Cerro del Helicóptero. «¡Tubo! ¡Tubo!» Los marines, que cavaban un segundo perímetro dentro del primero, pues no contaban ya con suficientes efectivos para defender el exterior, debieron detenerse y se hundieron en tierra. Esperaron el intervalo que se extiende entre el sonido del tubo, que llegaba a los oídos en línea recta, y el momento que tardan los proyectiles en recorrer la alta trayectoria de los arcos. Los tiros se estrellaron, inocuamente, en la lejanía, por la parte baja del talud de la montaña. Entonces, los marines se incorporaron para cavar frenéticamente hasta tener listo el nuevo perímetro.

Mellas sintió un desaliento enfermizo. Los tronidos de los tubos de los morteros provenían de una dirección diferente a los anteriores.

Corrió hacia las líneas y se lanzó al foso de Goodwin, desde donde esperaba escuchar la segunda ronda de tubos y podría ayudarle a Daniels a cruzar trayectorias.

—Habrá que lidiar con estos cabroncetes —le dijo Goodwin a Mellas, mientras esperaban la siguiente ronda de tiros—. Son muy buenos estos hijos de puta, qué mal que no estén de nuestro lado.

—Espera un poco —repuso Mellas—. Hace veinticinco años sí estaban de nuestro lado.

—No jodas. ¿Quién se pasó al bando contrario, ellos o nosotros?

—Creo que nosotros. Antes nos oponíamos al colonialismo, ahora estamos contra el comunismo.

—Estoy jodido —dijo Goodwin como si fuera una constatación—. Da igual a qué nos opongamos, Jack, son unos pros acojonantes.

Mellas levantó la mano en un esfuerzo por escuchar la siguiente serie de bombazos. En cuanto llegaron, estimó la dirección y se la comunicó a Daniels a través del radio de Goodwin. Luego esperó a que los proyectiles completaran, con lentitud, sus altas trayectorias. Miró la parte alta del banco de nubes que se arremolinaba debajo de las dos cimas y oscurecía el valle de más abajo. Matterhorn parecía inconexo a la superficie de la tierra, como un abultamiento espantoso que protruía de aquel gris plata. Entonces se estrellaron los proyectiles por todo el perímetro, incluso en el interior. Los marines se hicieron ovillos, con las manos tapándose los oídos y queriendo cobijarse dentro de los cascos.

El bombardeo continuó quince minutos más. Sólo quince. Luego se calló.

Mellas esperó dos minutos. Miró por encima del bordo del cráter y se levantó para cuantificar los daños. Vio que el calamar mayor ya había salido y atendía a alguien. Goodwin reportó dos bajas más; ambos estaban en el mismo foso. Fuera de eso, tan sólo había heridas de metralla menores.

Mellas regresó al foso de Fitch. Relsnik lo miró con rostro compungido. Pallack miraba hacia otro lado.

—¿Qué sucede?

Fitch quebró el silencio.

—Murió Bass —dijo con rapidez. Como si quisiera resarcirse por la brusquedad de su declaración, añadió—: no tenemos suficientes efectivos para cubrir las dos montañas. En cuanto logremos sacar a los heridos de Matterhorn, traeré acá al Uno y al Tres.

Mellas necesitó un momento para registrar la información completa. Sin embargo, su siguiente pregunta fue del todo automática. Fue lo único que pudo decir para llenar aquel vacío.

—¿Cómo? —preguntó aturdido.

—La metralla. Se desangró.

Mellas se dio la vuelta y regresó a la orilla de las líneas que miraban hacia Matterhorn. Reinaba el silencio. Matterhorn flotaba, sereno, por encima de la neblina. Había visto a Bass ahí mismo unas semanas atrás, le había explicado algunas cosas, habían bromeado y se había quejado con él.

Un día, Bass lo había envuelto con una manta, después de haber patrullado, cuando no podía dejar de temblar de frío. Prepararon café juntos. Hablaron sobre sus familias. Sobre el Cuerpo de Marines. Bass. Muerto. En este inmundo culo del mundo.

Goodwin se le acercó por la espalda, le puso la mano sobre el casco y lo movió hacia delante y hacia atrás. Mellas callaba.

—Gracias, Scar –le dijo finalmente.

Le dolía la garganta. Se le agolpaban las lágrimas detrás de los párpados. Pero no permitió que estallara su dolor ni que brotaran las lágrimas. El vacío llenaba su alma.

—¡Ey! –gritó alguien por el lado sur del perímetro–. Allá vienen las aves.

Por el sur ascendía hacia Matterhorn un único CH-46, entre la niebla. Alguien encendió una granada de humo rojo, que se dilató por el aire, como sangre en agua.

Conforme se acercaba el heli, bocanadas perezosas de humo oscuro se enrollaron a su alrededor. Más tiros de mortero.

Mellas dejó los radios, tomó los binoculares de Fitch y trepó sobre una pequeña elevación del terreno. Vio a Jackson de pie, completamente solo, en medio de la zona, con el radio a la espalda; le hacía señas al helicóptero con las manos, mientras a su alrededor estallaban proyectiles de mortero. Sin Fracasso ni Bass, Jackson había tomado el mando. No habían hecho falta ni órdenes ni preguntas.

Mellas observó cómo aterrizaba el heli. Algunos de la tripulación salieron en tropel mientras los marines de la Compañía Bravo corrían hacia arriba con los heridos a cuestas, como mejor podían, y los arrojaban al interior de la nave por la puerta de la cola. La tripulación jalaba los cuerpos hacia dentro, mientras los marines no dejaban de correr –hacia dentro y hacia fuera– con más muertos y heridos. Luego se levantó el heli, golpeando el aire, y los marines salieron y se dispersaron en busca de cobijo. Una figura apareció en la puerta de la cola, que se cerraba ya, titubeó un instante antes de brincar al vacío y cayó en tierra. Parecía Jacobs. Por la cabeza de Mellas atravesó el pensamiento irónico de que Jacobs habría tartamudeado bastante al pedirle al piloto que se quedara en tierra, pero luego se sintió mal por permitirse tales ideas. Miró cómo Jacobs se quedaba un segundo ahí, tirado, hasta que alguien salió disparado en medio de aquellas descargas de morteros vociferantes y lo jaló. Los dos, ya de pie, corrieron en busca de un sitio seguro.

—Carajo, Jake, qué cabrón –dijo Mellas en alto y entre dientes–. Él mismo brincó de regreso a esta mierda.

Miró cómo Jackson dirigía, tranquilamente, a otro heli que llegaba. Entonces, las nubes cerraron la zona de aterrizaje y ya no pudo ver más.

Un tercer heli subió, batallosamente, por el lado sur del Cerro del Helicóptero. Todos escuchaban su avance. Pallack hablaba con el piloto a través del radio, y el calamar mayor preparaba la evacuación de los heridos del día anterior. Seguían vivos dos de las cinco emergencias originales. Uno era Merritt, quien no dejaba de repetir que jamás olvidaría todo aquello. Sheller le contestó que él tampoco. Ayudado por los enfermeros del Segundo Pelotón pusieron el cuerpo pestilente de Merritt sobre una manta, atada a dos varas, y lo cargaron hasta una superficie plana de tierra por el lado oriente de la montaña, lejos del fuego automático de las ametralladoras, en espera del heli.

Mellas lo vio emerger entre la niebla. Pallack arrojó humo amarillo y, entonces, volvieron a caer los proyectiles de los morteros sobre el Cerro del Helicóptero.

El piloto hablaba con Pallack con voz calma y firme.

—De acuerdo, hijo. *¿Desde dónde* están disparando? Ya sé *hacia dónde* apuntan. Cambio.

—Desde aquel brazo de montaña justo al norte, señor. También hay morteros al norponiente y al poniente, justo en la frontera. Cambio.

—De acuerdo, hijo. Me acercaré desde el sureste. ¿Estás seguro de que ese puñetero foso es suficientemente grande como para aterrizar? Cambio.

—Sí, señor. Acabo de pasar por ahí. Es un buen espacio, amplio y liso. Cambio.

—«Un buen espacio, amplio y liso» no me sirve de mucho. Dame números. Cambio.

—Es un buen espacio plano, señor –repitió Pallack–. Cambio.

—No estoy de humor para bromas, carajo. Cambio.

Pallack no quería decirle cuán pequeña era la zona, pues temía que el piloto diera vuelta sin intentar el aterrizaje.

—Carajo, hijo, ya sé que piensas que me iré si me dices que es demasiado pequeña, pero ayúdame; si no me dices las medidas, daré media vuelta y me largo con esta puñetera nave. En este mismo momento. Cambio.

Pallack titubeó.

—Diez metros, señor. Pero ahí no tiene nada de viento. Cambio.

—Mierda –había murmurado la palabra, no quería transmitirla por radio. Sin embargo, el heli no dejó de aproximarse. Mellas podía ver al piloto, un hombre con sobrepeso, probablemente un oficial –un mayor, un teniente coronel o un coronel–, que movía con destreza las manos sobre los controles, con el rostro sudoroso apretujado por el estrecho casco de plástico. Mellas no pudo evitarlo: pensó en Santa Claus.

Para entonces se oían ya armas más pequeñas que, disparadas desde el norte, crujían por el aire encima de la zona de aterrizaje. El heli volaba en línea recta hacia allá. Una segunda serie de tubos atravesó la neblina, y todos los que esperaban la nave se echaron al fango. Explotaron más proyectiles sobre el cerro.

Sheller estaba sentado junto a los heridos, se restregaba la cara. Ridlow, aún blancuzco y con sudor pegajoso en la cara, bromeaba acerca de si dejaba o no su Magnum .44 con Goodwin, pero, en realidad, los dos estaban preocupados. Ridlow se había desmayado ya en dos ocasiones debido a la falta de sangre.

El piloto habló como si pretendiera alejar el peligro de su mente.

—Normalmente no haría esto, hijo, pero un sargento de segunda clase salvaje y palurdo me retuvo justo afuera de Delta Med,* y me dijo que más me valía hacerles el *huss* de venir por ustedes o me dispararía hasta derribarme con todo y heli –se rio–. ¿Conoces a ese personaje? Cambio.

—Sí. Es el artillerito –respondió Pallack–. Y sí cumple, señor –añadió–. Acá con nosotros se está mucho mejor. Cambio.

—Es justo lo que me imaginé, hijo –la radio entró en estática.

Se intensificó el fuego, pero el ave mantuvo el curso en línea recta, lento y expuesto. Más tiros de mortero se estrellaron contra la montaña a las espaldas del grupo de evacuación. El ave se aproximó y salió de la neblina con las palas enormes martilleando y las turbinas rugiendo. De pronto se hizo el caos, el heli se tambaleó y flotó por encima del área pequeña en el talud del cerro, con las paletas casi rozando la tierra por la parte alta de la ladera. Mellas vio que las balas habían perforado el cristal de la cabina. El copiloto estaba echado hacia enfrente, sostenido tan sólo por el cinturón de seguridad, con el casco de plástico estrellado y roto.

El heli golpeó el suelo y el jefe de tripulación arrojó afuera bolsas, mientras Sheller y Fredrickson, con ayuda de otros, echaban a los heridos críticos en el vientre del ave. En cuestión de segundos, el heli se alejó y los chicos que permanecieron en tierra se arrojaron en busca de fosos, sin importarles qué pudiera haber en aquellos sacos. Los siguientes disparos

---

* Se trata de una docena de fortificaciones dedicadas a la atención de los heridos y enfermos, una especie de hospital con un quirófano, que se localizaba en Dong Ha.

llegaron en el momento en que el heli daba ya la vuelta y ganaba velocidad rápidamente, ayudado por la gravedad, patinando en dirección sur, hacia el valle. Se asomó una mano por uno de los ojos de buey del helicóptero. Sostenía un revólver Smith & Wesson .44 y arrojó seis tiros hacia el norte.

Mellas levantó la cabeza del suelo. Se lanzó sobre los sacos, pidiendo ayuda a gritos, y los arrastró montaña arriba, hacia las fortificaciones. Adentro había cajas con infusión intravenosa, munición para las ametralladoras, quince galones de agua, una caja con granadas de mano y, en un saco de marinero, repleto de hielo que se derretía, dos cajas de Coca-Cola.

—Ese hijo de puta, el artillerito —dijo Pallack.

Tres horas más tarde, el Primer y el Tercer pelotones se dirigieron en fila hacia el Cerro del Helicóptero. Debían mantener el paso de los heridos a quienes no habían podido medevaquear por falta de espacio en las aves. Connolly portaba la espada de Vancouver. Caminó hasta el puesto de mando y se la entregó a Mellas.

—¿Qué coños voy a hacer yo con esto, Conman? —le preguntó, sopesándola.

—Yo qué sé —Connolly miró hacia la niebla—. Pero estoy seguro de que si la enviábamos con Vancouver, alguien que no la merece la hurtaría. Al menos puede intercambiarla por algo.

—Eso no me parece correcto —observó Mellas—. Quizá debamos enviársela a su padre —añadió sin convicción.

—¿Qué padre? —preguntó Connolly—. No le va a gustar nada, señor. ¿Qué cree que estaría haciendo un puto canadiense en una guerra de norteamericanos si tuviera una familia y un padre a donde quisiera volver?

Connolly se sentó en el lodo y se quedó mirando hacia Matterhorn; obviaba a Mellas.

—Carajo, era mi hermano, señor —comenzó a llorar. Mellas miró la espada, incapaz de decir nada. Por la boca y la barbilla de Connolly fluían lágrimas. Se las sacudía con la mano sucia, manchándose la cara. Miró entonces a Mellas—. Carajo, era mi hermano.

Mellas depositó la espada en la fortificación del puesto de comandantes. Luego fue hasta la posición del Primer Pelotón y se hizo del mando sin preguntarle siquiera nada a Fitch.

Había quince cuerpos apilados en la cumbre del Cerro del Helicóptero, tiesos ya por el rigor mortis, muchos mutilados por tiros de morteros que habían explotado justo entre ellos. El pelotón de Goodwin había perdido a quince: ocho muertos y siete medevaqueados. Los otros heridos de su pelotón resistieron, pues estaban todavía en condiciones de combatir. Kendall perdió catorce: seis muertos y ocho evacuados, y los diez restantes, con heridas menores, se quedaron a pelear. Al Primer Pelotón le quedaban veinte de un total de 42; con Mellas sumaban veintiuno. De ellos, la mitad tenía heridas menores pero podía combatir. Con el grupo de comandantes y los hombres de los morteros quedaban 97 efectivos en la compañía. Quince galones de agua divididos entre todos equivalía a unos setecientos mililitros para cada marine. A cada uno, además, le tocaba media lata de Coca-Cola.

Apenas eran las 1015.

Redistribuyeron el agua, la comida y las municiones de los muertos, incluidos los norvietnamitas. Algunos marines mantuvieron el agua de los enemigos en cantimploras distintas a las propias; otros las mezclaron. No había diferencia. Los metralletas se reunieron y se distribuyeron las balas en cantidades iguales.

Pasaron todo el día en los fosos, ya fuera sentados o de pie, con la mirada fija en la neblina. Por momentos, alguien gritaba «¡Tubo!», y entonces se agazapaban, con las rodillas contra los cascos, a la espera del sonido que les haría saber que no les habían dado.

Por la tarde, a causa del martilleo de los morteros del EVN, Mellas estaba ya perdiendo el control. En cierto momento tomó, de un muerto, un segundo chaleco antibalas y se lo echó encima. Su mente no dejaba de calcular: si un chaleco absorbía 50 por ciento del impacto, dos harían 75 por ciento. Si uso tres, sería entonces 87.5 por ciento, y cuatro harían 93.75 por ciento. No dejaba de hacer cuentas hasta que su mente, embotada, ya no era capaz de continuar con las divisiones; entonces, por alguna razón, recomenzaba desde el principio. Si uno bloquea la mitad, entonces dos bloquean tres cuartas partes… Intentó apagar los cálculos. Caminó de uno a otro hoyo para hablar con la gente. Pero, cuando oía los tubos, sabía que había proyectiles en camino, se lanzaba al foso más cercano y, de nuevo, hacía números, mientras esperaba las explosiones. Recordó una clase acerca de la ineficiencia de los morteros contra tropas parapetadas. Pero nada había dicho aquel profesor sobre el efecto psicológico.

Al anochecer, Fitch convocó a una reunión de actuales en la fortificación. Kendall, bastante alicaído, llegó antes que nadie. Todos estaban ya enterados de su cagada. Miró con ojos de culpa a Relsnik y a Pallack, y saludó a Fitch con un susurro. Se sentó en la oscuridad, con los brazos alrededor de las rodillas, cercanas al pecho, en espera de que llegaran los demás.

—¿Cómo estás? –le preguntó Fitch.

—Bien, capitán.

—¿Y el pelotón?

—Unos pocos más heridos por las metrallas pero nada serio. Están cansados. Y tienen sed de verdad. Llevamos dos noches sin dormir.

—Nadie ha dormido –replicó Fitch con un suspiro.

—No quise decir que sí, capitán –se disculpó Kendall.

—Lo sé –Fitch le sonrió–. Oye, ya sé. No te preocupes por eso.

Los dos guardaron silencio. Alcanzaban a oír a uno de los puestos de escucha que revisaba el radio antes de dejar las líneas.

—Bravo Uno, Bravo Uno, habla Milford. Revisión de comunicaciones. Cambio –puesto que Milford es un pueblo en Connecticut, el que hablaba era uno de los escuchas del Primer Pelotón.

—Te escucho Cocoa Fría, Milford –era la voz de Jackson, que informaba que escuchaba la transmisión «clara y fuerte»–. Oye, el capitán dice que quiere hablar contigo antes de que te vayas. Cambio.

—Enterado, Uno. ¿Viene él hacia acá? Cambio.

—Dame un momento –se hizo una pausa–. Afirmativo. Dice que llega en cero tres. Cambio.

—Milford, fuera –cerró la voz.

Fitch se rio. Kendall sabía que Fitch intentaba reanimarlo.

—Mellas pensaba que quería ser el Cinco –contó Fitch–, pero creo que está mucho más feliz como Bravo Uno Actual. Prefiere revisar al puesto de escucha, PE, que estar acá, en la reunión de actuales.

Kendall apenas asintió. En ese momento, su mundo era su memoria: Bass, que agitaba su cayado lleno de muescas, daba gritos e intentaba organizar la cima de la montaña, y hacía las labores que le correspondían a él, a Kendall. El cuerpo de Fracasso arrojado al interior del helicóptero. El silencio condenatorio de su pelotón cuando los dirigió de nuevo al Cerro del Helicóptero.

El silencio extraño se resquebrajó cuando Goodwin entró, a gatas, por la puerta.

—Hace un frío del demonio, como si fuera enero –dijo–. Nunca sabré por qué coños dejé mi mochila. Fue la puñetera idea de algún oficial hijo de puta.

—Oye, Scar —dijo Pallack—. ¿Hoy te ganas tu tercer Corazón Púrpura?

—No jodas, Jack —Scar se arrastró hasta Pallack y se sacó el cuello de la camisa mugriento—. Mira esto. Una herida, ¿no? Una puta herida de metralla justo en el cuello. Tengo al calamar mayor escribiendo la notificación en este preciso momento. Eso es todo, cabrones lastimosos —hizo una pausa para causar mayor efecto—. Okinawa.

—Patrañas, Scar, yo no veo ninguna herida —dijo Pallack.

—Porque aquí está oscuro, Jack, carajo.

—¿De verdad te darán un tercer Corazón por eso, Scar? —le preguntó Relsnik—. ¿Y volverás a Okinawa?

—Acojonadamente de acuerdo. Si estás al frente de tropas no puedes darte el lujo de tener ataques de nervios.

—¿Cómo está el pelotón? —intervino, finalmente, Fitch.

—Carajo, Jack, ¿cómo crees que está?

Fitch no respondió nada.

—Están todos bien —dijo Goodwin al cabo—. Pero hoy en la noche se nos van a congelar las pelotas.

—Esperas que no pase nada más que eso —Fitch se volvió a Pallack—. Mira si Mellas ya viene hacia acá.

Sheller entró a gatas, y retomaron el tema de los Corazones Púrpuras de Scar, para molestarlo, hasta que Mellas también entró a través de la trinchera angosta que conducía a la fortificación.

Se estaba muy a gusto, sin frío, y con mucha seguridad, a comparación de estar sentado en las líneas con el pelotón.

—¿Alguna buena noticia? —preguntó Mellas antes de encontrar su lugar en el interior. Cruzó las piernas, con las botas enlodadas, y se sentó encima de ellas, con la espalda recargada contra la tierra mohosa de la fortificación.

—Se supone que iban a dejar a Alfa y a Charlie esta tarde en el valle —dijo Fitch—. Pero se jodió por el mal tiempo. Quizá mañana temprano. Dicen que están haciendo todo lo posible. Mientras tanto debemos mantener este cerro. No les encantó que hubiéramos abandonado Matterhorn.

—A ellos no los veo acá arriba —dijo Mellas con lo dientes apretados.

—Nadie nos culpa —respondió Fitch rápidamente—. Al menos no por radio. Les dije que no contábamos con suficientes hombres para mantener Matterhorn y que aquí teníamos casos de camillas que cuidar y un perímetro más pequeño.

—¿Y qué está haciendo al respecto, Jack? —le preguntó Goodwin—. Si no cede esta puñetera neblina, nos quedaremos sin Hotel Veinte mañana por la noche.

—¿Hotel Veinte? –preguntó Fitch–. Jódete. ¿De dónde sacaste eso?

—¿Qué no fuiste a la escuela, Jack? «Hache dos o.» Agua. Recuerda eso. Cuando vivías allá, en el mundo, bebías agua. Bastaba con girar un poco la llave de la cocina y estaba limpia y tenía burbujitas graciosas.

—Y no hacía falta joderla con las tabletas de halazono –se quejó Mellas.

—Na, el gobierno ya se encargó de joder el agua desde las plantas de tratamiento.

Se rieron un poco, y luego retornaron todos al silencio, que Sheller rompió.

—Debo mantener agua para los heridos en un lugar seguro. Los ayuda para que no caigan en shock.

Acordaron un plan para recolectar el agua y redistribuirla, reservando una porción para los heridos.

Desde muy lejos, a través del suelo, los alcanzó un grito de «¡Tubo!». Nadie dijo nada. Segundos después, sintieron dos golpes secos en el suelo.

—Seguro que se pasó –dijo Kendall.

—No jodas –contestó Scar.

Rápidamente intervino Fitch.

—Podemos agradecerle a la neblina este pequeño *huss*. También los gucos deben jorobar los morteros a cuestas. No van a echar demasiados tiros sin tener la posibilidad de hacer ajustes.

—A menos que tengan mucha más gente de la que pensamos cargando los morteros –observó Mellas sombríamente–. Miren. Parece que mi puta cabeza no deja de hacer números todo el día, así que he estado contando los disparos de los morteros. Creo que nos echan tres al mismo tiempo desde tres posiciones diferentes. Eso da nueve. Hoy nos estuvieron bombeando en intervalos de diez a quince minutos. Son unos cuarenta por hora. Así que hoy tenemos doce horas de bombardeo, son cuatrocientos ochenta tiros. Sumemos los cuarenta o cincuenta que echaron sobre Matterhorn y tenemos ya más de quinientos. Eso implica doscientos cincuenta hombres cargando dos proyectiles cada uno, o 166 y dos tercios si cada uno cargó tres proyectiles.

—Oye, Jack, a esos dos tercios los arrojamos ya por una ladera –Goodwin se rio, y otros lo secundaron.

Mellas continuó, concentrado en las matemáticas.

—Pero eso es considerando solamente los morteros de 60 milímetros. Nos han dado también con los 82 y creo que una de las mierdas más grandes del otro día en Matterhorn pudo ser un 120. Así que los proyectiles de los 82 pesan, ¿cuánto: dos kilos y medio o tres? Los putos proyectiles de los 120 deben pesar más de 13. Así que seguramente son muchos más de doscientos cincuenta tipos. Y eso es tomando en cuenta tan sólo lo que han disparado hasta ahora −auscultó cada uno de los rostros en el grupo−. De manera que, o tenemos una compañía que se quedó ya sin proyectiles para los morteros y esta noche empacan y se piran −hizo una pausa−, o estamos en serios problemas.

—¿Sabes qué, Mellas? −dijo Fitch para mofarse de él−. Deberías estar en inteligencia y no en esta puta montaña con nosotros, gruñones simplones.

—Eso de «inteligencia militar» es una contradicción en términos −sentenció Mellas.

—Qué acojonante novedad, señor −repuso Pallack−. ¿Por qué no se va a casa con todo y su calculadora?

A diferencia de lo que Mellas opinaba sobre la eficacia de la inteligencia militar, la división de inteligencia, G-2, había llegado hacía días a la misma conclusión que él. Tras analizar información recabada de los bolsillos de soldados muertos, observaciones aéreas efectuadas gracias a quienes habían logrado colarse entre las nubes y el suelo, y los reportes de los equipos de reconocimiento apiñados, bajo la lluvia, en cumbres de montañas con visiones nocturnas Star-lite Scopes, visores infrarrojos, binoculares y ojos y oídos que se esforzaban, la división estaba ya bastante segura de que un regimiento norvietnamita se movía rápidamente hacia el oriente, desde Laos, para asegurar las tierras altas a lo largo de la Cordillera de Mutter, al norte de la Ruta 9. Un segundo regimiento se movía en paralelo a través del valle de Au Shau, hacia el sur. La división asumía que habría un tercer regimiento que bajaría al valle de Da Krong, en medio de los otros dos, pero hasta entonces no se les había visto.

Al tomar el Cerro del Helicóptero, la Compañía Bravo se había interpuesto directamente en la línea de avance del regimiento más al norte. Esto obligaba al ejército de Vietnam del Norte ya fuera a hacerlos pedazos o a aislarlos, como un tumor, a moverse alrededor y a martillarlos con morteros y, tal vez, con artillería. La única alternativa sería dar un rodeo extremadamente lento y difícil a través de los valles infestados de selva por debajo de la cordillera montañosa. Así que G-2 apostaba a que atacaría a Bravo, pero no antes de que congregara fuerzas suficientes.

Esto iba a constituir una carrera. La división suponía que el EVN asumía que los marines estaban al tanto de lo que ocurría. Los marines consideraban que los norvietnamitas eran profesionales, y los respetaban. No había sido casualidad que decidieran avanzar cuando la artillería de los marines se había retirado para acudir a la operación en Cam Lo. La mejor carta de los marines era, sin embargo, que el ejército de Vietnam del Norte probablemente no sabía cuán rápido podrían volver a emplazarla en posición en cuanto el clima se los permitiera. El enemigo, que se desplazaba por los confines de la cadena de montañas, permanecería a salvo mientras las nubes los favorecieran. Puesto que se movían a pie, el clima no les afectaba tanto como a los marines, y estarían en posición para arrollar a Bravo en un día, tal vez. Si las nubes se levantaban, la mayor movilidad de los marines les permitiría interceptarlos, fijarlos en su lugar e infringirles un daño considerable. Cuanto más aguantara Bravo, mayores oportunidades habría para entablar una buena batalla en el orden del tamaño de un regimiento, que ocasionaría bastante menoscabo para los norvietnamitas. En el peor escenario, los marines arriesgaban perder una compañía. A nadie la gustaría, por supuesto, pero una compañía de marines acorralados, con la espalda contra la pared, tampoco significaría un día de campo ni siquiera para una unidad enemiga de mucho mayor tamaño. Incluso en el peor caso, tendrían que pagar un precio muy alto. Y, en esta guerra, lo único importante era el desgaste.

La valoración del equipo de inteligencia se turnó, profesional y competentemente, al general Neitzel y a los regimientos.

Mulvaney no le había quitado un ojo de encima al Primer Batallón desde que se había lanzado el Águila Calva. Pero tenía otros dos batallones de tiradores por los que debía preocuparse y, a pesar de que los análisis de G-2 hacían sentido, no estaba dispuesto a mover nada por ningún lado hasta no estar completamente convencido de que era necesario hacerlo. Dejó rodar la mayor cantidad de bolas que pudo, a sabiendas de que de él dependían cien chicos que estaban colgados. Pero eran marines. Para eso estaban ahí. Sabía que G-2 tenía razón. Si el ejército de Vietnam del Norte se detenía para atacar a la Compañía Bravo, un objetivo tentador para cualquier comandante, lo pagarían caro. Si no lograba establecer a los otros batallones a tiempo, Bravo también habría de pagar. Lo que incordiaba a Mulvaney era que sabía que los norvietnamitas creían que estaban pagando por algo que bien valía la pena: su propio país.

No podía decir lo mismo respecto de los marines. Ese tipo de claridad era pretérita. ¿Cuál era el objetivo militar, por cierto? Si estaban aquí para derrotar comunistas, ¿por qué coños no marchaban contra Hanoi? Podrían sacar a los líderes comunistas de aquella miseria y terminar con toda esa mierda. O enviar tan sólo a unas cuantas divisiones del ejército por las fronteras norte y oriente hacia las posiciones defensivas, con lo que, por lo menos, triplicarían su capacidad de ataque. Mantendrían a los norvietnamitas fuera del país con una décima parte de bajas. Los vietnamitas del sur podrían purificar el Vietcong. Carajo, desde la Ofensiva del Tet el año anterior, el Vietcong estaba ya limpio. Parecía que los marines seguían matando gente sin mayor razón excepto la de matar porque sí. Eso le dejaba a Mulvaney un mal sabor de boca. Procuró ignorarlo a base de cumplir con su deber, que era matar.

De igual manera se sentía el mayor Blakely, pero con dos diferencias notables: Blakely estaba más emocionado porque no tenía que preocuparse por otros dos batallones, y ésta era su primera guerra, no la tercera. Además, Blakely jamás reflexionaba sobre los costos o los porqués. Lo suyo era resolver problemas.

Sabía que Bravo corría riesgo. Él los había puesto en tal tesitura y no le agradaba particularmente haberlo hecho. Y aunque había visto ya cómo bajaban a chicos muertos de los helis, no había estado presente cuando murieron. Por esta razón le parecía difícil respetarse a sí mismo. Ésta era una guerra para capitanes y tenientes y subtenientes, y él, con 32 años encima, ya estaba demasiado viejo. Ignoraba —y pensaba que jamás lo sabría a menos que pudiera involucrarse— si él contaba con lo necesario para comandar un pelotón o una compañía en combate.

Mellas diría probablemente que a Blakely le faltaban agallas, pero se habría equivocado. Blakely sería capaz de desarrollar tan bien un trabajo de menor rango como conducía su trabajo actual: con competitividad, aunque no a la perfección, sí lo suficientemente bien como para cumplir y mantenerse alejado de problemas. Cometería el mismo tipo de errores pequeños, que tendrían sólo un efecto aún menor. En lugar de enviar a una compañía sin comida, emplazaría una ametralladora en un lugar desventajoso. Pero los marines bajo su comando corregirían ese tipo de fallas. Pelearían bien con la ametralladora en el sitio erróneo. Las bajas serían un poco más altas, con un número de enemigos caídos ligeramente más bajo, pero ningún sistema de reportes ofrece jamás estadísticas perfectas. Se reporta una victoria con el número de muertos que hagan falta para garantizarla, no el número de pérdidas que habría habido si la ametralladora se hubiera situado convenientemente.

En ello no había nada siniestro. El propio Blakely ni siquiera se daría cuenta de que habría puesto el arma en un lugar no idóneo. Durante algún tiempo se sentiría mal por las bajas. Pero lo suyo no era reflexionar acerca de los porqués o los para qués. El problema de ese momento era enfrentarse al enemigo y sumar la mayor cantidad posible de cuerpos. Deseaba tener un buen desempeño, como cualquier persona decente también lo querría, y finalmente, ahora, había encontrado la manera de conseguirlo. Tendría la oportunidad, al parecer, de pelear una batalla al frente de todo un batallón, una experiencia invaluable para cualquier oficial de carrera.

Hacia las 0300, uno de los escuchas de Goodwin tecleó como energúmeno el auricular del radio. Mellas escuchó que la voz de Goodwin apareció rápidamente en la red.

—Nancy, aquí Scar. ¿Qué hay? Da un timbre por cada guco. Cambio.

El aparato enloqueció. Mellas perdió la cuenta.

—Jackson, ve para allá y levántalos a todos —dijo Mellas—. Tenemos broncas.

—¿Y yo por qué? —preguntó Jackson.

—El rango tiene sus privilegios, Jackson. Además, te disimulas bastante bien en la oscuridad.

—Usted va a vivir para arrepentirse de esto, subteniente —susurró Jackson.

—Espero que sí, carajo.

Jackson se escurrió y, pronto, Mellas escuchó los murmullos de urgencia a lo largo de la trinchera.

Primero llegó la voz de Fitch a través del radio, que llamaba al puesto de escucha.

—Nancy, aquí Bravo Seis. Si crees que puedes volver, timbra dos veces. Cambio.

No hubo respuesta.

—Ok, Nancy —continuó Fitch—. Tenemos ya a todos en alerta. Tan sólo manténganse en el suelo y no se muevan hasta que les digamos. Cambio.

Nancy timbró dos veces para responder.

Un pequeño goteo de lodo escurría por un lado de la trinchera de Mellas y le caía sobre la espalda humedecida. No veía nada más allá del pequeño montículo de tierra junto al foso. A través de la selva, el viento calmo le murmuraba algo a la neblina. El radio estalló en ruidos de otros auriculares que timbraban frenéticamente.

—De acuerdo, Papa Echo —dijo Fitch—. Regresen si pueden.

Mellas tomó el radio y gateó por las trincheras para alertar a todos que los escuchas venían de regreso. Jackson volvía ya.

—Usted sí que brilla en la oscuridad, subteniente –le dijo cuando pasó, sin detenerse, junto a él.

Rider y Jermain estaban en los puestos de escucha. Todo el mundo se crispó. Entonces se escuchó un susurro:

—Honda.

Una voz le respondió:

—Triunfo –se escucharon luego ruidos de alguien que trepaba rápidamente por el talud y un ligero gruñido cuando alguien se arrojó dentro de un foso. Luego alguien más trepó y otro gruñido. A salvo.

Mellas acababa de volver a su trinchera cuando algunas armas pequeñas abrieron fuego en la selva, por debajo de ellos, con un pequeño rugido que rasgó la noche. La niebla se encendió con los estallidos de los cañones de las armas de fuego.

—Bravo Dos, aquí Nancy –crujió el radio–. Nos detectaron, vamos de regreso.

El sonido feroz de las armas calibre 7.62 enfatizaba los disparos más ligeros pero más veloces de los M-16 de los marines.

—Nancy, carajo, no te levantes y te eches a correr –Goodwin imploraba por que los escuchas no salieran de su escondrijo–. Te dispararían. Mantente tranquilo, Jack. Vamos por ustedes. Cambio.

—Vamos hacia ustedes, carajo, Scar –contestó el radio. El fuego se detuvo.

Se activó el aparato y se escuchó una voz distinta a la anterior por la bocina. Era una voz desconocida en la red radiofónica: asustada y solitaria.

—Este… subteniente Goodwin, señor –susurró la voz–. ¿Me escucha? –se hizo presente la estática del auricular aún activado.

—Carajo, Jack. Cocoa Fría. Cambio.

Regresó la voz.

—Roscoe está muerto, creo –hubo una pausa larga de transmisión ciega, pues el chico mantuvo abajo la tecla sin saber que, con eso, impedía que Goodwin contestara–. Dios mío, sáqueme de aquí, subteniente –soltó la tecla.

—Tan sólo arrástrate hacia atrás, ¿vale? Mantente bajo y comienza a retroceder. Cambio.

—Pero el radio está en su espalda.

—Deja el puñetero radio. Desatornilla las perillas del canal. Pecho en tierra hasta la puta maleza, cavas ahí y esperas. Iremos por ti. No te preocupes. Cambio.

Hubo una larga espera. Entonces volvió el radio.

—No puedo quitarle el puto radio –susurró, con desesperación, la voz.

Goodwin cobró un tono imperativo.

—Ésta es una orden, Jack. Cambia la frecuencia y deja esa maldita cosa. No te pueden rodear porque se dispararían entre sí; mantente bajo y retrocede, aléjate de ellos. Una vez que los enfrentemos, ya no tendrán oportunidad para buscar a ningún Papa Echo que esté por su cuenta. En cuanto claree y haya terminado el enfrentamiento, te sacamos de ahí. Ahora muévete, carajo. Cambio.

De nuevo, nada. Después susurró la voz:

—Subteniente, por favor sáqueme de aquí. Por favor, señor.

Jackson gimió débilmente y dijo con un susurro:

—No podemos, hijo de puta. Así que comienza a mover tu culito.

—Por favor, subteniente, sáqueme de aquí –suplicó la voz otra vez.

De pronto explotaron tres granadas de mano rápidamente, una después de la otra. Los destellos apenas fueron visibles en la oscuridad de la selva.

—Nancy, Nancy, aquí Bravo Dos. Si estás bien, oprime la tecla del auricular dos veces. Cambio –Goodwin repitió la pregunta en tres ocasiones, antes de darse por vencido.

* * *

La compañía esperó pero nunca se efectuó el ataque.

—Ese PE nos salvó el cogote –dijo Mellas durante el silencio que se produjo a continuación.

—Por lo menos por esta noche –repuso Jackson.

Ambos sabían que habían sobrevivido gracias a la muerte de aquellos dos hombres. Ésta era precisamente la razón por la que las compañías apostaban escuchas.

Hubo tal vez unos quince minutos de silencio. Luego, por todo alrededor suyo, les llegaron pequeños tintineos amortiguados desde la selva. Era el sonido de gente que cavaba.

Mellas le llamó a Goodwin por radio.

—Oye, Bravo Dos, ¿no los oyes cavar? Cambio.

—En efecto, Jack, no mientes. Cambio.

Volvió la voz de Fitch al aire.

—Bravo Tres, aquí Bravo Seis. ¿Qué piensas? Cambio.

Kendall respondió suavemente:

—Sí. Justo en el brazo de montaña por donde subió el Dos el otro día. Cambio.

—Carajo, Jack –intervino Goodwin–. Estamos rodeados. Cambio.

—Eres un auténtico genio militar, Scar. Cambio –farfulló Fitch.

—¿Cuántos Corazones Púrpuras tienes, Jack? Ésa es la señal del genio militar. Cambio.

Kendall cerró los ojos e intentó recordar cada ínfimo detalle del rostro de su esposa y de su cuerpo.

Mellas rezaba en silencio para que Jackson no pudiera escucharlo.

—Dios mío, sé que nunca rezo excepto cuando estoy en problemas pero, Dios mío, sácame de aquí, por favor sácame de aquí –mientras rezaba, su mente se aceleraba, calculaba una ruta de escape y decidía que iba a dejar a los heridos, al pelotón, cualquier cosa, con tal de ponerse a salvo en la selva.

A Mellas lo aplastó la conciencia de que, muy probablemente, moriría. Ahí, en aquel rincón mugroso de tierra. Ahora. Apenas había arrancado su vida y, así de terrible y sorprendentemente, cesaría.

Capítulo XV

En la mañana, después de que la neblina se volviera de un gris soso, los marines comenzaron a moverse dentro de las trincheras. Algunos habían extendido afuera los ponchos para recoger el rocío. No les funcionó, pero los lamieron de cualquier manera. Corrían bromas. Mellas trepó hasta el foso de Goodwin, quien estaba adentro de pie, con la cabeza y los hombros fuera. Traía puestas las trinchas y revisaba los resortes de los cartuchos. Tenía el semblante contrariado.

Mellas se acuclilló a su lado.

—¿Vas por tus escuchas? –le preguntó suavemente.

—Sí –salió del hoyo y probó el mecanismo del m-16.

—Los gucos no deben estar a más de cien metros de aquí –dijo Mellas.

—Ya lo sé, Jack –Goodwin se volvió y miró hacia la niebla.

Era la primera vez que Mellas lo veía tan serio. Lo invadió un súbito ataque de susceptibilidad.

—Oye –le dijo Mellas–, mucho cuidado cuando estés por allá, ¿sí?

Goodwin se dio la vuelta y lo miró.

—¿Conseguiremos sacar los culos de este sándwich de mierda?

Mellas se encogió de hombros.

—Lo único que necesitamos es que esté despejado el día.

Los dos levantaron la vista hacia las nubes, que apenas podían verse a la luz de la madrugada. Goodwin levantó la mirada hacia Mellas.

—No sé tú, pero yo tengo una sed del demonio –puso dos dedos sobre los labios, dio dos silbidos agudos, y gritó:– Oigan, cabrones *gunjy*. Vengan acá –se volvió hacia Mellas y sonrió–. Pedí voluntarios y todos dijeron que querían ir. Pero Roscoe y Estes pertenecían a la Primera Escuadra, así que ellos irán a buscarlos.

Gritó de nuevo.

—Carajo, Robb, que vengan ya —y luego le dijo a Mellas—: a sabiendas de lo asustados que estaban anoche, deduzco que avanzaron, a lo mucho, unos treinta o cuarenta metros más allá de las líneas —la escuadra subía en silencio y pausadamente hacia la zanja de Goodwin.

China no dejaba de mover, despacio, el cerrojo de su M-60 hacia delante y hacia atrás. Una parte de él lloraba por lo estúpido que era arriesgar la propia vida para recuperar los cadáveres de dos *chucks*, pero otra parte suya se aseguraba de que la ametralladora funcionara a la perfección. Miró la cumbre de la montaña y vio al loco religioso aquel, a Cortell, sentado junto a los muertos. El inocentón ni siquiera se había dado cuenta de que había adoptado ya la religión de los blancos. Pero había algo que le envidiaba: Cortell gozaba de la certeza de saber a dónde se había ido Parker. Emplazó el cerrojo y miró a Goodwin. Por Dios, este hijo de puta blanquito, loco y pueblerino se había tomado bastante en serio la mierda aquella del *Semper Fi*. Aquí estaba, a punto de que le volaran el culo por hacer imbecilidades al estilo *Semper Fi*, mientras Henry estaba en Vandegrift haciendo negocios. La imagen de Parker, esforzándose por controlar el miedo, se le coló a la conciencia a China. Visualizó a Vancouver dirigirse hacia el río en medio de la noche, y al Doc Fredrickson, que restregaba a Parker para mantenerlo frío.

Miró cómo Goodwin los contaba en silencio, y les apuntaba a cada uno con el dedo índice. Pensó que, probablemente, musitaría también las palabras al leer cualquier cosa. Goodwin le asintió a Robb, el líder de la escuadra, y los dos se agacharon. Pasados diez metros después de las trincheras, Goodwin se echó a tierra para arrastrarse. Robb iba tres metros detrás. Era el turno de China. Los siguió.

Mellas los miró hasta que la escuadra entera penetró, a rastras, en la neblina, y desapareció. Toda la montaña aguardaba el estallido de las armas. Pasó una hora. No se había oído a Goodwin por el radio. Llegó Cortell y se sentó junto a Mellas sin decir palabra.

Pasado cierto tiempo, dijo Mellas:

—¿Tú rezas por cagadas como ésta, Cortell?

Cortell lo miró desde debajo del vendaje ensangrentado que le ceñía la cabeza.

—Señor, yo rezo todo el tiempo.

Pasada una hora, volvió la escuadra con los dos cuerpos. Mellas notó que faltaba el radio de los escuchas. Al llegar a las líneas, Goodwin le entregó al calamar mayor el agua de los chicos muertos y les revisó los bolsillos.

Mira –gritó, mientras levantaba una lata de ración c color verde oscura–, un estofado de res, carajo.

Estar sitiado es como cualquier otra variación de la guerra. Más allá del terror inmediato de matarse unos a otros reina sólo el tedio, una aburrición que destruye el espíritu. Aquella mañana, la neblina se mantuvo densa, y el ejército de Vietnam del Norte los bombardeó sólo pocas veces. Probablemente temían darles a sus propios hombres que estaban atrincherados alrededor de los marines. Esto les dio a todos bastante tiempo para pensar.

Mellas se paseó solo hasta la pila de cadáveres en la parte alta de la zona de aterrizaje. Lo único que podía ver eran las botas descoloridas de los veteranos, con las cañas y las lengüetas de náilon color amarillo pálido, y las botas con las cañas verde oscuro de los soldados jóvenes. Les habían atado con alambre etiquetas de papel a las botas y a las muñecas.

El calamar mayor se acuclilló junto a Mellas. Sostenía algo en la mano, parecían fotografías.

—¿Qué tenemos aquí, Sheller? –le preguntó Mellas.

—Fotos. De los cuerpos. Necesito su visto bueno para tirarlas. La orden perentoria de división fue que nos aseguráramos de que no vaya nada *risqué* con los cadáveres.

—¿*Risqué*? –preguntó Mellas con los dientes apretados.

Avergonzado, Sheller dejó colgar la cabeza.

—Eso fue lo que dijeron que hiciéramos, señor.

Mellas revisó las fotografías con manos temblorosas. Había fotos de norvietnamitas muertos: cuerpos podridos, ennegrecidos. Una de las imágenes era de un cuerpo descabezado, sentado muy derecho sobre una trinchera. Uno de los chicos del pelotón de Goodwin posaba junto a él, sonriente, con la cabeza bajo el brazo. En otra fotografía, tres chicos estadunidenses muertos estaban apretujados en una trinchera. Tenía escrito con bolígrafo: «Snake, Jerry y Kansas». Otra instantánea era de una hermosa chica tailandesa acostada y desnuda sobre la cama en la habitación de un hotel. Mellas la miró durante largo tiempo. Observaba el pelo negro que flotaba sobre las sábanas y las delicadas piernas morenas que velaban, con modestia, la vulva. La frágil belleza en medio de aquella carnicería le cortó el aliento.

—Ésa me turbó –observó Sheller.

—Pidió una extensión para volver a verla, ¿no es cierto?

Sheller asintió.

—Quémalas todas.

Sheller sacó un Zippo lentamente y les prendió fuego a las fotos. Las vieron contornearse en el calor, cambiar de tonos y luego arder. Miraron cómo le ocurría lo mismo al cuerpo desnudo de la chica del bar en Bangkok. Nadie sabía sus apellidos, excepto por el nombre de Susi, así que no podían informarle que Janco había muerto. Se enteraría cuando le devolvieran su próxima carta con el sello de «FALLECIDO».

Mellas regresó a su trinchera y se hundió en ella para mantenerse caliente. De poco le servían para este propósito los dos chalecos antibalas. Llegó Jacobs para preguntarle si vendrían las dos aves.

—Créeme, Jack, que si me enterara si una puta ave puede aterrizar aquí, por pequeña que fuera, aunque fuera un gorrión pequeñito o una sita copetuda o un hacedor de viudas* de pelo en pecho, yo te aviso.

En ese momento, Mellas advirtió una oreja fijada con una liga de hule al casco de Jake. Le dio un escalofrío.

—¿Qué tienes en el casco?

—Una oreja, señor –dijo Jake con tono despreocupado.

—Deshazte de ella.

—¿Por qué coños? –le preguntó, retador, Jacobs–. Este hi-hijo de puputa mató a Janco, y eso me consta, porque fui yo quien ti-tiró su cuerpo montaña abajo.

—Bien sabes que te podrían encarcelar por mutilación.

—¿A la cárcel? Que se joda la cárcel. ¿Y quién coños va a parar en la cárcel por ma-matar a Janco? E-ellos deberían irse a la cárcel, los que se inventan las putas leyes.

—Quítatela en este mismo momento, cabrón. Y te vas a enterrar los cuerpos también.

—Yo no voy a enterrar a ningún gu-guco. No, señor.

—Venga, Jake, vamos a verlos.

Jacobs lo siguió en silencio hacia las líneas. Miraron el barranco empinado donde habían echado los cadáveres de los chicos norvietnamitas después del ataque. Estaban ahí, algunos con los ojos abiertos, con brazos y

* Se refiere, irónicamente, a un avión caza Lockheed F-104 Starfighter, apodado *Widow Maker*.

piernas separadas, parecían extrañamente incómodos. Uno de los cuerpos estaba apuñalado con un k-bar. Le faltaba, además, una oreja.

—¿Quién machacó el cuerpo, Jake? –le preguntó Mellas con suavidad–. Mira, ya sé que nos mataron a algunos de los nuestros, pero nosotros también matamos a algunos de ellos, ¿o no?

Jacobs asintió con la mirada fija en el suelo. Mellas recordó una vez que se rieron juntos por haber sido monaguillos, de niños.

—Yo lo apuñalé –reconoció Jacobs. Estiró un brazo y se sacó la oreja del casco y la arrojó hacia los cuerpos–. De pronto corrí hasta allí y, sin saber por qué, lo piqueteé.

Se quedaron juntos contemplando la neblina. Los ojos de Jacobs relucían de lágrimas pero las contuvo.

—Carajo, Janco –dijo.

Llegó Gambaccini. Tenía dos orejas claveteadas en la corona del sombrero.

—Yo también les corté las orejas –reconoció–. Si lo va a meter a las galeras, entonces a mí también.

Mellas negó lentamente con la cabeza.

—Gambaccini, estos gucos no me importan ni lo que el culo de una rata. Nada más desháganse de esas orejas para que no terminen en la cárcel –Mellas se alejó–. Pero puedes ayudarle a Jake a enterrar los jodidos cuerpos.

Cuando Mellas se hubo alejado cierta distancia, miró hacia atrás. Los dos seguían ahí, de pie, mirando los cadáveres. Entonces, Gambaccini se quitó las dos orejas y, rodeándolas con un dedo como una piedra para hacer cabrillas, las arrojó hacia la niebla, primero una, y luego la otra.

Llegó un momento durante el periodo de calma en el que Mellas, perdido en el torbellino de niebla, supo, más allá de toda capacidad para mentirse a sí mismo, que, en efecto, él había matado a Pollini, y un vacío abrumador lo doblegó también sobre las rodillas. Al desplomarse en la humedad de la trinchera, arropado por los dos chalecos antibalas, se quebró. Él era el culo de un chiste cruel. Dios le había otorgado una vida y debió haberse reído cuando Mellas la utilizó para matar a Pollini, con tal de hacerse de una cinta para mostrar su valía. Y, precisamente ese valor, era la broma. No era sino una antología de eventos vacuos que terminarían como la fotografía encima de la chimenea de sus padres, que se desvanecía. Ellos también morirían, y los parientes que no supieran quiénes estaban en la foto, la tirarían. En la racionalidad de su mente, Mellas sabía que si no había vida después de la muerte, morir no era sino dormitar. Pero tal flujo de crueldad no provenía de su mente racional. No poseía en absoluto la fugacidad del pensamiento. Era tan real como el fango sobre el que estaba sentado. Pensar era tan sólo una más de todas aquellas naderías que había hecho a lo largo de su vida. El hecho de que eventualmente moriría lo conmocionó como un terrier que vapulea una rata. Tan sólo podía chillar de dolor.

Entonces intervino su mente. Nos escaparemos. Hazte el muerto cuando, por fin, nos ataquen. No uses el cuchillo; hazte el muerto y aprovecha la confusión del último ataque para encubrir tu escape. ¡Te mantendrás con vida! Abandona a esos marines y la falsa noción de honor. Húndete en la selva con el resto de los animales, escóndete y vive. ¡Vive!

Pero el terrier que lo zarandeaba por el cuello se mofó de él. ¿Y luego? ¿Emprender una carrera como abogado? ¿Un poco de prestigio? ¿Un poco de dinero? ¿Quizás un puesto político? Y luego: la muerte. La muerte. La risa le dio la vuelta como un calcetín y reveló sus partes más íntimas. Estaba frente a Dios como una mujer se entrega a un hombre, con las piernas separadas, el estómago exhibido, los brazos abiertos. Pero, a diferencia de algunas mujeres, él carecía de la fuerza interior que les permitía a ellas hacer algo así sin miedo. En Mellas no había ni un ápice de la robustez femenina.

El terrier lo vapuleó de nuevo y Mellas se supo dolorosamente vivo. Reducido a un grito, desnudo hasta su alarido de dolor, su ira contra Dios gimió con palabras roncas que le raspaban la garganta. No pedía ya nada para ese momento, ni siquiera se preguntó si había sido bueno o malo. Esos conceptos eran parte de la broma que acababa de descubrir. Maldijo a Dios directamente por burlarse salvajemente de él. Y, en realidad, al maldecirlo, Mellas habló por primera vez con su Dios. Luego lloró, con las lágrimas y los mocos que se revolvían conforme bajaban por su cara, pero sus sollozos eran la rabia y el sufrimiento de un niño recién nacido, a quien, finalmente, aunque fuese con tosquedad, se extirpaba del vientre materno.

La nueva percepción de Mellas no modificó nada en el exterior, pero Mellas supo que no podría fingir su muerte. Se había pasado toda la vida haciéndose el muerto. No huiría a la selva para salvarse porque no parecía que hubiera nada meritorio que valiera la pena salvaguardar. Decidiría quedarse en la montaña y hacer lo que estuviera a su alcance para salvar a los que lo rodeaban. Esa resolución lo reconfortó y tranquilizó. Morir de tal manera sería una mejor muerte, pues vivir así era ya una mejor vida.

El calamar mayor, cubierto por la sangre y los vómitos de los heridos, llegó a rastras hasta la trinchera de Mellas.

—Ya me hacía falta alejarme un poco –dijo. Se sentó junto a Mellas para mirar la selva y la neblina. Mellas sabía que su propia crisis existencial le importaba un comino a Sheller. Y, de pronto, entendió de dónde provenía el sentido del humor de Hawke: de la observación de los hechos. Qué buen chiste: que Mellas quizá recibiera una medalla tras matar a uno de los suyos. Parecía adecuado que, a una escala mucho mayor, al presidente se le reeligiera por hacer exactamente lo mismo. Una nueva voz en su interior comenzó a reírse a la par con Dios.

Sólo al advertir que Sheller lo veía con perplejidad cayó en cuenta de que se reía en voz alta.

—¿Qué? –le preguntó, sin dejar de reírse.

—¿Cuál es el chiste, señor?

Mellas se rio de nuevo.

—Estás hecho un asco, Sheller, ¿ya te diste cuenta? –continuaba con sus carcajadas y sacudía la cabeza, maravillado por el mundo.

El tedio acompasaba el transcurso de las horas. Los chicos combatían el sueño. Justo antes del mediodía, la neblina cedió un poco, se elevó unos pocos metros por encima de Matterhorn y ofreció visibilidad suficiente para que un ave pudiera llegar al Cerro del Helicóptero. De inmediato, Fitch pidió por radio las aves de reabastecimiento.

Sin embargo, el Cerro del Helicóptero quedaba también desnudo para los morteros enemigos, que abrieron fuego y, con facilidad, afinaron su puntería. Cuando los marines escuchaban que los proyectiles salían disparados de los cañones, sabían que contaban tan sólo con unos pocos segundos para parapetarse, mientras los tiros recorrían grandes arcos hasta alcanzar el Cerro del Helicóptero. Cayeron, tembló la tierra y la presión golpeó los tímpanos y los globos oculares. No era ni un sonido ni un ruido, porque no se oía. Era algo que se sentía. Era dolor.

Los marines se arrojaron en las trincheras y percibieron los golpetazos. Se cubrieron los oídos. Llovió tierra sobre los cascos y se les taparon las fosas nasales. Un proyectil le dio a un chico del Tercer Pelotón al caer justo en el borde de su pozo. Lo jalaron hasta la fortificación donde habían reservado unas pocas cantimploras con agua para los heridos. Los demás estaban afuera.

Las aves iban ya de camino cuando se cerró de nuevo la neblina. Les resultó imposible encontrar la zona de aterrizaje y volvieron cuando les escaseó el combustible.

Cesó el bombardeo.

Se reinstalaron el aburrimiento, la fatiga y la sed.

Goodwin no se quedaba quieto, y bajó más allá de la línea de fosos que daban hacia Matterhorn. En ocasiones podía ver, a través de la niebla, las fortificaciones que el Primer Pelotón había atacado la mañana del día anterior. Se sentó con su rifle y ajustó las mirillas. Lo apoyó contra un tronco y se instaló ahí para montar guardia y esperar.

Pasó una hora. Goodwin poseía la paciencia de un cazador nato. Vivía más allá del tiempo, al cual volvía sólo por un instante para cambiar la posición del cuerpo.

La neblina se cernió y tapó la vista de Matterhorn. Pasaron veinte minutos más. Cedió de nuevo la neblina. Vio una figura diminuta que caminaba con pesadez entre las dos fortificaciones. Goodwin le echó un tiro. La bala levantó tierra justo debajo de la silueta. El hombre comenzó a correr. Goodwin apuntó encima de él para compensar la distancia y echó tres tiros más rápidos. El tercero le pegó en la pierna y lo derribó. La emoción se agolpó en la garganta de Goodwin. Ajustó velozmente la mirilla a causa de la distancia y el viento y disparó dos veces más. No supo a qué le había dado. Era buena señal, pues si daban en la carne, no levantaban barro. Armas de calibre chico abrieron fuego desde Matterhorn. Goodwin oyó el crujido de las balas en el aire alrededor suyo antes de percibir los sonidos de las descargas. Las balas golpearon, secas, en la ladera sobre él; los marines se arrojaron en sus trincheras, bromeaban y maldecían a Goodwin, quien estaba escondido debajo de ellos y, de nuevo, reajustaba sus mirillas.

Dos siluetas salieron rápidamente de una fortificación y alejaron el objetivo de Goodwin. Enfurecido, él abrió fuego en automático, pero el m-16 se fue para arriba por la patada. Vio cómo una bala trazadora dejaba un arco casi horizontal color anaranjado que parecía que la montaña la engullía por encima de los tres soldados norvietnamitas.

—Mierda. Necesitamos un puto rifle M-14, Jack.

Menguó el fuego. Goodwin regresó a las líneas e intercambió algunas balas de metralla por otras de iluminación, y las alternó cada cuatro en los cartuchos. Acompañado por otros, se escurrió por debajo de los fosos para establecer una locación diferente. Desde esa distancia, las balas de iluminación, al ser más ligeras, no pegarían en el mismo sitio donde las balas anteriores, pero le ayudarían a estimar la dirección de las balas más pesadas y supo que tendría mejores oportunidades para corregir el rango y la desviación del viento. No se le escapaba, empero, que las balas de iluminación revelarían su posición.

Mellas bajó para ver qué pasaba. Goodwin estaba ahí sentado, recargado sobre el rifle, con la paciencia y la quietud de un gato que espera frente a la madriguera del ratón. Pasaron quince minutos. Mellas se aburrió y regresó a su sitio.

Transcurrieron dos horas. Otra vez se cernió la niebla, por lo que se volvió seguro caminar o sentarse sobre el suelo. Los chicos hablaban, tallaban y cavaban complicadas repisas y escalones dentro de las trincheras. Muchos bajaron para ayudarles a Gambaccini y a Jacobs a cavar tumbas para los soldados norvietnamitas, simplemente para hacer algo. Muchos dormitaban, agradecidos de no tener quehacer alguno, excepto esperar en las trincheras. Todos sin falta echaban vistazos al cielo cada pocos minutos, como si fueran miembros de alguna secta de envíos en espera de algún paquete.

Transcurrieron dos horas y media más. Mellas gateó hacia abajo para ver a Goodwin, quien estaba inmóvil, esperando, con el rifle. Mellas se acostó a su lado. Goodwin le habló sin quitar ojo de la mirilla.

—Ese cabroncete está a punto de sacar la cabeza de aquel hoyo. Lo presiento.

Mellas se acuclilló, miró al otro lado del cerro, que aparecía y desaparecía a causa del gris batiente. Transcurrieron diez minutos. Pensó en el hombre dentro de la fortificación que había construido Jacobs, al otro lado. Era profunda, con el campo visual justo a nivel del suelo, con troncos intercalados con costales sucios de arena y esteras para caminar. A menos que le dieran justo en la parte superior, ni siquiera una bomba de doscientos veintiséis kilos sería capaz de herir a alguien dentro. Haría falta infantería. Mellas no quería pensar más en ello.

Volvió a aburrirse y se fue de nuevo. Cerca de las 1500, media hora después de haber dejado a Goodwin por segunda ocasión, escuchó un único chasquido del M-16, y luego dos más que se sucedieron rápidamente.

—Scar le dio a uno —el grito flotó por encima de la montaña. Mellas corrió por la cima, agachándose por si devolvían el fuego.

—Le di a ese cabroncete —dijo Goodwin, mientras Mellas se arrojaba al suelo a su lado. Uno de los chicos encargados de la seguridad junto con Goodwin le dio a Mellas los binoculares de Fitch. Pudo ver al soldado muerto, al que jalaban ya al interior de la fortificación—. Le di justo en la parte alta de la garganta —dijo Goodwin como un aserto—. Sabía que tendría que salir a mear en algún momento.

—Buen tiro –lo felicitó Mellas–. ¿Vas a intentar otro más?

—Es mejor que jorobar.

La neblina cedió un momento y dejó al descubierto la cima del Cerro del Helicóptero. Un AK-47 solitario repiqueteó brevemente. Los marines se arrebujaron en sus fosos. Pero, tratándose de distancias largas, el AK-47 era todavía más inexacto que el M-16.

Mellas estaba tumbado en el piso, la sed le atormentaba el cerebro. Sentía los labios y la lengua como si fueran de algodón. Notó la disciplina del ejército de Vietnam del Norte. Con las ametralladoras calibre 7.62 podrían dar con bastante precisión, pero no las disparaban: al igual que los marines, se rehusaban a traicionar sus posiciones defensivas. Pero los norvietnamitas no tenían reparo alguno en disparar las carabinas SKS y los AK-47, sobre todo desde el pequeño brazo de montaña que corría hacia el noreste de Matterhorn.

Al cesar el fuego, Goodwin asomó la cabeza por encima del tronco.

—No saben en dónde estamos, Jack –dijo en silencio. Se agachó y se alejó, caminando como pato, protegido por la maleza muerta; luego se incorporó de nuevo, de frente hacia Matterhorn, y orinó. Regresó y se acostó boca abajo detrás del tronco. Descansó el rifle sobre él y apoyó la mejilla contra la culata–. ¿Ves esa puta fortificación que tiene una matita a la izquierda, dos más arriba de donde le disparamos al guco aquel? –le preguntó al chico con los binoculares.

—Sí –le contestó. Los dos hacían caso omiso del rango y del uso casi siempre obligatorio del apelativo «señor».

—Vi a alguien moverse ahí y voy a matarlo.

Mellas miró a Goodwin y luego hacia Matterhorn. Estaba exultante por su destreza. Querría también matar, pero era consciente de que no era bueno para disparar y se sentiría avergonzado. Tampoco poseía la paciencia asombrosa de Goodwin. Mellas no odiaba al EVN. Quería matar al enemigo porque era la única manera para sacar a la compañía de aquella montaña, y él quería sobrevivir y volver a casa. Quería matar también a causa de una ira que le quemaba por dentro y que no encontraba una válvula de escape. No estaba a su alcance la gente a la que había odiado –el coronel, los políticos, los manifestantes, abusivos que lo habían humillado durante su niñez, amiguitos que le habían arrebatado sus juguetes cuando tenía dos años–, pero los soldados del ejército de Vietnam del Norte, en cambio, sí. Muy en el fondo, Mellas tan sólo anhelaba erguirse junto a un cuerpo al que hubiera derribado. Al contemplar a Goodwin con algo más que una pequeña envidia tuvo que admitir que quería matar porque a una parte de él le parecía fascinante.

En la Base de Combate Vandegrift, el equipo del batallón estaba apiñado alrededor de diversos mapas de gran formato.

—¿Qué piensa, teniente primero Hawke? –le preguntó Simpson–. Usted ha estado activo por toda esta zona.

—Como le dije ayer, señor, todo el lomo hasta la cima es un bosque de triple dosel; a lo mucho se pueden cubrir tres clic diarios, pero haciendo caso omiso de las medidas de seguridad.

El capitán Bainford habló:

—Operaciones dice que el lugar más cercano, antes de que bajen las nubes y lo cubran todo, es la Cota 631 –apuntó a una colina que se elevaba sutilmente en el valle ancho, al sur de Matterhorn–. Está a tan sólo nueve clics de Matterhorn. No puedo creer que se requieran tres días para llegar.

Hawke explotó.

—Si no lo puede creer es porque usted jamás ha estado ahí, carajo.

Bainford parecía herido y miró a Blakely y a Simpson. Stevens buscó algo con qué entretenerse.

—Lo siento, capitán Bainford –se disculpó Hawke–. Creo que estoy personalmente involucrado. No pretendía desquitarme con usted.

—No hay problema, Hawke –respondió el oficial aéreo, con evidente contento por parecer magnánimo–. Entiendo las circunstancias.

«No entiendes un carajo», pensó Hawke. Se esmeró por encontrar ideas constructivas. Entonces se dio cuenta de que no podía hacer nada mejor de lo que pudieran hacer ellos. Ni Blakely ni Simpson habían dormido mucho desde el ataque a Matterhorn y se les notaba, especialmente a Simpson. Habían trabajado duro. Tuvieron que detallar los reabastecimientos y organizarlos por jerarquía, debieron coordinar los helis, los camiones y las cuadrillas de carga, organizaron el puerto de reabastecimiento de los aviones más los informes, que no sólo ayudaban a la Compañía Bravo, sino a cada inserción de cada compañía del batallón. Lo mismo respecto de la artillería, desde los obuses de 203 milímetros en Sherpa hasta los de calibre 105 alrededor de Cam Lo, pasando por el propio pelotón de morteros de 81 milímetros adscrito al batallón. Todos debían estar listos para desplazarse, para que los recogieran los helis, para ocupar una nueva posición previamente asegurada por la infantería, que estuviera abastecida de municiones, agua y comida. Ellos se habían encargado de todo aquello. Todo estaba listo, incluidas dos compañías adicionales con-opeadas del Tercer Batallón, que iban a helitransportar para cortar cualquier posible retirada del ejército de Vietnam del Norte. Pero estaban paralizados, como todo el mundo, esperando junto a zonas de aterrizaje a que las nubes se levantaran lo suficiente para que los pilotos pudieran ver su ruta hacia las montañas.

Hawke pensó que, si no cedían las nubes pronto, a la Compañía Bravo le faltarían agua y municiones, y tendrían que irse de la montaña. Entonces se verían obligados a abrirse camino a través de un regimiento. Los machacarían. El coronel había tenido razón, pensó Hawke con remordimiento. Los puñeteros gucos merodeaban alrededor de Matterhorn.

El capitán Bainford estaba enfadado con Hawke. Carajo, sólo porque había estado en la selva con los de tierra se comportaba ahora como si él mismo fuera una gracia de Dios Todopoderoso otorgada al Cuerpo de Marines, y lo trataba como un niñito. Los imbéciles de los gruñones eran incapaces de valorar la presión que implicaba la responsabilidad personal por el equipo aéreo que valía muchos millones de dólares.

El subteniente Stevens tenía ganas de dormir un poco. Se había pasado las últimas cuarenta y ocho horas respondiendo preguntas estúpidas acerca del alcance de los obuses de 105 milímetros y los morteros de 155 milímetros. Se preguntaba si conseguirían llevar hasta Eiger los dos obuses de 203 milímetros junto con la Batería Golfo. «Con que lograran subirlos allá, podrían dispararles a esos hijos de puta y meterles balas en las fortificaciones a través de las troneras. Tratándose de precisión, era imposible superar a los obuses de 203 milímetros. Qué pena, pobres de los gruñones en ese cerro, eh. Llevan ya dos días con los morteros calibre 82 de los gucos encima.»

El mayor Blakely estaba frustrado. Había montado una operación perfecta y, ahora, el puto clima se la estropeaba. Se trataba de que dos batallones de marines cayeran sobre un regimiento guco y lo persiguieran. Qué mal que Fitch hubiera cometido la tontería de dividir fuerzas. Y todo para volver al cerro más bajo. Una metida de pata clásica. Deberían estarse quejando terriblemente para conseguir otro capitán regular que lo reemplazara. Seguro, había sido un error no haber volado las fortificaciones en Matterhorn, pero eso sólo se entendía en retrospectiva. En aquel momento, el acordonamiento de Cam Lo había sido prioritario y hubiera sido una pesadilla hacer malabares para estar al corriente con todos los cambios. Incluso en la Casa Blanca habían estado al pendiente de aquella operación en conjunto con las fuerzas armadas de la República de Vietnam. La vietnamización. Patrañas. Si Blakely estuviera en el Pentágono, no habría cuentos acerca de que las FARV pudieran vencer al EVN, ni tampoco aquellas historias mierderas sobre la paz. Había que meterse y pelear… con poder estadunidense y con muchas agallas. Era la única manera de conseguirlo. Sonrió para sí mismo. Había que agarrarlos de las pelotas, luego vendrían los corazones y las mentes. Quienquiera que hubiera dicho aquello, ya había *estado* allí.

El teniente coronel Simpson estaba bastante preocupado. Si no sacaba a la Compañía Bravo de aquella mierda en los próximos tres días, estarían bastante deshidratados como para pelear. Tenían suficiente munición para, tal vez, dos combates más. Si el EVN les montaba un ataque de cierta duración, se quedarían sin parque. Quizás era precisamente ésa la estrategia de esos cabrones. Simpson visualizó al coronelito enemigo, comiendo arroz en su fortificación de comandantes, revisando mapas con letras chinas y raras. Ese hijo de puta se quedaría ahí sentado hasta que se le acabara el agua a la compañía. Si la Compañía Bravo intentaba escapar, serían suyos. Pero si la niebla persistía, aunque fuera otro día, Simpson tendría todo un regimiento en posición. Luego, si se despejaba, llamaría a los jets y tendría un día de combate. Sin embargo, si la Compañía Bravo sufría muchas pérdidas, daría muy mala impresión, independientemente del resultado. No parecía justo.

—Hemos hecho todo lo que estaba a nuestro alcance –dijo Simpson sin quitar el ojo del mapa–. Espero que podamos descansar antes de que anochezca. Puede resultar una noche larga.

Todos aceptaron su propuesta excepto Hawke, quien montaba guardia hasta las 2000 horas. Cuando lo relevaron se fue al club de oficiales, con restaurante y bar, para emprender un tour misterioso personal.

Cuando el coronel Mulvaney entró por la puerta de mosquitero del club de oficiales, reconoció a Hawke, quien estaba de pie junto a la barra. Frente a él había ya cuatro vasos vacíos. Se le acercó, aventó un montón de dinero militar, de color rosa, y dijo:

—Usted es Hawke, ¿o me equivoco? –antes de que pudiera contestarle nada, le pidió al cantinero dos tragos, uno para sí y otro para él.

—Gracias, señor –le agradeció.

—Con gusto –Mulvaney echó su corpulencia sobre los antebrazos–. Veo que repararon ya la pantalla –dijo.

Hawke analizaba su vaso.

—Parece que algunos oficiales jóvenes se emborracharon y boicotearon una película.

—¿Ya supo quiénes fueron? –le preguntó Hawke.

Mulvaney lo miró por el espejo.

—No. Pero se robaron también un camión. Uno de mis oficiales ayudantes del club estaba también algo borracho y le metió dos balazos. Ya tiene su carta de amonestación.

—Qué mal, señor.

—¿Mal?

—Me refiero a él. Quiero decir que disparar dentro del perímetro de una base como ésta es un poco tonto.

—Como lo es también robarse un camión.

—Sí, señor —respondió Hawke, y dejó colgar la cabeza.

Mulvaney se recargó de espaldas contra la barra y miró a los distintos grupos de oficiales que bebían en las mesas.

—Bueno, se arregló la pantalla. El camión está bien —Mulvaney se volvió hacia Hawke, quien no había quitado la vista del vaso—. Aquí entre nos, Hawke —le dijo con voz muy baja y pareja—, fue una auténtica estupidez. Pudo haber arruinado las carreras de algunos oficiales buenos, y necesitamos a todos los buenos que podamos conseguir. Si pudiera patearle el trasero por todo este bar sin terminar en una corte militar, le juro que lo haría, carajo.

—Sí, señor —musitó Hawke.

Mulvaney se ablandó.

—Carajo, Hawke, ¿es usted irlandés o qué? ¿Tengo que beberme todo esto yo solo?

—No señor —Hawke levantó la mirada para mirarlo—. Señor, lo siento.

—Olvídelo. Yo ya pasé por ahí —con la mano izquierda, Mulvaney apuntó hacia un paquete de cacahuates, pero visualizó también a Jim Auld, quien gemía en los bancos de arena de Tenaru,* imploraba auxilio con los ojos, le quedaba un muñón ensangrentado en el sitio donde había tenido un brazo antes de que el cañón antitanques de los japoneses se lo arrancara—. Tan sólo recuerde largarse a algún lado en donde esté a salvo.

Mulvaney abrió el paquete y vertió los cacahuates sobre la barra, frente a él. Se los metía a la boca mientras hablaba, dándole tragos de medio vaso al whisky.

—Mi esposa me dice que no debería beber tanto, carajo, pero ¿entonces cuál sería el sentido de tener whisky libre de impuestos si no puedes beber más que cualquier hijo de puta?

—Estoy de acuerdo, señor —Hawke tomó otro vaso y unos cuantos cacahuates—. Señor —le preguntó—, ¿sabe algo sobre el relevo de la Compañía Bravo?

* Se refiere a la batalla de Tenaru, en Guadalcanal, en el contexto de la segunda guerra mundial.

—Nada. Sin novedades. Maldito monzón –Mulvaney le sonrió para reconfortarlo–. No se preocupe por ellos, Hawke, todo saldrá bien. Ha habido situaciones peores.

—Claro. Leemos acerca de ellos todo el tiempo en los libros de historia rebosantes de gloria.

Mulvaney tenía ganas de contarle acerca de la batalla en el embalse de Chosin,* pero sabía que a Hawke no le apetecía escuchar nada de eso, así como a él mismo no le hubiera gustado, siendo teniente, escuchar nada acerca de la batalla de Château-Thierry.** La guerra de todos era siempre la peor.

—No hace falta bravuconear sólo porque se está cansado y molesto –dijo Mulvaney finalmente.

—Lo siento, señor, se me salió.

—¿Se le salió? Al carajo. ¿Hay tenientes que valgan la pena que no estén cansados y molestos? Yo también lo estoy, pero debo ser el cabrón que tome las decisiones, así que no tengo ningún derecho para quejarme – Mulvaney soltó una risa ahogada.

Hawke no respondió como Mulvaney hubiera querido. Más bien dejó el vaso sobre la barra y se giró para verlo de frente.

—¿Cuál era la necesidad de enviar a la Compañía Bravo a ese ataque, a sabiendas de que es temporada de monzones?

La ira aceleró el pulso de Mulvaney. Querría decirle que Simpson había ordenado el ataque sin consultárselo, que Blakely había dado informes poco serios al equipo de la división, eliminando toda posibilidad de contravenir la orden. Pero Simpson y Blakely le reportaban a él. El responsable era él. Así era el código.

—Pensamos que era una buena ocasión para matar gucos –respondió Mulvaney–. Es nuestro trabajo, Hawke. Usted lo sabía cuando vino.

—Sí señor, sí sabía –Hawke le dio otro golpe al whisky.

—Mire, Hawke, creo que usted es un oficial con cojones y no le voy a cuentear. La Compañía Bravo está ahí, ya sea por una cagada o por un movimiento táctico brillante. Todo depende del número de cuerpos que se vayan a contar. Así es esta guerra.

—¿Cuál cagada? –le preguntó Hawke–. Ha habido tantas.

—Oficialmente, de Fitch. Él fue quien dividió las fuerzas, abandonó una posición clave y metió el culo en una trampa. Es un oficial de reserva. Su carrera no está en juego.

* Batalla decisiva en la guerra de Corea a fines de 1950.
** Batalla en la etapa final de la primera guerra mundial.

—¿De verdad cree que Fitch es tan tonto?

—Le estoy diciendo cómo se va a interpretar, no lo que yo pienso. Por Dios, Hawke, ¿de verdad piensa que *yo soy* tan tonto? Ese pobre cabrón tenía muy pocos hombres para cumplir con la misión que se le encomendó y, además, para proveerles seguridad a su heridos. ¿Acaso cree que usted es el único cabrón por aquí que ha estado en alguna guerra?

—A veces parece que sí.

—Pues no es el único. Madure y deje de buscar culpables, como todo mundo hace por aquí. Limítese a cumplir con su trabajo.

—Sí, señor.

Se oyeron las risotadas alcoholizadas de uno de los grupos de oficiales que jugaban a los dados para sortearse los tragos.

—No quería darle una prédica como si fuera algo así como un obispo jodido –dijo Mulvaney.

—Supongo que yo lo ocasioné, señor.

Mulvaney percibió que una barrera se interponía entre él y Hawke. Se sintió perdido, solo, con el corazón roto.

—Son las circunstancias –dijo Mulvaney, y se metió a la boca un cacahuate con el pulgar.

—Ahí tiene, señor –contestó Hawke.

—No pierda la esperanza conmigo, Hawke –le dijo Mulvaney–. Le diré algo. Usted promete que se hace regular, y le aseguro que termina al frente de una puta compañía de tiradores –vio cómo Hawke reaccionó evidentemente, pero recuperó el control.

—Me voy de los matorrales, señor, y no pienso volver jamás. Pero le agradezco, señor.

Mulvaney lo observó con cuidado.

—No intente bromear con un viejo cabrón y rudo como yo, teniente primero, porque yo ya pasé por ahí. Una compañía de tiradores. Doscientos doce marines, doscientos doce corazones de los mayores que hay en este mundo. Y apenas si usted tiene edad para venir a un bar y beber –hizo una pausa–. Sería la Compañía Bravo, si está disponible.

Vio que Hawke contuvo la respiración.

Hawke se salvó de responder porque justo en ese momento el cabo Odegaard, el chofer de Mulvaney, gritó desde la puerta:

—Coronel Mulvaney, señor, la Compañía Bravo está en líos otra vez.

Mulvaney apuró el resto del whisky, puso su manota sobre la cabeza de Hawke y la agitó muy suavemente.

—Piense en ello –le dijo–. Lo necesitamos –y salió rápidamente por la puerta, con Hawke pisándole los talones. Supo a ciencia cierta que Hawke acababa de convertirse en regular.

El ataque comenzó cuando el ejército de Vietnam del Norte hizo su aparición en la red radiofónica de la Compañía.

—Jódete, Blavo, jódete. Blavo, jódete, Blavo.

—Carajo –le dijo Mellas a Jackson. El PE de Goodwin no había podido arrancar las perillas de la frecuencia del radio–. Intervinieron la red.

—Sí, pues jódete tú también, maldito guco –oyeron a Pallack revirar por el radio.

Mellas tomó el auricular.

—Bravo, aquí Bravo Cinco. Desconéctense todos en este puto instante. Les daremos la nueva frec a la brevedad.

—Jódete, Blavo, jódete.

Un estallido de fuego tuvo lugar justo debajo de las líneas de Kendall. Eran sus escuchas.

—Blavo, jódete. Blavo, jódete.

Los radios de nada servían. Los escuchas quedaron aislados.

Mellas le gritó a Jackson por encima del ruidazo aquel.

—Lárgate de inmediato al puesto de comando y consíguenos una nueva frecuencia –Jackson saltó de inmediato fuera de la trinchera y salió a rastras en la oscuridad.

Mellas hizo lo propio pero en dirección a sus escuchas.

—¡Hartford! ¡Hartford! –gritó–. Nos jodieron la red del radio. Vengan acá ahora mismo, Hartford. Amigos, acercándose.

Una explosión rasgó la selva por debajo de él, la boca de fuego resplandecía con los estallidos de una manera extraña en medio de la niebla. Luego surgió el rugido de los M-16 desde el puesto de los escuchas. Hubo un grito indistinguible y luego alguien que decía la clave:

—Limonada, Limonada, es el cabrón de Jermain, carajo. Limonada, ya vamos –lo interrumpió otro bramido de fuego, pero Mellas oyó a alguien correr y tirarse entre los arbustos, y luego otro M-16 disparar en modo automático.

Arriba, en el puesto de comando, Fitch estaba muerto de miedo. La red radiofónica sólo servía para decir «Jódete, Blavo, jódete», con lo que todas las transmisiones estaban intervenidas. Salió de la fortificación para ver qué pasaba. Lo siguieron Pallack y Relsnik con los radios a cuestas.

Abajo, en el Tercer Pelotón, el subteniente Kendall estaba acuclillado en su pozo. Los disparos salvajes en su puesto de escucha le habían drenado el cerebro. Genoa, su operador de radio, lo miraba ansiosamente, y deseaba que Samms continuara con vida. Confiaba en que el subteniente se mantendría en el foso y en que le daría una excusa para hacer lo mismo.

Goodwin tomó el rifle y se dirigió cerro abajo hacia la posición en el centro de la ametralladora de su escuadra. Allí, aunque no pudiera hablar por radio, podría dirigir, por lo menos, el fuego de una de las tres armas mayores con que contaba y estaría en medio de la contienda. Su operador de radio, consciente de sus planes, le siguió gritando:

—¡Somos amigos, somos amigos! ¡Somos Scar y Russell!

Goodwin había doblado el tamaño de sus puestos de escucha para aumentar las posibilidades de sobrevivir y para contener la ansiedad. Los cuatro chicos en el puesto de escucha, al advertir el fuego por los dos lados, se echaron a correr hacia las líneas. Subieron el cerro, tropezándose con la gruesa maleza y los tocones, jadeantes, con las piernas acalambradas por estar tanto tiempo tirados sobre el suelo húmedo, guiados por unos espeluznantes flashazos verdes y blancos que les revelaban, intermitentemente, los árboles y los arbustos. Salieron al campo de combate despejado justo debajo de las trincheras y gritaron el código, cuando uno de los hombres de Goodwin arrojó una granada de fragmentación m-76. Rebotó en la caída y se dirigió hacia ellos. El chico que la había lanzado gritó de inmediato:

—Dios mío, lo siento, es una puta granada.

Ninguno de los cuatro lo escuchó, jadeantes como iban cerro arriba. Tres segundos más tarde explotó la granada. Uno de los escuchas recibió el impacto de la metralla por el costado derecho. Los otros tres se le acercaron a gatas y lo jalaron cerro arriba, mientras gritaban:

—¡Un enfermero! ¡Un enfermero!

Goodwin se levantó y agitó los brazos, sin pensar en que no podían ver nada con aquella oscuridad, y gritó:

—Por acá, imbéciles de mierda, por acá.

Orientándose por su voz, dejaron al marine herido en el foso de la ametralladora. El enfermero de combate del pelotón se acercó para atender al primer herido de los muchos más que vendrían. A nadie le importaba un carajo qué había causado la explosión que lo había herido. Se sentían bastante agraciados de estar ya dentro de las líneas con los suyos.

El tiroteo con el PE de Kendall se apagó. Los marines miraban la oscuridad y la neblina. Goodwin gateó desde donde estaba la ametralladora hasta unos diez metros a la izquierda, detrás de ellos, seguido por su operador de radio; los aparatos no dejaban de escupir sinsentidos. Luego se acostó bocarriba y gritó hacia el cielo:

—Recuerden: primero las minas claymore, luego las granadas y los Mikes 79. Y no desperdicien sus perdigones –la voz de Goodwin afianzó movimientos nerviosos por todo el cerro–. Nadie dispara ningún fusil hasta que no hayan escuchado el mío –continuó–. Cabrones, si alguno de ustedes delata la posición de alguna ametralladora antes de que sea necesario, no saldrán del servicio de rancho por el resto de su tiempo de servicio –luego le susurró a Russell–: larguémonos de aquí, carajo –emprendió el regreso a rastras en dirección a la ametralladora, con Russell justo detrás suyo, y en ese momento salieron de la selva destellos brillantes; las balas dieron en el sitio donde Goodwin y Russell acaban de estar tumbados boca arriba.

Luego se acalló el cerro de pies a cabeza. Todos esperaban. El silencio flotaba por encima de sus cabezas como si fuera humo.

Mellas regresó a su trinchera y esperó a que Jackson volviera con la nueva frecuencia. Jugueteaba con el seguro del M-16, preguntándose si lo matarían; se sentía bastante solo y asustado, quería que Jackson volviera rápido, le preocupaba él, le alarmaba no tener aún la nueva frecuencia para la compañía.

Kendall se acuclilló en el interior de su zanja, pensaba en su esposa, se preguntaba si los chicos en el puesto de escucha seguían vivos, querría que Fitch le dijera qué hacer. Se imaginó la mirada fija y desdeñosa de Genoa. Miró, por encima del borde de su trinchera, hacia la negrura.

A rastras volvió Jackson hacia la trinchera de Mellas, rezando para que nadie lo escuchara y le disparara por error. Tenía la nueva frecuencia para el radio.

Pallack, bastante asustado, salió del foso de Fitch para seguirlo, pues debía pasar la nueva frecuencia a todas las trincheras.

—Oye, soy Pallack –murmuró, esperando encontrarse cerca de alguien. Nadie contestó. Nadie deseaba revelar sus posiciones–. Carajo, eh, soy Pallack, el mensajero Romeo. No me vayan a volar el trasero, ¿de acuerdo?

Nadie contestó

—Oye, Scar, voy hacia allá, ¿ok?

Nada.

Pallack estaba tumbado en el fango, con el rostro enterrado, sin quererse mover jamás. El frío le acariciaba la espalda. ¿Por qué coños tenía que ser él el operador de radio de la compañía? Pasó saliva y continuó arrastrándose cerro abajo; la gravedad atraía la sangre hacia su rostro.

—Oye, soy Pallack –susurró de nuevo, con vacilación. Por Dios, carajo, ¿acaso los subtenientes deben hacer esto cada noche? A quién sorprende que estén tan jodidos–. Oye, soy yo. El personaje Papa del puesto de comando –volvió a musitar.

—Carajo, Pallack, ¿qué coños quieres? –chistó alguien.

—Dile a Scar que venga a quince punto siete –dijo por lo bajo.

—Jódete, Pallack.

Pallack se alejó con la mayor rapidez de la que fue capaz.

El ataque principal estalló con una explosión en el extremo más lejano de las líneas del Primer Pelotón, no con el fuego de las armas pequeñas.

—¡Zapadores! –musitó Fredrickson. Tragó saliva.

Las unidades de zapadores del ejército de Vietnam del Norte eran tropas de elite que llevaban consigo cargas concentradas de varios kilos de dinamita dentro de bolsas para abrirse paso a través de alambre de púas y para destruir fortificaciones. Las arrojaban también en trincheras. Tales cargas no dejaban mucho margen de maniobra a los enfermeros.

Estalló otra serie de cargas concentradas de los zapadores en el momento en que se levantaron del sitio al que habían llegado arrastrándose por la oscuridad. Cuando estallaron las cargas, la infantería del EVN salió de su escondite en la selva y corrieron cerro arriba, fuertemente armados con granadas, rifles y munición, peleando contra la misma gravedad que habían desafiado antes los marines, con los pulmones jadeando por el mismo aire húmedo, con los cuerpos impulsados hacia delante por la misma adrenalina y por el mismo miedo.

Goodwin abrió fuego con el M-16, sin esperar la orden de Fitch, y entonces el cerro entero estalló como un polvorín. La noche se volvió anaranjado y verde fosforescentes, y los ruidos rugientes de las armas parecían apretujarles el cerebro a todos y disminuirlos al tamaño de un puño. Primero, toda la línea estalló con las minas claymore, que los marines detonaban desde sus propias zanjas, y cuyas bolas de acero trazaban amplios arcos a la altura de las ingles. Luego hicieron rodar granadas por debajo de las piernas del enemigo, que avanzaba. Balas de iluminación –verdes por parte de los norvietnamitas, anaranjadas si pertenecían a los marines– se entrelazaron frente a las trincheras.

Mellas se llevó los puños a las orejas, no para bloquear el sonido imponente sino en un intento para contener los pensamientos dentro de su cabeza, para pensar qué hacer y para que el miedo no lo enviara, hasta el fondo de su trinchera, a temblar y a rogarle a Dios que se apiadara de él. Es imposible escuchar ningún ruido inteligible por encima de la explosión ininterrumpida de una compañía de tiradores de marines luchando por su vida.

Los metralletas entretejieron un fuego horizontal a lo largo de las líneas, como una cortina de acero móvil a través de la cual debían esforzarse los enemigos, como si fueran en cámara lenta. Con todo, no dejaban de avanzar, en silencio, con esfuerzo y bravura. Algunos llegaron a la línea de trincheras. El resto cayó presa del fuego implacable.

Los norvietnamitas que habían sobrevivido a la tormenta de fuego serpeaban y se lanzaban al interior de las trincheras, arrojaban cargas concentradas y disparaban los rifles. Toda la montaña se desintegró en la confusión de trescientas bestias humanas –blancas, marrones y negras– que intentaban matarse unas a otras para salvar su propio pellejo.

Luego cambió el ruido de la batalla. El rugido explosivo se disolvió en estallidos esporádicos; ahora era posible escuchar aquellos gritos de emoción y de dolor que antes habían quedado sofocados por el ruido; a veces explotaba alguna granada. Fitch, quien no había podido escuchar nada hasta ese momento, comenzó de inmediato a pedir reportes. Mellas y Goodwin le informaron. De Kendall, nada.

—¿Dónde diablos está el Tres actual, Pallack? –se enojó Fitch–. Deberían estar acá en este momento.

—Al carajo si supiera, señor. Les di la frec.

—¿Estás seguro de que la tienen?

—Genoa me dijo que sí.

Por supuesto que Genoa había escuchado la frecuencia, pero, a causa de la oscuridad, no podía ver lo suficiente para girar las perillas, y la linterna roja de Kendall estaba dentro de la mochila, al pie del lomo del cerro, donde la habían dejado tres días antes. Genoa había girado los sintonizadores lo más rápido posible, pero ni así pudo encontrar la frecuencia. Cuando estalló el fuego, olvidó los números. De entrada, Kendall no los había escuchado, pues esperaba que el operador de radio se hiciera cargo. Genoa intentó diferentes combinaciones; giraba, en vano, el contador de las decenas en cierta dirección, y el de las unidades en la contraria.

—No consigo contactar a Bravo, señor –dijo con desesperación.

Kendall asintió con los labios apretados.

—Hay que ver qué está pasando –murmuró.

Genoa no contestó nada. No se le antojaba enterarse.

—Hay que ver qué está pasando para informarle al capitán –repitió Kendall. Respiró hondo y se arrastró fuera de la trinchera. Genoa lo miró, incrédulo, y salió también, para seguirlo, tal como era su deber.

Ráfagas esporádicas de fuego y explosiones intermitentes seguían quebrando la noche. El ejército de Vietnam del Norte intentaba retroceder una vez que se habían deshecho de sus cargas concentradas.

—Campion –le susurró Kendall al líder segundo de su escuadra.

Nadie contestó.

—Campion, soy yo, el subteniente –dijo Kendall suavemente.

Hubo un momento largo de espera, luego se oyó un susurro tenso.

—Aquí.

Kendall se incorporó hasta quedar en cuclillas y se apresuró hacia donde provenía la respuesta. Genoa lo siguió.

Los dos zapadores norvietnamitas que estaban tumbados sobre el suelo conocían la voz inglesa «subteniente» y abrieron fuego con los AK-47 en cuanto escucharon el movimiento. Incapaces de ver el objetivo, los dos rociaron balas formando un arco a una altura aproximada de un metro veinte. Dos de las balas les dieron a Kendall y a Genoa en el pecho. Cayeron, jadeando por el dolor. Ambos tenían un pulmón colapsado que se les llenaba de sangre, pero no estaban muertos.

Campion vio los destellos de las bocas de fuego de los dos soldados enemigos y disparó en automático. Su compañero lo imitó y cada uno arrojó una granada de mano. Luego esperaron tensamente. Nada se escuchaba, excepto al subteniente y a su operador de radio que jadeaban en busca de aire.

—¡Un enfermero! –gritó Campion. Él y su compañero salieron a gatas en su busca.

Las balaceras se habían extinguido. Cesaron también los gritos que solicitaban enfermeros. Todos esperaban la luz de la mañana, todos atentos para escuchar aquel crujir de una rama o aquel rozón de la ropa contra la maleza que les salvaría la vida. Los soldados enemigos que habían quedado dentro del perímetro se arrastraban desesperada y lentamente, con los rifles al frente, para ganarle al sol, esforzándose por no hacer ni el mínimo sonido. La tensión y el miedo unía a todos los hombres en el cerro, como si se tratara de cables.

Por momentos, un soldado norvietnamita intentaba aprovechar la oportunidad. Se escuchaba el cacheteo de un AK-47 que disparaba, seguido por el ruido de una granada de mano o de un M-16.

Transcurrió la noche. Los marines tendieron los ponchos junto a las trincheras esperando recoger un poco del rocío que ya se hacía presente a su alrededor. Más abajo, en las líneas, un soldado norvietnamita herido comenzó a gemir.

Después de unos murmullos breves para asegurarse de que no se tratara de un marine, Jacobs y Jermain arrojaron sendas granadas hacia donde provenía el ruido.

—Eso va a ca-callar a ese ca-cabrón –dijo Jacobs. Así fue.

Mellas, aquejado todavía por la diarrea tras la larga marcha para abrir Sky Cap, sintió el urgente mandato de los intestinos. Intentó controlarlos, pues no quería cagar dentro de la trinchera, y porque tenía miedo de salir.

—Tengo que cagar –le susurró finalmente a Jackson.

—¿A cagar? Si no hemos comido en dos días, subteniente. Siempre supe que estaba rebosante de mierda.

Mellas intentó apretar las nalgas con todas sus fuerzas.

—Ya no aguanto –confesó.

Jackson no dijo nada. Mellas salió, con cuidado, por encima de la zanja, con el rifle en las manos. Caminó como pato medio metro, se bajó los pantalones, con la mirada fija en la oscuridad de la parte alta del cerro, escuchando a través del viento. Las heces borboteaban como una plasta líquida, y le manchaban la parte trasera de las piernas de los pantalones. Cobró conciencia de que aquel continuo cagar, aunque fuera pastoso, significaba que se deshidrataba a mayor velocidad que los demás, que no sufrían de diarrea.

Escuchó entonces una rozadura. Se puso en cuclillas, con la mierda viscosa resbalándole por los muslos, paralizado por el miedo, incapaz de moverse o de hacer cualquier sonido.

Una luz suave se filtraba gradualmente a través de la neblina. Mellas podía ver el contorno oscuro de la zanja que compartía con Jackson a menos de un metro a su derecha. De nuevo una rozadura ligerísima. Mellas apenas alcanzó a distinguir a un soldado norvietnamita herido. Tenía la ropa, pegajosa por la sangre, pegada al pecho. Mellas vio que la mano con el rifle estaba detrás, junto a la cadera, y que comenzaba a adelantarla conforme se arrastraba. Se le había acabado la oscuridad en el momento equivocado.

Mellas lanzó las piernas hacia atrás, aterrizó sobre sus propias defecaciones, y disparó en automático. El M-16 destelló. Primero pareció que las balas no habían alcanzado al hombre; sus ojos se congelaron y miraron fijamente a Mellas. Pero luego le tembló el pecho y la cabeza cayó hacia atrás de una manera extraña. Mellas gimió, con el rostro en el suelo, agradeciéndole a Dios que siguiera con vida; no le importaba haber matado a una persona.

Jackson se había acercado con el rifle presto para disparar.

—¿Está bien? –susurró.

—Sí –le contestó. Se arrastró fuera de la mierda, intentando que el resto del cuerpo no se ensuciara. Con la mano se limpió el estómago y los muslos, y luego la frotó en el lodo para limpiársela. Se puso de rodillas y se jaló los pantalones empapados para ponérselos de nuevo.

Mellas se acercó a gatas hasta el muerto. Le había dado justo en medio de los ojos y dos veces en la parte alta de los hombros. La temblorina le impedía incorporarse pero se obligó a ponerse en cuclillas. Todo parecía bien. Estaba orgulloso de sí mismo. Justo entre los ojos.

Cuando clareó, él y Jackson bajaron a las líneas para evaluar los daños. Una de las cargas concentradas había destruido el pequeño casamatas abierto que Young había construido con troncos y ramas para instalar su ametralladora. Topo estaba sentado sobre la pila de troncos y hojas. Miraba hacia dentro con lágrimas escurriéndole desde los ojos.

—Young, señor –repetía–. Pobrecillo Young.

La descarga había dejado poco de los chicos que habían compartido esa posición. Había rastros de carne pegada a los troncos y en las paredes de la zanja. La ametralladora estaba torcida.

Mellas tan sólo atinó a mirar como si se tratara de la imagen de un rompecabezas, incapaz de –o reacio a– encontrarle sentido. Jackson estaba detrás de Topo, con las manos sobre sus hombros, y lo mecía suavemente, mientras él seguía ahí, sentado, con los pies colgando dentro del foso.

Liberaron los ponchos de los ceñidores de los marines muertos, que seguían alrededor de los torsos destruidos, para convertirlos en sacos para los cuerpos. No tenían ni idea de si los trozos llegarían a las viudas o a los padres correctos. Lo único que podían hacer era juntar una cabeza, dos brazos y dos piernas. Mientras ayudaba a llevar a los muertos al bordo de la pequeña zona de aterrizaje, Mellas vio a unos chicos lamiendo los ponchos. Él mismo sentía la lengua gruesa y algodonada. Bajó la vista para ver si había alguna humedad en los ponchos de los muertos que cargaba, pero rápidamente resistió el impulso. Llegó al sitio y dejó caer la pedacería de cuerpos junto con los demás. Se preguntaba si también había sido así en los campos de concentración. ¿Habían alcanzado ya aquel punto a partir del cual el horror se volvía inocuo? Regresó aprisa a su trinchera y lamió su propio poncho; sintió el sabor del hule pero de nada le valió.

Topo se ofreció como voluntario para ocupar la posición crítica del metralleta, que el ejército de Vietnam del Norte conocía ya. Acarreó su ametralladora desde un lugar más seguro hasta la posición de la Segunda Escuadra. Tuvo que raspar las paredes con el k-bar para remover sangre y pedazos de carne.

Habían arrojado los cadáveres de los norvietnamitas a un lado del cerro junto con los muertos de los encuentros anteriores. Una vez que los alcanzaba el rigor mortis, se petrificaban en ángulos bizarros. Las moscas se ocuparon pronto de ellos.

Después de revisar que nadie sufriera pie de inmersión y de asegurarse de que todos hubieran tomado las pastillas contra la malaria a pesar de la dificultad para tragar y de distribuir la munición de los muertos, Mellas se detuvo en la fortificación donde Kendall y Genoa luchaban por respirar. En la oscuridad del interior, a la luz de una vela, el rostro terso de Kendall parecía calcáreo. Se había quitado las gafas envolventes amarillas y, sin ellas, lucía más joven. Estaba tumbado sobre un costado, jadeante, como un pescado fuera del agua. Genoa sufría lo mismo.

Kendall intentó sonreír.

—Creo que… alguien gritó…. o fui yo —pronunció las palabras en bocanadas cortas y tortuosas, pero necesitaba hablar para olvidarse del hecho de que estaba muriéndose.

Mellas miró a Genoa, quien estaba apenas consciente, a pesar de que tenía los ojos bastante abiertos y aterrorizados. No dejaba de resollar con un ritmo constante. Sheller, quien atendía a otro chico herido detrás de ellos dos, cruzó miradas con Mellas, levantó la vista significativamente hacia la niebla, luego la bajó hacia Genoa y negó con la cabeza.

Kendall volvió a bufar, y luego continuó.

—Y di… dije… «Soy el subteniente»… Ja, ja —intentó reírse pero de su boca sólo brotó sangre.

Mellas le limpió la sangre y la baba con solicitud. Luego se sacudió la mano en las piernas de los pantalones, que seguían humedecidos por la diarrea.

—Ahora —continuó Kendall—, ¿no fue… una imbecilidad… carajo? —jadeó en busca de aire—. Genoa también… fue mi culpa… perdón.

—Estás perdonado —le dijo Mellas con una sonrisa—. Creo que algunos sólo entienden por las malas. Además, no fue tan estúpido. Te vas a casa a ver a Kristi, y Genoa estará cogiendo sin parar en California —se estiró, lo tomó de la muñeca con la mano izquierda y le puso en la frente la otra mano, como si le revisara la temperatura a un niño.

Kendall lo miró, movía los ojos rápidamente de un lado a otro. Se sentía tan solo. Miró a Genoa. Los dos estaban sobre un lado para que la sangre y los líquidos se reunieran en el pulmón malo y el bueno reuniera aire. Pero ese pulmón se veía obligado a bombear al doble de velocidad para recabar oxígeno suficiente. Los dos, él y Genoa, forcejeaban.

—¿Crees que… vengan aves… hoy? –le preguntó Kendall.

Mellas sonrió y se sentó sobre las rodillas.

—Todos piensan que soy el puto controlador aéreo adelantado de aquí –respondió con amabilidad–. Claro que vendrán. En cuanto se disperse esta niebla.

—La niebla –jadeó Kendall. Volvió a concentrarse en su respiración. Silbaba al jalar aire, resollaba, como si acabara de correr una competencia. Un sudor repentino le cruzó el rostro–. Siempre… me preguntaba cómo habría… de morir –resopló.

—Al carajo –le dijo Mellas–. No te vas a morir. Una puñetera herida en el pecho se arregla fácilmente.

—Mellas… ni siquiera tengo… un hijo. No sé… apenas sé… lo que se siente… estar casado… fueron sólo… cuatro puñeteras semanas –le tomaba un tiempo intolerablemente largo ordenar las ideas. Mellas deseaba dejarlo y regresar a la distribución del parque y a los cálculos para cubrir los avances enemigos ahora que ya no contaba ni con la ametralladora de Young ni con la mayor parte de las municiones.

—¿Mellas?

—Sí, Kendall.

—Mellas… no me jodas… No vendrán los helis… Estoy muerto.

Mellas se mordió el labio sin decir nada. Lo miró a los ojos.

—No me jodas… ¿Ok?

—No, Kendall, no lo haré.

Exhausto, Kendall ya no dijo nada. Volvió a luchar por sus bocanadas de aire.

Llegó Sheller y se acuclilló entre Kendall y Genoa; le quitó a este último la infusión intravenosa y se la puso a Kendall. Levantó la mirada hacia Mellas.

—Se nos acaba esta mierda. Si es el caso, empezaré a perderlos. ¿Qué posición ocupa en la lista de prioridades?

—Está hasta arriba –contestó Mellas–. Hasta arriba junto con la munición.

—Más vale que no tarden, carajo.

Mellas volvió a su foso y se sentó ahí, con Jackson a su izquierda y el Doc Fredrickson, en otra trinchera, a la derecha. Todos miraban hacia la niebla, escuchaban a su alrededor los ruidos de gente cavando. El ejército de Vietnam del Norte no se alejaría.

Lo único que podían hacer era sentarse en aquella neblina y escuchar los palazos y los jadeos de Kendall y Genoa. Mellas miraba fijamente la nada gris que se abría frente a él. Intentó seguir pensando en cómo se abriría paso hasta Vandegrift cuando los vencieran.

Mellas contó de nuevo los tiros de las ametralladoras. Suficientes para disparar durante un minuto, incluyendo los dos fusiles rusos calibre 7.62 que habían capturado. Habían redistribuido uniformemente la munición de los fusiles y resultó que era, más o menos, un cartucho por cabeza. Bastaban tres ráfagas rápidas para vaciarlo. Mellas se preguntaba si no le convendría guardar toda su munición, sin disparar nada, y escurrirse a través de la oscuridad y el terror cuando los atacaran los norvietnamitas. Los marines jamás dejaban muertos ni heridos. Nadie se imaginaría que alguien sería capaz de violar el código y huir entre ellos. Jorobaría hacia Vandegrift, llegaría a zona segura. Jorobaría para salirse de aquella guerra.

La fantasía volvía, recurrente, siempre enriquecida con nuevos detalles. Pero era mera fantasía. Una parte más fuerte en él se mantendría fiel al código. Moriría antes que abandonar a alguien. Tampoco se rendiría. Aquella clase de la Escuela Básica pululaba entre sus recuerdos. «Un marine jamás se rinde si tiene medios para resistir. Y les enseñamos, idiotas de mierda, a combatir cuerpo a cuerpo. Así que podrán rendirse si les volaron las manos, pero no antes de haber levantado las piernas.» Todos se habían reído.

No había escapatoria. De vez en vez, este pensamiento lo ahogaba, como una ola gigantesca. No había manera de salir. Peor aún, había decidido quedarse a luchar. Moriría aquí, en el fango. Moriría y, a diferencia de Kendall, jamás sabría lo que significa estar casado, aunque fuera por cuatro semanas. Jamás tendría tampoco un hijo, jamás se emplearía en un trabajo satisfactorio, no volvería a ver a sus viejos amigos. Quizás alguien recogería los restos que quedaran de su cuerpo y los enviaría en barco a casa, pero lo que fuera que habitaba ese cuerpo se acabaría justo ahí, en ese pozo, torcido sobre el rifle o con los pantalones cagados, igual que todos los demás.

Durante todo el día, la sed les masticó las gargantas a todos, les desgarró las sienes, les aporreó las cabezas con la deshidratación. Agua. Por todos lados, neblina. La neblina es agua, pero en nada les ayudaba.

Hubo una serie de fuertes ruidos metálicos. La montaña se tensó del todo. Los ruidos se sofocaron, luego se detuvieron. Nadie supo de qué se trataba.

Llegó Fitch, se acuclilló junto a la trinchera y les preguntó cómo estaban todos. Tenía los ojos hundidos y oscuros por la falta de agua.

—Tenemos sed –repuso Mellas–. ¿No se supone que les dan cerveza y helados todos los días a las tropas en Vietnam?

Fitch se rio.

—Tengo noticias buenas y malas. Esta mañana aterrizan, al norte de aquí, dos compañías del Segundo del Vigesimocuarto, y dos más en cuanto puedan. Van a dejar al Tercero del Vigesimocuarto al oriente. Se van a apoderar de las montañas en la cordillera de Ridge y nos van a proveer con un par de baterías calibre uno-oh-cinco –hizo una pausa–. Y otra cosa: hace cinco minutos, Alfa y Charlie entraron al valle, al sur de nosotros.

—No jodas –Mellas experimentó una mezcla de emoción y de esperanza–. ¿En dónde?

—Ésa es la mala noticia. A causa de las nubes, tuvieron que aterrizar a dos días de aquí… en caso de que no tengan líos.

—¿Crees que les pasará algo?

—¿Te acuerdas de tu jueguito de números con los tiros de los morteros?

Mellas no contestó.

Capítulo XVI

Cuarenta minutos más tarde, la Compañía Charlie hizo contacto con el ejército de Vietnam del Norte. Emboscaron al pelotón de Murphy, que hacía punta, en el bambú. Los norvietnamitas habían instalado dos minas direccionales DH-10 en un árbol, esperaron a que los marines se acercaran lo suficiente, jalaron los seguros y corrieron, cubriendo su retirada con disparos. Papilla, como dicen.

Murió un marine y otro perdió una pierna. Murphy debió dejar la escuadra para evacuarlos, con lo que sumaron catorce pérdidas efectivas.

Desde la montaña, los marines de la Compañía Bravo habían escuchado todo. Mellas corrió hasta el puesto de comando para oír el reporte de posición de Charlie. Estaban a seis kilómetros de distancia y a 1.2 kilómetros más abajo respecto de Bravo, con los enemigos apostados justo en medio.

Fitch miró a Mellas. Los dos sabían que, sin la munición de la Compañía Charlie, disponían tan sólo de un minuto de fuego. Luego vendrían los cuchillos. Así acabaría aquello. Fitch dejó colgar la cabeza por un momento entre las rodillas, luego miró hacia arriba.

—Quizá no la libremos —dijo.

—Ya lo sé —replicó Mellas.

Eran incapaces de expresar sus sentimientos, que eran en torno a la eternidad, la amistad, a oportunidades perdidas… al final.

—¿Vas a veces a Los Ángeles? —le preguntó Fitch.

—Claro.

—Si salimos vivos de aquí, ¿por qué no pasas a buscarme? Te invito una cerveza.

Mellas dijo que sí.

—Dios mío —susurró Fitch—. Una cerveza.

Fitch reunió a la compañía en el círculo más pequeño de trincheras. Ya no contaba con marines suficientes para defender el perímetro externo. Mellas intentó aliviar el dolor de garganta y de la lengua y lamió la condensación sobre el cañón del rifle. No funcionó.

«Imagínate morir de sed en medio de un monzón.» A Mellas se le ocurrió esta puntada mientras caminaba cerro arriba para ver cómo seguían Kendall y los otros heridos. Pasó junto al rimero de cuerpos, que crecía.

Ya no estaba Genoa. Mellas se arrodilló junto a Kendall, quien acezaba como un atleta, miraba al vacío y concentraba todas las fuerzas que le quedaban en mantener el ritmo implacable de su respiración. Era evidente que estaba sumido en dolor. Sheller había decidido no suministrarle morfina, por miedo a que sedara también su respirar y lo matara. Kendall señaló con la cabeza el barro, mezclado con sangre y espuma, donde había estado tumbado Genoa.

—De ninguna manera estás ni siquiera cerca de lo mal que estaba Genoa –le dijo Mellas.

—Fue mi culpa –jadeó Kendall.

—Ya discutimos eso. No lo fue –replicó Mellas. Titubeó, luchando consigo mismo, preguntándose si podía ayudar en algo o si tan sólo estaba dejándose llevar por la autocompasión. Decidió entonces correr el riesgo, confiar en lo mejor–. Carajo, quizá sí fui yo quien le disparó a Pollini.

Kendall lo miró durante varios segundos, aguantando, respirando con pesadez.

—Qué cabronada… Carajo… Qué cabronadas… arrastraremos con nosotros hasta casa –cayó entonces de nuevo en el silencio, excepto por el jadeo rápido que lo torturaba. Pero en su rostro se dibujó una ligera sonrisa.

Mellas se la devolvió.

—El capitán dice que hay dos aves esperando en Vandegrift y otra más en Sherpa.

Kendall asintió. Mellas se arrastró hacia la luz del día antes de que fuera a quebrarse frente a él. Se apresuró hacia el puesto de mando. Al llegar, Fitch y Sheller estaban reunidos, a propósito, lejos del grupo de los operadores de radio. Mellas se les acercó. Fitch frunció los labios y le hizo una señal para que se sentara.

—Tú dile, Sheller.

El calamar mayor, cuya cara había perdido ya la redondez, se volvió hacia Mellas.

—El agua, señor. Estoy perdiendo chicos a causa de la deshidratación. Se les baja la presión arterial y se desmayan. Estamos perdiendo efectivos.

—¿Y? –Mellas abrió las manos y separó los brazos, con los codos pegados a las costillas. *¿Qué coños podemos hacer?*

Fitch intervino.

—Podemos quitarles la infusión intravenosa a los heridos y dársela a los efectivos para mantenerlos efectivos.

Mellas guardó silencio, consciente de lo que eso significaría para los heridos. Pasó saliva.

—¿Quién va a decidir quién prescindirá de la infusión intravenosa?

—Yo –respondió Fitch sombríamente–. Y nadie más.

Sheller miró a Mellas y luego las manos de Fitch, que temblaban.

—Carajo, Jim. No te pagan lo suficiente como para tomar decisiones de ésas.

—Ya lo sé… Y también soy aún bastante joven e inexperto –Fitch se rio, casi a punto de perder el control. Colocó las manos debajo de las axilas, quizá para disimular el tembleque–. Tú eres el experto en números, Mellas. Si no podemos ver y nos duele la cabeza hasta imposibilitarnos pensar, y si cada vez que nos incorporamos para disparar pensamos que vamos a desmayarnos, ¿cómo coños vamos a defender a los heridos? ¿Cuántos heridos vivirían si tomamos una decisión contra cuántos si tomamos la otra?

Mellas sacudió la cabeza.

—Jim, no se trata de números. ¿Cómo vas a decidirlo?

—Comenzaré con los que están en peores condiciones.

—¿Como Kendall?

—Por ejemplo.

—Por Dios, Jim –repuso Mellas. Estaba a punto de llorar, pero las lágrimas eran una utopía. Sintió que le temblaba la mandíbula y esperó que los demás no lo notaran–. Dios, hijo de puta –y entonces, para vergüenza propia, esperó que Fitch tan sólo no muriera para no verse obligado a tomar el mando él mismo.

* * *

Aquella tarde, Fitch ordenó que la mitad de la infusión intravenosa que quedaba se distribuyera de manera pareja entre todos en la compañía. Se desobedeció la orden. Nadie quiso tomarla. Fitch convocó a los calamares y les ordenó que eligieran a cinco chicos de cada pelotón que estuvieran ya inefectivos o a punto de serlo a causa de la sed. Le presentaron los nombres. Fitch y Sheller fueron de trinchera en trinchera ordenándoles que bebieran, y tachaban sus nombres de la lista. Otros los miraron con sentimientos encontrados.

Entre ellos, Mellas. La sed lo enloquecía, pero no era de los elegidos. No había nada que hacer excepto sentarse en la trinchera con Jackson, a quien tampoco habían elegido, y rezar para que el clima cediera. Pero la niebla persistió, cubriéndolos como una manta gris de lana mojada.

Un poco más tarde, cuando fue evidente que los helis no podrían aproximarse, Fitch mandó llamar a Goodwin y a Mellas. Lo encontraron sentado, con las piernas cruzadas y la mirada hacia el sur, fija en la neblina. Se había peinado y tenía lodosas las mangas de la camisa, que portaba perfectamente enrolladas arriba de los codos.

Les hizo una seña para que se sentaran.

—Nos largamos de aquí –un centelleo travieso le atravesó el ojo y Mellas no pudo evitar una sonrisa.

—¿Cómo, Jack? –le preguntó Goodwin.

—He estado contando los cuerpos –contestó Fitch–. Fríos, calientes, como sea. Los heridos que pueden caminar se van en parejas, para que se ayuden mutuamente. Amarramos las camillas en medio de cuatro, uno en cada brazo y cada pierna. Los más fuertes se llevan de caballito a los heridos que no puedan caminar pero que resistan. Los más pequeños se llevan a los muertos en los hombros. Eso nos deja con ocho, sin contarnos a nosotros tres, así que quedamos once –miraba hacia la niebla de abajo–. Si nos quedamos aquí será un cuerpo a cuerpo, ténganlo por seguro. Masacrarían a los heridos. Yo opino que esa mierda se joda.

Los miró a cada uno, intentaba juzgar sus reacciones. Los dos subtenientes estaban inmutables, lo escuchaban.

—Scar, tú y yo iremos al frente con cuatro ametralladoras y todas las municiones. Los heridos que pueden caminar se quedan con la mayor parte de la munición sobrante. Deben formar una cuña detrás nuestro. Mellas y dos más van a la retaguardia con los m-79 y todas las putas granadas que tengamos para mantener a los gucos lejos de nuestras espaldas. Todos los demás se quedan con medio cartucho y todos los fusiles van en semiautomático. Iremos cerro abajo, a toda velocidad, hasta toparnos con la Compañía Charlie. Los extremos de la cuña se mantienen firmes hasta que saquemos a los heridos. Mellas, tú serás el tapón al otro lado del embudo –miró a los dos subtenientes–. ¿Qué piensan?

Hubo una pausa larga.

—No es exactamente lo que los estrategas calificarían de elegante –dijo Mellas finalmente.

Fitch se rio.

—¿Cuándo nos vamos, Jack? –le preguntó Goodwin–. Este sitio me está matando.

—En cuanto anochezca. Los amarillos estarán alistándose para atacar y no se lo esperarían.

—¿Y si alguien se separa? –preguntó Mellas.

—Lo esperamos. Nos vamos todos juntos.

—¿Sabes lo que eso implica?

—La puta que te parió, por supuesto. Y tú eres el último en la cola, así que, con toda probabilidad, tú tendrás que esperarlo.

—Carajo, Jim, qué buena política.

—Junto con mi Columna en la Defensa, la Retirada Embudo será mi mayor contribución a la ciencia militar, por el momento –dijo Fitch. Sonreía con las comisuras de los labios. Todos tronaron a carcajadas.

Las risas se retroalimentaban. Pronto, los tres ya berreaban y elaboraban teorías tácticas estrafalarias. Aún se reían cuando el primero de los cohetes llegó, proveniente desde la neblina de abajo. Se lanzaron al fondo de la trinchera de Fitch, brincaron juntos, sin parar de reír.

—Cohetes –observó Mellas–. ¿Qué otra cosa se les va a ocurrir? –rompieron a carcajadas de nuevo. Al menos habían despejado ya el extraño misterio de los ruidos metálicos.

Fitch le pidió a Sheller que guardara la infusión intravenosa que necesitaran los heridos tan sólo esa noche, a sabiendas de que estarían bastante abajo, cubiertos por la nube, para que los evacuaran, o que estaría lloviendo. O que los aplastarían y estarían muertos, y ya nadie la necesitaría. Así que ordenó que se repartiera toda la sobrante. A cada uno le tocaron unos cuatro tragos del líquido soso y salado. Sabía a tapón de hule.

Mellas se quedó con Fitch, al pendiente de los radios. En cierto momento, Fitch se puso tenso y levantó la cabeza de golpe. Entonces, Mellas escuchó también los ruidos de una pelea, lejos, hacia el oriente.

—Debe ser alguien del Tercero del Vigesimocuarto –calculó Fitch. En el radio de Daniels escucharon al observador adelantado de la Compañía Mike pedir ayuda.

—Ya viene el cuadriculado de la misión, señor –dijo Daniels con emoción–. Siete, cuatro, tres, cinco, siete, uno.

Fitch plantó el dedo en las coordenadas. Más de seis kilómetros. Una eternidad.

—Aquí no podemos hacer un carajo —dijo Mellas con impotencia.

—Sí —convino Fitch—. Nosotros somos la princesa y ellos los matadragones.

Mellas miró a Fitch.

—Hijos de puta —dijo—. Somos el puto cebo. La carnada —Mellas se contorneó y se fue cerro abajo.

Pasó una hora y, con ella, también se disipó su furia. Se agachó y tomó un poco de barro y, haciendo un puño, lo apretó, formó una pelota, hasta que le tembló el antebrazo. Luego lo dejó caer y miró cómo caía, plaf, sobre el fango de la trinchera. Acarició el lodo, desplazaba los dedos por encima, suavemente, con cuidado. Lo invadió un sentimiento de belleza y de nostalgia por el piso cenagoso y húmedo que, de no estar tan deshidratado, lo habría hecho llorar. Anheló con todo su corazón volver a ver ese lodazal tan sólo un día más, y luego uno más.

Jackson sabía lo que estaba pensando Mellas y fijó la mirada hacia enfrente para no incomodar al subteniente observándolo. Mellas dejó de acariciar el piso, dobló los brazos sobre el pecho por encima de los dos chalecos antibalas.

—Soy toda una puñetera inspiración, ¿cierto? —echó un rápido vistazo a los dorsos lodosos de las manos. Quiso limpiarse las lágrimas ausentes, y se embarró más suciedad en la cara.

—No todos podemos ser Chesty Puller, señor —aseguró Jackson.

Mellas suspiró hondo una y luego otra vez, sacando el aire con las mejillas infladas.

—Oye, Jackson, enséñame cómo se saludan entre ustedes, entre los hermanos.

—¿Eh?

—Ya sabes, todo ese coñazo de ta ta ta.

Jackson lo miró sin saber si se trataba de una broma. Al ver que Mellas le sostenía la vista, Jackson puso los ojos en blanco y dijo:

—Pero a usted no se le ocurra decirle nunca a nadie cómo lo aprendió, ¿ok?

Mellas sonrió y adelantó el puño. Después de cinco intentos seguía sin poder realizar los movimientos intrincados.

—Ya casi, subteniente —dijo Jackson con el puño listo de nuevo—. Ya casi.

Mellas suspiró.

—No lo siento.

Jackson sonrió.

—Jamás lo sentirá.

—¿Por qué no?

—Porque usted no es negro.

De pronto, Mellas se sintió consciente, hasta imbécil, de haberle pedido a Jackson que le enseñara el saludo.

—Siempre creí, en lo más profundo de mí, que somos iguales.

—Somos iguales. Coño, yo también tengo dos bisabuelitos blancos, como usted. Pero hace tanto tiempo que vemos las cosas de otra manera, que ya no somos capaces de hablar mucho sobre ello.

—Cuéntame.

—En absoluto, subteniente –Jackson dobló los brazos–. ¿Usted cree que alguien sea capaz de entender cómo se siente usted de estar aquí entre los arbustos? O sea, aunque sean idénticos a usted en todo lo demás, ¿de verdad que usted cree que alguien pueda entender lo que se siente estar aquí? ¿Entender de verdad?

—Probablemente no.

—Bueno, pues es lo mismo con esto de ser negro. Si no has estado ahí, no hay cómo.

Mellas cambió los pies y desenterró del fango una de las botas con un sonido como de chupete. Vio a Topo más abajo, en las líneas, de pie junto a la suya. Intentaba mear pero aquello no marchaba bien. Mellas no podía acordarse de la última vez que había orinado, pero sí recordaba que no había sido sino un goteo marrón. Oyó el ruido de los tubos. Topo se apresuró a subirse la cremallera y se hundió en su foso. Tres proyectiles se estrellaron contra la parte alta de la zona de aterrizaje. Mellas se quitó las manos de los oídos y esperó. Topo se incorporó de nuevo e intentó terminar de mear. Ociosos, Mellas y Jackson lo observaban, preguntándose si algo habría de salir.

Cuando Topo se dio por vencido, Mellas se volvió hacia su compañero.

—Oye, Jackson. Antes de que nos dividamos, querría preguntarte algo. Si crees que soy un cabrón por preguntarte, tan sólo procura no enojarte.

Jackson no dijo nada.

Mellas continuó.

—Creo que algunos tipos como China, y quizá también Topo, están enviando armas a casa. Es imposible que Topo pierda tantas partes de la ametralladora como asegura.

Jackson se rio.

—Creo que esa operación terminó ya –miró hacia fuera, hacia la neblina, con los ojos brillosos–. Digamos que debido a mejores prácticas de negocios.

—¿Qué?

—Lo que se dice entre los hermanos es que ya no se hace, señor.

Mellas quiso sondearlo pero se contuvo. Era suficiente con saber que el rumor era cierto y que no hacía falta tomar ninguna medida al respecto. Después de un breve silencio, Mellas le preguntó:

—¿Habrá algo serio? Me refiero a allá, en casa. O sea, ¿con armas serias?

Jackson no dijo nada.

—De alguna manera tengo la impresión de que debería involucrarme, pero no puedo hacer un carajo.

—No, no puede.

—¿Nada?

—Carajo, déjenos solos –Jackson lo miraba fijamente a los ojos y le había hablado con amabilidad. A pesar de que Mellas era un oficial, y blanco, en aquel momento Jackson era simplemente alguien próximo en edad con quien compartía la misma trinchera–. De verdad que usted no entiende, ¿no es cierto? –dijo Jackson.

—Supongo que no.

Jackson suspiró.

—Carajo, subteniente. Quizás estemos muertos en una hora o dos, así que no creo que sea el momento oportuno para estarnos jodiendo con lo que se supone que decimos. ¿Estaría usted de acuerdo con eso?

—No con la parte de estar muertos en dos horas –le contestó Mellas.

Jackson resopló para darle la razón.

—De acuerdo, señor –hizo una pausa. Luego dijo–: usted es un racista.

Mellas pasó saliva y lo miró con la boca abierta.

—Ahora espere –dijo Jackson, cuidando muy notoriamente sus palabras–. No se alebreste, yo también soy racista. Es imposible crecer en Estados Unidos y no serlo. Todos en esta puta montaña somos racistas, y todos allá afuera, en el mundo, lo son también. Excepto que hay una gran diferencia entre nosotros dos, y eso ni usted ni yo lo podemos cambiar.

—¿Cuál es esa diferencia?

—Que el racismo le favorece a usted, y a mí me hiere –Jackson miró hacia la distancia. Los dos guardaban silencio. Luego agregó Jackson–: ¿sabe qué? China tiene razón, de verdad. Debemos darle la vuelta a la sociedad racista. No es nada fácil –se iluminó–. Hay otra diferencia entre nosotros los racistas.

Mellas guardaba silencio.

—Algunos de nosotros tienen prejuicios y otros no. Ahora bien, yo tengo la impresión de que usted intenta quitarse prejuicios. Yo también, y

Cortell, e incluso Topo, aunque él jamás lo admitiría. Hawke carece de prejuicios, así de fácil. Lo mejor que podemos hacer en este momento es sacudirnos los prejuicios. Es demasiado tarde ya para seguir siendo racistas.

—No te entiendo.

—¿Cuántos amigos negros tiene usted allá afuera, en el mundo real?

Mellas hizo una pausa y miró, avergonzado, hacia la niebla. Luego echó un vistazo a Jackson.

—Ninguno.

—Eeeexacto –dijo Jackson con una sonrisa–. Y yo… yo tampoco tengo amigos blancos. No estaremos libres de racismo hasta que mi piel negra envíe las mismas señales que el bigote rojo de Hawke. Así como están las cosas ahora, usted no puede mirarme sin pensar en algo más, y yo, yo tampoco puedo devolverle la mirada sin esa misma actitud.

Mellas empezaba a comprender.

—Todos nosotros sabemos que estamos libres de racismo el día que cada blanco tenga a un negro por amigo –aseguró Jackson. Se rio por lo alto–. Oiga, usted es el que hace las matemáticas, subteniente. Eso significa que cada negro debe tener siete u ocho amigos blancos. Ahh… ohh… Pero no es así. Estamos bastante lejos de eso –su voz se volvió muy queda–. Bastante lejos.

—Me entendiste bien –dijo Mellas con una sonrisa–. ¿Así que qué hacemos?

Esperó a que Jackson pensara un momento.

—Es como esa manera que usted tiene de simpatizar con China –dijo Jackson–. Debe dejar esa mierda.

—¿Qué tiene de malo que China me caiga bien?

—No tiene nada de malo. Le cae bien a todo el mundo. Por eso es tan bueno en eso de organizar rollos. Pero yo me refiero a la *manera* como simpatiza con él. Quiero decir que es su negro.

La mordacidad de la observación dejó mudo a Mellas.

—Usted sabe lo que es un Tío Tom, ¿cierto? –dijo Jackson, tocando la horca que colgaba alrededor de su cuello–. Una especie de Stepin Fetchit.*

—Sí.

—Pues… eso significa ser el negro de alguien –los dedos largos de Jackson tamborileaban el camuflaje sucio del uniforme–. Es la idea de algún *chuck* que vivió en Hollywood hacia 1935. Pero ahora tenemos tipos como China. No ocultan ser afros aunque esa condición los meta en problemas.

---

* El primer gran actor de raza negra en la industria cinematográfica de Estados Unidos.

Carajo, que los *meta* en problemas. Y les echan mierda a los blancos en la cara cada vez que pueden. Pues bien, ¿sabe usted algo? ¿Sabe usted quiénes son? Son los negros de gente como usted, ésa es su identidad. Cada vez que se ponen de pie y te piden que quites de sus espaldas, y que toda la puta sociedad está construida por racistas y por cerdos, entonces los estudiantes blanquitos, que estudian en Berkeley o en Harvard con el dinero de papi, se levantan también y dicen «Claro, *chico*, tienes razón, díganos a los cerdos blancos que somos culpables y lo que está pasando. Yo estoy *contigo*. Ése es *mi* negro». Excepto que ninguno de ellos va a formar parte de *nuestras* escuelas. Ninguno de ellos se irá al sur para tomar asiento en los tribunales y defender a los negros. Y a ninguno de ellos los envían de regreso a casa en sacos de hule. En realidad, en cuanto esta guerra comenzó a ponerse caliente, todos los blancos ricos se olvidaron de los derechos civiles y tan sólo se preocuparon de que no les enviaran los culos para acá.

Jackson dejó de hablar. Temblaba de ira. Inhaló profundamente, luego exhaló.

—Pues bien, yo no soy el negro de nadie –continuó–. No soy el negro de ningún puñetero universitario y tampoco soy el negro de ningún productor de cine. Yo me pertenezco sólo a mí mismo.

—Si tú eres tu propio negro, ¿cómo permitiste entonces que China te convenciera de negarte a tomar el mando de la escuadra?

—Él no me convenció de nada. No tenía alternativa. Si tomo la escuadra, soy el negro del sistema. Si me quedo en donde estoy, soy el negro de China. Es como si no pudiera estar ni de pie ni acostado. Haga lo que haga, voy a ser siempre el negro de alguien más. Por esa razón tomé el radio cuando me lo ofreció el subteniente Fracasso y ésa es la razón por la cual lo tengo todavía ahora –resopló–. Así que terminé en medio y ahora parezco *su* negro –resopló de nuevo–. Parece que es lo mejor que puedo hacer para seguir siendo mi propio negro –miró a Mellas con un asomo de duda dibujada en el rostro. Mellas entendió que Jackson quería saber cómo se lo estaba tomando.

Se quedó mirando la niebla, recordando todas las veces que había bromeado con tipos como Jackson. Visualizó entonces a Topo, que le había mostrado su rostro después de haber limpiado el arma en Matterhorn, después de que Cassidy peló a Parker. Y luego a Jackson, que se había lanzado contra el bambú para establecer aquella zona de aterrizaje inútil y, más tarde, de pie en medio de aquel claro, bajo la lluvia de los proyectiles del ejército de Vietnam del Norte, para medevaquear a los heridos de Matterhorn. Y visualizó luego otra vez a Topo, que miraba fijamente el casamatas para la ametralladora donde Young había quedado hecho añicos, y aceptaba tomarlo él solo, con miedo, pero consciente de su importancia para la defensa, que ya se había revelado para los enemigos. Se dio cuenta de que tipos como él no necesitaban, en absoluto, de su ayuda. Lo único que debía hacer era quitarse de su camino.

—Me equivoqué, Jackson —reconoció—. Lo siento.

—Al carajo, señor. Usted no cometió ningún error más grave que el resto de nosotros. Yo y Topo nos dimos cuenta cuando usted y los otros subtenientes pasaron toda la noche planeando ese jodido ataque al Cerro del Helicóptero.

Los dos se miraron y comenzaron a reírse.

—El puto ataque secreto de Scar —dijo Jackson entre risitas—. Miér... coles.

Volvieron a quedarse callados.

—Así que si los blancos los abandonan —dijo Mellas—, ¿adónde van a ir a parar ustedes? La gente blanca controla nuestra sociedad. Los blancos ricos, para ser exactos.

—Claro —convino Jackson—, y también los negros ricos. Mire quién combate en esta puta guerra: negros pobres y blancos pobres. Y algún cretino tonto como usted, con perdón de mi subteniente —hizo una pausa y dirigió los ojos hacia la selva que se extendía por debajo de ellos. Mellas le dio tiempo para pensar. Luego Jackson se volvió hacia él—. Debemos encargarnos de nuestros propios problemas —dijo—. Lo único que le corresponde hacer es tratarnos como trata a todos los demás. Así de fácil. No necesitamos de nada especial. Y, claro, habrá gente que quiera jodernos. Jodernos bastante. Estarán cabreados y tirarán mierda alrededor y manotearán. Y existen de verdad. Ahí tiene al jodido de Cassidy. Pero no necesitamos ayuda especial de ningún tipo, carajo. Somos personas. Trátenos como personas. No somos ni más tontos ni más inteligentes que ustedes —levantó la mirada hacia Mellas—. A pesar de que en música seamos mejores.

Mellas se rio.

—Déjenos resolver nuestros propios problemas como hace cualquier otra persona —continuó Jackson—. Probablemente cometamos también algunos errores. Somos personas, subteniente, igual que ustedes —entonces apretó un puño y lo extendió hacia Mellas—. Pero nos tratan de otra manera —asentía por la emoción. Mellas sonrió y chocó su puño contra el de Jackson, y repitieron, otra vez, el saludo complicado. Mellas lo elaboraba aún con torpeza, pero se reía alegremente.

Dos cohetes azotaron la selva y enviaron a todos a precipitarse hacia las trincheras. Goodwin apareció por el radio y reportó otro herido más.

Daniels había iniciado una misión de artillería y bombardeaba con una batería de morteros de 155 milímetros. Desde la selva y por encima de ellos se arqueaban, hermosamente, los sonidos de las descargas. Mellas gruñó, satisfecho. No sabía que los morteros calibre 155 se hubieran acercado hasta estar dentro del rango.

—Al menos están haciendo algo por nosotros, los negros –dijo.

Stevens y Hawke habían pasado toda la noche reuniendo personal de diversas organizaciones para acercar una batería de obuses de 105 a la base Eiger, a unos diez kilómetros al suroriente de Matterhorn. Aunque estaba en el límite para apoyar a la Compañía Bravo, podía cubrir a las compañías que acudían al auxilio de Bravo desde el sur y el oriente. Le pidieron también al equipo del regimiento autorización para emplazar dos morteros de 155 milímetros. Estos dos eran los que estaban bajo el comando de Daniels. Habían intentado establecer una batería de obuses de 105 milímetros en Sky Cap, pero había resultado imposible por la misma neblina que había impedido los vuelos hasta el Cerro del Helicóptero. Eiger, situado por lo menos a unos setecientos cincuenta metros por debajo de Sky Cap, estaba despejado de nubes, y fue posible reunir munición y reabastecimientos con celeridad.

Simpson y Blakely se asomaron por encima de los hombros de los operadores de radio y se sobresaltaban con cada reporte que llegaba desde las compañía Alfa y Charlie. Avanzaban a un paso agonizantemente lento.

—Si no se apuran, nos ganará el Tercero del Vigesimocuarto –musitó Simpson gravemente–. ¿Cómo van los reemplazos?

—Están ya en la zona de aterrizaje, señor. Todo está listo.

En la orilla de la zona de aterrizaje arcillosa de Vandegrift, los reemplazos que se habían sumado al batallón esperaban bajo la llovizna parsimoniosa. Junto a los chicos había, apiladas, cajas de cartulina, cada una con cuatro botellas de infusión intravenosa en un estuche protector de madera, además de cajas de munición y de raciones c, todo cubierto con lonas plastificadas para evitar que la cartulina se desmigajara hasta convertirse en papilla a causa de la lluvia. Un tanque de agua pequeño, con ruedas, estaba también ahí, envuelto en una red de transportación para colgarlo a la parte inferior de un heli. Los rumores de que estaban machacando a la Compañía Bravo se habían multiplicado enormemente. Los chicos estaban pálidos por el miedo y el frío, y eran incapaces de probar alimento.

En el cuartel de la división en Dong Ha, el coronel Mulvaney estaba reunido con el general Gregory Neitzel, el oficial al mando de la Quinta División de Marines, con Willy White, el comandante del Vigesimosegundo Regimiento de Marines, el regimiento de artillería, y con Mike Harreschou, el oficial comandante del Decimoquinto Regimiento de Marines, uno de los tres regimientos de infantería de la división. Un ayuda entró con una notita de papel.

—Perdone, señor dijo . Mike Tercero del Vigesimocuarto está en contacto en 743571 –el auxiliar desconocía el protocolo: ignoraba si debía entregarle el papel a Mulvancy por tratarse de su compañía, o al general.

Mulvaney le ahorró la decisión al arrebatárselo.

—Fuerza de tamaño desconocido. Carajo se volvió hacia el edecán–. Quiero un estimado del tamaño tan rápido como sea posible.

—Sí, señor, sí –se fue.

El general y el comandante de artillería se dirigieron rápidamente al mapa grande que colgaba de la pared.

—Justo aquí, Willy –dijo el general, con el dedo apuntando en las coordenadas–. Justo donde habíamos pensado. ¿Cómo va esa batería en Smokey?

—Deben estar listos para abrir fuego antes de que termine esta hora, señor.

—Bien –el general Neitzel se volvió hacia Mulvaney–. Mike, ¿tú qué opinas? –le preguntó.

—Ése es nuestro regimiento de gucos, de eso no hay duda –Mulvaney se acercó al mapa y con el dedo regordete señaló las locaciones de contacto con el enemigo. Ahí estaba la emboscada a la Compañía Charlie justo al sur de Matterhorn. Luego los dos fuegos cruzados con las compañías Lima y Alfa, y la Compañía Mike estaba en aquel momento en combate. Todos aquellos ataques formaban un arco. Mulvaney completó el círculo que prefiguraba el arco bosquejando el área que ocupaba el regimiento del ejército de Vietnam del Norte.

—Willy –dijo el general–, si yo autorizara que tu Primer Batallón reúna unas cuantas piezas de artillería más, ¿podrías emplazarlas en algún sitio?

—Sí, señor, en caso de que pueda conseguir algunos gruñones para proveer seguridad. Podemos emplazar a una batería aquí, en el Cerro 427, al sur de Matterhorn. Eiger podría cubrirla, y viceversa, aunque por supuesto que me gustaría tener algo otra vez en Sky Cap –estuvo a punto de mencionar la decisión de abandonar todas las bases de artillería en las montañas al occidente, como Sky Cap, para apoyar la operación política en los valles, pero se contuvo–. Aunque esté bastante cerca de la puñetera zona necesito buena cobertura. Necesitamos batería aérea o quizá fuego de contrabatería del Diablo Rojo para evitar que nos siga bombardeando la artillería guca por todo Ben Hai –«Diablo Rojo» era el código para una unidad de artillería pesada de 203 milímetros del ejército–. Esos cañones 122 de los gucos están diseñados para ser armas navales, y nos pueden dar, y nosotros no podemos alcanzarlos con nuestros uno cero cinco –hizo una pausa y se acarició la barbilla–. En caso de que nos den autorización política para contraatacar.

Neitzel gesticuló.

—De eso me encargo yo.

Harreschou y Mulvaney intercambiaron miradas.

—Quizá con una batería de uno cinco cinco en Lookout –continuó White–. Tendrían el alcance. Pero eso nos llevaría aún un poco más de tiempo.

—¿Qué tanto?

—Hasta mañana por la tarde.

—Mañana temprano –insistió Neitzel.

—No lo sé, señor.

—Les proveeremos con mayor capacidad de transporte con algunos CH-47 del ejército estacionados en Phu Bai.

—Lo intentaremos, señor. Es poco tiempo pero nos esforzaremos.

—Es decisivo –dijo Neitzel. Se acercó al mapa y repasó otra vez con ellos toda la situación, como si quisiera cerciorarse de la estrategia. El ejército de Vietnam del Norte había atacado desde Laos con tres regimientos, a lo largo de tres corredores diferentes, aprovechando la ventaja que le había brindado la retirada desde la parte más occidental exigida por la operación política en Cam Lo. También los había animado el hecho de que, justo antes de navidad, la División Airborne 101 del ejército había sido retirada completamente del área debido a los feroces ataques en las planicies centrales. Lo que no sabían era que la División 101 acababa de recibir la orden de penetrar en el valle de Au Shau. Esa unidad podía desplazarse a una velocidad asombrosa gracias a su capacidad de transportación aérea. Eso dejaba a la Quinta División de Marines al frente de los dos nodos del norte: el central en el valle de Da Krong y otro al norte en la cordillera de Mutter. El Vigesimocuarto Regimiento de Marines de Mulvaney bloqueaba una de las tres rutas de avance del EVN, a saber, la más al norte, gracias al hecho de que ya estaba localizada ahí. Su Segundo Batallón, el Segundo del Vigesimocuarto, con cuatro compañías de tiradores, se desplazaba hacia el valle por el norte de Matterhorn. El enemigo no querría moverse más al norte, contra un batallón de marines que lo esperaba. Se irían contra los marines como agua que se estampa contra un dique. Se concentrarían al frente de tal dique y se volverían vulnerables para la artillería que, indiferente a las condiciones climatológicas, estaba ya en su sitio, y también a los ataques de Arc Light, provenientes de Guam, cuyos aviones B-52 volaban sin problemas por encima del mal clima y lanzaban bombas guiadas por radares. Las tres compañías restantes del Primero del Vigesimocuarto de Simpson se desplazaban, en formación de espejo, por el costado sur de Matterhorn. Eso bastaría para evitar que el enemigo se moviera hacia allá, justo como también el Segundo del Vigesimocuarto evitaría su huida hacia el norte. La Compañía Mike, del Tercer Batallón, estaba ya en contacto con el regimiento del ejército de Vietnam del Norte, y las otras compañías faltantes del Tercero del Vigesimocuarto atacarían en cuestión de horas. Esto detendría cualquier movimiento hacia el oriente que pretendiera seguir la cadena montañosa. El enemigo se vería obligado a retroceder hacia el poniente. Pero la Compañía Bravo, en el Cerro del Helicóptero, bloqueaba la única ruta fácil hacia la frontera laosiana.

Neitzel contempló luego la situación desde el punto de vista del enemigo. Los norvietnamitas necesitaban echar mano de los terrenos altos sobre el promontorio. Moverse a través de la selva en los valles bajos sería una pesadilla para cualquier unidad de infantería. Si el comandante del EVN no se movía lo suficientemente rápido, arriesgaba que lo bloquearan, o que lo dividieran en dos, con un movimiento de pinza de los batallones de marines desde el norte y el sur. Mientras se sintiera seguro ante la ausencia de ataques aéreos podría quedarse en el lomo y controlar los terrenos altos, obligando a los marines a que pagaran caro cada elevación. Pero también él conocía los cambios del clima. Su mejor opción debía ser arrasar a la Compañía Bravo para abrirse camino. Sería una victoria propagandística que se publicaría en todos los periódicos estadunidenses, lo que convertiría el objetivo boreal en todo un éxito político, y las victorias políticas y la propaganda ganarían esta guerra en el sector norte, no el combate de desgaste. Además, eliminar a la Compañía Bravo significaría para el ejército de Vietnam del Norte tomar el control del extremo poniente de la cordillera de Ridge, con lo que podría disponer una retirada ordenada.

El problema del general Neitzel era poner todas las piezas en su lugar en el momento correcto.

Se volvió hacia el otro comandante de infantería.

—Harreschou, quiero que el Decimoquinto de Marines los taponee en Da Krong.

El coronel Harreschou asintió e intentó imaginar cómo diantres conseguiría darle la vuelta al regimiento para que estuviera listo en Da Krong antes de que irrumpiera el ejército de Vietnam del Norte en la planicie de la costa. Se mordió el labio inferior. Los otros dos coroneles guardaban silencio.

—De acuerdo, señor. Usted sabe tan bien como yo lo que eso nos va a costar.

—Lo sé –contestó el general–. Como dije antes, si involucramos a la División 101, quizá podamos ganar también su poder aéreo. Desviaré nuestros 46 hacia el norte para auxiliar a Mike, y tú ocúpate de ganarte los 47 del ejército.

Harreschou gruñó. Los CH-47 del Ejército tenían mucha mayor capacidad que los CH-46 de los marines, de tamaño más pequeño y con las hélices plegables para caber en los portaaviones. Eso significaba que necesitarían menor cantidad de 47 que de los 46, pero ¿qué pasaría si ninguno estaba disponible y Neitzel comprometía los 46 en el norte? Harreschou no preguntó qué debería hacer en ese caso. No había respuesta alguna y, como era habitual, sabía que los marines conseguirían lo que se propusieran.

El coronel White se aclaró la garganta.

—Tengo muchas bases de ataque dispersas por ahí, Greg.

—Lo sé, Willy, caramba –Neitzel hizo una pausa. El otro regimiento de infantería de la división, el Decimonoveno de Marines, acababa de volver de una operación en el sur. Estaban harapientos y exhaustos, pero al menos podrían ocupar las bases de ataque, incluso si tenían que dividir las compañías. Los mismos artilleros podrían ocupar los puestos en el perímetro donde no hubiera suficientes elementos de la infantería. Por otro lado, mientras los regimientos gucos estuvieran en ello, no les quedaría capacidad suficiente para amenazar también las muchas bases de ataque.

—Tendrás gruñones del Decimonoveno de Marines. Están bastante aporreados, pero no deben tener problema para asegurar las bases de ataque.

White asintió.

Neitzel se volvió para mirar a Mulvaney.

—De verdad que Bravo metió a los gucos en un buen lío cuando tomó aquella montaña lejos de los elementos de avanzada. Fue un buen trabajo, Mike.

—Suerte de tontos, Greg –replicó Mulvaney–. Tontos de verdad –el sarcasmo no le pasó desapercibido a Harreschou, quien lanzó una mirada rápida a su viejo amigo Mulvaney. Habían estado juntos en la Primera

División en la batalla de Inchon.[*] Incluso, Mulvaney había sido el Tres de Neitzel cuando estuvo a cargo del Segundo del Noveno durante la cagada de las bombas de racimos en Laos;[**] por eso no temía arriesgar un comentario sarcástico. Willy White había estado en la Escuela de Guerra Anfibia con Neitzel, y ambos habían sido jóvenes oficiales en Saipán.[***] El Cuerpo de Marines era pequeño y las relaciones personales ayudaban a menudo como atajos para sortear las actitudes burocráticas y timoratas propias de todas las unidades militares, incluido el Cuerpo.

—Suerte, te lo concedo –dijo el general sin advertir el sarcasmo de Mulvaney– Si Alicia Linda no se hubiera embarrado de mierda, jamás habríamos lanzado al Águila Calva. Bravo no habría atacado la montaña. Carajo, Mike, ya sé que te preocupa Bravo, allá arriba. Seguro que es un riesgo, pero eso es lo que los gucos no esperan de nosotros. Hemos sido demasiado cautelosos. Toda guerra implica riesgos.

Se sentó en su silla forrada con piel y se recargó, mirando el mapa de operaciones, con las manos entrelazadas por la nuca.

—No creo que los nagolios tengan ni puta idea de que podamos pegarles por detrás de esa montaña en cuanto se reorienten las baterías. Se les va a caer todo el puto cielo encima –levantó la mirada hacia Mulvaney–. ¿Podrá aguantar Bravo?

Mulvaney sabía que Neitzel sabía lo que la pregunta implicaba. Conocía también el porqué. Estaban aquí para matar a los enemigos de su país. Si esto funcionaba, matarían a bastantes.

—Aguantarán –aseguró.

Neitzel observó atentamente a Mulvaney por un momento; luego se levantó y caminó hacia el mapa.

—Los nagolios pensaban que habían atrapado a una compañía –dijo al aire, a nadie en particular. Plantó un puño enorme en el mapa justo encima de Matterhorn–. Estamos a punto de coger a un regimiento –se dio la vuelta para quedar frente a los tres hombres–. Sólo nos queda rezar para que el mal clima y Bravo aguanten un día más.

---

[*]   Batalla en la guerra de Corea.
[**]   Entre 1964 y 1973, Estados Unidos arrojó alrededor de doscientos setenta millones de submuniciones en unas dos toneladas de bombas de racimo.
[***]   Batalla en el Pacífico, durante la segunda guerra mundial.

Mientras los papeleos y los helicópteros relocalizaban, a través de los cielos plomizos, las baterías de artillería, al equipo bélico y a los marines fatigados, el teniente primero Theodore J. Hawke se colapsó sobre su catre en la tienda del cuartel de oficiales solteros. Exhausto como estaba, no podía dormir. Repasó en la mente la miríada de detalles. En ningún lugar encontraba un rincón donde pudiera ser útil.

De pronto, se incorporó para quedar sentado. Stevens, que se desanudaba las agujetas y estaba a punto de caer dormido, lo miró, desconcertado, pero no dijo nada. Hawke se puso a sacar el equipo que guardaba debajo de la litera.

—¿Qué diablos está haciendo? –le preguntó Stevens, mientras bostezaba. Estaba sentado con una bota en la mano.

—Empacando.

—¿Para qué?

—Es como un instinto de anidar. Me da una vez al mes.

—Como guste –contestó Stevens. Dejó caer la bota al suelo y se acostó boca arriba con un suspiro–. Me duelen los putos pies –se quejó.

Hawke sonreía mientras se calzaba las viejas botas descoloridas para la selva. Tomó la .45, que había estado enfundada sobre el suelo y que comenzaba ya a oxidarse. La miró con disgusto. La sacó, revisó el mecanismo y resopló. A juzgar por lo que había escuchado, había bastantes rifles de repuesto. Se colgó la cinta con cartuchos y cantimploras y las trinchas, y se estiró para recoger también el casco y el chaleco antibalas. Enrolló con cuidado el viejo sombrero de tela camuflada y lo metió en uno de los voluminosos bolsillos por un lado de los pantalones. Fijó a la mochila, por el exterior, la lata de peras convertida en taza.

Stevens se sentó.

—No va a subir el cerro ahora mismo, ¿o sí? –le preguntó. Hawke metía el poncho liner en la mochila y no se molestó en contestar–. ¿Qué dirá el Tres? Quiero decir, ¿lo habló con él? Es una cagada seria abandonar el puesto sin autorización, Hawke.

—Stevens, el Tres necesita un Tres Zulu tanto como un puto sátiro necesita un dildo. Allá hay dos tenientes bota y cero personal. Cuéntalos: cero. Acá abajo, en la zona de aterrizaje, también hay todo un rebaño de nuevitos cagados de miedo. Además, ya le pregunté al Tres.

—Por Dios –dijo Stevens, evidentemente sorprendido–. Qué raro que le haya permitido ausentarse.

—No me lo permitió.

Hawke salió por la puerta hacia la lluvia. Caminó fatigosamente por el camino enlodado hacia la zona de aterrizaje, percibiendo el peso familiar de la mochila, con la lluvia que comenzaba a humedecerle la ropa, con el barro y el agua que se colaban ya por los ojales metálicos de las botas, mientras las calcetas también se le mojaban. Mulvaney podría quedarse con su puñetera compañía, pensó triste y agriamente. Hasta donde le importaba había una única compañía, y la estaban machacando mientras él, ahí, no hacía nada, excepto mirar.

La sensación de combate duró los diez minutos que necesitó Hawke para bajar a la amplia zona de aterrizaje. Había dos helicópteros CII 16 birrotores en la pista de aterrizaje, uno junto al otro, con los fuselajes rayados y picados debido al uso rudo, con las largas aletas caídas bajo la lluvia. Parecían abandonados. En el suelo, a un lado, había unos cuarenta refuerzos, que formaban un corrillo miserable debajo de sus ponchos.

Hawke apenas podía ver al otro lado de la pista. Las nubes eran tan bajas, tan cercanas al suelo, que la lluvia parecía materializarse en el aire alrededor de las cabezas. Advirtió que un heli sería incapaz de encontrar ni siquiera *esta* pista de aterrizaje, mucho menos a la Compañía Bravo, a, por lo menos, mil metros más de altitud, en las montañas. Y oscurecería en cinco horas.

Se sentó en el cieno, recogió las rodillas por debajo del impermeable y se preguntó qué acababa de hacer. Estaba desobedeciendo una orden directa, defenestrando su carrera, para terminar sentado, inútilmente, en este puñetero rincón de tierra empapada. Se ciñó el poncho al cuello.

Pasados unos diez minutos se dio cuenta de que frente a él había dos pares de botas muy negras y muy nuevas. Levantó la vista. Eran de dos chicos que se apoyaban en uno y otro pie, inciertos por el protocolo para interrumpir a un marine imbuido en un esfuerzo evidente por aislarse de todo.

—¿De la Compañía Bravo? –le preguntó uno finalmente.

Hawke los observó en silencio y notó lo bien alimentados que estaban. Por último dijo:

—¿Se les puede ocurrir alguna otra puñetera razón por la cual alguien estaría sentado aquí bajo la lluvia?

Eso propició dos sonrisas vacilantes.

Entonces Hawke se dio cuenta de algo.

—¿Tienen munición para ametralladoras en algún lado?

Uno de los chicos, sorprendido, dijo:

—No. Soy un oh-tres-once –refiriéndose al código militar propio de los tiradores, para distinguirse de los metralletas.

—Me importa un pito si eres experto en armas nucleares, carajo. ¿A alguien aquí le entregaron munición para ametralladoras para que la llevara? –Hawke se había despabilado.

—Este… no, eh…

—Teniente primero –completó Hawke.

—Lo siento, señor. No sabía. Yo sólo…

—¿Quién está al mando de este grupo de mierda?

—Este… yo, señor. No tenemos a nadie por encima de nosotros, somos soldados de primera clase, pero gané experiencia en la base de Pendleton, así que el chico aquel con el radio, el que tiene la sudadera con la leyenda «Shore Party», él me puso al cargo.

—Estás relevado del mando.

—Sí, señor.

—A partir de ahora te llamarás Jayhawk Zulu.

—Este… sí, señor. Jayhawk Zulu.

—¿Puedes encontrar la fortificación del centro de operaciones de combate del batallón?

—Supongo que sí, señor.

—Quiero que busques a un sargento de segunda clase de nombre Cassidy. Dile que Jayhawk quiere verlo en la zona de aterrizaje en el instante en que consiga toda la munición que puedan cargar 45 botas cabrones bastante bien comidos y recién salidos del regimiento de entrenamiento de la infantería –hizo una pausa–. Y me refiero a la munición que *a duras penas* puedan cargar. Que él haga los cálculos.

El chico se alejó pero Hawke lo detuvo.

—Y ciento sesenta cantimploras llenas de agua.

—¿Ciento sesenta, señor?

—¿Necesito enseñarte a multiplicar, carajo? Cuatro por cuarenta. ¿Ok? Contando las dos que cada quien tiene en este momento serían sólo seis por cabeza.

—Sí, señor, sí.

—Si no encuentras a Cassidy antes de que se levante esta niebla, te patearé el trasero de recluta con tanta fuerza que aterrizarás en Laos –le sonrió y le hizo la señal de las garras encrespadas y gañó–: ¡Poder de halcón! –el chico le lanzó a su amigo una mirada rápida y corrió hacia el centro de operaciones.

Pasada una hora, Cassidy estaba reunido con Hawke en la zona de aterrizaje y cada refuerzo tenía encima tanta munición para ametralladora y tanta agua que apenas podían moverse. Hawke y Cassidy fueron de uno en uno y los hicieron brincar. Si el chico se veía bastante ligero, le echaban otra canana al hombro hasta que las rodillas casi se le doblaran. Luego se fue Cassidy y todos se sentaron de nuevo sobre el fango, cubiertos de munición y de cantimploras.

—No se preocupen, carajo –bromeó Hawke. Dijo con monotonía–: venid a mí todos los que estéis agobiados y con grandes pesos –brotaron sonrisas. Se volvió rápidamente hacia ellos–. Pero no os aliviaré, pecadores cabrones –se dirigió a uno de los refuerzos que había sonreído–. ¿Acaso crees que soy Jesús, carajo, o algo por el estilo? ¿Crees que me parezco a Jesús?

—Este… no, señor –contestó el chico. Había otros que intentaban esconder las sonrisas.

—¿Entonces crees que me parezco a la virgen María?

—No, señor. Ni siquiera… no, señor.

—¿Ni siquiera un poco?

—¡No, señor! –rugió el chico.

—Carajo. Ya ni porque me afeité esta mañana.

Nuevas sonrisas se asomaron.

Luego se puso serio Hawke.

—Se les aliviará de todos sus agobios, créanme. Lo único que deben hacer es pasar de la parte trasera del heli a unos fosos. No pienso que les parezca bastante complicado, dadas las circunstancias.

Como era ya habitual, la combinación entre su sarcasmo bostoniano y su empatía natural consiguió ganárselos a todos. Sin embargo, no dejaba de mirar más allá de la pista de aterrizaje en espera de que el clima cediera.

Notó una mejora hacia las 1500. La lluvia constante menguó y pronto pudo ver el piedemonte de las montañas más o menos a un kilómetro de la pista de aterrizaje. Se incorporó, corrió hacia los CH-46 que descansaban en la orilla de la pista y despertó al miembro de la tripulación, que dormía.

Le llevó varios minutos para persuadirlo de llamar a los pilotos. En cierto momento el hombre le preguntó quién coños se creía.

—Soy el capitán Theodore Hawke, el oficial auxiliar de operaciones del Vigesimocuarto Regimiento –le mintió–. Y, carajo, si no vienen los pilotos de mierda de estas aves a la brevedad haré que tú y ellos le den explicaciones personalmente al coronel Mulvaney acerca de por qué permitieron que una de sus compañías fuera masacrada al negarse a llevarles la munición cuando se los solicitamos.

—Sí, señor –respondió el miembro de la tripulación. Para entonces, otros colegas suyos se habían acercado ya y observaban la escena en silencio–. Desconozco el código para comunicarme con el club de oficiales, señor.

Le tomó unos minutos, pero al final consiguió la frecuencia y el código y levantó al aburrido cantinero. Después de una confusión acerca de quién llamaba y para qué, apareció una voz en el radio, que el tripulante había puesto ya en altoparlante.

—¿Qué coños está pasando, Weaver?

—Señor, aquí está el Tres auxiliar del Vigesimocuarto Regimiento y pregunta por qué no volamos. Cambio.

—Dile a ese hijo de puta que no volamos porque esas puñeteras nubes están cargadas con rocas. Cambio.

—Este... señor, está aquí, escuchándolo. Cambio.

Hubo una pausa.

—¿De quién se trata? Cambio.

—Es... este... el capitán Hawke, señor, del Vigesimocuarto Regimiento de Marines. Cambio.

—¿Capitán? Quiero hablar con él. Cambio –la voz sonaba segura.

Le entregó a Hawke los audífonos con el micrófono.

—¿Qué coños está pasando ahí, capitán? Habla el *mayor* Reynolds.

Estaba rebasado en el rango, incluso aunque fuera capitán. A quemar las naves.

—Señor, tengo a una compañía de marines que necesita reabastecimiento y se despejó ya el cielo. El coronel Mulvaney quiere que estas aves vuelen ahora mismo.

—Capitán, no se ha despejado nada. Estoy mirando en este preciso momento. Y esas aves no se mueven si el grupo no levanta la prohibición de volar por el clima. Y me importa un pito lo que opine un coronel de gruñones. Ese equipo vale muchos millones de dólares y no voy a arriesgarlos. ¿Quedó claro? Cambio.

Hawke no contestó. Ya conocía esa cantaleta de mierda de los «muchos millones de dólares». Le entregó los audífonos al tripulante y cruzó corriendo la pista de aterrizaje en dirección al club de oficiales. En tres minutos apareció a través de la puerta con mosquitero, sudando copiosamente a causa del calor contenido dentro del poncho. Los rostros, que habían estado concentrados en las bebidas, en los dados y en las barajas se volvieron para mirarlo. No fue difícil reconocer a los pilotos. Había cuatro, en uniforme de vuelo, sentados a la misma mesa, a punto de comenzar un juego de bridge.

Caminó hasta la mesa.

—¿Alguno de ustedes es el mayor Reynolds?

Un hombre con sobrepeso y de rostro rubicundo hizo la silla hacia atrás y levantó la mirada hacia Hawke.

—Yo soy el Mayor Reynolds –y luego, con un tono de burla, dijo–: el capitán Hawke, supongo.

—Señor, se ven las faldas de las montañas. Hay un clic de visibilidad.

—Y yo veo treinta metros de esas montañas, eso significa treinta metros de visibilidad... hacia arriba –le contestó Reynolds con un dedo que señalaba hacia el techo–. Y eso aquí, a casi ochenta metros sobre el nivel del mar. Su puta compañía está a más de mil quinientos metros por encima del nivel del mar. No hay manera, capitán, hasta que lleguen las reglas para vuelos con visibilidad, RVV, y un reporte de ciclo despejado del Grupo Aéreo de Marines 39.

—No sabe qué hay a mil quinientos metros hasta no estar ahí.

—No necesito ir hasta allá para saber lo que hay. Hace una hora había ahí un ave de inspección climatológica, y está hecho una puta sopa desde aquí hasta Burma de los cojones –miró a sus tres camaradas con una ligera sonrisa–. Estamos en contacto continuo con el capitán Bainford, del Primer Batallón, y los que están allá arriba son los chicos de él, no los de usted. Cuenta también con un controlador aéreo adelantado alistado justo en posición. Creo que nosotros podemos encargarnos de resolver el asunto bastante bien –hizo una ligera pausa–, cuando resulte posible. Así que permítanos, por favor, encargarnos de los vuelos, capitán.

La ira repentina propia de un veterano de infantería electrificó a Hawke de pies a cabeza. Su mano se dirigió hacia la cacha de la .45 pero la pistola estaba debajo del poncho. El hecho de que tuviera que levantar el impermeable para asir el arma lo calmó justo lo necesario. Por alguna razón lo golpeó la imagen de Hippy, con la M-60 acurrucada sobre el chaleco antibalas, abriéndose paso por entre la maleza con los pies destrozados. «Respira», pensó. Y respiró. Pensó de nuevo. Luego se lanzó por todo.

—No soy capitán ni soy el Tres auxiliar del Regimiento. Soy el teniente primero Hawke, S-3 Zulu del Primer Batallón, y el oficial ejecutivo anterior de la Compañía Bravo. Mis amigos no tienen ni agua ni munición y se están muriendo. Necesitan ayuda –los cuatro pilotos levantaron las cejas–. No sé un coño acerca de los vuelos, pero sí sé un putero acerca de hacer intentos. ¿Se van a quedar aquí sentados jugando cartas o van a intentarlo?

Se hizo un largo momento de silencio. Los pilotos sabían mejor que él lo que se les pedía. Bajo tales condiciones, avanzando a tientas, casi sin ver, justo por encima de los árboles, pues ésa era la única franja de visibilidad, cualquier error en la navegación, un segundo de inatención, un cambio ligero de temperatura que transformara el aire claro en una niebla impenetrable haría que vieran la pared de la montaña justo un segundo antes de estrellarse, y se morirían ellos y todos los marines a bordo.

Hawke hizo un último esfuerzo desesperado.

—Esos marines están en problemas. ¿Tiene miedo de ayudarlos?

Un teniente primero más joven echó la silla hacia atrás.

—Ya basta, carajo –dijo. Arrojó las cartas y se puso de pie. Hawke temió haber insistido demasiado. Pero el piloto miró a su compañero de bridge; era obvio que se trataba de su copiloto–. ¿Tú qué piensas, Nickels?

—Al carajo –Nickels tiró también las cartas sobre la mesa, boca arriba, y se levantó.

—¿Entonces qué, mayor? –preguntó el teniente primero–. Creo que nos acaban de llamar maricones.

El hombre rubicundo suspiró y aventó su juego sobre la mesa. Se levantó de la silla y dijo al aire:

—¿Alguien aquí tiene un puto jeep? No se me antoja llegar a pie a mi propio funeral.

Y ése fue el verdadero origen de la historia, que luego corrió por el Vigesimocuarto Regimiento de Marines y por la Quinta División de que un teniente de infantería fue hasta el club de oficiales del regimiento y le sacó la pistola a cuatro *zoomies* y amenazó con matarlos si no volaban para rescatar a su antiguo equipo.

La historia que se contó en el Grupo Aéreo de Marines 39 y en la Quinta Ala Aérea de Marines fue que cuatro pilotos desobedecieron una prohibición climatológica para abrirse paso hasta una montaña de más de dos mil metros de altura con unos diez o trece metros entre las ruedas y las copas de los árboles, en medio de una fuerte lluvia de monzón, para rescatar a una compañía de marines que estaba rodeada por un regimiento norvietnamita.

Capítulo XVII

UN CONTROLADOR AÉREO ADELANTADO TOMÓ LAS LLAMADAS radiofónicas de dos helicópteros mucho antes de que pudiera oírseles. Estaba sorprendido. Parecía imposible que un heli pudiera encontrarlos. Acababa de informarle el techo de vuelo a Bainford, y él le contestó que deberían esperar, pues resultaba bastante peligroso volar.

Agachado, Mellas corrió, detrás del hombre-CAA, hasta la zona de aterrizaje, y los dos se recogieron en un foso cercano. La bala solitaria de un francotirador pasó por encima de sus cabezas.

—No sé qué coños esté sucediendo, señor, pero hay dos aves en el valle buscándonos. Dicen que tienen refuerzos y municiones. Pero el capitán Bainford me dijo que estaban impedidos para volar por el mal clima —luego el radio tan sólo siseó.

El hombre-CAA escuchaba.

—Negativo señor. Sigo sin oír nada. Cambio.

Él y Mellas se sentaron en silencio. Mellas le pidió su radio con un gesto y rápidamente sintonizó la frecuencia de la compañía. Pallack contestó.

—Aquí Cinco Actual —dijo Mellas—. Comunícales a todos que hay un ave buscándonos. Quiero silencio total. Cambio —pronto, el perímetro entero se acalló; todos aguardaban en medio de la niebla, sin deseos de acoger esperanza alguna.

Pocos minutos más tarde, Mellas advirtió que el hombre-CAA estaba tenso; miraba hacia el sur y sacó su brújula. Mellas tenía tan dañados los oídos a causa de la refriega reciente que no oía nada excepto un acúfeno agudo que parecía haberse instalado de manera permanente en su cabeza.

—Urraca, Urraca, aquí Gran John Bravo. Tengo el ruido de un rotor con rumbo hacia uno siete nueve. Repito: rumbo hacia uno siete nueve grados

–el hombre-CAA miró a Mellas y, por la emoción, agitó un puño. Sonreía. Algo se escuchó por el radio.

—Afirmativo, señor –se hizo otra pausa.

—Urraca, aquí el controlador aéreo adelantado de Gran John Bravo. Tenemos alrededor de –entornó los ojos mirando hacia las nubes– unos doce metros –colgó entonces la cabeza. Mellas se dio cuenta de que, al decir la verdad, el hombre-CAA podría sacrificar a la compañía, pues los helis acaso se volverían; pero, al no decir la verdad, podría comprometer las naves. Trabó su mirada con los ojos del hombre-CAA y le dio un asenso de comprensión. El otro sonrió y miró hacia el cielo de nuevo.

—Ahí tiene, señor –dijo en silencio.

El controlador se tensó de nuevo, con la mirada en la brújula y activó el auricular.

—Urraca, ahora el ruido de los rotores se dirige hacia uno ocho cinco. Cambio.

Con su ojo mental, Mellas visualizaba los helis dirigiéndose hacia el poniente, dejando atrás el punto donde el hombre-CAA había escuchado los rotores por primera vez, y luego dirigiéndose hacia el norte en un intento por regresar. Eso los colocaría, probablemente, apenas al poniente de la frontera laosiana. Si pudieran ganar altitud y mantener el curso en dirección norte, sortearían las montañas del sur. Pero, metidos en las nubes, probablemente sobrevolarían el Cerro del Helicóptero y Matterhorn. Y si se mantenían pegados al suelo, se estrellarían contra alguna de las dos elevaciones. Mellas confiaba fervientemente que volaran a ras, por encima de las copas de los árboles de la selva.

—Eres bueno, Urraca. Mantente todavía en dirección a uno ocho cinco grados. Está atento a mi marca.

Hubo otro intervalo intenso que llenó el zumbido de los álabes del rotor, aumentado por el chirrido de los motores de las turbinas. Entonces, justo por encima de ellos, oscurecidos por la neblina, dos helis destellaron en el cielo. El hombre-CAA se incorporó con un salto y gritó al auricular:

—¡Marca! ¡Marca!

Él y Mellas los vieron desaparecer. Los marines en el cerro se mantenían en silencio. Todos escucharon el chirrido de los motores y el estrépito de las paletas al girar, que arañaban el aire delgado de la montaña al girar bruscamente. El hombre-CAA gritaba coordenadas y, al mismo tiempo, corría al centro de la zona de aterrizaje.

—Te tengo en cero tres cero –Hizo una pausa–. Cero tres cinco –esperó–. Cero tres cinco, esperando. Sí, señor. Confirmado, señor, una pendiente que se dirige más o menos hacia cero nueve cero. Respecto de nuestro Echo estará a unos treinta metros por debajo de nosotros.

Finalmente, un enorme fuselaje se asomó por entre las nubes, con el vientre expuesto a medida que el piloto lo elevaba, con las llantas traseras abajo, abriéndose camino, con los motores a marchas forzadas para mantener firme el descenso. Entonces cayó pesadamente y los nuevos reemplazos se apuraban, caían, a trompicones, se arrastraban hacia los lados de la zona de aterrizaje mientras el aire eructaba disparos de armas automáticas y de ametralladoras provenientes tanto desde Matterhorn como desde el brazo más al norte. Mellas sacó la brújula y calculó con frialdad la proveniencia del sonido de la ametralladora en el brazo al norte. Encontró el punto en el mapa.

—Ya te tengo, hijo de puta —dijo.

El primer heli despegó y el segundo se posicionó justo en el espacio que había liberado. De nuevo, siluetas oscuras se precipitaron por la rampa trasera, trastabillaban bajo el peso inmenso, se tropezaban, iban a gatas, se lanzaban en busca de un refugio. Entonces, para sorpresa y alegría de Mellas, una de aquellas siluetas se incorporó en la zona de aterrizaje y levantó el brazo derecho con la señal del halcón. Mellas también se puso de pie y gritó exultante.

—Carajo, Hawke, por acá. Por acá.

Hawke se volvió, y, lastrado por el peso de la munición y el agua, corrió a trompicones hacia él. El corazón de Mellas repicó en el momento en que Hawke se hundió en el foso. Los marines en el cerro se arriesgaron a caer muertos para correr hacia Hawke: reían, gritaban, le golpeaban la espalda.

Entonces, los tiros de mortero comenzaron a azotar, nuevamente.

Durante un momento de sosiego por parte de los atacantes, Mellas corrió a través de la zona de aterrizaje y saltó al interior del foso que Hawke cavaba para sí. Mellas sacó el cuchillo y comenzó a apuñalar la dureza del barro para ayudarlo a excavar, incapaz de reprimir una amplia sonrisa.

—¿Y qué coños estás haciendo acá?

—Me aburrí —contestó Hawke.

—Ah, creo que te pusiste sentimental.

—Soy un sentimental aburrido —Hawke farfulló y sacó otra palada de tierra.

Escucharon de nuevo los tubos. Se hundieron en el pozo aún bajo. Los tiros hicieron temblar el suelo a su alrededor y el humo negro les irritaba las fosas nasales. Las explosiones los sacudieron, les dolían los ojos a causa de las ondas expansivas.

—Qué lugar tan jodidamente bonito tienen aquí –dijo Hawke. Sacó más paladas de tierra, y entonces agregó–: al carajo. Ya está lo suficientemente profundo –tiró la pala al suelo y se acurrucó de nuevo en el agujero.

—Oye, Hawke –le dijo Mellas–, ¿tienes agua? Me mata esta puta sed.

Hawke sacó una cantimplora de la bolsa.

—Bueno, me van a joder –contestó. Le mostró la cantimplora a Mellas. Tenía un pequeño hoyo de metralla.

—Mejor que un hoyo en el puto trasero.

—Sí, pero ésta tenía Frambuesa Rootin' Tootin'.

Le pasó a Mellas la cantimplora medio vacía. Le dio un trago largo, atragantándose, deseoso de nadar en su dulzura ácida. Por fin se detuvo, sonrió y suspiró de alegría.

—Siempre había sido fan del Barón del Limón, pero la Frambuesa Rootin' Tootin' no está nada mal.

—Bueno, es que este año resulta bastante difícil conseguir Barón del Limón –repuso Hawke.

Hubo otra explosión a tan sólo unos cinco metros de su zanja, y luego cuatro más. Mellas sentía como si estuviera en algún costal negro y pesado, y que lo estuvieran golpeando con garrotes invisibles. El humo reemplazó al oxígeno. No podían hablar. Aguantaron.

Entonces, las explosiones se dirigieron a otra zona de la montaña. Hawke sacó, con calma, la lata de hojalata devenida en taza y un trocito de c-4, y se puso a preparar café. Levantó la mirada hacia Mellas, quien lo miraba con atención.

—Es la fuente inagotable de toda bondad y la cura de todos los males –sentenció Hawke. Encendió la bola de explosivo y puso agua a hervir. Cuando quedó listo el café, le ofreció la taza a Mellas.

Él le dio un trago. Luego cerró los ojos y sorbió de nuevo. Suspiró y le devolvió el café humeante a Hawke.

—¿Cuándo vendrá Delta a relevarnos? –preguntó Mellas.

—Ni puta idea. ¿Acaso te parezco…?

—¿Un puto nigromante? –completó Mellas–. No, pero se supone que tú eres el Tres Zulu, sea lo que sea que eso signifique.

—No significa nada. Y si yo fuera la Compañía Delta, jamás acercaría mi trasero acá arriba.

—Tú viniste –dijo Mellas con repentina seriedad.

La breve pausa de Hawke reconoció la gratitud de Mellas.

—Sí —dijo por lo bajo—, pero yo estoy loco. No hubiera podido soportarlo más, carajo.

—¿Así de mal, eh? —dijo Mellas.

—Al diablo —contestó Hawke—. No lo sé. A un político consumado como tú podría incluso gustarle estar acá —intentó sonreír.

— Sería mejor que jorobar —contestó Mellas—. Estoy en esta selva, se me están congelando las pelotas y me muero de sed en medio de un monzón.

Hawke levantó la mirada hacia el cielo.

—El Seis y el Tres dicen que abandonaron sus mochilas y que por eso pasaron frío y se les acabaron el agua y la comida. Además, anoche se quedaron dormidos en las líneas.

—Debe ser una broma —dijo Mellas lentamente.

—Me temo lo contrario. Simpson decía otra vez que iba a relevar a Fitch.

Mellas se puso de pie y gritó:

—¿Qué coños le pasa? ¿Qué carajo le pasa a todo el mundo? Estos chicos pelearon una puñetera semana sin bolsas de dormir, sin comida, sin agua, y ese jodido hijo de puta *piensa* que estaban durmiendo. Nosotros somos los que tendríamos que estar locos, no ese borracho hijo de puta —explotó un proyectil, pero a Mellas ya no le importaba si le daban o no.

—Siéntate antes de que te hagan pedazos, carajo —le ordenó Hawke y lo jaló hacia sí.

Mellas se sentó. Quería golpear a alguien.

—Es una mentira flagrante de mierda. Nuestro PE recibió el primer golpe, tal como aparece en los libros. Nadie estaba durmiendo. Carajo, puedo garantizarlo.

—Tuvieron más bajas de las que confirmaron.

—¿Qué quiere que hagamos? ¿Que envíe a otra escuadra, o a dos, y que los maten mientras cuentan gucos muertos para que pueda emparejar sus malditos reportes a la división?

—Desconozco sus intenciones, Mel. Sólo conozco sus palabras —Hawke jugaba con una vara e hizo una pausa para voltear un poco de lodo—. ¿Estás bien? —le preguntó—. ¿En lo personal?

—Sí —le contestó Mellas—. Me metieron metal en el culo y en las manos, pero en nada se distingue de las úlceras tropicales.

—No me refiero a eso, sino a Bass, y a Janco y a todos los demás.

—Ya me repondré —Mellas desvió la mirada de él hacia el cielo vacío y ya casi oscuro.

—Lo dudo.

—¿Cómo coños lo sabes?

—Tan sólo lo sé –contestó.

—¿Cómo está Mallory? –le preguntó Mellas para cambiar de tema.

—Fanfarroneando. Esperando el juicio militar. Esperando ir al puto dentista. Eso quizá suceda en seis meses, más o menos.

—¿Cuánto tiempo estuvo encerrado en aquel contenedor?

—Lo saqué unas tres horas después de que se fueron –repuso Hawke.

—Gracias.

—No lo cuentes. Tan sólo espero que seas tú su maldito testigo y no yo.

—¿Te metiste en problemas?

—Tan sólo le dije al *snuff* aquel que yo tomaba el mando. Blakely despotricó y reventó por moverme a espaldas suyas, que quedó en ridículo, que Cassidy también salió mal parado, y el Cuerpo de Marines y la justicia militar, todo lo que quieras. Entonces se fue al club de oficiales.

Los dos rompieron a reír. Mellas recordó a Hawke, con las botas relumbrantes, el cuaderno presto, esforzándose por dar buena impresión durante la reunión del batallón. Miró hacia el barro.

—Hawke, sé lo que te costó. Gracias. Nadie querría tenerlo a él de enemigo –luego sonrió–. Sobre todo desde que te hiciste militar de por vida.

—La próxima vez, tú mismo rescatas a quien quieras. Es lo único que pido –dijo Hawke, un poco incisivo.

—¿Lo van a inculpar? –preguntó Mellas. Intentaba entender por qué Hawke estaba enfadado.

—Encañonó con una puta pistola a un oficial de la marina que se puso a gritar como loco.

—Carajo, no estaba cargada.

—De cualquier manera es una puñetera pistola –replicó Hawke–. Ya pasaste demasiado tiempo por acá. La gente normal considera que las pistolas son peligrosas. No se detienen a mirar si tiene un cartucho cargado o no, y se ríen ante la broma. El doctor está cagado y quiere el trasero de Mallory. Y se lo concederán. Serán muchos años.

—Quizá Mallory pasó también demasiado tiempo por acá –reviró Mellas–. Los putos médicos de la marina fueron quienes no dejaron de regresarlo siempre hacia acá.

—No quiero hablar sobre el imbécil de Mallory –atajó Hawke.

Escucharon más pums de tubos a la distancia.

—No hace falta –dijo Mellas y se aplastó contra la orilla del foso para esperar, nuevamente, las explosiones. Eran tan próximas que le zumbaban los oídos, y Hawke tan sólo se quedó mirando fijamente la pared opuesta de la zanja, con sangre goteándole de la nariz y con la boca abierta. Se miraron sin decirse nada. Luego, Mellas sacó un cuaderno y se puso a trabajar en la lista de suministros para la próxima ave.

—Mellas, detente un segundo, ¿sí?

Mellas levantó los ojos, esforzándose por escuchar por encima del ruido en los oídos ante lo que fuera que Hawke había dicho.

—Me cagó que me dijeras militar de por vida.

Sus palabras le cayeron a Mellas como plomo en el estómago.

—Tan sólo era una broma —se justificó.

—Me cagó —repitió Hawke.

—Lo siento —se disculpó Mellas— No quería ofenderte. Mi típico sarcasmo —intentó pensar cómo podría congraciarse con Hawke, pero las palabras ya habían sido pronunciadas—. En ocasiones, mi boca es más veloz que mi cerebro —añadió sin convicción.

—Que tu corazón, Mellas —lo contravino Hawke. Estaba visiblemente enojado—. ¿Qué coños crees que es un militar de por vida? ¿De verdad crees que es precisamente lo que estos chicos se imaginan que es? Para los que son como tú es tan puñeteramente fácil. Ustedes regresan y, por el resto de sus vidas, serán los comandantes de los militares de por vida. Para empezar, ¿qué hace un tipo como tú en un lugar como éste? ¿Visitando a los pobres? Estos tipos a los que llaman jodidos militares de por vida no tienen a dónde ir, a diferencia de ustedes. Tampoco los putos *snuffs*. Para la mayoría de ellos, esto es lo único. Ésta es la cima de su pequeña colina. Y gente como tú puede volar por encima y cagar ahí. Cabrones hijos de puta, prepotentes.

—No quería humillar a nadie —murmuró Mellas.

—Con que no humilles a los buenos, como a Murphy y a Cassidy. Tú irás a la facultad de derecho. ¿Adónde diablos irá Cassidy? Aquí tiene algo que aportar. Y tú te cagas encima de eso.

El temperamento de Mellas se calentaba.

—¿Qué debo hacer?, ¿compadecerme de él? Supongo que también debo compadecerme del coronel y del Tres.

—Mira, el coronel es un cabrón. El Tres es otro hijo de puta. Vale. De acuerdo. Lo único que digo, Mellas, es si jamás te has preguntado *por qué* son tan cabrones. ¿Piensas que les gusta pasar cada minuto de sus diminutas vidas preocupados de que alguien los cague porque alguna de sus compañías no llegó a tiempo a un punto de control? No digo que nos olvidemos de que son unos hijos de puta. Lo único que digo es que cuando llames a alguien por su apodo muestres cierta compasión. Pégales todas las etiquetas que quieras, pero la suerte, más que cualquier otra cosa, determina quiénes son y quién eres tú mismo.

Mellas y Hawke veían, cada uno, la tierra enfrente de sí, incapaces de cruzar las miradas.

—Supongo que me olvido en ocasiones de dónde estoy –dijo Mellas finalmente, sonriéndole a Hawke un instante.

Hawke sonrió también.

—Carajo, Mellas. Convierte un sermón acojonantemente bueno en una broma –metió las manos debajo del chaleco antibalas y lo miró–. Mellas, posees todo lo que me habría gustado haber tenido. Me causa celos ver que no te importa un puto carajo.

—¿Yo *poseo* todo lo que *te* habría gustado tener? –Mellas estalló en una carcajada que era, en parte, un grito de dolor–. Hawke, no tengo *nada*. Jack, no jodas.

—Tienes cerebro, sabes hacia dónde vas, sabes cómo llegar. ¿A eso le llamas nada?

—Primero me haces sentir mierda por mi falta de tacto y un minuto después me dices que tengo talento y que me tienes envidia.

—Nunca dije que fueras acojonantemente perfecto.

Por encima de sus risas escucharon el ruido de los morteros. Se agazaparon y esperaron. Mellas contaba los segundos para ver si el tiempo de vuelo era igual al de la ronda anterior. Resultó diferente. Los proyectiles cayeron cerca de la parte alta de la zona de aterrizaje y causaron tan sólo un batacazo suave.

—Hawke –le dijo Mellas por lo bajo–, sabes que podemos estar muertos mañana.

—Al carajo –dijo Hawke–. Esta misma noche –sonrió entonces–. Nadie te va a matar, Mellas. Debes llegar demasiado lejos.

Aquella tarde cesó el asedio. Pero no con coces estruendosas, ni espadas centelleantes ni con toques de clarín. El aire, simplemente, alcanzó cierta temperatura, y se esfumaron la humedad y la neblina. Matterhorn se irguió frente a ellos, con una negrura verdosa en la luz mortecina. Los chicos salieron de sus trincheras y se alegraron. Las armas pequeñas y los tiros de morteros enemigos los empujaron de nuevo a las zanjas, pero ya todo había cambiado. Los helicópteros podían volar.

Y emprendieron el vuelo. Llegaron a través de los disparos de armas automáticas y de los proyectiles explosivos de los morteros. Refuerzos con rostros cenizos se precipitaron a las zanjas más cercanas, tambaleantes bajo el peso de municiones suplementarias, de infusión intravenosa, de agua y comida. Los enfermeros y amigos de los heridos corrieron en dirección opuesta, se lanzaban dentro y fuera de las naves temblorosas, apilaban cuerpos vivos, corrían para guarecerse de una ametralladora norvietnamita que se había hecho notar desde el brazo nororiental de la montaña y que punzaba sistemáticamente la zona de aterrizaje con sus balas. Luego, los pilotos giraron el puño del acelerador y los helis despegaron, trazaron una curva hasta desaparecer, llevándose felizmente a los heridos, incluido al triunfante y sonriente de Kendall.

Justo antes de que anocheciera, llegó un pelotón aislado de la Compañía Delta y se posicionó entre los pelotones de Mellas y de Goodwin. Aquella tarde, mientras el fuego de la artillería amiga cubría Matterhorn y Daniels rociaba fuego protector alrededor de la Compañía Bravo y del pelotón de la Compañía Delta, como si se tratara de una armadura de humo, los chicos bebieron Kool-Aid y Funny Faces de Pillsbury, y comieron las raciones c, y en ocasiones se arrojaban, festivamente, trozos de lodo, uno al otro. Hasta donde podían ver, se había acabado aquella mierda.

Sin embargo, para el general Neitzel no se había terminado nada y se les escapaba el tiempo. Llamó por radio al coronel Mulvaney, en Vandegrift, y lo aprestó a moverse aún con mayor celeridad.

Mulvaney, con todo, sabía que se cerraba la ventana de oportunidad. El mando norvietnamita debería haber reconocido su vulnerabilidad, y el regimiento guco estaba probablemente dirigiéndose ya hacia Laos a toda velocidad. Había quedado desoída la oración de Neitzel para que el clima permaneciera mal y ganar, así, un día más. La niebla había cedido demasiado rápido. Mulvaney se rio entre dientes. «Bastantes de esos malditos chicos en la Compañía Bravo habían rezado en contra de Neitzel», pensó con orgullo. No, el ejército de Vietnam del Norte advertiría que se les había escurrido la ventaja y se dispersarían para reagruparse en Laos, como siempre. Esperarían años si fuera necesario. Todo había sido cuestión de suerte. «Un riesgo», había dicho el general, esperando que Bravo entorpeciera las cosas lo suficiente como para involucrar a todo el Vigesimocuarto Regimiento. Habría sido un combate del demonio. Pero con los helis parados, los marines simplemente no podían avanzar con la velocidad requerida.

El EVN estableció una retaguardia en Matterhorn para mantener el terreno elevado mientras retrocedían, pero, de cualquier manera, la operación en la parte norte había cesado ya. Con el flanco norte expuesto, harían volver sobre sus pasos a las dos unidades que se desplazaban hacia el sur por los valles de Da Krong y de Au Shau. «No hace falta presionar cuando el tiempo es tu aliado», pensó Mulvaney. Ése era el problema. El ejército enemigo contaba con todo el tiempo del mundo. A los estadunidenses se les acababa con las siguientes elecciones. Con todo, había bastado la mitad de una compañía de marines para joder un objetivo mayor. Puesto que la división entera había estado involucrada, las bajas y muertes de la Compañía Bravo se compararían con las de la división, y en el informe diario tan sólo se leería «Pocas bajas». La acción ni siquiera aparecería en los periódicos. Frustrar una acción enemiga importante *antes* de que siquiera arrancara no constituía noticia alguna. A los reporteros les importaban las buenas historias y los premios Pulitzer, elementos ajenos a las batallas que implicaban tan sólo pocas bajas. Las muchas bajas producían buenas historias y apoyaban políticas antimilitares. Con el paso del tiempo, las malas noticias constantes terminan por desmotivar a cualquier población civil, y los estadunidenses poseen la tolerancia frente a las malas noticias más baja del planeta. Mulvaney gruñó. Había tenido que entregarles Matterhorn a los gucos. «Nos tienen yendo y viniendo», pensó.

Se retiró a cenar, a sabiendas de que habría que pedalear bastante por la mañana. Nick había tenido el pito colgando por toda la provincia de Quang Tri y no tenía ni un logro que pudiera mostrar. Mulvaney se rio de nuevo. Quizás él mismo tuviera que pedalear también rápidamente.

En la tienda del coronel Simpson nadie quería reír. Tanto Simpson como Blakely sentían que la oportunidad se les escurría, como se escapa la arena entre los dedos.

—Hawke tenía razón –gruñó Simpson–. El sitio correcto para estar es la jodida jungla, no el permanecer sentados sobre los traseros, moviendo la artillería por todos lados. Hawke acertó al irse allá.

—Pienso que debe castigársele por abandonar su estación de servicio, si no es que se merece una corte militar –dijo Blakely silenciosa pero firmemente.

—No eres sino una viejecita, Blakely –le contestó Simpson. Se sirvió otro bourbon y lo apuró con rapidez–. Yo opino que movamos el puesto de comando al Cerro del Helicóptero. Dirijamos la operación justo desde la médula.

Blakely pensó de inmediato en qué impresión daría aquello a un consejo revisor de condecoraciones. Descartó la idea por boba, pero luego la reconsideró. Sabía, aunque lo ignorara aquel viejo buitre, que la fiesta estaba a punto de terminar. «Con bastantes posibilidades de aviones, con el escape hacia la zona desmilitarizada bloqueado, con dos batallones de marines aproximándose desde el sur y el oriente, y con una compañía con refuerzos posicionada justo en la línea de suministros enemiga, los nagolios tendrían que replegarse hacia Laos. Los gucos no eran idiotas, por lo menos no los gucos del norte. Pero quizá defenderían Matterhorn para cubrir su retirada. De ahí habría que inferir cierto valor.».

—Quizá tenga usted razón, señor –dijo Blakely.

—Carajo, por supuesto que sí –contestó Simpson mientras se servía otro bourbon. Le ofreció la botella a Blakely.

Él miraba su vaso vacío, no la botella, y pensaba con rapidez. Sin quitar los ojos del vaso comenzó a hablar.

—Dadas las bajas de la Compañía Bravo –dijo con cuidado, preparando el caso–, dada la baja tasa de muertos a favor, dado que se quedaron dormidos, y la lista continúa, parece casi imperativo que un buen comandante de batallón tome control personalmente de una situación de liderazgo tan terrible como aquélla.

Simpson lo miró, con la botella de bourbon aún al final de su brazo extendido. Entonces lo flexionó lentamente.

Blakely le dio tiempo para que pensara.

—Mayor Blakely –dijo Simpson después de un silencio largo–. Quiero que el puesto de comando esté listo para que se mueva esta noche hacia la posición de la Compañía Bravo.

—¿Esta noche, señor?

—Me escuchó bien. Esta misma noche. Que Stevens reúna un montón de arti de iluminación y dígale a Bainford que necesitaremos sólo un heli –tocó la boca de la botella como si se tratara de un talismán–. Y quiero un asalto contra Matterhorn preparado a primera hora de la mañana.

—¿Por parte de quién, señor?

—Por la Compañía Bravo. Deben redimir su honor y recuperar el orgullo.

* * *

El grupo del puesto de comando del batallón llegó al cerro alrededor de las 2200. Ocuparon de inmediato la fortificación de Fitch, y a él y a su grupo de comando los enviaron a una zanja cercana a la zona de aterrizaje.

Alrededor de las 2300, Mellas guiaba una expedición de reconocimiento. Desplazó a la escuadra con calma y en silencio hasta que calculó estar cercano a las posiciones enemigas. Pidió un tiro de iluminación. Bajo el influjo de la luz verdosa vio la línea de trincheras abandonadas que el enemigo había cavado alrededor del Cerro del Helicóptero. El ejército de Vietnam del Norte se había retirado, probablemente, hacia las fortificaciones en Matterhorn en cuanto mejoró el clima, conscientes de que los jets podrían acercarse.

Mellas volvió a la 0100.

—Se didiaron a la mierda y nosotros nos vamos de aquí mañana —les dijo a Fitch y a Goodwin. Este último sonrió. Fitch, sin embargo, tenía los labios herméticamente cerrados. Se había allegado hasta ahí arrastrándose desde su antigua fortificación, que ahora ocupaban Simpson y Blakely.

—¿Qué pasa? —preguntó Mellas cuando advirtió el estado de ánimo de Fitch—. No me digas que esos puñeteros te relevaron, ¿o sí? —de pronto lo invadió el temor de que su amigo estuviera por irse—. Hawke me dijo lo de las mochilas…

Fitch negó con la cabeza.

—Nada es tan bueno como eso —Goodwin y Mellas se miraron, perplejos. Luego dijo Fitch, con desesperación—: se nos ha ordenado que tomemos Matterhorn. Asalto con luz diurna al despuntar el alba.

Mellas, atemorizado, tomó una bocanada de aire.

—No podemos llevar a estos chicos otra vez allá arriba —susurró. Goodwin se levantó, recortada su silueta en contra de la luz débil de la noche. Miraba hacia Matterhorn, a pesar de que no pudiera verlo.

—El coronel dice que perdimos nuestro orgullo cuando nos expulsaron de esa montaña —continuó Fitch—, y ahora vamos a recuperarlo —temblaba de nuevo.

—Está loco —sentenció Mellas—. Incluso contando a los nuevos refuerzos estamos en clara desventaja.

Fitch intentó pensar en algo que pudiera decirles a sus dos subtenientes.

—Se supone que nos proveerán con alas fijas.

Mellas y Goodwin tan sólo se le quedaron viendo.

Hizo un nuevo intento.

—Quizá no sea tan descabellado. O sea, para mantener la iniciativa, alguien debe tomar la posición de ataque durante la noche. El resto de Delta no ha llegado, así que nos corresponde a nosotros.

—Al carajo con esa mierda, Fitch —reviró Mellas—. La única razón por la que no pueden esperar un día es porque temen que los putos gucos se vayan —llenó los pulmones con el aire húmedo y fresco, y luego lo expelió, en un esfuerzo por controlar su temperamento—. Que se jodan ellos y su puñetero conteo de muertos. Yo ya conté suficientes cadáveres, carajo.

Goodwin apoyó a Mellas.

—Estos chicos han pasado por bastante mierda como para que los mate un loco –se frotó las manos en los pantalones ensangrentados. Lo habían baleado aquella mañana pero no había dicho nada–. Oigan –añadió–, ésta no es ninguna broma. Ya sé que me gusta bromear, pero esto es serio –hizo una pausa para asegurarse de que Fitch y Mellas hubieran entendido que no se trataba de un chascarrillo–. Yo digo que matemos a esos cabrones. Esperemos a que comience a caernos toda la mierda y les echamos un par de granadas. Que mueran como putos héroes. Yo mismo los postularé.

—Cuenta conmigo –dijo Mellas.

Fitch meneó la cabeza.

—Sabes que no puedes hacerlo, Scar. Es asesinato.

—Asesinato –repitió Scar amargamente. Trazó un arco con el brazo y señaló el cerro y sus restos–. ¿Cuál es la diferencia?

Fitch, abrumado repentinamente, hundió la cara en las manos y se inclinó profusamente sobre el mapa ante él.

—Desconozco la diferencia –musitó–. Pero no me jodas a mí –le temblaban las manos otra vez.

Después de un momento de silencio dijo Mellas al aire, a nadie en concreto.

—Es posible echarle la culpa de la guerra a las órdenes, lo que significa que es posible culpar a un tercero. En el asesinato hay que tomar responsabilidad personal.

—No entiendo qué coños signifique eso, Mellas –contestó Goodwin.

—Yo tampoco hasta hace pocos días –respondió Mellas. Pensó en Pollini y en el soldado muerto encima de su trinchera, muertos, o asesinados, los dos por su propia mano.

Fitch levantó la cabeza.

—No hay manera de escaparse a menos que quieran organizar una rebelión –dijo–. Yo no me presto para ello. Cuando salga de aquí querré coger sin parar. No se me antoja terminar en la cárcel.

Mellas se talló los callos de las manos. Pateó ligeramente el barro y suspiró. Sabía que Fitch tenía razón.

—De acuerdo –convino–. Veamos qué tipo de plan jodido se te ocurre en esta ocasión, Jim –los dos se miraron y se echaron a reír.

Goodwin agitó la cabeza y se les unió.

—Mientras no se trate de la puta cuña voladora, Jack.

* * *

De nueva cuenta trabajaron sobre las opciones deprimentes. A las 0300 tenían ya un plan. Goodwin subiría por el costado oriental junto con el Segundo Pelotón. Mellas −al frente de un pelotón compuesto por el grueso de los refuerzos y lo que quedaba del Primer Pelotón, más una escuadra del Tercer Pelotón y la escuadra de morteros, armada ya tan sólo con fusiles− tomaría la cuesta más amplia del sur. Atacarían al unísono, mientras que el brazo suroriental de la montaña los escudaría de dispararse mutuamente. Conman iba a tomar a los marines que quedaban del pelotón de Kendall, que ahora se había reducido al tamaño de una escuadra, más seis refuerzos, y aseguraría el brazo al norte. Eso era para detener al francotirador que había abierto fuego sobre ellos en el ataque anterior y, sobre todo, la ametralladora que había dado a conocer su posición al dispararle a los helis. La retaguardia del pelotón de asalto de Goodwin quedaría expuesta a su fuego. Cortell se encargaría de la escuadra de Connolly. Fitch y el grupo de mando de la compañía se establecería entre los pelotones de Mellas y de Goodwin, y avanzaría por detrás de ellos, de suerte que Fitch pudiera tener la oportunidad, por lo menos, de seguir los acontecimientos. La Compañía Delta llegaría por aire para proteger al grupo del puesto de comando y para establecer una base de ataque. La Tercera Escuadra del Primer Pelotón, ahora bajo las órdenes de Hamilton, además de Topo y de su metralleta asistente, rodearían por el oeste y matarían al norvietnamita que intentara escapar de la montaña, o impedirían que llegaran refuerzos en caso de que el asalto se empantanara.

Mellas nombró a Jacobs sargento de su pelotón y le entregó su escuadra a Robertson, quien había sido el líder del primer equipo de tiro. Luego reunió a todos los líderes de escuadra y les repitió el plan. Intuía que debía mantener intactas las escuadras, aun cuando se hubieran reducido apenas a la mitad del tamaño. Esto hacía, sin embargo, que él y Jacobs tuvieran que controlar cinco escuadras en lugar de tres.

Connolly tragó saliva al advertir la responsabilidad sobre lo que quedaba del Tercer Pelotón y por tener que abatir la ametralladora sobre la cordillera. Deseaba haber sido un mal líder de escuadra y no uno bueno. Anhelaba que Vancouver estuviera todavía ahí con él para ayudarle. Preferiría no tener tantos chicos tan inexpertos. Ansiaba estar de vuelta en casa.

Mellas se dio cuenta de su reacción.

—Conman, sé que puedes hacerlo. De lo contrario, no te lo habría pedido.

Connolly dejó de pasar saliva, pero Cortell habló cuando Mellas terminó de dar la información.

—Yo no voy –dijo–. Yo no estaré al frente de la escuadra de Conman.

Todos lo miraron en silencio.

—Llámenme un maricón hijo de puta, pero yo no subiré a ninguna montaña por culpa de un blancucho loco que quiere hacerse general a costa de mi culo negro. Yo no voy, hombre, y tampoco seré el único.

Nadie lo culpó. Tenía una herida en la cabeza y pudo haber subido al ave que había traído aquella misma tarde al grupo del puesto de mando del batallón, pero se había quedado.

—De acuerdo, Cortell –aceptó Mellas–. ¿Quién quieres que se haga cargo de la escuadra?

Cortell esperaba una reacción diferente. Se quedó hecho de piedra. Miró a su alrededor. Nadie dijo nada.

—Rider –dijo por último.

—Ve por él.

Cortell titubeó. Luego se contorneó con enojo y se dirigió hacia las líneas.

Mellas sintió el miedo de quienes se apiñaban a su alrededor en la oscuridad.

—Si alguien más tiene alguna excusa para mantenerse lejos de esa montaña puede presentarla –dijo Mellas.

Algunos se balanceaban sobre los pies con la mirada caída sobre el suelo. Jacobs habló.

—Jer-Jermain tiene D&R, y tiene el brazo jo-jodido por cizalla de metal.

—Por favor, Jake –intervino Mellas–. Por una vez, antes de que me maten, llámala «metralla» –los demás se rieron suavemente–. ¿Tienes a alguien más que pueda arreglárselas con el M-79? –le preguntó Mellas.

—Yo mismo la cargo –respondió Jacobs.

—De acuerdo –Mellas miró alrededor–. ¿Alguien más?

Nadie dijo nada.

Rider llegó a rastras hasta el grupo, parecía preocupado. Tenía el pelo chamuscado, las cejas quemadas y todo el rostro cubierto por un ungüento.

—Subteniente, escuché que atacamos mañana. Cortell dice que todos se volvieron locos y que lo evacuarán por razones médicas.

—Ahí tienes, Rider –confirmó Mellas.

La espera de este ataque resultó diferente a las esperas anteriores. Era como si ya se hubieran despedido de sus vidas.

Mellas no dejaba de pensar en chicas a las que le hubiera gustado haber conocido mejor. Recordó un baile en el Club de Rugby de Boston. Había llegado allí desde Princeton, acompañado por dos amigos del equipo de rugby. Ellos dos tenían novias en Radcliffe, y una de ellas había apalabrado a Mellas con su compañera de piso. Ellos vestían trajes, y las chicas vestidos de noche. Nevaba suave y amablemente. Después del baile se dirigieron a una casa a la orilla de un lago y se acurrucaron frente a una chimenea. Las otras dos parejas se escabulleron en las habitaciones y dejaron a Mellas solo con la chica. Estaba seguro de que ella tenía miedo de que se tratara, tan sólo, de otra bestia del equipo de rugby. Mellas temía, por su parte, que ella pensara que era un torpe porque no sabía qué hacer. Se quedaron sentados ahí, nerviosos, incapaces siquiera de hablar y desperdiciaron aquel momento precioso.

Mellas quería cruzar el Pacífico para disculparse. Había olvidado ya su nombre. Ella ignoraba que se encontraba en una trinchera a punto de morir. La guerra estaba destruyendo la vida y haciéndola pedazos, así no había ya segundas oportunidades, y las primeras habían quedado desperdiciadas. Mellas visualizó también a Anne llorando. *Ella* le había dado la espalda a *él* la última noche que pasaron juntos. ¿Cómo había sido posible que fuera ella la que llorara? Pero ya nunca jamás tendría la oportunidad de decirle cómo se había sentido, de explicarle cómo lo había herido, de descubrir por qué se había portado ella así, de disculparse por su incomprensión o de llorarle por su amor. Estaban divididos y separados, sin segundas oportunidades.

Se visualizó a sí mismo rodando cerro abajo con Pollini, y vio también el agujero franco en su cabeza. Luego recordó a Bass tallando su bastón de corto de tiempo y a Vancouver inclinado sobre él, y a Scar en la fortificación vacía, diciendo: «Los nagolios se fueron para allá».

Más tarde, esa misma noche, Mellas susurró:

—¿Están todos bien? –pensaba en Bass, a Vancouver y a Pollini. Jackson pensó que se refería a él y le contestó que él sí. Mellas no entendió por qué Jackson había respondido de esa manera.

El radio susurró con la voz de Goodwin, quien revisaba un PE. Incluso antes de un ataque, las tareas tediosas de la guerra continuaban sin interrupción.

Cuando los chicos se formaron en una hilera por el lado sur del Cerro del Helicóptero, la neblina era densa y pesada. Mellas sentía como si las nubes por encima de él fueran losas de roca. Los chicos estaban fatigados y del todo desesperados ante la locura de todo aquello. Con todo, revisaban la munición, corrían los cerrojos hacia delante y hacia atrás, se preparaban para ser parte de aquella locura. Era como si los veteranos de la compañía, tras sucumbir a la necedad, hubieran decidido suicidarse. Mellas, harto de la fatiga, entendió entonces por qué algunos hombres se lanzaban adrede hacia las granadas de mano.

Inspeccionó su pelotón en silencio. Muchos de los chicos le resultaban extraños, pero otros eran amigos cercanos. A alguno le ajustaba una cantimplora suelta, a otro le acomodaba una granada que se había colocado sin cuidado; realizaba la rutina de la inspección como una madre limpia a sus hijos antes de que se marchen a la escuela.

Mellas oyó a alguien que caminaba hacia él fatigosamente cerro abajo. Una figura fantasmagórica emergió de la neblina oscura con un M-16 al hombro y muchas cananas que le cruzaban el chaleco antibalas.

—Bueno, Mel —dijo Hawke—, ¿en dónde está mi puto pelotón?

Mellas tan sólo pudo sacudir la cabeza. Le faltaban las palabras. Finalmente dijo:

—Llévate a la Tercera Manada, Hawke, junto con Conman. No es sino poco más que una escuadra. La idea es contener el fuego del francotirador en la retaguardia de Scar, proveniente de aquel brazo al nororiente. También hay una ametralladora —sacó el mapa y la linterna con el lente rojo—. Creo que se encuentra justo aquí —dijo y señaló el sitio que había calculado—. Quizá deban despejar algunas fortificaciones —miró la oscura intensidad de los ojos de Hawke—. Gracias por venir, Jayhawk. Espero que no te maten, carajo.

—¿Por qué crees que estoy tomando el pelotón que no subirá esa puta montaña? —Hawke se volvió y caminó a lo largo de la fila de hombres, con los dedos en alto haciendo la señal del poder del halcón.

—Oiga, teniente Jayhawk, le van a volar el trasero —le gritó alguien.

—Sólo en caso de que los putos gucos hayan inventado ya una bala subterránea.

Hawke consiguió que los chicos se murieran de risa.

La voz de Pallack surgió de los radios PRC-25.

—Bien, Bravo Uno, Dos y Tres. Hora de partir.

La compañía se alejó al interior oscuro de la jungla mientras la artillería aullaba por encima de ellos y explotaba en Matterhorn, haciendo retumbar el suelo. La niebla reflejaba y suavizaba la luz de los proyectiles explosivos, y penetraba en los ojos como destellos pálidos.

Pasaron a Cortell y a Jermain, el hombre del lanzagranadas de Jacobs, quienes estaban sentados sobre un tronco y los observaban.

—Buena suerte, chicos –les deseó Cortell con franqueza. Jacobs dio las gracias, al igual que otros también. Nadie pensó mal de ellos. Jermain miró a sus amigos formados, agitaba la cabeza en silencio como si se dijera a sí mismo: «Yo no iré. Esta vez no. Esta vez es una locura».

Jermain y Cortell vieron desaparecer al último hombre. No dijeron nada, por lo menos, por tres minutos. Luego dijo Jermain:

—Me siento de la mierda.

—Yo también –coincidió Cortell. Hubo otro silencio.

—¿Crees que nos vayamos al cielo cuando nos muramos? –preguntó Jermain.

—Yo no pienso en nada. Yo *creo* que Jesús nos cuidará cuando nos muramos –Cortell miró a Jermain–. Creer no es pensar.

Jermain lo sopesó unos momentos.

—¿Y qué tal si estás equivocado?

Cortell se rio.

—¿Y qué si *tú* estás equivocado? Tú estarías mucho peor que yo el resto de tu vida. Yo hice la apuesta segura, tú no.

—No dije que no crea.

—No, tú nada más estás jugando a lo seguro sin elegir. Jesús no quiere que juegues a la segura. No llegas a ningún lado sin elegir.

—No me interesa ir a ningún lado excepto volver al mundo.

—Sí, ahí coincido contigo –convino Cortell. Se hizo silencio por un momento. Luego agregó–: todos los que están aquí piensan que resulta fácil para mí. Que soy un chiquillo santiguado y bueno de Mississippi y que tengo a mi mami buena y persignada, y que como soy un inmenso negro idiota y provinciano con mucha fe no tengo problemas. Pues no, las cosas no son así –hizo una pausa. Nada dijo Jermain–. Vi cómo un tigre se comió a mi amigo Williams –continuó Cortell–. Vi cómo una mina le arrancó la cara a mi amigo Broyer. ¿Qué crees que hago toda la noche: estar sentado agradeciéndole al buen Jesús? ¿Qué levanto mis manos al cielo hermoso y grito aleluyas? ¿Sabes qué es lo que hago? ¿Sabes qué hago? Pierdo el corazón –a Cortell se le cerró de pronto la garganta, las palabras se le estrangularon–. Pierdo el corazón –respiró hondo, en un esfuerzo por recuperar la compostura. Exhaló y continuó por lo bajo, una vez recuperado el control–. Me siento ahí y no veo ninguna esperanza. Adiós a la esperanza –Cortell visualizaba a sus amigos muertos–. Luego, el cielo se torna de nuevo gris por el oriente, ¿y sabes qué hago? Por encima de todo, elijo seguir creyendo. Todo el tiempo soy consciente de que Jesús podría ser simplemente un cuento de hadas, y que yo bien podría ser un gran idiota. De todas maneras, elijo eso –se distanció de sus imágenes interiores y volvió a la negrura del mundo alrededor suyo–. No es tarea nada fácil.

El pelotón estaba ya adentrado en la selva cuando Mellas vio que Jermain, con un M-16, lo rebasaba. Sin decir una palabra le entregó el rifle a Jacobs y recuperó su lanzagranadas M-79 y el chaleco lleno de granadas. Jacobs se dio la vuelta y le sonrió a Mellas, con el rostro encendido por un disparo de iluminación. Jermain no dejó de avanzar y se rehusó a volver hacia atrás.

—Oye, Jermain –susurró Mellas, finalmente, durante una pausa.

Él se volvió, parecía disgustado.

—No andes tan jodidamente abatido –le dijo Mellas con suavidad–. ¿También vino Cortell?

—Sí. El loco hijo de puta se puso a rezar y salió disparado sin siquiera preguntarme si yo vendría, así que también yo me apuré. Maldito loco.

—¿Tú o él? –le preguntó Mellas.

Jermain se rio.

—Al carajo, como si yo supiera, señor.

—Pues me alegra que hayan venido, eh. Espero que hagas tu D&R.

—Yo también, señor.

Retomaron la marcha. Mellas puso a Robertson en la punta, junto a Jermain y tres chicos nuevos, a sabiendas de que Robertson y Jermain habían escalado juntos Sky Cap y que eran cercanos. Entre los dos, probablemente, podrían manejar a los inexpertos.

Los nuevos disparaban ante cualquier sonido, por pequeño que fuese. La cortina de fuego de la artillería se volvió más fuerte a medida que se aproximaban a Matterhorn. Robertson disminuyó el ritmo, paso a paso, moviéndose con lentitud hacia la orilla de la selva. Toda la fila aguardó mientras la escuadra de Robertson progresaba lentamente, centímetro a centímetro, atentos al peligro de los campos de tiro que la propia compañía Bravo había abierto en la selva.

Gradualmente, conforme amanecía, la neblina se volvió gris. Entonces Robertson levantó la mano. Se dio la vuelta y musitó algo que Mellas no pudo escuchar debido al rugido de la artillería. Mellas sabía que habían alcanzado ya la orilla de los árboles. Se tiró hacia el frente hasta quedar agazapado. Robertson estaba con el pecho en tierra mirando hacia fuera, a un metro escaso del claro.

Frente a ellos se erguía Matterhorn, ahora feo y yermo, envuelto en el humo dulzón y enfermizo de la artillería. Mellas podía ver las grandes incisiones en el alambrado hechas durante y después de su ataque anterior. También podía ver las antiguas fortificaciones del Primer Pelotón. Dirigió a sus hombres hacia una extensa línea de ataque en el interior de la selva, y llamó a Goodwin por radio para que se enganchara. Cuando Goodwin avisó que tenía contacto con su flanco derecho, Mellas llamó por radio a Fitch. Le dijo que estaban en la línea final de salida.

Los chicos yacían tirados sobre el suelo, con los rifles frente a ellos, sudorosos, algunos tomaban sorbos nerviosos de agua y de Kool-Aid de las cantimploras. La artillería se detuvo. Oyeron que el resto de la Compañía Delta llegaba en helis, y que fueron recibidos tan sólo por tiros sueltos de rifle. Con todo, Mellas se sintió atemorizado. Miró la montaña con ansiedad. La artillería y los morteros habían resultado inútiles contra las posiciones fortificadas. Buen trabajo el de las fortificaciones aquellas, pensó con arrepentimiento. Ahora todo dependía de si las aeronaves de ala fija podrían rociarlos con napalm y con bombas de 113 kilos o, quizá, del doble de tamaño.

Aguardaron. No pasaba nada. El miedo se apoderó de Mellas, y se estiró en busca del auricular.

—Bravo Seis, aquí Bravo Cinco. ¿Dónde coños está el ala fija con la serpiente y la nuca? Cambio.

—Se supone que ya está en camino. Tienen problemas con el clima. No pueden ver la puta montaña y van demasiado deprisa como para arriesgar una baja cota.

—La puta que lo parió —susurró Jackson.

Mellas llamó por radio a Hamilton, quien había avanzado hacia el poniente para posicionar a su escuadra de manera que contuvieran cualquier refuerzo norvietnamita o que mataran a quien intentara huir de Matterhorn. Su paso era terriblemente lento.

—Muevan deprisa el culo —ordenó Mellas ferozmente.

Hamilton se dio por enterado.

Mellas estaba tendido cerca de Jacobs y de Jackson. Esperaban. Mellas quería cagar de nuevo. Sentía los intestinos como si estuvieran llenos de pañuelos de papel húmedos.

Jackson notaba el peso del radio que le aplastaba el pecho contra el suelo. Le resultaba difícil respirar, pero, al mismo tiempo, era reconfortante sentirse tan cercano al suelo. Un insecto extraño desfiló frente a su nariz. Se le ocurrió pensar que, para el mundo de los insectos, los acontecimientos del día pasarían inadvertidos. Su mente regresó al mundo, a su familia y a su barrio en Cleveland. Le llevaba el almuerzo a su papá en el negocio de llantas y neumáticos de Moe. Su madre se reía con los clientes mientras los peluqueaba y peinaba en el Corte y Permanente de Billie. Como el insecto, ellos también habitaban un mundo aparte.

Mellas revisó otra vez a Hamilton. Se encontraba aún a muchos cientos de metros de su destino. Se enojó por ello y se lo hizo saber a Hamilton. Llamó a Fitch.

—Carajo, ¿dónde coños están esos aviones?

—No sé, Cinco. Fuera —dijo Fitch cortante.

Mellas se arrastró hacia atrás. Jackson lo siguió. Se movieron, agazapados y lentamente, hacia detrás de la larga línea de marines.

—Estamos esperando la serpiente y la nuca —les decía Mellas a los muchachos y les tocaba los hombros—. Estamos esperando el ala fija. Van a rociar la puta montaña con bombas de napalm —los chicos se fueron calmando.

Llegó, junto con Jackson, hasta Cortell, quien miró a Mellas.

—Estoy loco, subteniente. Soy un algodonero idiotamente loco.

—Yo también lo pienso —dijo Rider con una sonrisa.

—Oye, man —le contestó Cortell—, aquí el que piensa soy yo. Creo que se te subió el cargo de líder de escuadra.

Rider sonrió y se encogió de hombros.

Jackson se arrodilló junto a Cortell y los dos chocaron los puños e hicieron el saludo propio, mirándose con solemnidad.

—Oye, hermano, estamos en una auténtica pesadilla —dijo Jackson finalmente.

—Tú confía en Jesús —le dijo Cortell. Ambos sabían que aquéllas bien podrían ser las últimas palabras que intercambiaran—. Pero mantén también tu rifle fuera del barro —chocaron las manos de nuevo y Jackson se giró para seguir a Mellas a lo largo de la fila.

Mellas y Jackson volvieron a su punto inicial junto a Jacobs. La montaña estaba mortalmente tranquila. No corría nada de aire. El humo ralo de la artillería teñía de gris el lodazal revuelto por las explosiones.

Jacobs abrió un paquete de Cereza Choo-Choo, vertió los cristales rojos oscuros sobre la mano y se los arrojó al interior de la boca. La mano se le puso roja ahí donde el sudor había disuelto los cristales. Le ofreció el paquete a Jackson, quien tomó también un poco. Los labios se le volvieron de un tono violeta rojizo.

El radio siseó.

—Ya entra Alfa Foxtrot. Mantengan las putas cabezas abajo. Cambio.

Se pasó la voz a lo largo de la fila. Entonces, un grito acelerado les llenó los oídos y la mole inmensa de un bombardero Phantom pasó tan cerca de sus cabezas que sintieron la estela de la turbulencia. Desapareció por encima de la cumbre de la montaña. Conforme su sonido se desvanecía, fue reemplazado por el chasquido de un arma automática solitaria.

—¿Por qué no arrojó nada? –preguntó Jake. Había sacado su cámara Instamatic.

Mellas se encogió de hombros.

Un segundo jet llegó por encima de ellos. Bombas Snakeye –cuatro huevitos oscuros contra el cielo gris– cayeron de las alas. Las bombas florecieron, de pronto, en cruces de cuatro pétalos que frenaron sus caídas veloces, permitiéndole al jet salir del peligro, con un rugido, antes de que estallaran.

Inocuas, las bombas explotaron al otro lado de la montaña.

Mellas se colgó del radio al instante.

—Esos imbéciles hijos de puta están bombardeando la zona equivocada. Diles que arrojen las bombas dos veintiséis. Cambio.

—Te escucho, Bravo Cinco –respondió Fitch–. Les diremos. Fuera.

Otro Phantom retumbó en lo alto. Mellas miró, sin poder creerlo, cómo otras cuatro bombas Snakeyes flotaban, sin causar daño, hasta perderse de vista.

—¡La puta que lo parió, capitán, no le están dando a la jodida montaña! –gritó Mellas.

Goodwin estaba también en el radio.

—Por favor, por el amor de Dios, por favor, díganles que están pegando en el punto equivocado. Si no les dan a esas fortificaciones, nos van a hacer papilla. Cambio.

Mellas se hundió de nuevo en el suelo. Los jets pasaron otra vez por encima con un ruido demoledor. Y volvieron a desperdiciar su valiosa carga en la selva.

Jake se dio la vuelta y miró a Mellas, con los ojos asalvajados por la frustración y el miedo.

—¿Yo qué coños puedo hacer? –casi le gritó.

Fitch le rogaba al operador de radio del capitán Bainford. En cierto momento, Bainford tomó el auricular.

—Le digo que uno de los pilotos reportó un secundario. Cambio.

—No me importa si le dio a la Fábrica de Municiones de la Revolución Gloriosa. Están fallando el objetivo. Cambio.

—Mire, Bravo Seis, haga el esfuerzo por ver las cosas desde su perspectiva. Van a ochocientos kilómetros por hora y está nublado. Es un trabajo del demonio. Cambio.

—Ordéneles que se atengan al objetivo o abriré fuego contra ellos, lo juro por Dios. Cambio.

—Veremos qué podemos hacer. Gran John Uno Cuatro, fuera.

Un jet solo volvió a muy pocos metros por encima de ellos. Salieron dos cilindros en forma de salchicha. Era el napalm.

Los cilindros cayeron y se perdieron de vista, a ochocientos kilómetros por hora por encima de la cumbre de la montaña, abrasando inútilmente la selva con las llamas del químico gelatinoso. Siguió un segundo avión. Una de las bombas alcanzó lo alto de la cima justo adentro del círculo de fortificaciones. Llamas anaranjadas mezcladas con un humo intensamente negro se extendieron a lo largo de la tierra oscura de la zona de aterrizaje de Matterhorn. Pero ahí no había nada que encender.

Mellas tomó el auricular. Apagó la frecuencia de la compañía. Sintonizó la frecuencia del batallón y comenzó a gritar.

—Carajo, díganles a esos imbéciles hijos de puta que arrojen doscientos metros. Repito. ¡Arrojen doscientos metros!

—Bravo Cinco, aquí Gran John Tres. Sálgase de la puta red. Nosotros nos encargamos de las alas fijas. Dicen que el último bombardeo se veía bien. Abandone la red ahora. Es una orden.

—Mierda, le estoy diciendo que no *ven* un carajo. ¡Yo estoy aquí! ¡Le están pegando a un objetivo equivocado! –Mellas rodó a un lado y gimió.

Los dos aviones regresaron y, de nuevo, rociaron el napalm inútilmente a muchos cientos de metros al norponiente de la montaña. Y luego ya no volvieron más.

La voz crispada de Fitch apareció en la red de la compañía.

—Se acabó. El clima los ahuyentó. Teníamos otro vuelo en la estación, pero Gran John dice que es imposible hacerlos volar. Resulta demasiado peligroso en este clima.

Hubo una pausa.

—Demasiado peligroso –dijo Mellas al aire.

Fitch volvió de nuevo.

—De acuerdo, se acabó. Ya nada de aéreo. Se acabó la fiesta. Vamos. Cambio.

—Enterado, Bravo Uno –dijo Mellas y le entregó el auricular a Jackson. Goodwin y Hawke notificaron.

Entonces Mellas se puso de pie.

Le temblaban las manos. La sangre se agolpaba con tanta fuerza en su garganta que le dolía cada latido de su corazón. Sentía tan débiles los muslos como para impedir que se le doblaran las rodillas. Sus vísceras vacías insistían en el deseo de eliminar heces acuosas. Dio la señal y caminó hacia la desnudez de la ladera. Los otros salieron detrás de los árboles en una única línea temblorosa y lo acompañaron.

Capítulo XVIII

La larga hilera de marines avanzó en silencio; ya se rompía y se curveaba sobre el suelo arruinado, ya ondeaba alrededor de tocones destruidos para volverse a formar. Su respiración se volvía más fatigosa conforme ascendían por la pendiente pronunciada.

—Mantén el paso –se decía Mellas a sí mismo–. No corras. Mantén el paso.

Veinte metros. Echó un vistazo por encima del hombro en busca de cualquier rezagado. La selva detrás de los marines se mostraba ya, como siempre, impenetrable. Veinticinco metros. Un chico se tropezó de pronto y cayó de bruces. Se recompuso. La línea avanzaba. Veintiocho metros. Quizá no hubiera nadie acá arriba. Treinta metros. Tan sólo podía escucharse el sonido de la respiración conforme subían por la ladera.

Parecía que las fortificaciones se encontraban a kilómetros de distancia por encima de ellos.

Mellas se resbaló hacia atrás sobre la pendiente pero se repuso. Todavía pensaba: «Mantén el paso. Sin pánico. Quizá no haya nadie. No corras. Mantente así hasta que sea imposible. Quizá no haya nadie».

La tensión era como un globo que se llena hasta el instante en que explota. Con cada paso se le inyectaba más aire. Hasta que explota el hule agonizante.

Las fortificaciones pestañearon luz y el suelo alrededor de los marines pareció cobrar vida. El aire se quebró por las balas y por el ruido de los rifles AK-47, de las carabinas SKS y de las ametralladoras de manufactura rusa RPD 7.62. Casi inmediatamente, Fitch dio la señal para que la Compañía Delta abriera fuego desde el Cerro del Helicóptero. Se produjo un rugido ofuscante en cuanto Delta roció balas por encima de las cabezas de los marines de la Compañía Bravo, quienes seguían avanzando. Mellas oyó las balas crujir y chascar por encima suyo, y las vio estrellarse a todo lo largo de la línea de fortificaciones. La adrenalina se apoderó de él. Entonces advirtió los gritos de quienes habían sido heridos.

Mellas intentó gritar por encima del estruendo:

—¡Vamos, carajo, vamos! –se apuró hacia el frente y Jackson se incorporó. Una descarga de balas de ametralladora golpeó el barro frente a ellos y ambos se lanzaron sobre el suelo y se abalanzaron hacia un tronco. Por el rabillo del ojo, Mellas vio a Robertson lanzarse en busca de protección al interior de un cráter de proyectil. Uno de los miembros de su escuadra, sin embargo, quedó sobre el suelo detrás de él. Otro marine lo tomó de las piernas y lo haló hacia el cobijo, pero las balas de las ametralladoras lo abatieron. Se enrolló en posición fetal, tomándose el abdomen. Luego no se movió ya más.

Mellas levantó la cabeza por encima del tronco para retomar la marcha. Las balas lanzaron barro y trozos de piedra contra su rostro, y chirriaron y chasquearon por encima de él. Volvió a hundir la cara en el suelo. Era suicida avanzar más.

El ataque, que apenas había comenzado, se detuvo del todo.

Otro de los chicos nuevos de la escuadra de Robertson salió de su resguardo e intentó alcanzar a dos más que estaban tumbados frente a él. Una bala le atravesó el pecho. Jacobs salió disparado en su busca y Mellas pidió a gritos un enfermero. El Doc Fredrickson atravesó corriendo un espacio abierto y se lanzó detrás de la protección que ofrecía el tronco, mientras Jacobs regresaba con el chico. Toda la secuencia duró aproximadamente cinco segundos. El chico estaba muerto.

Detrás del tronco eran ya cuatro los apiñados, más un cuerpo. Mellas murmuraba y rezaba en voz alta, a pesar de que nadie podía oírlo: tenía el rostro apretado contra el suelo. ¿Por qué, Dios, por qué no lanzaron el napalm? ¿Por qué no esperaron a que se despejara el clima para limitarse a incendiar toda la puta montaña? ¿Por qué estamos metidos en esto? ¿Por qué nadie se mueve?

El aire estaba vívido con ruido, con balas y con demencia. Yacían detrás del tronco desde hacía más de treinta segundos.

Jermain corrió hasta ellos. Las balas pasaron rasgando cerca de él.

—Ya no hay espacio para ti, Jermain, carajo –gritó Mellas, pero él lo ignoró y continuó su avance. Se aventó encima de Mellas y de Jackson, y a Mellas le sacó el aire de los pulmones.

«Lo consiguió», pensó Mellas.

El pecho de Jermain estaba agitado y sus ojos se movían salvajemente hacia uno y otro lados. Pero había conseguido llegar sin que le dieran. Esa idea no abandonaba la mente de Mellas. Comenzó a devolverle su rostro al suelo, en un intento por ignorar el fuego, permitiendo que el ruido y la confusión lo inmovilizaran, pero Jermain gritó:

—Ya sé dónde está la puta ametralladora, subteniente.

Mellas quería gritarle *¿Y qué carajos? Yo no subiré allá. No iré hacia allá para que a un puto coronel le den su puñetera medalla.* En cambio, le dijo:

—Bien, dispárale a ese cabrón —y presionó el rostro contra el suelo maravilloso.

Jermain rodó desde las espaldas de Mellas y de Jackson hacia el extremo del tronco. Disparó una granada y luego se zambulló de nuevo en cuanto la tierra frente al tronco y muchos cientos de metros detrás estalló con balas de metralla.

Fitch gritaba por el radio. Jermain se asomó y disparó otra ronda, y luego una tercera. Mellas no podía oír, por el ruido, lo que Fitch decía. Se tapó una oreja. La voz de Fitch decía:

¿Qué coños está pasando ahí arriba? El Segundo Pelotón está paralizado. No pueden moverse. El Tercero está ya en, por lo menos, cinco posiciones sobre el brazo de la montaña. Todo el frente de la puñetera montaña está rebosante de putas ametralladoras. ¿Qué coños pasa allá? Cambio.

Mellas jadeaba. No sabía qué contestar. Oyó un grito agudo y se volvió. Jermain, a quien le habían atravesado el hombro, se bamboleó y cayó sobre Jackson, mientras la sangre corría debajo del chaleco antibalas. Jackson lo empujó de encima suyo y la sangre salpicó a Mellas. Fredrickson se acercó y metió un paño de apósito de batalla en el agujero de salida en la espalda de Jermain, mientras Jacobs tomó el lanzagranadas y, furioso, disparó hacia la ametralladora a la que se había enfrentado su compañero.

Mellas miró la sangre en sus brazos y en la mano, y el rostro contraído de Jermain. De pronto le pareció que flotaba por encima de los acontecimientos y que observaba a la compañía entera. Todo se sucedía en cámara lenta y en un silencio confuso.

Probablemente moriría Jermain.

Una explosión proveniente del área de Goodwin sacudió la montaña.

Para entonces llevaban ya poco más de un minuto parapetados detrás del tronco.

Mellas flotó muy alto por encima de la montaña. Vio la fila de marines desparramados debajo suyo, algunos pataleando o contorneados por el dolor, otros tumbados en silencio. Vio a conocidos suyos, aún con vida, que se esforzaban por mantenerse vivos, detrás de troncos, de pequeños desenfilados, muchos acostados sobre el suelo y empeñándose en fundirse con la tierra. Estudió las fortificaciones. Visualizó el fuego trabado como si fuera un diagrama. Visualizó la ametralladora que había atacado Jermain, y entonces entendió. Flotó hasta la clase de tácticas en la Escuela Básica, durante la cual un mayor pelirrojo había dicho que los oficiales subalternos eran casi siempre redundantes, puesto que los cabos y sargentos podían hacerse cargo de casi cualquier cosa. Pero que llegaría el momento en que los subalternos tendrían que desquitar cada centavo de su soldada y que reconocerían dicho instante.

Regresó a la montaña. Le había llegado la hora.

Vio el humo del napalm que ardía. Vio lo que podría abrir la puerta a través del tejido de balas, y aquello estaba justo frente a él, disparándole.

Mellas activó el auricular.

—Bravo Seis, aquí Bravo Cinco. Cambio —como si estuviera detrás de su propio hombro se vio a sí mismo explicándole a Fitch la situación con toda calma a través del radio. Parecía que leyera un texto. Ya no se encontraba ahí, sino que dirigía la escena desde arriba o desde un lado.

Mellas no esperó respuesta alguna. Le devolvió el auricular a Jackson. ¿Por qué Jermain? ¿Por qué el que se había ofrecido como voluntario mientras que los cagones permanecían en retaguardia? ¿Por qué estaban muriéndose sus amigos? Parecía haber una única salida de esa pesadilla. La ametralladora solitaria era la clave.

—¡Una ametralladora! —gritó—. Traigan una puta ametralladora acá —de alguna manera tendría que sortear el fuego de la ametralladora guca.

Uno de los chicos nuevos corrió hacia delante con una m-60; alguien que jorobaba municiones se lanzó detrás suyo con las pesadas cajas de acero con las cintas de cartuchos. Los ojos del artillero estaban salvajes por el miedo y el dolor. Le habían disparado en la pantorrilla izquierda. Mellas podía ver las manchas de sangre que escurrían de la pierna del pantalón empapado. Con todo, llegó a trompicones, corría con dificultad. Se echó encima de Fredrickson y rodó a un lado justo en cuanto el jorobador se apiló encima de ellos. Tenía los ojos bastante blancos en contraste con la negrura de su rostro. Se le ocurrió pensar a Mellas que, si este chico no estuviera aquí, quizás estaría vendiendo hot dogs junto la cancha de basquetbol de su escuela.

—Comienza a dispararle a ese puto casamatas. A ése de ahí —gritó Mellas y señaló en línea recta hacia enfrente—. No pares —el chico nuevo asintió. Se movió y dejó un rastro de sangre. Mellas vio que manaba acompasadamente. «Una arteria», pensó distraído. Quizá le quedaban al chico todavía tres o cuatro minutos de conciencia.

Apoyó la M-60 sobre el tronco y la acurrucó contra el hombro. La ametralladora ladró. Luego estableció los disparos disciplinados del artillero entrenado que sabe cuidar su cañón. Mellas se sintió aliviado. En silencio le agradeció al instructor en cuestión de Pendleton.

El artillero norvietnamita respondió. El duelo creció en intensidad. Aumentó el rugir. Los dos chicos nuevos se mantuvieron disparando, con los ojos tan entornados que estaban casi cerrados, como si eso fuera a protegerlos de las balas.

Mellas redireccionó el fuego del M-79 de Jake hacia un segundo casamatas justo a la izquierda de la ametralladora norvietnamita. Pretendía aprovechar los proyectiles para cegar a quien estuviera dentro con humo y lodo.

—No dejes de disparar hacia la puñetera entrada. Hacia ningún otro lado, sin importar qué haga yo —ordenó. Jacobs asintió y cargó otro proyectil. Mellas jaló una granada de las trinchas y susurró—: dios mío, ahora ayúdame —sintió que, posiblemente, sería el último instante de su vida, aquí, detrás de este tronco, con estos compañeros, y supo que era indescriptiblemente dulce. Una tristeza nostálgica surgió junto con el miedo, y miró de nuevo los rostros resueltos de sus camaradas. Se humedeció los labios y dijo, en silencio, adiós, sin ganas de abandonar la seguridad del tronco y de sus cuerpos calientes.

Entonces se levantó y echó a correr.

Corrió como nunca antes, sin esperanza ni desesperación. Corrió porque el mundo estaba dividido en contrarios y se le había destinado ya a un bando, y su única decisión se limitaba a elegir si querría desempeñar su papel con corazón y valentía. Corrió porque el destino lo había colocado en una posición de responsabilidad y había aceptado la carga. Corrió porque así se lo exigía el respeto a sí mismo. Corrió porque amaba a sus amigos, y eso era lo único que podía hacer para acabar con aquella locura que estaba matándolos y lisiándolos. Corrió directo hacia el casamatas donde explotaban las granadas provenientes del M-79 de Jake. Las balas de la ametralladora M-60 golpeaban el aire a su derecha, zumbaban conforme lo rebasaban, gimoteaban como gatos torturados, chasqueaban como el látigo de la muerte. Corrió y nunca antes en su vida se había sentido tan abandonado y asustado.

Pasó la abertura grande en el alambrado con púas y siguió avanzando. Ahora la fortificación estaba tan sólo a cincuenta metros encima de él. Siguió esperando la bala que acabaría con su carrera y le permitiría descansar. Casi la deseaba para no continuar con la horrible responsabilidad de la vida. Pero proseguía la carrera. Hizo un zigzag. Dio un giro. Respiraba con jadeos de dolor. Vio un hoyo poco profundo justo encima del casamatas a mano derecha. Oró. Se visualizó a sí mismo esforzándose por llegar ahí, se vio desde arriba, pequeño y esmirriado, en la vastedad terrible de la ladera, con las piernas aceleradas. El foso, grande, se abría sobre él. Entró y rodó, y con el rabillo del ojo alcanzó a ver el indicio de un movimiento. Se dio la vuelta y, al mismo tiempo, cargó el M-16, y estuvo a punto de jalar el gatillo, seguro como estaba de que se le había condenado ya. Entonces, el movimiento se materializó en una persona con un vendaje ensangrentado en la cabeza. Era Cortell… con tres chicos de los nuevos. Lo habían seguido.

Mellas se puso de pie y soltó la cuchara de la granada que traía consigo. Se apresuró hacia la puerta de la fortificación, rezando para que Jacobs tuviera la agudeza de dejar de disparar en cuanto él se asomara. Mellas alcanzó la puerta, dejó atrás la fortificación y arrojó la granada en el interior. Rodó hacia la derecha, mientras Cortell lo seguía y arrojaba también él mismo una granada. Las dos explotaron casi al mismo tiempo.

Mellas viró hasta ponerse de pie. Miró hacia atrás, aturdido, y luego con alegría. Jackson corría hacia él. Detrás suyo venía otro equipo de tiro. A mano derecha, otro grupo arremetía contra el casamatas de la ametralladora, sin que los disparos disciplinados del nuevo artillero hubieran cesado. Todo el pelotón se había convertido en un enjambre que lo había seguido montaña arriba. Más lejos, en el flanco derecho del ataque, Mellas vio que el Segundo Pelotón se esforzaba por mantenerse todos parejos, con Goodwin al frente, haciéndoles señas con el brazo para que avanzaran.

A Mellas le estalló el corazón por el asombro.

Ahora las balas de los marines volaban montaña arriba, y los proyectiles enemigos bajaban. Era tan densos los disparos que, en algún momento, Mellas escuchó que dos balas chocaban y rebotaban con un zumbido cantarín paralelo al fuego cruzado. El aire estaba atiborrado de rugidos y gritos. Luego, más abajo, por la ladera, Mellas vio, como si se tratara de muñecas de trapo, a quienes no habían sobrevivido o que ya no lo conseguirían. Algunos se contorneaban a ratos. Dos se arrastraban hacia el desenfilado. Los demás estaban tumbados y quietos, en posiciones extrañas.

Habían pasado tres minutos desde el disparo inicial.

Desde el Cerro del Helicóptero parecía un ataque sacado de un manual. En realidad, lo había sido. Blakely caminaba de un lado a otro, emocionado. Simpson, con los ojos presionados contra los binoculares, apretaba la mandíbula con tanta fuerza que los músculos del cuello protruían como cuerdas.

Mellas corría duro hacia su derecha, gritaba conforme avanzaba, en un intento para que su pelotón se desplazara hacia Goodwin. La pelea se había desintegrado en las acciones desquiciadas de cada uno. Prevalecían el ruido, el humo, la confusión y el miedo. Mellas rodeó una pequeña elevación y vio a Goodwin a unos cien metros de distancia; corría en dirección paralela a la montaña, con el auricular en la mano y el operador de radio tropezándose detrás suyo para mantener suelto el cable.

Jackson le entregó el auricular a Mellas.

—Es Scar, señor.

Mellas apenas podía inferir lo que Goodwin decía debido al ruido y a que su interlocutor jadeaba ferozmente.

—Hay una ametralladora… a la orilla de la zona de aterrizaje… nos jode de lo lindo, Jack —más disparos de la ametralladora. Mellas lo vio caer y levantarse—. Debo acabar con ese malparido… con granadas —gritó Goodwin . No se le acerquen.

Mientras Goodwin hablaba, Mellas vio a Robertson salir de un cráter de proyectil y desaparecer al otro lado del borde de la zona de aterrizaje. Le sorprendió ver a Robertson mucho más arriba que el resto. Con cinco hombres más, Goodwin ascendía por debajo del borde de la zona de aterrizaje; cada uno llevaba dos granadas. No podían ver a Robertson, tampoco tenían siquiera idea de que estuviera ahí. Mellas alcanzó el auricular. Justo en el momento en que comenzó a gritar «Carajo, Scar, tengo a un hombre allá arriba», Goodwin esprintó hacia delante y se alejó de su radio. Los cinco marines lo siguieron aprisa.

Robertson salió y atravesó la zona de aterrizaje en dirección a la misma fortificación hacia la que se dirigía el grupo de Goodwin. Estaba a la vista de todo el mundo excepto de ellos. Robertson alcanzó la parte alta de la fortificación en el momento en que doce granadas de mano cayeron a voleo por encima del borde de la montaña. Intentó detenerse en seco, agitando los brazos en el aire. Lanzó su propia granada y procuró acelerar hacia un sitio seguro. Las granadas detonaron, una a una, manteniendo una explosión continuada. Quedó velado.

Mellas, con el auricular todavía en la mano, cerró los ojos. El humo se disipó un poco. La ametralladora continuó de nuevo. Mellas oyó cómo Goodwin vociferaba por el radio.

Entonces reapareció Robertson. Completamente solo, dentro del anillo de trincheras enemigas, expuesto, corría hacia el casamatas de la ametralladora.

Arrojó al interior dos granadas, luego se levantó con toda calma y retiró una tercera de las trinchas. Sacó el seguro y la lanzó al interior. En ese instante, fuego y humo erupcionaron de la fortificación debajo suyo. Cayó de rodillas, se torció un poco y quedó fuera del campo visual.

Mellas supo que había muerto.

—Robertson acabó con el casamatas, Scar. Lo vi subir –avisó por radio.

De inmediato Goodwin hizo avanzar a su pelotón.

Entonces, Mellas cobró conciencia de un vago ruido de vítores provenientes del Cerro del Helicóptero. El entusiasmo lo llenó de una furia ardiente. Se volvió para mirar hacia atrás. Los marines disparaban en dirección a las fortificaciones, en un intento por posicionarse sobre ellos desde los costados. Los norvietnamitas estaban evidentemente acabados, pero no dejaban de disparar sobre ellos desde zanjas en el borde de la zona de aterrizaje.

La furia de Mellas le otorgó la malicia de un animal. Olvidó todo lo que había ocurrido hasta antes de ese momento. Tan sólo sabía que deseaba matar. No le importaba a quién o qué mataría.

Le gritó por radio a Hamilton.

—Carajo, sigan moviéndose. Estos bastardos van a comenzar a huir de esta montaña y los quiero, la puta que los parió. ¡Muévanse! ¡Muévanse! ¡Muévanse! Quiero muertos a estos putos gucos. ¿Me escuchaste? Cambio.

—Sí, señor, sí –crujió la voz de Hamilton. Jadeaba.

Mellas se dirigió a los hoyos abiertos encima de las fortificaciones recubiertas. Sabía que, a partir de ahora, el trabajo sería sucio y metódico. No habría más vivas de apoyo. Pensó cuánto deberían odiarlos los norvietnamitas para no levantarse y salir corriendo.

Jacobs se unió a Mellas y a Jackson. Tenía el rostro manchado con pólvora, lodo y sudor. Contra el chaleco antibalas pendía la Instamatic.

Mellas dirigía a los equipos de tiro y a los soldados, y observaba cómo destruían, una tras otra, las diferentes posiciones. Se desplazaba con cautela, en avances veloces, con pausas largas. Jackson y Jacobs seguían cada uno de sus movimientos.

De pronto, un hombre salió de una zanja por encima de ellos y lanzó una granada.

Mellas se transfiguró ante la imagen. Ese pequeño objeto negro parecía quedarse suspendido en el aire frente a sí.

—¡Granada! ¡Chi-com! –gritó Jackson. Mellas la vio explotar. Dos cosas pequeñitas pasaron junto a su cabeza, una a cada lado. Luego el mundo se tornó negro, a medida que la explosión lo envolvía. Lo azotó de espaldas y casi le arranca la cabeza del cuello. Se hundió en el suelo y se entregó a la oscuridad; los ruidos de los disparos y de la confusión se alejaron de él. La muerte era un gran alivio. Por primera vez se sintió a salvo.

Jackson se arrastró hacia el frente para alcanzar a Mellas y pidió que fuera el Doc Fredrickson. Mellas tenía el rostro cubierto con sangre, quemaduras de pólvora y trozos de hierro. Jackson gritó de nuevo pero Fredrickson estaba fuera del alcance de su voz; se movía entre los cuerpos que habían quedado atrás durante el salvaje ataque inicial montaña arriba. Jackson agitó a Mellas.

—Señor, señor, ¿está bien? —miraba todo el tiempo alrededor en busca de ayuda. El radio seguía gritoneando en su oído pero, ahora, él o Jacobs, y no Mellas, deberían tomar las decisiones.

Jacobs se arrastró hasta Jackson.

—Di-Dios. ¿Es-está bien?

Jackson no dejaba de agitarlo y de decirle:

—Señor, señor —se volvió hacia Jacobs—. No lo sé. Creo que está muerto. Carajo.

Jacobs blasfemó.

—El puto pelotón ahora es tuyo, Jake. ¿Qué vamos a hacer?

Jacobs no tenía ni idea. Una serie de disparos de rifles lanzó una andanada de balas por encima de su cabeza. Vio a Fredrickson correr hacia otro cuerpo allá, mucho más abajo. Luego, el soldado norvietnamita en el hoyo arriba de ellos se asomó de nuevo y arrojó otra granada.

—¡Chi-com! —gritó Jacobs. Él y Jackson tomaron a Mellas por las piernas y lo bajaron por la ladera, arrastrándolo boca abajo. Conforme corrían montaña abajo, la granada los seguía, implacable, atraída por la gravedad, como si estuviera atada a ellos. Jackson por fin se dio cuenta y gritó:

—¡Alto! —él y Jacobs frenaron con los talones. Se arrebujaron debajo del cuerpo inerte de Mellas y el bote pasó rebotando. Explotó medio segundo más tarde, justo debajo de ellos. Nadie resultó herido.

Jacobs volteó a Mellas boca arriba. Le abrió los dos chalecos antibalas y colocó una oreja sobre su pecho.

—No oigo un carajo. La *puta* que lo parió —Jacobs le quitó entonces el casco, sacó la cantimplora y le roció Kool-Aid de uva sobre el rostro para limpiarle algo de la mugre. Seguía agitando la cantimplora y vació las últimas gotas sobre los ojos, que Mellas tenía fuertemente cerrados bajo una capa de pólvora, hierro, sangre y tierra.

El mundo se tornó negro otra vez para Mellas. Sintió el pegosteo frío y olió la uva dulzona del Kool-Aid. Entonces, en medio de aquella oscuridad, volvió el sonido del fuego y de los gritos a su alrededor. Sintió, más que oyó, que alguien gritaba y jalaba los chalecos antibalas y el casco. Intentó moverse. No pudo. Intentó abrir los ojos y consiguió, al cabo, abrir uno. Vio luz grisácea. Continuaba la pesadilla. Imposible despertar. Deseó volver al olvido. Había ruidos de voces que gritaban, las oía como si estuviera debajo del agua. Regresó de nuevo a la luz gris. Entendió que tenía algo que ver con o para aquellas voces. Cobró conciencia de Jackson echado encima de él, protegiéndolo del fuego. Se dio cuenta de que la granada había fallado, de que se había partido en dos por debajo de la soldadura, en lugar de estallar en trozos mortales. Se dio cuenta de que Jacobs gritaba por el radio, echado de espaldas junto a él y Jackson, con la mirada hacia lo alto del cielo; quizás hablara con Fitch.

—Ah, ca-carajo, capitán, creo que es un Coors. Gra-granada. Justo en la cara. No hay en-enfermero. ¿Qué hago ahora? Cambio.

—¿Te quitas de encima de mí? –le dijo Mellas por lo bajo a Jackson–. No puedo moverme un carajo.

Al rodarse, Jackson enredó el cordón del auricular alrededor del cuello de Mellas, de manera que casi lo arranca de la mano de Jake. Esto lo obligó a mirar a Mellas.

Jake vio el ojo abierto de Mellas.

—Que se joda Dios, subteniente –dijo aliviado–. Pensé que ten-tendría que hacerme cargo del pelotón.

—Gracias –le dijo Mellas–. Es bonito saber que me extrañaste –sentía el rostro pelado, como si le faltara la piel. No podía abrir el ojo derecho. Asumió que lo había perdido.

Advirtió el líquido morado en la mano cuando intentó limpiarse los ojos.

—Te dije que odio esa puta uva de Bugs Bunny –se quejó.

Jackson miraba montaña arriba. Tenía los ojos bien abiertos.

—La puta que lo parió –susurró–. ¡Chi-com! –una tercera granada llegó rebotando por la ladera. Jackson y Jacobs jalaron a Mellas consigo, tropezándose entre sí. Cayeron en tierra en el momento en que explotó la granada. Un golpetazo repentino los alcanzó. Hubo una nube de humo sucio y luego llegó el olor.

Comenzaron a volver al foso. Jackson extrajo una granada y la aventó con un gancho de basquetbol. Se arqueó por encima de la orilla del borde frente al foso. Explotó.

Esperaron un momento. Por fin se le aclaró la cabeza a Mellas.

De nuevo, un bote letalmente negro ondeó por encima del bordo, y los tres se lanzaron en busca de cobijo. Jacobs se movió en dirección paralela a la montaña pero resbaló. Se agarró al talud pronunciado para detener la caída. La granada bajaba junto con él. Gritó con frustración y terror. Los dedos asieron el barro lodoso, las botas se debatieron contra el terraplén. Los ojos se volvieron enormes.

—Pu-puta, no puedo de-detenerme –gritó.

Explotó la granada. Mellas y Jackson volvieron los rostros hacia el suelo. Luego se dieron la vuelta de nuevo. La mitad del cuello de Jacobs estaba abierto por la metralla. Corrieron montaña abajo, lo tomaron por la camisa y el ceñidor, lo jalaron por el costado hasta una depresión pequeñita en el terreno, esperando que les proporcionara cierto cobijo. De la garganta manaba sangre. Intentaba detenerla con sus propias manos. Mellas las hizo a un lado y metió la suya en el agujero largo y angosto, sintió el pulso tibio de la sangre, las burbujitas de aire que se le escapaban de los pulmones. Jacobs no podía producir ningún sonido. Tan sólo sus ojos eran capaces de expresar el terror de aquel último instante.

Mellas gritó y hundió con fuerza el puño mugriento en la carótida dañada, intentando detener la sangre. Entonces se apagó la luz de los ojos de Jacobs y se esfumó el terror. Mellas se alejó de él con un vuelco. Miró a Jackson con perplejidad y angustia. De su mano goteaba sangre.

—¿Jake? ¿Jake? –le dijo. Era una pregunta, una acusación, un duelo.

Otra chi-com rodó ladera abajo. Se tiraron al suelo. Explotó. Seguían vivos sin ninguna razón en especial. Jackson subió por la montaña a gritos, con el peso del radio, que aparentemente había olvidado ya, en la espalda. Tenía una granada en la mano derecha y un rifle en la izquierda. Mellas, con súbita claridad, vio la solución. Uno de ellos no debería guarecerse. Corrió a la izquierda de Jackson, quien esquivó la granada con una imprecación quejosa, y luego se tiró al suelo para esperar a que explotara. Mellas no se lanzó abajo. Siguió corriendo. La granada explotó. Ante ella, Mellas se sentía invulnerable. Cuando el humo cedió, Mellas se arrojó al suelo justo en la orilla del borde. Un soldado norvietnamita asomó la cabeza fuera del foso. Había junto con él otro chico pero estaba desplomado, inerte, contra la pared posterior de la trinchera. El joven soldado enemigo sacó otra granada. Echó el brazo hacia atrás para arrojarla. Y entonces vio el rostro ensangrentado y ennegrecido de Mellas y un rifle que le apuntaba de lleno.

Mellas vio cómo el rostro del joven mutaba desde la determinación al horror y luego se resignaba. Con todo, Mellas no jaló el gatillo.

—Con que no tires esa mierda —susurró, a sabiendas de que el joven soldado norvietnamita no podría ni escucharlo ni entenderle—. Tan sólo no arrojes esa mierda y no te disparo. Ríndete, nada más —pero Mellas vio cómo el odio colmó aquel rostro. El mismo odio que lo había mantenido en su foso, peleando, más allá de cualquier posible esperanza de supervivencia. «Incluso ahora», pensó Mellas, «este chico ya debió haber adivinado que, si no arroja la granada, no le disparará.» Pero, de cualquier modo, la aventó, con los labios retorcidos hacia atrás, lejos de los dientes.

«Jódete entonces», pensó Mellas agriamente, mientras la granada volaba hacia él. Jaló el gatillo y el M-16 respondió en modo automático. Las balas le atravesaron el pecho y el rostro, le volaron los pulmones y el cerebro. Mellas bajó la cabeza hasta tocar el rifle y gimió:

—Te dije que no la arrojaras, jodido hijo de puta —la granada explotó y lanzó metralla contra todo su costado izquierdo. Como aún portaba los dos chalecos antibalas, sólo las piernas y las nalgas recibieron los trozos de metal.

Unos segundos más tarde, Jackson se lo encontró ahí, tumbado todavía sobre el rifle.

—¿Está bien, subteniente?

Mellas asintió. Adolorido, se levantó, apoyándose en el rifle para incorporarse, hasta alcanzar media flexión. Los marines se reunían debajo del bordo de la zona de aterrizaje. Todo lo que quedaba por combatir eran unos pocos fosos aislados en la parte alta, donde algunos grupos pequeños de norvietnamitas se habían parapetado.

—¡Están huyendo! —escuchó a alguien gritar—. ¡Se van al puto carajo! Por fin.

Sentía el ojo como si se lo hubieran atravesado con un clavo. Le quemaban las piernas. Cojeó hasta los dos soldados norvietnamitas muertos que les habían estado lanzando granadas. Debían tener quince o dieciséis años. Golpeó a uno con el rifle y hubo un movimiento, un crisparse. Jaló el gatillo, sin recordar que tenía el M-16 todavía en automático, y, antes de que pudiera detenerse, le metió tres balas en la cabeza.

Se había disipado su furia, y, en su lugar, había un agotamiento inerte, enfermizo. Mellas supo entonces, con certeza absoluta, que los norvietnamitas jamás se rendirían. Continuarían la guerra hasta que se les hubiese aniquilado, y él carecía de la voluntad que aquello exigiría. Estuvo ahí de pie, contemplando la devastación.

Por debajo del lomo occidental, el trabajo de Hamilton apenas comenzaba.

—Bajan ya por la ladera –gritó–. Carajo, rápido. ¡Vamos! –él y Topo salieron de la selva hacia el lomo yermo. Se lanzaron al suelo, y el resto de la escuadra se les unió. Hamilton apuntaba, emocionado, a un grupo pequeño de siluetas que trotaba ordenadamente para dejar Matterhorn. Topo montó sobre el suelo el bípode de la ametralladora. Su ayudante se arrastró hasta quedar a su lado; sostenía, lejos del mecanismo del alimentador, la larga cinta de balas cobrizas y brillantes. Comenzó a disparar. Cayeron dos de las siluetas. Las otras se dispersaron.

—Les estamos dando a algunos, subteniente –anunció Hamilton, feliz, por radio. Vio un pequeño montículo apenas frente a ellos. Tocó a Topo en el hombro. Sería un lugar perfecto desde el cual comandar todo el brazo de la montaña. Se incorporó y corrió con el radio a cuestas. Topo lo siguió.

Una granada propulsada por cohete salió violentamente desde la selva donde el ejército de Vietnam del Norte se había guarecido. Explotó frente a Hamilton y lo mató en el acto.

Topo gritó su nombre. Le arrojó la ametralladora a su ayudante, tomó el cuerpo de Hamilton y lo arrastró hasta la posición original y segura donde habían estado. El resto de la escuadra lo siguió. Topo no estaba dispuesto a que le volaran el culo tan sólo porque un cabrón despiadado se les abalanzaba.

El combate por la zona de aterrizaje entró en su fase final. Las laderas al sur y al oriente estaban cubiertas con marines que mataban sistemáticamente cualquier cosa que se moviera. Fitch y el grupo del puesto de comando ascendían por el talud del sur. Hawke y Connolly, quienes habían capturado la ametralladora norvietnamita, cubrían la ladera del norte, que permanecía expuesta, y disparaban sobre el enemigo, mientras huía, series breves de tiros. Tres grupos del EVN, imposibilitados para escapar, se habían hecho fuertes en las antiguas fosas de la artillería de la Batería Golfo. Uno de aquellos grupos poseía una ametralladora que mantenía a los marines a distancia, pues cubrían la cima de la montaña con disparos.

Mellas llamó a Hawke por radio.

—Estoy enviando a un equipo de beisbol a que los rodee por el norte para caer sobre esa ametralladora desde atrás. Verás al personaje Charlie con un vendaje en la cabeza en lugar de casco. No le vueles el culo. Cambio –Mellas levantó la mirada hacia Cortell, quien asentía, con las vendas sucias y ligeramente desceñidas.

—Dile que eche humo cuando llegue para que no le metamos un tiro. Cambio —respondió Hawke.

Mellas comunicó el mensaje y Cortell asintió de nuevo. Mellas desató su última granada de humo de las trinchas y se la entregó a Cortell.

Apenas a un lado hubo una explosión repentina. Los tres se encogieron. Alguien gritaba en español. Amarillo había lanzado dos granadas al interior de una fortificación justo debajo de ellos y reptaba ya rápidamente al interior. Hubo un breve aluvión de tiros de su pistola calibre .45. Todos esperaron, ansiosos, sin quitar el ojo de la entrada de la fortificación.

Salió el ya conocido uniforme camuflado de utilidades de un marine, con el trasero por delante. Amarillo arrastraba hacia fuera de la construcción un cuerpo mutilado por la cizalla. Todos los tiros habían entrado en su cráneo.

Entonces un tiro de la ametralladora norvietnamita rebotó, frenéticamente, por encima de sus cabezas.

—Ok, Cortell. Vete ya —lo apuró Mellas.

Cortell salió a rastras para unirse a su escuadra. Mellas asomó la cabeza por encima del pozo que compartían él y Jackson con los dos chicos norvietnamitas muertos. Jaló hacia abajo uno de los cuerpos, lo acomodó en el fondo y se paró sobre él para ver un poco mejor. La zona de aterrizaje estaba desierta, a excepción del cuerpo de Robertson, que, despaturrado, yacía junto al ya destrozado casamatas de la ametralladora.

Sobre Matterhorn no quedaba ni un árbol. Habían quemados los densos arbustos con los que él y Scar se habían topado al llegar. Toda la montaña, otrora hermosa, estaba esquilada, deshonrada y vacía.

Mellas vio que Goodwin asomó la cabeza un instante por encima del bordo de la zona de aterrizaje. Se zambulló de nuevo en cuanto abrieron fuego sobre él la ametralladora y algún rifle cercanos. Le llamó a Mellas por radio.

—¿Cómo vamos a capturar a ese cabrón, Jack?

Mellas le explicó que Cortell iba hacia allá por una ruta trasera. Era cuestión de tiempo. El resto de los enemigos estaban atrapados.

En ocasiones, algún marine se asomaba, por aparente casualidad, vaciaba la mitad de un cartucho en dirección a la ametralladora, y volvía a hundirse.

Mellas vio el humo rojo de Cortell. Se levantó gritando:

—No disparen. Cese al fuego. Cese al fuego —Goodwin lo secundó.

Por un instante apareció la cabeza vendada de Cortell por encima de la cresta. Los otros siete chicos de la escuadra saltaron por encima del bordo de la zona de aterrizaje, arrojaron siete granadas al sitio donde se encontraba la ametralladora y brincaron hacia abajo, perdiéndose de vista. El artillero comenzó a girar el cañón para arremeter contra la nueva amenaza.

Las granadas explotaron dentro y alrededor de su puesto, y causaron una serie de ondas de choque que le martillaron a Mellas los tímpanos.

En ese mismo instante, Goodwin corría ya a través de la zona de aterrizaje hacia el humo de las explosiones. Estupefacto, un soldado norvietnamita intentó girar la ametralladora hacia él pero no pudo moverse con suficiente rapidez. Goodwin, como una pantera en caza, cayó sobre él y le disparó con el m-16. Los enemigos que aún quedaban en fosos de tirador cercanos se levantaron, sin armas, con los ojos inyectados con terror, y levantaron las manos. En cuestión de segundos cayeron muertos, pues todas las armas disponibles en la montaña se volvieron hacia ellos.

Mellas, aún de pie sobre el cadáver del chico, dejó caer la cabeza hacia el frente y dejó su rostro ensangrentado y punzante sobre lo frío del lodo. Jackson se echó hacia atrás, y descansó el radio contra el costado de la trinchera.

—Ganamos –dijo Jackson.

Mellas simplemente asintió dentro del forro del casco, que, contenido por el lodazal, permaneció inmóvil. Se deleitó en la tierra fría contra su barbilla y boca. Sin embargo, pronto el viento volvió la húmeda camisa de su uniforme demasiado fría para sentirse cómodo. Se arrastró fuera del foso y gritó a varios líderes de equipos de tiro para que organizaran la defensa en caso de un contraataque. Luego recordó a Hamilton, tendido para la emboscada más abajo.

—Bravo Uno Tres, Bravo Uno. Lo siento, te apuré demasiado para venir. ¿Por qué no subes y te estableces de ocho a diez? Doce se fue al norte. Cambio.

Hubo un largo silencio.

—Uno Tres, aquí el Uno Actual. ¿Me escuchas? Cambio.

La voz de Topo, temblorosa, se escuchó por el radio.

—El personaje Hotel está Coors. Cambio.

Comenzaron a temblarle las manos a Mellas.

—¿Alguien más? Cambio.

—Tenemos dos Oleys menores. Cambio.

—¿Puedes traerlos a todos sin necesidad de ayuda? Cambio.

—Sí. Cambio.

—Uno, fuera –Mellas le entregó el auricular a Jackson.

La montaña les pertenecía.

Jackson se inclinó hacia el frente y hundió la cabeza entre sus manos.

Mellas cojeó hasta el borde de la zona de aterrizaje y miró a Topo batallar montaña arriba con Hamilton colgado sobre su espalda.

Lo soltó a los pies de Mellas.

—Lo siento, señor. Sé que era cercano a usted –se retiró, y Mellas quedó de pie junto al cadáver de Hamilton.

En silencio, Mellas le vació los bolsillos. Encontró una carta de su madre, en la que le había escrito:

—No te preocupes, Buster, pronto volverás a casa y todo habrá terminado –Mellas no sabía que su apodo fuera «Buster». Sintió que jamás lo había conocido realmente, y que ya jamás lo conocería.

La pierna izquierda le pulsaba a causa de la metralla y la pierna derecha le quemaba. La sangre hacía que se le pegaran los pantalones. Sintió un dolor agudo y punzante en el ojo malo. Si tan sólo pudiera sentarse, tan sólo sentarse sin hacer nada. Pero había que establecer las defensas.

Intentó incorporarse. Una explosión lo abofeteó. Cayó al suelo y rodó hasta donde estaba Jackson. Los dos levantaron las miradas para ver el humo grasiento que se acumulaba a lo largo de la zona de aterrizaje. Alguien pedía a gritos un enfermero.

—¡Una mina! ¡Una mina! –gritó alguno desde el sector de Goodwin–. ¡Este lugar está minado, carajo!

—La mierda de Cristo –murmuró Mellas.

Se levantó de nuevo. La tierra alrededor se había vuelto tóxica. No sabía por dónde caminar.

Con todo, era preciso establecer la compañía. Mellas cayó de rodillas y gateó, de trinchera en trinchera, para advertir las señales de una mina enterrada o del cableado detonador. También los chicos deseaban tan sólo sentarse. Mellas bromeó con ellos, los aduló, los amenazó. En algún momento se pusieron a cavar, sacaron cadáveres de los pozos, excavaron trincheras a medio terminar. Otros batallaban montaña arriba con los marines muertos o ayudaban a mover a los heridos para evacuarlos. Fitch pidió voluntarios que pudieran despejar una pequeña sección en la cumbre para un ave de medevac. Pronto se conformó una fila de marines y, lentamente, se arrastraron a lo largo del área con los k-bars frente a ellos, buscaban minas, se mantenían alertas ante los cables detonadores. Uno de los chicos quedó con el abdomen abierto cuando, con la rodilla, activó el sensor de presión, que había omitido con el cuchillo. Arrojaron lo que había quedado de él al montón.

Fitch convocó a una junta de actuales. Mellas se encaminó hacia allá y rodeó el bordo de la zona de aterrizaje. El humo, que lo sofocaba y le provocaba náuseas, se alejaba lentamente de la montaña para fundirse con las pesadas nubes grises que rodaban sin cesar en dirección a Laos.

—Buen trabajo, Mel –lo felicitó Fitch. Estaba harapiento y demacrado. Tanto Hawke como Goodwin estaban sentados con los codos dentro de las rodillas. Tenían la mirada perdida en el vacío.

—Mataron a Hamilton –contestó Mellas–. Era el encargado de mi radio –no tenía ni idea de por qué estaba hablando. Tenía que contárselo a alguien, simplemente–. ¿Está bien Conman? –le preguntó a Hawke.

Él asintió.

Fitch miró más de cerca a Mellas.

—Tenemos que evacuarte –dijo.

Mellas no contestó. Veía hacia el Cerro del Helicóptero con el ojo sano. Vio gente con uniformes verdes y relucientes que los observaban con binoculares.

—Los hijos de puta nos vitorearon –dijo Mellas muy suavemente.

—Oye –intervino Hawke tocándole el hombro–. Está bien. No sabían.

Relsnik llegó con el radio y le entregó el auricular a Fitch.

Es Gran John Seis, capitán –le informó.

La voz del coronel era fresca, el tono como si se tratara de negocios.

—Enterado, Bravo Seis. Quiero un conteo completo de cuerpos y un reporte posterior a la acción. Tenemos listas las aves de las evacuaciones médicas. ¿Ya es segura su zona? Cambio.

—Aún no. Cambio –dijo Fitch secamente.

—Magnífico. Me gustaría tener una cámara de cine, es lo único que puedo decir. Gran John Seis, fuera.

Fitch arrojó el auricular al suelo junto a Relsnik.

—Le gustaría tener una puta cámara de cine –dijo. Miró por encima de la pequeña pendiente hacia el Cerro del Helicóptero.

Mellas siguió la mirada de Fitch con la mente repleta de imágenes arbitrarias. La compañía demasiado exhausta para continuar, pero que continuaba. Miraban con impotencia, mientras las bombas caían sobre el flanco lejano de la montaña. Los vítores estúpidos: como si el combate fuese un juego de futbol americano un viernes por la noche. La orden increíble de Simpson, durante la larga marcha hacia Sky Cap, de que ya no habría más evacuaciones médicas. Hippy lisiado. La presión demente. La estupidez. La sangre que brotaba de la pierna del nuevo metralleta. La garganta de Jacob. ¿Para qué? ¿Cuál era el sentido?

El ojo bueno de Mellas enfocó a la pequeña silueta en su utilidad limpia. Vio sólo al coronel. Los seiscientos metros que los separaban se redujeron a nada. Mellas decidió matarlo.

Cojeó lentamente para alejarse del grupo.

—Oye, Jack –le gritó Goodwin, pero Fitch le puso una mano sobre el brazo y lo retuvo. Hawke lo observó con una expresión de perplejidad en el rostro.

Mellas caminó montaña abajo a través de las trincheras de Hawke. Apenas se dio cuenta de los saludos de Conman y del Tercer Pelotón, que cavaban.

Justo al otro lado de las líneas, Mellas cargó un tiro y colocó el seguro del rifle. Se metió a la selva, bajó hacia el brazo de la montaña, se acercaba al otro cerro sin que le importara el peligro. Encontró un tronco y ajustó las mirillas según la distancia; disfrutaba el hecho de que estaba llevando a cabo exactamente lo que se le había enseñado respecto al rango de disparo. Se colocó. La mañana, gris sin más, parecía eterna. El tiempo no significaba nada. Existía tan sólo la pequeña silueta del coronel, ahora en lo alto, por encima de él, en el talud desnudo del cerro. Empujó el selector hasta dejarlo en automático. Mellas estaba seguro de que lo cogería con las balas trazadoras. Se recostó sobre el rifle, torció el cuello hacia los lados, de suerte que el ojo bueno estuviera colocado al extremo del cañón. El coronel estaba de espaldas. Mellas esperó. Quería que el hijo de puta viera las balas trazadoras acercársele antes de que lo desgarraran, para que supiera, así como Jacobs también se había enterado. El coronel seguía hablando. Mellas esperó con la paciencia de un animal. El tiempo se detuvo. Tan sólo esta tarea. Espera a que el malparido se dé la vuelta para que pueda ver las balas. Entonces, Simpson comenzó a darse la vuelta.

Mellas escuchó a alguien que gritaba con voz ronca detrás de él. Hawke se lanzó un clavado con la cabeza por delante y cayó sobre él, echando el rifle hacia enfrente en el momento en que Mellas accionó el gatillo. Las balas rajaron el suelo enfrente de ellos. Mellas, furioso, se lanzó para golpear a Hawke. Él se giró hacia un lado y con una patada firme le arrebató el rifle de las manos. Mellas le plantó un puñetazo seco en la cara y se incorporó para buscar el rifle. Pero Hawke estaba ya de pie, parado frente a él, respirando con dificultad, con el rifle apuntando apenas a un costado de Mellas, pero en una posición evidente para defenderse.

—Jódete, Hawke. ¡Jódete en el infierno!

Hawke no dijo nada. Lo observaba y cuidaba su guardia.

Mellas comenzó a chillar.

—Ese hijo de puta los mató a todos. Nos mandó acá sin aire para que él pudiera ver un show. Nos observó mientras nos moríamos. Ese malparido no merece vivir. Jódete, Hawke. Jódete tú y tu puta... tu... oh, que Dios nos maldiga a todos —se sentó en el suelo y se quedó mirando al vacío.

Hawke le puso la mano a Mellas sobre el hombro.

—Vamos, Mel, el contraataque podrá pegarnos en cualquier momento.

Mellas lo siguió montaña arriba.

Capítulo XIX

NUNCA SE MATERIALIZÓ EL CONTRAATAQUE. EL EJÉRCITO DE Vietnam del Norte se dirigió a Laos y cubrió su retirada con infantería y con unidades de morteros bien localizadas.

Un ave de evacuación médica se abrió camino a lo largo del valle, Pallack la anunció. Tres tiros de morteros enemigos cayeron cerca del heli, y los marines que ayudaban a bordo a los heridos tuvieron que echarse al suelo. Se levantaron de inmediato, colocaron a los lastimados en el interior de la nave y corrieron a sus zanjas, mientras se sostenían los cascos contra el vendaval del rotor. El helicóptero se precipitó hacia abajo, al vacío, por el borde de la zona de aterrizaje, para ganar velocidad. Llegó otra ave y se llevó los últimos casos de urgencia. Luego regresó la neblina. Con ella se acabaron los bombardeos, pero también las evacuaciones médicas.

El día transcurrió en un estado de estupefacción y agotamiento, mientras junto a la zona de aterrizaje se apilaban estadunidenses adolescentes que habían muerto, y los cadáveres adolescentes de los norvietnamitas se les vertía en el foso de basura por la cara norte de la montaña.

El calamar mayor le informó a Fitch que el ojo derecho de Mellas estaba seriamente dañado. Si no lo había perdido ya, lo perdería en caso de no recibir una cirugía inmediata. El único lugar donde podía practicarse era en uno de los barcos hospitales. Mellas le dijo a Fitch que, si Conman se tuviera que hacer cargo del Tercer Pelotón una vez que Hawke se reincorporara al cuartel del batallón, lo cual parecía probable, no le resultaba cómodo entregarle el Primer Pelotón ni a Jackson ni a Cortell. Sin importar con cuánta experiencia en combate contaran, tenían apenas diecinueve años. Además, Fitch y Goodwin serían los únicos oficiales en la compañía. En realidad y llanamente, aunque no lo dijera en voz alta, Mellas había cobrado tanto orgullo de todos ellos como para abandonar el pelotón, que corría peligro, y dejarlo sin su ayuda. Se rehusó a marcharse. Fitch sabía que Mellas tenía razón en lo referente a la falta de líderes y, hasta donde podía notar, había perdido ya el ojo. Así que le permitió quedarse.

Aquella tarde, temblando como dos animales heridos por el aire helado que canturreaba desde Laos, Mellas y Jackson cubrieron la zanja con pedazos de triplay. En ocasiones, Jackson se estremecía con sollozos reprimidos. Mellas miraba con el ojo bueno en la oscuridad, mientras soportaba el dolor de la pierna y el punzar del otro ojo. Antes había intentado leer las cajas de ración c y se sintió raro y a disgusto. Se consoló imaginándose cómo se veía en un anuncio de camisas Hathaway.* Luego, los sentimientos de miedo y pérdida subieron como un remolino desde el estómago, donde yacían, y deseó fervientemente haber tomado el consejo de Sheller y que hubiera intentado salvar el ojo. Oró.

Hacia las 2030 salió del foso para revisar las líneas. Regresó a las 2230. Arrastraba la pierna. A las 0030 se dispuso a salir de nuevo.

—Yo voy, subteniente –se ofreció Jackson–. Si se trata de mantenerlos despiertos, yo puedo hacerlo tan bien como usted –Mellas no discutió. Se amodorró de inmediato con el radio pegado a la mejilla.

Jackson salió a rastras de debajo de la madera contrachapada hacia el helor del viento. Sentía que las nubes estaban más altas y que se movían con rapidez hacia el oriente, a pesar de que no pudiera verlas. En la negrura alrededor de Matterhorn, la selva reposaba y respiraba tranquilamente, después de la furia convulsa de la mañana. Jackson sintió como si la selva estuviera descansando y se alistara para efectuar su propio ataque contra Matterhorn, para curar sus propias heridas, una vez que esos insectos destructores se hubieran marchado ya. La selva reptaría lentamente montaña arriba y la cubriría con su nueva piel verde, cubriría el barro y las rocas expuestas, escondería la basura abandonada por los lados, suavizaría el borde artificial de la zona de aterrizaje y le devolvería de nuevo a Matterhorn su delicada redondez.

Jackson se acuclilló ahí mismo, próximo a la tierra que dormitaba profundamente, sintiendo sus poderes curativos. Lágrimas inesperadas se le agolparon en los ojos.

—Hamilton –susurró–. Lo siento. Carajo, man, lo siento de veras –lloraba ya sin disimulo. Sabía que era una inocentada hablarle en voz alta a un muerto, pero de alguna manera lo invadía el sentimiento de tenerse que disculpar con Hamilton por continuar con vida y estar feliz por ello.

---

* La publicidad mostraba a hombres con un parche en el ojo.

Hamilton deseaba casarse y tener familia. Ahora ya no podría, y él, Jackson, sí.

Pasó el ataque de llanto. Jackson se quedó ahí un poco más de tiempo, sentía el aire húmedo contra el rostro humedecido. Se sacudió la cara con las manos, que estaban ardientes y rajadas por la tierra, la deshidratación y las infecciones. No podía sacudirse cierta ansiedad persistente y terca mientras se alejaba, a rastras, para revisar las líneas. ¿Por qué había muerto Hamilton y él seguía con vida? Al terminar la revisión de todos los fosos, no quiso volver al suyo bajo la techumbre de triplay. Algo lo empujó a escalar hacia la zona de aterrizaje abandonada.

Cuando Jackson activó la mina, la explosión lanzó a Mellas de nuevo a la oscuridad y el frío. Primero pensó que se trataba de alguno en el grupo del puesto de mando. Luego escuchó el grito asustado y salvaje de Jackson.

—¡Auxilio! ¡Ayúdame, Dios mío! ¡Por favor... alguien ayúdeme!

Mellas se colgó el radio a la espalda y gateó hacia la voz de Jackson sin dejar de murmurar «No» una y otra vez. Llegó hasta él justo después que Fredrickson, quien lo mantenía tumbado e intentaba inmovilizarlo por los muslos. Jackson gritaba.

—Subteniente, ayúdeme a mantener abajo a este cabrón –dijo Fredrickson–. Carajo, Jackson, deja de moverte.

Mellas se acostó encima del pecho agitado de Jackson y le susurró:

—Todo va a estar bien, Jackson. Todo va a estar bien.

—Sheller –le gritó Fredrickson al calamar mayor, quien serpeaba ya a través de la noche–. Necesito un poco de esa puñetera infusión intravenosa y algo para cortar estas arterias –Sheller apareció con una botella, con cánulas intravenosas y con su botiquín. Mientras Fredrickson hacía todo lo posible por detener la hemorragia, Sheller clavó un catéter en el brazo de Jackson y sostuvo la botella de vidrio en el aire, lo más alto que pudo. Jackson se tranquilizó, el terror y el pánico disminuyeron a medida que los dos enfermeros consiguieron restablecer su sistema vacilante. Mellas echó un vistazo hacia la parte baja del cuerpo de Jackson. Fredrickson estaba ocupado con una pulpa debajo de sus rodillas. No había pies.

—Todo va a salir bien, Jackson –no dejaba de repetir Mellas–. Todo va a estar bien –Jackson gimió y perdió la conciencia.

Mellas no rezó pero su mente, de nuevo, se elevó por encima de la zona de aterrizaje y visualizó todo el Primer Cuerpo por debajo de él, y comenzó a buscar a alguien mejor que Dios: a un buen piloto de helicóptero.

* * *

En la pista de aterrizaje del GAM-39, justo a las afueras de Quang Tri, el teniente primero Steve Small estaba perdiendo una partida de backgammon –en su variante *acey-deucey*– frente a su copiloto Mike Nickels. A Small le parecía que esta partida nunca había iniciado y que jamás terminaría. Estaba ya tan compenetrada en la vida del GAM-39 como la arena, los sudorosos trajes de vuelo, el ruinoso bourbon de diez céntimos, las sábanas polvorientas, las fantasías de masturbación culposa, las películas basura y la ansiedad subsistente de que, en el próximo vuelo, un proyectil guco calibre .51 iba a entrarte por el ano y te saldría por la boca.

El CH-46 de Small esperaba en la oscuridad, con las paletas de los dos rotores caídas a causa de su propio peso. Los miembros de la tripulación dormitaban en camillas de tela entre la munición de la ametralladora y las cajas con infusiones intravenosas. El chaleco antibalas de Small, que le colgaba de los hombros, parecía más pesado de lo normal. Quizá lo había recargado en el club de oficiales. Por otro lado, quizá no se había embriagado lo suficiente. Había volado tantas horas esa maldita ave, que no hacía ninguna diferencia si lo piloteaba borracho perdido o no. Parecía que la cosa volaba por sí misma. Por la noche penetraban en sus sueños las hélices giratorias y las embestidas nauseabundas, además de su belleza al patinar desde la cumbre de una montaña o al deslizarse en un aterrizaje perfecto en un área pequeñita, mientras los soldados de infantería le sonreían y se apuraban para hacerse de sus provisiones o se le quedaban viendo con las miradas apagadas, aliviados mientras depositaban a bordo los restos de sus amigos.

Tronó el radio de la sala de operaciones, y el hombre que montaba guardia bajó la revista de coches clásicos modificados para contestar. Small y Nickels escucharon tensos. Small revisó su reloj. 0217. No había esperanza de luz diurna. Gran John Bravo otra vez. Una urgencia. Matterhorn. Clima terrible. Los mismos cabrones que habían excavado esa puñetera percha para canarios en Sky Cap. Los mismos idiotas, hijos de puta, a los que había llevado, en vuelo rasante, por toda la parte occidental de la provincia de Quang Tri para llevar a aquel teniente de infantería loco y pelirrojo, con sus refuerzos sobrecargados, hasta el sándwich de mierda más terrible que había visto en casi diez meses de combate aéreo. Y los imbéciles seguían. «Jesucristo, hijo de puta», pensó. Luego se preguntó por qué la divinidad cristiana era mucho más satisfactoria para blasfemar que el dios judío de su infancia. Todo comenzó cuando descubrió que Art Buchwald[*]

---

[*] Escritor estadunidense prolífico en publicaciones humorísticas y satíricas.

había estado en la Cuarta Ala de Aeronaves de los Marines durante la segunda guerra mundial. ¿Qué coños estaba pensando? Pensaba en todo esto mientras corría, junto con Nickels, hacia la puerta. Ni se planteaban no intentarlo.

Sus zancadas despertaron a la tripulación. Small se abocó inmediatamente a los preparativos, mientras que Nickels pidió por radio que la artillería parara, de manera que, a su paso, no fueran a pegarles mientras pasaran frente a los enormes cañones calibre 175 del ejército, apostados en Vandegrift, ni las misiones de ataque nocturno de los obuses de 203 milímetros del Diablo Rojo.

Los motores chirriaron. Las hélices giraron torpemente. Los instrumentos brillaron frente a los dos pilotos. Small rodó hacia la pista. El fuselaje trepidó, el rugido aumentó hasta el punto de que tan sólo podían oír los radios dentro de los cascos. El ave avanzó en la oscuridad y, grácil, se levantó del suelo. Las luces traseras se atenuaron rápidamente en la neblina, y luego desaparecieron. Excepto por el resplandor verde del panel de instrumentos, estaban envueltos por una oscuridad total.

Small sudaba pero no precisamente por el calor. Se avecinaba una cagada.

Nickels le señaló el rumbo y se posicionó a seis mil pies. Las nubes negras oscurecían el cielo por encima suyo. Debajo, sin que pudiera verlos, pero claros en su mente debido a innumerables misiones a la luz del día, estaban los valles con el pasto de elefante, el bambú y los ríos perezosamente lentos. Luego venían las montañas.

—Intenta encontrar a Bravo en la frecuencia de la compañía –le pidió Small a Nickels mediante el intercomunicador. Se esforzaba por descubrir un parpadeo de cualquier cosa que le fuera familiar y le permitiera inferir qué tan cerca estaba el suelo, qué tan cerca la muerte.

—Gran John Bravo, Gran John Bravo, aquí la Cotorra Uno Ocho. Cambio –silencio. Quizá los estúpidos de la infantería no sabían que Grupo había sustituido el nombre de Urraca, un procedimiento operativo estándar para mantener a la inteligencia china en ascuas. A Small no le gustaba lo de «Cotorra». Le sonaba demasiado lindo. Y él no era lindo.

—Gran John Bravo, Gran John Bravo, Cotorra Uno Ocho. Cambio.

Hubo un estallido de estática.

—Deberían podernos escuchar –afirmó Nickels–. La señal es demasiado débil para que puedan alcanzarnos en la frecuencia de la compañía.

Small miró una tarjeta con la esquina doblada que tenía en el portapapeles sujetado a la pierna. Marcó la frecuencia del batallón, a sabiendas de que su operador tendría desplegada, probablemente, la antena aérea.

—Gran John Bravo, Cotorra Uno Ocho. Cambio.

La voz de Relsnik, amplificada por la antena RC-292, brotó de las tinieblas hasta los cascos de los dos pilotos.

—Cotorra, aquí Gran John Bravo. Lo escuchamos ya Cocoa Fría. ¿Cómo le va? Cambio –Small sonrió al escuchar «Cocoa Fría»: claro y fuerte. Ésa era nueva. La semana pasada había sido Cola y Fanta. Y hacía dos semanas, Clito Firme.

—Te escucho bien. No sé dónde diablos estén ustedes. Cambio.

—Estamos en Matterhorn, señor. Cambio.

Small imprecó por debajo de su respiración. Los malditos chicos a cargo de los puñeteros radios. ¿Dónde coños estaba el hombre-CAA? Respiró a profundidad para controlar el temperamento y el miedo.

—Ya sé que están en Matterhorn, Bravo. Quiero decir que no los *veo*. Está jodidamente oscuro acá arriba. Enciendan una luz.

Hubo una pausa larga. Apareció una voz nueva en el radio.

—Cotorra, aquí Bravo Seis. Nos han bombardeado con morteros toda la noche, por lo que nos oponemos un poco a encender luces. Cambio.

«Pues, su puta madre, yo me opongo un poco a volar a ciegas entre estas montañas del carajo», pensó Small para sí. No se le escapaba que Bravo había combatido terriblemente hacía poco.

—¿Qué techo tienen ahí? ¿Y dónde está su controlador aéreo adelantado? Cambio –se hizo otra pausa. Pregúntale a un puñetero soldado de infantería que no tiene ni idea sobre cuán altas están las nubes.

La respuesta parecía más bien una pregunta.

—¿Unos setenta metros, Cotorra? Cambio.

—Puta madre.

Los dos pilotos se miraron dentro de la burbuja tímidamente encendida. Setenta metros a ciento sesenta kilómetros por hora significaba menos de un segundo.

Vino al radio la voz de Fitch.

—Te escuchamos, Cotorra. Vienen hacia el Sierra Echo. Dirección uno cuatro cero. ¿Pueden pasarse a la frecuencia de la compañía? Cambio.

—Enterado. Ahí nos vemos. Cambio.

Small corrigió de inmediato la dirección del helicóptero y giró la perilla, otra vez, a la frecuencia de Bravo, con lo que dejó libre la red del batallón para otro tráfico.

Restablecieron el contacto.

—Dame una marca cuando pase por encima, ¿de acuerdo? –pidió Small por radio–. ¿Llevo el curso correcto? Cambio.

—De frente hacia el Sierra Echo —respondió Fitch, para referirse al sureste—. Mantente así. Cambio.

La burbuja vibraba, verde y rojiza, en la oscuridad. Small se representó a un Bravo Seis imaginario, en algún lugar debajo de sí, en un foso lodoso, que se esforzaba por escuchar el débil cascabeleo como de podadora que significaría la vida o la muerte para el gruñón herido. El radio escupió:

—¡Marca! —Small se ladeó de inmediato pero sólo vio la oscuridad.

No vi ni un carajo, Bravo. Cambio —se quejó Small por radio, mientras enderezaba el ave en posición horizontal y regresaba al sitio donde había recibido la señal, todo esto sin quitar ojo del altímetro y de los indicadores de alabeo y de cabeceo—. ¿A qué altura por encima de ustedes crees que pasamos? Cambio.

De nuevo una pausa larga. Otra vez la respuesta tentativa.

—¿A unos doscientos setenta metros? Cambio.

—¿Hay otras puñeteras montañas alrededor por las que debamos preocuparnos? —le lanzó Small a Nickels.

Nickels respondió de inmediato.

—Dong Sa Mui tiene 2300 metros. Está a unos dos clics hacia el noreste. Fuera de eso, Matterhorn tiene más o menos la misma altura y se localiza a unos cuatro clics.

Small masculló por lo bajo.

Les pidió a los gruñones que probaran con balas de iluminación. Tan sólo encendieron la neblina.

—¿Qué coños le pasa a esa emergencia médica, Bravo? Cambio —preguntó Small, casi ausente, mientras intentaba pensar qué hacer.

—Le volaron las dos piernas. Cambio.

¿Para qué preocuparse, siquiera?

—Cabrones, no puedo encontrarlos sin luces en la zona de aterrizaje. ¿Hay alguna manera de que puedan esconder algunas? Cambio.

De nuevo el silencio.

—Podríamos poner tabletas de calor dentro de los cascos. Cambio.

Dios, por fin un puñetero soldado de infantería capaz de pensar. Un puto milagro.

—Bien. Póngalos en un círculo de veinte metros. ¿Me entendiste? Un radio de, exactamente, diez metros. De lo contrario, no podré saber qué tan arriba de esa mierda me encuentro. Cambio.

Hubo un momento de espera. Luego volvió Bravo Seis.

—Cotorra, deberá ser de trece metros y medio de diámetro. El resto del área está minada y no podemos garantizar nada —hubo una pausa y una intermitencia de estática cuando Fitch levantó la tecla. Volvió entonces–. Pero si quieres correr el riesgo, nos aventuraremos a hacer el círculo grande. Cambio.

Small se pasó al intercomunicador para hablar con Nickels.

—¿Minado? ¿Puedes creer esta puñeta de mierda? Quieren que aterrice en la cumbre de una puta montaña en la oscuridad, con esta jodida niebla, ¿y la zona de aterrizaje está *minada*? Y todo esto para sacar a un hijo de puta que probablemente esté ya muerto de cualquier manera. Por lo menos yo ya habría muerto. Dios mío. Las dos putas piernas.

—Mejor que las pelotas.

—No estoy tan seguro. ¿Qué hará al volver a casa? ¿Coger melones por el resto de su vida? –Small intentaba imaginarse cómo se verían trece metros y medio a diferencia de veinte, e intentaba metérselo a la cabeza, de manera que si, en efecto, lo veía, pudiera calcular la altitud por encima de la zona de aterrizaje.

—De acuerdo, Bravo. No corras el riesgo de las minas, pero establece ese puto círculo. No tengo toda la noche. Y si les pido que echen un Willy Pete,* enciendan un puto Willy Pete. ¿Cuentan con alguno? Cambio.

Bravo Seis contestó que sí.

Recolectaron tabletas de calor por toda la compañía y colocaron los cascos en un círculo alrededor de Jackson y de los dos enfermeros. Cuando el piloto dio la orden, China y Conman corrieron de casco en casco con encendedores y las prendieron. Un círculo azul de luz, fantasmagórico en la niebla, creció alrededor de Jackson; los cascos escondían las llamas azules hacia todas las direcciones excepto hacia arriba.

El inmenso helicóptero se precipitó apenas pocos metros por encima de sus cabezas. La estela del rotor volteó dos cascos, y unas figuras oscuras se apresuraron a esconder las dos tabletas, y las metieron de nuevo con las manos desnudas.

Mellas escuchó que el piloto murmuraba por el radio.

—Dios mío, Bravo. Estoy justo encima de ustedes, cabrones. Ok, ahora vuelvo. Tengan listo al herido. Ya vi las tabletas. Cambio.

—¿Lo puedes creer, Nickels? –preguntó Small después de haber activado el intercomunicador–. Acabo de decir «Ya localicé las tabletas» –«La puta que lo parió», pensó: «trece metros y medio».

* Granada de humo.

—De acuerdo, Bravo, me aproximo –avisó por radio–. Enciendan ese Willy Pete cuando les indique. Cambio –Small miró por encima del hombro hacia la oscuridad detrás del heli, pero el círculo tenue se había disipado ya entre las nubes de nuevo. Completamente enceguecido, intuyó, más que piloteó, la enorme ave para acercarse nuevamente a la zona de aterrizaje, sin sacar de su mente la imagen borrosa de aquel resplandor azuloso. Enderezó con paciencia el heli y regresó a la misma lectura del altímetro. Cambió el cabeceo y la inclinación. El helicóptero rugió, abandonado a la espesura de la noche.

De pronto, como un pantano fantasmagórico, apareció un azul trémulo y oblongo, que se movía rápido, muy rápidamente, y se convertía en un círculo, cambiaba con demasiada rapidez, puta, con demasiada rapidez, carajo.

—Ahora, puta madre. Ahora –gritó Small.

—Ahora –repitió Fitch a gritos, y Pallack arrancó la cuchara de la granada de fósforo blanquecino y la arrojó a la zona. De pronto, la luz brillantemente blanca apuñaló los ojos de aquellos hombres. La inmensa masa negra que rotaba se estrelló contra la zona con el angustiante chirrido de un metal que se abolla. Las llantas delanteras cedieron y el ave se sacudió hacia un lado, amorró, pivoteó sobre las ruedas rotas, torcida por el torque de las hélices. Luego se tambaleó de un lado a otro y se detuvo, mientras la puerta de la cola se abatía.

El jefe de la tripulación salió, dando gritos, a rastras por encima del cañón de una ametralladora calibre .50. Quienes cargaban la camilla elevaron a Jackson a través de la escueta abertura, le entregaron la botella con plasma al metralleta que estaba a un lado. Fredrickson y Sheller, al ver a Jackson a salvo en el interior, se lanzaron fuera y cayeron sobre el fangal, mientras que los álabes del heli ganaban velocidad. Fredrickson recogió dos objetos ensangrentados y los arrojó a través del boquete lateral: las botas de Jackson con los pies todavía dentro.

Entonces, los proyectiles de los morteros cayeron sobre el fósforo que ardía. El helicóptero sobrevoló la zona de aterrizaje y desapareció, cayendo, montaña abajo, hacia la noche.

—Abandonen la cumbre de esta puta montaña –gritó Fitch, innecesariamente. Ya todos corrían en busca de refugio. Conman intentó extinguir la luz. Rompió el fósforo en trozos pequeños y gritó de dolor cuando uno le taladró un pequeño orificio en la pierna. Le atravesó el músculo y no se detuvo hasta alcanzar el hueso.

Mellas pasó el resto de la noche esforzándose por entender por qué Jackson había perdido las dos piernas mientras que él parecía rebotar de casi en casi. De alguna manera sentía que había hecho trampa. Luego se rio suavemente. ¿Qué se suponía que debía hacer: levantarse y dejarla estallar para emparejarse con los muertos y mutilados?

Pensó en la selva, que ya volvía a crecer a su alrededor para cubrir las cicatrices que ellos le habían causado. Pensó en el tigre que mata para comer. ¿Acaso aquello era maldad? ¿Y las hormigas? Mataban. No, la selva no era maligna. Era indiferente. Así era el mundo también. La maldad, por lo tanto, debía consistir en la negación de algo que el hombre había añadido al mundo. En definitiva, se trataba de interesarse por aquello que hace que el mundo esté sujeto al mal. Interesarse. Y, luego, dicho interés se resquebraja. Todos mueren, pero no a todos les importa.

Mellas pensó que podría crear la posibilidad del bien y del mal mediante el interés. Podría anular la indiferencia del mundo. Pero, al hacerlo, se abría al dolor de verla estallar. Las muertes que ocasionó aquel día no hubieran sido malignas si a los soldados muertos no los amaran sus madres, sus hermanas, sus amigos, sus esposas. Mellas comprendió que, al destruir el tejido que unía a aquellas personas, había incurrido en el mal, pero ese mal lo había herido también a él. Entendió asimismo que su participación del mal era resultado de ser un humano. Lo mejor que podía hacer era ser un humano. Sin hombres no habría maldad. Pero tampoco habría bondad, no habría ningún constructo moral sobre el mundo fáctico. Las personas eran responsables de todo. Se rio ante la broma cósmica, pero tenía el corazón roto.

A la mañana siguiente, Mellas se arrastró desde su foso para hacer el rondín del perímetro. Fue de trinchera en trinchera, bromeaba y procuraba animarlos a todos. Se burló de Conman por su intento por manejar el fósforo en llamas a mano limpia simplemente. Conman le hizo la higa y pareció complacido al notar que Mellas le agradecía aquel sacrificio. Algunos chicos abrían las raciones c con los diminutos abrelatas que colgaban junto a las placas de identificación. Otros preparaban café. Algunos cavaban hoyos donde cagar, lejos de las líneas.

Alrededor de Mellas, las crestas y los picos se erguían, claramente recortados contra el cielo iluminado. La selva en el valle de abajo no había cambiado respecto de cuando llegó la primera vez: silenciosa, gris verdosa, al mismo tiempo arcaica y eterna. Pero ya no constituía ningún misterio.

Contenía ríos que había vadeado y en los que había peleado. Había ahí cumbres cuyas cercanías y contornos más sutiles conocía íntimamente, y terrenos de bambús abatidos y vencidos, que comenzaban ya a alzarse de nuevo. Y había también un camino sobre el que ya crecía la selva, y que pronto desaparecería. Era un día más en el mundo fáctico. Pero era diferente porque había penetrado un poco en el misterio, y Mellas veía ya las cosas de otra manera.

Se detuvo en el puesto de mando para preguntar por Jackson. Fitch dijo que seguía con vida.

Cuatro Phantoms rugieron por encima de la cumbre de la montaña, y, con su ruido, hicieron añicos el alba, mientras que en el valle, hacia el noroeste, estallaba fuego de artillería.

—Es la preparación para la operación Casa Veloz, de la Compañía Kilo —murmuró Fitch al aire. Pronto, cuatro helicópteros CH-46 circunvolaron hacia el interior del valle por el lado norte. Todos en el grupo del puesto de mando escucharon la frecuencia de Kilo en el momento en que el comandante líder del pelotón reportó zona fría.

—Los gucos están en puta retirada –anunció Pallack. Todos sonrieron. Mellas adivinó, sin embargo, que la labor de Kilo consistiría en obstruir las rutas de escape. Estarían ocupados bastante pronto.

Hawke se les unió, y Fitch pasó su café a todos en el círculo. Decidieron construir una nueva zona de aterrizaje fuera del alcance de los observadores norvietnamitas, entre Matterhorn y el Cerro del Helicóptero, para medevaquear a los heridos que estaban en condiciones de caminar, como Mellas. Él le entregó el pelotón a Conman y lo ayudaron a bajar la montaña hasta la nueva zona, donde se colapsó.

Yacía ahí, semiinconsciente. Anne revoloteaba en su mente; y se despertó para sentir sobre su rostro ya fuera el sol oculto o la neblina fresca, y también para experimentar un vacío y una añoranza por ella como nunca jamás había sentido. Pero sabía que era inútil pensar en volver a ella, y que, de cualquier manera, estaba a meses de distancia en el futuro. Había chicas blancas en Sídney. Con ojos redondos. Quizá tendría que irse al campo australiano. A una granja tranquila con ovejas. Quizá se enamoraría ahí. Quizá salvaría el ojo. Mientras miraba la nada gris encima de sí, escuchando el oleaje distante en una playa cálida, con el sol elevando su cuerpo como lluvia que se evapora, todo parecía ser parte de un ciclo.

Se acordó entonces de la espada de Vancouver, que permanecía todavía en la fortificación del puesto de comando en el Cerro del Helicóptero. Consiguió que, por seguridad, lo acompañaran dos de los heridos.

Stevens se encontraba de guardia en aquella pequeña fortificación. Un grupo de trabajo estaba a punto de terminar otra de mayor tamaño para el grupo del puesto de mando. Mellas pudo ver al coronel y al Tres hablar con Bainford, mientras, con los mapas afuera, miraban hacia algo al norte. Le dio un asenso a Stevens en la penumbra, se arrastró hasta la esquina y sacó la espada.

—¿Eso es tuyo, Mellas? –le preguntó, sorprendido, Stevens.

Mellas lo miró durante un momento largo.

—No lo sé –contestó finalmente–. Realmente no lo sé.

—Sí, de acuerdo –le contestó Stevens–. Hicieron un trabajo extraordinario ayer.

Al ver a Stevens con un solo ojo, Mellas cobró conciencia de que había tomado la vista por sentada. Ahora, de esta manera, lo veía de una manera diferente que antes. No podía enojarse con él por el comentario. Stevens era tan sólo Stevens, un eslabón más de la cadena, que intentaba ser amable. Y Mellas era tan sólo Mellas, otro eslabón más, que decidía no enfadarse. No le gustaba mucho ser un eslabón, pero ahí estaba. Sonrió ante su conversación muda.

—Gracias –le dijo.

Volvió a la nueva zona de aterrizaje y se quedó dormido con la espada a su lado.

Alguien le pateaba la bota. Mellas abrió el ojo bueno. Lo invadía una terrible ira porque lo hubieran molestado.

Era McCarthy. La Compañía Alfa culebreaba a través de la pequeña zona de aterrizaje.

—Despiértate, cabrón idiota –le espetó McCarthy–. Me tomó una eternidad encontrarte con ese puñetero vendaje alrededor de la cara.

Mellas, con una sonrisa, le extendió una mano. El operador de radio de McCarthy fumaba con impaciencia.

—¿Adónde coños se van? –preguntó Mellas.

—Al oeste. El Segundo del Vigesimocuarto estableció una posición de bloqueo justo en la zona donde el valle desemboca en Laos. Nosotros vamos a martillarlos. La Compañía Charlie parte, en este momento, hacia el norte de nosotros. A ustedes los van a sacar esta tarde, muchachos –hizo una pausa–. Se las vieron negras, ¿no?

—Sí –convino Mellas–. Pero nada fuera de lo común. Creo que en el mundo las llaman «Pocas bajas». Lo único que hay que hacer es reportarla como acción de un batallón y el porcentaje de pérdidas se diluye casi a una nada. ¿Quién va a controlar Matterhorn?

—¿Por qué debería importarte? Estarás a bordo del *Sanctuary*, cegado por las enfermeras de ojitos redondos. Quizá tengamos otro tour misterioso una vez que haya concluido esta puñetera operación.

—¿Quién carajos se va a quedar en Matterhorn? –exigió saber Mellas, levantándose hasta los codos, mientras el ojo bueno sufría un espasmo.

McCarthy se encogió de hombros.

—Nadie –contestó.

Mellas se hundió de nuevo en el suelo y se quedó tumbado mirando el cielo. Nadie. Finalmente habló.

—Ten cuidado, Mac.

—No te preocupes por mí –le contestó.

Mellas lo miró. Los dos sabían que McCarthy estaba por entrar a un combate esa tarde, el mismo día en que Mellas lo abandonaba todo. Era otro ciclo, otro ritmo desgastante y convulso, y, si no era Mellas, sería McCarthy, y, si no se trataba de él, sería otro como él, por siempre y siempre, como una imagen en los espejos contrapuestos de una barbería, más y más profunda, más y más pequeña, que se curvea, hacia lo desconocido, con el tiempo y la distancia, pero que siempre se repite, siempre igual. Mellas pensó que si pudiera estrellar alguno de aquellos espejos, su agonía se detendría y que estaría solo para soñar. Pero los espejos eran simples pensamientos, ilusiones. La realidad era McCarthy, de pie por encima de él, un rostro amistoso, con su operador de radio impaciente por irse porque tendrían que jorobar especialmente aprisa para emparejarse con el resto del pelotón.

—Buena suerte –le deseó Mellas.

McCarthy agitó el brazo y caminó fatigosamente tras su operador de radio. Se giró y saludó de nuevo con la mano. Mellas seguía pensando: «Que no te maten, carajo, no dejes que te maten».

Capítulo XX

—

El helicóptero de la evacuación médica voló hacia el oriente. Centelleó a través de una playa prístina y luego por encima del Mar de la China Meridional. Después de un cierto tiempo apareció, debajo, un buque blanco con enormes cruces rojas en la superestructura y en el casco. El heli se ladeó hacia atrás, las paletas vapuleaban el aire, y se depositó sobre la cubierta. Algunos enfermeros corrieron al interior y sacaron a los heridos en camillas. Una enfermera en fatigas sostenía un portapapeles y miraba las balizas de los evacuados y sus heridas. Los clasificaba velozmente en diversos grupos. Los heridos más serios se iban a un lado y a los menos graves se les quitaban las armas, las botas y la ropa, y se les apremiaba hacia el vientre del buque.

La enfermera tomó la baliza de Mellas sin mirarlo realmente.

—Estoy bien –le dijo–. Aquellos chicos de allá están mucho peor que yo.

—Permítame encargarme del triaje, marine –observó los vendajes. Tenía un rostro tosco y rojizo, unos ojillos que parecían privados de sueño y cejas espesas. Tenía el cabello recogido en dos coletas tiesas–. Quienes parecen que sobrevivirán van primero –le dijo. Mellas entendió que la idea era maximizar el número de hombres que podrían regresar al combate.

—¿Qué es esto? –le preguntó con un dedo que señalaba la espada de Vancouver.

—Es de un amigo.

—Todas las armas, marine –le dijo con un ademán que se refería a la espada.

—Soy subteniente.

—Per-dón –fue la respuesta sarcástica–. Mire, subteniente. Estoy ocupada. Todas las armas… incluyendo souvenirs estúpidos.

—Qué putada, por supuesto que no es un souvenir.

—¿Qué dijo, marine? Usted está enterado de que está hablando con una teniente de navío de la marina de Estados Unidos, ¿no es cierto? –el rango era equivalente al de un capitán de marines.

—Sí, señora –Mellas le ofreció un descuidado saludo no reglamentario, con la mano curveada sin entusiasmo alguno–. ¿Cómo sé que se me devolverá? –preguntó sin bajar el saludo, en espera de que le fuera devuelto.

La enfermera lo fulminó con la mirada. Luego gritó por encima del hombro:

—Bell, retírale el arma a este hombre.

—Le dije…

—Obedezca órdenes, subteniente, o tendré que reportarlo –pasó al siguiente hombre, leyó su baliza de evacuación médica y escribió en el portapapeles.

Se acercó Bell, un enfermero de combate, y tomó la espada. La miró con ojos evaluativos.

—¿Cómo sé que se me devolverá? –preguntó de nuevo Mellas.

—Recójala cuando reciba la orden de desembarcar, señor.

—Quiero un recibo.

—Señor, está deteniendo el proceso. Tenemos al Vigesimocuarto Regimiento de Marines hechos mierda y…

—Yo estoy *en* el Vigesimocuarto de Marines. Quiero un puto recibo.

—No tenemos formatos de recibos para espadas, subteniente. La enviaré con los rifles. No habrá problema.

—Castigué a tres de mis hombres porque algún cabrón de la marina vendió sus rifles a los gucos. Quiero un recibo y lo quiero en este instante.

Bell miró alrededor en busca de ayuda. Vio a la enfermera y se le acercó. Mellas miró cómo fruncía los labios y le decía algo a Bell, quien regresó.

—Deberá esperar, señor. La teniente dice que está ocupada.

Cuando desapareció la última camilla en el interior del buque, la enfermera se encaminó hacia Mellas; se mantenía muy erguida.

—¿Cuál es el problema ahora, subteniente?

—Señora, el subteniente pide un recibo por el *arma*, señora.

—Un recibo. Ya veo –miró hacia el portapapeles–. Mellas, subteniente, Compañía Bravo, Primer Batallón del Vigesimocuarto Regimiento de Marines. ¿Es correcto?

—Sí, señora –contestó Mellas.

—Le expediré una orden directa, subteniente Mellas, y el enfermero HM-1 Bell fungirá como testigo. Si desobedece la orden tendré que arrestarlo por hacer caso omiso de una orden directa. ¿Quedó perfectamente claro?

—Sí, señora –respondió Mellas con severidad.

—Subteniente Mellas, entregue su arma, esa espada, al enfermero HM-1 Bell y desplace su culo hasta la crujía de oficiales. Si no se mueve en diez segundos, lo pondré bajo arresto. Por lo demás, lo estoy reportando por alterar el triaje.

Mellas reconocía cuando la maquinaria lo apresaba. Le entregó la espada a Bell.

En la crujía de oficiales, otro enfermero recolectó su uniforme pestilente, pero Mellas no le permitió llevarse las botas. Las ató al extremo de la cama y fulminó al enfermero con la mirada. Cuando sintió que las botas estaban a salvo, encontró una tinaja, la llenó con agua caliente y, tras un profundo suspiro, metió los dos pies. Más tarde, la voz de otro enfermero lo devolvió a la realidad.

—A cirugía, subteniente –le notificó. Mellas, con desgano, sacó los pies de la jofaina.

Lo montaron sobre una camilla y lo rodaron a una zona aún más profunda del buque. Le aplicaron anestesia local y los vio extraer metal, tierra y tela de las piernas, cortar tejido muerto, limpiar y volver a vendar las heridas de la metralla.

—El resto saldrá por sí mismo –explicó el cirujano, quien miraba ya, en la lista, el siguiente caso, mientras se limpiaba las manos. Un enfermero lo transportó hasta su cama. Tuvo que despertarlo para que se acostara en ella.

Mellas se despertó con un sobresalto y porrazos de corazón al escuchar su nombre. Tomó una bocanada de aire y, con el ojo bueno, buscó frenéticamente el peligro. De pie junto a él había una enfermera pelirroja, cuya plaquita mostraba el nombre «K. E. Elsked». Al igual que la enfermera del triaje, portaba las barras paralelas propias de una teniente de navío de la marina. Era brusca.

—Lo esperan en cinco minutos en el quirófano, subteniente –le miró las piernas vendadas–. ¿Puede caminar o necesita ayuda?

—Lo que resulte más eficiente –respondió Mellas. Se arrastró fuera de la cama y caminó; las piernas estaban tiesas. Ella le mostró el camino a través del corredor. A veces se volvía para ver con cuánto retraso la seguía.

Mellas observó cada uno de sus movimientos, advirtió las caderas y la marca del contorno del brasier debajo del blanquísimo material sintético del vestido. Se apresuró para alcanzarla y tocarla, para hacer contacto con alguien suave, alguien que oliera a limpio y fresco, alguien tibio. Quería hablar con alguien que supiera cómo se sentía, que pudiera hablar con esa parte perdida y abandonada en él. Quería una mujer.

La enfermera ordenó a dos enfermeros que colocaran a Mellas sobre una mesa de operaciones. No lo miraba directamente al ojo. Mellas lamentó que lo hubieran enviado a este sitio, donde no podía satisfacer su súbita avalancha de deseo. «Ella piensa que lo único que quiero es metérselo», pensó amargamente. «Claro que sí, pero hay tantas otras cosas más.» Se rio muy fuerte.

—¿Qué resulta tan divertido? –le preguntó uno de los enfermeros, mientras movía una inmensa máquina que colgaba de una plataforma por encima de sus cabezas. La colocó cuidadosamente encima de la cara de Mellas.

—Entre la emoción y la reacción, entre el deseo y el arranque, cae la sombra –respondió Mellas. Ensayó una sonrisa.

La enfermera pelirroja se volvió para mirarlo con atención.

Lo sujetaron por los hombros y entró un médico de más edad. Estudió con cuidado el ojo de Mellas e inyectó anestesia local a un lado. La enfermera lavó el ojo, sacó la tierra y la pólvora que se habían mezclado con el ungüento que Fredrickson había aplicado. Un trozo de metralla había abierto el párpado. Otro había penetrado en la piel justo encima del puente nasal y se detuvo al chocar contra el cráneo. Mellas estaba tenso por el miedo de lo que se avecinaba. Miró hacia arriba, hacia la enorme máquina negra en la plataforma sobre él. Tenía lentes grandes y gruesos y una aguja de acero inoxidable de unos quince centímetros que se desvanecía hasta formar una punta muy fina. La máquina resplandeció a través de los lentes y agrandaron los ojos del médico, que lo observaba. Luego, los lentes cubrieron el resplandor y pareció que la luz le penetraba el cerebro. La aguja de acero se separó de la confusión luminosa y el doctor movió discos que desplazaron la aguja. Las manos de la enfermera pelirroja le presionaban hacia abajo la frente y el pecho. La aguja penetró en el ojo. Se asió a la camilla e intentó no gritar.

Poco a poco salieron del ojo las astillas y virutas de la granada de mano defectuosa. Luego, el cirujano cosió con dos puntadas el párpado.

—Usted ha tenido una suerte increíble, subteniente –le dijo el médico. Se arrancaba ya la máscara–. Dos de esas astillas estaban tan sólo a micrones de dañar el nervio óptico. Habría perdido el ojo –alejó la máquina–. No podrá ver durante una semana, más o menos. Mantenga un parche unos días, pero estará listo para reincorporarse a su unidad en cosa de una semana –se volvió y comenzó a lavarse las manos. Mellas sintió que se le acababa de notificar su ahorcamiento.

Se lo llevaron y se durmió.

Al despertar, Mellas se sacó las sábanas endurecidas de encima y renqueó hacia el pasillo. El acero frío bajo sus pies vibraba a causa de los motores de la embarcación. Detuvo a un enfermero que pasaba y le preguntó en dónde se encontraban los reclutas. Le indicó la dirección correcta y, cojo, se alejó. Encontró a Jackson en una crujía con cerca de una docena de marines heridos, todos conectados a infusiones intravenosas. Jackson estaba despierto, miraba hacia la pared, apoyado contra la cabecera de la cama con una sábana encima de las piernas. No había bultos al final de la sábana.

De pronto, Mellas no quiso que Jackson lo viera. Quería alejarse, borrarlo de su mente.

Un enfermero se le acercó.

—¿Le puedo ayudar, este…?

—Subteniente –completó Mellas–. Querría visitar a uno de mis hombres.

—Señor, están prohibidas las visitas excepto entre las catorce cien y las dieciséis cien horas. Estos chicos están todavía en condiciones bastante críticas.

Mellas miró al enfermero.

—Doc, él era mi operador de radio.

—Si alguna de esas puñeteras enfermeras viene, no cuente conmigo –le dijo el hombre y se hizo a un lado.

Mellas se acercó a la cama. Jackson giró un poco la cabeza, luego miró hacia otro lado.

—Hola, Jackson. ¿Cómo te va?

—¿Cómo coños cree que me va?

Mellas respiró y asintió con la cabeza. No sabía qué decir. Era evidente que Jackson no quería verlo.

—Mire, subteniente, lárguese al demonio.

Otros marines, que habían escuchado un poco desde las camas cercanas, volvieron a sus lecturas o a juguetear con los cordones de su pijama azul cielo.

Mellas, también en pijama, de pie y solo, se sintió súbitamente desnudo. Junto a aquellos muñones parecía un solicitante.

—¿Jackson?

Jackson volvió su cabeza de nuevo y miró con frialdad a Mellas.

—Jackson, yo… –Mellas intentó mantener cierta dignidad, no quería estallar en sollozos enfrente de todos–. Jackson, lamento que te haya sucedido a ti.

Jackson se giró hacia la mampara divisoria. Sus labios comenzaron a temblar.

—Perdí mis piernas —dijo con voz trémula. Comenzó a gemir—. Perdí mis piernas —se volvió hacia Mellas—. ¿Quién querrá coger con alguien sin piernas? —levantó la voz y entonces se quebró completamente—. ¿Quién querrá cogerse a una puñetera sandía?

Mellas retrocedió dos pasos, sacudía la cabeza, sentía que había hecho algo mal por seguir intacto, por haberse colapsado y permitido que Jackson revisara las líneas. Quería perdón pero no se le otorgaba. Jackson se agitaba hacia delante y hacia atrás, y daba gritos. Unos enfermeros se apresuraron para sujetarlo, uno le clavó una aguja en el muslo.

—Es mejor que se retire, subteniente —le pidió el enfermero.

Mellas cojeó hacia el pasillo. Escuchó a Jackson gritar hasta que el medicamento surtió efecto. Entonces se retiró lentamente hacia la crujía de oficiales.

Durmió y durmió, se despertaba tan sólo para comer. Cuando finalmente recobró suficiente valor para visitar nuevamente a Jackson, se encontró con alguien diferente en la cama. A Jackson se lo habían llevado a Japón.

Durante los cambios de vendaje, Mellas tomaba largos duchazos, haciendo caso omiso de la solicitud de la marina porque fueran expeditos. Luego dormía más. A veces veía a la enfermera del triaje. Con cuidado se evitaban mutuamente. Veía también a la enfermera pelirroja entrar y salir de la crujía. No podía evitar observarla. Para su desagrado, parecía estar en buenos términos con la colega.

Intentó entablar una conversación con la pelirroja, pero era obvio que estaba trabajando y que tenía poco tiempo para ello. Era amable y, en ocasiones, le ofrecía una cálida sonrisa después de revisarle el ojo. Pronto sostenían ya conversaciones breves. Se enteró de que ella también provenía de un pequeño pueblo, pero en Nuevo Hampshire, y que a los dos les gustaba recoger zarzamoras. A pesar de que agradecía aquellas pequeñas conversaciones, lo que él deseaba era que ella lo tomara en sus brazos y que lo apretara tanto como si se hubieran compenetrado uno en el otro. Eso no sucedería.

En un par de días dejaron de sangrar las heridas y se le preguntó si deseaba tener los alimentos en el comedor de oficiales. Aceptó.

Caminó, dubitativo, al interior de madera pulida. Vestía las botas viejas, uniforme nuevo para la selva y la barra dorada del subteniente en uno de los cuellos. Un grupo de cocineros filipinos ultimaban los detalles de los manteles. Las mesas estaban puestas con cubertería de plata relumbrante y con porcelana blanca. Mellas miró hacia abajo, hacia las botas curtidas contra la cubierta alfombrada. Uno de los filipinos le hizo una señal para que se acercara a una mesa para ocho comensales con cuatro velas encendidas en el centro. Se sentó. Las sillas alrededor de la mesa se llenaron con enfermeras, siete en total.

El corazón de Mellas palpitó, festivo, al estar sentado junto a estas mujeres. Intentó contener su emoción, para lo cual talló las manos contra el mantel. Algunas de ellas intentaron hablar con él, pero no podía articularse de manera inteligente. Se había vuelto un idiota. Lo único que podía hacer era retacarse comida en la boca, mirarlas y reír. Hablaban acerca de algunos economatos en Manila y Sasebo, y acerca de licencias en Taipei o Kuala Lumpur. Algunas hacían insinuaciones sobre oficiales varones mientras las otras se reían nerviosamente.

Mellas quería tocarlas. Quería lanzarse al otro lado de la mesa para ponerles la mano encima de sus corazones y pechos. Quería recostar su cabeza en sus hombros, olerles la piel y absorber su femineidad.

Pero eran mayores que él y superiores en rango. Se sentían también incómodas, asumían que estaría libidinoso. Era cierto, pero eso no era todo. En cierto momento, la conversación entre ellas, que se arremolinaba alrededor y por encima de él, dejó de ser tan extraña, e ignoraron los problemas y oportunidades que causaba el hecho de que ellas fueran mujeres y él varón. Finalmente se disculparon y lo dejaron solo. Los camareros filipinos limpiaron las mesas. Uno le trajo café recién hecho.

Vio a alguien levantarse de una silla al otro lado del recinto. Era la enfermera pelirroja. Pareció titubear, pero luego se dirigió a la mesa de Mellas.

—¿Le importa si me siento? –le preguntó.

—Por favor –le contestó. Intentó pensar en un chiste a propósito de las sillas vacías a su alrededor pero no se le ocurrió nada.

—¿Cómo va el ojo? –se sentó y se inclinó hacia él para inspeccionar el vendaje.

—Bien.

—Le gusta el café, ¿no? –le preguntó. Sonrió cálidamente. Se había soltado el cabello, que por lo general llevaba recogido en la parte alta de la cabeza. Le llegaba casi hasta los hombros.

Mellas se abrió como una flor. Se descubrió a sí mismo contándole cada detalle acerca de cómo hacer café con explosivos c-4. Charlaron sobre sus casas, sobre crecer en pueblitos. Ella bromeó acerca de parafrasear a Eliot justo antes de la operación del ojo, pero luego le dijo:

—De alguna manera sentí que yo era la sombra.

Mellas se aclaró la garganta y talló las botas contra la alfombra por debajo de la silla.

—Bueno, no exactamente. O sea, en parte sí. ¿De verdad le interesa saber?

—Por supuesto –sonrió como si fuera a decir «Aquí todos somos adultos».

—En la maleza –dijo–, se da primero el pum y luego el quejido. Luego termina uno aquí y todo son gimoteos pero falta el pum –de inmediato lamentó su intento por parecer inteligente.

—Nada gracioso –le dijo.

—Tiene razón –convino Mellas–. Lo siento –hizo una pausa–. Resulta que me cansé ya de que se me trate amablemente como un agresor sexual.

—¿No cree que estamos hartas de todos los chicos que vienen de la selva a enseñarnos el culo, desesperados por eso?

—«Eso» se refiere a sexo.

—No me pareció necesario tenérselo que deletrear.

—No, yo sé deletrear bastante bien. Escuche. s-e-x-o. ¿Correcto?

Sonrió con sarcasmo.

—Qué listo.

—Sí. Bastante listo –miró la taza con café–. Es justo lo que cualquier tigrazo fogoso de Estados Unidos desea, ¿acaso no? –inclinó la cabeza para mirarla. Visualizó a Williams colgado de un poste–. Es lo natural, ¿cierto?

—Claro –contestó la enfermera sin ser desatenta.

La manera amable y apacible con que dijo «Claro» hizo que Mellas se diera cuenta de que hablaba con un ser humano que se interesaba. Alejó su temor a que lo considerara una amenaza y ante su propio fracaso para decirle que tan sólo quería ser su amigo. Se quedó mirando la taza.

Ella se recargó y lo miró con cierta burla.

—Saben que no pueden tener s-e-x-o porque los reclutas no pueden coger con oficiales –comentó Mellas–. Quizá lo único que quieren es tener cerca a una mujer, en lugar de hombres falsos con sus conversaciones fingidas. Sólo desean una mujer de verdad, que les sonría y que se dirija a ellos como si fueran personas de verdad y no bestias.

—Lo vería diferente si estuviera en nuestros zapatos –le replicó.

—Y ustedes lo verían también de otra manera si estuvieran en los nuestros –repuso Mellas.

—Ahí tiene –le dijo ella. Lo miró al ojo y le sonrió con calidez–. Mire, no quise ser puritana –Mellas advirtió que sus ojos eran verdes.

Notaba que ella se esforzaba por conectar con él. Se derritió y le devolvió la sonrisa.

—Ustedes deben entender cuál es nuestra labor aquí –le dijo. Estiró un brazo hacia él pero se arrepintió y prefirió poner las dos manos alrededor de la taza de café–. Arreglamos armas –se encogió de hombros–. En este momento, usted es un sistema de guía, que está dañado, de cuarenta rifles, tres ametralladoras, un montón de morteros, diversas baterías de artillería, tres calibres de cañones navales y cuatro especies de ataque aéreo. Nuestro trabajo consiste en recomponerlo y enviarlo de regreso a la acción tan pronto como podamos.

—Lo sé. Sólo que en este momento no me siento en absoluto como si fuera un arma.

—¿Con qué frecuencia considera usted que yo me siento un mecánico? –le contestó a quemarropa. Luego se suavizó . No fue la razón por la que me convertí en enfermera –puso las palmas de las manos en las sienes y apoyó los codos sobre la mesa–. Yo sí me canso de todo esto –levantó la mirada hacia él; ya no era una enfermera de la marina sino, tan sólo, una joven fatigada–. Vienen demasiados chicos a bordo –explicó por fin–. Sufren soledad. Dolor. Tienen miedo de morir –hizo una pausa–. Tan sólo podemos curar los cuerpos. Para todas las demás... –buscó una palabra– cosas, pues... debemos mantener nuestra distancia. No resulta sencillo.

—Ahí tiene –contestó Mellas. Ella le estaba removiendo todos los sentimientos que había tenido él al inicio de la comida. Temía decir algo equivocado y que se fuera, así que prefirió no decir nada.

Ella quebró el silencio.

—Lo enviarán de vuelta a los matorrales, ¿no es así?

Mellas asintió.

Ella suspiró.

—Parece que hago bien mi trabajo y el resultado es que lo devuelvan a la pelea.

—Es una especie de lazo.

—Nada como volver a la maleza.

Mellas le sonrió otra vez. Se sentía comprendido. Sentía que podía hablar con ella.

—En esta ocasión será diferente –le dijo–. Ya sé a lo que voy –tragó saliva, levantó la mirada y luego exhaló un poco–. Tengo miedo de volver –la miró, preocupado de haber traspasado cierta frontera, de haber revelado demasiado. Se pasó la palma de la mano por el ojo descubierto para taparse la luz suave del comedor de oficiales. Se le agolparon las imágenes: cuerpos torcidos y endurecidos, la expresión de terror de Jacobs, una pierna que borbotaba sangre.

—¿Se acuerda de aquel sentimiento al recoger zarzamoras? –le preguntó–. Ya sabe: con amigos y quizá con la abuela de alguien que también los acompañaba porque iba a preparar una tarta al volver a casa, y el aire era tan cálido que parece que la Madre Naturaleza estaba horneando pan.

Ella asintió con una sonrisa.

—Me acuerdo.

—Antes había una parcela grande –continuó Mellas–, cerca del basurero del pueblo maderero donde crecí –alisó el mantel. Ella esperó a que continuara–. Es como si un coche con seis tipos fornidos, de pronto, llega rugiendo hasta ti. Estás ahí, de pie junto a esa viejita amable, con tu canasta llena de frutitas y, de pronto, sientes algo de miedo. Todos aquellos tipos están bebidos. Llevan máscaras. Portan rifles. Uno toma las canastas y las arroja a la cuneta del camino. Te zarandean. Luego te llevan al basurero, se ríen un poco, como si esperaran divertirse. Se te indica que todos van a jugar juntos. Aquí están las reglas –Mellas presionó cuidadosamente el cuchillo de la mantequilla contra el mantel–. Los hombres, es decir, los chicos debemos cruzar el basurero de un extremo al otro. Cada vez que alguno pase por una lata, cuya tapa no puedas ver, debes levantarla y mostrársela a los tipos armados. Si resulta que la lata está vacía, puedes continuar. Si resulta que está cerrada, entonces te matan. Te hundes en la basura. El basurero tiene siempre un fuego que arde lentamente. El humo te hace vomitar y toser. La labor de la abuelita consiste en llevarle agua a cualquiera de nosotros que ha encontrado una manera amable o astuta de mostrar la lata. Incluso nos dan listones si somos particularmente astutos. Por supuesto, si nos rehusamos a recoger las latas, entonces se nos obliga a arrastrarnos por entre la basura por siempre o, al menos, hasta que los extraños se cansen de su puñetero juego.

Mellas tuvo que forzar la última frase entre los dientes trabados. Tenía el cuchillo doblado contra la mesa, con los nudillos blancos.

—Y uno por uno, carajo –el cuchillo se doblaba lentamente–matan a los chicos con los que habías recogido las zarzamoras. Y tú tan sólo seguías mostrándote astuto –se inclinaba hacia delante con cada palabra–. Y el juego sigue y sigue y sigue.

Levantó la mirada hacia ella con el cuchillo en la mano. Se despertó en él la misma ira que lo había arrastrado a sacar su κ-bar y a machacar las plantas. Quería arremeter contra algo y causar dolor. Presionó la punta del cuchillo en el mantel y con las dos manos dobló la hoja noventa grados.

Fue evidente que eso la asustó. Se levantó.

—Lo siento, subteniente –le dijo–. Quizá… –comenzó a decir algo más pero se contuvo.

Mellas estaba desconcertado ante lo que acababa de suceder.

—Yo soy quien debe disculparse –dijo. Dejó con nerviosismo el cuchillo doblado junto a un plato, lo quería fuera de la mano. Ahí se veía fuera de lugar–. Brota automáticamente. Me siento bastante idiota.

Ella se estiró por encima de la mesa y puso una mano encima de la suya.

—No sea duro consigo mismo. Quizás eso sea lo que lo hace salir adelante –le presionó brevemente la mano dos veces–. Dios sabe que todos nosotros carecemos de algo lo miró por un momento . Cuídese cuando esté allá –luego caminó rápidamente a través de la puerta estanca.

Mellas se quedó solo con el corazón que lo aporreaba y su furia inexplicable. Supo que había destruido la única oportunidad que tenía para hablar con la única mujer que le había ofrecido aquello que las demás temían darle. Quiso correr tras ella, asirla, hablar con ella sobre el amor y la amistad. En cambio, tomó un manojo de la cubertería pulida que yacía sobre el mantel blanco y lo lanzó contra uno de los sillones afelpados alineados contra el mamparo. Un cocinero filipino asomó la cabeza por entre las puertas abatibles de la cocina. Al ver a Mellas de pie, luchando por recobrar el control, rápidamente se metió de nuevo.

Mellas se terminó el café en silencio. Podía ver su reflejo en los paneles de madera pulida. Era oscuro, un poco distorsionado, pero era él, tal como se encontraba en ese momento: solo.

Quiso irse del barco hospital.

Temía volver a la selva.

No tenía a dónde ir.

Por la mañana llegaron órdenes para él. Debía estar de vuelta con su unidad antes de las 2000 horas del día siguiente. Así que, con la llegada de ese folio mimeografiado con su nombre, sus pies tocaban tierra. El tiempo se abalanzó en su vida como una marea inesperada e inevitable. Llevaba cinco días a bordo.

Salió para recuperar su rifle y la espada de Vancouver.

El marinero en el compartimento de armas parecía aburrido. ¿Su arma? ¿Su M-16? Debió enviarse a la Quinta División de Marines. Aquí está en la lista. ¿Una espada? Ni idea. Aquí no hay espadas. No se consideran armas.

Mellas enfureció. El marinero se compadeció de él. Mellas exigió hablar con alguien. El marinero lo dirigió hacia el jefe; el jefe hacia el oficial de abastecimiento, quien pidió los registros del archivo. Los registros no mencionaban ninguna espada. No se preocupe, debe estar en la Quinta División de Marines con los rifles. ¿Tendrá un recibo? Aquí, llene este formulario de equipo faltante. Después de todo, se trata de un arma.

Mellas regresó abatido a la crujía, se sentía impotente.

Durante la cena aquella noche estuvo disminuido. Todos en la mesa sabían que a la siguiente mañana regresaría a los arbustos. Pronto dejaría de ser un problema. Todos eran amables. La enfermera pelirroja no estaba por ahí.

Hacia la medianoche, Mellas se colocó tímidamente la ropa encima de las vendas y salió a buscarla. Entró al corredor de acero que se bamboleaba ligeramente. El suave oleaje del Mar de la China Meridional, junto con el vibrar de los motores, traspasó las suelas de las botas. Se dirigió a lo hondo del barco a través de un laberinto de corredores y bajó por escaleras que conducían a sitios recónditos.

Así como, durante el bachillerato, observaba a las chicas desaparecer por calles extrañas y perderse en casas desconocidas, durante los pocos días anteriores había observado hacia dónde se iban las enfermeras cuando terminaban su turno. Recordaba también que la enfermera pelirroja era la teniente K. E. Elsked.

Ahora, en el calor y la quietud de las cubiertas que devolvían ecos y de los pasillos débilmente iluminados con luces rojas, Mellas recorrió, en silencio, su trayecto hacia el centro de la tierra de oficiales. Sabía que el área donde vivían las enfermeras estaba fuera de los límites que se le permitían. Con todo, continuó nerviosamente. Un enfermero y luego un marinero lo rebasaron. Los dos lo miraron pero sin decir nada, puesto que se trataba de un oficial. Mellas continuó a lo largo de los túneles. Las botas, suavizadas por las horas de lluvia, silbaban delicadamente contra el metal de abajo. Dio vuelta en una esquina y se dirigió a una puerta abierta. En el interior vio a un oficial mayor, de pelo cano, inclinado sobre un pequeño escritorio. Sobresaltado, Mellas infirió que se trataba del capitán del barco. Se precipitó y recorrió un dédalo confuso de vueltas, sin saber en dónde se encontraba, confiando en el instinto de que, en algún momento, encontraría el camarote de la teniente Elsked, con su nombre encima de la puerta.

Al fin.

El corazón le golpeaba la garganta. Si reaccionaba de modo negativo, estaría en serios problemas. Miró a un lado y otro del corredor vacío, pasó saliva, y entonces tocó la puerta.

Después de un momento, hubo una pregunta sorda dirigida a alguien más, y luego, más fuerte, un «¿Quién es?».

Mellas no sabía cómo contestar. No le había dicho su nombre. ¿Lo recordaría del quirófano?

—¿Quién es? –repitió una segunda voz, más brusca.

—Este… soy yo –Mellas se sintió bobo–. El marine subteniente –hizo una pausa y añadió con rapidez–: T. S. Eliot.

Hubo un sordo y molesto «¿Quién?» de la segunda voz, y luego un «Está bien, lo conozco». Se hizo una pausa. «Me temo que tú también.»

Se abrió la puerta. Sosteniéndose un albornoz de felpa blanca alrededor, la teniente Elsked se asomó.

—¿Qué carambas lo trajo por acá? –susurró.

—Debo hablar con usted acerca de un asunto.

—¿Qué? –murmuró–. Se va a meter en problemas serios.

—Entonces permítame entrar.

Estrujó la bata con mayor fuerza para cerrarla con firmeza.

—Por favor –musitó Mellas. La miró con ojos suplicantes–. No se trata de lo que está pensando. Necesito ayuda –vio cómo ella relajaba un poco los dedos–. Necesito a alguien que conozca el sistema aquí dentro. Me refiero a la maquinaria social.

Hizo una breve pausa.

—De acuerdo –abrió la escotilla–. Dios, qué cosas hago por mi país.

Mellas se escurrió al interior.

Ella encendió una lámpara de escritorio.

—Lo siento, Kendra –se disculpó.

Mellas se volvió y descubrió en la litera inferior a la enfermera del triaje. Ella lo miró con la mandíbula apretada.

—Creo que ustedes dos se conocen ya –dijo sin piedad la teniente Elsked–. El subteniente Mellas, del Cuerpo de Marines de Estados Unidos –ella asintió ligeramente hacia Mellas–. De reserva, ¿es correcto? –tenía un indicio de sonrisa–. Le presento a la teniente Dunn, de la marina de Estados Unidos –sacó una silla de debajo del escritorio–. Ahora que los he presentado, quizá puedan relajarse ustedes dos –se sentó y apretó el albornoz alrededor de las rodillas. Se recargó y hundió las manos en las bolsas, evidentemente divertida–. Ninguno de los dos es tan malo como el otro piensa –añadió.

Dunn fulminó a Mellas con la mirada. Jaló la sábana encima de los hombros y le dio la espalda para quedar frente al muro.

Mellas miró a la teniente Elsked, quien se encogió un poco de hombros como para decirle que lo había intentado. Bajó un instante los ojos hacia sus pies descalzos. Para Mellas fue imposible no seguirle la mirada. Los ojos se demoraron una fracción de segundo en sus pantorrillas antes de detenerse en las uñas rojas de los dedos gordos.

—¿Entonces, T. S.? —preguntó Elsked al levantar una mirada cálida—. ¿O puedo llamarte Waino? Qué nombre tan gracioso.

Mellas sintió cómo se sonrojaba por la vergüenza, porque era obvio que su compañera de cuarto le había contado todo acerca del encuentro que habían tenido… y por la felicidad de que se supiera su nombre.

—Waino está bien —le contestó.

—Yo soy Karen. Te apuesto a que no sabías eso.

—No, teniente Elsked, no sabía.

—Puedes llamarme Karen cuando esté en bata.

Hubo una pausa agradable y extraña, que interrumpió el cambio de posición decididamente ruidoso de la compañera de cuarto.

Mellas se lanzó.

—Alguien me robó la espada.

Dunn arrojó lejos de su cara las sábanas y se volvió hacia Mellas.

—Estoy harta y cansada de esa maldita espada. Ahora dese la vuelta y salga de aquí. Si no fuera por la teniente Elsked, lo arrestaría.

Mellas advirtió que su furia habitual comenzaba a despertarse, pero en esta ocasión la controló. Se volvió hacia Elsked.

—Necesito tu ayuda. Ya recurrí a todos en quienes se me ocurrió pensar. Desapareció. No tengo ningún recibo. No hay manera de rastrearla. Al último al que vi con la espada fue al enfermero HM-1 de apellido Bell.

—¿Qué se supone que puede hacer al respecto la Teniente Elsked, subteniente? —intervino Dunn.

Mellas respiró profunda y lentamente. Mantuvo los ojos fijos en los de Elsked. Ella lo observaba con ojos clínicos.

—Pensé que tú sabrías cómo encontrarla —dijo—. Si preguntas por ahí, me refiero a los enfermeros, quizá la hayan visto. Alguien debe tenerla.

—De acuerdo. Preguntaré mañana, durante mi turno.

Mellas negó con la cabeza.

—No puedo esperar. Tengo órdenes para mañana —el miedo le hundió el estómago.

Elsked lo miró cuidadosamente.

—¿Cuánto tiempo más estarás allá?

A Mellas se le detuvo la mente.

—¿Qué día es hoy?

Elsked se rio.

—Jueves. Tres de abril, excepto porque ya pasó la medianoche. Este domingo es Pascua.

Mellas se miraba la mano derecha y movía los dedos.

—Trescientos cuatro días y un despertar —dijo finalmente. Era como una cadena perpetua—. En caso de que me quede despierto toda la noche. De lo contrario serán dos despertares —forzó una sonrisa.

Ella mostró dulzura en su expresión.

—Eso es bastante tiempo.

—Sí.

—¿Está bien el ojo?

Él asintió.

—¿Las piernas?

Asintió de nuevo.

El brillo de sus ojos era cada vez más cálido. Ella bajó de nuevo la mirada hacia sus piernas. Los ojos de Mellas la siguieron. Tenía las piernas bastante bien contorneadas.

—¿Por qué es tan importante la espada? —le preguntó.

—Alguien murió… —Mellas se detuvo. Visualizó a Vancouver mientras desbarataba la emboscada, probablemente le había salvado la vida. ¿Cuántas vidas debidas a este guerrero?—. No sé. Simplemente lo es —hizo una pausa—. Hay que estar ahí.

—Por Dios, es una espada de recuerdo —dijo Dunn. Se había estado poniendo un albornoz azul por debajo de las sábanas. Salió de la litera con el cuerpo rígido debajo de la ropa.

—Es un poco difícil de explicar —dijo Mellas. Le había enfadado que Dunn pensara que la espada era trivial, pero se contuvo.

—Más le vale que piense que es difícil de explicar —lo atajó Dunn. Tenía los ojos, de por sí ya pequeños, aún más entrecerrados. Tomó unas utilidades y un par de zapatitos negros con suelas gruesas de hule—. *Vamos*, Karen.

—¿Adónde vas? —le preguntó Elsked.

—Por el oficial en turno —Dunn se volvió de espaldas y se puso los pantalones por debajo de la bata de baño. Luego se giró. Mantenía cerrada la apertura de la bata con las manos.

—No ha hecho nada malo —dijo Elsked con voz baja pero firme.

—Traspasó los límites, esto es todo. Por no mencionar la desobediencia a una orden directa y la falta de respeto a un oficial superior —Dunn se sentó en la litera, se puso un par de calcetines color caqui y se calzó los zapatos, flexionada para mantener cerrada la prenda de baño. Se puso de pie.

—Kendra, oye, tan sólo vino a pedir ayuda. ¿Cuál es el problema?

—Quizá sea que no me gustan las espadas. Quizá me desagrada él. Traspasó ciertos límites y se pasó claramente de la raya —se dirigió hacia la escotilla.

Mellas puso la mano en la puerta, casi como para impedirle el paso. Sus vísceras trepidaban. Intentó una voz controlada y calma.

—Por favor, teniente, señora —le mostró una mano, con la palma hacia arriba y los dedos separados, como para mantenerla a distancia—. Créame, no vine a causar ningún problema. Reconozco que me sobrepasé. Mire, no puedo explicarle por qué es tan importante. Por favor. Tan sólo vine aquí para pedirle ayuda a Karen, a la teniente Elsked, y creo que es su decisión. Si dice que no, me voy. Incluso me iré si dice que sí. Me voy ya mañana. Desapareceré de su vida. Quizás incluso de la mía —se volvió hacia Elsked y estalló—: Karen, debo recuperar esa espada —si lanzarse a los pies de Dunn le hubiera ayudado, lo habría hecho.

Elsked notó aquello y por su rostro atravesó la compasión. Asintió lentamente. Se levantó por el uniforme.

—Ve y espera en el comedor de oficiales —le indicó—. Ahí siempre tienen café. Te veré a la brevedad —se volvió hacia Dunn, quien no había dejado de mirarlos con los labios tensos—. Tranquilízate ya. ¿Ok? Es inofensivo —miró entonces a Mellas—. Al menos para nosotras.

Mellas llegó a la seguridad del comedor de oficiales sin ningún incidente, pero su corazón seguía aporreándolo. Se sirvió una taza de café y se dispuso a esperar. Pasó una hora. Bebió dos tazas más. Hojeó, distraído, algunas revistas. Enfermeras y doctores se formaban según cambiaban los turnos. Algunos asentían o decían hola. Se vació la habitación. Comenzó con la cuarta taza. Pasó otra hora.

Entonces entró Elsked al cuarto lleno de paneles. Tenía la espada en la mano. Sus ojos brillaban y respiraba con dificultad, sus pechos se movían ostensiblemente hacia arriba y hacia abajo.

—¡La encontraste! —gritó Mellas. Se apresuró a abrazarla, luego se frenó y se detuvo.

Ella se la entregó, casi de manera formal, como si la presentara. Mellas la tomó.

—Por Dios, Karen. Gracias —la asió por la empuñadura y la apretó con fuerza, con los ojos húmedos por el logro y la gratitud. Mantuvo en alto la espada enfrente de los dos—. Me siento como sir Francis Drake —dijo. Había recobrado súbitamente la autoconciencia.

Ella se rio.

—Pues, si de verdad quieres sentirte así, te tocaré con ella los dos hombros, pero no me sentí exactamente la reina Isabel cuando me presenté a la puerta del buen médico que se la compró al enfermero Bell –se rio–. Pero sí fui la cabrona de Bloody Mary cuando tuve que desbaratar el trato.

—Seguro que sí –dijo Mellas y se rio. Bajó la mirada hacia ella y se dio cuenta de que era unos quince centímetros más baja que él–. Era de un muchacho en mi pelotón llamado Vancouver. Murió con ella mientras corría a través de una zona de aterrizaje para enfrentar a unos gucos que venían desde el otro lado. Salvó el ataque. Él… –Mellas, para su propia sorpresa, se ahogaba–. Él… quería continuar, pero la tristeza que lo ahogaba inundó sus pulmones y sus ojos y le paralizó la lengua. No podía hablar.

—Está bien –dijo Karen. Lo tocó suavemente en el antebrazo–. Era un amigo. Lo extrañas, igual que los demás –lo asió delicadamente por debajo del codo y no lo soltó.

Mellas tan sólo podía asentir, las lágrimas escurrían por su rostro.

—Sabía que era importante. No tienes que explicarlo. Me alegra que haya podido encontrarla –lo sostuvo en su mirada y luego le soltó el brazo.

Mellas sonrió. El ahogo había pasado.

—No creo que sepas lo que acabas de hacer –le dijo.

—En realidad –le contestó–, creo que sucede justo lo contrario.

Mellas miró la espada.

—Sí. Es como si pensara que la vamos a necesitar algún día o algo así. Loco, supongo.

—No. Sano.

Él la miró directamente a los ojos, que le devolvieron una mirada clara y cálida.

—Probablemente no volveré a verte nunca –le dijo Mellas.

—Esperemos que no sea así –intentó sonreír pero tan sólo atinó a mostrarle una mueca temblorosa–. Dios sabe que estás mejor si logras mantenerte lejos de aquí –se mordió el labio inferior–. ¿Estarás bien? Quiero decir… –titubeó–. Ya sabes a lo que me refiero… a lo físico no.

Mellas asintió varias veces.

—Ahora sí –consiguió decir al fin. Ella se le acercó y lo besó rápidamente en la mejilla. Él la tomó con el brazo izquierdo y la apretó contra sí, con la espada todavía en la mano derecha, en medio de ellos. Quería fundirse con ella. Intentó enterrar la cabeza en la suavidad de su pelo cobrizo. Ella lo alejó con dulzura y firmeza. Mellas vio que, al darse la vuelta, sus ojos estaban humedecidos; entonces ella se alejó rápidamente.

Capítulo XXI

El día en que Mellas fue medevaqueado, la Compañía Bravo abandonó Matterhorn y trepó el Cerro del Helicóptero para que se le evacuara. La Compañía Delta y los cuarteles generales del batallón tomaron todas las trincheras que Bravo había cavado.

Fitch miraba alrededor nerviosamente. Los chicos se sentaron. Algunos se topaban a amigos y se les acercaban para intentar guarecerse en sus zanjas, pero la mayoría permanecieron expuestos, tumbados de espaldas sobre el barro húmedo.

Cuando el operador de radio reportó el arribo de Bravo, Blakely salió de la fortificación del comando. Podía ver que en ellos no había ya capacidad de combate alguna. Con todo, no pudo evitar un estremecimiento al recordar el asalto. Blakely lamentaba la imposibilidad de ser un joven teniente y de haber participado en el ataque. Al mismo tiempo, sin embargo, se sentía inmensamente orgulloso de su propia labor. Era trabajo de oficina, pero sabía que era importante y que era bueno en aquello.

En este momento tenía dos tareas desagradables por resolver. La primera era pedirle a Bravo que descendiera del cerro. No podía mover a la Compañía Delta, puesto que debían permanecer en la zona de aterrizaje al ser la reserva y el elemento de explotación. Dejar a Bravo en la montaña significaría una multitud de personas y una invitación para que los morteros causaran bajas. Además, si se establecían en la parte baja del puerto, le bloquearían, así, al ejército de Vietnam del Norte los accesos más sencillos hacia ambas montañas.

Miró a Fitch y Hawke, quienes se acercaban fatigosamente hacia él. El operador de radio de Fitch iba a unos tres pasos detrás suyo y le gritaba algo a uno de los elementos de la Compañía Delta.

—Teniente primero Fitch –dijo Blakely y le extendió la mano para saludarlo–, lamento que hayan subido hasta acá –le explicó que todas las aves estaban ocupadas en la transportación de tropas y de artillería, y que Bravo tendría que pasar la noche en el puerto entre Matterhorn y el Cerro del Helicóptero.

—Oh, Dios –dijo Pallack sin que apenas se le pudiera oír.

Blakely lo miró, un poco irritado por su falta de respeto.

—Señor, mis hombres están deshechos –le dijo Fitch–. Les está pidiendo que construyan otro perímetro en una posición expuesta. Apenas pudimos mantenerlos despiertos anoche.

—No me sorprende –contestó Blakely. Le enfadaba que, con una actitud tan poco profesional, Fitch de alguna manera se las arreglara siempre para salir bien librado y tan perfumado como una rosa. El coronel estaba extasiado por el ataque. Todos en la división, incluido el general, lo habían seguido. Ninguno había descubierto siquiera rastros de un liderazgo fofo, de una falta de respeto, de dormirse durante la guardia ni de quedarse tirados sin comida ni agua.

—Oh, Dios –repitió Pallack.

—Cabo segundo Pallack, ya basta –lo atajó Fitch–. Vaya con Scar y dígale que consiga agua, comida y munición. Los alcanzaré más tarde.

—Sí, capitán, sí –Pallack se asomó un instante al abismo de jerarquía y clase que lo distanciaba del mayor, y luego se volvió hacia lo que quedaba de la compañía para cumplir con su deber.

—Quiero hablar con ustedes dos –les dijo Blakely. Se dio la vuelta y caminó hacia la entrada de la fortificación, mientras Hawke y Fitch se miraban uno al otro.

—¿Qué querrá que hagamos? –preguntó Fitch–. ¿Qué ataquemos la montaña otra vez?

—Podría ser –contestó Hawke–. Mientras Delta la defiende.

Siguieron a Blakely hasta el interior.

Blakely dijo que podría iniciar un juicio militar contra Hawke por haber abandonado su puesto.

—Supongo que usted sabe que no lo haré –agregó–. ¿Por qué no vino tan sólo a decírmelo?

Hawke guardaba silencio.

—¿Tiene algo qué decir en favor suyo antes de que le pida que se retire?

—¿En favor *mío*? No, señor.

—De acuerdo. El coronel desea hablar con usted. Está en el puesto de comando de Delta. Quiero hablar a solas con el teniente primero Fitch.

—Sí, señor, sí –Hawke salió en busca de Simpson.

Una vez que se fue, Blakely le dijo a Fitch que Simpson lo transferiría fuera del batallón. Tan sólo como señal de atención y como un reconocimiento por su asalto reciente, Simpson no lo relevaría del cargo. Una vez que volviera a Vandegrift, Fitch podría considerarse transferido. Goodwin se haría cargo hasta que volviera Mellas, y Mellas tendría a la compañía hasta que encontraran a un regular.

En el puesto de comando de la Compañía Delta, Simpson dijo que pediría una Estrella de Bronce para Hawke.

Cuando Hawke se reunió, junto a la antigua fortificación de Fitch, con él y con Pallack, oyó los gritos de «¡Tubo!». Por doquier, todos se lanzaron a sus fosos. Los tiros de mortero llegaron con un estruendo. Los marines se acurrucaban en sus trincheras, se sostenían los cascos, rezaban e intentaban no pensar, ni oír, ni sentir nada. Hawke se acuclilló junto a la entrada de la fortificación mientras miraba a su antigua compañía.

Fitch y Goodwin caminaban, lado a lado, mientras sacaban, silenciosamente, a la compañía del cerro. En silencio, los marines de la Compañía Bravo los siguieron, sin que aparentemente les importaran los proyectiles de los morteros; caminaban con los rifles colgados al hombro. Exhaustos, los bombazos les resultaban tan indiferentes como si fueran lluvia.

Algunos marines de la Compañía Delta asomaron las cabezas fuera de los pozos y observaron a sus camaradas, al igual que Hawke. Algunos sacudían la cabeza y murmuraban: «Locos cabrones». Algunos silbaron por lo bajo. La mayoría guardaba silencio.

La emoción le encogió a Hawke la garganta. De pronto comprendió por qué las víctimas de los campos de concentración habían caminado tranquilamente hacia las cámaras de gas. De cara al horror y a la locura, era lo único humano que podía hacerse. No algo noble ni algo heroico: algo humano. Tras sucumbir a la locura, vivir era la pérdida definitiva de dignidad.

A la mañana siguiente, después de que se hubiera retirado el mando del batallón, se transportó a la compañía hacia Vandegrift. Era domingo. El padre Riordan, el capellán del batallón, pensó que sería reconfortante celebrar un funeral. El coronel y el Tres aceptaron, prestos, a pesar de que los servicios religiosos regulares se habían llevado a cabo ya aquella mañana.

* * *

Goodwin tuvo que forzarlos a todos para asistir. Reabastecimiento los proveyó con uniformes nuevos. La compañía bajó hacia las duchas portátiles de tela, que se localizaban junto al arroyo. Por desgracia, después de que se lavaran y quitaran la suciedad y las costras de sangre y pus, las úlceras tropicales rezumaron otra vez pus contra los uniformes nuevos. Con todo, era un placer exprimirla, verla fluir clara y con su color amarillento blancuzco y embadurnarla en el algodón limpio y fresco de las nuevas utes. Había quejas, pero el agua limpia, la ropa nueva y la comida caliente las redujeron al mínimo.

A las 1550, Fitch y Goodwin se encaminaron hacia el área fangosa donde las tropas preparaban sus refugios.

—Bien. Tienen diez minutos para estar en la capilla –dijo Fitch–. Allá nos vemos. Después de la capilla, tiempo libre hasta las cero ocho cien de mañana –miró alrededor. Su compañía era lastimosamente pequeña. Luego, impedido para hablar, bajó la vista con los hombros caídos–. Miren, chicos –añadió. Intentaba sonreír. Las palabras no salían. La nariz comenzó a moquear. Le dolían los músculos de la garganta. Levantó entonces el brazo y se retiró la gorra–. Miren… –graznó con debilidad.

La gente se levantó. Quienes portaban gorras se las quitaron y permanecieron de pie, algunos con las manos dobladas por enfrente, mientras observaban a Fitch ahí, parado bajo el cielo plomizo.

Fitch se caló la gorra y se dirigió a la capilla.

Durante la ceremonia religiosa, el padre Riordan los encauzó a todos a cantar un salmo. La mayoría de los negros no lo conocían, ni tampoco la mitad de los blancos.

Riordan presentó a Simpson.

Simpson inspeccionó los rostros recién lavados reunidos frente a sí, mientras experimentaba una agitación de orgullo y valor. Estaba de pie con las dos manos detrás, con las piernas ligeramente separadas, y les dijo cuán orgulloso estaba de cada uno de ellos, cuán orgulloso de aquellos que lo habían sacrificado todo.

—Fue un ataque de libro de texto. En la mejor tradición del Cuerpo de Marines –hizo una pausa para buscar las palabras que pudieran transmitir lo que sentía–. No sé si lo sepan ya, pero llevo un tablón de anuncios en mi cuartel, donde están enlistadas todas mis unidades. Si alguna de ellas realiza una labor particularmente sobresaliente, coloco una estrella dorada a un lado, de suerte que pueda verla cualquiera que entre. En todo el tiempo que llevo en el-país había plantado hasta ahora tan sólo dos estrellas doradas. Pues bien, esta mañana agregué dos más. Una por los morteros de 81 milímetros, mi arma personal de preferencia, y otra por la Compañía Bravo –observó los rostros que lo miraban–. Jamás hubo un comandante más orgulloso –se sentó, mientras controlaba las lágrimas que le arrasaban los ojos.

El padre Riordan se puso de pie.

—Inclinemos nuestras cabezas para orar –esperó a que cesaran los movimientos y el frufrú–. Padre Celestial, te pedimos que recibas las almas de estos jóvenes que, en días pasados, murieron por su país, entregando el don más grande posible para cualquier hombre, para que los suyos puedan paladear la libertad, para que gocen de la oportunidad de adorarte en la manera en que...

Al fondo de la tienda comenzaron los murmullos.

—Oye, Gambaccini, ¿ustedes, los italianos, escuchan esta misma mierda siempre?

—Esto es una puñetera parodia de Jesús.

—Nuestro coronel es un jodido hijo de puta con sus estrellitas doradas.

—Oye, Scar, ¿podemos largarnos al carajo?

—...reconforta y consuela a los seres queridos que sobreviven a estos compañeros nuestros de armas. Hazles saber que su sacrificio no fue en vano y concédeles, Padre amoroso...

—El puto Padre amoroso de ninguna manera dejó de apretarnos el cogote allá en la montaña.

—No estoy enojado con Dios, pero, sin lugar a dudas, Él debe estar cagado conmigo.

—Cortell, pasa al frente y enséñale a ese cretino cómo se debe predicar, hombre.

También había algunos que no decían nada, como Topo y China.

El coronel se retiró alrededor de la medianoche, pensaba que había sido un día bastante bueno. Hacia las 0200, algunas siluetas se deslizaron hasta el talud, cerro abajo, donde se localizaba su cuartel. Enfrente, el marine asignado como guardia de seguridad luchaba con bríos para no dormirse. Escuchó a alguien gritar por el camino lodoso, cerca de la fortificación de suplementos.

—Ayyy, parece que estamos bastante *jodidos*.

Alguien se le unió.

—Oye, man. Miér...coles —por el sendero se elevaban las carcajadas. Vio a los dos marines negros chocar las manos. El guardia sonrió.

Un tubo de hierro le dio al guardia a un lado del rostro, se hundió en la mandíbula y le tumbó cinco dientes. El segundo, por encima del ojo, lo alcanzó desde el otro lado. Cayó de rodillas y recibió otro golpe en el cuello. Una mano oscura sofocó su quejido y poco a poco lo depositó sobre el suelo lodoso.

Hubo una rápida agitación de actividad. Los supuestos borrachos desaparecieron. Los dos portadores de los tubos corrieron en direcciones opuestas. Alguien levantó fríamente la solapa de la tienda del coronel y arrojó una granada al interior. También aquél corrió, entonces, hacia la noche.

El golpe sordo de la granada contra el piso sorprendió a Simpson despierto. Lanzó un gruñido apagado y asustadizo, y corrió. Se tropezó con las cuerdas de la tienda y, en la oscuridad, se resbaló en el fango, mientras intentaba desesperadamente evitar la explosión. Se echó al lodazal del exterior y se cubrió la cabeza.

No ocurrió nada.

Levantó la vista, se sentía tonto en aquella ropa interior enlodada. Vio al guardia de seguridad desplomado sobre el suelo.

—¡Oficial en turno! –gritó.

Se abrió la pesada puerta de la fortificación del centro de operaciones de combate, y un haz de luz se derramó sobre el suelo antes de que la cortina de oscurecimiento total lo segara. Stevens llegó corriendo.

—Consiga un puñetero enfermero –gritó Simpson–. Sorprendieron a mi guardia.

—¿Está usted bien, señor?

—Consiga un puto enfermero.

Stevens se volvió hacia un operador de radio del batallón que corría hacia él.

—Ya lo escuchaste, busca a un calamar –el chico se fue rápidamente a la estación de socorro del batallón.

Simpson temblaba.

—Alguien intentó granadearme. Oí la granada. Les falló.

—Carajo, señor –dijo Stevens. Los dos estaban de pie y miraban la tienda del coronel–. ¿Está usted seguro de que falló, señor? –preguntó, al fin, Stevens, temeroso de que el coronel le pidiera que se asomara a verificarlo.

Simpson se quedó quieto un momento, la ropa interior enlodada se volvía fría.

—Su puta madre, sí.

De la fortificación del centro de operaciones venían ya otros. Uno portaba una linterna. Luego llegaron corriendo dos más desde la estación de socorro. El enfermero tenía también una linterna. Simpson la tomó y entró en su cuartel.

Sobre el suelo había una granada sin cebador. Tenía enrollada alrededor una hoja de papel. Simpson lo arrancó y lo alisó. Era una lista de la compañía, mimeografiada, con los nombres, los rangos, los números de serie y las fechas de rotación. Era la Compañía Bravo. Con un bolígrafo habían tachado con fuerza algunos nombres. Junto a ellos, claramente mecanografiados, había palabras como «Asesinado», «Lisiado», «Mutilado», «Ciego»...

Simpson arrugó el papel. Blakely se precipitó en el recinto.

—¿Está bien, señor? –le preguntó.

—Sí, carajo. Su puñetero guardia de seguridad lo hizo bastante bien.

—Está muy aporreado, señor.

—Se lo merece. Probablemente se durmió. Debería entablar un juicio militar contra ese inepto –le entregó la granada a Blakely.

—Le falta el cebador –observó Blakely.

Simpson lo miró con frialdad.

—Pediré que analicen las huellas –dijo Blakely.

—No se preocupe. Ya sabe de qué sirve –Simpson encendió la luz. Le entregó el papel arrugado a Blakely.

Él pasó saliva. Le devolvió la lista a Simpson.

—Señor, le sugiero que se tomen medidas inmediatamente.

—¿Qué cosa? –le preguntó Simpson.

—Desarmar a la Compañía Bravo hasta que regresen de nuevo a los matorrales. Recolectar todas las granadas, todas las armas. Establecer hombres extra en turnos de guardia. También en mi cuartel.

—Ok. Que venga el sargento de segunda clase Cassidy. Esos hombres fueron suyos. Y despierte al subteniente Goodwin. Es su compañía.

En cuestión de media hora, Cassidy estaba con tres marines de la Compañía CGYA, y observaban, entristecidos, la ciudadela patéticamente disminuida de ponchos y cuerpos tumbados que había sido su unidad. Algunos chicos vivaqueaban bajo la lluvia, donde se habían desvanecido por la ebriedad. Entonces se preparó para lo peor. Goodwin se había rehusado a ayudarlo.

—Vamos. Todos arriba. Despiértense. Salgan todos de sus camas.

Los chicos gimieron. Algunos miraron los relojes. Las 0300. Los atacó el miedo. Alguien corría tanto peligro que los enviaban allá de nuevo. El miedo se aceleró a través del escuálido complejo. Pero debe haber marines en peligro. Irían hacia allá.

—¿Hay alguien embarrado de mierda, sargento Cassidy? –preguntó alguien.

—Sí –respondió sombrío–. La Compañía Bravo.

Los chicos temblaban bajo la llovizna. Algunos se pusieron los chalecos antibalas para calentarse.

—Quiero ver a todos los comandantes del pelotón –dijo Cassidy. Se le acercaron tres antiguos líderes de escuadra: China, del Segundo Pelotón; Connolly, del Primero, y Campion, del Tercero. Tres rostros preocupados observaban a Cassidy.

—Alguien golpeó esta noche al guardia del coronel. Casi lo matan –miraba directamente a China mientras hablaba–. Un buen marine, carajo. Le quedaban sólo tres días para abandonar este puñetero lugar. Y algunos hijos de puta lo hicieron caca sólo por hacer guardia. Algunos cabrones bastante orgullosos.

China permaneció frío. Connolly y Campion intercambiaron miradas.

—Arrojaron una granada de finta al cuartel del coronel. Iba con la lista de la Compañía Bravo –hizo una pausa–. Con ciertas modificaciones.

—¿Como qué, artillerito? –preguntó Connolly.

Cassidy no dejaba de mirar a China.

—Por ejemplo, aquellos que murieron por su país aparecían tachados y llevaban, mecanografiada, la palabra «Asesinado».

—¿Crees que alguien de la Compañía Bravo lo hizo, artillerito? –preguntó China con los ojos bastante abiertos.

Cassidy odiaba a China pero, al mismo tiempo, admiraba su frialdad.

—Yo no pienso nada –contestó–. Tengo órdenes de recolectar todas las granadas, armas, minas claymore, todo. Lo quiero apilado justo aquí, por pelotones.

—¿Qué clase de mierda es ésta, artillerito? –preguntó Connolly. Otros se habían reunido alrededor del grupo de los cuatro y hacían eco a su protesta.

—Haz lo que se te indica, Conman.

—Yo me gané ese puñetero rifle.

—Sí, es cierto. Todos se lo ganaron –Cassidy apretó los dientes. Miró sus rostros desvencijados y demacrados, sus ojos sin vida. Miró la miseria alrededor de sí, vio a los chicos con los que había jorobado a través del frío y del calor, que ahora temblaban en la oscuridad sorprendidos, enfadados. Quería gritarles que fueran benévolos con él.

Pero nadie se movió.

—¿Me veré obligado a tener que arrebatárselos? –preguntó Cassidy.

—No te equivocas, artillerito –dijo Connolly. Caminó hacia su carpa, sacó el rifle y lo arrojó al fango. Luego se sentó y se le quedó mirando.

—Recógelo, Conman.

—Jódete, Cassidy.

Cassidy se acercó, imponiéndose por encima de Connolly, quien no dejaba de contemplar el rifle enlodado. Luego, Connolly se dio la vuelta, bajó a la hondonada donde estaba la carpa y de ella extrajo la ametralladora recortada de Vancouver. La arrojó al lodazal.

—Ahí va. Ese jodido cabrón también puede tener ésta –de sus ojos brotaron lágrimas y, sin éxito, intentó sacudírselas con los párpados.

Cassidy observó la ametralladora sobre el lodo.

—Quiero también las granadas, Conman –dijo Cassidy finalmente.

—Claro. Ustedes quieren todo, ¿no?, hijos de puta.

—¿En dónde dejas tu puta dignidad, Conman? –le preguntó Cassidy con suavidad.

—La dejé en esa jodida montaña que acabamos de abandonar.

Cassidy se alejó. Volvió a escucharse su voz, propia de una plaza de armas.

—Carajo, quiero toda la munición y las granadas apiladas en orden. Quiero los rifles acomodados. Quiero los montones justo aquí.

Algunos chicos fueron por sus armas. Entonces dijo China:

—Hmm, hmm –todos se congelaron. China tomó su ametralladora y la arrojó al lodo frente a sí. Se mantenía erguido por encima de ella. Otros hicieron lo mismo. Pronto, el área estaba repleta de granadas, rifles, cintas de munición, cananas, minas claymore y armas capturadas.

—¿También nuestros putos abrelatas, artillerito? ¿Ese mariconcito también quiere nuestros John Waynes?

—Tengo una aguja en mi equipo de costura. ¿También la quieres?

Cassidy estaba de pie, solo, sin decir nada. En algún momento le indicó a su equipo de la Compañía CGYA con un ademán que recogieran las armas. Los marines de la Compañía Bravo, disgustados, reptaron al interior de sus carpas o se acurrucaron en los ponchos húmedos sobre el suelo.

China se mantuvo erguido frente a su ametralladora. Esperaba. Cuando uno de los marines de la Compañía CGYA se acercó, China la alejó con una patada. El chico se incorporó.

—Mira, hombre, esto no es idea mía —se agachó para recogerla. China la pateó de nuevo. El chico se volvió hacia Cassidy, quien no había atestiguado el altercado, y luego otra vez hacia China—. Oye, venga. Déjame terminar con esta mierda y ya. No tengo nada en contra tuya.

—Si tocas esa arma, te mato.

—Por Dios, no te lo tomes personal.

China se inclinó.

—Nadie va a tocar mi ametralladora excepto Cassidy. Si tú la levantas, vas a terminar jodido, esté o no esté yo aquí.

—De acuerdo, de acuerdo —el chico pasó a la siguiente.

Cassidy lo había advertido. Se le acercó a China.

—¿Por qué no levantó tu arma Schaffran?

—No le apeteció.

—¿Acaso lo amenazaste, imbécil de mierda?

—¿Cómo puedo amenazar a alguien? Yo no tengo armas.

Alguien se rio con disimulo. Cassidy cobró conciencia de que, quienes quedaban, lo observaban para ver qué haría. Él y China permanecían ahí con las miradas trabadas.

—¿Vas a cumplir con tu *deber*, Cassidy, y vas a levantar mi ametralladora? —le preguntó China suavemente.

Cassidy lo miraba directamente a los ojos. Comenzaron a temblarle las manos. Entonces se agachó para recogerla.

China la pateó.

—Parker —dijo.

Cassidy se levantó. Su voz temblaba por la ira.

—Si crees que te daré una orden para que puedas ignorarla, convertirte en un puto mártir y pasar el tiempo en la retaguardia, mientras esperas juicio con el resto de los imbéciles que consideras tus amigos, en ese caso deberías pensar dos veces.

Se agachó de nuevo por la ametralladora. De nueva cuenta, China la pateó.

—Broyer —dijo.

Cassidy se levantó.

—También yo perdí amigos, China.

—¿Cómo es posible que un puto torturador tenga amigos? ¿Acaso un puto verdugo puede ser humano?

Cassidy apretó los puños y vio a China amacizarse para el golpe. Cassidy titubeó y se esforzó por controlar su furia.

—La virilidad es algo que jamás podrás entender —le dijo. Se encorvó hacia abajo y recogió la ametralladora.

—Me provocas náuseas, verdugo –China se alejó hacia su carpa y dejó a Cassidy con el arma llena de barro. El resto de la Compañía Bravo le dio la espalda.

Algunos, sin embargo, no lo olvidaron.

—Es hora de cargarnos a ese hijo de puta –dijo Henry–. Ya.

—Ya hemos visto demasiados muertos –dijo China tranquilamente.

Henry se levantó a dar vueltas.

—Man, ¿acaso debo escuchar tu mierda de que *ya vimos demasiados muertos*, como si fuera un niño pequeñito que abre sus ojotes cuando papi regresa a casa después de la guerra? Sí sabes a quién has estado matando, ¿no? A tus propios hermanos. Sí, a tus propios hermanos. Con ellos tienes a tus *demasiados muertos*. Pues yo digo que ya terminemos con esa mierda. Debemos matar a algunos por cuenta propia. Y *para* beneficio propio.

China podía advertir que Henry tenía a la mayoría de los hermanos consigo. Con todo, algunos, como Topo, miraban a China y esperaban que dijera algo. La retórica le había fallado a China.

—¿Vas a quedarte sentado sobre tu trasero mientras ese blancucho racista mete a tu hermano Mallory a ese puto conex como si fuera algún tipo de animal? –preguntó Henry–. ¿Y luego subes *tú* ese puñetero cerro, corriendo como negro, como si fueras la versión negra de Audie Murphy,* mientras matan en vano a la mitad de tu jodida compañía, y *él* te envía putas Coca-Colas, como si se tratara de un equipo de futbol americano? Óyeme, man. Y luego te corta las pelotas al quitarte los rifles. ¿No consideras que, tal vez, ese militar de por vida de mierda ha ejercido violencia sobre ti? ¿O tú te estás volviendo blanco en más de un sentido? Quizá tu papi fue un cabrón blanco y les dejó a todos ustedes manchas blancas.

La pulla, ya familiar, hizo que China apretara los dientes con tanta fuerza que temió haberse roto una muela. Entendía lo que Henry estaba haciendo, y no ignoraba que había demasiado en juego como para ceder a la ira.

Henry caminó, pavoneándose, hacia el cofre de ébano de Macasar y abrió la tapa pesada.

—Piénsalo tú, hermano. Mientras, yo preparo un buen «hermano Roogie»** y tú intentas entender por qué estás tan jodido –sacó del cofre con

* Militar estadunidense que recibió numerosas condecoraciones durante la segunda guerra mundial.
** Término que daban algunos Panteras a un porro de mariguana.

cuidado la ropa y otros objetos hasta que quedó expuesta una caja, con cajón, hermosamente tallada. Jaló el cajón y sacó una pipa de plata con un
cuenco transparente como el agua, un rodillo para cigarros decorado y
un poco de papel.

China mordió el anzuelo.

—Tú eres el que está jodido. ¿Qué crees que vas a conseguir matando a
otro cerdo jodido por-Dios-y-su-país? No es sino un engrane más en el sistema. Se *arrastró* enfrente de mí, man.

Con la tapa del cofre abierto, Henry simplemente le sonrió a China.
Caminó con frialdad hasta la cómoda, que le hacía juego, removió el fondo falso del cajón, y sacó una bolsita de plástico con mariguana. Del cajón
superior tomó a continuación un encendedor plateado con incrustaciones
de diamante. Sin dejar de sonreír se volvió hacia China.

—Tú fuiste el único que le entregó su ametralladora. Hasta donde puedo ver, te cortó las pelotas.

China picó la carnada pero no de la manera que quería Henry.

—¿Consideras que no estoy listo para caerles encima a esos cabrones?
¿Crees que no veo en ellos a un montón de hijos de puta? –China se volvió
hacia los otros hermanos e ignoró a Henry–. ¿Ustedes qué creen que es
esto: algún tipo de pandilla de mierda? Nosotros no salimos y generamos
violencia tan sólo para fastidiar gente porque sí. Estamos para detener las
cosas en la fuente misma de la maldad. En la *fuente*. Debemos darle la vuelta a una sociedad racista. Si se trata de pelear, hay que ser unos *auténticos*
cabrones. No podemos permitir que nos usen a su antojo.

Se dirigió a Henry, quien se había sentado ya en su catre y enrollaba con
esmero un churro con el rodillo decorado.

—¿Acaso piensas que no estoy hasta los cojones de un cabrón como
éste? ¿No crees que considero que un blancucho racista deberá pagar
una cabronada? Pero la factura debe llegarle por el cauce adecuado. Lo
único que va a pasar contigo es que te van a meterte tu culo negro en
otro conex, como a Mallory. No, a ti te irá peor. Te meterán de cabeza
a uno de esos calabozos de castigo, como hacen con los gucos, y estarás a tanta profundidad, que será necesario bombearte un poco de luz
de sol desde Texas –con eso último consiguió que los demás hermanos
se rieran y China se sintió mejor–. Te enviarán tan adentro en la selva
que serán necesarios aborígenes para cargar tus cartas –entonces, China
se dio un puñetazo en la palma de la otra mano–. Necesitamos poder.
Un blancucho de Georgia muerto es sólo una gota en un cubo de agua.
Yo dejé cadáveres blanquitos de Georgia por toda esa puta montaña. Y

hermanos muertos también. Los muertos no valen un carajo. Son inmensas naderías.

—Poder —se burló Henry—. Miér...coles —lamió el pegamento del churro y aplanó el papel en su sitio—. Tú y tus putas imbecilidades, China. Mao dice que el poder proviene del cañón de un arma. Ese tipo sí sabía de qué se trataba. ¿Qué vas a hacer? ¿Volver al mundo canturreando «Venceremos»?* —ahora todos festejaron la ocurrencia de Henry con carcajadas.

—Ahórramelo —dijo China.

—Bueno, ¿entonces qué vas a hacer? —Henry lamió el papel del cigarrillo a lo largo del filón, lo selló y miró a China con ojos entrecerrados—. De verdad que puedo visualizar a China cantar «Venceremos» mientras camina directo a su ducha de cianuro.

Entonces se involucraron los amigos de Henry.

—Óyeme, Henry, díselo tú.

—Sí, China. ¿Por qué ya no nos frecuentas a nosotros?

—Óyeme, venga, hermano. ¿Qué te pasa? ¿Eh, man?

—No me pasa nada —reviró China—. He estado en la puta selva intentando enderezar mucha mierda mientras ustedes, cabrones jactanciosos, hablan aquí acerca de la revolución. Yo *llevo a cabo* la revolución.

—*Ahórramelo tú*, hermano —le pidió Henry—. Sólo porque no has encontrado la manera de sacar tu trasero de la selva —se rio—. Si de verdad estás llevando a cabo la revolución, entonces deberías comenzar por aquí. Granadea a ese hijo de puta. De esa manera les enseñaremos a esos fanáticos que se paga de inmediato. Si nos quieren joder, los vamos a joder peor —puso el porro en su boca y comenzó a raspar al pedernal del encendedor.

China, con los sentidos agudizados después de meses entre los arbustos, olió el líquido inflamable. Le molestó y le causó una ligera náusea.

—Ya te dije que no tiene caso. Él no es sino un pequeño engranaje en toda la maquinaria. Además, podemos conseguir lo nuestro sin necesidad de matar. Necesitamos armar a los negros para *defendernos*. Nosotros no asesinamos gente. Quizá le metamos una granada de humo al culo una de estas noches o le pongamos una nota como hicimos con el coronel.

—¿Vas a escribir otra nota? —le preguntó Henry. Sacó una larga bocanada de humo. Los demás se rieron—. Demasiado tarde para eso, eh. *Demasiado* tarde.

---

* «We Shall Overcome», en inglés, es una canción de protesta típica entre los activistas en favor de los derechos civiles en Estados Unidos.

Dejó el porro, le dio la espalda a China y se agachó por debajo del catre. Sacó una granada de fragmentación.

—Esto no echa humo —le dijo, sopesándola en la palma de la mano. Se la arrojó a China—. Creo que debes usarla, maricón.

Nadie se rio.

China supo, con un centelleo de perspicacia, que Henry lo había acorralado. Si hacía lo que él quería, Henry sería el líder. Si se negaba, entonces quedaría deshonrado y, de cualquier manera, Henry seguiría siendo el líder.

—Ya veremos quién es el maricón —contestó China. Sacó el seguro de la granada y le pareció que todo se sucedía en cámara lenta. Estaba tan fastidiado de matar, que su propia muerte ya no importaba más. Se trataba del mismo impulso suicida que había tenido mientras ascendía el Cerro del Helicóptero bajo la lluvia de los morteros. Estaba vagamente consciente de gente que gritaba, corría y se lanzaba por la puerta de la tienda.

—¡Es un puto loco, carajo! ¡Va a explotar una granada de fragmentación! ¡Dios!

China, con la lengua en los labios, concentrado en contar, le arrojó la granada a Henry y vio cómo la palanca de seguridad cayó hacia un lado de la tienda.

Henry, con los ojos bastante abiertos, le aventó la granada de regreso a China y se lanzó por la puerta hacia el suelo húmedo del exterior.

China echó la granada en el cofre abierto de Henry, azotó la pesada tapa y puso encima un chaleco antibalas. Se tiró al extremo opuesto de la tienda detrás de un montón de sacos de marinero, se zambulló y rodó fuera de las esteras del suelo, con el rostro en tierra justo en la orilla de la tienda, y se cubrió la cabeza con las manos y los brazos.

La explosión le vapuleó los oídos y el cuerpo.

Permaneció tumbado sobre la tierra húmeda. El silencio y la oscuridad quedaron gradualmente desplazados por un timbre doloroso en los oídos y, luego, por el olor a TNT. Le dolía la cabeza. Pero estaba ileso. Escuchó el balbuceo alborotado de voces afuera de la tienda. Se levantó. Alguien levantó la solapa ahora rasgada de la tienda, ya arruinada.

Entró Henry. Prendió el encendedor y vio, con frialdad, las astillas de su cofre de, otrora, ébano sólido, su cómoda acribillada por la metralla y los sacos rajados.

—Vas a pagar por esto, China.

China supo que no se refería a los muebles. Él también sabía que, aunque la imagen de Henry había quedado maculada, el poder siempre se impone sobre la imagen y, como empezaba a aprender, también sobre la ideología. El poder consistía en la capacidad para recompensar y castigar. Henry podía premiar con dinero y drogas, podía castigar al retener dinero y drogas. Buena combinación. Al final de cuentas, sin embargo, ostentaba el poder de castigo que conservaban unos pocos autoelegidos. Deseaba matar. China entendió que si aquel hombre podía matar a *alguien*, todos tenían que saber que él era capaz de matar a *cualquiera*. La única manera de sustentar ese tipo de poder era con el deseo de morir.

China caminó de regreso al área de la compañía, desasosegado e inquieto.

Capítulo XXII

U N HELICÓPTERO TRANSPORTÓ A MELLAS LOS CINCUENTA KI-lómetros que separaban al buque de la realidad, y lo dejó sobre la pista de Dong Ha. Desde ahí tomó un aventón en un camión del ejército trece kilómetros hacia el sur, a través de un triste yermo de granjas arroceras abandonadas, hasta Quang Tri, la locación de la retaguardia administrativa de la división. Mellas estaba seguro de que el chofer sentía curiosidad por él. Después de todo llevaba un parche sobre el ojo, varias cajas de puros bajo el brazo y una espada que colgaba, por una complicada correa, sobre el hombro.

El chofer no pudo contenerse más tiempo.

—¿De dónde sacaste esa espada? –le preguntó.

Mellas se divertía.

—De los arbustos –le respondió.

—Ah.

Había algunas cosas que no podía confiar a los no iniciados. Para ellos, los arbustos deberían seguir siendo un misterio, y así sería.

En la oficina de triplay sin pintar de la Compañía Bravo, un empleado picoteaba sobre una máquina de escribir. Se había quitado la camisa y el sudor brillaba sobre su amplio espaldón, que ostentaba también una cicatriz de salida de bala. El humo retorcido de su cigarrillo subía, sin fuerzas, en medio del húmedo aire costeño. Sobre él, una fotografía agrandada de una hermosa modelo que anunciaba una faja y un brasier cubría toda la pared posterior. En el póster, la modelo había escrito a mano una nota con letra perfectamente redonda. «Para los hombres de la Compañía Bravo, Primer Batallón, Vigesimocuarto Regimiento de Marines, que llevan a cabo tan magnífica labor. Los quiere, Cindy.» Estaba fechada en febrero de 1967, apenas dos años atrás, pero, de distintas maneras, se trataba de una era pasada.

El oficinista le dijo a Mellas que Fitch se iba aquella tarde a Okinawa y le informó acerca del simulacro de granadeo, de la nota añadida y del desarme de la compañía que ordenó Simpson. También le dijo que Cassidy había llegado a la retaguardia, dizque para despedirse de Fitch pero, en realidad, para emborracharse hasta morir por haber sido él quien debió requisar las armas. Luego le dijo que la compañía volaría al día siguiente a Eiger, y que se le había entregado el mando a Hawke. De acuerdo con los barriles de agua fresca, el propio Mulvaney le había dado el cargo. Mellas aseguró estar contento. Luego se fue a donde el reabastecimiento para adquirir equipo nuevo para la selva. Ahí se le informó que debía firmar una reducción de su salario para pagar el rifle anterior antes de que pudieran expedirle uno nuevo.

—La puta marina tiene esa mierda.

—Lo siento, subteniente, pero no seré yo quien pague dicha mierda. Si algún día quiere volver a casa, tendrá que tener saldadas todas sus deudas. Si no, no le podemos ratificar las órdenes. No me importa que tenga que pasar aquí el resto de su vida.

Mellas pagó 127 dólares.

Se fue con el rifle nuevo y caminó penosamente a otra tienda de reabastecimiento para hurgar en busca de su saco marinero. Cuando lo encontró, revisó el interior para buscar lo que deseaba llevarse a la selva. Sonrió al encontrar varias camisetas y bóxers que su madre le había teñido, y recordó la ocasión en que le preguntó a Goodwin si debía o no usar ropa interior en la selva. La arrojó al basurero y se dirigió al club del personal para olvidarse del sitio en el que se encontraría veinticuatro horas más tarde.

El club del personal había mejorado desde que había estado ahí la vez anterior con Goodwin, cuando ahogaron sus temores. Había ahora, en la barra, una lujosa grabadora de casetes marca Akai. El bar mismo tenía un decorado de incrustaciones nuevo y bonito, y los anuncios nuevos de cervezas giraban, centellaban y anunciaban, desde la penumbra, aguas tan azules como el cielo. Recién instalada, en lo alto de la pared detrás de la barra, estaba la ametralladora recortada de Vancouver, flanqueada por dos ametralladoras rusas que habían capturado.

El sargento de segunda clase Cassidy estaba sentado solo en una mesa, con una botella de Jack Daniel's enfrente. No había nadie más en el club. El artillerito Klump, el gerente, había salido a resolver algunas gestiones, y le había pedido a Cassidy que cuidara el local. Mellas dijo que podría beberse una cerveza, y Cassidy desapareció detrás de la barra. Salió con un brazado de latas frías y húmedas, que colocó ceremoniosamente sobre la mesa, frente a él.

—No tiene sentido estarse levantando, excepto para mear –le dijo. Ya estaba bastante adentrado en su tour misterioso privado.

Mellas tomó una de las latas, le perforó dos agujeros y le pegó tragos a la cerveza. Luego abrió otra lata y se recargó en la silla. Advirtió un sistema de aire acondicionado a medio instalar en la pared de madera contrachapada.

—Aire acondicionado –musitó–. Nada mal.

—Sí –susurró Cassidy–. Klump piensa que conseguirá gente de otros batallones en cuanto llegue el calor de la primavera. Ayudará a aumentar las ventas.

—Por las putas ventas –dijo Mellas, y levantó la lata. Se la zampó mientras pensaba tanto en Hamilton como en sus 127 dólares.

—Supongo que ya escuchó lo del capitán –dijo Cassidy.

—Estoy seguro de que todo pareció lindo y voluntario.

—Es imposible verle la cara a las tropas –murmuró Cassidy. Tomó otro trago de whisky y apretó el vaso hasta que los nudillos se volvieron blancos a través de las cicatrices de úlceras tropicales–. Debí haber estado allá con ustedes. Fue el momento en que más me necesitaban.

Para que no se sintiera tan mal, Mellas se vio tentado a contarle a Cassidy quién lo había transferido. Notó que Cassidy miraba la ametralladora de Vancouver, pulida y aceitada, que colgaba debajo de una flor de lis de gran tamaño que descansaba sobre dos rifles cruzados, el emblema del Vigesimocuarto Regimiento de Marines: *Les Braves des Bois Belleau*.

—Desde que ingresé al Cuerpo he tenido que hacer bastantes faenas mierderas, señor –dijo Cassidy. Volvió su mirada sobre él–. Pero lo peor que haya hecho jamás fue haber ido de hombre en hombre y requisar sus rifles. Hace veinte años, al carajo, hace cinco, cualquiera que hubiera intentado tomar el rifle de un marine hubiera terminado jodido y golpeado.

—Los tiempos cambian –musitó Mellas. Pensó en la chica del anuncio de la faja y el brasier.

—Debí ir uno por uno. Con algunos de ellos estuve en Wind River y en Co Roc y en la operación de la zona desmilitarizada. Y tuve que auscultarlos como si fueran putos prisioneros –Cassidy vertió su mirada azul acuosa sobre Mellas–. Pues lo hice por ser mi deber. Pero lo detesté, subteniente. Podía sentir el odio de ellos hacia mí –se detuvo, se dio cuenta de que apretaba los puños y, lentamente, estiró los dedos–. Supongo que ésa es la razón por la cual debo largarme de aquí.

Mellas y Cassidy se embriagaron.

Apenas había pasado el mediodía cuando Mellas permitió que Cassidy se desvaneciera sobre la mesa y lo arrastró hasta la oficina de la compañía. Se dirigió pesadamente hacia las escaleras traseras y subió; ahí había dos catres separados del resto de la oficina por una sábana de lana que habían colgado. Sabía que conforme transcurriera el día sufriría un aporreante dolor de cabeza, a menos que continuara con la bebida. ¿Podría beber por siempre? Se dejó caer sobre uno de los catres. Sentía la sábana de lana, debajo de la mejilla sudorosa, tibia y rasposa. Su mente y el suelo de abajo se arremolinaban. Sintió de nuevo que estaba en una banda transportadora y que se dirigía a un precipicio. Cada minuto lo acercaba un minuto más al día siguiente, y al día siguiente estaría de nuevo en la maleza. Su mente, reacia a afrontar tal idea, se apagó.

En Vandegrift era palpable la tensión de los nuevos a propósito de la operación inminente. Los mayores, como China y Topo, hablaban tranquilamente entre sí o se limitaban a limpiar sus rifles y ametralladoras, una y otra vez; habían aprendido a mantener a raya sentimientos incómodos. Comían. Bebían cerveza. Confeccionaron complicadas tazas de café. Intentaron hacerse de un puesto en la cocina. Fumaban mariguana. Bromeaban. Pensaban en chicas que se habían quedado en casa. Se masturbaban.

Los nuevos chicos negros se sentían particularmente atraídos a los dos metralletas, taciturnos dioses de la selva que usaban sogas con horcas color verde oscuro alrededor del cuello. China concedía audiencia, los enganchaba, hablaba un poco de política, se reía ante cualquier temor que expresaran. Topo hablaba tan sólo con China y los otros viejos. En su agenda no se encontraba hacer nuevos amigos.

China y Topo limpiaban sus ametralladoras cerca de la apertura de una tienda para diez personas, con piso de adobe, que compartían con otros dieciocho marines negros. Enfrente de la tienda, cuando levantaban del todo las solapas y las dejaban sobre el techo, entraba suficiente luz como para ver lo que hacían y, así, permanecían fuera del alcance de la lluvia. Pero la lluvia se había vuelto menos constante. Arribaba la primavera vietnamita, a la que seguiría una temporada implacablemente seca.

Habían desensamblado las armas del todo y limpiaban, meticulosamente, cada componente. El aire olía a solvente en polvo marca Hoppe's número nueve –que les habían enviado desde casa como respuesta a tantas solicitudes ansiosas–, a la combinación del diesel que quemaba la mierda de las letrinas y a las bolas de naftalina de la tela de la tienda. Topo levantó la mirada de su ametralladora y se rio entre dientes.

—Estoy jodido, China. Mira nada más qué cosa viene hacia acá.

China miró y sonrió al ver a Arran y a Pat. El perro caminaba junto a él, en una posición al pie relajada, con pasos silencioso, como siempre, con la lengua tan sólo un poco de fuera, y parecía que estuviera en un paseo de domingo. Al escuchar la voz de Topo, echó las orejas hacia delante. Arran advirtió el movimiento e, incapaz de oír nada, siguió la dirección de las orejas. Vio a Topo y a China y, con una mano, levantó la escopeta al aire, mientras sonreía.

Arran chocó puños con China y Topo. Pat se sentó sin perder la posición al pie.

—Pensé que estabas en el puñetero Au Shau o en algún lugar cabrón como ése —le dijo China.

Arran sonrió.

—Terminó todo. Regreso con ustedes, amigos. Me entero de que volamos mañana.

Los dos metralletas asintieron pero no dijeron nada.

Pat comenzó a gemir, quería romper su postura al pie. Había detectado una figura que subía por el camino. Era Hawke. Pat gimió de nuevo. Arran se rio y lo soltó. El can se fue a saltos camino abajo para saludarlo. Pronto, los dos habían entablado ya sus juegos bruscos: Hawke le abrazaba el cuellazo, lo mecía en los brazos y le movía la cabeza hacia delante y hacia atrás, mientras que Pat no dejaba de olfatearle la bragadura y, al mismo tiempo, como si fuera un gato, restregaba su costado contra los muslos del hombre.

Hawke, sin dejar de reír ante las travesuras de Pat, llegó hasta los tres marines. Les hizo una señal a China y a Topo para que se mantuvieran sentados.

—Suficiente, ¿de acuerdo? —le dijo Arran al perro—. Más respeto para el capitán —alteró entonces el tono pero tan sólo un poco—. Sentado —de inmediato, Pat estaba ya sobre sus extremidades y resollaba alegremente—. Usted le cae tan pero tan bien, capitán —dijo Arran—. No saluda así a cualquiera.

Hawke acariciaba la cabeza y las orejas de Pat. Levantó la mirada hacia los tres marines.

—Sí. Estoy realmente contento de verlos de vuelta —dijo Hawke—. Sin ustedes dos, uno se siente ciego allá en la selva —luego puso una mano sobre el hombro de Topo, avanzó furtivamente entre él y China, y asomó la cabeza al interior de la tienda, sin decirles nada. Giró la cabeza hacia atrás y se dirigió a los dos metralletas–. Escuché que cazaron a algunos *chucks* fuera de la tienda.

—Yo me voy de aquí –dijo Arran con una sonrisa. Tronó los dedos con suavidad y Pat se incorporó.

—Cero cuatro treinta en la tienda de reabastecimiento –le pidió Hawke.

—Sí, señor. Es bueno estar de regreso –Arran se fue seguido de Pat, quien, como siempre, lo acompañaba al lado izquierdo.

Los tres miraron un momento cómo se alejaban el perro y su entrenador.

—¿Y entonces?

—Nadie cazó a nadie, capitán –aseguró China.

Hawke lo miró un momento.

—Ajá.

—No, palabra de boy scout, señor. Se fueron por su propia voluntad.

Hawke pensó sobre ello un momento.

—China, bien sabes que no me importa un coño eso de *congregarse*. Nunca me importó. Mañana que abordemos esos helis seremos todos verdes –inconscientemente levantó la mirada hacia el cielo–. ¿Ya están listos?

Los dos ladearon las cabezas hacia un lado y Topo se encogió de hombros.

—Necesito que mantengan firmes a los nuevos, ¿ok?

—Nosotros nos encargarnos de eso, señor –aceptó China.

Hawke los miró y asintió casi imperceptiblemente.

—Bien. Gracias.

Los dos metralletas lo observaron alejarse por el camino.

—Él es decente –dijo Topo.

—Sí –convino China–. Lo es. Por una vez tuvimos suerte.

—China, ¿crees que debamos decirle? –preguntó Topo con un murmullo sordo.

China le ofreció el brillo de su sonrisa al amigo.

—¿Qué cosa, decirle qué?

—Venga, China. Lo de Henry que quiere cargarse a Cassidy.

—Esa mierda ya es antigua. No harán nada.

—No sé –dijo Topo.

—Oye, hombre. En absoluto, hermano. He estado hablando con esos tipos, y entienden lo que les digo acerca de la hermandad. Empezamos aquí en Nam y volveremos a casa con auténticas agallas. Se nos ha probado en el fuego y bajo el fuego…

Topo lo interrumpió.

—Alto, China. Por una vez líbrame de la boba prédica revolucionaria y patriótica. A Henry no le importa un carajo todo ese bla, bla, bla de la

Pantera Negra. Tan sólo necesita hermanos que vendan al menudeo mientras él vende al por mayor. Si tiene que matar a Cassidy para mantenerse al cargo, lo hará.

China bajó la vista hacia las piezas desperdigadas sobre el poncho de Topo.

—En verdad que no lo entiendes —dijo suavemente.

—De verdad que *tú* no lo entiendes.

Una bota que raspaba un poco el piso de triplay despertó a Mellas. Su corazón comenzó a palpitar con fuerza. Estaba cubierto en sudor y le dolía la cabeza. Fitch, que miraba desde arriba a Mellas, con la tristeza dibujada en el rostro, había restregado la bota a propósito para no despertar a Mellas de modo abrupto y disponerlo a una actitud combativa.

—Hola, Jim —lo saludó Mellas.

Fitch se sentó en el otro catre.

—¿Estás pedo, Mellas?

—Na. Sólo me bebí unas cuantas cervezas con Cassidy, eso es todo. ¿Qué horas son?

Fitch miró su reloj.

—La una.

—Ya te pasaste al uso civil.

—Nunca lo abandoné.

Mellas colgó los pies por encima del suelo. Le ardía y palpitaba la cabeza. Se pasó las manos por el pelo y lo sintió sudoroso. Se las secó en los pantalones aún endurecidos.

—Sí conseguí salvar mis puñeteras botas —dijo mientras veía su blancura familiar.

Se hizo un silencio chocante.

—Supongo que te enteraste de que me voy —dijo por último Fitch.

—Sí —Mellas no sabía cómo hablar al respecto sobre ello. Vio que Fitch se ruborizaba un poco, quizás había tomado su silencio como una condena, así que dijo—: realmente me alegra que te vayas.

—Yo también —Fitch forzó una sonrisa a medias y siguió otro silencio extraño.

—¿Cuándo te vas? —le preguntó Mellas.

—A las seis. Voy a tomar el ave grande en Dong Ha. Debo llegar a Oki pasado mañana, de día.

—Oficial de lavandería, ¿no? —sonrió Mellas.

—En la división de calcetines y camisetas.

—Pudiste haberle dicho a Mulvaney. Es un supertrato.

—Debí negociarlo con Simpson.

—Carajo, capitán. Comunicación en paralelo. Ya sabes cómo funcionan las cosas.

Fitch alejó la vista hacia la pared de madera contrachapada y asumió la mirada fija perdida, ya familiar. Mellas supuso que, dentro de su mente, se desenvolvía toda una película. Fitch, por fin, se volvió y lo miró en el ojo sano.

—No quiero volver a la maleza. Haré lo que haga falta para mantenerme con vida.

Comenzó a meter equipo en el saco marinero ya abultado. Se peinó y se inclinó un poco hacia el espejo de acero clavado en una tablita de dos por cuatro pulgadas para mirarse. Luego se puso un sombrero de utilidades camuflado y perfectamente almidonado. Brillaba su barra plateada de teniente, recién pulida.

—¿Sigues usando gomina Dapper Dan? –le preguntó Mellas.

—En Da Nang hay un sitio, el Elefante Blanco –dijo Fitch mientras se quitaba el sombrero y se alisaba el pelo–, y hay coños de chicas con ojos redondos. De la Cruz Roja, azafatas. Aire acondicionado. Incluso hay una maldita alemana que les vende Mercedes a los peces gordos de la Agencia para el Desarrollo Internacional. Y en unas tres horas estaré ahí, cogiendo, y me olvidaré de que jamás haya visto este lugar.

Se colgó el saco sobre el hombro. Mellas se levantó, tembloroso. Su garganta sufrió una repentina opresión. Vio los labios trémulos de Fitch antes de que adoptara la expresión hermética y dura con la que le escondía sus sentimientos al resto de la compañía.

—Te cuidas, Mellas –le dijo Fitch–. Les escribiré y les contaré qué ha sido de mi vida.

—Nos encantará.

—Diles a todos que me busquen cuando regresen al mundo. Ya sabes que no me importa si son *snuffs*.

—Ya lo saben.

Se levantaron sin dejar de mirarse el uno al otro. Mellas estaba increíblemente feliz de que Fitch hubiera logrado salir de ahí con vida.

Justo antes de que anocheciera, Mellas le compró al sargento de artillería Klump una botella de Jack Daniel's y se fue en aventón hacia el GAM-39, donde tomó uno de los últimos vuelos que salían hacia Vandegrift. Debajo de él rodaba la tierra yerma y ya oscurecida. Pensó en Cassidy, asustado, mientras se emborrachaba en el sombrío club de oficiales. Si se hubiera puesto realmente mal, habría tenido que hablarlo con Jayhawk. Luego pensó en Fitch en aquel centro nocturno, el Elefante Blanco, donde las chicas estadunidenses lidiaban con personal de la Agencia para el Desarrollo Internacional y del programa AOCDR. Luego pensó en sí mismo, que se dirigía a las montañas oscuras y cubiertas de selva. Diez meses más, musitó. Cinco veces la Operación Sendero de Lágrimas. Cinco veces Matterhorn. Mellas sabía ahora que ni Matterhorn ni la Operación Sendero de Lágrimas tenían nada en especial. Las dos constituían, tan sólo, lo ordinario de la guerra.

Diez minutos más tarde, el heli llegó a las montañas y el mar de selva apareció con oleadas aún mayores por encima de la primera ladera. Mellas sacó su mapa –se había convertido ya en un hábito compulsivo– y dedujo el rumbo gracias a un pico prominente que centelló por debajo y a un río que, alrededor suyo, curveaba en una cerrada «s». Luego volaron por encima del siguiente solevantamiento de montañas, más altas y más escabrosas.

De un lado de la mochila desató Mellas la espada de Vancouver y se acercó a gatas a uno de los ojos de buey abiertos. Tuvo que hacerse angosto al pasar junto al metralleta apostado en la puerta, quien lo veía mientras, al mismo tiempo, movía, ocioso, los ojos hacia delante y hacia atrás a lo largo del suelo, más abajo. Cuando llegó al portillo, la ráfaga de viento amenazó con arrancarle el parche del ojo. Lo acomodó en su sitio y se arrodilló, inclinado sobre el aire veloz, y sostuvo la espada afuera, frente a sí. Mellas la contempló casi medio minuto, mientras convocaba recuerdos. Luego la dejó caer en el crepúsculo.

La vio caer hacia atrás, la vio dar vueltas y cómo destellaba ante la luz agonizante, antes de que se hundiera en el vasto e incólume verdor grisáceo de abajo. Mellas desdobló el mapa y, con cuidado, marcó el sitio en el que había caído con una «EV», Espada de Vancouver.

El metralleta de la puerta sacudió la cabeza.

—Los jodidos gruñones, caray –le gritó–. Locos cabrones.

Al llegar a Vandegrift temprano por el anochecer, Mellas sintió la nostalgia que experimentan muchos al volver a su casa, sin importar cuán esquelética sea. Debajo, unas pocas luces, que hacían caso omiso de los proyectiles norvietnamitas, centelleaban por detrás de las cortinas de oscurecimiento total.

Cuando salió del heli, había ahí un pequeño grupo de oficiales de grado pertenecientes al equipo de división, en espera de irse, con maletines en la mano y pistolas calibre .45 en sus fundas negras y lustrosas. Mellas se encaminó en silencio por el sendero hacia el área del batallón y pasó las tiendas en donde había esperado el lanzamiento del Águila Calva. Allí había una compañía del Decimonoveno Regimiento de Marines, quienes tallaban madera, escribían cartas, limpiaban sus rifles y jugaban cartas para contraatacar el tedio y el temor. El aire era notoriamente más tibio que la última vez que había estado en Vandegrift.

Llegó a la tienda de suplementos de la Compañía Bravo. Alguien había hecho el intento de enderezar el exterior algo vencido. Dentro estaba todo ordenado. Los sacos marineros estaban cuidadosamente apilados en la parte posterior sobre palés de madera para mantenerlos libres del fango. Ahí estaba el escritorio viejo con dos velas que ardían. Había tres desconocidos sentados.

—¿En qué podemos ayudarte, marine? –le preguntó uno con sequedad. Era corpulento y acababa de llegar, evidentemente, del mundo. Tenía un cuchillo metido en la bota. Mellas quería gruñir.

—Carajo –dijo Mellas–. ¿Ésta es la Compañía Bravo o qué? Soy el subteniente Mellas. ¿En dónde están Hawke y Scar?

Los tres desconocidos se pusieron de pie.

Mellas se desprendió de su carga, se sacó las trinchas y dejó caer todo con un golpe seco sobre las esteras metálicas que se extendían por debajo de sus pies.

—Bienvenido de vuelta, señor –dijo el hombre–. He escuchado muchas cosas acerca de usted. Soy el sargento de segunda clase Irvine, y él es el sargento de segunda clase Bentham y él es el subteniente LaValley, señor –titubeó un momento–. Oímos que perdió el ojo.

—Todo el mundo se enteró –dijo Mellas.

Les estrechó la mano a cada uno, tras adjudicarse el papel del silencioso héroe herido. Notó que le imponía respeto al nuevo teniente, de la misma manera como un veterano le habría impuesto un par de meses atrás a él. Ahora, su reacción no significaba nada para él, excepto la información de que las historias sobre Matterhorn se habían exagerado, con toda probabilidad, mucho más allá de lo que él mismo habría podido inventar, y que los nuevos chicos estarían endiabladamente inquietos.

Mellas escarbó en su saco y sacó la botella de Jack Daniel's.

—¿Me pueden decir algo sobre lo que está pasando?

El nuevo subteniente le contó que estaban por irse a Eiger y que estarían ahí cosa de una semana para proteger la batería de la artillería. Al mismo tiempo, bajarían a la Compañía Charlie al valle del río, al norte de

Eiger, para dirigirse hacia el norte. Una semana más tarde, las dos compañías invertirían posiciones. Alfa estaba ya en Sky Cap y la Compañía Delta barría el valle del río Suoi Tien Hien, apenas al oriente de ellos.

—¿Cuándo nos vamos? –preguntó Mellas.

—Mañana a las cero seis cien.

Mellas farfulló.

—Entonces creo que tengo tiempo esta noche para empedarme –sostuvo la botella en lo alto, frente al nuevo subteniente y los dos sargentos de segunda clase–. ¿A alguien se le antoja? Es su última oportunidad.

Cada uno tomó un pequeño trago en la taza del café o de la cantimplora para mostrarle a Mellas que eran amigables.

—¿Considera que la zona estará caliente cuando llegue Charlie? –preguntó el subteniente; sostenía la taza para café entre las rodillas y se había inclinado hacia enfrente.

—¿Acaso parezco un puto gitano? –bromeó Mellas–. Na. No lo creo –miró el ámbar líquido, que reflejaba la luz de la vela–. ¿Cómo están las tropas?

—Tenemos bastante botas, subteniente –había contestado el otro sargento de segunda clase, Bentham. Mellas lo miró sorprendido. Hablaba como si hubiera estado antes en combate. Mellas agradecía eso. Probablemente había ascendido a sargento en su periodo anterior, y luego, en el mundo, lo debían haber promovido al equipo de personal, y lo habían embarcado de nuevo hacia acá en cuanto habían pasado sus dos años de gracia.

—¿Qué pelotón tienes?

—El Tercero. Estaré ahí hasta que nos hagamos de otro subteniente.

—¿Y ustedes dos? –les preguntó Mellas a los otros.

—Yo soy el mandamás del Segundo Pelotón, junto con el subteniente Goodwin –respondió el sargento de segunda clase con el cuchillo en la bota.

—Y a mí me asignaron tu antiguo pelotón –respondió LaValley con una sonrisa.

—Los chicos no son míos –dijo Mellas con una sonrisa–. Puedes responsabilizar de todos tus problemas a un tipo de apellido Fracasso. Por supuesto que me llevaré el crédito de cualquier cosa que hagan bien.

—Por lo que he escuchado, nunca tuvieron realmente suficiente tiempo como para sentirse del montón del subteniente Fracasso –dijo LaValley.

Mellas agitó el whisky.

—Na. Era un tipo de lo mejor. Estaban bien con él –miró a LaValley y lo invadió una oleada de tristeza. Luego apuró el whisky y refunfuñó, a despecho del hueco dentro de sí que el whisky no podía llenar–. No te preocupes por eso. Serán tuyos de inmediato. Después de algún tiempo acá, podrás diferenciar en un segundo a un ganador de un perdedor. No tienes nada de qué preocuparte.

Mellas intentaba incluirlos a todos conforme hablaba, y estaba seguro de que lo había conseguido. Pero tampoco ignoraba que también Jayhawk podía distinguir a los triunfadores. El chico con el cuchillo en la bota se iba con Scar, para que Scar le impidiera hacer demasiado daño.

—Por lo que a mí concierne –añadió Mellas– salgo a buscar a dos amigos y a emborracharme hasta terminar de rodillas y abrazado a un inodoro. Y, si lo consigo, ustedes tendrán que hacerse cargo mañana de la compañía, mientras el capitán y el oficial ejecutivo intentan recuperar la conciencia.

Los dejó con sus carcajadas y salió para buscar a Hawke y a Goodwin. Vio a un marine, que caminaba solo, acercársele por el camino. Tenía una toalla alrededor del cuello y una jabonera en una mano. Iba, quizá, camino a una última ducha antes de la operación.

—Subteniente Mellas –le gritó el chico–, nos dijeron que había vuelto.

Era Fisher.

—Dios mío, Fisher. Pensé que habías vuelto al mundo. ¿Qué necesitamos hacer para irnos *fuera* de este puto lugar?

—Me encanta, señor. Creo que nos tendrán que matar.

A los dos les faltaban las palabras y se rieron.

Se dieron un apretón de manos y sonrieron profusamente.

—¿Estás bien? Me refiero, de ahí abajo –Mellas señaló con un pequeño cabezazo su entrepierna.

Fisher lo puso rápidamente al tanto de su operación y recuperación después de la sanguijuela.

—¿Así que todo funciona? –preguntó Mellas.

—No estoy jodiéndolo, subteniente –le contestó Fisher–. Al menos en Japón funcionaba todo. Carajo, pero estoy enamorado de las japonesas. Te tratan bastante bien, señor.

—Es lo que he escuchado –contestó Mellas–. Me alegra que estés bien. Lo digo en serio, Fisher. Me alegro de verdad.

—Sí. Gracias, señor –contestó Fisher. Luego cambió su expresión–. Escuché que les tocó hundirse bastante en mierda.

A Mellas no le apetecía hablar sobre Matterhorn.

—¿Estás de vuelta en tu antigua escuadra? –le preguntó.

Fisher comprendió.

—Lo que queda –dijo–. Sigue siendo la Segunda Escuadra, supongo –pateó un trozo de lodo–. Carajo. Todavía me faltan sesenta y siete días. Soy un corto de tiempo, soy pequeño, un enano de dos dígitos –le sonrió a Mellas–.

Soy tan pequeñito que si me siento sobre el chaleco antibalas me cuelgan los pies. Más aún, soy tan enano que, cuando me lo pongo, se arrastra por el suelo. ¿A usted cuánto tiempo le queda, subteniente?

—Trescientos tres y un despertar —le señaló con el dedo directo hacia la cara—. Y no salgas con ninguna mierda.

—Carajo, subteniente, usted todavía debe contar en meses.

Mellas se rio, contento de veras porque a Fisher le quedaba cada vez menos tiempo, porque se hacía más pequeño. Le pasó las cajas con puros para que las entregara él a la compañía y continuó su camino. Al llegar a la tienda que servía como cuartel para los oficiales solteros, se encontró con McCarthy, Murphy, Goodwin y Hawke, quienes se reían, en torno a un casillero, con tres botellas abiertas encima de él.

—¡Listos para el tour mágico y misterioso! —canturreó—. Ahí voy para arrasaaarlos.

Dos oficiales desconocidos gruñeron. Uno intentaba dormir.

—Santo cielo. Otro más.

—¡Ey! —gritó McCarthy—. Es Mellas. ¡Con un puto parche! —Murphy lo abrazó y lo levantó del suelo, mientras Mellas sostenía la botella de whisky por encima de su cabeza. Murphy lo bajó y McCarthy le arrebató la botella—. Que Dios sea alabado eternamente —dijo McCarthy, mientras la sostenía en alto, hacia la luz—. Por nuestro bien y por el bien del Cuerpo —Mellas le levantó un dedo.

—Scar y Patch —dijo Hawke—. No tengo una compañía. Tengo un puto número circense de animales.

—Bien, pues llévate a tu puto circo a otro lado —dijo, disgustado, el hombre que intentaba dormir—. Tengo guardia en tres horas.

—No me apetece un carajo —reviró Hawke. Se levantó y se puso un sombrero de utilidades camuflado con cuidado y se lo ajustó frente a un espejo de acero que colgaba de uno de los postes de la tienda—. Vámonos —dijo—. Cassidy está en Quang Tri. Vamos a su habitación y dejemos dormir a estos oficiales tan amables.

Cassidy dormía en un cuartito limpio que tenía su propia entrada en la parte trasera de la tienda de los oficiales de logística s-4. Estaba oscuro. En cierto momento, Hawke encontró una vela y la encendió. Se sentó sobre el catre de Cassidy.

—Por cierto, Hawke —dijo Mellas—, felicidades por la compañía —le extendió la mano—. Es la más cabrona, por lo que sé.

—Gracias, Mel —Hawke se recostó sobre el catre—. Pero es raro. Es como otra compañía.

—Sé a lo que te refieres.

McCarthy les pasó a Mellas y Goodwin tazas con whisky.

—Dejen de lamentarse por la puñetera compañía que se perdió ya –dijo–. Están perdiendo su jodido tiempo.

—En ese caso, continuemos este tour misterioso en *mi* jeep –propuso Hawke–. ¿Quién está suficientemente sobrio como para conducir hasta el club de oficiales?

Mellas miró alrededor.

—Creo que me corresponde –dijo.

—Bien –repuso McCarthy–. Tú te sientas atrás y te pones al corriente en los tragos. Yo conduzco, cabrones.

Pronto, los cinco estaban ya sentados alrededor de una mesa en el tosco club de oficiales, una barricada improvisada en contra de la realidad. Un pequeño generador, que brindaba una luz vacilante, zumbaba sin claudicar. Las paredes desnudas de triplay mostraban todavía los sellos con las especificaciones técnicas de las tablas. Las vigas expuestas rezumaban brea. Un tiro al blanco estropeado estaba claveteado a una de las paredes.

Chorrearon cera sobre la mesa para fijar las velas. Luego ordenaron cinco bebidas para cada uno, pues ésa era la única manera de evitar la riña sobre quién tendría el honor de pagar la última ronda. McCarthy y Murphy esperaron de pie junto a la barra mientras el barman servía veinticinco vasos de whisky y los colocaba sobre dos bandejas grandes. Con ellas frente a sí, los dos se abrieron paso entre las mesas. McCarthy tenía un paquete de galletas Ritz entre los dientes. Hawke lo tomó y abrió uno de los extremos, mientras los otros depositaban los vasos sobre la mesa. McCarthy se fue de nuevo por dos jarras de agua y cinco vasos de mayor tamaño, que dejó en la mesa frente a Hawke.

Él había contado ya el número de galletas dentro del paquete.

—Aquí tienen –dijo–. Siete para cada uno. Excepto para mí, que, por ser el comandante de la compañía, me corresponden ocho –le pasó el paquete a Mellas, quien tomó sus siete, y se lo entregó a Goodwin. Hawke levantó una jarra y comenzó a preguntarles a cada uno acerca de cuánta agua querían en sus whiskies, mientras estiraba uno, dos o tres dedos. Una vez que estuvieron todos servidos, levantaron los vasos y dijeron:

—*Semper Fi*, hijos de puta –y vaciaron el primer trago.

Pronto, Mellas estaba ya deliciosamente ebrio, de suerte que el bourbon le sabía suave y frío, mientras que, al mismo tiempo, le calentaba el vientre. Era un contraste mágico. A pesar del alcohol, estaba bastante consciente del momento. Sabía que los cinco habían compartido experiencias que nadie más habría compartido ni compartiría jamás. Sabía también que, probablemente, no todos sobrevivirían para volver a tener un momento como ése. Podría ser él, incluso, quien llegara a faltar. Ni toda la alegría del mundo ni todo el griterío, ni toda la borrachera que anestesiara cualquier dolor podía ocultar aquella idea que lo acechaba. Pero tal pensamiento latente lo hacía consciente de que ese momento era precioso.

—Oye, Mel —dijo Hawke—, cuando volvamos al mundo debemos hacer negocios o algo. Carajo, los cinco. ¿No sería fantástico?

—Con lo que sabemos, lo único que podríamos hacer sería competir contra la mafia —sentenció Murphy.

—El único negocio que tú puedes llegar a tener es un puto bar —dijo McCarthy—. Pero yo sería tu socio.

—Brindo por ello —dijo Hawke con el vaso en alto—. Eso es. Un puto bar —le dio hipo—. Un puto bar muy especial —se rio—. Lo llamaremos «Búnker».

—Na —se quejó Mellas—. No es lo suficientemente sofisticado. Mejor «Ellsworth».

—Jódanse tú y tu sofisticación, Jack —dijo Goodwin—. Queremos un bar, no una discoteca homosexual.

—Es cierto —dijo McCarthy—, y para que te den un trago ahí deberás estacionar tu coche a cuatrocientos metros de distancia y, para llegar, deberás abrirte camino con un machete a través de bambú duro y de pasto de elefante.

Mellas pensó durante un instante.

—Pero sin mapas para los clientes —dijo—. ¡Nada de mapas! —daba un golpe con la palma de la mano con cada palabra—. ¡Nada de putos mapas!

—Pero te podemos dar una granada de humo —dijo Hawke—. Así que, si te das por vencido, un heli te puede regresar, gratis, al estacionamiento.

—Cóbrales a esos hijos de puta, Jayhawk —dijo McCarthy—. Dios. No sé nada acerca de tu visión de los negocios. No puedes hacer dinero con un corazón de pollo.

La guasa sobre el Búnker subió de volumen y se volvió más escandalosa. «Que los clientes les arrojen migajas de comida a las ratas, pon sanguijuelas sobre las mesas. Que el precio para entrar sea llenar cien sacos de arena. Que se sienten sobre sus propios talones o sobre el suelo mojado. Sólo beberán el agua que puedan lamer de las tuberías que cuelguen del techo. Tendrán que mear en las esquinas. Que, al volver al estacionamiento, se den cuenta de que ya les robaron sus coches.» Pronto, los cinco estaban ya de pie, zapateaban con los pies, cantaban, una y otra vez:

—¡No hay reabastecimiento! ¡No hay evacuaciones médicas! ¡No hay mapas!

Finalmente se sentó Hawke. Luego los demás.

—Jamás funcionaría –dijo Hawke, y se metió un trago.

—¿Por qué no, Jack? –preguntó Goodwin.

—El gobierno jamás nos daría la licencia para cargarnos a la mitad de los clientes.

Se hizo el silencio por un momento. Entonces, Murphy levantó su vaso.

—Por el Búnker –dijo. Estiró la cabeza hacia el vaso.

—Y por todos los clientes –agregó Hawke.

Se hizo otro silencio mientras jugaban con los vasos.

—Ay, jódanse, amigos –dijo Murphy–. No reconocen un buen momento cuando se les presenta.

—El típico militar de por vida jodido, Murphy –dijo Mellas–. Cualquier cosita mierdera es un buen momento para ustedes. Por eso el gobierno les pedirá siempre que hagan su peor trabajo –Mellas apuró el resto del trago y dejó el vaso sobre la mesa–. Son unos pobres imbéciles.

Todos guardaron silencio. McCarthy reprimía, evidentemente, una sonrisa. Cruzó la mirada con Hawke y luego miró a Murphy. Mellas no se dio cuenta de que estaba navegando en aguas tormentosas.

—Alguien debe hacer los peores trabajos, Mel –dijo Murphy, mientras envolvía el vaso vacío con las manos.

—Pues yo ya cumplí con todos los puñeteros trabajos que conseguirán que haga. Me largo al diablo. Si son lo suficientemente idiotas como para quedarse, jódanse ustedes y su puto gobierno.

—¿Cómo coños esperas que el Cuerpo de Marines consiga mantenerse unido si cabrones maricones como tú se largan al carajo porque caen en la cuenta de que pueden hacer más dinero en otro sitio?

—La puta que te parió, Murph. No mantendría mi culo aquí, en la Entrepierna, ni por todo el dinero del mundo.

—¿Entonces por qué te vas?

—Porque lo odio, carajo, por eso –dijo Mellas–. Estoy cansado de las putas mentiras y de tener que taparlas con sangre.

—Brindo por eso –dijo McCarthy y eructó.

—Esa respuesta no es válida –repuso Murphy. Sus brazos fornidos descansaban sobre charcos de bourbon que había chorreado. Los otros estaban recargados contra los respaldos de las sillas, con expresiones bobas en los rostros, mientras observaban cómo Mellas y Murphy se enamoraban, la liebre y el oso–. Ustedes simplemente despegan y se van, y dejan que queden más jodidos los mentirosos y los lameculos y las tropas. Lo que les pasa es que son tan maricones como para estar en lugares públicos con un corte de pelo al ras, porque tienen miedo de que, así, jamás podrán coger.

En lugar de aceptar que la burla lo había herido por ser verdad, Mellas perdió el temperamento.

—Levántate, hijo de puta –le dijo, mientras se incorporaba de la silla. Tenía los puños bien trabados.

McCarthy lo jaló hacia abajo por la espalda de la chamarra camuflada de utilidad.

—Por Dios, Mellas, Murphy te va a matar. Sólo porque le dio a una puta llaga no significa que debas convertirte en un sacrificio humano.

—Murphy tiene razón –dijo Hawke–. Desde que estás en el Cuerpo, Mellas, ¿con cuántas chicas has salido que hayan sido universitarias y que no sean sureñas?

—Jódanse todos, ésa es la cantidad –contestó McCarthy por él.

—Así es –dijo Hawke–. Tú te vas a Washington y ahí hay todo tipo de chicas universitarias que trabajan para cualquier tipo de oficinas gubernamentales, pero, si estás ahí con tu puto corte al ras, eres como un negro en Georgetown, si es que alguna vez ha habido alguno en ese barrio.

—Gracias, Theodore J. Hawke –dijo Mellas–. Otro filósofo bastante verde –pensó en Karen Elsked y se sintió vacío.

Hawke se recargó en el respaldo de la silla.

—¿Crees que miento? En seis meses, ustedes dos –apuntaba hacia Mellas y McCarthy–, seis meses después de que hayan salido del Cuerpo, si es que salen vivos de aquí, van a ser un par de jodidos intelectuales comunistillas y matudos, y le dirán a todo el mundo lo jodida que es la guerra y que ustedes lo supieron desde el principio. ¿Y saben qué? Mentirán. Mentirán para poder salir adelante en su mundo. Llevarán el pelo hasta el trasero, fumarán hierba, van a marchar y a protestar y vestirán sandalias y collares igual que todos ellos. Y no lo harán por ninguna otra razón excepto para gustarles a las chicas.

—Jódete, Hawke –le espetó McCarthy.

—No me jodo –Hawke se inclinó sobre la mesa–. Los dos tendrán miedo de volver al mundo y de contarles a todos aquellos cabrones que fueron buenos marines. Ay, no fueron leyenda. Ni siquiera fueron los mejores. Pero fueron buenos. E intentarán decirles a todos lo malo que fueron y cuánto lamentan no tenerles que explicar cómo es en realidad. Lo bien que puede sentirse uno al hacer algo tan malo.

—Estás jodidamente borracho –dijo McCarthy–, pero brindo por ello –así lo hizo: vació el vaso y lo azotó contra la mesa–. Yo me ofrecí como voluntario, carajo.

—¿Acaso no lo hicimos todos? –preguntó Mellas. Se puso de pie, levantó el vaso y estuvo a punto de caerse durante el proceso–. Por los putos voluntarios –todos se pusieron solemnemente de pie. Hawke se tambaleaba. Murphy y Goodwin se apoyaban entre sí. Chocaron los vasos y bebieron. Entonces, Mellas se giró y miró a Hawke directamente. Levantó el vaso vacío frente a su cara, miró por encima del vaso a Hawke con el ojo bueno y dijo con calma:

—Bravo ha muerto. Bravo ha resucitado. Bravo peleará de nuevo –levantó entonces el vaso por encima de la cabeza–. *Mea culpa* –añadió.

Los ojos de Hawke lograron enfocar un instante y se persignó con solemnidad.

—La absolución –pidió. Arrastraba un poco las palabras. Los ojos volvieron a perder el foco.

Mellas le agradeció con una sonrisa y chocó su vaso contra el de Hawke. Mellas miró por un momento el vaso vacío y lo dejó caer al piso. Se rompió. Tomó un vaso lleno y lo sostuvo en alto mientras se daba una vuelta completa. Luego sumergió el pulgar y dos dedos en el whisky y ungió a quienes estaban a su lado con movimientos de solemne ceremonia, mientras cantaba:

—*Dulce et decorum est pro patria mor-r-i. Dulce et decorum est pro patria mor-r-i.*

Hawke se arrodilló y sacó la lengua. McCarthy le colocó, ceremoniosamente, una galleta. Levantó el vaso de whisky con las dos manos y lo vació, despacio, sobre la cabeza de Hawke. Le escurrió el líquido por la cara. Luego, McCarthy trazó la señal de la cruz sobre la cabeza de Hawke, mientras cantaba:

—En el nombre del coronel y del Tres y del Congreeeso inútiiil.

Hawke estaba ahí arrodillado, con la lengua de fuera; atrapaba el líquido ambarino conforme bajaba por su rostro. McCarthy levantó entonces los dedos formando una «v», la señal de la paz, y se dio, lentamente, la vuelta, con el brazo muy alto por encima de la cabeza. Se dirigió entonces a la multitud ya silenciosa:

—La paz. Mi paz os dejo –luego, con el pulgar y los dos dedos siguientes unidos, muy por encima de la cabeza, trazó un círculo completo, mientras decía–: líbranos de todo mal y concédenos la paz en nuestros días

–después tomó un vaso vacío, lo miró un momento y lo estrelló contra la pared. Hawke se echó al piso de espaldas, con brazos y piernas extendidas, como si fuera un águila, y miró, alcoholizado, el techo.

—Oye, Jack –se quejó Goodwin–, esta fiesta se tornó muy jodidamente religiosa.

En la habitación de Cassidy se pasaron más cervezas. Experimentaban la cercanía que proviene del compartir, como cuando se pasa una pipa de la paz. Hawke mencionó que su chica era de primera. Le había escrito una carta en la que le contaba que tenía un novio nuevo y que no podía escribirle más porque se oponía a lo que hacía. Los cinco brindaron por su salud, buena y constante, y por su fibra moral. Mellas notó que Hawke estaba bastante herido, pero él no se amilanó, bebió con todos y se burló del término de la relación.

Llegó el momento en que se acabaron las cervezas, y entonces Goodwin, Murphy y McCarthy se retiraron para dormir dos horas antes del inicio de la operación. Hawke y Mellas se quedaron solos. Mellas estaba extremadamente cansado y la cabeza le daba vueltas. Quería dormir pero sabía que era la última noche juntos antes de que la nueva relación formal añadiera una capa de complicación. Mañana, Hawke sería el capitán y Mellas el oficial ejecutivo.

Durante el silencio penoso juguetearon con las latas de cerveza vacías. Por fin, Mellas le arrojó su lata vacía a Hawke y le dijo:

—¿Tienes miedo de volver a los arbustos?

—¿Por qué crees que estoy borracho perdido?

Guardaron silencio.

—Me alegra que estés al frente de la compañía, Ted. Habría sido un desastre si me la hubieran encomendado a mí.

Hawke sonrió y sacudió la cabeza.

—Mellas, imbécil de mierda, no tienes ninguna oportunidad de que te la den. Eres todavía un pobre bota jodido.

Mellas sonrió y asintió con la cabeza para mostrar su acuerdo.

—Sí, pero de todas maneras habría sido un desastre.

—Jódete, Mellas. En un mes, más o menos, serás teniente, y unos meses después te quedará poco tiempo para volver a casa y eso será lo único que querrás. Entonces ahí será cuando te la ofrezcan, cuando ya no la quieras. Pero, como no habrá mejor alternativa, la tomarás. Y tú serás la mejor opción.

Mellas se rio, contento y avergonzado por el elogio.

—Como sea, será un placer trabajar contigo. A decir verdad, he pensado seriamente abrir ese maldito bar si conseguimos volver al mundo –se rio un poco a través de la nariz–. El Búnker. Les permitiré a todos los veteranos que observen a los clientes a través de uno de esos espejos de un solo sentido.

Hawke se reclinó y sonrió hacia el techo de la tienda. Luego, súbitamente sobrio, se levantó.

—Es una puta fantasía, Mellas. Al menos por los próximos dieciocho años.

—¿A qué te refieres?

—Me hice regular.

—No.

—Sí –dijo Hawke. Intentó sonar desenfadado–. Me dejé envolver por el cuerpo escarlata y oro de los marines.

Nada respondió Mellas.

Hawke buscó las palabras apropiadas con los ojos fijos sobre la lata magullada, en lugar de mirarlo a él.

—Ya sabes. Una mierda. No sé qué coños haré el día que regrese al mundo. Tú eres diferente. Tú vas a la puta facultad de derecho y te encaminas hacia la cumbre. Pero ¿yo? Al carajo. Aquí hay gente buena. Mulvaney. Coates. Cassidy. Hasta Stevens, lo intenta –levantó la mirada hacia Mellas–. Tipos buenos, buenos oficiales.

—Si no te hubiera arrojado la cerveza, brindaría por ti –Mellas se acostó sobre la cama y observó los dobleces de la tienda encima de él y el juego de sombras de la única luz–. Murphy tiene razón. Si los tipos buenos se van, se joden peor a las tropas.

Mellas pensó en silencio en la Compañía Bravo, que había desaparecido, dispersa en hospitales por Japón y las Filipinas, o en bolsas para cadáveres de hule en aviones comerciales que sobrevolaban el Pacífico camino a casa.

—Dime algo, Hawke –dijo Mellas, sin mirarlo a él, sino a las sombras en el techo–. Antes de convertirte en Bravo Seis –tuvo que agregar una ligera mordacidad, no pudo evitarlo– y en un regular –Hawke le levantó un dedo– ¿por qué el coronel nos envió montaña arriba la segunda vez, carajo? –la voz le tembló, lo tomó por sorpresa–. Los gucos no corrían. Pudo haberse encargado la Compañía Delta.

Hawke se tomó algo de tiempo antes de contestar.

—Porque ustedes se ofrecieron como voluntarios. Había dado la orden para el asalto pero, en el último minuto, le dijo a Fitch que se lo comisionaría a Delta en caso de que Fitch no quisiera hacerse cargo.

Mellas se levantó hasta quedar sentado. Se secaron las lágrimas que se le habían formado al comenzar a hablar sobre el asalto, pero se le cerró la garganta.

—¿Qué?

—Simpson le dijo a Fitch que tenía dos opciones: recuperar el honor perdido por abandonar Matterhorn, razón por la cual debía haber otro ataque, o ser un mariconcito cobarde y permitir que la Compañía Delta se hiciera cargo del desastre de Bravo –hizo una pausa–. Y todo cuadra. Ya sabes cuán pequeño es el Cuerpo de Marines.

—Si hubiera sabido que Fitch se había ofrecido como voluntario, habría querido matarlo a él también –dijo Mellas en silencio, como un susurro.

—Y si tú te hubieras enfrentado a la misma decisión, habrías hecho lo mismo que Fitch –le reviró Hawke.

—Lo sé –contestó Mellas.

—¿Todavía te apetece matar a Simpson?

Na. Ya sabes que enloquecí allá. Él estaba cumpliendo con su trabajo, nada más –Mellas se acostó sobre la cama–. Sólo querría que lo hubiera decidido sobrio –se rio y Hawke se le unió en las risas. Luego reinó el silencio.

—Lo gracioso es –dijo Mellas– que Fitch me cae bien todavía. Hubiera subido la montaña con él aun si lo hubiera sabido.

—¿Antes o después de que lo mataras?

—Antes y después.

Los dos guardaron silencio de nuevo. El alcohol hizo borrosa la visión de Mellas y lo amenazó con inducirlo al sueño. Pero se repuso.

—Ese pobre hijo de puta nos ofreció como voluntarios a pesar de todo. Cargará con ello mucho más tiempo que si fuera un reporte de mala condición física. Y yo que me he sentido mal por haber disfrutado matar gente.

Hawke se rio por lo bajo.

—Por lo menos ya lo viviste. Los que no se enteran son los peligrosos. Hay por lo menos doscientos millones de esa clase allá en el mundo. El campo de entrenamiento no nos vuelve asesinos. Es tan sólo una jodida escuela para niñas buenas –se rio con amargura–. Me acuerdo de mi puta exnovia, que me decía que era inconcebible, usaba esa palabra: «inconcebible», que ella no pudiera venir a Vietnam, como yo, sin que importaran las consecuencias. Eso fue justo antes de irse a Europa durante el tercer año de sus estudios, donde conoció a su novio nuevo.

Hawke estrelló con una mano la lata de cerveza que sostenía. Destrozada, la dobló hacia uno y otro lado, la torció y estropeó. Mellas no dijo nada.

—Ninguno de ellos ha conocido jamás al mono loco que llevamos dentro –agregó Hawke–. Excepto nosotros.

—Así es.

La voz de Hawke se volvió más y más suave.

—Quizá debamos tener un parque de diversiones al otro lado de la calle con un juego que se llame «El Mono Loco» –estaba acostado sobre el catre, con los pies sobre el suelo y los ojos cerrados.

—Estás a punto de quedarte dormido, Jayhawk –le dijo Mellas con amabilidad.

—Al carajo, en absoluto –murmuró Hawke–. Tan sólo descanso los ojos.

Se rieron por la broma manida. Entonces, la respiración de Hawke se volvió más lenta y regular.

—Oye –dijo Mellas–. Jayhawk.

—Hmm.

Mellas le levantó los pies, los puso sobre el catre, lo cubrió con un poncho liner y apagó la vela. La tienda se hundió en la penumbra. Mellas salió a la lluvia y la oscuridad hasta la tienda de reabastecimiento de la Compañía Bravo y se acurrucó en su manta. Se quedó dormido sobre la estera metálica del suelo, mientras oía los resuellos y gruñidos de los desconocidos, que dormían ya, y con quienes pronto compartiría, de verdad íntimamente, su vida.

Alguien lo sacudía para despertarlo.

—¿Qué coños pasa? –murmuró. La cabeza le dolía terriblemente.

—Soy yo, señor, China.

—Carajo, China, ¿qué coños quieres? –Mellas se dio la vuelta. El ojo herido le dolía aún más que la cabeza. Se preguntó qué había hecho con el parche o si lo había perdido en algún lugar. Lo encontró en la coronilla de la cabeza.

—Subteniente Mellas, debe ayudarme. Va a haber problemas esta noche.

—¿A qué te refieres?

—Me refiero a que creo que van a matar a alguien –musitó China.

Mellas escuchó un sonido fuera de la tienda, detrás de China. Luego se encendió un cerillo y vio a Topo, que prendía una vela. Su rostro, como el de China, estaba tenso y preocupado.

Mellas dijo:

—Bueno, carajo, debo mear. Denme un puto segundo –Mellas salió apenas de la tienda y orinó en la fría oscuridad. Al volver, China y Topo hablaban en susurros bajos. Los otros estaban profundamente dormidos, excepto por el nuevo subteniente, que tenía los ojos bien abiertos sobre ellos tres, pero se mantenía al margen. Mellas los guio al exterior–. Ahora, ¿qué pitos está pasando? –susurró. Estaba completamente vestido, pues se había colapsado sobre el suelo sin desvestirse.

—Cassidy, señor –dijo China–. Creo que lo van a granadear esta noche. Yo quería echarle una granada falsa, ya sabe, para dejar algo en claro, pero los demás prefieren sacrificarlo. Dijeron que un susto no resolvería nada.

—Pero Cassidy está en Quang Tri, carajo –dijo Mellas–. ¿Yo qué coños puedo hacer al respecto?

—No, señor, no está allá. Volvió. Vimos luces encendidas en su tienda.

Las palabras de China electrificaron la espina dorsal de Mellas.

—Por Dios –murmuró–. Ahí está Jayhawk.

Topo, sobresaltado, miró a China.

—Por eso no lo encontrábamos.

Mellas corrió. Tan sólo pensaba en sacar a Hawke de ahí. Se sintió mal y quiso vomitar pero no dejó de correr.

Topo lo rebasó. Sus piernas más largas se movían con mayor velocidad y aceleraba con todo lo que tenía para llegar hasta Hawke. China, que era más bajo y fornido, venía detrás. Los tres estaban llenos de un pavor que los impulsaba, como una mano en la espalda que corría con ellos, mientras que la niebla baja del suelo se arremolinaba a su paso.

La explosión rasgó el aire y lanzó a Mellas hacia delante aún con mayor celeridad. Corría como nunca antes lo había hecho, pero agobiado por la desesperación.

Sombras oscuras se alejaron de la tienda. Mellas se precipitó por la entrada justo detrás de Topo. No podía ver nada dentro. Percibió el olor enfermizo y abrasante de la TNT. Se asomó por encima del catre donde había acostado a Hawke. La granada había explotado justo debajo de él. Trozos del terliz del colchón flotaban todavía en el aire. Los restos del colchón destruido estaban pegajosos por la sangre. Palpó con las manos el cuerpo lánguido para sentir de dónde provenía la hemorragia.

—¡Una linterna! –gritó–. ¡Consigan una puta linterna!

Hawke estaba tendido boca abajo. Localizó su cabeza y buscó el pulso en el cuello. Nada. Palpó más abajo, en el pecho, y encontró tan sólo una calidez pulposa. Había estado en esa posición cuando, por debajo, explotó la granada.

Mellas oyó pasos fuera y luego brilló una linterna por la puerta. La luz iluminó el rostro de Hawke. Tenía los ojos abiertos. Debió haber escuchado el golpe de la granada en el piso justo antes de que explotara.

China temblaba en la entrada de la tienda con la linterna. Topo le decía algo en silencio con el brazo encima de su hombro. Los dos miraron a Mellas horrorizados.

Mellas temblaba. Incapaz de controlarse, se sentó sobre los talones y se estabilizó contra la estructura del catre, mientras veía los ojos abiertos de Hawke. Detrás de ellos no había ya Hawke alguno.

—Adiós, Jayhawk –dijo, y le cerró los ojos.

Se levantó y miró a Topo y a China. Deseaba golpearlos sin sentido, arrancarles la lengua por quedarse callados hasta que resultó ser demasiado tarde. Quería gritar acusaciones de asesinato y enviarlos a prisión. Al mismo tiempo sabía que no conseguiría nada excepto mayor amargura. Justicia en medio de la guerra era como un ápice de papel en el viento. Si involucraba a Henry, arrastraría a China y a Topo, y no deseaba eso. Su único pecado había sido aquel mismo que había cometido él tan a menudo: no hablar. Además, le caían bien, y la compañía no podía permitirse el lujo de perder a sus dos mejores metralletas. De pronto cobró conciencia de que pensaba como comandante de la compañía. Tenía a su cargo doscientos marines por los cuales velar. Cualquiera podría arreglárselas con su propia conciencia. Mellas, de verdad, ya no se preocupaba más por la justicia o el castigo, al menos ya no se interesaba por el tipo que representaban las cortes. La venganza no sanaría nada. La venganza carecía de pasado. Tan sólo iniciaba cosas. Creaba más desperdicios, más pérdida, y él sabía que el desperdicio y la pérdida de esta noche jamás podría ser redimido. No había manera de llenar las lagunas de la muerte. El vacío podría rellenarse con otras cosas con el correr de los años –nuevos amigos, hijos, nuevas tareas–, pero las lagunas permanecerían.

Mellas vio la taza de hojalata de Hawke que colgaba del tirante por encima del respaldo de la silla. Zafó la taza y se la metió en una de las bolsas.

—Más les vale que se vayan de aquí ustedes dos –les dijo por lo bajo a Topo y China cuando pasó entre ellos.

Mellas se quedó cerca por el inevitable tumulto. Toda la Compañía Bravo, sin excepción de un hombre, se desentendió, al igual que él hizo. Tan sólo sabía que estaba dormido cuando explotó la granada. Si había investigadores, ellos tendrían que arreglárselas para encontrar a Henry por sí mismos. Si no lo conseguían, ni hablar. Si sí, no habría evidencia suficiente para iniciar un proceso, mucho menos una condena. Más aún, había una guerra que pelear, y nadie se beneficiaría por una investigación de asesinato larga y que requería bastante tiempo.

Cuando el vocerío menguó, Mellas caminó solo a la orilla de la pista de aterrizaje desierta y se tiró sobre el lodo. Lloró hasta que no pudo más. Luego permaneció ahí acostado, vacío, solo, debajo del cielo que, poco a poco, se tornaba gris.

Después de mucho tiempo lo encontró Goodwin y lo ayudó a levantarse. Caminaron a la fortificación del centro de operaciones de combate, donde Blakely les informó que Mellas sería el nuevo comandante de la compañía hasta que llegara un capitán. Si Mellas desempeñaba un buen trabajo, quizá recibiría más tarde su propia compañía, incluso tal vez Bravo. Su primera tarea, con todo, una vez que estuviera Eiger asegurado, sería ayudarle al enfermero de la marina a redactar la investigación de la muerte accidental.

Capítulo XXIII

L A OPERACIÓN COMENZÓ A LAS 0600, COMO ESTABA PLANEADA. Hacia las 1000, la compañía se encontraba ya establecida y Mellas tenía tres patrullas en ronda. Tan sólo con el advenimiento del crepúsculo y de su luz suave y menguante consiguió, por fin, estar solo. Se escondió detrás de un tocón volado e intentó pensar en el sentido. Sabía que para un muerto no podía haber sentido alguno. El sentido provenía de la vida, provenía tan sólo de las elecciones y los actos. El sentido se construía, no se descubría. Entendió que él mismo podría tornar válida la muerte de Hawke al elegir aquello mismo que Hawke había elegido, la compañía. Lo que él había deseado anteriormente –poder, prestigio– parecía, ahora, vacío, y su búsqueda interminable. Lo que hiciera y pensara en el presente le daría la respuesta, de suerte que no tendría que buscarla ni en el pasado ni en el futuro. Los acontecimientos dolorosos serán siempre lacerantes. Los muertos están muertos para siempre.

A Mellas le apeteció salir a patrullar, volver a la pureza y vitalidad verde de la selva, donde la muerte hacía sentido como parte del ciclo ordenado en que acontecía, en aquella búsqueda desapasionada de alimentos que implicaba la pérdida de una vida para sustentar otra vida. Pensó en el tigre que mató a Williams. La jungla y la muerte eran las únicas dos cosas límpidas en la guerra.

La tarde tibia fue un presagio del calor posterior al monzón que sobrevendría pronto. Mellas sintió que la noche oscura comenzaba a envolverlo como los brazos de una mujer. Los escuchas estaban apostados en sus sitios, al igual que las estrellas, que brillaban en el cielo. Hacia Laos, las balas trazadoras tenues del ejército de Vietnam del Norte y el fuego antiaéreo flotaban hermosamente por encima del horizonte. El enemigo intentaba matar a un piloto estadunidense, pero la distancia hacía que el esfuerzo pareciera, tan sólo, la exhibición de fuegos pirotécnicos en cámara lenta. Mellas sintió una ligera risa proveniente de las montañas y que corría por el valle de pastos que se extendía debajo de él hacia el norte. Estaba agudamente consciente del mundo de la naturaleza. Se imaginó la selva, pulsante con vida, que con celeridad envolvía ya a Matterhorn, a Eiger y todas las otras cumbres arrasadas, para cubrirlo todo. Alrededor suyo, las montañas y la selva susurraban y se movían, como si estuvieran conscientes de su presencia, pero les resultara indiferente.

Se puso a preparar café, a sabiendas de que necesitaría cafeína para permanecer despierto durante la noche, y que pronto oscurecería, con lo que ya no podría encender nada en condiciones de seguridad. La vieja lata de peras devenida en taza, otrora de Hawke, le resultaba familiar y se sentía a gusto con ella. Varias veces al día, Mellas había encontrado consuelo en ella, al preparar café con esmero y atención, mientras recordaba a Hawke. Al terminar, bebió un primer sorbo con cuidado; el borde de la taza se había calentado hasta alcanzar una temperatura que le quemaba los labios agradablemente.

Cobró conciencia de alguien, en las líneas por debajo suyo, que golpeaba rítmicamente un tambor construido con una caja de ración c. Era un ritmo extraño, salvaje y fuerte. Ganaba volumen, se volvía luego quedo, pero era siempre feroz. Algunas voces suaves, que cantaban en una armonía extrañamente atonal, emergieron, como espíritus, de la tierra más abajo. Conforme se robustecía el ritmo, las voces se tornaron, sin aumentar el volumen, más intensas. Gradualmente consiguió entender las palabras del cántico, como si hubiera sintonizado su frecuencia. Las palabras le causaron un escalofrío pero, al mismo tiempo, levantaron su alma hacia el cielo.

Cantaban los nombres de los muertos.

> Si a Jacobs le parece bien, entonces a mí también.
> Si a Jacobs le parece bien, entonces a mí también.
> Si a Jacobs le parece bien, entonces a mí también.
> Por mí está bien. Por mí está bien.

Las voces continuaban el canto. Con cada nombre nuevo, alteraban el ritmo para cuadrar las sílabas. Mellas caminó montaña abajo para buscar a los cantores, con cuidado, pues no quería tirar el café caliente. Eran Conman, Topo y Gambaccini. Topo tamborileaba en la caja de la comida. Los tres miraban al vacío de la noche, perdidos en el ritmo. Mellas se sentó, no quería interrumpirlos.

Escuchó por detrás suyo un ruido suave y levantó la mirada. China estaba ahí de pie, los escuchaba y miraba. Mellas se recorrió un poco y dio un golpecito en el suelo junto a él con la palma de la mano. China se sentó. Mellas levantó la taza de hojalata en un brindis silencioso por Hamilton. Se lo ofreció a China, quien bebió un sorbo y se lo devolvió. Nada dijeron.

Si a Shortround le parece bien, entonces a mí también.

Cada uno de los nombres evocaba el recuerdo de un rostro, de una mano que se estiraba desde una piedra hacia arriba o por encima de la corriente de un arroyo presuroso, o también el de unos ojos temerosos cuando alguien advertía que la muerte había llegado para llevarse a un amigo.

Si a Parker le parece bien, entonces a mí también.

Mellas intentó sacudirse otras imágenes: cuerpos abrasados, su olor, la rigidez torpe debajo de los ponchos húmedos. No pudo. Los cantos continuaron, los músicos se entregaban al ritmo de su propio ser, encontraban sosiego al tocar y al cantarle a la muerte, el único dios verdadero que conocían.

Aquella noche, Mellas no durmió. Se sentó en el suelo y se quedó mirando en dirección noroeste, hacia Matterhorn. Vio cómo las montañas cambiaban sutilmente por debajo de las sombras de las nubes que proyectaba la luna menguante, conforme cruzaba el cielo, hasta que las sombras comenzaron a desvanecerse conforme nacía la luz en el oriente. Intentó entender si tenía algún sentido el hecho de que las sombras de las nubes pudieran moverse a través de las montañas sin que movieran o afectaran nada en ellas. Entendió que todos ellos eran sombras: los cantores, los muertos, los vivos. Puras sombras que se mueven a través de este paisaje de montañas y valles, que cambian la disposición de las cosas conforme avanzan, pero sin dejar nada alterado al irse. Tan sólo podían cambiar las sombras mismas.

A. J. Squaredaway. Los marines utilizaban bastantes nombres inventados para personificar condiciones o criterios. «A. J. Squaredaway» significaba que algo estaba en perfecta forma. Había otros. «Joady» era el tipo que se cogía a la chica que habías dejado en casa y «Joe Mierda el Vagabundo» era lo opuesto a A. J. Squaredaway.

actual. La persona concreta que comanda una unidad, en oposición a la unidad en general. Por ejemplo, si alguien que habla por radio dice «Aquí Charlie Uno», esto significaría que puede ser cualquiera, por lo general el operador de radio, que llama desde el Primer Pelotón de la Compañía Charlie. Si la persona dice «Aquí Charlie Uno Actual», significaría que se trata del comandante activo del Primer Pelotón. «Comunícame con tu actual» significaría «Deseo hablar con tu oficial al mando».

AK-47. El arma automática de uso oficial del ejército de Vietnam del Norte y del Vietcong. El fusil disparaba una bala de 7.62 milímetros a una velocidad más baja que el rifle M-16. Era menos preciso que el M-16, pero mucho más fácil de mantener en las condiciones de la selva, y en un combate cuerpo a cuerpo en la selva, la precisión desde cierta distancia no representaba un papel decisivo.

Alfa Foxtrot. Aviones de ala fija, en contraposición a los helicópteros. Los jets del Cuerpo de Marines y, en ocasiones, de la marina o de la fuerza aérea se encargaban de casi todo el apoyo aéreo cercano.

ametralladora DShKM calibre .51. Una ametralladora soviética similar a la estadunidense Browning de calibre .50, aunque las balas tienen una vaina un poco más larga. Las iniciales se refieren a Vasili Degtiariov y a Gueorgui Shpaguin, las dos figuras clave en el desarrollo del arma. La «κ» se refiere a *krupnokalibernyi*, «gran calibre», y la «м» designa el desarrollo del modelo. El Ejército de Vietnam del Norte utilizó bastante esta arma como dispositivo antiaéreo, sobre todo para derribar helicópteros.

AOCDR (CORDS, por sus siglas en inglés). Acrónimo de Apoyo a las Operaciones Civiles y al Desarrollo Revolucionario. Consistía en una organización híbrida –civil y militar–, dependiente del Departamento de Estado, que se constituyó para coordinar los programas estadunidenses de pacificación, tanto civiles como militares. Parte de su personal intentaba, de modo activo, desarrollar una labor de pacificación, por lo que se exponían a peligros, pero se consideraba que bastantes eran simples perezosos que permanecían en la retaguardia.

arti. Artillería.

artillerito. El sargento de artillería de una compañía. Durante la Guerra de Vietnam, mientras las compañías operaban bastante alejadas de los cuarteles generales, el artillerito de la compañía era, por lo general, el suboficial de más alto rango presente en la selva. Los sargentos primeros de la compañía –una posición más alta en el escalafón– manejaban generalmente las funciones administrativas en los cuarteles generales en lugares como Quang Tri. El artillerito de la compañía, quien le reportaba directamente al comandante de la compañía, se hacía cargo de casi todas las funciones de abastecimiento y desempeñaba un fuerte papel de consejero táctico y de personal. A pesar de que el artillerito no estaba directamente a cargo de los sargentos del pelotón, quienes les reportaban a sus comandantes de pelotón, tenía una relación bastante fuerte, del tipo «de línea punteada», con los sargentos de pelotón. La «petición» de un artillerito equivalía a una orden. El sargento de pelotón podía sacarle la vuelta al artillerito si se entendía con el oficial comandante, pero esto sucedía sólo en ocasiones extremadamente raras. En tiempos de paz, el artillerito de una compañía era, normalmente, un sargento de artillería E-7, pero, debido a la escasez en tiempos de guerra, esta posición la ocupaban, no pocas veces, sargentos de segunda clase E-6.

ATDR (TAOR, por sus siglas en inglés). Área táctica de responsabilidad. Un área geográfica asignada a cualquier unidad, por la cual dicha unidad posee exclusiva autoridad operativa y responsabilidad.

ave. Cualquier helicóptero, pero, para los marines, generalmente se trataba de un helicóptero CH-46.

Avenidas. Una pandilla de la década de los sesenta en Los Ángeles.

bahía de enfermos. Éste era el sitio en donde estaba disponible el equipo médico del batallón para enfermedades que no eran urgencias y para heridas. El término significaba también la actividad de proveer cuidado médico rutinario, como al decir: «La bahía de enfermos será a las 0830 cada día».

barra de mantequilla. Un subteniente, generalmente nuevo y sin experiencia; se le llamaba así porque una única barra dorada designaba su rango.

barril de agua fresca. Chisme, rumor. Un barril de agua fresca es un depósito en un barco alrededor del cual la gente se reúne y conversa en términos informales.

batallón. Un batallón –por lo general, de mil doscientos a mil trescientos marines, además de sesenta elementos médicos de la marina– estaba compuesto por cuatro compañías de tiradores y por la compañía, más grande, del Cuartel General y de Abastecimiento (CGYA; H&S, por sus siglas en inglés), que poseía cañones sin retroceso con un calibre de 106 milímetros, los morteros de 81 milímetros, así como el personal de servicio, mantenimiento, comunicaciones, cocina, médico y administrativo. Cada batallón tenía, por lo general, una batería de artillería de 105 milímetros específica, permanentemente unida a sí, proveniente del batallón de artillería del regimiento. Un teniente coronel –llamado, a menudo, «coronel ligero»– comandaba, por lo general, el batallón. El rango se señalaba con una hoja de roble color plata. En el Cuerpo de Marines, durante los años sesenta, la comandancia de un batallón era decisiva para progresar en la jerarquía.

batería. Una unidad de artillería aproximadamente equivalente en tamaño a una compañía de tiradores. En Vietnam, una batería tenía seis obuses de 105 milímetros. Se asignaba, generalmente, una batería a un batallón de infantería y, siempre que fuera posible, se le situaba en el punto más alto del área que debía apoyar. A menudo, la batería enviaba observadores adelantados, que se desplazaban con la infantería para solicitar las misiones de la artillería. Todos los oficiales de infantería de los marines y los suboficiales –llamados también oficiales no comisionados (ONC; NCO, por sus siglas en inglés)– pueden solicitar el fuego de la artillería. Sin embargo, al faltarles el conocimiento de la inmensa cantidad de dificultades técnicas que enfrentan los artilleros, por lo general se muestran más impacientes que los observadores adelantados.

BCV (VCB, por sus siglas en inglés). La Base de Combate Vandegrift se localizaba en un pequeño valle por el lado oriental de la Cordillera Annamita, que cruza Vietnam, más o menos por el centro. La BCV se llamó, originalmente ZA Stud, y fue la zona de aterrizaje primaria desde donde los marines y la Primera División de Caballería Aérea lanzaron su rescate de Khe Sanh. Cuando los marines se retiraron de Khe Sanh, convirtieron la ZA Stud en un área de preparación avanzada, desde donde unidades pequeñas del tamaño de una compañía podrían colocarse entre las montañas. Los marines la bautizaron en honor al héroe de la Campaña de Guadalcanal, el general Alexander Archer Vandegrift, quien recibió una Medalla de Honor y la decimoctava comandancia del Cuerpo de Marines.

C-4. El explosivo plástico Composición C-4 se utilizaba, prácticamente, para todo, desde preparar café hasta volar vertederos de munición y despejar zonas de aterrizaje. Venía en barras blancas de unos treinta centímetros de longitud, de una pulgada de grosor, y de tres pulgadas de ancho, envueltas en celofán color olivo pardo. Se le podía aventar, cortar, jalársele con sogas largas o almacenarse en grietas. Se detonaba con cápsulas explosivas, que se transportaban en cajas de madera, pequeñas y especiales, por ser éstas mucho más peligrosas. Cuando se encendían al aire libre, el C-4 ardía con una llama blanca extremadamente caliente, pero no explotaba. Su uso primario, en esta configuración, y estrictamente en contra del reglamento, era calentar las latas de la ración C: Al detonar mediante una cápsula, el C-4 resultaba ser un explosivo poderoso. Bastaba un cordón delgado alrededor de un árbol de unos sesenta centímetros de diámetro para partirlo en dos, a pesar de que el método preferido consistía en colocar una carga a una altura ligeramente más alta que la otra, al lado opuesto del tronco, para cortarlo entre las dos explosiones.

CAA (FAC, por sus siglas en inglés). El Controlador Aéreo Adelantado, un recluta del Ala Aérea que se adjuntaba a una unidad del tamaño de una compañía para coordinar todo el apoyo aéreo, desde el reabastecimiento hasta los bombardeos y el ametrallamiento. Un oficial piloto ocupaba, por lo general, esa misma posición en los cuarteles generales del batallón. El Cuerpo de Marines fue pionero, durante la segunda guerra mundial, en tácticas y procedimientos de apoyo aéreo cercano; la colaboración cercana entre los marines aéreos y de infantería es una especialidad de los marines.

calamar. Argot para referirse a un enfermero de combate de la marina. La marina provee todos los servicios médicos al Cuerpo de Marines. (Por el contrario, el ejército dispone de sus propios servicios médicos.) Los enfermeros de combate portaban los uniformes de los marines y se les había entrenado para servir con el Cuerpo de Marines en escuelas especiales que la marina dirigía en instalaciones del Cuerpo llamadas escuelas de servicios médicos de campo («Med de Campo», para abreviar). El diagrama organizativo preveía dos enfermeros por cada pelotón, pero a menudo había sólo uno.

calamar mayor. El enfermero de combate de la marina asignado al cuartel de una compañía y que estaba a cargo de los enfermeros de combate asignados a los pelotones en la misma compañía. La tabla de rangos señala que un enfermero de combate de primera clase (HM-1 o HM1) es un oficial naval de rango menor, y que equivale al sargento de segunda clase de los marines (E-6 o E6). Cada compañía de marines tenía un enfermero de combate mayor en su cuartel general. En cuestiones tácticas le reportaba al comandante de la compañía, pero en asuntos administrativos se dirigía al cirujano del batallón, un médico de la marina, casi siempre un teniente. En Vietnam, debido a la escasez, este puesto lo ocupaba, con frecuencia, alguien de menor rango, a saber, un enfermero de combate de segunda clase (HM-2 o HM2), el equivalente al sargento entre los marines (E-5 o E5), y, a menudo, el pelotón contaba tan sólo con un único enfermero.

cañón de 175 milímetros. El cañón M107 autopropulsado de 175 milímetros. El diámetro del cañón era de unos dieciocho centímetros, y los proyectiles altamente explosivos pesaban unos 79 kilos. Este cañón podía disparar a un rango de casi 33 kilómetros. Los marines en el I Cuerpo Occidental echaban mano muy a menudo de los cañones 175 del ejército si no contaban con otro tipo de apoyo, pero no los utilizaban para apoyo cercano, puesto que, en rangos grandes, el 175 no era suficientemente preciso. Para apoyo cercano pesado, los marines dependían del obús de ocho pulgadas, que disparaba un proyectil de noventa kilos a una distancia de casi diecisiete kilómetros, pero con una precisión mucho mayor. En una ocasión vi a un observador adelantado de la artillería, al teniente primero Andrew O'Sullivan, meter un proyectil de obús de ocho pulgadas a través de la tronera de una fortificación del ejército de Vietnam del Norte desde una distancia de once kilómetros con tan sólo dos ajustes (Andy se encontraba a tan sólo 275 metros de la fortificación).

capitán. Término informal, de afecto y respeto que utilizaban los marines para llamar a un comandante de compañía, sin importar su rango. En ocasiones se utiliza para referirse al líder de grandes formaciones, como un batallón o un Grupo Aéreo de Marines o una escuadra. En la marina se refiere al oficial comandante de un buque o navío, sin importar su rango, y tiene una connotación bastante similar.

carpa. Cualquier resguardo, permanente o temporal. Cualquier cosa podía servir de carpa, desde una tosca edificación de triplay en una zona de la retaguardia hasta un par de ponchos de hule colgados por encima de un cable de comunicación en medio de los arbustos.

cayado del corto de tiempo. Un bastón de madera de unos noventa centímetros a metro y medio de longitud, y de unos cinco centímetros de diámetro. Cada día se le marcaba de alguna manera, ya fuera elaborada o simple, según la habilidad y el gusto del grabador. Unos pocos contreras marcaban, de una sola vez, todos los días, y luego cercenaban cada marca conforme pasaban los días, hasta que, los afortunados, se quedaban tan sólo con un trozo de madera. Los cayados servían como palos para caminar, bastones, estacas para las tiendas e, incluso, como armas en casos de necesidad. Algunos de los cayados de los cortos de tiempo eran obras de arte.

CGYA (H&S, por sus siglas en inglés). Significa Cuartel General y de Abastecimiento.

CH-46. Helicóptero birrotor de ataque llamado «Sea Knight», que los marines utilizaban para ataques, reabastecimiento y evacuaciones médicas. Contaba con una tripulación de cinco: piloto, copiloto, jefe de tripulación y dos metralletas aéreos. Tenía un fuselaje largo y, en la cola, una rampa, por la cual se entraba y salía. Esta rampa, que fungía como puerta trasera, se levantaba cuando el CH-46 decolaba. Según la altitud, la temperatura, la cantidad de metralletas que transportara y cuánto riesgo estaba dispuesto a tolerar el piloto, un CH-46 podía transportar de ocho a quince marines hasta una distancia de doscientos cuarenta kilómetros. En casos de urgencia, podían transportarse más personas, pero, entonces, los riesgos aumentaban. Por otro lado, el CH-46 podía transportar unas dos toneladas de «carga externa», que colgaba por debajo, dentro una red de carga. Su velocidad máxima era de unos doscientos sesenta kilómetros por hora. El CH-46 Sea Knight era más pequeño y tenía menos fuerza que el helicóptero, mejor conocido, CH 47 Chinook, del ejército, a pesar de que los dos se parecen. Debido a la exigencia de que sus paletas se flexionaran y otras características para que pudiera almacenarse a bordo de buques, el CH-46 de los marines no podía con las grandes cargas que despachaba el helicóptero del ejército, el CH-47, con sus hélices permanentes y motores de mayor potencia. Para el envío de las unidades al combate, el Cuerpo de Marines dependía, fundamentalmente, del CH-46. Esta nave era un caballo de batalla que desempeñaba una doble función tradicional –el reabastecimiento y las evacuaciones médicas–, puesto que los marines no estaban suficientemente abastecidos de helicópteros Huey, que resultaban más movibles y versátiles.

CH-47. Era el helicóptero birrotor y de turbina llamado «Chinook» y que utilizaba el ejército. Lo fabricaba Boeing Vertol, y de lejos parecía un CH-46 de mayores proporciones. Su tripulación consistía en un piloto, un copiloto, un jefe de tripulación y uno o dos metralletas «de cintura». El ejército eligió al CH-47, un caballo de batalla, más como un vehículo de abastecimiento; dependía de los Hueys, de menor tamaño, para lanzar a las unidades de infantería al combate.

chi-com. Granadas de fragmentación antipersonales que se arrojaban con la mano y que utilizaban el ejército de Vietnam del Norte y el Vietcong. Era de forma cilíndrica y se arrojaba mediante una asa de madera; de ahí el mote de «machacador de papas».

chuck. Se utilizó entre los marines en la selva de Vietnam, de cualquier raza, como un término no despectivo para referirse a un marine de tez blanca, como «Es un chuck». Se utilizaba más en la jerga, como cuando se le llamaba «gato» a alguien. Lo más probable es que la palabra haya derivado de «Charles», otro término popular para referirse a un «hombre». Generalmente se oponía a splib, el término coloquial para referirse a un marine de raza negra.

Cinco. En el código del radio, el oficial ejecutivo de la compañía, el segundo al mando; por ejemplo, Bravo Cinco.

claymore. Mina antipersonal de tierra muy popular, en forma de abanico y que utilizaba la composición C-4 como explosivo. Producía una dispersión de fragmentos direccionada y en forma de abanico, y, por lo general, se le situaba sobre el suelo, frente a una trinchera o junto a un sendero para tender una emboscada. Se activaba desde una trinchera mediante un detonador eléctrico alámbrico. Entonces, la mina M18A1 Claymore arrojaba setecientos balines de acero sobre una muestra de sesenta grados, que alcanzaba una altura mayor a 180 centímetros y 45 metros de ancho en el momento en que la metralla alcanzaba una distancia de 45 metros. Su inventor, Norman A. MacLeod, eligió el nombre en honor a una espada escocesa de gran tamaño. Uno de los lados de la mina tenía inscritas las palabras, en relieve: «ESTE LADO HACIA EL ENEMIGO».

COC (COC, también en inglés). Centro de operaciones de combate. Por lo general era una tienda con paredes construidas con sacos de arena o, si la unidad llevaba ya bastante tiempo, una fortificación construida exclusivamente con sacos de arena y un techo con esteras de acero, cubiertas también con sacos. Ahí se resguardaban todos los mapas, radios y el personal que operaba un batallón o el cuartel general de combate de un regimiento. Era el centro neurálgico táctico de un batallón o regimiento.

Cocoa Fría. Claro y fuerte. Cualquier otra combinación de «C» y «F», como «Coca y Fanta» o «Clit Firme», que se le ocurriera al operador de radio podía significar también claro y fuerte.

código alfabético para radio. Puesto que puede ser frecuente que las letras se confundan cuando se transmiten de manera oral, la milicia adoptó un código estándar para referirse a cada letra: Alfa es «A», Bravo es «B», y así sucesivamente hasta Zulu para la «Z». Puesto que las unidades de inteligencia del EVN podían interceptar los mensajes radiofónicos, los marines eran reacios a decir los apellidos por radio, de manera que Jones sería «el personaje Juliet», Smith sería «el personaje Sierra», etcétera.

código de brevedad para radio. Un código de abreviaturas no sofisticado, pero en cambio constante, utilizado para encubrir información al enemigo mientras se habla por radio. Por ejemplo, las marcas de cerveza podían servir para indicar diferentes categorías de bajas, como «Coors» para referirse a los muertos en combate y «Oley» para los heridos en combate. Al poco tiempo se establecía un nuevo sistema, como marcas de cigarro: «Camels» significaría muertos en combate y «Luckies» significaría entonces heridos en combate. Pocos días más tarde, los mariscales de campo de futbol americano constituían la categoría general, de manera que «Namath» significaría muertos en combate y «Hornung» heridos en combate; y así sucesivamente. El código de brevedad se aplicaba a cualquier información que fuera peligroso transmitir abiertamente. Por ejemplo, «coches» podía ser el código de brevedad para comunicar localizaciones. El nombre específico de un coche se referiría a una coordenada de cuadriculado previamente designada. La persona que comunicaba por radio una posición diría: «Desde Cadillac, dos punto cuatro hacia arriba y tres punto uno a la derecha». Quien escuchaba tendría que revisar las coordenadas de cuadriculado del día y calcular a partir de ahí, en kilómetros, para localizar al equipo transmisor. Si se comunicaba la localización abiertamente, se invitaría a la artillería o a los cohetes a atacar ese punto.

colocarse-junto. La mayoría de los ataques se presentan al amanecer o con el crepúsculo, cuando la luz es suficientemente favorable para el atacante pero inconveniente para que pueda ver el defensor. Por esta razón, a todos los marines se les requiere que hagan presencia en –o que se coloquen-junto a– sus pozos de tiro en estas horas críticas.

combustible bingo. Escaso de combustible.

compañía. Durante la Guerra de Vietnam, una compañía de tiradores de marines estaba compuesta por un número de doscientos doce a doscientos dieciséis marines y siete enfermeros de combate de la marina. Estaba diseñada para que la comandara un capitán (dos barras color plata), y, al principio de la guerra, ése fue el caso de la mayoría de las compañías. Para 1969, sin embargo, muchas eran lideradas por un teniente primero (una barra de plata), y, en periodos de combate intenso, un subteniente (una barra dorada) podía terminar al frente de una compañía hasta que llegara un reemplazo de mayor jerarquía. La compañía estaba compuesta por tres pelotones de tiradores y un pelotón de armas. El pelotón de armas estaba diseñado para tener a un teniente primero o a un subteniente al frente, y consistía en un equipo de operarios de nueve ametralladoras m-60 y de tres operarios de morteros de 60 milímetros. Pero en los combates en la selva y en la montaña, durante la Guerra de Vietnam, las ametralladoras, que originalmente se habían dispuesto en el pelotón de armas, se anexaron directamente a los pelotones de tiradores; por lo general había una por escuadra. Esto dejaba a la escuadra de morteros de 60 milímetros como si fuera todo el pelotón de armas, y un cabo o un sargento, que reportaba directamente al comandante de la compañía, la dirigía, generalmente. Las compañías operaban, casi siempre, con un número de ciento sesenta a ciento ochenta marines, a causa del desgaste.

con-opear. Verbo formado a partir de *control operacional*. Con frecuencia, los marines simplemente cambian de unidad, de un comando a otro, si eso favorece una situación táctica. Por ejemplo, si la compañía de un batallón operaba para brindar apoyo a la compañía de un batallón diferente, el comandante del batallón de la primera compañía le concedería control operacional al comandante del segundo batallón, con lo que quedaban eliminados los retrasos y malentendidos inútiles y posiblemente destructivos que podrían surgir si ambos comandantes tuvieran que coordinarse entre sí. La compañía del primer batallón quedaba, pues, *con-opeada* bajo el segundo batallón.

conex. Contracción de «contenedor exprés». Un conex era un pesado contenedor de acero corrugado para envíos, de unos 2.5 metros de largo, 1.80 de alto y 1.80 de ancho. Uno de sus lados tenía bisagras y podía abrirse como una puerta pesada para cargarlo más fácilmente.

coordenadas de cuadriculado. Todos los mapas militares están divididos en cuadrículas de un kilómetro. Se establece un punto base y se le designa 000000. Los primeros tres dígitos se refieren a la distancia hacia el oriente, desde la base, en décimas de kilómetro, y los otros tres se refieren a la distancia hacia el norte. Por ejemplo, las coordenadas 325889 se refieren a un punto a 32.5 kilómetros hacia el este y 88.9 kilómetros al norte de 000000.

Coors. Código de brevedad para radio para referirse a un muerto en combate. Estos códigos cambiaban con frecuencia.

Cordillera de Mutter. Una cadena de montañas altas, de importancia estratégica, que corría de oriente a poniente y de forma paralela a la zona desmilitarizada, en la parte norte de la provincia de Quang Tri. Es incierto el origen del nombre, pero se ha atribuido a diversos marines de apellido

«Mutter», principalmente al sargento de segunda clase Alan Mutter, USMC (Cuerpo de Marines de Estados Unidos, por sus siglas en inglés), quien cayó muerto en la zona. Se ha atribuido el nombre también a la señal radiofónica del Tercer Batallón del Cuarto Regimiento de Marines, que anteriormente había combatido en ese terreno. En la mayor parte de la mitad oriental, la Cordillera de Mutter era paralela a la Ruta 9, y era decisiva para tomar el control de dicha ruta y del valle del río Ben Hai, hacia el norte, otra ruta de acceso para penetrar, desde Laos y Vietnam del Norte, en la planicie de Quang Tri. En la novela se extiende mucho más hacia el poniente del punto donde, en realidad, concluye.

cordón y búsqueda. Operación por la cual toda una población o, incluso, un área, si se utilizaban suficientes tropas, quedaba rodeada, es decir, «acordonada». Se enviaban unidades para buscar, dentro de las casas o en lugares de cobijo, a elementos del ejército de Vietnam del Norte o del Vietcong. Si se sorprendía a alguno, les resultaba imposible escapar gracias al anillo de tropas apostado alrededor.

corto de tiempo. El periodo estándar de servicio de un marine en Vietnam era de trece meses. Alrededor de los meses undécimo o duodécimo, la mayoría de los marines comenzaba a comportarse de una manera diferente. En esos días, en claro contraste con los meses anteriores, podían alimentar la esperanza de salir vivos e ilesos, pero esta esperanza destruía la insensibilidad psicológica anterior y las ideas fatalistas de los elementos de la infantería, que les había facilitado sobrellevar la situación. El comportamiento de los cortos de tiempo tomó toda cantidad de formas, como el uso de dos chalecos antibalas, el rehuirse a salir de un pozo de tiro para orinar o el negarse al lavado de dientes (bajo la suposición de que la sonrisa se volvería demasiado brillante). Algunas de estas conductas eran, conscientemente, ópera bufa, pero otras eran resultado de trastornos psicológicos serios.

cumshaw. Un soborno. Inglés simplificado del chino (en dialecto amoy) *gamsia*, una expresión de gratitud.

D&R (R&R, por sus siglas en inglés). Se refiere a descanso y recreación. A los marines se les concedía un D&R de cinco días durante su periodo de trece meses de servicio en Vietnam. Puesto que algunos sitios eran más populares que otros, los lugares a los que se quería ir más se adjudicaban según la cantidad de tiempo que se hubiera pasado ya en el país. Entre los marines blancos, Sídney era la primera opción; Bangkok, en cambio, era una elección favorita entre los marines negros. Hawái era muy demandado entre los marines casados. Algunos debían esperar hasta su duodécimo mes para ganar suficiente antigüedad como para ir a donde les apetecía.

DEC (MIA, por sus siglas en inglés). Desaparecido en combate.

despertar. Era extremadamente importante, en términos psicológicos, saber exactamente cuántos días le quedaban a un hombre hasta que venciera su plazo y pudiera abandonar Vietnam. Sin embargo, existía una ambigüedad. ¿Dirías que el día en que abordas el avión que te transporta a casa es «tu último día en Vietnam» o «tu primer día fuera de Vietnam»? Esto se resolvía al llamarlo un «despertar». No contaba ni dentro ni fuera, y ésta era la manera más exacta para expresar cuánto tiempo faltaba para la fecha de salida. (Los marines llamaban a ese día la «fecha de rotación del periodo» (FRP; RTD, por sus siglas en inglés), y en el ejército se le conocía como «fecha elegible para volver de ultramar» (FEVUM; DEROS, por sus siglas en inglés).) Es el día en que te despiertas en Vietnam, pero en el cual te vas a la cama en otro sitio.

DIC (CID, por sus siglas en inglés). Acrónimo de la División de Investigación Criminal. La DIC del Cuerpo de Marines era responsable de investigar y esclarecer los crímenes que se llevaran a cabo al interior de las unidades de marines. Las preocupaciones más grandes durante la Guerra de Vietnam fueron el tráfico de drogas y el granadeo. Los agentes –civiles, en muchos casos– trabajaban a menudo encubiertos y se hacían pasar por marines ordinarios. Entre los marines tenían, más o menos, la misma fama que poseían los narcos o los soplones entre la población civil consumidora de drogas. La mayor parte de los marines veía el uso de drogas en la retaguardia como un crimen sin víctimas, y las penalidades –condenas largas en prisión y despidos deshonrosos– como injusticias. Mediante actividades que podrían llamarse, amablemente, de autopolicía, se desaconsejaba el uso de drogas entre los arbustos, donde podían perderse vidas a resultas de un fallo en el desempeño, sobre todo en la guardia.

didiar. Alejarse corriendo o salir con rapidez. De la voz vietnamita *didi mao*, «largo de aquí». Un ejemplo sería «Vamos a didiarnos», que significaría «Vámonos rápido de aquí». Otro sería «El enemigo se didió», que significa que se fue rápidamente.

división. Unidad grande, de unos trece mil a catorce mil marines, aproximadamente, comandados, casi siempre, por un general de división (dos estrellas). Incluía un regimiento de artillería, tres regimientos de infantería y las unidades de apoyo, como ingenieros, artillería pesada, inteligencia, reconocimiento y abastecimiento.

doce y veinte. El plazo de un marine en Vietnam era de trece meses, a diferencia del plazo estándar del ejército, que era de doce. Se agregó el décimo tercer mes, en un inicio, porque los marines se transportaban a Vietnam, y de regreso a Estados Unidos, por vía marítima, y los dos viajes tomaban alrededor de un mes. A pesar de que, más adelante, el Cuerpo de Marines adoptó la práctica del ejército de transportar personal por vía aérea, el plazo de servicio no cambió. Sin embargo, existía una política no escrita de que ningún marine pasaría sus últimos diez días en Vietnam activo en una operación. Los marines se tornaban, a menudo, tan nerviosos y asustadizos, tan preocupados de morir justo antes de volver a casa, que muchos dejaban de funcionar. En general, se cumplía con esta política no escrita de salir de la maleza a los «doce meses y veinte días».

docenas. Las docenas son una competición oral de origen afroestadunidense en la que dos contendientes, por lo general varones, se enfrentan en un mano a mano obsceno, pero casi siempre bienintencionado. Por ejemplo: «Tu madre es tan cerda que necesité dos autobuses para ganármela». Por turnos se insultan, o a la madre del adversario o a otros miembros de la familia, hasta que alguno ya no pueda responder.

en línea. Cuando no se combate, las unidades de infantería se desplazan, normalmente, en columnas, con un hombre detrás de otro. En la selva casi no hay otra manera para moverse y de mantener control alguno. Cuando los hombres que conforman una columna deben encarar a un enemigo situado frente a ellos, contarían tan sólo con el fuego de las primeras dos o tres personas; de lo contrario, los demás recibirían tiros en la espalda. La solución es «situarse en línea». Esto significa que la columna se dispersa en una línea larga de cara al enemigo, de suerte que cada rifle pueda apuntarse al enemigo sin correr el riesgo de disparar por detrás a un compañero. Esta maniobra es más fácil de imaginar que de llevar a cabo cuando se está bajo fuego, especialmente en una selva, donde puede perderse contacto visual en seis metros.

enfermeros de combate. Personal médico de la marina que se asignaba a unidades de marines y eran análogos a los enfermeros del ejército. Ofrecían la primera atención médica al marine herido y se les respetaba bastante. Muchos sacrificaron sus vidas en el intento por salvar a los marines heridos. Cada compañía de tiradores de marines, en pleno, tenía dos enfermeros de combate de la marina asignados a cada uno de los tres pelotones, además de un enfermero de combate mayor, por lo general un enfermero de primera clase, HM-1, que fungía como su jefe, y que estaba asignado al pequeño puesto de comando (PC) de la compañía. Debido a la escasez en las fases posteriores de la Guerra de Vietnam, muchos pelotones se las arreglaban tan sólo con un único enfermero de combate, y las compañías recurrían a personal de segunda clase, HM-2, en lugar de HM-1.

Entrepierna. Voz coloquial para referirse al Cuerpo de Marines.

equipo 782. Equipo de combate oficial para los marines, consistente principalmente de una mochila, un poncho, una zapa, cinta de municiones y trinchas.

equipo de basquetbol. Código de brevedad para radio para referirse a un equipo de ataque (cuatro marines).

equipo de beisbol. Código de brevedad para radio para referirse a una escuadra (trece marines).

equipo de futbol americano. Código de brevedad para radio para referirse a un pelotón (cuarenta y tres marines).

equipo de tiro. La unidad más pequeña de una compañía de tiradores. Un equipo de tiro se componía por cuatro tiradores; pero en condiciones de combate, debido al desgaste, los equipos de tiro consistían a menudo de tan sólo tres tiradores.

equipo para heli. El peso o la carga que puede transportar un helicóptero varía según la altitud y la temperatura. A mayor altura y temperatura, menor será la capacidad de carga. A pesar de que, tácticamente, sería más eficaz cargar unidades organizacionales enteras, la mayor parte de las ocasiones había que dividirlas en unidades llamadas *equipos para heli*, según la temperatura y la altitud. Al llegar a la zona de aterrizaje, los equipos para heli se desbarataban de inmediato y los marines se reagrupaban luego en unidades tácticas estándar como en equipos de tiro, escuadras y pelotones.

ERTSP (RHIP, por sus siglas en inglés). El rango tiene sus privilegios.

escuadra. Unidad designada para estar constituida por trece marines: tres equipos de tiro de cuatro hombres cada uno y un líder de escuadra. Sin embargo, por lo general, operaba con unos diez u once marines. Una escuadra estaba diseñada para tener a la cabeza a un sargento (tres franjas), que era un suboficial con, al menos, cuatro años de experiencia o más; en Vietnam, empero, casi todas las escuadras tenían por cabeza a cabos (dos franjas) o, incluso, a cabos lanceros (una franja), la mayoría de los cuales eran adolescentes.

EVN (NVA, por sus siglas en inglés). Ejército de Vietnam del Norte, el ejército regular de la República Popular de Vietnam, una fuerza de combate regular bien entrenada, a diferencia del Vietcong (VC), que era una fuerza guerrillera.

explorador Kit Carson. A los soldados norvietnamitas y del Vietcong que se rendían se les ofrecía la oportunidad, y una buena paga, para convertirse en exploradores de las unidades de marines, con la intención de aprovechar su conocimiento del terreno y de las tácticas del ejército de Vietnam del Norte y que ayudaran a dirigir las unidades de marines durante las operaciones. A menudo, estos hombres se encontraban desilusionados por el comunismo y peleaban por razones idealistas, pero, en ocasiones, se trataba de simples mercenarios cínicos que peleaban en favor de quien pagara mejor. Por lo general, los marines los consideraban traidores, sin importar cuán injusta pudiera ser tal concepción.

FARV (ARVN, por sus siglas en inglés). Fuerzas Armadas de la República de Vietnam, el ejército sudvietnamita, que era aliado de Estados Unidos.

Fuerza Anfibia de Marines (FAM; MAF, por sus siglas en inglés). Dos o más divisiones de marines además del apoyo aéreo de marines necesario. Durante la Guerra de Vietnam, un teniente general (tres estrellas) dirigía la FAM, y su base se localizaba en Da Nang. En términos de operación, le reportaba al Comando de Ayuda Militar, Vietnam (MAC-V, por sus siglas en inglés), bajo el mando de un general del ejército (cuatro estrellas), ubicado en Saigón. Para asuntos administrativos y logísticos, le reportaba al comando general, la Fuerza de la Flota Marítima, Pacífico (tres estrellas; FMF-PAC, por sus siglas en inglés), localizado en Hawái. MAC-V le reportaba al Comando del Pacífico de Estados Unidos (USPACOM, por sus siglas en inglés), comandado por un almirante de cuatro estrellas.

G-2. También: G2. División de inteligencia. Las organizaciones militares de Estados Unidos designan funciones de personal y de organizaciones mediante letras y números. «G» se refiere al equipo a nivel de división, «R» al nivel de regimiento y «S» al nivel de batallón. Las funciones del personal vienen designadas por números: «1» para administración, «2» para inteligencia, «3» para operaciones y «4» para abastecimiento. Así que, a nivel de división, el personal de inteligencia sería G-2, y a nivel de batallón sería S-2. El oficial a cargo de tal función de personal sería el «S-2» o «el Dos». Al mayor Blakely, como jefe de operaciones a nivel de batallón, se le llama «el Tres», puesto que está a cargo de las operaciones del batallón, S-3.

GAC (CAG, por sus siglas en inglés). Acrónimo para referirse a un Grupo de Acción Combinada. Se trató de un pequeño grupo conformado por marines y milicias locales llamadas «Fuerzas Populares» (en el argot, *ruff-puff*, de las Fuerzas Populares de la República de Vietnam), que se localizaba en una área pequeña y concreta para proteger a los poblados de la intimidación y el terror. Esta iniciativa fue bastante exitosa, y los marines que combatían en las unidades de un GAC eran valientes y competentes, y se veían obligados a operar por cuenta propia, alejados de las estructuras de la unidad tradicional. Por desgracia, de acuerdo con la ley de hierro de la manipulación —según la cual, si puede inventarse un sistema, también hay espacio para un contrasistema—, los comandantes de la infantería de marines enviaban como «voluntarios» a gandules y buscapleitos para que se desempeñaran en los GAC y, así, mantenerlos alejados de sus propias unidades.

GAM (MAG, por sus siglas en inglés). Grupo Aéreo de Marines.

GPC (RPG, por sus siglas en inglés). Se refiere a una granada propulsada por cohete. Se trata de un pequeño cohete con un cabezal explosivo que puede disparar un solo hombre. Es bastante eficiente y todavía los insurgentes iraquíes la utilizan.

granadear. Asesinar a alguien –por lo general, un oficial o sargento poco populares– al arrojar una granada de fragmentación en su habitación o su trinchera. El Cuerpo de Marines contó sólo con 43 incidentes de granadeo durante la Guerra de Vietnam, y no todos causaron bajas.

gunjy. Jerga que significa «celoso y combativo», o «sobre celoso y sobre combativo», según el contexto y el tono de voz. Probablemente provenga de *gung ho*, una expresión de los marines, tomada del chino, que significa «trabajo en conjunto».

H. Rap Brown. Un negro radical y ministro de defensa del Partido Pantera Negra, durante los años sesenta.

HEC (WIA, por sus siglas en inglés). Se refiere a herido en combate.

heli. Cualquier helicóptero.

herramienta-a. Herramienta para atrincherarse. Una zapa plegable y pequeña, de unos sesenta centímetros de largo, que todos los marines en combate cargaban consigo. Se había diseñado, ante todo, para cavar trincheras, pero también se utilizaba para construir letrinas, fortificaciones y fosos para hacer un fuego y para despejar la maleza en campos de batalla. En raras ocasiones se le utilizaba como arma.

HM-**2.** También: HM2. Enfermero de combate de segunda clase. Sheller, el calamar mayor, tiene este rango.

HM-**3.** También: HM3. Enfermero de combate de tercera clase. Fredrickson, el enfermero de combate del pelotón, tiene este rango.

hombre-CAA. Apodo que generalmente se otorgaba al recluta que fungía como controlador aéreo adelantado.

Huey. El helicóptero UH-1 de rotor sencillo. Había distintas versiones, como el UH-1B y el UH-1G, que iban desde uno «veloz» (poseía un armamento y potencia de disparo menores, y se utilizaba para evacuar a los heridos y para desplazar a las fuerzas en tierra) hasta una «nave cañonera» (que estaba armado con cohetes, ametralladoras o cañones de veinte milímetros, y que ofrecía apoyo aéreo cercano). Los Hueys desempeñaban muchas funciones, entre otras, el apoyo aéreo cercano, evacuaciones médicas, inserción y extracción de equipos de reconocimiento y la transportación de oficiales de alto rango. El ejército los utilizaba como helicópteros de ataque, y las unidades aéreas y de caballería del ejército disponían de flotillas de mucho mayor tamaño de Hueys que las unidades análogas de los marines.

huss. Un favor que solicita un superior o el sistema en general; por ejemplo: «Consiguió un *huss* cuando salió de la maleza para que recogieran los cheques».

indicadores de unidad para radio. Para confundir a la inteligencia enemiga durante la transmisión de los nombres de las unidades, una unidad del tamaño de un batallón tenía un nombre radiofónico que cambiaba con frecuencia. Por ejemplo, aquí se designa al Primer Batallón del Vigesimocuarto Regimiento de Marines como «Gran John». La Compañía Bravo del Primer Batallón sería, entonces, «Gran John Bravo». El Primer Pelotón de la Compañía Bravo sería «Gran John Bravo Uno». En el nivel de compañía se omitía, por razones prácticas, el indicador del batallón. La compañía sería tan sólo «Bravo» y el Primer Pelotón sería «Bravo Uno». La Primera Escuadra del Primer Pelotón sería «Bravo Uno Uno», y así sucesivamente.

John Wayne. Abrelatas pequeño, del tamaño de un pulgar, cuya hoja se abate contra el cuerpo mismo, y que se colgaba generalmente junto con las balizas de identificación (placas de identificación) del marine. Su registro militar oficial es abrelatas P-38.

jorobar. Aparte de la connotación de fastidio obvia, jorobar significaba marchar en el interior de la jungla con treinta kilos, o más, de equipo en la espalda, el peso normal que cargaba un infante de los marines. «Me jorobaron hasta matarme» era la queja habitual cuando se exigía caminar más de lo que se consideraba razonable.

K-bar. Cuchillo con una hoja de dieciocho centímetros y un mango forrado de tela. Parecía un cuchillo Bowie más grande y ha sido oficial para todos los marines desde la segunda guerra mundial. Podía ser un arma letal y efectiva, pero se utilizaba más frecuentemente para llevar a cabo numerosas tareas más bien útiles, como cortar la maleza, abrir latas, hacer muescas en los cayados para la contabilización de los días de los cortos de tiempo y para limpiarse las uñas. El nombre tiene un origen oscuro, pero la fuente verosímil es «Cuchillo Accesorio al Rifle Automático Browning» (KA-BAR, por sus siglas en inglés).

La Escuela Básica. La escuela de oficiales de nivel más bajo del Cuerpo de Marines, en la que todos los oficiales de los marines, incluidos los pilotos, reciben la educación básica necesaria para dirigir un pelotón de tiradores y una compañía. Se encuentra en Quantico, Virginia, y se abrevia LEB (TBS, por sus siglas en inglés)

LEB. Véase: La Escuela Básica.

LFS (FLD, por sus siglas en inglés). La línea final de salida era una línea imaginaria detrás de la cual esperaban las tropas de ataque la señal para avanzar. Una vez cruzada esta línea, la unidad estaba irrevocablemente comprometida.

louie. Argot para referirse al teniente.

M-16. El rifle automático oficial que se utilizó durante la Guerra de Vietnam. Disparaba una bala puntiaguda (tipo *spitzer*) con cola de bote de 5.56 milímetros a una velocidad bastante alta, más con la intención de herir que de matar. (Los heridos gravan los sistemas médicos y de personal de un ejército más que los muertos.) El M-16 sigue en operación hoy todavía, pero la bala es ligeramente más pesada (62 gramos contra 55 gramos) y se dispara a una velocidad un poco menos rápida (945 metros por segundo contra 990 metros por segundo).

M-26. Granada de fragmentación oficial usada durante la Guerra de Vietnam. Se le llamaba «Mike veintiséis» o «frag», en contraposición a una «humo» o una «ilume». Pesaba seiscientos gramos y parecía un huevo gordo con una piel de acero suave color olivo pardusco. Venía con una «cuchara» en la parte alta: un dispositivo con un resorte a presión que se activaba al retirar una anilla que fijaba la cuchara a un costado de la granada. Una vez que se sacaba la anilla, era necesario presionar con la mano la cuchara contra la granada para mantenerla en su lugar. Al arrojarla, la cuchara se soltaba y comenzaba una reacción química que hacía explotar la granada en un lapso de cuatro a cinco segundos. El cuerpo de la granada estaba lleno de trozos de metal torcido y perforado, que salían expelidos como proyectiles, parecidos a perdigones, que podían matar en un radio de unos quince metros. Sin embargo, el radio letal efectivo de la granada era, en realidad, de tan sólo unos tres metros. Un marine promedio podía aventar una m-26 a una distancia de unos 27 a 37 metros. Como explosivo se utilizaba la composición b, una mezcla, sobre todo, de TNT con ciclonita (o hexógeno).

m-60. La ametralladora oficial con que contaban los marines en Vietnam. Su rango máximo era de 3,725 metros, a pesar de que su rango efectivo era más cercano a los mil cien metros. Disparaba el proyectil estándar NATO, con un calibre de 7.62 milímetros, y usaba cintas enlazadas con cien tiros cada una. Estas cintas se transportaban, a menudo, en bandolera por encima del hombro, pero durante el combate en la selva, cargar las cintas de tal manera las exponía a ramitas y hojas, lo que estropearía los disparos, de suerte que las cintas se conservaban en cajas de metal que resultaban muy pesadas y difíciles de cargar. La m-60 estaba designada para que la operaran tres marines: un metralleta y dos asistentes que ayudaban a transportar la munición. En Vietnam, sin embargo, a causa del desgaste, los equipos eran, generalmente, de tan sólo dos hombres. Un buen artillero podía disparar cien tiros por minuto con una velocidad fija. Disparar la ametralladora a su velocidad máxima de quinientos cincuenta tiros por minuto generaría bastante calor y destruiría el cañón. La m-60 estaba equipada con un bípode de tijera que se montaba al frente del cañón y que pesaba ocho kilos y medio. Los marines amaban esta arma y, en términos generales, admiraban a los chicos que la transportaban y la disparaban.

m-79. Lanzagranadas que se parecía bastante a una escopeta corta y gruesa. Podía disparar, en un amplio arco, granadas altamente explosivas (AE; HE, por sus siglas en inglés), perdigones pesados (de corto alcance) o *fléchettes*, proyectiles pequeños en forma de flecha. Resulta un arma bastante buena para la selva, donde es difícil localizar los objetivos con rapidez.

mástil. Véase: solicitar mástil.

MEC (KIA, por sus siglas en inglés). Significa muerto en combate.

medevac, medevaquear. Evacuación médica.

Mike 26. La granada de mano m-26.

mike mike. Milímetro.

militar de por vida. Alguien que hace carrera militar. Era, por lo general, un término peyorativo, pues hace una obvia referencia a la condena en la cárcel. También significaba que el soldado de por vida colocaba la carrera, las reglas militares y el decoro por encima del bien de las tropas.

misiones Arc Light. «Arc Light» fue una operación de la fuerza aérea que echó mano de bombarderos B-52 estacionados en Guam. Estos bombarderos se modificaron para que pudieran transportar treinta toneladas de bombas convencionales, que se guiaban al objetivo desde tierra mediante un radar. Las misiones volaban de noche, casi siempre, contra las bases enemigas, concentraciones de tropa y líneas de abastecimiento.

montagnard. «Montañés», en francés. En este contexto, cualquier persona perteneciente a una de las muchas tribus indígenas que habitaban las montañas occidentales y la selva de Vietnam.

mortero de 60 milímetros. Se llama a estos morteros «sesentas» o «sesenta mike mikes». El arma consistía en un tubo de 5.8 kilos, con una longitud de 73.66 centímetros y un diámetro de sesenta milímetros, además de un bípode de 7.4 kilos y un disco como baldosa de apoyo también de 5.8 kilos de peso. Podía disparar un tiro altamente explosivo de 1.4 kilogramos, que trazaba un arco alto, y recorría una distancia poco menor a los 1,830 metros, con una velocidad de dieciocho tiros por minuto, hasta que el tubo se calentaba demasiado. El radio de explosión del proyectil era de unos diez metros y medio. Todas las compañías de marines en Vietnam contaban con tres sesentas; cada marine en la compañía transportaba los tiros: generalmente dos por hombre.

mortero de 81 milímetros. El mortero M29 de 81 milímetros era un arma de ánima lisa, que se cargaba por la boca del cañón y que poseía un ángulo grande de disparo. El pelotón de morteros se encontraba en la compañía CGYA del batallón y el comandante del batallón echaba mano de él casi siempre para auxiliar operaciones en marcha cuando no podía contar con apoyo aéreo o de la artillería. Hombres a pie podían transportar el 81 milímetros si se le desensamblaba en tres piezas: un tubo de 1.3 metros más mirilla, el bípode y el disco de la baldosa. En total su peso era de unos 42 kilos. Podía disparar unos veinticuatro tiros por minuto pero, puesto que se calentaba el cañón, su ritmo sostenido era de unos dos por minuto. Su rango efectivo era de alrededor de cuatro kilómetros. Cada proyectil pesaba unos 6.8 kilos.

mortero de 82 milímetros. El mortero de diseño ruso era una versión un poco más grande que el mortero de 81 milímetros, tan similar, que usaban los marines. Se puede desensamblar y basta un equipo de tres hombres para transportarlo. Corría el rumor de que se había diseñado así porque, en caso de necesidad, podrían ser útiles los proyectiles estadunidenses ligeramente menores en tamaño, mientras que los morteros estadunidenses no podían usar sus proyectiles por ser un poco más gruesos. Un tiro de mortero de 82 milímetros pesa alrededor de tres kilos y tiene un golpe explosivo fenomenal. Su rango efectivo es de alrededor de tres kilómetros. Resulta bastante eficaz en terreno montañoso, pues el proyectil traza un arco alto. (La artillería estándar, por el contrario, normalmente no puede disparar en arcos altos, pero tiene un rango mucho mayor y proyectiles aún más pesados.)

mortero de 120 milímetros. De diseño soviético, disparaba un proyectil de 15.4 kilos a una distancia máxima de 5.6 kilómetros. Su operación requería un equipo de cinco o seis hombres, y pesaba alrededor de ciento setenta kilos. Podía desensamblarse y lo cargaba la infantería, pero, si el terreno lo permitía, generalmente se transportaba sobre dos ruedas. Se le temía bastante porque su poder explosivo era mucho más demoledor que el del mortero de 82 milímetros.

mustang. Un oficial que proviene de los rangos alistados.

nagolio. Por lo general, un nombre para designar al enemigo, en especial al ejército de Vietnam del Norte, pero también se usó a menudo para llamar a cualquier unidad norvietnamita o, incluso, a un individuo hipotético. Proviene de Nguyen, el apellido vietnamita más común.

nomi. Persona estúpida o incompetente.

obús de 105 milímetros. El obús M101 de 105 milímetros era la pieza de artillería estándar de los marines en Vietnam. Tenía un rango máximo de 11.27 kilómetros. Su ritmo sostenido de disparo máximo era de unos tres tiros por minuto. (Más de seis disparos por minuto ocasionarían que se sobrecalentara el cañón.) Los 105 milímetros se refieren al diámetro del cañón y, por lo tanto, del proyectil.

obús de 155 milímetros. El obús M114 de 155 milímetros. El diámetro del cañón y del proyectil era de unos 15.5 centímetros. El 155 tenía un rango mayor que el del obús 105: 14.6 kilómetros. Su golpe era también mucho mayor; sus proyectiles pesaban 43 kilos, casi el triple del peso de los proyectiles de 105 milímetros. El 155 ya estaba obsoleto cuando la Guerra de Vietnam, pues se había puesto en servicio en 1942. Sin embargo, el modelo que lo reemplazó era autopropulsado y no podía utilizár250le en la selva ni transportarse fácilmente por helicóptero, mientras que la versión más vieja y más ligera sí. Por cada cuatro baterías de obuses de ciento cinco milímetros había una batería del obús de 155 milímetros.

OC (CO, por sus siglas en inglés). Oficial comandante.

OE (XO, por sus siglas en inglés). Se refiere a oficial ejecutivo.

oficial ejecutivo (OE; XO, por sus siglas en inglés). El segundo al mando en una compañía de marines. El OE manejaba los detalles administrativos de la compañía y actuaba como un consejero general del oficial comandante (OC) y de los comandantes de pelotón. En las operaciones de combate, el OC y el OE se separaban físicamente, por lo general, de suerte que si el enemigo hacía blanco en el oficial comandante, el oficial ejecutivo podría, probablemente, tomar el mando.

Oley. Código de brevedad para radio para referirse a un herido en combate.

ONC (NCO, por sus siglas en inglés). Oficial no comisionado o suboficial.

ONCAM (NCOIC, por sus siglas en inglés). Oficial no comisionado al mando o suboficial al mando.

orden frag. Orden fragmentaria. Este término no tiene nada que ver con el granadeo. Era una adición a una orden original más extensa. Las órdenes frag eran, por lo general, más frecuentes que las órdenes originales, y se ejecutaban en aras de la eficiencia (al menos en lo que respecta a la expedición de órdenes). Por ejemplo, una orden original podía indicarle a una unidad que penetrara en cierto valle, que destruyera lo que encontrara y que volviera. Una orden frag podía corregir esa orden original y decirle a la unidad que continuara la misión una semana más, o que se dirigiera a cierto sitio, con la misma misión pero sin tener que repetir todo por radio.

ORT (RTO, por sus siglas en inglés). Se refiere a un operador de radio. Proviene de «operador de radioteléfono», un nombre extinto que ya en tiempos de la Guerra de Vietnam no se utilizaba más.

OV-10. El OV-10 Bronco era una aeronave bimotora de doble cola para observación y apoyo aéreo cercano. La doble cola y el estabilizador horizontal largo le hacían parecerse bastante al antiguo P-38 Lightning. Contaba con cuatro ametralladoras M-60 y, en cada ala, por fuera, dos enganches para cuatro misiles Zuni cada uno, además de cohetes de humo. Podía configurarse también para bombas pequeñas.

PA (OP, por sus siglas en inglés). Se refiere a puesto de avanzada. Un PA cumplía con el mismo propósito que un puesto de escucha (PE), pero se utilizaba durante el día. Causaba menos miedo que un PE, puesto que podía verse, oírse y olerse, y porque la compañía, por lo general, desplegaba pequeñas unidades que patrullaban más allá de los puestos de avanzada, con lo cual les brindaban mayor protección y tiempo de advertencia al PA.

pasto de elefante. Tallos altos de pasto parecido al bambú. Crecía más que la altura de una persona en bosques gruesos, casi impenetrables, que podrían cubrir todo un valle. Las puntas filosas causaban heridas que sangraban.

pateadores de mierda. Una novela wéstern de bolsillo.

patrulla. Misión asignada a una unidad pequeña. Una patrulla implicaba caminar fuera del rango de visión y de alcance de tiro de una unidad más grande, podía extenderse a una distancia de unos cinco a diez kilómetros, y durar todo un día, según las condiciones del terreno. Se utilizaban las patrullas para localizar al enemigo y sus suministros, y para destruirlos o asegurarlos hasta que llegaran refuerzos. Las patrullas se utilizaban también para crear una pantalla frente al enemigo e impedirle que se aproximara a una unidad de mayor tamaño y para dar la advertencia de que se había detectado una aproximación por parte del enemigo.

PC (CP, por sus siglas en inglés). Un puesto de comando. Técnicamente, el término se refiere al sitio en tierra en donde el comandante de una compañía o de un pelotón se establecía junto con sus operadores de radio y con su personal. Otro uso igualmente típico del término se refería al grupo de personas, no al lugar, como en la expresión «el grupo del PC». En una compañía de marines típica en Vietnam no existía tal «puesto», es decir, no había una estructura física, tal como una fortificación (a diferencia de lo que se ve en las películas). En cambio, eran simplemente fosos de combate, como los que se cavaban en las líneas, o, cuando una unidad se desplazaba o en acción, cualquier lugar desde donde el comandante de la compañía o del pelotón dirigía la unidad.

PE (LP, por sus siglas en inglés). Un puesto de escucha que consistía, generalmente, en un equipo de dos marines que se situaban fuera de las defensas por la noche con un radio. Su deber consistía en estar atentos para escuchar, puesto que no podían ver, cualquier movimiento por parte del enemigo y en advertir a su unidad de un ataque. Todos los marines en un PE esperaban escuchar al enemigo que se acercaba, hacer la advertencia y volver a un lugar seguro o, simplemente, esconderse en la selva hasta que concluyera el enfrentamiento. Todos estaban bastante conscientes, sin embargo, de que la tarea era sacrificial. Una compañía en la selva desplegaba, generalmente, tres PE al mismo tiempo: uno en frente de cada pelotón.

pelotón. Tres escuadras forman un pelotón. Durante la Guerra de Vietnam, se designó que un pelotón debería estar constituido por 43 marines, pero en las condiciones de combate, el pelotón contaba, generalmente, con tres decenas o tres decenas y media de hombres. Se suponía que un pelotón debería tener como líder ya fuera a un subteniente (una barra dorada) o a un teniente primero (una barra plateada), además de un sargento de pelotón (cuatro franjas), un guía de pelotón (tres franjas) y al operador de radio líder del pelotón. En Vietnam, a finales de los sesenta, escaseaban los suboficiales, de manera que los sargentos de tres franjas, a menudo, se volvían sargentos de pelotón. Muchas veces se prescindía de los guías de pelotón y se agregaba un segundo operador de radio, junto con el radio de marras, para asistir al sargento del pelotón, quien a menudo operaba, en condiciones de combate en la montaña o la selva, de manera independiente al comandante del pelotón. Tanto el sargento del pelotón como el comandante del pelotón encabezaban patrullas del tamaño de una escuadra.

perro rojo. Código de brevedad para radio para referirse a cualquier patrulla del tamaño de una escuadra.

pie de inmersión. Enfermedad por la que el pie se entumece y se torna rojo o azul. Conforme se agrava la enfermedad, el pie se hincha y las llagas se abren, lo cual provoca infecciones micóticas y úlceras. Si no se atiende, el pie de inmersión desemboca, por lo general, en gangrena, que puede requerir una amputación. El pie de inmersión aparece cuando los pies están constantemente fríos, húmedos y encerrados en un calzado que aprieta. Se le conoce también como «pie de trinchera».

pistola .45. Pistola semiautomática calibre .45 de uso oficial. Se distribuyó durante la Guerra de Vietnam a los oficiales, suboficiales, a los enfermeros de combate y a los operadores de metralletas y de morteros. John Browning la creó en 1905 como resultado de un ataque de marines contra los moros de las Filipinas, donde se descubrió que un revólver calibre .38 no podía abatir a un hombre que se hubiera atado las extremidades y el cuerpo con vides o sogas para detener la hemorragia y prevenir el estado de choque, a menos que se le disparara directamente ya fuera al corazón o al cerebro. La .45 dispara una bala bastante pesada, a baja velocidad, y derribará a un hombre, prácticamente sin importar en qué parte del cuerpo haya sido el impacto. Las desventajas de la .45 son que tiene pocos tiros, por lo que debe recargarse, y que es notoriamente imprecisa. Esta reputación sobre su inexactitud es un tanto injusta: puesto que los cañones de todas las pistolas son tan cortos, resultan menos precisas que los rifles; por lo demás, la precisión hasta unos quince metros es, para un tirador habilidoso, bastante buena. Con todo, resulta difícil el dominio del arma. Tiene un retroceso inmenso, con lo que el siguiente tiro queda fuera del objetivo, además de que la precisión requiere tiempo de mira y un pulso firme, lo cual falta a menudo en condiciones de combate. En Vietnam, la mayoría de los oficiales subalternos, enfermeros de combate e incluso metralletas portaban tanto la pistola .45 como el rifle m-16. La controversia cunde todavía hoy en torno a la pistola .45. En 1985, las fuerzas armadas de Estados Unidos la sustituyeron con la pistola semiautomática de nueve milímetros Parabellum, pero el Cuerpo de Marines mantuvo la .45, aunque ya no fue de uso oficial. Algunos reportes provenientes de Irak indican que la bala de nueve milímetros es demasiado ligera y piden el calibre .45, que, entre otras virtudes, es capaz de penetrar en bloques de concreto y matar a alguien al otro lado; con lo que la controversia ha aumentado considerablemente en ese escenario.

poag. Un bueno para nada, obeso y sentado en la retaguardia. El término se originó en la época en que los marines estaban en China antes de la segunda guerra mundial. Se les enviaban golosinas (Baby Ruth, Tootsie Rolls, etcétera) para completar las raciones. El azúcar y otros dulces eran mercancías raras en China, por lo que las tropas descubrieron que eran útiles para practicar el trueque en los pueblos. La palabra china que significa «prostituta» sonaba a algo así como *pogey*. Por lo tanto, los dulces se volvieron «trueque para *pogey*», y, con el correr del tiempo, la expresión se convirtió en el argot para referirse a la comida chatarra y a las golosinas en general.

poncho liner. Manta delgada de náilon camuflado cosida a un relleno de polyester, de 1.72 por 2.08 metros. Se fijaba, mediante cordones, por debajo del poncho de tela plastificada del marine para proveer calor. Se utilizaba casi siempre como manta y fue para la mayoría de los marines la única fuente de calor con que contaban en el campo.

PRC-25. Se pronuncia «pric 25». Era el radio AN/PRC-25 FM con que operaban todas las unidades de infantería en Vietnam. Utilizaba tecnología de estado sólido y, con la batería, pesaba alrededor de nueve kilos. El operador de radio lo transportaba como mochila. Tenía 1.5 vatios de potencia y su alcance era de cinco a once kilómetros, según el terreno. Desgraciadamente, los cerros altos bloqueaban la señal, por lo que entre las montañas era menos efectivo. Además, a pesar de que el radio era impermeable, el auricular no lo era. Este último parecía un auricular de teléfono de finales de los años sesenta, negro, y estaba unido al cuerpo por un cordón en espiral largo. Cuando se ponía el volumen máximo, podía escucharse fácilmente a medio metro de distancia. A menudo se les envolvía en bolsas de plástico para protegerlos de la constante lluvia de los monzones. Los operadores de radio eran objetivos primarios, pues se les descubría fácilmente gracias a la enorme antena de FM; esto servía también para identificar a la persona más cercana como el líder de la unidad.

punta. Se decía que el primer hombre al frente de una columna era el hombre punta o, simplemente, el punta. Al acto de ser el primero en la columna se le llamaba «caminar en punta». Se trata, probablemente, del deber más atemorizante y exasperante que haga un infante; algunos aseguran que es incluso peor que un ataque de verdad.

ración c. A menudo se las llamaba «c-rats» o se les daba otros apodos menos neutrales. La ración c estándar –que comenzó a utilizarse en la segunda guerra mundial, y sobre la cual la mayoría de los marines en Vietnam creía que en aquella misma época se habían elaborado sus paquetes– venía en tres «estilos o «unidades» y se contenía en cajas de cartulina delgada. El estilo b1 tenía una única lata pequeña, del tamaño de una lata de atún, llena de huevos revueltos con jamón picado, rebanadas de jamón y un trozo de pastel de carne de res o de pavo, además de una lata más grande de fruta, como compota de manzana, ensalada de frutas, melocotones o peras. El b2 tenía latas más grandes de frijoles y salchichas, albóndigas picantes, carne de res y papas, espagueti y albóndigas, y jamón y habas de Lima (que se consideraban incomibles, excepto en circunstancias de coacción extrema). Este paquete contenía también una lata pequeña con un panqué, un rollo de nuez o un pastel de frutas, y queso para untar (con alcaravea o pimiento) y galletas gruesas estilo crackers. La unidad b3 tenía pastel de carne, pollo y fideos, carne condimentada y pollo con huesos. Los tres estilos venían con un paquete accesorio que incluía una cuchara de plástico blanca, café instantáneo, azúcar y sustituto de crema para café, dos Chiclets, cigarrillos en un minipaquete con cuatro piezas (Winston, Marlboro, Salem, Pall Mall, Camel, Chesterfield, Kent y Lucky Strike), un rollo pequeño de papel sanitario, cerillos de papel resistentes a la humedad y sal y pimienta.

regimiento. La unidad central tradicional de los marines, con unos cuatro mil efectivos. Consistía en tres batallones de infantería, un batallón de artillería y equipo de apoyo, y, por lo general, estaba a su cabeza un coronel, al que se le llamaba, a menudo, «coronel águila», pues su rango estaba designado por un águila de plata. Cuando se le pregunta a alguien en qué unidad militó un marine, la respuesta será, por lo general, acorde al regimiento del individuo, como «Cuarto de Marines», «Noveno de Marines» o «Primero del Noveno», que significa «Primer Batallón del Noveno Regimiento de Marines». Los regimientos podían trasladarse a distintas divisiones o fuerzas operativas, según las necesidades. El comando de un regimiento de marines es una posición muy prestigiosa.

regular. El Cuerpo de Marines divide a sus oficiales en dos categorías: reservistas y regulares. Un oficial reservista lleva la leyenda «usmcr» después de su nombre y rango; un oficial regular, en cambio, lleva la leyenda «usmc» después de su nombre y rango. Todo el personal de alistados son regulares, a menos que se unan específicamente a una unidad reservista después del servicio activo. Se espera que los oficiales de reserva cumplan un servicio activo de tres o cuatro años, y que luego se sumen a una unidad reservista o que abandonen, del todo, el Cuerpo de Marines. La mayoría de los oficiales subalternos son oficiales reservistas; las excepciones son los graduados de la Academia Naval y algunos graduados del Cuerpo de Entrenamiento de los Oficiales Reservistas de la Marina (NROTC, por sus siglas en inglés), quienes han elegido ya una carrera en el Cuerpo de Marines. Si un oficial reservista desea emprender una carrera en el Cuerpo de Marines, se «hace regular», y entonces se le ve con otros ojos bastante diferentes en el sistema de personal del Cuerpo de Marines. Ya no tiene un compromiso temporal con el Cuerpo, sino que se espera que sirva por lo menos veinte años, hasta la jubilación, y, en algunos casos, aún más. Como contraparte, resulta más fácil ganar posiciones buenas, como el comando de unidades del tamaño de una compañía, o mayores, así como progresar en el rango. Muy pocos oficiales reservistas llegan a alcanzar un rango mayor que el de teniente primero o a ocupar posiciones que mejoren su carrera.

REI (ITR, por sus siglas en inglés). Se refiere al regimiento de entrenamiento de la infantería. Una vez graduados del campo de botas, a los marines se les asigna su especialidad ocupacional militar, o EOM (MOS, por sus siglas en inglés). Reciben entonces entrenamiento acorde a su EOM en diversas bases. Aquéllos a quienes se les asignó una EOM de tipo 03, de infantería, iban al Regimiento de Entrenamiento de la Infantería, en Campo Pendleton, California. «Cero tres» u «Oh tres» era, por mucho y sin lugar a dudas, la EOM más común entre los marines.

repo de pos. Reporte de posición.

revólver .44 Magnum. A los suboficiales (cuatro franjas) y rangos superiores se les permitía portar las armas de fuego personales de su preferencia, y las predilectas eran el revólver Smith & Wesson Modelo 29 o el Colt .44, diseñados para disparar los poderosos cartuchos .44 Magnum. (Otra arma preferida era el revólver, un poco más pequeño, .357 Magnum.) Remington, creador del cartucho .44 (en realidad, calibre .429), y Smith & Wesson, quien creció su modelo estándar .44 Special para alojar el cartucho, desarrollaron conjuntamente el revólver .44 Magnum original. El arma se creó en la década de los cincuenta, pero no se popularizó sino hasta más tarde, cuando la portó el famoso personaje de Clint Eastwood, Dirty Harry Callahan.

RPD. La Ruchnoy Pulemet Degtyarova, una de las ametralladoras más ligeras y más eficaces jamás producidas, fue la ametralladora estándar que utilizaron el ejército de Vietnam del Norte y el Vietcong. Disparaba la misma bala de 7.62 milímetros del AK-47 y del SKS. Tenía, por debajo del cañón, un tambor para cien proyectiles que contenía la cinta de la munición. El tambor la protegía e impedía que se estropeara con la tierra y la vegetación de la selva, con lo que aumentaba aún más su eficacia. Esta arma podía disparar unos ciento cincuenta tiros por minuto y tenía un rango efectivo de unos ochocientos metros. El bípode estaba permanentemente unido, pero podía doblarse a lo largo del cañón para comodidad durante un desplazamiento. Cargada al máximo, la RPD pesaba 8.8 kilos.

Ruta 9. Un camino de dos carriles, sobre todo de tierra o grava, que conectaba la planicie costera alrededor de Quang Tri con la Base de Combate Vandegrift, con Khe Sanh y con Laos. Durante la Guerra de Vietnam, ésta era la única manera fácil para cruzar las montañas y abastecer, por transportación terrestre, a los marines que operaban ahí. Corría también por el único acceso fácil para llegar, desde Laos, hasta las tierras bajas y muy habitadas de la costa, y era la ruta más directa para el ejército de Vietnam del Norte para llegar a Quang Tri, sobre todo con fuerzas blindadas. Por todo esto, resultaba de un inmenso valor estratégico.

RVI (IFR, por sus siglas en inglés). Se refiere a las Reglas de Vuelo por Instrumentos. Estas «reglas» eran procedimientos y estandarizaciones a las cuales recurrir cuando la visibilidad fuera bastante limitada a causa del mal clima o de la oscuridad, que el piloto tenía que depender de los instrumentos para volar. Cuando no se utilizaban las RVI, regían las Reglas de Vuelo Visual (RVV; VFR, por sus siglas en inglés).

RVV (VFR, por sus siglas en inglés). Las reglas de vuelo visual son criterios y procedimientos operacionales que rigen cuando las condiciones de vuelo son lo suficientemente buenas para que los pilotos puedan prescindir de sus instrumentos.

sándwich de mierda. Un combate particularmente duro.

Seis. Código de radio para el oficial comandante de una unidad del tamaño de una compañía o mayor.

Semper Fi. Versión breve de *Semper Fidelis*, frase latina que significa «Siempre fiel», el lema del Cuerpo de Marines. Significa fidelidad perenne al llamado de la nación, pero, para los marines significa, ante todo, fidelidad eterna entre sí.

servicio de rancho. Las faenas domésticas de atender una cocina: pelar papas, lavar la loza, etcétera. En tiempos de paz, en general, el servicio de rancho se considera algo a evitar y, a menudo, se asigna como un castigo por faltas menores. En Vietnam, sin embargo, si un *marino* tenía servicio de rancho, se le entraía de la maleza y se le colocaba en un lugar seguro, de manera que el castigo consistía en no permitirle al marine participar en el servicio de rancho.

SIN (NIS, por sus siglas en inglés). Servicio de Investigación Naval. Esta organización constituía algo así como el detective de la marina, en contraposición con la patrulla costera, cuyos miembros actuaban más como policía uniformada. El SIN se involucraba también con operaciones encubiertas que procuraban descubrir actividad criminal como, por ejemplo, el tráfico de drogas.

skoshi. Un pequeño taxi japonés. En japonés, *skoshi* significa «pequeno» o «chico». A menudo, se les llamaba a los marines de baja estatura «Skosh», como, por ejemplo, el operador de radio de Bass.

SKS. Carabina semiautomática oficial utilizada por el ejército de Vietnam del Norte y el Vietcong. Disparaba las mismas balas calibre 7.62 milímetros del AK-47, pero no en modo automático: era necesario jalar el gatillo para efectuar cada tiro. Al ser más larga que el AK-47, era mucho más exacta.

Slausens. Una pandilla de la década de los sesenta en Los Ángeles.

snoopy. Argot para referirse al poncho liner. Se le llamaba así porque le permitía a uno esconderse debajo de él, en la selva, cuando se «olfateaban los alrededores». El nombre evocaba, consoladoramente, la caricatura del sabueso Snoopy.

snuff, snuffy. Marine joven y de rango bajo.

solicitar mástil. Cada marine tiene el derecho a solicitar una entrevista con su oficial comandante. El término «solicitar mástil» no ha cambiado desde los días en que los marines servían en buques de madera y la entrevista se llevaba a cabo «frente al mástil».

splib. Entre los marines en la selva durante la Guerra de Vietnam, éste era un término no despectivo para referirse a un marine de raza negra. Lo utilizaban tanto negros como blancos, pues era una manera «moderna» de identificar a un afroestadunidense, por lo general varón. Un ejemplo común era «Es un *splib*», para aludir a un marine negro, en contraste con «Es un *chuck*», para referirse a un marine blanco.

supergruñones. Marines de reconocimiento. El personal de reconocimiento estaba constituido exclusivamente por voluntarios que operaban unidades, en absoluto amistosas, en grupos muy pequeños. Sólo se seleccionaba a personal de infantería de los marines altamente recomendado y experimentado, provenientes de las compañías de tiro; de ahí el apodo –mitad peyorativo, mitad de admiración– de «supergruñones». Los marines que se quedaban en las compañías de tiro tenían sentimientos encontrados en torno a los equipos de reconocimiento. Por un lado, se admiraba a estos equipos por su valentía, participaban con frecuencia en misiones peligrosas y se habían probado ya como gruñones ordinarios. Por otro lado, vivían en la comodidad relativa de la retaguardia cuando no estaban en la jungla, y si se metían en problemas, tenía que salvarlos una operación de rescate, lo cual implicaba, por lo general, un combate. Había dos tipos de reconocimiento: de división y de fuerza. El personal del reconocimiento de fuerza recibía un entrenamiento más completo que el personal del reconocimiento de división; por ejemplo, todos ellos eran buzos y paracaidistas altamente entrenados. El reconocimiento de fuerza se considera, por lo general, la *crème de la crème* del Cuerpo de Marines, equivalente a –aunque los marines dirían: «mejor que»– los equipos de Mar, Aire y Tierra (SEAL, por sus siglas en inglés) de la marina.

T-motor. Transportación motorizada. Las tropas de apoyo que operaban y mantenían los camiones y otros vehículos utilizados primariamente para desplazar gente y material en tierra. Esta función vital se pasa por alto, a menudo, de manera parecida a como los entusiastas del futbol americano desdeñan a los linieros, que anotan pocas veces, pero sin cuya contribución ningún equipo puede ganar.

tabletas de calor. Obleas azules de 1,3,5-trioxano (en ocasiones se le llama trioximetileno), de una pulgada de diámetro, que se colocaban en el fondo de las «estufas de campo» que se hacían al perforar hoyos en las latas de hojalata de las raciones C. Puesto que las tabletas de calor no se oxidaban bien en las estufas de campo, expelían humos nocivos que provocaban ardor en nariz y ojos. Además, requerían bastante tiempo para calentar lo que fuera. En la maleza, los marines preferían cocinar con el explosivo plástico C-4, para lo cual desmantelaban minas claymore (tarea bastante peligrosa y estrictamente prohibida) con tal de hacerse de algo menos nocivo para calentar las raciones C.

Tres. El oficial al mando del personal encargado de la planeación de las operaciones. El mayor Blakely está al mando del personal operativo del Primer Batallón, S-3, por lo que se le llama «el Tres».

tubo. Cuando se deja caer el proyectil cargado en el tubo de un mortero, una explosión lo propulsa desde el tubo hacia el objetivo. El sonido de dicha explosión es muy particular y se le llama «tubo». Por lo general, si se escucha el tubo, pasan varios segundos antes de que caiga el proyectil, puesto que el sonido llega mucho más rápido que el propio disparo del mortero, a causa de su trayectoria, que traza un gran arco.

utes o utilidades. Pantalones y chamarras camuflados que usaban los marines en la selva. Se les llamaba también utilidades de selva, *cammies* y utes de selva. Los marines llamaban utilidades a sus uniformes de trabajo y no a los de vestir; en el ejército se les llama «fatigas».

VC. Vietcong, el ejército guerrillero asentado en Vietnam del Sur y abastecido por los norvietnamitas. El Vietcong eran los «campesinos en pijamas negras» de las leyendas folclóricas, pero esta fuerza variaba en calidad desde «campesinos» hasta cuadros bien equipados y virtualmente indistinguibles de un ejército regular tradicional. Al principio de la guerra, el Vietcong incluía elementos tanto nacionalistas como comunistas, pues había surgido a partir del movimiento Viet Minh, que se oponía al dominio colonial francés. Durante la Ofensiva del Tet de 1968, los norvietnamitas eliminaron, virtualmente a propósito, el Vietcong, en tanto fuerza de combate. Se les envió deliberadamente a la batalla, sin equipo o entrenamiento adecuados, para resistir el fuego estadunidense, mientras que no se desplegaron las unidades regulares del ejército de Vietnam del Norte, que estaban mejor equipadas y entrenadas. Se procedió así porque el gobierno de Vietnam del Norte temía que el Vietcong pudiera conformar una oposición a su posible autoridad.

volar un vertedero. Destruir un almacén de abastecimiento de munición –un vertedero de munición–, al hacer estallar cargas explosivas colocadas entre la munición.

vuelo rasante. Volar extremadamente cerca del suelo.

ZA (LZ, por sus siglas en inglés). Una zona de aterrizaje para helicópteros. Dichas zonas iban desde claros desiguales y, a menudo en declive, abiertos en lo profundo de la selva o en terrenos cubiertos por el pasto de elefante, cuyo diámetro era, tan sólo, del doble de tamaño que la longitud de un heli, hasta zonas más grandes y mejor construidas en cumbres de montañas ocupadas permanentemente. ZA podía referirse también a algo tan sofisticado como un área grande, permanente y, a menudo, asfaltadas en la base de retaguardia, donde podían estacionarse varios helis al mismo tiempo.

ZDM (DMZ, por sus siglas en inglés). Una zona desmilitarizada. En Vietnam, la ZDM tenía unos cinco kilómetros de ancho a ambos lados del paralelo diecisiete. La estableció un tratado que pretendía separar a las fuerzas francesas de las fuerzas del Viet Minh. Terminó por convertirse en la frontera entre Vietnam del Norte y Vietnam del Sur. El río Ben Hai corría por el centro en su mitad oriental, que terminaba en el Mar de la China. El extremo occidental terminaba en la frontera con Laos.